신

BERNARD WERBER

신

제2부

신들의 숨결

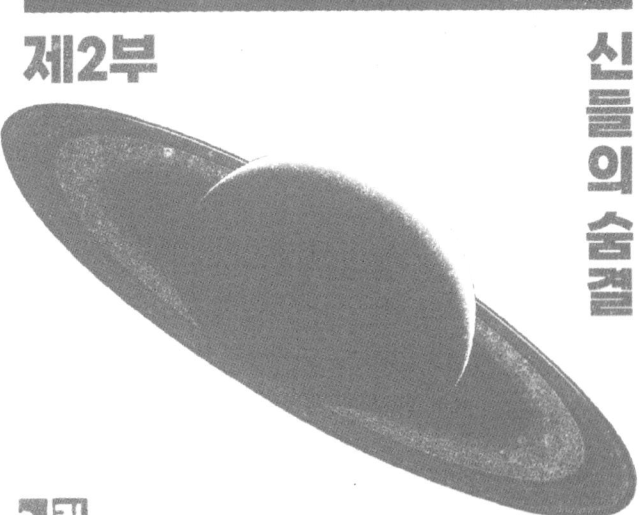

열린책들

베르나르 베르베르 장편소설
이세욱 옮김

LE SOUFFLE DES DIEUX
by BERNARD WERBER

뮈리엘에게

어느 날 저는 신에게 불만을 품은 인간들과 신이 만나는 장면을 상상했습니다. 제 상상 속의 신은 스스로 아주 영리하다고 생각하는 인간들에게 이렇게 물었습니다.

「만약 너희가 신이라면 어떻게 하겠느냐?」

『신』 3부작을 쓰려는 생각은 바로 이 질문에서 비롯되었습니다.

종교가 출현한 뒤로 인간은 신이라는 개념을 믿느냐 믿지 않느냐는 질문과 연결시켜 왔습니다.

제가 보기에는 그런 식으로 양자택일을 강요하기보다 다른 방식으로 질문을 해서 다른 대답을 얻는 것이 유익하지 않을까 싶었습니다. 신 또는 신들이 존재한다는 가정을 받아들이고, 한낱 필사(必死)의 존재인 우리가 그들에겐 어떻게 보일까 생각해 보자는 것이었습니다. 그들이 우리를 위해서 할 수 있는 일은 무엇일까? 그들은 우리를 심판할까? 그들은 우리를 도와줄까? 그들은 우리를 사랑할까? 그들은 우리에 대해서 어떤 의도를 가지고 있을까?

이런 물음들의 답을 찾기 위해서 저는 신들의 학교를 상상했습니다. 책임감 있고 유능한 신이 되는 법을 가르치는 학교 말입니다.

신들에 대한 인간의 관점이 아니라 인간에 대한 신들의 관점을 가정하게 되면 인류의 과거와 미래, 우리 종(種)의 생존을 좌우하는 중대한 문제, 신들의 진정한 관심사에 관한 새로운 깨달음이 생겨납니다.

제1부에서 우리는 신들의 학교 동기생들의 행로를 따라갔습니다. 그들은 144명이었고 저마다 우리 행성과 아주 비슷한 연습용 행성의 민족들을 하나씩 맡아 이끌었습니다. 게임이 한 판 한 판 끝날 때마다 우등생들은 상을 받고 성적이 가장 나쁜 후보생들은 제적되었습니다.

제2부 〈신들의 숨결〉은 이미 절반에 가까운 열등생들이 탈락된 상태에서 시작됩니다. 살아남은 후보생들은 게임의 요령을 터득하고 기술을 연마해 갑니다.

그들이 있는 아에덴은 우리의 운명을 내다볼 수 있는 독특한 관찰 지점입니다. 독자 여러분이 거기에 스스로를 투사하여 저마다 자신의 답을 찾아낼 수 있다면 좋겠습니다.

만약 여러분이 우리와 비슷한 어떤 인류의 구성원들을 관리할 수 있게 된다면, 여러분은 어떤 선택을 하고 어떤 종류의 신성을 발휘하겠습니까? 기적을 일으키거나 예언자를 활용하겠습니까? 전쟁을 벌이도록 권하겠습니까? 백성들에게 자유 의지를 주겠습니까? 여러분은 백성들이 올리는 기도가 어떤 것이기를 바랍니까?

베르나르 베르베르

〈하지만 만약 세계가 정말 아무런 의미도 없는 거라면, 우리가 어떤 의미를 만들어 낸다 해도 말릴 사람이 없잖아?〉 하고 앨리스가 말했다.

루이스 캐럴

그리하여 세 가지 위대한 힘이 춤을 추면서 우주의 요람을 가만가만 흔들었으리라. 우주를 초월하는 그 세 가지 힘이란 지배와 분열과 파괴의 힘인 D력, 중성과 영(零)과 무지향의 힘인 N력, 그리고 협력과 융화와 사랑의 힘인 A력, 곧 DNA이다.

세 힘은 빅뱅 때에 시원의 입자, 즉 양전하를 가진 양성자, 음전하를 가진 전자, 전하를 갖지 않은 중성자에서 작용하기 시작했고, 분자 차원을 거쳐 인간 사회에서도 계속 작용하고 있으며, 인간 세상을 훨씬 넘어서는 차원에서도 계속 작용할 것이다.

에드몽 웰스

신과 외과 의사의 차이는 무엇일까?

대답: 신은 적어도 자기가 외과 의사라고 착각하지 않는다.

프레디 메예르

1. 하늘에 떠 있는 눈

〈그〉가 우리를 보고 있다.

우리는 모두 겁에 질린 짐승처럼 어찌할 바를 모른다. 정신이 멍하고 숨이 턱에 닿는다.

하늘에 거대한 눈 하나가 떠 있다. 구름을 흩뜨리고 태양을 가릴 만큼 어마어마하게 큰 눈이다.

옆의 동료들은 사지가 굳어 버린 것처럼 꼼짝 않고 있다.

심장이 벌떡거린다.

세상에, 이럴 수가…….

거대한 눈은 마치 우리를 살피기라도 하듯 잠시 하늘에 떠 있다가 가뭇없이 사라진다. 빨간 개양귀비꽃이 지천으로 피어 있는 광대한 평원에 무거운 기운이 드리워져 있다가 갑자기 걷힌 것만 같다.

우리는 서로에게 말을 건네거나 눈길을 주고받을 엄두조차 내지 못한다.

방금 우리가 본 것이 정말 〈그〉일까?

아득한 옛날부터 인간은 〈그〉의 그림자만이라도 보고 싶어 했다. 그림자가 과분하다면, 그림자의 그림자, 아니 그저 그림자의 그림자에 드리워진 옅은 그늘이라도 볼 수 있었으면 했다. 무수한 인간들이 그것을 갈망했다. 그런데 우리는 〈그〉의 눈을 볼 수 있는 기회를 얻지 않았는가?

기억을 찬찬히 되살려 보면 깊이를 가늠할 수 없는 검은 심연 같은 눈동자가 조금 오므라들었던 것 같기도 하다. 마치 아주 작은 우리 모습을 제대로 보기 위해 눈동자의 크기를 조절하는 듯했다. 개미들을 살피는 인간의 눈이 그와 비슷하지 않을까?

매릴린 먼로는 무릎을 꿇고, 마타 하리는 발작하듯 기침을 해댄다. 프레디 메예르는 서 있을 기운조차 남아 있지 않은 듯 풀숲에 털썩 주저앉는다. 라울은 피가 맺히도록 입술을 깨문다. 귀스타브 에펠은 꼼짝 않고 서서 초점 잃은 시선으로 먼눈을 판다. 조르주 멜리에스는 흥분을 가누지 못하고 눈을 자꾸 깜박인다. 몇몇의 얼굴에는 눈물이 흥건하다. 모두의 침묵을 깨고 마침내 귀스타브 에펠이 중얼거린다.

「그 홍채 말이야……. 지름이 1킬로미터는 족히 되겠던걸.」

매릴린 먼로도 충격이 가시지 않은 얼굴로 말문을 연다.

「동공의 지름만 해도 최소한 5백 미터는 되겠더라고.」

「도대체 얼마나 거대한 존재이기에 눈이 그렇게 클까?」

마타 하리의 물음에 귀스타브 에펠이 한 가지 가정을 내놓는다.

「혹시 제우스가 아닐까?」

「제우스일 수도 있고 우주의 설계자 또는 신들의 신일 수도 있지.」

프레디 메예르의 말에 조르주 멜리에스가 덧붙인다.

「창조주라 부를 수도 있겠지.」

문득 이 모든 게 꿈이 아닐까 싶어 내 살을 아주 세게 꼬집어 본다. 벗들도 나를 따라 한다. 라울 라조르박이 잘라 말한다.

「우리는 모두 꿈을 꾸었어. 저 산꼭대기에 신들의 왕이 있다고 상상한 나머지 집단적인 환각에 사로잡힌 거야.」

「라울 말이 맞아. 실제로는 아무 일도 일어나지 않았어.」

귀스타브 에펠이 관자놀이를 쓰다듬으며 맞장구를 친다.

나는 연극과도 같은 이 상황을 잠시 중단시키기 위해 눈을 감는다. 마음을 추스르자면 막간이 필요하다.

따지고 보면 우주의 외딴 행성에 있는 이 아에덴섬에 온 뒤로 놀라운 일들이 잇따르고 있다. 섬에 발을 디디던 순간부터 그러했다. 도착하자마자 죽어 가는 한 남자를 만났고, 그가 바로 작가 쥘 베른이라는 것을 알아차렸다. 그는 바들거리는 손가락으로 섬 한복판에 우뚝 솟은 산의 뿌연 안개에 싸인 꼭대기를 가리키면서 겁에 질린 목소리로 나에게 경고했다. 〈저 위에는 절대로 가면 안 돼.〉 그러고는 공포에 짓눌린 표정으로 절벽 위에서 몸을 던졌다.

그 뒤로 많은 일이 숨 가쁘게 전개되었다. 먼저 켄타우로스가 나타나 나를 납치하다시피 자기 등에 태워 올림피아로 데려왔다. 고대 그리스를 생각나게 하는 이 도시에 다다라서 나는 비로소 알게 되었다. 내가 〈6〉이라는 숫자로 상징되는 천사의 단계에서 영혼 진화의 더 높은 단계로 넘어가 〈7〉로 상징되는 신 후보생이 되었다는 것을. 그리고 신들의 학교에서 특별한 교육을 받게 되리라는 것을.

강의를 맡은 스승들은 그리스 신화에 나오는 열두 신이다. 그들은 저마다 자기 전문 분야에서 우리 능력이 향상되도록 이끌어 준다.

그들은 행성 하나를 정하여 우리의 연습장으로 삼았다. 모든 점에서 우리가 살았던 지구와 비슷한 이 연습용 행성에는 〈18호 지구〉라는 이름이 붙었다.

스승 신들은 먼저 만물을 창조하는 방법을 가르쳐 주었다. 헤파이스토스는 광물, 포세이돈은 식물, 아레스는 동물을 어떻게 만들어 내는지 가르쳤다. 그런 다음 헤르메스는 우리들 각자에게 하나의 민족을 맡겨 그 민족을 발전시키고 번성하게 하는 임무를 부여했다. 〈여러분은 양 떼를 이끄는 양치기와 같습니다〉라고 헤르메스는 말했다. 그의 말대로 우리는 양치기와 닮았다. 다만 한 가지 다른 점이 있다면, 우리는 양 떼가 죽으면 같이 죽어야 하는 양치기다. 그게 바로 아에덴의 법칙이다. 우리 후보생들은 각자가 책임지고 있는 민족과 어쩔 수 없이 운명을 함께해야 한다. 지혜의 신 아테나는 분명하게 말했다. 「출발점에서 여러분은 144명의 후보생입니다. 결승점에서는 단 한 명의 후보생만 남게 될 것입니다.」

우리는 우리가 이끄는 민족들을 쉽게 식별하기 위해 각 민족을 하나의 동물 토템과 연결시켰다. 에드몽 웰스는 개미를 자기 민족의 토템으로 삼았고, 매릴린 먼로는 말벌, 라울은 독수리, 나는 돌고래를 선택했다.

우리는 놀라운 것들을 공부하고 기이한 경쟁을 벌이면서 긴장된 나날을 보낸다. 그것 말고도 우리의 긴장을 고조시키는 일이 두 가지 더 있다. 우승에 대한 초조한 열망에 사로잡힌 것으로 보이는 한 후보생이 경쟁자들을 잇달아 살해했다. 살신자(殺神者)라 불리는 그자가 누구인지 현재로서는 알아낼 길이 없다.

게다가 우리는 라울의 발의에 따라 더없이 어리석은 짓을 벌이고 있다. 밤 10시 이후에는 올림피아를 벗어나는 것이 엄격하게 금지되어 있음에도 그 규정을 어기고 산에 올라가고 있는 것이다. 우리는 이따금 산꼭대기에서 번쩍거리는 불빛의 정체가 무엇인지 알아내고자 한다. 그리하여 우리는 졸지에 등산가로 변했다. 그러던 어느 날 하늘에서 그 거대한 눈이 나타난 것이다.

「우린 망했어. 이제 모든 게 끝장이야.」

내 입에서 그런 중얼거림이 새어 나왔다.

「아냐. 아무 일도 일어나지 않았어. 하늘에 거대한 눈이 떠 있었던 것은 실제로 일어난 일이 아냐. 우리 모두가 꿈을 꾼 거야.」

매릴린 먼로는 조금 전에 라울과 에펠이 했던 말을 되풀이했다.

그때 말굽 소리가 우리의 현실과 우리에게 닥친 위험을 일깨운다. 한시가 급하다. 우리는 길차게 자란 개양귀비들 사이를 헤치고 들어가 몸을 웅송그린다.

2. 백과사전 : 받아들이기

타자의 문제에 관한 심오한 성찰로 프랑스 철학에 중대한 영향을 미친 에마뉘엘 레비나스에 따르면 예술가의 창조적인 작업은 다음 세 단계로 이루어진다.

첫째, 받아들이기.

둘째, 예찬하기.

셋째, 전달하기.

에드몽 웰스, 『상대적이며 절대적인 지식의 백과사전』 제5권

적색 작업

3. 아홉 신전

이곳의 경찰 기동대 구실을 하는 켄타우로스들이다. 말의 하반신에 사람의 상반신이 달린 스무 마리의 괴물들이 오른쪽에 나타났다. 아마도 순찰을 돌고 있는 모양이다. 그들은 또각또각 말굽 소리를 내며 빠른 걸음으로 바위산을 내려온다. 두 팔을 가슴팍에 포갠 채 이곳저곳을 두리번거리는 자들도 있고, 기다란 나뭇가지로 바위틈의 풀숲을 헤치면서 후보생들을 찾는 자들도 있다.

그들이 개양귀비밭으로 들어온다. 개양귀비의 줄기가 길어서 붉은 꽃들이 그들의 허벅다리에 닿는다. 우리는 머리를 줄기 위로 내밀지 않도록 조심하면서 멀리에서 그들을 살핀다. 그렇게 몸을 낮추고 올려다보니 켄타우로스들이 핏빛 호수에서 헤엄치는 오리처럼 보인다.

그들은 걸음을 더욱 빨리하여 우리 쪽으로 나아온다. 우리의 냄새를 맡기라도 한 듯하다. 땅바닥에 납작 엎드리는 것 말고는 달리 무언가를 할 겨를이 없다. 개양귀비가 무성하고 빨간 꽃부리들이 차폐물 구실을 해주어서 그나마 다행이다.

켄타우로스들의 말굽이 우리를 스친다. 그때 갑자기 하늘이 갈라지듯 번개가 치더니 빗줄기가 후드득거린다. 켄타우로스들은 이런 소나기를 전혀 예상하지 못했는지 낭패를 당한 것처럼 허둥거린다. 개중에는 앞다리를 들고 벌떡 몸을 일으키는 자들도 있다. 마치 말의 하반신이 공중의 전기를 견디지 못해서 그러는 것만 같다. 빗물이 그들의 수염을 타고 줄줄 흘러내린다. 그들은 한데 모여서 의논을 벌이더니 수색을 포기하기로 결정한다.

우리는 꼼짝 않고 한참을 기다린다. 먹장구름이 조금씩 흩어지고 해가 다시 얼굴을 내밀자 잎사귀에 달라붙은 빗방울들이 작은 별처럼 반짝거린다. 우리는 비로소 몸을 일으킨다. 켄타우로스들은 보이지 않는다.

마타 하리가 안도의 한숨을 내쉰다.

「아슬아슬했어.」

「사랑을 검으로, 유머를 방패로 삼자.」

매릴린 먼로가 마음을 다잡으려는 듯 그렇게 우리의 구호를 중얼거리자, 프레디 메예르는 두 팔을 벌려 그녀를 안아 준다.

그때 붉은 개양귀비밭 한복판에 젊고 아름다운 금발 여자가 생글생글 웃으며 나타난다. 이어서 비슷하게 생긴 여자들 여덟 명이 그녀 주위로 모여든다. 그녀들은 우리를 정면으로 마주하고 빤히 바라보며 놀리듯이 깔깔거리더니 홱 내달아 멀리 사라져 간다.

우리는 서로를 바라본다. 그러고는 마치 조금 전에 일어난 일을 잊고 싶어 하기라도 하듯 모두가 한마음이 되어 그녀들의 뒤를 좇아 내달린다.

개양귀비를 헤치며 빠르게 달리노라니, 길차고 억센 줄기들이 엉덩이를 마구 때린다. 거대한 눈의 이미지는 우리 기억 속에서 점점 희미해져 간다. 도저히 소화할 수 없는 정보라서 기억이 그것을 붙들어 두고 싶지 않은 것일까? 하늘에 떠 있는 거대한 눈, 그건 우리의 집단적인 환시였을 뿐이다.

멀리에 그녀들이 보인다. 개양귀비 줄기 위로 머리만 겨우 올라와 있어서 금빛 머리채가 붉은 꽃들의 바다 위를 미끄러져 가는 듯하다.

개양귀비밭을 빠져나가자 아주 널따란 공터가 나오고, 아홉 채의 작은 신전 같은 선홍색 건물들이 우리를 막아선다. 젊은 여자들은 어딘가로 사라졌다.

프레디 메예르가 불안한 기색을 보이며 묻는다.

「우리가 이 섬의 또 다른 마법에 홀린 것이 아닐까?」

붉은 건물들은 신전이라기보다 돔 모양의 지붕을 인 꼬마 궁전으로 보인다. 붉은 대리석 정면은 정교한 조각과 프레스코로 장식되어 있다. 문들은 모두 활짝 열려 있다.

우리는 머뭇머뭇하다가 마타 하리를 따라 가장 가까운 궁전 안으로 들어간다. 실내에는 아무런 기척이 없다. 건물의 예쁜 외관에 어울리지 않게 갖가지 물건이 어수선하게 널브러져 있다. 모두가 회화 예술과 관련된 물건들이다. 이젤과 화판, 유화를 그리다 만 캔버스, 선명한 색조의 그림 따위가 마구 뒤섞여 있다. 그림들은 모두 개양귀비밭을 그린 것들인데, 하늘에는 두 개의 태양이 떠 있고 배경에는 산이 우뚝 솟아 있다.

이런 곳을 둘러보는 것이 우리에게 무슨 도움이 될까 하고 생각하는데, 또 다른 궁전에서 감미롭고 매혹적인 음악 소리가 들려온다. 우리는 소리를 따라 발길을 돌려 일제히 두 번째 궁전으로 들어간다. 수많은 악기가 눈에 띈다. 시타르, 탐탐, 오르간, 바이올린 등 동서고금의 온갖 악기들이 모여 있다. 악보도 몇 장 보인다.

프레디 메예르가 일깨운다.

「우리가 타나토노트로서 저승을 여행하던 때가 생각나. 공포로 가득 찬 흑색 구역을 지나면 쾌감이 지배하는 적색 구역이 나타났지…….」

우리는 붉은 대리석으로 지은 또 다른 궁전을 구경해 보기로 의견을 모은다. 입구를 지나자 망원경, 컴퍼스, 지도, 하늘이나 지구를 측량하는 데 쓰이는 도구 따위가 눈에 들어온다. 밖에서 젊은 여자들의 웃음소리가 다시 들려온다.

그러자 조르주 멜리에스가 알려 준다.

「우리가 어디에 와 있는지 알 것 같아…….」

4. 백과사전: 뮤즈

뮤즈의 그리스어 이름 무사(복수형 무사이)는 〈소용돌이〉를 뜻한다. 제우스와 기억의 여신 므네모시네가 아흐레 밤에 걸친 사랑을 나눈 뒤에 낳은 딸들인 이 아홉 자매는 원래 샘과 강과 개울의 요정이 될 운명을 타고났다. 그녀들이 맡아서 다스리던 물에는 특별한 효능이 있어서 그 물을 마신 시인이나 가객이 노래를 잘하도록 도와주었다고 한다. 하지만 그녀들의 권능은 거기에서 그치지 않았다. 스스로 노래를 불러 고통받는 이들을 위로하기도 했고, 예술의 영역에 상관없이 창작자들에게 영감을 주기도 했다.

뮤즈는 보이오티아 지방의 헬리콘산에 살았다. 그녀들의 성역 근처에는 샘이 있었으며, 음악가들과 시인들은 이 샘에 와서 물을 마시고 영감을 얻었다. 그녀들이 저마다 하나의 예술에 전념하게 되면서 다음과 같은 역할 분담이 이루어졌다.

- 칼리오페: 서사시
- 클리오: 역사
- 에라토: 서정시
- 에우테르페: 음악
- 멜포메네: 비극
- 폴림니아: 송가
- 테르프시코라: 무용
- 탈리아: 희극
- 우라니아: 천문학

한 전설에 따르면 트라케의 피에리아 지방에 노래를 아주 잘하는 또 다른 아홉 자매가 살았다고 한다. 피에로스의 딸들이라 해서 피에리데스라고 불렸던 그녀들은 헬리콘산에 가서 뮤즈와 노래 경연을 벌였다. 결과는 뮤즈의 승리였다. 뮤즈는 감히 자기들에게 도전했던 피에리데스의 오만함을 벌하기 위해 그녀들을 새로 변하게 했다.

에드몽 웰스, 『상대적이며 절대적인 지식의 백과사전』 제5권

5. 연극 삼매경

바람이 휘몰아친다. 개양귀비꽃들의 붉은 물결이 일렁인다.

아홉 자매 가운데 가장 작은 여자가 내게 다가온다. 열여덟 살 정도밖에 안 되어 보인다. 긴 머리에 송악으로 된 관을 쓰고 있다. 얼굴은 가면에 가려서 보이지 않는다. 가면에는 이상야릇한 표정이 담겨 있고, 손잡이가 달려 있다. 그녀가 오른손으로 잡은 가면을 천천히 치우자 마침내 얼굴이 드러난다. 크고 파란 눈에 장난기가 가득 어린 예쁘장한 얼굴이

다. 그녀는 도발적으로 나를 빤히 바라보다가 생긋 웃는다.

내가 미처 어떤 반응을 보이기도 전에 그녀는 내게 다가들어 이마에 입을 맞춘다. 한 줄기 섬광이 번쩍인다. 나는 어느새 한 극장의 맨 앞줄에 앉아 있다. 무대에서 한 편의 연극이 펼쳐진다. 연극의 줄거리는 이러하다. 한 남자와 한 여자가 외계인들에게 납치되어 우리에 갇힌다. 그들은 자기들이 어디에 있는지 어쩌다 거기에 오게 되었는지 조금씩 깨달아 간다. 나중에는 자기들이 살던 지구가 사라졌다는 것, 그리고 자기들이 성교를 해서 자식을 낳지 않으면 인류가 멸종하리라는 것을 알게 된다. 그러자 그들은 인류의 역사를 이어 나갈 가치가 있는지 없는지 판단하기 위해 인류에 대한 재판을 벌이기 시작한다. 하지만 자기들의 의사에 상관없이 실험동물 신세가 된 두 남녀는 또 하나의 중요한 사실을 알아차린다. 원래 외계인들이 그들을 납치한 것은 자기네 자식들에게 즐거움을 줄 동물로 키우기 위해서였다. 그에 따라 한 가지 물음이 더해진다. 인류가 존속된다 한들 무슨 의미가 있겠는가?

나는 눈을 뜬다. 연극은 한바탕의 꿈이었을 뿐이다. 젊은 여자가 만족스러워하는 표정으로 미소를 짓는다. 연극을 관장하는 뮤즈인 모양이다. 그렇다면 비극의 뮤즈 멜포메네일까, 아니면 희극의 뮤즈 탈리아일까? 그녀가 들고 있는 가면만 보아서는 어느 쪽인지 짐작하기가 쉽지 않다. 하지만 연극의 내용으로 미루어 보건대 탈리아 쪽이 아닌가 싶다. 인류에 대한 재판이 슬프다기보다는 우스꽝스러워 보이기 때문이다. 게다가 이 재판은 좋게 끝나지 않는가?

나는 배낭에서 『상대적이며 절대적인 지식의 백과사전』

을 꺼낸다. 나의 스승 에드몽 웰스가 자신의 뒤를 이어 써나가라고 당부하며 물려준 책이다. 나는 꿈결에 본 듯한 그 연극의 줄거리를 아무것도 씌어 있지 않은 페이지에 적는다. 뮤즈가 다시 내 이마에 입을 맞춘다.

그러자 세 문장이 내 머릿속에서 울린다. 글쓰기를 위한 조언으로 삼을 수 있을 법한 문장이다.

네가 아는 것에 관해서 말해라.
설명하기보다는 보여 주는 편이 낫다.
보여 주기보다는 암시하는 편이 낫다.

나는 이 조언을 가슴에 새긴다.

내 벗들도 비슷한 일을 겪고 있다. 조르주 멜리에스는 서사시의 뮤즈 칼리오페에게 홀렸고, 프레디 메예르는 송가의 뮤즈 폴림니아에게 붙잡혔다. 매릴린 먼로는 무용의 뮤즈 테르프시코라와 짝을 이뤘고, 마타 하리는 서정시의 뮤즈 에라토와 다정하게 이야기를 나눈다. 한편 라울의 뮤즈는 비극을 관장하는 멜포메네이다.

탈리아는 붉은 대리석으로 지은 자기 저택으로 나를 데려간다. 나는 그녀를 따라 연극 무대처럼 꾸며 놓은 침실로 들어간다. 한복판에 거대한 침대가 놓여 있다. 침대의 닫집을 받치고 있는 금박 기둥들에는 이탈리아의 가면이 모자처럼 얹혀 있다. 그야말로 이탈리아 희극의 한 장면을 보는 듯하다.

탈리아는 자주색 벨벳 커튼으로 둘러싸인 단(壇) 위로 올라가더니 오로지 나만을 위해 즉흥적인 무언극을 보여 준다.

표정과 몸짓만으로 불행과 행복을 암시함으로써 비극이 환희로 바뀌는 것을 나타내는 무언극이다. 그녀는 눈물을 글썽이며 눈살을 찌푸리다가 마침내 기쁨으로 가득 찬 환한 표정을 짓는다. 나는 박수를 보낸다.

그녀는 허리를 숙여 인사를 하고 단에서 내려와 문으로 걸어간다. 그러더니 열쇠를 돌려 문을 잠그고 열쇠를 침대 밑에 넣어 둔 다음 내 곁으로 바싹 다가든다.

지상에서 인간으로 마지막 생애를 보내는 동안 나는 연극에 진정으로 흥미를 느껴 본 적이 없다. 티켓을 예매해야 한다는 것과 관람료가 비싸다는 것이 마음에 들지 않아서 연극보다 영화를 보러 다녔다.

탈리아가 다시 내 이마에 입을 맞춘다. 그러자 조금 전에 꿈결같이 스쳐 간 연극이 내 머릿속에서 더욱 분명하게 구성된다. 나는 탁자 앞에 앉아 머리에 떠오르는 대본을 열심히 적어 나간다.

알고 보니 희곡을 쓰는 것은 무척 재미있는 일이다. 플롯이 분명해지고 등장인물들의 갈등이 뚜렷하게 드러난다. 이야기가 일사천리로 진행되기 시작한다.

탈리아가 내 손을 어루만진다. 삽상한 기운이 밀려와 나의 흥분을 가라앉힌다. 모든 게 아주 자연스럽다. 등장인물들이 스스로 살아 움직이며 내 말이 아니라 자기들의 말을 하고 있다는 느낌이 든다. 나는 무언가를 억지로 지어내는 것이 아니라 눈에 보이는 것을 그대로 그려 낸다. 누에가 실을 토하듯이 글이 술술 풀려 나간다. 창작을 하면서 이런 기분을 느껴 보기는 처음이다. 드디어 한 세계를 온전히 다스리는 신이 된 기분이다. 세계의 법칙을 만든 것은 바로 나 자신이다. 그렇기에 나는 이 세계를 더욱 잘 지배할 수 있다. 또 다른 생각이 뇌리를 스친다. 〈만약 미래를 닥쳐오는 대로 받아들이고 싶지 않다면 그대 스스로 미래를 창조하라.〉 이것 역시 창작자들을 위한 조언이 될 수 있을 법하다. 내가 깨달은 것이 또 하나 있다. 이 희곡을 쓰기 전까지 나는 인간 세상에서 벌어지는 상황들을 제대로 통제하지 못했다는 사실이다.

나는 그런 것들을 일깨워 준 뮤즈가 고마워서 그녀의 뺨에 입을 맞춘다. 그녀는 내 어깨 너머로 희곡을 읽으며 고개를 끄덕이더니, 서랍장 위에 놓인 미니어처 극장 쪽을 보라고 권한다. 그러고는 작은 인형들을 움직여 배우들의 동작을 암시한다. 나는 그것을 지켜보면서 내 연극을 무대에 올렸을 때 배우들이 어떻게 움직이는가에 관해서도 생각해야 한다는 것을 깨닫는다. 주인공 남녀는 여기에서 싸울 것이고, 여기에서 키스를 할 것이며, 여기에서 인류에 대한 재판을 벌일 것이고, 여기에서 햄스터처럼 자기들의 몸집에 맞는 바퀴를 굴릴 것이다 하는 식으로.

탈리아가 구불거리는 금빛 머리채를 흔들자 그녀의 향기가 나를 휘감아 온다. 그녀는 나의 힘을 북돋우기 위해 꿀물을 잔에 따라 준다. 향료로 개양귀비 꽃잎을 넣었기 때문에 액체가 불그스름하다.

갑작스런 열망이 나를 사로잡는다. 이 붉은 궁전에 머물면서 나의 뮤즈와 함께 연극 창작에 전념하고 싶은 생각이 간절하다. 탈리아와 부드럽게 살을 맞비비고 그녀의 웃음소리와 객석을 가득 메운 관객들의 웃음소리를 듣는 것, 이제는 그것이 내 삶의 동기다. 나는 금단 증상을 겪지 않고 한 마약에서 다른 마약으로 넘어간 것일까? 세계를 지배하는 일에서 배우들을 다스리는 일로, 아프로디테에서 탈리아로 옮겨 간 것일까? 연극의 뮤즈는 사랑의 신보다 한 가지 우월한 점이 있다. 내가 그녀와 결합하면 우리를 초월하는 작품이 생겨난다. 이것이야말로 나의 스승 에드몽 웰스가 즐겨 말하던 〈1+1=3〉이 아닌가. 나는 글을 쓴다. 수백 관객의 웃음소리가 들리는 듯하다. 탈리아가 나에게 입을 맞춘다.

하지만 우리는 이내 포옹을 중단한다. 관객의 박수갈채 때문이 아니라 문짝이 우지끈 부서지는 소리 때문이다. 프레디가 어깨로 문을 부수고 들이닥친 것이다. 그는 나를 잡아서 문 쪽으로 떼민다. 어디에서 그런 힘이 나오는지 천하장사가 따로 없다. 나는 결국 궁전 밖으로 밀려 나간다.

「어이! 이거 봐! 왜 이러는 거야?」

왕년의 랍비는 다시 나를 떼민다.

「아직도 모르겠어? 이건 함정이야!」

나는 미심쩍어하는 눈길로 그를 노려본다.

「생각해 봐. 옛날에 우리가 저승을 탐사할 때 적색 구역을 어떻게 통과했지? 그때도 우리는 유혹을 물리침으로써 시련을 극복했어. 만약 네가 여기에서 신선놀음을 벌인다면, 너의 돌고래족은 끝장이 나는 거야. 올림포스산에 올라가는 일도 실패로 끝나게 돼. 너는 패배자들이 모두 그랬듯이 괴물로 변할 거야. 정신 차려, 미카엘!」

「여기에 머무는 게 어째서 위험하다는 거지?」

「네가 나비라면 이곳은 파리 잡는 끈끈이처럼 위험해. 몸이 달라붙어 꼼짝달싹 못 하게 돼.」

그 말이 아주 멀리에서 들려오는 듯하다. 탈리아가 다정하고 매력적인 모습으로 궁전 문 앞에 다시 나타난다.

라울이 가세한다.

「아프로디테를 생각해.」

하나의 독 때문에 생긴 병을 다른 독으로 치료하라는 얘기처럼 들린다.

탈리아는 애써 붙잡으려 하지 않고 작별의 손짓을 보낸다. 나는 그녀에게 그저 이렇게 말할 뿐이다.

「고마워요. 당신이 영감을 준 덕에 희곡을 쓸 수 있었어요. 나중에 기회가 되면 다른 작품들을 써 볼게요.」

우리 탐사대 일행은 뮤즈들의 궁전 앞에 다시 모인다. 뮤즈들은 우리를 유혹하겠다는 생각을 버린 것이 분명하다.

우리는 서로를 바라본다. 전생을 생각하면 도무지 어울릴 법하지 않은 면면들이 모여서 참으로 기묘한 팀을 이뤘다. 이곳에서 위험에 빠진 나를 구해 준 적이 있는 왕년의 스파이 마타 하리, 미국의 인기 영화배우였던 매릴린 먼로, 지상의 마지막 생애에서는 시각 장애인이었으나 여기에 와서 시각을 되찾은 랍비 프레디 메예르, 전위적인 마술사이자 특수촬영을 창시한 영화감독 조르주 멜리에스, 철제 건축의 달인 귀스타브 에펠, 열정적인 저승 탐험가 라울 라조르박.

「됐어, 이 정도로 충분해.」

마타 하리가 뮤즈들의 궁전에서 겪은 일의 끝매듭을 지으려는 듯 그렇게 말했다. 우리는 예술에 대한 열망을 떨쳐 버리고 붉은 대리석 건물들에서 멀어져 간다.

나는 뮤즈를 만나기 전까지 예술의 힘에 관해서 깊이 생각해 본 적이 없다. 나에게 연극 창작 능력이 잠재되어 있음을 어렴풋하게나마 깨닫고 나니 새로운 지평이 열리는 듯하다.

나는 온전히 나의 의지에 따라서 하나의 세계를 창조할 수 있고 그 세계를 살아 움직이게 할 수 있는 능력을 지니고 있지 않은가.

6. 백과사전 : 삼매

산스크리트어 〈사마디〉를 음역한 삼매(三昧)라는 말은 힌두교와 불교의 중요한 개념이다.

평소에 우리의 생각은 하나에 고정되지 않고 이리저리 옮겨 간다. 우리는 과거의 일에 마음을 빼앗겨서 또는 미래의 일을 생각하느라고 현재하고 있는 일을 잊어버린다. 현재의 행위에 정신을 온전히 집중한 삼매 상태에서 우리는 자기 영혼의 주인이 된다. 삼매는 어떠한 생각이나 감정도 마음의 평온을 깨뜨리지 않는 최고도의 집중 상태이다.

삼매의 경지에서 우리의 오감을 통해 전해져 오는 것들은 아무런 의미를 갖지 못한다. 우리는 물질계와 일체의 집착에서 벗어난다. 진리를 깨달아 니르바나에 도달하고자 하는 단 하나의 동기가 있을 뿐이다.

우리는 세 단계를 거쳐서 이 경지에 도달할 수 있다.

첫 번째 단계는 〈무상(無相) 삼매〉이다. 이 단계에서는 우리의 마음을 구름이 끼지 않은 하늘과 같은 상태로 만들어야 한다. 구름은 검은빛이든 잿빛이든 금빛이든 하늘을 흐리게 한다. 우리의 생각은 구름과 같다. 구름이 나타나는 족족 몰아내어 하늘이 맑아지게 해야 한다.

두 번째 단계는 〈무향(無向) 삼매〉이다. 이 상태에서는 우리가 향하고 싶어 하는 특별한 길이 없고, 어떤 곳을 다른 곳보다 더 좋게 여기는 마음도 전혀 없다. 평평한 바닥에 놓여 있지만 어느 쪽으로도 굴러가지 않는 구체. 우리 마음은 바로 그런 구체와 같다.

세 번째 단계는 〈공(空)의 삼매〉이다. 이 경지에 도달하면 모든 것이 동일한 것으로 지각된다. 선이나 악도 없고, 유쾌한 것이나 불쾌한 것도 없으며, 과거나 미래도 없고, 가까운 것이나 먼 것도 없다. 모든 것이 동등하다. 그리고 모든 것이 동일하기 때문에 어느 것에 대해서도 다른 태도를 취할 까닭이 없다.

에드몽 웰스, 『상대적이며 절대적인 지식의 백과사전』 제5권

7. 인간, 14세

밤이다. 아에덴섬의 한복판에 자리 잡은 도성 올림피아가 환하게 빛난다. 밤공기가 상쾌하다. 풀밭에서는 귀뚜라미들이 상하(常夏)의 찬가를 부르고, 공중에서는 반딧불이들이 세 개의 달을 좇으며 춤을 춘다. 이끼 냄새가 물큰 풍겨 온다. 아침 이슬을 그리워하는 메마른 냄새다.

빌라에 돌아왔지만 희극의 뮤즈 탈리아와 함께 보낸 매혹적인 시간의 여운이 가시지 않는다. 나에게 영감을 주는 자를 곁에 두고 창작 행위를 하는 것, 그것은 새롭고 흥미진진한 경험이다.

나는 욕조에 들어가 몸과 마음에 묻은 바깥 세계의 얼룩을 씻어 내면서 본연의 나를 되찾는다. 이 섬에서는 매일 숱한 사건이 나를 뒤흔든다. 규칙적으로 그것들을 지워 버리지 않으면 끊임없이 무언가에 휘둘리게 된다. 나는 켄타우로스, 인어, 레비아단, 그리핀, 느닷없이 나타난 거대한 눈을 두려워했다. 그런데 이제 보니 뮤즈의 마력은 그런 것들보다 훨씬 더 강력하다.

나는 물기를 닦고 깨끗한 토가를 걸친 다음 소파에 누워 텔레비전을 켠다. 내가 천사 시절에 맡아서 이끌었던 인간들을 다시 보고 싶다. 그들을 관찰하는 것은 내가 가장 좋아하는 일과 가운데 하나다.

첫 번째 채널. 일본에 살고 있는 한국계 소녀 은비는 이제 열네 살이다. 그녀는 만화 기법을 가르치는 학원에서 공부한다. 일본 만화에서는 인물의 얼굴이며 동작이며 행위를 표현하는 방식이 규격화되어 있다. 눈은 크고 동그랗게, 괴물은 흉측하게, 에로티시즘은 너무 노골적이지 않게(예컨대 음모가 보이지 않게) 표현해야 한다는 식이다. 은비는 색감이 뛰어나고 정교한 배경 묘사가 훌륭해서 선생님들의 칭찬을 받는다. 슬픔을 안고 사는 건 예전과 별로 다를 바 없지만, 그림을 그릴 때는 자유를 느끼고 더없이 평온한 순간들을 경험하기도 한다.

두 번째 채널. 코트디부아르 소년 쿠아시 쿠아시는 탐탐 연주법을 배운다. 소년의 아버지는 탐탐 장단을 자신의 심장 박동과 일치시키는 법을 가르쳐 준다. 이 교습 중에 소년은 탐탐을 이용해서 아버지와 대화할 수 있다는 것을 확인한다. 탐탐은 하나의 타악기일 뿐만 아니라 언어를 초월한 의사소통 수단이라는 것을 알게 된 것이다. 소년은 신명 나게 탐탐을 두드린다. 그러면서 자신이 아버지와 돌아가신 조상들, 그리고 자기네 부족과 한 몸을 이루고 있다고 느낀다.

세 번째 채널. 크레타섬의 소년 테오팀은 운동을 하기 시작했다. 벌써 가슴 근육이 볼 만하다. 소년이 바닷가에서 웃통을 벗고 있을 때면 관광객들 속에 섞여 있는 소녀들의 눈이 동그래진다. 소년은 요트와 배구에 재능이 있고 권투도 막 배우기 시작한 참이다.

요컨대 이 세 사람은 평범한 삶을 살고 있는 셈이다. 지구에서 인간으로 살던 시절에 나는 텔레비전 뉴스를 볼 때마다 참담한 사건들을 너무나 많이 접했다. 그러다 보니 보통 사람들은 특별한 일을 겪지 않고 살아간다는 사실을 잊어버리기가 일쑤였다. 사실 인간이 계속 위기 속에서 살아갈 수는 없다. 아직까지 세 젊은이는 자신들의 운명을 순순히 받아들이며 평온한 나날을 보내고 있다.

누가 문을 두드린다. 나는 허리에 수건을 두르고 문을 열어 주러 간다. 긴 머리의 늘씬한 실루엣이 내 앞에 버티고 있다. 무엇보다 먼저 향기가 방문객이 누구인지를 알려 준다. 그녀가 다시 왔다. 내 마음속에서 자신이 차지하고 있는 자리가 줄어들기 시작했다는 것을 알아차린 것일까? 그녀의 한쪽 어깨 위에 달이 걸려 있다.

「편히 쉬고 있는데 내가 방해하는 거 아냐?」

아프로디테. 절대적인 광휘와 매력을 한 몸에 구현하고 있는 사랑의 신. 그녀 앞에 서니 내가 아이로 돌아간 기분이 든다. 나는 눈길을 낮춘다. 그 강렬한 아름다움이 불러일으키는 울렁증 때문에 감히 마주 볼 수가 없다. 그녀가 얼마나 대단한지를 잊고 있었구나 싶다.

나는 속옷만 얼른 걸치고 아프로디테를 맞아들인다. 아프로디테는 등받이가 없는 긴 의자에 앉는다. 내 눈길은 다시 그녀 쪽으로 차츰차츰 돌아간다. 마치 선글라스를 끼지 않은 채 태양을 바라보는 것에 적응하듯이 그녀의 광채에 눈이 익어 가는 것이다. 내 오감은 온통 그녀의 존재를 느끼는 데 몰입해 있다. 내분비샘에서 호르몬이 분출한다. 그녀의 샌들이 보인다. 샌들에 달린 황금 리본이 그녀의 종아리를 칭칭 감고 있다. 발톱은 장미 꽃잎의 즙으로 붉게 물을 들였다. 그녀가 꼬고 있던 다리를 풀면서 빨간 토가를 들어 올리자 넓적다리가 살짝 드러난다. 투명한 금빛 살결, 빨간 천 위로 흘러내리는 금발이 보인다. 그녀는 눈을 깜박이며 나를 바라본다. 감격에 휩싸인 나를 재미있어하는 눈치다.

「미카엘, 괜찮아?」

내 눈은 더없이 아름다운 그 모습에 흠씬 취해 있다. 이탈리아의 화가 보티첼리는 「비너스의 탄생」이라는 작품을 통해 그녀의 자태를 형상화하고자 했다. 하지만 그가 어찌 그녀의 참모습을 상상할 수 있었으랴.

「선물 하나 가져왔어.」

아프로디테는 구멍이 송송 뚫려 있는 종이 상자 하나를 토가 속에서 꺼낸다. 상자 안에서 무언가 숨을 쉬고 있는 듯하다. 새끼 고양이나 햄스터가 아닐까 싶었는데, 그녀는 훨씬 더 놀라운 것을 꺼내 든다.

팔딱거리는 심장이다. 높이는 20센티미터쯤 되는데 발들이 달려 있다. 발의 크기는 작지만 영락없는 사람의 발이다. 조각 작품이겠지 하면서 손을 대보니 떨림과 온기가 느껴진다.

「살아 움직이는 것처럼 만든 자동 기계인가요?」

아프로디테는 발 달린 심장을 쓰다듬는다.

「내가 진정으로 사랑하는 이들에게만 주는 선물이야.」

나는 흠칫 놀라며 심장을 받아 든다.

「살아 있는 심장이잖아요! 선물치고는…… 소름이 끼치도록 무서운데요.」

아프로디테는 놀라는 기색을 보인다.

「사랑을 의인화한 것인데…… 맘에 안 드는 모양이지?」

발 달린 심장이 조금 오그라든 듯하다. 자기와 관련된 어떤 일이 잘못되어 가고 있다는 것을 감지한 게 아닌가 싶다.

아프로디테는 심장을 도로 집어 들고 마치 고양이를 어르는 것처럼 쓰다듬는다.

「이건 여기에서만 볼 수 있는 혼성 괴물이야. 눈이나 귀가 달린 것도 아니고 뇌가 있는 것도 아니지만 미약하나마 의식을 지니고 있어. 말하자면 심장 나름의 의식이 있다는 것이지. 이 심장은 선물이 되는 것을 좋아해. 누군가에게 받아들여지기를 바라지.」

아프로디테는 그러면서 나에게 천천히 다가들었다. 나는 물러나지 않는다.

「사랑받는 것, 그건 어떤 존재에게나 필요한 거야. 나머지는 하나도 중요하지 않아.」

아프로디테는 더 다가들어 내 윗몸에 밀착해 온다. 부드러운 살결이 느껴진다. 키스를 하고 싶은 마음이 간절하다. 하지만 우리 둘의 입술 사이로 여신의 집게손가락이 끼어든다.

「이거 알아? 넌 나에게 가장 중요한 남자야.」

아프로디테는 모성이 가득 담긴 손길로 내 이마를 쓰다듬는다.

「난 네가 좋아. 하지만 사랑에 빠진 건 아냐. 나중엔 몰라도 아직은 그래. 먼저 네가 수수께끼를 푸는지 봐야겠어.」

아프로디테는 내 두 손을 잡고 살살 주무르기 시작한다.

「깜짝 놀랄 만한 얘기 하나 해줄까? 신이기 이전에 나는 인간이었어. 내 부모는 별난 사람들이었어. 나에게 아주 강렬하게 사랑하는 법을 가르쳐 줬지. 너한테만 살짝 하는 얘기지만, 나는 뭔가 참된 것, 통이 큰 것을 원해. 시시풍덩한 가짜는 싫어. 사랑, 진짜 사랑을 얻으려면 그럴 만한 자격이 있어야 해. 내가 너와 사랑에 빠지기를 바란다면, 먼저 굉장한 일을 해내야 할 거야. 수수께끼의 답을 찾아내. 잊지 않았겠지만 다시 한번 말해 줄게. 이것은 신보다 우월하고 악마보다 나쁘다. 가난한 사람들에게는 이것이 있고 부자들에게는 이것이 부족하다. 만약 사람이 이것을 먹으면 죽는다. 이것은 무엇일까?」

아프로디테는 내 손가락에 입을 맞추고 자기 가슴에 갖다 댄다. 그러고는 자기를 보살펴 주기를 기다리는 듯한 심장을 보며 말한다.

「미안해, 예쁜 것. 네가 내 친구 마음에 들지 않은 모양이야.」

아프로디테는 나에게 한쪽 눈을 찡긋해 보인다.

「아니면 내 친구가 딴 데 마음이 팔려서 너에게 관심이 없는 거겠지.」

발 달린 심장이 무언가를 느낀 것처럼 바들거린다.

내가 다시 아프로디테를 붙잡으려고 하자 그녀는 몸을 빼낸다.

「네가 진정으로 섹스를 원한다면 할 수도 있어. 정말이야. 하지만 내 몸을 가질 수는 있어도 내 영혼을 갖지는 못할 거야. 게다가 내가 보기에 너는 행복해하기보다 실망할 공산이 커.」

「아무래도 좋아요.」

「정말 아무래도 좋아?」

「난 당신이 날 파괴할 수 있다는 걸 알아요. 그것조차 받아들일 각오가 되어 있어요.」

그녀는 놀라움과 장난기가 뒤섞인 표정으로 나를 바라

본다.

「숱한 남자들이 이미 나를 너무 사랑한 나머지 상사병을 앓다가 죽거나 자살했어. 하지만 넌 그러지 마. 난 너에게 해를 끼치고 싶지 않아. 오히려 도움을 주고 싶어.」

그녀는 숨을 길게 들이마신다.

「이제 우리는 특별한 관계를 맺었어. 이 관계는 영원히 변하지 않아. 네가 처신을 잘하면 아마도 언젠가는 너와 내가 함께 황홀경을 맛보는 위대한 순간이 올 거야.」

그녀는 그 말을 끝으로 자리에서 일어선다. 그러더니 다시 다가들어 나를 꼭 안아 주고는 살아 있는 심장을 집어 들고 문을 나선다.

얼떨떨한 기분으로 앉아 있는데 한 가지 생각이 퍼뜩 스쳐 간다. 혹시 저 심장은 아프로디테에게 퇴짜 맞은 어떤 남자의 심장이 아닐까? 그녀가 좋아하지만 사랑하지는 않는다는 나 같은 남자의 심장이 아닐까?

뺨이 붉어진다. 그야말로 불타는 듯하다. 일찍이 이토록 혼란스러운 기분을 느껴 본 적이 없다. 그녀는 분명 악마보다 나쁘고 신보다 우월하다. 그리고 그녀를 먹으면 난 죽을 것이다.

나는 소스라치게 놀란다. 누가 느닷없이 문을 두드린다. 프레디다. 머리가 부스스하고 얼굴이 사색이다. 그가 힘겹게 입을 연다.

「빨리. 매릴린이 사라졌어.」

나는 부리나케 뛰어나간다. 우리는 그녀를 찾기 위해 이웃들과 친구들을 불러 모으며 올림피아의 모든 거리와 골목길을 돌아다닌다. 내가 가보지 않은 구역들도 허다하다. 사티로스며 거룹이며 켄타우로스들도 가세하여 기념물들과 조각상들 사이의 수풀을 뒤진다.

「매릴린, 매릴린!」

내가 인간이었을 때 유괴당한 아이들의 모습이 담긴 포스터 앞에서 자주 느꼈던 불길한 예감이 되살아난다. 실종 이후에 경과된 시간을 감안해서 컴퓨터 작업을 통해 나이가 조금 더 들어 보이게 그려진 소년들과 소녀들. 그 아래에 적힌 부모들의 전화번호. 부모들은 텔레비전이나 라디오에 나와서 유괴범들에게 아이들을 돌려 달라고 애원했다. 그러고 나서 얼마쯤 시간이 흐르면 아이들에 관한 이야기는 더 이상 들리지 않았고, 벽에 붙은 포스터들은 너덜너덜 해어지다가 조금씩 자취를 감춰 갔다. 그러다가 세월이 더 흐르면 사람들은 아이들을 까맣게 잊어버렸다.

「매릴린, 매릴린!」

우리는 온 도시를 이 잡듯이 뒤진다. 내가 중앙 광장의 커다란 사과나무 앞에 다다랐을 때 한 존재가 조심스럽게 나타난다. 내가 〈무슈론〉이라고 부르는 꼬마 거룹이다. 키가 겨우 20센티미터밖에 되지 않는 나비 소녀가 기다란 청색 날개를 파닥거린다. 또다시 몸짓으로 무언가를 내게 알려 주려고 하는 것이다. 보아하니 자기를 따라오라고 하는 듯하다. 무슈론은 나를 북쪽 정원으로 데려간다. 조각이 들어간 커다란 분수대에서 구릿빛 물이 졸졸 흘러나온다.

「매릴린이 어디에 있는지 알아?」

무슈론은 빠르게 날개를 파닥인다. 나는 무슈론을 따라간다. 이 꼬마 괴물은 내가 아에덴섬에 도착하자마자 만난 존재들 가운데 하나다. 나를 자꾸 도와주려고 하는 걸 보면 과거에 나와 어떤 인연을 맺은 게 분명하다. 언제든 기회가 오면 그 비밀을 알아내야 할 것이다.

여러 정원을 잇달아 지나고 나서 또 다른 정원의 글라디올러스 화단 앞에 다다르자, 마침내 화단 밖으로 빠져나온 샌들 하나가 눈에 띈다. 이어서 여자의 발과 다리와 몸통과 하늘을 향해 내민 주먹이 눈에 들어온다. 분명 매릴린 먼로다. 죽음을 앞둔 그녀의 거친 숨소리는 사람이 아니라 동물의 소리에 가깝다.

나는 무릎을 꿇고 그녀를 화단에서 끌어낸다. 그러다가 그녀의 배에 커다란 구멍이 나 있는 것을 보고 흠칫 물러선다. 쩍 벌어진 상처에서 아직 김이 모락거린다. 참으로 가엾은 영혼이다. 전생에서도 숱하게 피살의 운명을 겪지 않았던가.

사위가 고요하다. 사건 현장에는 나와 무슈론밖에 없다. 나는 마른 나뭇가지 하나를 주워 들고 앙크로 불을 붙여 횃불을 만든다. 아마도 모든 시대를 통틀어 가장 유명한 여배우가 아니었을까 싶은 그녀의 얼굴이 불빛에 드러난다. 그 충격적인 모습에 다리가 후들거린다. 너무 늦은 게 아니어야 할 텐데. 나는 큰 소리로 도움을 청한다.

「매릴린을 찾았어. 빨리들 와, 여기야!」

나는 불붙은 나뭇가지를 높이 들고 흔들어 댄다. 매릴린이 눈을 뜬다. 아직 죽지 않은 것이다. 그녀는 나를 보더니 희미하게 웃으며 더듬거린다.

「미카엘…….」

「곧 구해 줄게. 걱정하지 마.」

쩍 벌어진 상처를 살펴볼 엄두가 나지 않는다. 그녀는 힘겹게 미소를 지으며 무언가를 중얼거린다.

「사랑을…… 검으로, 유머를 방패로.」

「누가 이랬어?」

매릴린은 내 팔을 잡고 매달린다.

「사…… 살신자는…….」

「그래, 살신자. 누구지?」

「그…… 그건…….」

매릴린은 말을 멈추고 커다란 눈으로 나를 빤히 바라본다. 그러다가 마지막 숨을 내쉬면서 들릴 듯 말 듯 한 음절을 토해 낸다. 〈엘〉이라고 한 것 같기도 하고 〈르〉라고 한 것 같기도 하다.

그러고 나자 눈의 정기가 스러지고 내 팔을 잡고 있던 손이 스르르 미끄러져 내린다. 꽉 다문 입에서는 이제 아무 소리도 들리지 않는다.

주위에는 어느새 친구들이 모여 있다. 프레디는 반려자의 시신을 끌어안고 절규한다.

「안 돼!」

라울이 내게 묻는다.

「숨을 거두기 전에 살해자의 이름을 말하지 않았어?」

「단지 한 음절을 말했을 뿐이야. 그런데 그게 〈엘〉인지 〈르〉인지 모르겠어.」

라울은 한숨을 내쉰다.

「정관사 〈르〉라면 아무런 도움이 안 돼. 그다음에 말하려고 한 남성 명사가 악마인지 신인지 누구도 알 수 없으니까 말이야. 만약 그게 〈엘〉이라면, 살신자는 아마도 여자일 거야.」

「글쎄, 과연 그럴까? 프랑스어의 〈엘elle〉은 여성 대명사이지만 히브리어의 〈엘El〉은 신의 이름이지.」

조르주 멜리에스가 그렇게 지적하자 베르나르는 다른 가정을 내놓는다.

「혹시 날개를 뜻하는 〈엘aile〉이 아닐까?」

이상한 일이다. 막상 매릴린의 죽음을 확인하고 나니 오히려 덤덤한 기분이 든다. 아마도 나의 스승 에드몽 웰스를 잃고 난 뒤로 결국은 우리 모두가 차례차례 죽임을 당하고 말리라는 생각을 받아들였기 때문일 것이다.

「이제 여든세 명이 남았군. 다음은 누구 차례지?」

어느새 와 있던 조제프 프루동이 그렇게 말했지만, 우리는 모두 들은 체 만 체 한다.

「희생자들에게 어떤 공통점이 있는지 찾아보자.」

마타 하리의 제안에 라울이 선뜻 응한다.

「금방 찾을 수 있어. 살해당한 후보생들은 성적이 좋았어. 베아트리스도 그렇고 매릴린도 그렇고 3등 안에 들었을 때 당했어.」

「우등생들을 죽여서 이익을 볼 자가 누구지?」

사라 베르나르트가 태연자약한 모습으로 멀어져 가는 프루동을 가리키며 대답한다.

「그들보다 성적이 나쁜 후보생들이겠지.」

내가 1호 지구에 마지막으로 환생하여 살던 시절에 고등학교에서 겪었던 일이 생각난다. 반에서 꼴찌를 도맡아 하는 몇몇 학생이 툭하면 우등생들을 괴롭혔다. 피해자들을 한적한 곳으로 데려가 뭇매를 놓는 일도 서슴지 않았다. 선생님들은 그런 사실을 알고도 그냥 내버려 두었다. 그 패거리가 자기네 자동차 타이어에 펑크를 내거나 수업 시간에 마구 대드는 것이 두려웠기 때문이다. 심지어는 그 문제아들에게 좋은 점수를 주는 선생님들조차 있었다. 그게 바로 〈해코지의 위력〉이다. 사람들은 그저 편하기 위해서 불의를 눈감기가 십상인 것이다.

마타 하리가 다른 의견을 낸다.

「아니면 어떤 우등생의 소행일 수도 있어. 어떻게 해서든 게임의 최종 승리자가 되고 싶어서 그것을 가로막는 후보생들을 죽이는 것일지도 모르잖아?」

「현재 가장 앞서가는 후보생들이 누구지?」

마타 하리가 얼른 지난 시간에 발표된 성적을 상기시킨다.

「클레망 아데르가 선두에 있고, 그다음은 공동 2등인데 바로 나하고…….」

「프루동이지.」

라울이 말한 그 이름이 우리 머릿속에 여운을 남긴다. 그는 〈이제 여든세 명이 남았군……〉 하고 말할 때 슬퍼하거나 안타까워하는 기색을 보이지 않았다.

조르주 멜리에스의 생각은 다르다.

「아냐, 그에게 혐의를 두는 건 지나친 속단일 수도 있어. 그는 게임 중에 경쟁자들을 없애 나가고 있어. 굳이 위험을 무릅써 가며 게임을 쉬고 있는 동안에 후보생들을 죽일 리가 있겠어?」

멀리에서 날갯짓 소리가 들려온다. 우리는 고개를 든다. 아테나가 날개 달린 말을 타고 내려오더니 말에서 펄쩍 뛰어내린다. 그녀의 올빼미는 벌써 우리 머리 위를 날고 있다. 아테나가 높고도 큰 목소리로 일갈한다.

「살신자가 여전히 우리를 농락하고 있다. 또다시 신들의 크나큰 분노를 샀어.」

아테나는 시신으로 다가간다. 벌써 켄타우로스들이 나타나 시신을 부둥켜안은 프레디를 밀어낸다. 그러고는 시신을 들것으로 옮기고 재빨리 담요로 덮는다.

「보아하니 살신자는 아틀라스 대신 세계를 짊어지는 벌을 대수롭지 않게 여긴 모양이다. 하기야 아틀라스도 결국은 그 벌에 적응했으니 그렇게 생각할 만도 하다. 하지만 그보다 훨씬 혹독한 벌이 있다. 나는 여러 가지 궁리 끝에 시시포스의 형벌을 생각해 냈다. 살신자는 시시포스처럼 바윗덩어리를 영원히 밀어 올리게 될 것이다.」

작은 무리를 지은 후보생들이 수런거린다.

내가 기억하기로 예전에 독일의 나치들도 쓸모없는 노동을 시켜 고통을 주는 방법을 쓴 적이 있다. 그들은 강제 수용소에 구금된 사람들에게 콘크리트로 된 무거운 롤러를 밀거나 돌 더미를 공연히 이리저리 옮기는 일을 시켰다. 설령 일이 힘겹더라도 거기에 어떤 의미가 있을 때는 견딜 수 있겠지만, 아무 의미가 없는 일을 하라면 어떻게 견디겠는가.

「너희는 곧 그 벌이 얼마나 지독한지 자세히 알게 될 것이다. 이제 스승 신들의 강의는 끝났고 방학 전까지 보조 강사들이 강의를 맡을 텐데, 가장 먼저 가르칠 강사가 바로 시시포스다.」

그러고 나서 아테나는 날개 돋친 천마 페가수스를 타고 다시 올림포스산을 향해 날아간다. 프레디는 천사 시절 이래의 동반자를 잃은 충격 때문에 몸도 제대로 가누지 못하고 있다. 우리는 그를 겯부축한다. 라울이 그에게 속삭인다.

「걱정하지 마. 매릴린을 다시 만나게 될 거야.」

프레디가 아무 반응을 보이지 않자 라울이 설명을 덧붙인다.

「지금쯤이면 매릴린은 벌써 금조나 일각수나 인어 따위가 되어 있을 거야. 아무튼 이 섬을 떠나지는 않았어. 일찍이 프랑스의 화학자 라부아지에가 확인한 질량 보존의 법칙이 여기에서도 통해. 사라지는 것도 없고 새로 만들어지는 것도 없어. 그저 형태가 달라지는 것뿐이야.」

8. 백과사전: 역사를 보는 눈

지구의 역사를 일주일이라는 시간으로 환치하면, 하루는 대략 6억 6천만 년에 해당한다.

우리의 역사가 월요일 0시에 지구가 단단한 구체로 출현하면서 시작된다고 가정해 보자. 월요일과 화요일과 수요일 오전까지는 아무 일도 일어나지 않는다. 그러다가 수요일 정오가 되면 생명이 박테리아의 형태로 나타나기 시작한다.

목요일에서 일요일 오전까지 박테리아가 증식하고 새로운 생명 형태로 발전한다.

일요일 오후 4시쯤에는 공룡이 나타났다가 다섯 시간 뒤에 사라진다. 더 작고 연약한 생명 형태들은 무질서한 방식으로 퍼져 나가다가 사라진다. 약간의 종만이 우연히 자연재해에서 살아남는다.

일요일 자정 3분 전에 인류가 출현하고, 자정 15초 전에 최초의 도시들이 생겨난다. 자정 40분의 1초 전, 인류는 최초의 핵폭탄을 투하하고 달에 첫발을 내디딘다.

우리는 기나긴 역사를 가지고 있다고 생각한다. 하지만 지구의 역사에 비하면 우리가 <의식을 가진 새로운 동물>로 존재하기 시작한 것은 겨우 한순간 전의 일일 뿐이다.

에드몽 웰스, 『상대적이며 절대적인 지식의 백과사전』 제5권

9. 나무 꿈

꿈을 꾸고 있다는 것을 알겠는데 깨어날 수가 없다. 나는 뉴욕의 번잡한 거리에서 이리저리 걷거나 달리는 사람들에게 떼밀리고 있다. 나는 행인들에게 묻는다. 「내가 누구죠? 내가 누구인지 내가 왜 여기에 있는지 아는 사람 있나요?」 급기야는 한 자동차의 지붕에 올라가서 소리친다. 「누구 아는 사람 있나요? 내가 누구죠? 내가 왜 존재하는 걸까요?」 한 사람이 멈춰 서서 내게 소리친다. 「너에 대해서는 아는 바가 없어. 그런데 혹시 나에 대해서 아는 게 있니?」 그러자 다른 사람들도 서로서로 묻는다. 「당신, 내가 누구인지 몰라? 당신도 몰라? 우리가 왜 여기에 있는지 몰라? 그럼 너는 어때? 내가 왜 존재하는지 몰라? 누구 아는 사람 없어?」 그때 에드몽 웰스가 나타나 말한다. 「해결책은 이 나무 속에 있다.」 그는 올림피아의 커다란 사과나무를 가리킨다. 나는 나무로 다가가서 껍질을 만지다가 마치 빨려 들어가듯이 나무 속으로 들어간다. 나는 하얀 수액으로 변해 있다. 나는 뿌리 쪽으로 흘러 내려가서 미량 원소를 마음껏 섭취하고 나서 원줄기를 타고 거슬러 오르다가 원줄기의 껍질을 거쳐 가지로 올라간다. 그런 다음 잎에 다다라 잎맥을 돌며 빛을 받아들이고 다시 온 나무로 퍼져 나간다. 그렇듯 나는 뿌리에서 나와 가장 높고 가장 가느다란 가지까지 뻗어 나간다.

그 이미지에 다른 이미지가 겹쳐진다. 수액은 엉겨 붙은 덩어리로, 그다음에는 세포로, 다시 인류로 변한다. 나무의

뿌리는 인류의 과거가 되고 가지들은 미래로 나타난다. 나는 인류에게 닥칠 수 있는 미래들을 보여 주는 가지들 속을 돌아다닌다. 그저 나무의 갈래를 바꾸는 것만으로도 미래상이 달라진다는 것을 확인하면서 원줄기와 가지 사이를 계속 오간다. 이 갈래를 선택하느냐 저 갈래를 선택하느냐에 따라서 결과가 달라지는 것이 보인다. 열매들은 미래에 나타날 수 있는 세계들로 변한다. 아틀라스네 저택의 지하실에서 보았던 세계의 미니어처들과 조금 비슷하다.

나는 잠에서 깨어나 눈을 비빈다. 이상한 꿈이다. 잠을 잤지만 피로가 가시지 않았다. 오늘은 학교에 가고 싶지 않다. 이 나이에 무슨 학교람. 어젯밤에 아프로디테와 만나던 장면이 머릿속에 되살아난다. 아프로디테는 참으로 복잡한 존재다. 숱한 남자들이 그런 존재에 홀려서 노예로 전락하는 까닭을 이해할 만하다. 다른 생각을 하는 게 낫겠다. 나는 그대로 누워서 다시 잠을 청하기로 한다.

눈을 감자마자 수액으로 변한 채 나무 속을 돌아다니는 내 모습이 보인다. 하지만 느닷없이 들려온 날카로운 소음 때문에 나는 나무껍질 밖으로 빠져나온다. 일과의 시작을 알리는 종이 울리고 있다. 오늘이 무슨 요일이지? 토요일이다. 늦잠을 즐기는 것은 내일로 미뤄야겠다.

나는 마음을 다잡고 일어나 기신기신 거울 앞으로 간다. 백지장처럼 창백하고 뺨에까지 수염이 덥수룩한 남자, 이게 바로 나다. 나는 잠기운이 확 달아나도록 찬물로 세수를 하고, 여느 때처럼 샤워와 면도를 한 다음 토가를 입는다. 그러고 나서 메가론으로 아침을 먹으러 간다. 커피, 홍차, 우유, 잼, 크루아상, 브리오슈, 토스트……. 프레디는 말없이 무언가를 기다리고 있는 듯하다.

마타 하리가 묻는다.

「매릴린 먼로가 없으니 이제 말벌족에게 무슨 일이 닥칠까?」

사라 베르나르트가 덧붙인다.

「말벌족만 위험에 빠진 게 아냐. 우리 모두에게 닥칠 일이 걱정이야. 매릴린이 사라지면서 프루동을 막아 주던 방책도 없어졌어. 쥐족의 군대는 수가 많고 전투력이 막강해. 우리 모두를 차례로 침략할 수도 있어.」

귀스타브 에펠과 사라 베르나르트는 우리 모두가 동맹을 맺어 프루동에게 대적하는 방안을 다시 제기한다. 골똘히 생각에 잠겨 있던 라울이 말문을 연다.

「독수리족이 산악 지대에서 싸울 때는 쥐족과 대적할 수 있을 거야. 높은 곳에서 돌을 던지거나 고갯길들을 차단하면서 말이야. 하지만 평지로 내려가면 대적하기가 만만치 않아. 프루동이 노예들을 화살받이로 최전선에 내세우는 전술을 쓰기 시작한 뒤로는 더욱 그래.」

「프루동은 그런 책략을 어디에서 알아냈을까?」

나는 에드몽 웰스의 백과사전에서 읽은 것을 떠올린다.

「내가 알기로 옛날에 중국의 한 장수가 인간을 마소처럼 다루는 그런 전술을 쓴 적이 있어. 병사들을 그저 새에게 모이 주듯이 다음 전투 때까지 살아남을 수 있을 정도로만 먹인 다음에 화살받이로 제일선에 밀어 넣었지.」

「어떻게 같은 인간을 그런 식으로 대접할 수가 있지?」

사라 베르나르트의 말끝에 한숨이 묻어난다.

우리는 전략을 숙의한다. 사라 베르나르트의 말족과 조르주 멜리에스의 호랑이족은 아직 쥐족이 맹위를 떨치는 지역에서 아주 멀리 떨어져 있다. 따라서 하나의 동맹군을 이루기 위해 그들에게 대장정을 강요할 수는 없다.

「사실 프루동의 당면 목표는 말벌족이야. 그가 말벌족을 치는 동안 어떤 해결책을 찾아보자고.」

「그가 행성의 모든 민족을 침략하지 않을까?」

귀스타브 에펠의 물음에 사라 베르나르트가 단호하게 대답한다.

「쥐족이 행성을 지배하게 되면 인류는 노예 상태에 빠지게 될 거야. 특히 여자들의 삶이 고통스러워지겠지. 쥐족 남자들이 저희 아내들과 누이들과 딸들을 어떻게 대접하는지 봤잖아?」

조르주 멜리에스가 거든다.

「이방인들을 대접하는 방식은 또 어떻고…….」

「프루동은 정말 모순투성이야. 〈신도 없고 지배자도 없는〉 세계를 주장하는 자가 폭력과 계급 제도에 바탕을 둔 전제 정치를 지구 전역에 강요하려고 드니 말이야.」

마타 하리의 말에 멜리에스가 동을 단다.

「그게 바로 악으로 악을 치유한다는 원리지.」

「그는 파시즘에 맞서 싸운다면서 폭력, 거짓 선전 같은 파시즘의 방법을 사용해.」

사라 베르나르트가 덧붙이자 다시 멜리에스가 말한다.

「극단주의자들이 선전하는 것과는 달리, 실제 정치판에서는 극우파와 극좌파가 대립하지 않아. 둘이 한통속이 되어 중도파를 공격할 뿐이지. 사실 극단주의자들의 지지층은 서로 일치하는 경우가 많아. 시샘이 많은 자들, 앙심을 품은 자들, 국가주의자들, 반동주의자들이 겉으로는 〈고결한 이상〉을 내세우며 패거리를 지어 무장을 갖추고 이유 없는 폭력과 대중 선동과 거짓 선전을 일삼는 거지.」

아무도 이의를 제기하려 하지 않는다. 하지만 내가 느끼기에 모두가 그 말에 동의하는 것 같지는 않다. 특히 라울이 그러하다. 나는 그를 안다. 중도는 나약하기 때문에 양쪽의 강한 것들에게 깨지게 마련이라는 것이 그의 지론이었다.

사라 베르나르트가 멜리에스를 거든다.

「극단주의 정당들은 좌우를 막론하고 가치관도 서로 비슷해. 그자들은 먼저 여자들을 공적인 삶에서 배제하고 여성의 권리를 제한하려고 들지. 이게 첫 번째 신호야. 그다음에는 지식인들을 비롯해서 권력에 맞서 이의를 제기할 수 있는 모든 사람을 억압하지.」

우리는 식탁 앞에 혼자 앉아 있는 프루동을 살핀다. 그는 곧 다시 시작될 게임에 정신을 집중하고 있는 듯하다.

10. 신화 : 시시포스

그의 이름은 〈영리한 사람〉을 뜻한다. 그는 아이올로스의 아들이며, 플레이아데스(아틀라스와 플레이오네의 딸들) 가운데 하나인 메로페의 남편이다. 그는 코린토스라는 도시의 건설자이기도 하다.

그의 백성들은 펠로폰네소스반도와 그리스 본토를 연결하는 코린토스 지협을 통제하면서 여행자들을 공격하고 재물을 갈취했다. 코린토스가 초창기에 번영을 누리고 군자금을 모을 수 있었던 것은 바로 그 덕분이었다. 시시포스는 그런 해적질의 단계에서 점차 해상 무역의 단계로 넘어갔다.

어느 날 제우스가 코린토스에 들렀다. 하신(河神) 아소포스의 딸 아이기나를 납치해 가던 길이었다. 시시포스는 딸을 찾아다니던 아소포스에게 납치범이 누구인지를 알려 주었다. 아소포스는 그 대가로 영원히 마르지 않는 샘을 그에게 선물했다. 하지만 이 일로 그는 제우스의 노여움을 샀다. 제우스는 그의 고자질을 용서하지 않고 죽음의 신 타나토스에게 그를 영벌에 처하도록 명령했다.

타나토스가 족쇄를 들고 나타나자, 꾀바른 시시포스는 오히려 그에게 족쇄를 채웠다. 타나토스가 자기 자신을 상대로 족쇄를 시험하도록 꼬인 것이었다. 그렇게 죽음의 신이 코린토스에 감금되어 있었던 탓에 지상에서는 한동안 죽는 사람이 없었다.

제우스는 더욱 화가 나서 전쟁의 신 아레스를 보내 타나토스를 구출하고 교활하기 짝이 없는 코린토스의 왕을 붙잡았다.

그러나 시시포스는 그렇게 호락호락한 상대가 아니었다. 그는 운명에 굴복하는 척하면서 저승에 내려가기 전에 아내에게 자기의 장례를 지내지 말라고 넌지시 일렀다. 저승에 다다르자, 그는 자기 아내가 장례를 지내 주지 않았다고 개탄하면서 지상에 돌아가 아내를 벌할 수 있도록 사흘의 말미를 달라고 하데스에게 간청했다.

하데스의 허락을 얻고 코린토스에 돌아온 시시포스는 저승에 돌아가기를 거부했다. 제우스는 헤르메스를 시켜 그를 저승으로 다시 데려가게 했다. 저승의 심판관들은 신에게 거듭 반항한 죄를 엄중하게 다스려 본보기로 삼아야 한다고 생각했다. 그들은 그의 죄에 걸맞은 특별한 형벌을 만들어 냈다. 커다란 바위를 산꼭대기로 밀어 올리고 반대쪽 비탈로 굴러떨어지면 다시 밀어 올리는 형벌이 바로 그것이었다. 그가 잠시 쉬었다 갈라치면, 에리니에스, 즉 복수와 징벌의 여신들 가운데 하나가 채찍을 휘둘러 그를 잡도리했다.

에드몽 웰스, 『상대적이며 절대적인 지식의 백과사전』 제5권

11. 시시포스의 강의: 도시의 중요성

올림피아의 거리에 활기가 돌기 시작한다. 하늘에서는 그리핀 몇 마리가 날고 있다. 지구의 도시에서 흔히 볼 수 있는 살찐 비둘기들 같다. 다만 이 그리핀들은 비둘기처럼 구구거리지 않는다.

살아남은 후보생 여든세 명이 하얀 토가 차림으로 서로 인사를 나눈다. 반가운 기색으로 서로를 격려하는 후보생들도 보인다.

우리는 오늘의 강의를 듣기 위해 길게 줄을 지어 엘리시온 평원 쪽으로 나아간다. 시간의 신이 오더니 우리를 올림피아 남부에 있는 보조 강사들의 구역으로 데려간다.

이곳은 내가 잘 알지 못하는 구역이다. 집들이 신들의 궁전만큼 특징이 있는 것은 아니지만 후보생들의 빌라보다는 개성이 있다. 언뜻 보기에 회사 건물처럼 보이는 흔한 형태의 건물들도 보인다. 어쨌거나 이렇게 큰 도시를 관리하자면 적잖은 노동력이 필요할 법하다.

시간의 신을 따라가니 코린트 양식의 건물이 나온다. 고풍스럽고도 웅장한 빌라이다. 대리석 주랑과 황금빛 조각상들이 측면을 장식하고 있다. 벽에는 현대나 고대의 대도시들이 얕은 돋을새김으로 형상화되어 있다.

문턱을 넘어서자 벽돌색으로 칠해 놓은 강의실이 나온다. 시대와 지역을 달리하는 여러 도시의 작은 모형이 선반에 놓여 있다. 한쪽으로 기차놀이 세트를 닮은 커다란 모형이 보인다. 평원과 언덕과 강 따위를 나타낸 모형이다. 반대쪽에는 둥근 유리 지붕에 덮인 도시 모형들이 줄기둥 같은 받침대에 얹혀 있다. 벽에는 크고 작은 도시들의 지도가 붙어 있다.

돌이 바닥에 긁히는 소리가 들린다. 우리는 무슨 소리인가 하면서 강의실 밖으로 나간다. 한 남자가 커다란 바윗덩이를 힘겹게 밀면서 우리 쪽으로 오고 있다. 검은 날개가 돋친 자그마한 여자가 공중에서 파닥거리며 그에게 채찍질을 한다. 뼈가 앙상하게 드러난 얼굴이 사뭇 매섭다. 그리스 신화에 나오는 복수와 징벌의 신들인 에리니에스 가운데 하나이리라.

코린토스의 왕이었다가 영겁의 도형수로 전락한 시시포스. 그는 바윗덩이를 강의실 입구에 세워 놓는다. 징벌의 신은 그가 잠시 형벌에서 벗어나는 것을 허락해 준다. 그는 고맙다고 말한 다음 발을 질질 끌며 강단에 오른다. 그러더니 지친 기색으로 자리에 앉아 누덕누덕한 토가 자락으로 이마에 흐르는 땀을 훔친다. 온몸에 채찍 자국이 선명하다.

그는 숨을 고르면서 우리를 향해 말문을 연다.

「미안합니다.」

그러고는 잠시 머뭇거리며 찡그린 얼굴로 우리를 살핀다. 이윽고 고뇌에 찬 그의 얼굴에 헛헛한 미소가 번진다.

「만나서 반갑습니다. 여러분 덕분에 조금 쉬겠군요.」

한 여자 후보생이 급수기에서 물 한 컵을 받아다가 그에게 가져다주려고 하자, 징벌의 신이 그녀를 제지한다. 시시포스는 우리 멋대로 그런 행동을 하면 안 된다고 타이른다.

「그럼 시작할까요? 나는 오늘의 강의를 맡은 시시포스입니다.」

관행에 따라 그는 자기 이름을 칠판에 적는다.

「나는 스승 신이 아니라 보조 강사입니다. 나와 함께 여러분은 신의 활동에서 빼놓을 수 없는 개념인 도시를 놓고 공부할 것입니다.」

그는 두 손가락을 입술에 대고 휘파람을 분다. 다시 밖에서 소리가 들려온다. 아틀라스가 숨을 헐떡이며 들어선다. 어깨에는 지름 3미터의 거대한 구체를 짊어지고 있다. 우리의 연습용 행성인 지구 18호다.

이 유리 공 속에 우리 민족들이 살아가는 행성이 들어 있다. 비록 우주 어딘가에 떠 있는 진짜 행성의 3차원 영상일지언정 대양과 대륙, 숲, 산, 호수, 도시, 우글거리는 작은 생명체들로 뒤덮인 〈우리 지구〉를 다시 대하니 마음이 뭉클하다. 어서 거기에 앙크를 대고 살펴보고 싶다.

아틀라스는 받침대에 구체를 내려놓고 한 손으로 이마를 훔친다. 시시포스가 그에게로 간다. 두 남자는 눈에 슬픈 기색을 담고 서로 끌어안는다. 비록 자기들의 역할을 받아들이기는 했지만, 스스로 불의에 희생되었다고 느끼면서 서로 가엾게 여기는 것이리라.

아틀라스가 목소리에 힘을 주어 말한다.

「힘내게, 사위.」

후보생들이 안달을 내며 수군거린다. 우리가 게임을 중단한 동안 우리 행성의 민족들에게 어떤 일이 일어났는지 어서 알고 싶은 것이다.

시시포스는 강의실을 나서는 아틀라스의 뒷모습을 바라보며 허리를 주무른다. 그러다가 책상 서랍을 열고 앙크를 꺼내 든 다음, 행성 위쪽에 있는 투광기를 켜고 우리의 〈작품〉을 주의 깊게 살핀다. 무언가 특별히 관심을 끄는 게 있는지 민걸상 위로 올라가서 적도 어름에 눈을 대보기도 한다.

이윽고 그가 말문을 연다.

「비로소 틀이 잡혀 가기 시작하는군요. 그런데 일이 터질 때마다 겨우겨우 둘러맞추고 있다는 느낌이 들어요. 예를 들어 전쟁을 하는 방식은 너무 성급하고 종교는 짜임새도 없고 방향성도 없어요.」

우리는 더 열띤 호평을 기대하고 있었다.

「먼 앞날을 내다보면서 이모저모를 두루 따진 전략이 거의 보이지 않아요. 그저 무언가에 겁을 먹고 부랴부랴 만들어 낸 일시적인 계책들이 있을 뿐이죠.」

청중 사이로 수군거림이 번져 간다.

「공포에서 벗어나려면 어떻게 해야 할까요?」

그는 대답을 기다리다가 결국 스스로 대답한다.

「한데 모여서 서로 지켜 주고 힘을 집중해야죠. 여러분 가운데 일부는 이미 그런 식으로 했지만, 아직은 시작 단계일 뿐입니다. 그래서 나는 먼저 오늘 강의의 핵심 개념에 관해서 이야기할까 합니다.」

그는 칠판에 〈도시〉라고 쓴다.

「이제까지 여러분이 거쳐 온 길을 요약해 봅시다. 여러분은 먼저 유랑하는 씨족을 이끌었습니다. 그들은 혈거 생활을 거친 뒤에 마을을 이루어 정착 생활을 하기 시작했죠. 처음엔 그저 오두막들이 옹기종기 모여 있는 것에 지나지 않았던 마을들은 울타리를 두른 더 큰 마을로, 성벽을 둘러친 고을로 발전했어요. 그리하여 이제는 멋진 대도시의 건설을 생각할 때가 되었습니다.」

칠판에 한 단어가 더해진다. 〈문명〉.

「문명을 뜻하는 프랑스어 〈시빌리자시옹〉은 도시를 뜻하는 라틴어 〈키비타스〉에서 나온 것입니다. 어느 민족이든 도시를 건설해야 비로소 문명화했다고 말할 수 있죠.」

그는 다시 책상 앞에 앉아 이마에 주름을 잡는다.

「자, 먼저 여러분의 민족들이 이미 건설해 놓은 도시들을 살펴볼까요? 그러면서 비약적으로 발전해 가는 도시들과 정체하거나 쇠퇴하는 도시들을 구별해 봅시다.」

우리는 한쪽 눈을 앙크에 대고 도시들을 찾아 18호 지구의 표면을 살핀다. 가장 큰 도시는 단연코 클레망 아데르가 이끄는 쇠똥구리족 왕국의 수도이다. 그다음은 프레디 메예르가 이끄는 고래족의 수도이다. 둘 다 어디에서나 기념물과 공원을 찾아볼 수 있는 아름다운 도시들이다. 게다가 커다란 곡물 창고마다 식량이 그득해서 주민들은 배고픔을 모르고 즐겁게 살아간다.

「아마 다들 알아차렸겠지만, 초기에 번성한 도시들은 하나같이 높은 곳에 자리 잡고 있었습니다. 그 이유가 뭘까요?」

「고지에 도시를 세우면 침략자들을 물리치기가 쉽기 때문입니다.」

라울의 대답이다. 그 역시 산악 지대의 고지에 수도를 건설한 바 있다.

시시포스는 고개를 끄덕인다.

「물론 그렇죠. 하지만 높은 곳에 요새처럼 튼튼하게 세워 놓은 도시는 시간이 흐를수록 궁지에 몰리게 됩니다. 왜 그럴까요?」

공작족의 신 앙리 마티스가 손을 든다.

「고지는 너무 춥습니다.」

인간 시절에 파리의 외관을 혁신한 바 있는 오스만이 대답한다.

「일단 성벽을 둘러치고 나면 도시는 더 커질 수가 없습니다. 마치 협곡에 둘러싸인 것과 같은 형국이 되니까요.」

시시포스는 고개를 끄덕이며 마타 하리가 이끄는 늑대족의 도시에 앙크를 가져간다. 늑대족은 인구가 갈수록 늘어나는 상황에 대처하기 위해 성벽 밖에 주택을 세우고 그것을 보호하기 위해 다시 성벽을 둘러쳐야만 했다. 하지만 이 도시는 건물을 지을 수 없는 가파른 비탈로 둘러싸여 있어서 더 확장될 수가 없다.

「또 다른 이유는?」

사라 베르나르트가 대답한다.

「외부의 침략을 받으면, 골짜기의 농민들은 급히 요새화된 도시 속으로 피난합니다. 그러면 무방비 상태로 버려진 농지는 즉시 약탈을 당하죠.」

「계속해서 다른 이유들을 찾아봐요.」

「식량과 물을 사람들이 짊어지거나 나귀들의 등에 실어서 도시로 올려야 합니다. 그래서 도시가 저지대의 농민들에게 의존하게 되죠.」

라울의 대답이다. 독수리족의 도시는 유난히 접근하기 어려운 고지에 건설되어 있다.

「그래서요?」

「거간꾼들과 짐꾼들은 그런 운반의 대가로 거금을 요구합니다. 평야 지대에서 10의 가치가 있던 물건이 도시로 올라오면 가치가 50으로 껑충 뛰죠.」

마리 퀴리 역시 그런 문제를 겪고 있다고 인정한다. 그래서 낭떠러지로 둘러싸인 이구아나족의 도시를 아래쪽으로 옮겨 볼까 한다는 것이다.

「이상으로 우리는 고지에 건설된 도시들의 문제점을 살펴보았습니다. 그럼 여러분이 보기에 훌륭한 미래가 보장되어 있는 도시들은 어떤 것들일까요?」

칠면조족의 신 장자크 루소가 의견을 낸다.

「숲속에 자리 잡은 도시들입니다.」

시시포스는 고개를 가로젓는다.

「채집과 수렵의 시대는 끝났습니다. 숲에서는 식량과 생필품을 운반하기가 불편하고 침략자들이 멀리에서 공격해 오는 것을 알아차리기가 쉽지 않죠.」

「그래도 집 지을 나무를 쉽게 구할 수 있다는 장점이 있습니다.」

「여러분은 머지않아 이제껏 보지 못한 대화재를 겪게 될 것입니다. 그러면 목재 건물을 포기하게 되겠죠. 건축이라는 측면에서만 보자면 숲보다 채석장 근처가 낫지 않을까요?」

우리는 계속 대안을 찾는다. 볼테르가 남에게 뒤질세라 의견을 낸다.

「평원 한복판에 자리한 도시는 어떨까요?」

「침략 민족들의 기병대가 너무 쉽게 기습해 오지 않을까요? 평원에 건설된 도시들의 대다수가 눈에 잘 띈다는 점 때문에 공격의 표적이 되기 쉽다는 사실은 여러분도 익히 알고 있을 것입니다.」

에디트 피아프가 손을 든다.

「바닷가에 건설된 도시는 어떤가요?」

「해안 도시를 완전히 포위하기가 어렵다는 것은 분명합니다. 하지만 그런 도시는 해적의 공격에 취약하죠. 주민들은 언제나 수평선을 감시해야 합니다.」

매족의 신 브뤼노는 사막 도시가 믿을 만하다고 주장한다.

「사막에서는 적들이 오는 것을 멀리에서도 볼 수 있습니다. 그뿐만 아니라 농성전이 벌어지는 동안 적들은 어디에서도 식량과 물을 구할 수가 없죠.」

시시포스가 반박한다.

「하지만 포위당한 농성자들 역시 이내 굶주리게 되죠. 자, 그렇다면 어떻게 해야 적의 공격에 취약하지 않으면서도 산이나 바다나 사막에 막히지 않은 편안한 도시를 건설할 수 있을까요?」

나는 비로소 손을 든다.

「도시를 섬에 건설하면 됩니다.」

「아니죠, 섬은 외부 세계와 단절되어 있습니다. 교역을 제약하고 근친혼을 조장할 염려가 있죠. 섬은 너무 닫힌 세계입니다. 하지만 그런 쪽에서 해결책을 찾아야 하는 것은 맞습니다. 바다에 있는 섬이 아니라…….」

마타 하리가 얼른 뒷말을 잇는다.

「강 한복판에 있는 섬입니다.」

「맞아요, 강에 있는 섬에서 해결책을 찾을 수 있어요. 1호 지구에 그 증거가 있습니다.」

그는 프랑스 지도를 펼치고 파리, 리옹, 보르도, 툴루즈처럼 강 한복판의 섬에서 비롯된 도시들을 가리킨다.

「여러분이 프랑스 출신이라서 프랑스 도시들을 예로 들었지만, 런던, 암스테르담, 뉴욕, 베이징, 바르샤바, 상트페테르부르크, 몬트리올 등 1호 지구의 수많은 대도시들을 이런 유형에 포함시킬 수 있을 것입니다. 강 한복판에 도시를 건설하면 어떤 이점이 있을까요?」

나는 책상의 상판에 강을 표시하고 그 한복판에 섬을 그려 넣는다. 문득 이곳을 먼저 다녀간 한 후보생이 잉크로 새겨 놓은 낙서가 눈에 띈다.「1호 지구를 살리자. 그곳은 초콜릿을 구할 수 있는 유일한 행성이다.」

나는 정신을 집중한다. 강 한복판에 도시를 건설하면 어떤 이점이 있을까?

「물은 천연 방벽과 같은 구실을 합니다. 기병대도 물을 건널 수 없고, 보병들도 공격할 수 없죠.」

군사적인 실용을 중시하는 라울의 대답이다. 다른 후보생들의 손이 올라간다.

「물로 둘러싸인 도시는 포위 공격을 하기가 어렵습니다.」

「농성 주민에게 물이 공급되는 것을 막을 수 없죠.」

「물이 계속 흐르기 때문에 독약을 풀어도 소용이 없습니다.」

「유사시에는 강을 통해 도망칠 수 있습니다.」

사라 베르나르트의 말에 다른 후보생이 덧붙인다.

「도시를 포위한 공격자들은 상류와 하류를 그야말로 물샐 틈없이 감시해야 합니다. 그러지 않으면 양식과 원군을 실은 배들이나 농성군의 우두머리를 구조하기 위한 배들이 언제 지나갈지 모를 테니까요.」

「인간이 전쟁만 하고 사는 건 아닙니다.」

시시포스가 그렇게 지적하자, 에디트 피아프가 기다렸다는 듯이 손을 든다.

「빨래를 하기가 쉽습니다.」

「강은 교역을 위한 생필품의 운송을 용이하게 합니다. 강 한복판에 있는 도시는 상선들을 상대로 통행세를 거둬들일 수 있습니다.」

라블레의 말에 시시포스는 고개를 끄덕인다. 루소도 라블레를 거든다.

「그런 도시는 원자재를 생산하는 새로운 지역이나 정복지나 교역 지역을 찾아내기 위해 원정대를 쉽게 파견할 수 있습니다.」

「수운 무역과 통행세를 바탕으로 부를 축적하면 필요에 따라서 용병을 고용할 수도 있고 이웃 도시들을 매수하여 동맹을 맺을 수도 있습니다. 파리의 휘장에 하천 운수 길드를 상징하는 은빛 배가 들어가 있는 것도 아마 그 때문일 것입니다.」

인간 시절에 파리의 재개발을 주도했던 오스만이 파리 역사를 상기시키자, 역시 파리와 인연이 많은 에펠이 나선다.

「강 한복판에 있는 도시는 성벽으로 경계가 지어져 있지 않으므로, 인구가 증가하면 양쪽 강기슭으로 확대될 수 있죠. 파리 역시 점차로 센강의 좌안과 우안으로 확장되었고 나중에는 파리 분지 전체를 차지하게 되었습니다.」

시시포스는 잠시 기다려 달라고 하더니, 옆방으로 가서 커다란 판에 놓인 도시 모형들을 가져온다. 그런 다음 모형들을 책상에 내려놓고 우리에게 살펴보라고 이른다. 각 모형에는 이름표가 붙어 있다. 아테네, 코린토스, 스파르타, 알렉산드리아, 페르시아 제국의 페르세폴리스, 고대 시리아의 수도 안티오크, 예루살렘, 테베, 바빌론, 로마 등 1호 지구의 주요한 고대 도시들이다. 시시포스는 각 도시의 강점과 약점을 자세히 관찰하고, 도로가 충분히 넓은지 광장들의 배치가 적절한지 등을 따져 보라고 이른다.

「첫째 지표는 시장입니다. 어디에서나 시장은 도시의 심장에 해당하죠. 따라서 대로를 이용해 쉽게 접근할 수 있어야 합니다.」

이어서 그는 다른 지역을 가리킨다.

「시장은 대개 곡물 따위를 저장하는 창고들과 넓은 도로로 연결되어 있습니다. 창고들은 도시의 입구에 설치되어야 합니다. 그래야 커다란 수레들이 시내로 들어가 교통을 방해하는 일이 생기지 않을 테니까요.」

그는 여러 도시의 중심을 번갈아 가리키며 말을 잇는다.

「도시는 하나의 커다란 유기체에 비유할 수 있습니다. 살아 있는 유기체처럼 음식을 섭취하고 소화하고…… 배설하죠.」

그의 비유가 이어진다.

「도시의 입구는 입에 해당하고 시장은 위이며 쓰레기터는 항문입니다. 쓰레기의 배출과 재활용은 늘 신경을 써야 하는 일입니다. 그 일을 등한히 하면 이내 거리마다 악취 풍기는 쓰레기들이 넘쳐 날 뿐만 아니라 쥐나 바퀴벌레나 파리 따위가 옮기는 돌림병들이 창궐하게 되죠.」

시시포스는 몽골의 야영지 모형을 가리킨다.

「여러분의 백성들이 아직 유랑하는 부족이었을 때, 그들은 하늘을 지붕 삼아 살았고 쓰레기가 생기면 그냥 버려두고 떠났습니다. 하지만 경계가 지어진 공간에 살면 도처에 쓰레기가 생기고 악취가 진동하죠. 쓰레기를 처리하는 문제와 아울러 빗물을 모아서 활용하는 문제와 하수 시설에도 신경을 써야 합니다.」

시시포스는 그렇게 주의를 주고 나서 고대 도시들의 모형 쪽으로 몸을 숙인다.

「도시는 하나의 소화계일 뿐만 아니라 신경계이기도 합니다. 왕궁 또는 시청은 뇌에 해당합니다.」

그는 궁궐이나 국가의 수반이 거처하던 성관들의 몇 가지 모델을 보여 준다.

「허파가 뇌에 산소를 공급하듯이, 조세를 거두는 관청은 왕궁에 금전을 공급하고 왕궁에서는 그것의 배분을 결정합니다.」

시시포스는 여러 시대에 걸친 다양한 유형의 조세 기관들을 소개한다. 그런 다음 상처 입은 거구를 고통스럽게 옮기며 후보생들 사이로 돌아다닌다.

「유기체에 면역 체계가 있듯이 도시에도 안팎의 공격으로부터 스스로를 보호하는 체제가 필요합니다. 그런 체제로는 먼저 경찰이 있습니다. 병든 구성원들이나 유기체 전체에 해를 끼칠 수 있는 구성원들을 잡아서 감옥에 가두는 조직이죠. 감옥을 세우는 것 역시 여러분이 잊지 말아야 할 일입니다. 도시를 안전하게 지키기 위한 또 다른 조직으로는 소방대와 군대가 있습니다. 그것들의 필요성에 관해서는 더 설명할 필요가 없을 것입니다.」

그는 옆쪽의 선반으로 가서 몇몇 건축물의 모형을 집어 든다.

「신전은 도시의 정신적인 중심이 될 수 있습니다. 유기체에 비유하자면 정서 체계의 통일성을 유지시키는 역할을 하죠.」

그는 북미 인디언의 원추형 천막에서 고딕 성당에 이르기까지 시대를 달리하는 모든 민족의 사원들을 보여 준다.

「학교는 새로운 시민들을 만들어 내는 생식기에 해당합니다. 집단적인 기억과 가치 체계와 문화를 전수하죠.」

시시포스는 도시의 모형 위에 작은 집들을 내려놓는다.

「도시에서는 사람과 사람 사이에 소통이 많아지는 대신 생활 공간이 줄어듭니다. 도시가 건설되기 전에는 주위 사람들이 불편을 끼치면 멀찌감치 떨어져서 천막을 치면 그만이었죠. 하지만 도시에서는 서로 참고 견뎌야 합니다. 바로 〈이웃〉이라고 하는 까다로운 개념이 생겨난 것이죠.」

1호 지구에서 이웃하고 살았던 사람들에 대한 기억이 되살아난다. 나는 공동 주택의 입주자 회의에서 만났던 고약한 사람들을 생생하게 기억하고 있다. 그들은 그야말로 온 인류의 끔찍한 축소판이었다.

「이웃은 나와 별로 다르지 않습니다. 다만 밤이 이슥한 시각에 시끄러운 소리를 내기도 하고, 공용 구역에 담배꽁초를 버리기도 하고, 한밤중에 화장실 수세 장치의 물을 내리기도 하죠. 바비큐 파티를 하면서 연기를 피우고, 온 동네가 다 알도록 요란하고 우스꽝스러운 방식으로 섹스를 하고, 한창 일하고 있는데 초인종을 눌러서 병따개를 빌려 달라고 하고, 감기를 옮기고, 묻지도 않았는데 자기 자식들이 일으킨 문제를 주절주절 늘어놓고, 자기 아이들이 남의 집 현관문에 낙서한 것은 모르는 채 남의 아이들을 탓하는 사람. 그런 사람들이 바로 이웃입니다. 사정이 그러하기 때문에 이웃 사람들과 너무 가까이 어울리는 것은 좋지 않습니다. 조금 거리를 두는 편이 낫죠. 그러지 않으면 그들을 견딜 수 없게 됩니다.」

시시포스는 잠시 입을 다물고 옆구리를 주무른다.

「어떤 인물들은 도시를 혐오했습니다. 칭기즈 칸은 도시를 감옥으로 여겼죠. 이 감옥에 갇히는 것이야말로 질병, 부패, 쩨쩨함, 시샘, 위선 등 모든 문제의 원인이라고 믿었습니다. 그의 생각이 아주 틀렸다고 볼 수는 없습니다. 이미 쥐들을 상대로 한 실험에서 확인했듯이 생활 공간이 줄어들면 공격성이 심해집니다. 그렇다고 하늘을 지붕 삼아 살아가는 사람들이 꼭 선량하거나 친절하다는 뜻은 아닙니다.」

그는 도시 모형을 물끄러미 바라본다.

「사실 칭기즈 칸은 평화를 추구하는 인물과는 거리가 멀었죠. 하지만 적어도 그의 민족은 환경 오염이라는 것을 몰랐고 늘 여행을 하며 살았습니다.」

사라 베르나르트가 묻는다.

「저희가 도시를 싫어하게 만드실 참인가요?」

「조화롭고 효율적인 도시를 구상하라고 권하는 것입니다. 그게 바로 내 강의의 주제죠. 진보라는 것이 다 그렇듯이, 도시는 위험과 개선의 가능성을 동시에 품고 있습니다. 이 모형들을 더 가까이에서 살펴보세요. 고대 도시들은 대개 네모꼴로 설계되었습니다. 여기 올림피아에서처럼 남북과 동서 방향으로 난 두 개의 간선 도로가 도시 한복판에서 직각으로 만납니다. 각 변에 하나씩 나 있는 네 개의 문은 동서남북 네 방위에 해당하죠. 1호 지구에서는 예루살렘, 헬리오폴리스, 로마, 베이징, 앙코르 등이 그렇게 설계되었습니다. 구조는 간단하지만 기능이 훌륭합니다. 여러분이 본보기로 삼을 만

하죠.」

그는 다른 도시들의 설계도를 보여 주고 나서, 칠판에 〈인구 전쟁〉이라고 쓴다.

「여러분의 도시들이 발전함에 따라 새로운 형태의 전쟁이 나타날 것입니다. 상당한 수준의 기술을 요하는 장기 농성전이 나타나리라는 것이죠. 옛날에는 영토를 차지하는 것이 전쟁의 관건이었지만, 이제는 요새화한 도시를 장악하는 것이 관건입니다. 도시를 포위하고 공격하기 위해서는 상당한 병력이 필요합니다. 여러분이 벌이고 있는 게임의 현 단계에서는 한 세대가 지날 때마다 병력을 배가시키는 것도 승리를 확보하는 길이 될 수 있습니다. 1호 지구의 예를 보더라도, 양쪽 군대가 상대에게 겁을 주기 위해서 지평선을 따라 길게 도열하는 경우가 종종 있었습니다.」

그는 자리에 앉아서 말을 잇는다.

「역사책을 보면 대규모 전투에 관한 얘기들이 숱하게 나와 있습니다. 하지만 한쪽 군대가 그저 병사들의 수를 과시하는 것만으로 상대의 기를 꺾고 항복을 받아 냈기 때문에 전쟁이 일어나지 않았던 사례들은 언급되어 있지 않죠. 그냥 겁을 주는 것만으로 막대한 인명의 손실을 막을 수 있다는 점을 잊지 마세요.」

나는 다른 후보생들을 바라본다. 다들 시시포스의 말을 받아 적고 있다. 내가 학교에서 이딴 것을 배우게 될 날이 올 줄 어떻게 알았으랴! 사람들이 모여서 서로 죽이는 짓거리, 나는 언제나 그것을 한심하게 여겼다. 그것은 인간의 슬픈 전통이다. 사람들은 마치 축제라도 벌이듯이 북을 치고 피리를 불면서, 때로는 노래까지 불러 가면서 서로 죽이는 짓거리를 한다. 그것도 대개는 화창한 봄날에 말이다. 그런데 이제 나에게 전쟁을 일으킬 수 있는 권능이 주어졌다. 내 백성을 죽음의 아수라장 속으로 몰아넣을 수 있는 힘을 지닌 것이다. 체스를 두라면 보통 이상으로 잘 둘 수 있지만, 전쟁이라면 딱 질색이다.

시시포스의 강의가 이어진다.

「전쟁에는 사회적인 역할이 한 가지 있습니다. 전염병이나 기아와 마찬가지로 전쟁은 인구 과잉 문제를 해소시켜 주죠. 인간은 출생률이 높아지는 것을 제대로 통제하지 못합니다. 그래서 아이들이 지나치게 넘쳐 나죠. 그것을 상쇄하기 위해서는 인구의 자동 제어가 필요합니다.」

그의 말투가 너무나 초연하다. 마치 공급 과잉을 막기 위해 어떤 공장의 일부 생산물을 파기해야 한다고 말하는 식이다.

「1호 지구의 역사를 보면, 출생률과 전쟁이 무관하지 않습니다. 출생률이 높아지고 나면 전쟁이 일어난다는 것이죠. 마치 압력솥이 폭발하지 않도록 증기를 빼내야 하는 것처럼 말입니다.」

시몬 시뇨레가 묻는다.

「하지만 인구 과잉을 해소하는 방법이 전쟁밖에 없는 건 아니지 않습니까?」

「다른 해결책이 있다면 출생률을 스스로 조절하는 방법이 있겠죠. 사실 그런 시도가 없었던 것도 아닙니다. 하지만 모두 실패로 끝났어요. 어쩌면 인간은 자손이 번성하는 것을 너무 좋아하기 때문에 스스로 억제할 수가 없는지도 모르죠. 가장 억압적인 독재 체제조차도 출생률을 효과적으로 통제하지 못했습니다.」

그는 낙담 어린 한숨을 내쉰다. 브뤼노가 말을 받는다.

「그런가 하면 인구가 증가하기를 바라는 나라들도 있습니다. 다가올 전쟁을 염두에 두고 병력을 확보해 두자는 것이죠. 우리는 인구를 통제하는데 이웃 나라는 그러지 않는다면, 나중에는 인구의 열세 때문에 밀릴 가능성이 있습니다.」

「보세요, 이웃의 문제가 또 있군요.」

시시포스는 자리에서 일어나더니 서류철에서 종이 몇 장을 골라내어 보여 준다. 벌집과 흰개미집과 개미집의 도면들이다.

「동물들, 특히 흰개미나 꿀벌이나 개미처럼 사회생활을 하는 곤충들은 개체 수를 완벽하게 조절할 줄 압니다. 필요에 따라서 그리고 먹이의 비축량을 감안해서 알을 더 낳기도 하고 덜 낳기도 하죠. 출생률을 조절할 수 있으려면 구성원들의 의식이 일정한 수준에 도달해야 하는데, 18호 지구의 민족들은 그 수준에 도달하려면 아직 멀었어요. 그래서 여전히 전쟁이라는 해결책을 선호하는 겁니다.」

나는 손을 든다.

「각 민족을 이끄는 우리가 다 같이 원탁에 둘러앉아서 전쟁을 중단하기로 합의하면 어떨까요? 민족별로 공평하게 영토를 획정하고 저마다 영토에 걸맞게 출생률을 조절해서 안정과 조화를 이룰 수는 없을까요? 그러면 우리의 에너지를 영토를 확장하거나 침략을 막아 내는 데에 쓰지 않고 오로지 국민의 일상생활을 개선하는 데만 쓸 수 있을 텐데요.」

다들 조용하다. 시시포스는 나를 격려한다.

「좋아요, 말이 안 되는 건 아니군요. 계속해 봐요. 그러니까 모두가 원탁에 둘러앉아서…….」

「이제부터는 서로 경쟁을 벌이지 않기로 합의하고, 남을 누르고 승리하기보다 함께 승리하는 길을 찾아보자는 것입니다.」

「그럼 인구 성장의 문제는 어떻게 해결하죠?」

「출산을 통제하는 제도를 만들어야죠. 저는 이미 〈고요한 섬〉에서 그런 제도를 시행한 적이 있습니다. 필요에 따라서, 그리고 안팎의 균형을 고려해서 출생률을 조절하는 제도였습니다.」

시시포스는 턱을 문지른다.

「한 가지 잊고 있는 게 있어요. 인간은 천성적으로 개체 수의 증가를 선호하는 동물이라는 사실 말입니다. 인간에게 자식 낳는 것을 자제하라고 요구하는 것은 스스로를 계속 확대해 가려는 욕구를 포기하라고 요구하는 것과 마찬가지죠.」

「조금 전에 사회생활을 하는 곤충들은 그것에 성공했다고 하시지 않았나요?」

시시포스는 고개를 가로젓는다.

「하지만 그러기까지 얼마나 많은 세월이 흘렀는지 알아요? 수억 년이 걸렸어요. 인간은 출현한 지 얼마 되지 않은 동물입니다. 18호 지구의 인간으로 말하자면 그야말로 갓 생겨난 종이죠. 인간은 여전히 공포 속에서 살고 있고 아직도 살생을 하면서 쾌감을 느낍니다. 저희의 행복이 자연과 조화를 이루는 데 있다는 사실을 이해하지 못하고, 언제나 저희가 가장 강하다는 것을 보여 주고 싶어 합니다. 따라서 그들에게는 경쟁이 필요합니다. 그리고 경쟁에는 승자와 패자가 있게 마련이죠.」

「저는 다원주의도 적자생존도 믿지 않습니다. 제가 믿는 것은 우리가 서로 싸우기를 중단하고 똑같이 승리하는 길을 찾을 수 있으리라는 것입니다.」

「그러자면 인간이 동질적인 동물이라야 할 겁니다. 하지만 인간은 생김새도 마음씨도 서로 달라요. 가치 체계를 공유하는 것도 아니고 똑같은 재능을 가진 것도 아니죠. 자연은 평등주의자가 아닙니다. 동물들은 다양하고, 바로 그 다양성에서 세계의 풍요로움이 생겨나는 것입니다. 인간들 역시 매우 다양합니다. 모든 시민의 완전한 평등을 실현하고자 했던 공산주의가 어떻게 되었는지 생각해 보십시오. 결국은 차르 체제보다 더 혹독한 독재를 낳지 않았습니까? 원탁에 둘러앉는다고 했는데, 그런 것은 과거에 시도된 적이 있어요. 제1차 세계 대전이라는 살육전을 겪고 난 뒤에 국가 간의 연합체인 국제 연맹이 창설되었죠. 세계의 모든 정부가 다시는 이런 일이 없도록 하자고 말했어요. 〈세계적인 군비 철폐〉를 운위하기도 했죠. 정말로 세계의 모든 무기를 한데 모아서 불태우거나 땅에 묻어 버릴 수 있다고 생각했습니다. 그런데 어떻게 됐나요? 20년 후에 제2차 세계 대전이 터졌어요. 훨씬 더 많은 살상 무기가 동원된 잔혹한 전쟁의 와중에 무수한 사람들이 죽었죠.」

강의실 여기저기에서 웅성거리는 소리가 인다.

「1호 지구에서는 실패했지만 18호 지구에서는 성공할 수 있습니다. 그러기 위해서 저희가 여기에 있는 것 아닌가요? 저희는 선배들보다 잘해야 하지 않을까요?」

시시포스는 내게 다가온다.

「물론이죠. 하지만 현실을 직시하지 않으면 안 돼요. 모든 참가자가 시상대의 가장 높은 단에 올라가는 올림픽 경기를 본 적이 있습니까? 그렇게 모두가 1등이 된다면 경쟁에 참여하는 것이 무슨 의미가 있죠? 패배자가 없다면 이긴다 한들 무슨 기쁨이 있겠어요?」

나는 이대로 물러나고 싶지 않다.

「올림픽에 빗대어서 말씀하셨으니 저는 다른 비유를 들겠습니다. 이런 장면을 한번 상상해 보십시오. 고대 로마의 원형 경기장에서 검투사들이 경기를 벌이기로 되어 있습니다. 그런데 검투사들이 서로 싸우지 않기로 결정합니다.」

시시포스는 심드렁하게 묻는다.

「그럼 그 검투사들은 무얼 하죠?」

「단결해서 서로 돕습니다.」

「그래서 로마의 경비병들을 공격하기라도 할 건가요?」

「맞습니다.」

「그래 봤자 로마군에게 전멸당하고 말겠죠. 잘 알겠지만 그런 전례가 있습니다. 바로 스파르타쿠스의 반란입니다. 그는 검투사들 간의 단결을 이뤄 냈죠. 하지만 그들이 매우 참혹한 종말을 맞았다는 사실을 굳이 말해야 할까요?」

「좋습니다. 그럼 제가 동기생 전체를 상대로 말해 보겠습니다.」

나는 후보생들 쪽으로 몸을 돌린다.

「여러분, 제가 한 말씀 드리겠습니다. Y 게임이 시작된 지 얼마 되지도 않았는데, 우리 민족들은 바야흐로 1호 지구의 고대에 해당하는 단계에 진입하고 있습니다. 더 늦기 전에 여러분 모두에게 제안합니다. 이제부터는 서로 싸우지 않기로 합시다. 현재의 국경에 준하여 영토를 서로 나눕시다. 그리고 조금 전에 말한 인구 과잉의 문제를 피하기 위해, 사망자 수에 따라 신생아 수를 통제하기로 약속합시다. 저의 제안에 찬성하는 분들은 손을 들어 주십시오.」

랍비 프레디 메예르가 가장 먼저 손을 든다. 사라 베르나르트, 라퐁텐, 시몬 시뇨레, 라블레가 그 뒤를 잇는다. 나는 라울을 똑바로 바라본다. 그는 눈길을 피해 버린다. 분명 최후의 승자가 되고 싶은 것이다. 다른 후보생들이 또 손을 든다. 에디트 피아프, 조르주 멜리에스, 귀스타브 에펠. 우물쭈물 망설이는 축도 있다. 더러는 손을 들고 더러는 손끝만 까딱이다가 만다. 보아하니 전체 후보생 가운데 3분의 1은 내 제안에 따를 준비가 되어 있는 듯하다. 이게 다일까?

「잘 생각해 보십시오! 결국에는 우리 가운데 한 명만 남게 됩니다. 저마다 자신이 최후의 승자가 되리라고 생각하는 겁니까?」

시시포스는 고개를 설레설레 흔든다.

「이건 로또와 비슷해요. 사람들은 블랙잭 같은 도박보다 로또를 좋아합니다. 이길 확률이 높은 대신 딸 수 있는 돈이 적은 쪽보다는 당첨 확률이 5백만 분의 1밖에 안 되더라도 엄청난 상금을 탈 수 있는 쪽에 돈을 건다는 것이죠. 그건 논리적으로 옳고 그름을 따질 문제가 아니에요. 사람들의 마음이 그렇게 흐르는 것을 어쩌겠습니까? 기대하는 마음이 너무 커서 깊이 생각할 수가 없는 겁니다.」

그의 말에 반박하기라도 하듯 다시 손들이 올라간다. 마리 퀴리, 장자크 루소, 오스만, 빅토르 위고, 카미유 클로델, 에릭 사티 등의 손이다.

나는 책상 위에 올라가서 동기생 여든두 명을 둘러보며 당당히 소리친다.

「우리는 이제 서로 싸우는 짓을 그만둘 수 있습니다.」

시시포스가 끼어든다.

「맞는 말이에요. 만약 여러분 모두가 세계를 공평하게 분할하는 데 동의한다면 이곳의 모든 신이 여러분의 합의를 존중할 수밖에 없을 겁니다. 솔직히 말하자면 이게 처음 있는 일은 아닙니다. (그는 목소리를 낮추어 덧붙인다.) 말이 나온 김에 한 가지 사실을 더 알려 줘야겠군요. 여러분의 선배들도 이런 생각을 한 적이 있어요. 하지만 그들은 만장일치에 이르지 못했죠.」

「우리는 할 수 있습니다. 이제 거의 다 됐습니다.」

다시 손들이 올라간다.

「모두가 실패했지만 우리는 해낼 것입니다!」

하지만 이번엔 아무도 손을 들지 않는다. 문득 뤼시앵이 떠오른다. 첫 강의 시간에 17호 지구의 인류를 몰살하는 것에 반대하여 게임을 스스로 포기했던 이상주의자. 내가 그의 뒤를 잇고 있다는 느낌이 든다.

「자, 우리 모두 함께합시다!」

손을 들지 않은 후보생들은 머뭇거리며 나를 바라본다. 시시포스가 다시 끼어든다.

「만장일치가 필요해요. 단 한 명이라도 게임을 포기하지 않겠다고 하면, 이 제안은 받아들여지지 않을 것입니다.」

다시 몇몇 후보생의 손이 올라간다. 그러나 그들을 합쳐도 내 편은 반이 채 되지 않는다. 또 한 후보생이 손을 든다. 마타 하리다.

라울은 여전히 손을 무릎 위에 올려놓고 있다.

「여러분, 이 표결에 얼마나 중요한 것이 걸려 있는지 아시지 않습니까?」

이젠 아무도 움직이지 않는다. 힘이 쭉 빠지는 기분이다. 시시포스가 아퀴를 짓는다.

「시도는 좋았어요. 비록 실패했더라도 칭찬받을 만해요.」

나를 지지했던 후보생들이 손을 내린다. 손을 들기는 했지만 헛된 기대를 품는 이는 아무도 없었던 듯하다.

시시포스가 말투를 바꿔 나에게 충고한다.

「이 일을 너무 심각하게 받아들이지 말게. 자네는 정말로 게임을 즐기는 후보생들이 있다는 사실을 고려하지 않고 있어.」

그의 말이 옳을 것이다.

「다시 비유를 들자면, 이런 포커 게임을 상상해 보게. 모두의 합의에 따라 판돈을 똑같이 나누어 갖는 경우 말일세. 그런 경우에도 포커를 치는 재미가 있을까?」

시시포스는 전체 후보생을 둘러보며 말을 잇는다.

「어쨌거나 즐거운 마음으로 게임에 임하세요. 이것은 우주에서 가장 흥미진진한 게임입니다. 카드놀이나 모노폴리나 가상 현실 게임 따위에 비할 바가 아니죠. 진짜 세계를 가지고 노는 신들의 게임이니까요. 다들 마음껏 즐기세요.」

그러고 나서 그는 다시 나를 향해 말한다.

「미카엘, 경기의 규칙을 따르게. 선택의 여지가 없잖아? 그리고 자네가 이길 수도 있어. 여러분도 마찬가지입니다. 누구나 승자가 될 수 있어요.」

크로노스의 종루에서 종소리가 울리기 시작한다.

「자, 강의는 이것으로 마치고 실습에 들어갑시다.」

그는 강의 노트를 다시 훑어보고 나서 덧붙인다.

「아참! 한 가지 잊은 게 있어요. 문자에 관한 얘기예요. 지금 여러분이 도달해 있는 단계에서는 서사(書士)와 문헌과 역사가 거의 모든 곳에서 나타날 거예요. 그럼으로써 많은 것이 달라지게 됩니다…….」

12. 백과사전: 문자

기원전 3000년 무렵에 근동의 대문명들은 모두 문자를 가지고 있었다. 수메르인들은 설형 문자, 말 그대로 〈쐐기꼴〉 문자 체계를 발전시켰다. 그들의 위대한 혁신 덕분에 존재와 사물을 그대로 본뜬 회화 문자에서 훨씬 상징적인 선으로 이루어진 문자가 생겨난 것이다. 이 문자는 관념뿐만 아니라 소리도 나타낸다. 예를 들어 화살을 의미하는 기호는 〈티〉라는 소리를 나타내다가 곧 생명이라는 추상적인 개념과 결합되었다. 이 문자 체계는 가나안족과 바빌로니아인들과 후르리족에게 전파되었다.

기원전 2600년경에 수메르인들은 약 6백 개의 기호를 사용하고 있었다. 이 가운데 150개는 묘사와 거리가 먼 추상적인 의미를 지닌 것이었다. 서사들은 이 기호들을 젖은 점토판에 새긴 다음 점토판을 햇볕에 말리거나 화덕에 넣고 구워서 단단하게 만들었다. 이 문자는 교역과 외교에 사용되다가 곧 종교적인 글과 시를 적는 데도 사용되었다. 이 문자로 쓰인 길가메시 왕의 서사시는 인류가 만들어 낸 최초의 서사 문학으로 간주된다.

그 뒤에 페니키아의 도시 비블로스에서 현대 알파벳의 원조인 고대 표음 문자가 나타났다. 흔히 페니키아 문자라 부르는 이 문자는 오늘날의 히브리 문자와 상당히 비슷하다. 베이루트 국립 박물관에 소장되어 있는 비블로스 아히람왕의 석관에 새겨진 글은 페니키아 문자의 가장 오래된 본보기이다. 이 새김글에는 스물두 개의 자음자가 나타나 있다. 페니키아 문자는 교역과 탐험의 과정에서 지중해 전역으로 퍼져 나갔다. 히브리 문자에서와 마찬가지로 페니키아 문자의 첫 글자는 〈알레프〉라 불린다. 이 글자는 원래 소의 머리 모양으로 되어 있었는데, 뿔이 아래쪽을 향하도록 뒤집어짐으로써 우리가 사용하는 A가 되었다. 그런데 왜 소의 머리를 첫 글자로 삼았을까? 그건 아마도 당시에 소가 주된 에너지원이었기 때문일 것이다. 고기와 젖을 주고 수레와 쟁기를 끄는 소야말로 가장 소중한 동물이 아니었을까?

에드몽 웰스, 『상대적이며 절대적인 지식의 백과사전』 제5권

13. 도시 국가 시대 : 쥐족

쥐족 군대가 들판을 나아가고 있었다. 선두의 젊은이들은 쥐의 머리가 빨간색으로 선명하게 들어가 있는 검은 깃발을 흔들어 댔다. 기병들은 전쟁용으로 특별히 조련된 말들을 타고 있었다. 이 말들은 주인의 어떤 명령에도 즉각 반응했다. 보병들은 활과 창과 투석기로 무장하고 있었다.

쥐족은 말벌족과 싸우다 죽은 병사들을 순교자처럼 떠받들고 자기들에게 굴욕을 안겨 준 여전사들에 대한 증오심을 키워 가면서 오래전부터 이 토벌대를 준비해 왔다.

쥐족의 새 우두머리는 모든 경쟁자를 말벌족의 첩자로 몰아서 제거했다. 예전에 말벌족이 승리를 거둔 것은 쥐족 내부에 말벌족과 내통하는 자들이 있었기 때문이라는 소문을 정쟁에 이용한 것이었다. 그렇듯이 쥐족의 단결은 말벌족에 대한 증오와 내통자에 대한 끊임없는 경계 속에서 더욱 공고해졌다.

그들에 맞서는 말벌족의 도성 역시 지난번 전투 이후로 더

욱 커지고 더욱 견고해졌다. 예전에 높이가 3미터였던 성벽은 이제 5미터로 높아졌고, 성문들은 목재를 여러 겹 덧대어 보강되었다. 검술에 능한 아마존들은 전보다 한결 가벼운 칼로 무장하고 있었다.

파수병들이 쥐족 군대가 지평선에 나타났음을 알리자 즉시 상아 각적 소리가 울리고 여전사들이 도성을 수호하기 위해 모여들었다.

두 군대가 정면으로 대치했다. 잠시 멈칫거리는 동안 양 진영에서 저마다의 언어로 된 으름장과 욕설이 터져 나왔다.

아마존들은 적의 정면 공격에 대비하고 있었다. 그런데 놀랍게도 쥐족 병사들은 왕의 신호에 따라 양쪽으로 비켜서더니 완전히 벌거벗은 사람들 한 무리를 앞으로 내보냈다. 칼도 방패도 지니지 않은 알몸의 남녀들이었다. 갈비뼈가 앙상하고 핼쑥한 얼굴에는 아무 표정이 없었다. 그들은 허기에 지쳐 비틀거렸다. 수천 명의 남녀들이 그렇게 모든 것을 체념한 채 나아오고 있었다. 그야말로 유령의 군대였다.

말벌족 여전사들로서는 선택의 여지가 없었다. 그녀들은 화살을 날려 그 슬픈 인간 무리를 쓰러뜨렸다. 불운한 무리가 모두 쓰러지자, 아마존들은 피로감을 느끼기 시작했다. 비축해 놓은 화살도 벌써 많이 없어진 뒤였다. 아마존들은 인명을 경시하는 쥐족의 태도에 경악했다. 패배하는 경우에는 자기들 역시 참혹한 운명을 맞이하리라는 예감이 들었다.

그때 갑자기 쥐족의 대열에서 두꺼운 방패로 몸을 가린 한 무리의 병사들이 튀어나왔다. 그들은 굵다란 공성추를 함께 들고 있었다. 공성추 끄트머리에 새겨진 쥐의 머리가 멀리에서도 눈에 띄었다. 그들은 도성의 정문을 부수기 위해 돌진해 왔다.

화살이 위력을 발휘할 수 없게 되자 아마존들은 돌덩이들을 던졌다. 그것들 역시 공격자들의 방패에 부딪혀 이리저리 튀어 나갔다.

그러자 아마존 하나가 묘안을 냈다. 저녁 수프를 준비하기 위해 커다란 솥에 끓이고 있던 물을 들이붓자는 것이었다. 이번에는 쥐족 선발대가 끓는 물에 데어 울부짖으면서 공성추를 버리고 달아났다. 그러나 방패로 몸을 가린 또 한 무리의 병사들이 벌써 다다르고 있었다. 아마존들이 다시 물을 끓이느라 지체하는 사이에 그들은 성문을 부쉈다.

아마존들은 기병대의 공격을 예상하고 있었다. 하지만 쥐족은 다시 의표를 찔러 왔다. 아마존들의 화살을 바닥내기 위한 노예 부대에 이어 그들은 아이들을 내보냈다. 여섯 살에서 열두 살에 이르는 소년들이 그야말로 미니어처 병정 부대를 이루고 바락바락 소리를 지르면서 돌을 던지고 횃불을 흔들어 댔다.

이건 쥐족 왕의 발상이었다. 그는 여자들이 아이들 앞에서 약해진다는 사실에 주목하고 아마존들도 차마 아이들을 죽이지는 못하리라고 생각했다. 반면에 쥐족 소년들은 전쟁터에서 죽는 것을 거룩하게 여기고 불타는 적개심을 갖도록 교육을 받은 아이들이었다. 소년들은 저희가 민족을 위해 목숨을 바칠 수 있다는 것을 부모들에게 보여 주고 싶어 했다.

쥐족 왕의 계책은 효과가 있는 것으로 드러났다. 아마존들은 아이들을 마주하고 우물쭈물하다가 과녁을 놓치기가 일쑤였다. 그 사이에 소년 부대는 거의 아무런 저항도 받지 않고 성안으로 몰려 들어가서 여기저기에 불을 질렀다. 아마존들은 소년들을 상대로 한 선전과 세뇌의 힘을 과소평가했던 셈이다.

성내는 아수라장으로 변했다. 불타는 집들에서 매캐한 연기가 솟아나고 있었다. 그때 쥐족 기병대가 성안으로 짓쳐들어왔다. 아마존들은 표창을 던졌다. 이제는 화살을 아껴야 하는 상황이었다. 육박전이 벌어졌다. 쥐족 병사들은 철검을 휘둘렀다. 그들은 피정복 민족을 압박하여 철이라는 새로운 금속의 제련법을 알아낸 바 있었다. 아마존들은 철검보다 무겁고 더 잘 부러지는 청동 검을 쓰고 있었다. 아마존들은 적들보다 검술에 더 능했지만, 신무기의 기세에 눌려 자꾸 쓰러져 갔다.

쥐족의 두 번째 기병대가 급히 달려와 공격에 가세했다. 그동안에 소년병들은 땅바닥에 쓰러진 말벌족의 부상자들을 노리고 악착스럽게 덤벼들었다.

반격의 신호가 울렸다. 말벌족 여왕이 기병대를 이끌고 나타나 기습을 가했다. 이제 아마존들은 미친 듯이 날뛰는 소년병들을 죽이는 데 주저하지 않았다. 놈들 때문에 입은 피해가 너무나 막대했던 것이다.

전투는 두 시간 넘게 이어졌다. 승부를 예측하기 어려운 팽팽한 접전이었다. 상대와 거리를 두고 싸우는 경우에는 아마존들이 유리했다. 그녀들의 화살은 적의 창보다 정확했다. 하지만 쥐족 병사들이 바싹 다가드는 데 성공하여 육박전이 벌어지면 매번 그들이 우세를 보였다.

쥐족 왕의 머릿속에 한 가지 직감이 떠올랐다. 〈꿀벌들을 제압할 때처럼 여왕을 잡기만 하면 된다.〉 그는 가장 용감한 장수들을 불러 여왕을 생포하라고 명령했다.

여왕은 대열의 선두에서 군사들을 독려하고 있었기 때문에 금방 눈에 띄었다. 그들은 여왕 쪽으로 내달아 경호병들을 간단히 처치했다. 여왕은 혼자 적들에게 둘러싸이고 말았다. 창들이 울타리처럼 에워싸고 있어서 누구도 여왕을 도우러 갈 수 없었다.

「여왕을 산 채로 잡아야 한다!」

쥐족의 왕이 소리쳤다.

여왕은 뒷다리로 버티며 일어서는 애마의 도움을 받으며 적들이 다가오지 못하도록 칼을 휘둘렀다. 긴 머리가 바람에 휘날렸다. 겁 없이 다가들었던 쥐족 병사들이 여왕의 칼날에 숱하게 쓰러졌다. 그 광경을 지켜보던 쥐족 왕은 자신의 창을 장대처럼 사용하여 펄쩍 솟구쳐 오르면서 여왕을 말에서 떨어뜨렸다. 쥐족의 왕과 말벌족의 여왕은 한데 엉긴 채 땅바닥에 나뒹굴었다.

여왕은 상대의 두 뺨에 손톱을 박아 넣고 아래로 쓱 그어 내리며 깊숙한 줄무늬를 새겼다. 왕은 여왕의 팔을 비틀며 홱 엎어 버린 다음 자기 옷에 매달려 있던 물소 심줄로 두 손을 묶었다. 그러고는 여왕을 땅바닥에 붙여 놓고 무릎으로 상반신을 짓눌렀다. 여왕은 있는 힘을 다해 상대의 다리를 물었다. 피가 흘렀지만 왕은 눈도 깜짝하지 않았다. 왕이 여왕을 일으켜 세우자, 한 장수가 단도를 건네주었다. 왕은 칼끝을 여왕의 목에 갖다 댔다.

「항복해라, 안 그러면 너희 여왕을 죽이겠다!」

아마존들은 망설였다. 하지만 자기들이 사랑하는 여왕을 죽일 수가 없어서 대다수가 싸움을 중단했다. 끝까지 싸우려고 했던 아마존들마저 하나둘 싸우기를 단념했다. 쥐족 진영에서는 승리의 함성이 터져 나왔다.

그들은 이참에 아마존들을 더 죽이겠다고 나대는 소년병들을 진정시키기로 했다. 포로가 된 아마존들은 사슬에 묶인 채 긴 행렬을 지어 쥐족의 도시로 끌려갔다. 쥐족 여자들은 예를 갖추고 연도에 늘어서서 개선 장병들에게 박수갈채를 보냈다. 그녀들은 수많은 병사가 죽은 것을 슬퍼하면서 포로들에게 침을 뱉었다. 포로들은 놀랍도록 아름다웠다. 포로들의 옷은 얇은 천으로 되어 있었고 기다란 머리채는 깔끔했다. 쥐족의 일부 여자들은 포로들에게 다가들어서 머리채를 만져 보기도 했다. 자기네 머리카락은 때가 덕지덕지 끼어서로 달라붙어 있는데, 어째서 머리채가 그토록 길고 반드르르한지 알고 싶었던 것이다. 그녀들은 포로들의 살냄새를 맡아 보고는 꽃향기가 난다는 사실에 깜짝 놀랐다. 그럼에도 짐짓 얼굴을 찡그리고 다시 침을 뱉었다.

모든 포로가 아름다웠지만, 그중에서도 가장 아름다운 포로는 단연코 왕의 말 뒤에서 두 손을 결박당한 채 걷고 있는 여자였다. 비록 흑단처럼 검은 머리에 흙먼지가 묻기는 했지만, 머리를 꼿꼿이 세우고 어깨를 편 채로 걷는 자태가 여간 도도해 보이지 않았다. 남자들에게 순종하며 살아가는 쥐족 여자들로서는 도저히 받아들일 수 없는 별쭝맞은 여자였다.

병사들은 포획한 말들과 아마존들의 도시에서 약탈해 온 물품들을 한데 모았다. 함성이 터져 나왔다. 쥐족 여자들은 악다구니를 치며 말벌족 여왕의 처형을 요구했다.

그러자 왕이 단검을 손에 들고 포로에게 다가갔다. 엄청난 환호성이 울려 퍼졌다. 하지만 왕은 포로를 단검으로 찌르기는커녕 마치 맛있는 고깃덩어리를 삼킬 채비를 할 때처럼 그녀를 핥기 시작했다. 전사들은 웃음을 터뜨렸다. 포로는 구역질을 느끼는 듯했다. 모두가 결말을 기다리고 있었다.

왕은 조용히 적의 여왕을 풀어 주었다.

군중은 입을 다물었다.

여왕은 즉시 왕을 때리려고 했지만, 왕은 쉽게 그녀를 제압했다. 그러더니 여왕이 그의 손아귀에서 얼굴을 빼내려고 헛되이 발악하는 사이에 그녀의 입술에 제 입을 갖다 댔다.

쥐족 여자들은 포로를 향해 더욱 요란하게 야유를 보냈다.

왕은 그녀들 쪽으로 칼을 들이댔다. 법을 만드는 것은 오로지 자기이며 포로들을 어떻게 하든 여자들이 관여할 바가 아니라는 뜻이었다. 이어서 왕은 가장 뛰어난 전사들에게 아마존들을 마음대로 골라 가지라고 권했다. 전사들은 앞다투어 아마존들을 골라잡았다. 이 신의를 저버린 경쟁 앞에서 쥐족 여자들은 감히 분노를 표현하지 못했다.

왕은 백성들을 향해 소리쳤다. 이제 두꺼운 성벽으로 둘러싸인 커다란 도시를 얻었으니 모두가 거기에 가서 살자는 것이었다. 쥐족은 그때까지 유랑 민족에 가까웠다. 침략을 하기 위해 끊임없이 이동하면서 야영지에서 쉬는 것으로 만족해 왔다. 왕은 꿈에 아마존들의 도시가 쥐족의 수도가 되는 것을 보았다고 말했다.

왕은 쥐족의 의례를 좇아 아마존 여왕과 혼례를 올렸다. 그런 다음 조각상 하나를 세우게 했다. 말에 올라탄 왕에게 땅바닥에 쓰러진 아마존이 살려 달라고 애원하는 모습을 나타낸 조각상이었다. 이것은 쥐족의 첫 기념물이었다. 한편 전의를 상실한 아마존들은 결국 쥐족 사회에 동화해 갔다.

그녀들은 길쌈과 초보적인 위생법 등을 쥐족 사람들에게 가르쳤다.

아마존들은 자기네 민족의 역사를 몰래 기록하기 시작했다. 하지만 어느 날 왕이 그녀들의 기록을 발견하고 후환을 우려하며 모두 없애 버렸다. 옛날에 적대하던 민족의 기억은 말끔히 지우는 편이 나았다. 이제부터는 말벌족이 쥐족 덕분에 발전했다고 주장해야 하는 것이었다.

그는 말벌족의 서사들에게 자기가 구술하는 역사를 받아 적게 했다. 그는 쥐족이 승리를 거둔 위대한 전투들을 인류의 기억 속에 영원히 새겨 넣고자 했다.

그는 아마존 여왕과 혼인해서 아들을 얻고자 했지만 딸만 줄줄이 태어나서 크게 실망했다. 결국 그는 자식에게 왕위를 물려주지 못하고 수하의 한 장군에게 살해당했다. 여자를 무시했던 그의 말로는 그러했다. 운명의 아이러니였다.

왕위를 찬탈한 장군은 조각상의 얼굴을 자기 얼굴로 바꿨다.

14. 백과사전: 세미라미스왕

아시리아인이 이웃 민족들을 공포에 떨게 하면서 메소포타미아에 강대하고 안정된 왕국을 건설하던 때에 세미라미스라는 여인이 겪었던 놀라운 운명에 관한 이야기다.[1] 세미라미스는 오늘날의 이스라엘 남부 아슈켈론 근처에서 태어났다. 그녀의 어머니는 호수에 사는 신이었는데, 갓 낳은 딸을 버리고 호수 속으로 도망쳤다. 아기는 비둘기들이 양치기에게서 훔쳐다 준 젖을 먹으며 자랐다. 그러다가 양치기가 거둬 준

1 이 이야기는 기원전 1세기의 그리스 역사가 디오도로스의 『역사 총서』 제2권에 나오는 전설에 근거한 것이다. 이하 모든 주는 옮긴이 주이다.

뒤로 아리따운 여성으로 성장했다. 니노스왕의 장수 하나가 총명하고 도 아름다운 그녀에게 반하여 그녀를 아내로 맞았다. 어느 날 그는 아내를 니노스왕에게 데려갔다. 왕은 그녀를 보자마자 사랑에 빠졌다. 그래서 그녀의 남편에게 자살을 강요하고 그녀를 왕비로 삼았다. 하지만 세미라미스는 얼마 지나지 않아 왕을 독살하고 거대한 영묘를 그에게 바쳤다.

왕으로 등극한 세미라미스는 당대에 가장 큰 왕국 가운데 하나였던 아시리아를 평화롭게 다스렸다. 왕은 유프라테스 강변에 바빌론을 건설하고 호사스러운 기념물들을 세우기 시작했다. 그중 하나가 고대 세계의 7대 불가사의에 속하는 유명한 〈공중 정원〉이다. 명예욕이 남달리 강했던 왕은 그 정도로 만족하지 않고 정복 전쟁에 나섰다. 그럼으로써 이집트와 메디아, 리비아, 페르시아, 아라비아, 아르메니아 등지를 점령하기에 이르렀다. 하지만 인더스 강가에 다다랐던 왕의 군대는 인도인들에게 패하고 말았다.

세미라미스왕은 42년 동안 재위하면서 아시리아를 군사 대국이자 문화 강국의 반열에 올려놓았다. 그런 다음에는 아들 니니아스에게 왕위를 물려주고 가뭇없이 사라졌다.

후대의 왕들은 여자를 멸시한 나머지 여왕의 치세가 남긴 자취를 점차로 지워 버렸다. 한낱 여왕이 자기들보다 통치를 잘했다는 사실을 잊게 하기 위해서였다.

에드몽 웰스, 『상대적이며 절대적인 지식의 백과사전』 제5권

15. 도시 국가 시대 : 돌고래족

돌고래족은 점차 쇠똥구리족과 동화해 가고 있었다. 하지만 그 과정이 그리 순탄치만은 않았다. 그들을 두고 이런저런 소문이 돌고 있었다. 무슨 비법을 감추고 있다는 둥, 무슨

보물을 가지고 있는데 남들과 나누어 가지려고 하지 않는다는 등, 대개는 그들에 대한 불신을 조장하는 소문들이었다.

하지만 돌고래족은 자기네를 받아들여 준 사람들의 관습을 철저하게 존중하면서 만인을 위한 학문을 발전시키려 애쓰고 있었다.

그들은 문자와 필기도구를 보급했다. 펜은 갈대로 만들었고, 종이로는 마른 꽃잎을 사용하다가 나중에는 파피루스 풀줄기를 잇대어 만든 두루마리를 사용했다. 그들은 일반 학교에 이어 학자와 기술자와 의사를 양성하는 전문 교육 기관을 세웠다.

돌고래족의 영향에서 비롯된 쇠똥구리족의 종교는 신관들을 양성하는 학교가 생김에 따라 더욱 세련된 형태로 발전해 갔다. 이 학교의 학생들은 유일신인 태양신을 숭배하면서도 돌고래족의 오래된 전통에서 나온 신비로운 지식을 배우고 있었다.

그런데 일부 신관들은 그들의 영향력을 상쇄하기 위해 다른 학교를 세웠다. 그들은 〈이방의 주술에 오염되기 전의 전통〉을 내세우며 〈위대한 쇠똥구리 신〉을 비롯한 동물 머리를 가진 여러 신을 숭배하고 있었다. 그리하여 북부 지방에는 태양신을 숭배하는 일신교가 널리 퍼져 나가고 남부 지방에서는 다신교가 득세하는 상황이 벌어졌다.

북부 지방은 새로운 도시들이 생겨나고 어항들이 갈수록 발전하면서 경제적으로 한창 도약해 가는 중이었고, 남부 지방은 농사를 주업으로 하는 덜 개화한 생활 양식을 유지하고 있었다. 북부에서는 생활 수준이 높아짐에 따라 세련된 풍습이 나타났다. 북부 주민들은 발달된 의술 덕분에 영아나 유아를 잃는 경우가 많지 않았다. 〈아이를 제대로 사랑할 수 없으면 낳지 말라〉라는 돌고래족의 전통적인 가르침에 따라 그들은 버림받은 아이가 늘어나게 하기보다는 출산을 제한했다. 그에 반해서 남부 백성들은 힘겨운 농업 노동에 허리가 휠 판이었고, 높은 유아 사망률을 벌충하고 파종과 수확을 위한 일손을 확보하기 위해 자식들을 많이 낳고 있었다.

하지만 세월이 흐르면서 상황은 남부 쪽에 유리하게 돌아갔다. 세대가 거듭될수록 남부의 인구는 더욱 증가했고, 그들에게 강한 영향력을 행사하는 다신교 신관들은 갈수록 북부에 대한 적개심을 강하게 드러냈다. 다신교 신관들은 북부의 역대 왕들이 기생충 같은 이방인들의 농간에 놀아나고 있다고 비난했다. 그들이 보기에 돌고래족 방식의 진보는 독이 든 선물일 뿐이었다. 그들은 왕에게 근원으로 돌아가서 참된 종교인 다신교 신앙을 되찾으라고 요구했다.

그들은 급기야 반역을 음모하고 먼저 왕세자를 살해했다. 그런 다음 몇몇 장군을 음모에 가담시키기 위해, 반역이 성사되면 돌고래족의 재산을 넘겨주겠다고 약속했다. 장군들은 선뜻 응하지 않고 앞뒤를 재다가 결국 재산의 유혹에 굴복했다.

그리하여 무인들의 정변이 일어났다. 왕은 즉시 감금되었고 이내 감방에서 〈자살〉했다는 소식이 전해졌다. 왕비는 자신과 둘째 아들의 목숨을 구해 보려고 왕위를 계승할 뜻이 없음을 누누이 강조했다. 하지만 왕비 역시 목숨을 보전하지 못했다.

쇠똥구리족 신관들은 왕가의 먼 방계 혈족에 속하는 남부 출신의 젊은이 하나를 왕위에 앉혔다. 새 왕은 전문 교육 기관과 일반 학교의 문을 닫고 쇠똥구리족의 다신교 신관들을 양성하기 위한 학교들만 남겨 놓기로 결정했다. 학생들은 거리로 나가 그 결정에 항의하는 행진을 벌였다. 하지만 즉시 유혈 진압이 뒤따랐다.

왕은 그 유혈 사태를 돌고래족의 학생들과 교수들을 잡아들이기 위한 빌미로 삼았다. 그들은 폭동을 부추긴 혐의로 모두 감옥에 갇혔다. 왕은 〈모든 게 그자들의 잘못이다〉라고 하면서 학살의 책임을 부정하고 돌고래족의 나쁜 영향만을 강조했다. 하지만 그것으로는 백성들을 설득하기에 충분하지 않았다. 백성들은 돌고래족에게서 받은 몇 가지 도움을 아직 기억하고 있었다.

왕은 신관들이 시키는 대로 어용학자들을 불러 모은 다음 돌고래족의 축출을 정당화할 방법을 찾아내라고 요구했다. 학자들은 숙고에 숙고를 거듭한 끝에 문서 하나를 날조했다. 쇠똥구리족 사회를 파괴하자고 선동하는 문서였다. 학자들은 그것을 돌고래족이 작성했다고 주장했다.

이 문서는 엄청난 파장을 몰고 왔다. 날조자들의 예상을 훨씬 넘어서는 대성공이었다. 쇠똥구리족 백성들은 마치 이런 빌미가 생기기를 고대했다는 듯이 마지막 남아 있던 양심의 가책에서 벗어나 돌고래족 문화에 대한 좋은 기억을 일거에 지워 버렸다. 쇠똥구리족을 해치려는 돌고래족의 음험한 속셈은 누가 보기에도 명백한 사실로 굳어졌다. 그에 따라 범죄를 다스리는 관리들이 묵인하거나 방조하는 가운데 인종 차별 행위가 급격히 증가했다.

돌고래족과 비종교적인 교육 기관들의 영향력이 쇠퇴함에 따라 백성들의 정신을 건전하게 만든다는 명목으로 사상의 자유와 교육권이 실종되어 갔다. 다신교 신앙은 학문으로 승격하여 학문의 빈자리를 메웠다. 도서관에 소장되어 있던 돌고래족의 책들은 광장에서 불태워졌다. 그러고 나자 왕은 돌고래족이 자꾸 눈에 띄면 백성들의 심기가 불편해진다면서 돌고래족의 구역을 봉쇄하고 그곳에서만 등화관제를 실시했다. 그 조치는 쇠똥구리족 광신자들의 활동을 더욱 용이하게 만들었다.

돌고래족의 생활 형편은 갈수록 나빠졌다. 쇠똥구리족은 그들이 어떤 직업에도 종사하지 못하게 했다. 그러다가 그들이 굶어 죽을 지경에 몰리자, 그들을 도와준다면서 강제 노동 수용소를 만들었다. 그들은 품삯도 거의 받지 못하면서 가장 힘든 노역을 도맡아 했다. 그러다가 왕의 결정에 따라 어마어마한 기념물을 건설하는 일에 동원되었다. 돌고래족 백성뿐만 아니라 역적으로 몰린 모든 학자와 관리, 일신교의 옛 신관들 역시 이 노역장으로 끌려갔다. 그들을 감시하도록 선발된 자들은 쇠똥구리족 백성들 가운데 가장 난폭한 자들이었고 대개는 범죄자들이었다.

노역장의 삶은 끔찍했다. 노역자들은 새 모이만큼 주는 음식으로 겨우겨우 목숨을 이어 갔고, 병이 나거나 다쳐도 전혀 치료를 받지 못했다.

돌고래족 백성들은 눈에 띄게 쇠약해져 가고 있었다. 그러던 어느 날 번개가 무섭게 치더니 노역장 한쪽 담이 무너져 내렸다. 노역자들은 마치 명령을 어기고 담을 넘어가면 그 자리에서 죽임을 당하기라도 할 것처럼 감히 도망갈 엄두를 내지 못했다. 그때 태양신을 숭배하는 일신교의 신관 하나가 행동에 나서기로 결심했다. 그는 돌고래족 출신은 아니었지만 돌고래족의 전통적인 가치 체계를 계승하는 교육을 받은 사람이었다.[2] 그는 느닷없는 벼락 때문에 생긴 혼란을 틈타서 용감한 몇 사람에게 함께 도망치자고 설득했다.

「어쨌거나 이 지경까지 왔는데 우리가 여기서 더 잃을 게 뭐가 있겠소?」

도망자들은 자기들이 예전에 살던 곳이라 작은 고샅길까지 훤히 꿰고 있는 돌고래족 동네의 후미진 구석에 웅크리고 있었다. 그러다가 일신교 신관의 지도에 따라 노역장의 모든 정치범을 탈출시킬 계획을 짰다. 날이 어두워지자 그들은 노역장 담장 밑으로 땅굴을 파기 시작했다. 그리하여 안팎이 호응하는 가운데 탈출 준비가 착착 진행되었다. 드디어 약속한 날이 되자 노역장의 돌고래족 사람들은 땅굴을 통해 도망쳤다. 한낮의 열기가 아직 남아 있던 어느 여름밤의 일이었다. 그들은 반란 신관의 지시에 따라 삼삼오오 흩어졌다가 사막 어귀에서 다시 만나기로 했다. 이 사막은 누구도 걸어서 건널 수 없는 땅으로 알려져 있었다.

2 이하의 이야기에서 분명하게 드러나듯이, 이 인물은 이스라엘 민족을 이집트의 노예 상태에서 해방시킨 모세를 연상시킨다. 그렇다면 그가 돌고래족 출신이 아니라는 것은 매우 흥미로운 진술이다. 베르베르는 모세가 유대인이 아니라 이집트의 귀족이었을 수도 있다는 프로이트의 가정을 염두에 둔 듯하다. 프로이트는 그 충격적인 주장을 담은 말년의 저작 『인간 모세와 유일신교』의 서두에서 이렇게 말하고 있다. 〈한 민족이 자기네 겨레붙이 가운데 가장 자랑스럽게 여기는 사람을 그 민족에 속하지 않는다고 주장하는 것은 가벼운 마음으로 할 수 있는 일이 아니다. 특히 나처럼 그 민족에 속한 사람에게는 더욱 그러하다. 그러나 나는 민족에게 이익이 될 수 있다 해서 진실을 외면하고 싶지 않다.〉 미국의 비교 신화학자 조지프 캠벨은 이 서두를 두고 〈이것은 고귀한 말이다. 나는 이것을 우리 시대의 가장 용감하고 창조적인 한 정신의 고별사로 받아들이고 싶다〉라고 말한 바 있다(『신의 가면 III: 서양 신화』 3장 참조).

태양신교 신관은 그들을 한데 모아 일장 연설을 했다.

「이 사막의 건너편에는 모든 돌고래족 백성이 유래한 시원의 땅이 있다. 우리는 다른 민족들이 받아 주기를 기대하지 않고 거기에 우리의 국가를 다시 건설할 것이다.」

군중은 그 말을 곧이곧대로 믿지 않았다. 하지만 이제 다른 선택이 있을 수 없다는 것을 모두가 알고 있었다. 그들은 행진을 시작했다. 처음엔 그저 수백 명밖에 안 되려니 했는데, 다른 도망자들이 합류해 옴에 따라 그들은 이내 수천 명으로 불어났다. 그러다가 모래와 돌뿐인 뜨거운 사막에 본격적으로 진입할 즈음에는 수만을 넘어 수십만을 헤아리게 되었다. 돌고래족 백성들뿐만 아니라 노역장에 함께 갇혀 있던 정치범들과 예전의 교육자들, 심지어 구금되지는 않았지만 새 왕조의 폭정을 견디지 못한 선왕조의 학자들까지 그들을 따라나선 것이었다.

이제 태양신교의 신관은 그야말로 인간 양 떼를 이끄는 존재가 되었으므로, 사람들은 그를 〈목자〉라고 불렀다.

쇠똥구리족 군대는 그들을 추격하여 몰살하려고 했지만, 한 번도 들어가 본 적이 없는 광대한 사막에서 길을 잃을까 두려워 그냥 물러나고 말았다.

왕은 추격을 그만두라고 명령했다. 창과 화살을 대신해서 굶주림과 목마름과 자칼들이 도망자들을 처치하리라고 생각한 것이었다. 그들이 사막으로 도망친 것은 누가 보기에도 집단적인 자살일 뿐이었다.

그렇게 돌고래족 백성들은 〈목자〉가 이끄는 대로 사막을 나아갔다. 낮에는 햇살이 불처럼 뜨거웠고 밤에는 추위가 엄습해 왔다. 어디가 어딘지 알 수 있게 해주는 지표가 전혀 없는 터라 그들은 자기들의 지도자가 어떻게 나아갈 방향을 정하는지 이해할 수가 없었다. 풍경이 너무나 단조로운 탓에 때로는 같은 자리를 그냥 빙빙 돌고 있다는 느낌도 들었다. 〈목자〉는 천문도를 손금 보듯 하는 터라 방향을 잃지 않고 그들을 계속 북쪽으로 이끌었다. 게다가 밤에 잠을 잘 때마다 그들이 나아가야 할 길을 일러 주는 꿈을 꾸고 있었다.

그러는 사이에 돌고래족 백성들은 허기진 배를 움켜쥐며 기신거렸다. 신경은 갈수록 날카로워져서 사소한 꼬투리만 있어도 싸움이 터졌다. 그들은 갈증이나 느닷없는 주먹다짐 때문에 숱하게 죽을 고비를 넘겼다. 그런데 위험천만한 상황이 닥칠 때마다 천둥이 치고 단비가 쏟아져서 그들을 탈수와 분노로부터 구해 주었다.

하지만 지칠 대로 지친 일부 백성들은 신관을 저주하기 시작했다. 그가 노역장의 형벌보다 더 고약한 방랑길로 자기들을 이끌었다는 것이었다.

〈목자〉는 엄숙하게 말했다.

「되돌아가고 싶은 사람들이 있다면 말리지 않겠다. 돌아가서 쇠똥구리족 왕 앞에 무릎을 꿇고 용서를 빌든 말든 상관하지 않을 테니 마음대로 해라.」

언변이 좋은 한 사내가 그 말대로 하겠다며 군중을 선동하고 나섰다. 천여 명의 백성이 그의 뒤를 따랐다. 그들 가운데 반 정도는 유사(流砂) 지대에서 실종되었고 나머지는 녹초가 된 채 쇠똥구리족 나라에 다다르자마자 광장에서 처형되었다.

그동안 돌고래족 백성들과 그들의 동맹자들은 사막을 계속 나아갔다. 아직 모두가 평온을 되찾은 것은 아니라서 〈목자〉를 죽이겠다고 덤벼드는 자들이 여러 차례 나타났다. 하지만 그들은 앞만 보며 나아가는 고집스러운 양 떼였다. 마치 바다에서 자란 후 강물을 허위허위 거슬러 자기들이 태어났던 곳으로 돌아가는 연어들 같았다. 그리고 그들이 갈증 때문에 곧 쓰러지겠다 싶으면 오아시스가 나타나거나 비가 쏟아지기 시작했다. 그런 기적은 이제 예삿일이 되었다.

그들은 나날이 되풀이되는 고통에 무감각해진 채 그저 〈목자〉의 말씀과 그가 꿈에서 받았다는 메시지에 매달려 삶을 이어 나갔다. 사막의 메마른 기후에는 어느 정도 적응이 되어 있었다. 그들은 몸의 수분을 아끼기 위해 말도 거의 하지 않았고 눈물도 흘리지 않았다. 사막은 그들에게 간결함과 효율을 가르쳐 주었다. 그들은 쉬어 갈 때마다 바닥의 모래를 파내어 기발한 야영지를 마련했다. 바다에서 생겨난 그들의 종교가 사막에 적응한 셈이었다. 〈목자〉는 금식과 명상을 가르쳤고 세상의 소요로부터 초탈하라고 일렀다. 일부 백성들은 그런 금욕 수행을 좋아하게 되었다.

〈목자〉는 말했다. 「무언가를 갈망하면 오히려 그것이 멀어진다. 욕망을 버릴 때 비로소 그것이 다가올 수도 있다. 이것이 금욕의 법칙이다.」

〈목자〉는 말했다. 「남을 이해하려면 처지를 바꾸어서 생각해야 한다. 이것이 공감의 법칙이다.」 그는 이 법칙을 동물과 식물에까지 적용하여, 동물을 사냥할 때는 동물이 사냥꾼의 먹이가 되는 것을 받아들이도록 이해를 시켜야 한다고 주장했다.

〈목자〉는 말했다. 「너희가 무엇을 하든 그것이 시간과 공간 속에서 일으킬 반향을 생각해야 한다. 결과 없는 행동은 없다. 너희가 누군가를 놓고 나쁘게 말할 때 너희는 그 사람을 딴사람으로 만드는 것이다. 너희가 공포나 거짓말을 퍼뜨릴 때 너희는 그 공포를 만들어 내고 그 거짓말을 사실로 바꿔 버리는 것이다. 이것이 인과의 법칙이다.」

〈목자〉는 말했다. 「너희 모두에게는 이 세상에서 수행해야 할 임무가 있고 그 임무를 온전히 수행하는 데 필요한 재능이 있다. 그 사명과 재능을 찾아내야 너희의 삶이 비로소 의미를 지니게 될 것이다. 사명과 재능이 없는 인생은 존재하지 않는다. 자신의 재능을 활용하지 않는 인생은 허비된 인생이다.」

〈목자〉는 말했다. 「성공해야 할 의무는 누구에게도 없다. 하지만 누구나 시도를 해야 한다. 실패했다 해서 자신을 탓하지 말라. 탓해야 할 것이 있다면 오로지 시도하지 않았다는 사실뿐이다.」

〈목자〉는 말했다. 「승리를 찬양할 것이 아니라 위험을 무릅쓰고 시도한 것을 칭찬해야 한다. 승리는 일일이 통제하기 어려운 여러 요인에 좌우되지만, 위험을 무릅쓰고 시도하는 것은 우리에게 달려 있기 때문이다.」

〈목자〉는 말했다. 「눈에 보이는 세계 너머에 눈에 보이지 않는 세계가 있다. 이 세계에서는 어떤 지식이나 지혜, 어떤 계시에도 다가갈 수 있다. 하지만 이 세계에 들어가려면 우리의 마음을 끊임없이 어지럽히는 온갖 잡념의 소용돌이를 잠재워야만 한다.」

그들은 모두 사막에서 끝없이 유랑하는 것을 어찌할 수 없는 운명으로 받아들였다. 그러던 어느 날 척후 한 명이 헐레벌떡 돌아와 앞쪽 언덕 너머에서 본 것을 보고했다. 강물에 둘러싸인 비옥하고 사냥감이 많은 평원이 있다는 것이었다. 보고 내용이 너무나 생뚱맞아서 아무도 반응을 보이지 않았다.

그런데 언덕의 능선을 넘어가자 정말 신기루와도 같은 광경이 나타났다. 강물이 흐르고 그 언저리에 푸른 들판이 펼쳐져 있었다. 돌고래족의 고향이 그들 눈앞에 있었다. 그들은 모두 그 사실을 온몸으로 느꼈다. 마치 그들의 세포가 먼 옛날 조상들의 살갗에 닿았던 공기며 꽃가루며 풀을 알아보는 것만 같았다. 드디어 그들의 소망이 실현된 것이었다.

조상 대대로 살던 땅을 겨우겨우 지켜 온 본토박이 돌고래족 사람들이 유랑자들을 맞아 주었다. 그들 가운데 하나가 유랑자들을 반쯤 폐허가 된 가난한 마을로 데려가면서 소리쳤다.

「돌고래족 백성들은 이 땅을 완전히 포기한 적이 없었고 앞으로도 결코 포기하지 않을 겁니다.」

본토박이들은 자기들이 쥐족의 침략 때에 살아남은 조상들의 직계 후손이라고 했다. 그 조상들은 쥐족이 공격하는 동안 꼭꼭 숨어 있었다. 살길을 찾아 서둘러 배를 타고 탈출한 사람들은 혼란의 와중에서 그들의 존재를 잊어버리고 말았다. 섬에 남은 그들은 더 안전한 은신처를 마련하고 쥐족의 눈을 피해 간신히 목숨을 이어 나갔다. 그러다가 쥐족이 다른 영토를 정복하러 떠나자, 폐허를 수습하고 옛 전통을 지키려고 애쓰며 살아왔다.

그들은 큰 잔치를 열어 재회를 자축했다. 그런 다음 본토박이들과 타지에서 돌아온 백성들이 하나가 되어 나라를 재건하기로 결정했다. 그들은 높다란 성벽으로 둘러싸인 큰 도시를 건설하기 시작했다. 이제 그들이 숭배하는 것은 태양이 아니라 빛이었다.

〈목자〉는 새 나라의 첫 지도자가 되었다. 그는 왕정과 중앙 집권에 염증을 내고 있던 터라 돌고래족의 열두 씨족을 대표하는 열두 현자의 의회를 만들고 이 의회를 중심으로 정부를 구성하자고 제안했다.

〈목자〉는 꿈에서 한 가지 중요한 계시를 받았다. 백성들이 원시적인 충동으로 회귀하지 않도록 하기 위해서 계율을 세워야 한다는 것이었다.

그는 열네 가지 계율을 확정했다.

처음 세 가지 계율은 음식과 관련되어 있었다.

첫째, 인육을 먹지 말라.

둘째, 고통받은 동물의 고기를 먹지 말라. 특히 살아 움직이는 것을 먹으면 안 된다.

〈고통받은 동물의 고기를 먹으면 그 고통이 온전히 우리에게 옮겨진다〉라고 〈목자〉는 설파했다.

셋째, 음식이 배설물에 닿게 하지 말라.

이는 식품 위생에 관한 최초의 계율들 가운데 하나였다. 간혹 농부들은 동물이나 사람의 똥을 비료로 너무 많이 사용함으로써 돌림병을 퍼뜨렸다.

그다음은 성행위와 관련된 계율이었다.

넷째, 근친 간에 성행위를 하지 말라.

다섯째, 강간을 하지 말라.

여섯째, 어린아이를 성애의 대상으로 삼지 말라.

일곱째, 짐승을 상대로 음란한 짓을 하지 말라.

여덟째, 시체를 간음하지 말라.

이것들은 누가 보기에도 자명한 법도였다. 하지만 〈목자〉는 자명한 것일수록 다시 일깨워야 한다고 생각했다.

이어지는 네 가지 계율은 폭력을 방지하기 위한 것들이었다.

아홉째, 살인을 하지 말라.

열째, 사람을 공격해서 다치게 하지 말라.

열한째, 도둑질을 하지 말라.

열두째, 남의 물건을 부수지 말라.

나머지 두 가지는 사회관계에 관한 것들이었다. 노예로 살았던 적이 있는 돌고래족에게는 꼭 필요한 계율들이었다.

열셋째, 보수를 주지 않고 일을 시키지 말라.

열넷째, 쉬지 않고 일하지 말라.

〈목자〉는 이 계율들을 다 작성해 놓고 어이없게도 생선 가시를 잘못 삼키는 바람에 죽었다. 단말마는 두 시간 동안 계속되었다. 그는 연방 캑캑거리며 마른기침을 토하고 손가락을 목구멍에 집어넣고 바닥에서 이리저리 나뒹굴었다. 의사들이 권하는 대로 물을 마셔 보기도 하고 빵 조각을 삼켜 보기도 했지만 아무 소용이 없었다. 그가 숨이 막혀 헐떡거리자 울대뼈를 베자는 의견이 나왔다. 의사들은 재빨리 표결에 들어갔다. 찬성 3, 반대 2, 기권 1. 하지만 아무도 감히 집도를 하려 하지 않았다. 결국 그는 숨을 거두었다.

〈목자〉가 얼마나 엄청난 임무를 완수했는가를 생각하면 생선 가시를 잘못 삼켜서 질식사한 것은 그의 위대함에 걸맞지 않은 너무나 초라한 죽음이었다. 그래서 역사가들은 즉시 더 〈역사적인〉 버전을 공식화하기로 결정했다. 그것에 따르면 〈목자〉는 법열 상태에서 세상을 떠났고, 그가 숨을 거두자마자 하늘에서 비둘기 한 마리가 내려와 그의 영혼을 태양 쪽으로 데려갔다.

사람들은 그의 유지를 받들어 시신을 관에 넣지도 않은 채 개미집 아래에 묻었다. 〈흙에서 나온 육신은 다시 흙으로 돌아가 자기에게 먹을 것을 준 대지를 기름지게 해야 한다〉는 것이 그의 지론이었다.

그가 가르친 계율을 실천에 옮기는 것은 때로 무척 까다로운 일이었다. 식용 동물들의 고통을 줄이는 문제가 바로 그러했다. 신관들은 의사들에게 동물을 고통 없이 죽이는 방법을 연구하라고 요구했다. 의사들은 경동맥의 한 부위를 가리켰다. 그 부위를 베면 점차 마비 상태로 빠져들면서 잠을 자듯이 죽게 된다는 것이었다.

열두 현자의 의회는 휴식의 계율을 따르는 법률들을 제정했다. 그에 따라 백성들은 엿새 동안 일하고 일곱 번째 날에 쉬는 것을 의무로 삼게 되었고, 농지의 4분의 1을 묵혀 지력을 되찾게 하는 제도도 생겨났다.

그들은 정육면체 모양의 신전을 세웠다. 그들을 박해한 쇠똥구리족의 피라미드형 신전을 피하기로 결정한 것이었다. 또한 그들은 노예로 살았던 시절과 사막으로 탈출한 일을 회상하며 역사책을 썼고, 책들이 다시 불타 없어질 경우에 대비해서 부모가 자식들에게 민족의 역사를 들려주는 날을 제정했다. 그리하여 문헌을 통한 전승과 함께 구비 전승이 뿌리를 내리게 되었다.

그들은 도서관도 새로 세우고 자기들이 가장 소중한 보물로 여기는 책들과 지도들을 거기에 보관했다.

세월이 흐르면서 쇠똥구리족 왕국에서 탈출해 온 사람들

은 늙어 가고 새로운 세대가 나라를 더욱 견실하게 만들어 갔다. 그들은 돌고래족 문화의 원천으로 돌아가 항구를 건설하고 교역을 다시 시작했다. 그들의 항구를 떠난 배들은 해안을 따라 나아가면서 다른 민족들과 산물이나 새로운 기술을 교환했다. 이 연안 항해의 목적은 이웃 나라의 원주민들과 우호 관계를 맺고 상관(商館)을 설치하고 지도를 보완하는 것이었다.

돌고래족은 이방인들을 자기네 종교로 개종시키는 일에는 전혀 관심이 없었다. 그들은 어느 민족에게나 저마다의 신이 있다고 생각했다. 그래서 돌고래족의 언어나 문화를 전파하기는 해도 돌고래족의 종교에 대해서는 말을 삼갔다.

그런데 놀랍게도 첫 대면을 하고 서로를 존중하는 가운데 교류의 물꼬가 트이고 나면, 포교를 하지 않는 것이 오히려 이웃 민족들의 불신을 초래했다. 특히 북쪽과 동쪽의 민족들이 돌고래족의 태도를 의심의 눈초리로 보았다. 그들은 돌고래족이 이웃 민족의 고유한 문화를 존중한다고 생각하기는커녕 어떤 비밀을 꼭꼭 감춰 두려 한다고 의심했다. 쇠똥구리족 나라에서 벌어졌던 일이 거의 비슷하게 재연되고 있는 셈이었다.

돌고래족의 상관과 배들은 종종 도적의 무리에게 공격을 당했다. 처음엔 아무도 그것을 대수롭게 여기지 않았다. 하지만 얼마 지나지 않아 진짜 군대가 국경 마을들을 기습했다.

다시 군대를 창설하지 않으면 안 되는 상황이었다. 열두 현자 의회는 예전에 〈목자〉가 일렀던 대로 민군 제도를 선택했다. 백성들이 평소에는 저마다 생업에 종사하다가 위기가 닥치면 무기를 들게 하자는 것이었다. 농민, 어민, 대장장이를 비롯한 갖가지 장색, 서사 등으로 이루어진 이 민군은 처음엔 오합지졸에 불과했으나 훈련을 거듭함에 따라 전투력이 놀랍도록 향상되어 그 명성을 만방에 떨치게 되었다. 알고 보니 이웃 나라의 장수들은 그저 얕은 책략이나 쓸 줄 아는 무지막지한 자들이었다. 돌고래족 군대가 특히 잘 썼던 전술은 밤에 적진에 쳐들어가 병막에 불을 지르고 말들을 달아나게 하는 것이었다. 대개는 이것만으로 침략자들의 사기를 꺾어 버릴 수 있었다. 하지만 적들의 공격은 끊이지 않았다.

전투는 대개 돌고래족의 승리로 끝났지만 사상자가 갈수록 늘어나고 있었다. 돌고래족의 병법에 익숙해진 적들이 방어책을 찾아냈는지 적진에 침투한 특공대가 여러 차례 발각되어 몰살당했다.

이렇듯 외적의 침입이 잦고 그때마다 백성들이 민군을 결성하느라고 생업을 중단하다 보니 나라의 번영을 도모하기가 쉽지 않았다. 열두 현자의 의회는 이런 위기에 제대로 대처하지 못하고 굼뜬 면모를 보였다. 당장 군사 행동을 할 것인가 말 것인가를 결정해야 하는 상황에서 현자들 사이에 의견이 엇갈리면 때를 놓치기가 십상이었다. 그래서 현자들은 자기들의 특권을 포기하고 왕을 선출하기로 결정했다. 행정권은 모두 왕에게 넘겨주고 자기들은 입법권만을 갖기로 한 것이었다. 그들은 예전의 전투에서 가장 뛰어난 통솔력을 보여 준 장군을 왕으로 추대했다. 그는 왕위에 오르자마자 민병 제도를 폐지하고 정규군을 창설하기 위한 세금을 거둬들였다.

새 군대가 창설된 뒤로 돌고래족 백성들의 삶은 예전보다 조금 평온해지는 듯했다. 하지만 중앙 집권적인 왕정을 거부하는 백성들이 적지 않았다. 그들 가운데 일부는 조세가 불공평하다면서 민란을 일으켰다. 그리하여 돌고래족 백성들끼리 서로 싸우는 사태가 벌어졌다. 돌고래족 영토에서 벌어진 최초의 내란이었다.

왕은 광장에 나가 백성들에게 칙유를 내리면서 한탄했다.

「우리와 맞서던 적이 물러가니, 우리가 우리 자신의 적이 되는구나! 얼마나 세월이 더 흘러야 우리가 지혜를 깨우쳐 서로 싸우지 않고 살게 되겠느냐?」

그때 북쪽에서 쥐족의 어마어마한 군대가 출현했다. 그들은 나아가는 길에서 마주치는 모든 것을 파괴하며 진군해 오고 있었다. 이웃 나라의 항구에는 쥐족의 병사들과 소년병들, 그들이 화살받이로 앞세우는 유령 같은 사람들에 관한 소문이 파다했다. 그리고 도서관에 보관된 돌고래족 역사책들은 옛날에 쥐족에게 당한 일을 다시 일깨우고 있었다.

돌고래족은 최선을 다해 저항했다. 하지만 그들의 군대는 병력의 측면에서 너무나 빈약했고, 그들의 왕과 조정은 너무나 경험이 부족해서 적의 노회한 대군과 유례없는 폭력을 감당할 수가 없었다. 결국 그들은 두 차례의 공격을 막아 내고 나서 세 번째 공격에 무너졌다. 쥐족 군대는 다시 돌고래족 왕국으로 짓쳐들어왔다. 신전은 파괴되고 도서관은 불탔다.

그런데 쥐족은 이제 닥치는 대로 학살하는 것이 능사가 아니라는 것을 알고 있었다. 피정복 민족을 학살하기보다 일을 시키는 편이 더 유익했다. 그들은 자기들의 손발 노릇을 할 만한 돌고래족 사람 하나를 왕으로 임명하고 백성들에게는 엄청난 세금을 부과했다. 돌고래족 백성들은 목숨을 부지하기 위해 그들에게 식량과 금속과 첨단 기술을 제공했다. 아름다운 여자들과 위대한 학자들은 포로가 되어 쥐족의 수도로 끌려갔다. 왕은 전투 중에 사망했다. 하지만 열두 현자를 비롯한 한 무리의 돌고래족 사람들은 바다를 통해 탈출하는 데 성공했다.

그들은 연안을 따라 남쪽으로 항해하여 쇠똥구리족의 나라로 돌아갔다.

거기에서 그들은 몰래 왕궁으로 갔다. 그런 다음 왕을 알현하고 옛날에 자기들이 쇠똥구리족 사회의 발전에 어떻게 기여했는지 다시 일깨웠다. 그들은 백일하에 드러내 놓고 활동할 수 없다는 것을 알고 있었기에 음지에서 왕을 돕겠다고 제안했다. 그러고는 자기들의 선의를 입증하기 위해 왕에게 한 가지 지혜를 전수했다. 돌고래족 종교의 가르침을 넘어서는 개미족 신앙에서 유래한 지혜였다. 그들은 개미집의 위쪽 3분의 1은 우주의 파동을 받아들이는 구실을 한다면서 피라미드가 바로 그 개미집을 모방해서 만들어진 것이라고 설명했다.

쇠똥구리족의 왕은 돌고래족에 대한 자기 백성들의 해묵은 앙심을 알고 있었다. 하지만 돌고래족 망명자들의 이야기에 감화되어 그들을 백성들 몰래 받아들이기로 했다.

16. 백과사전: 이크나톤[3]

그는 기원전 14세기 중엽에 이집트를 다스렸던 왕이다. 즉위할 때의

3 『표준 국어 대사전』의 표기를 따른 것이지만, 책에 따라서 아크나톤, 아케나텐 등으로 표기하기도 한다. 이와 같은 표기법의 혼란은 고대 이집트어의 신

이름은 아멘호테프 4세였으나 태양신 아톤을 숭배하는 일신교를 창시하면서 〈아톤 신의 마음에 드는 자〉를 뜻하는 이크나톤으로 개명했다. 이크나톤을 나타낸 조각상들은 오늘날까지 보존된 것이 드물다. 그것들을 보면 이크나톤의 신체적 특징은 후리후리한 키, 길쭉한 얼굴, 가늘고 긴 눈, 차분한 눈매, 도톰한 입술, 뾰족한 턱, 관 모양의 수염 등으로 나타난다. 파라오들의 전통적인 조각상들과는 사뭇 다른 모습이다. 어떤 조각상에는 이크나톤의 옆에 왕비 네페르티티가 파라오의 관을 쓴 모습으로 나타나 있다. 이는 이크나톤이 왕비에게 자기와 대등한 지위를 부여했다는 것을 말해 준다. 이크나톤의 개혁 의지는 어쩌면 네페르티티의 영향을 받은 것일지도 모른다.

이크나톤은 신관들의 과도한 권력을 축소하고 이집트 사회의 낡은 전통을 혁파하여 새로운 왕국을 건설하고자 했다. 그는 이집트의 최고신으로 숭배되던 숫양 머리의 아멘라[4]를 신들의 왕이라는 자리에서 끌어

성 문자가 지닌 특성에서 비롯된 것이다. 신성 문자는 한 음절에 한 글자가 대응하며 자음과 모음이 결합해서 한 음절을 형성하는 경우에는 자음만 표기한다. 그래서 예를 들어 H에 해당하는 자음자가 있을 때 이것을 〈하〉로 읽어야 할지 〈헤〉나 〈호〉로 읽어야 할지 확실치 않다. 마찬가지로 AMNHTP로 표기될 수 있는 왕명의 경우에는 〈아멘호테프〉로 읽을 수도 있고 〈아멘헤테프〉나 〈아몬호테프〉 등으로 읽을 수도 있다. 다만 어느 정도의 일관성은 필요하다. 예컨대 아멘호테프는 〈아멘 신은 만족한다〉라는 뜻이므로 만약 신의 이름을 아몬으로 표기했다면 왕명도 아몬호테프나 아몬헤테프 등으로 표기하는 것이 바람직하다(요시무라 사쿠지, 『고고학자와 함께하는 이집트 역사 기행』 12장 참조).

4 아멘라는 아멘과 라가 일체화한 신이다. 아멘(또는 아몬)은 〈감춰진 자〉라는 어원이 시사하듯 형상이 고정되어 있지 않고 다양한 모습(숫양이나 기러기의 머리가 달린 사람, 사람의 얼굴에 숫양의 뿔이 달린 모습, 머리에 한 쌍의 깃털 장식과 태양을 얹은 사람 등)으로 나타난다. 원래는 테베 지방에서 숭배하던 대기의 신 또는 풍요의 신이었으나 중왕국 시대에 테베가 이집트의 수도가 되면서 왕조의 수호신, 신들의 왕으로 지위가 격상되었고 하(下)이집트의 태양신이었던 라(또는 레)와 일체를 이루면서 상하 이집트에서 두루 숭배되는 가장 강력한 신이 되었다. 고대 그리스인들은 아멘을 제우스와 동일시했다.

내리고 태양신 아톤을 유일신으로 숭배하게 했다. 이것은 다신교에서 일신교로 넘어가는 종교 혁명인 동시에 아멘라를 숭배하는 신관들을 권력에서 배제하기 위한 정치 개혁이기도 했다.

이크나톤은 아멘 신의 도시이자 신관들의 아성인 테베를 벗어나기 위해 오늘날의 텔 알 아마르나에 아케트아톤, 즉 〈아톤의 지평선〉이라는 새 수도를 건설했다.

〈아톤〉이라는 말은 빛과 열기를 의미할 뿐만 아니라 정의 또는 우주에 두루 퍼져 있는 생명 에너지를 뜻하기도 한다. 이크나톤은 누비아인과 히브리인을 관직에 등용하는 파격적인 정책을 썼다. 〈아톤〉은 어쩌면 히브리인들이 사용하던 신의 호칭 가운데 하나인 〈아도나이〉가 변한 〈아돈〉에서 나온 말일지도 모른다.

새 수도를 꾸미는 데 참여한 예술가들은 이크나톤의 뜻을 받들어 사실주의의 작풍을 개척했다. 그리하여 백성들의 일상적인 삶이나 가정생활을 표현한 작품들이 처음으로 나타나게 되었다. 주로 전쟁이나 종교에서 소재를 취했던 기존의 예술과는 아주 다른 양식이었다.

이크나톤은 아톤 신에게 바치는 신전도 짓게 했다. 이 신전은 중심축으로 들어온 햇살이 건물 내부를 환히 비추도록 설계되어 있었다.

그가 재위하던 시기에 이집트 왕국은 오늘날의 에티오피아에서 튀르키예 남부에 이르는 광대한 지역에 영향력을 행사했다. 그러다가 이민족들의 침입이 잦아지면서 영토가 조금씩 잘려 나갔다. 하지만 이크나톤은 전쟁을 싫어하는 왕이었다. 그의 궁궐에서 발견된 이른바 〈아마르나 문서〉에는 비블로스의 제후 리브하다가 그에게 보낸 서신들이 다수 포함되어 있다. 이 서신들에 따르면 리브하다는 비블로스가 아무르족의 공격을 받고 있다면서 여러 차례 지원을 요청했다. 하지만 이크나톤은 수도를 건설하고 왕국을 다스리는 일에 전념하느라고 그 요청에 응하지 않았다. 그는 아리아인의 일파인 히타이트족이 북부의 도시들을 공격했을 때도 대응을 하지 않았다. 그러다가 다마스와 카데시와 카트나가 침략자들의 수중에 들어가고 나서야 군대를 보내기로 결정했다. 하지만 이미 때를 놓친 뒤였다.
아몬의 신관들은 군사 분야의 그런 실패를 빌미로 이크나톤의 일신교를 이단으로 몰았다. 급기야는 한 장군의 주도 아래 군사 정변이 일어났고, 이크나톤은 비참한 최후를 맞았다. 왕비 네페르티티는 아멘라를 주신으로 삼는 다신교로 다시 개종해야 했다. 새 수도는 폐허가 되었고, 〈이단적인 파라오〉를 나타낸 그림과 조각상은 거의 파괴되었다.

에드몽 웰스, 『상대적이며 절대적인 지식의 백과사전』 제5권

17. 도시 국가 시대 : 사자족

사자족은 마침내 고원 지방의 한복판에 정착했다. 그들은 여러 곳에 도시를 건설했다. 도시들은 순조롭게 발전했고 저마다 잘 조직된 군대를 보유하게 되었다. 그들의 문명은 독창성이 아니라 효율성에서 빛을 발하고 있었다. 사실 이 문명은 몇 가지 점에서 쥐족의 문명과 유사했다. 군대는 기동성과 전투력이 뛰어났다. 길이가 3미터나 되는 창을 써서 적의 기병대가 공격해 오는 것을 막을 수 있게 됨에 따라 전력은 더욱 강해졌다. 그들은 쥐족처럼 무사들을 숭배했지만, 난폭한 영웅보다는 꾀바른 영웅을 더 좋아했다.

사자족은 정복을 갈망하고 있었다. 그들의 해군은 돌고래족과 고래족의 상선들뿐만 아니라 황소족의 상선들을 공격했다. 그런 다음에는 배에 실린 식량이며 재물들을 가로채는 것에 그치지 않고 포로들을 상대로 그들의 선진 기술을 알아냈다. 상황이 그러하니 다른 민족의 상선들은 무장을 하지 않을 수 없었다.

사자족은 농업을 착실하게 발전시켰다. 덕분에 인구가 갈수록 증가했다. 비록 사자족의 어떤 도시도 고래족의 번창하는 수도만큼 발전한 것은 아니었지만, 그런 도시들이 모여 강력한 왕국을 형성하고 있었다.

사자족의 정복욕은 먼저 황소족의 섬을 공격하는 것으로 나타났다. 황소족의 문명은 낙천적이고 향락적이었다. 황소족 여자들은 매력이 돋보이도록 젖가슴이 드러나는 짧은 저고리를 입고 다녔다. 황소족 남자들은 포도 재배에 힘썼고 그 포도로 유명한 술을 빚었다. 그들은 자기들 도시에 와서 정착한 돌고래족 사람들에게서 헤엄치는 법이며 돌고래와 대화하는 법을 배우기도 했다.

하지만 황소족의 상선은 사자족의 강력한 군선과 비교가 되지 않았다. 사자족의 특공대가 야음을 틈타 황소족 도시에 상륙했다. 특공대는 좁은 길들을 헤매고 다니다가 젊은 여자 한 사람과 마주쳤다. 그들은 시키는 대로 하지 않으면 죽이겠다고 협박하며 여자에게 길을 안내하게 했다. 여자는 순순히 응했다. 그들은 여자의 안내를 받아 궁궐에 다다르자 먼저 마구간에 불을 질렀고, 대소동이 벌어진 틈을 타서 궁궐 안으로 숨어들었다.

그들은 황소족의 왕을 찾아냈다. 잠을 자다가 깨어난 왕은 목숨을 살려 달라고 애원했지만, 그들은 가차 없이 목을 베었다. 모든 권력을 한 사람에게 집중시키는 군주제는 이런 때가 문제였다. 왕의 죽음은 모든 체제의 붕괴로 이어졌다. 살아남은 몇몇 장수는 적의 엄청난 폭력과 험악한 기세에 눌려 잠시 머뭇거리다가 백기를 들어 버렸다.

그로써 섬은 사자족 왕국의 영토가 되었다.

훗날 사자족 사관들은 전설 하나를 지어냈다. 이 전설에 따르면 사자족의 용감한 영웅이 자기를 사랑하는 황소족 여자의 도움을 받아 거대한 미로를 통과하여 궁궐에 도달했다. 거기에서 그는 사람의 몸에 황소의 머리가 달린 괴물 왕을 만났다. 왕은 백성들이 제물로 바치는 젊은 처녀들을 잡아먹으며 살아가고 있었다. 사자족 영웅은 꾀를 써서 괴물을 죽인 뒤에 자기를 도와준 처녀와 결혼했다. 아주 그럴싸한 이야기였다. 백성들은 그것을 곧이곧대로 믿었다.

첫 성공에 자신감을 얻은 사자족은 내처 청어족을 공격했다. 청어족은 운하 가장자리에 안전한 도시를 건설한 해양 민족이었다. 그들은 운하로 들어오는 모든 배로부터 통행세를 거둬들였다. 그들 역시 돌고래족 사람들을 거둬 준 적이 있었다. 덕분에 문자를 배웠고 책의 중요성도 알게 되었다.

청어족의 성채는 견고했고 병사들은 전투 경험이 많았다. 기나긴 농성전이 벌어졌다. 양 진영에서 선발된 장수들이 성벽 아래에서 여러 차례 결투를 벌였다.

어느 날 밤 사자족 병사들은 교묘한 책략을 써서 성안에 잠입하는 데 성공했다. 그들은 태평하게 잠들어 있던 주민들을 닥치는 대로 죽였다. 농성군의 완강한 저항에 독이 바짝 올라 있던 사자족 병사들은 인정사정없이 칼을 휘둘렀다. 하룻밤 사이에 한 민족 전체가 적의 칼날에 쓰러졌다.

청어족의 참혹한 종말에 관한 이야기는 여행자들을 통해 사방팔방으로 전해졌다. 그 후광에 힘입어 사자족은 더욱 강력한 민족으로 부상했다. 어떤 민족들은 청어족처럼 참혹한 종말을 맞기보다 노예가 되기를 선택하고 스스로 항복했다.

사자족은 이제 두려울 것이 없었다. 그들에 관한 전설이 그들보다 앞서 나아가고 있었다. 그들은 세계를 정복하기로 했다.

파죽지세로 승리에 승리를 거듭해 가던 어느 날 그들은 쥐족의 영토에 다다랐다.

사자족 군대의 선두에는 혈기 방장한 청년 왕이 있었다. 그는 사자족의 영광을 세계만방에 떨치겠다고 공언했다. 비록 스물다섯 살밖에 되지 않아서 경험은 많지 않았지만 그에게는 엄청난 열정과 기개가 있었다. 그는 백전노장들과 함께 전략을 연구했고, 기병대를 좌우 양익에 배치하는 것과 같은 새로운 병법을 개발하기 위해 애썼다. 쥐족이 용맹하다는 것은 이미 천하가 다 아는 사실이었지만, 사자족의 젊은 왕은 전혀 두려워하지 않았다. 오히려 비로소 맞수를 만났다고 여기며 크게 기뻐했다.

그리하여 한 평원에서 천하제일을 다투는 두 대군이 맞붙었다. 사자족 병력은 4만 5천 명이었고 쥐족 병력은 15만 3천 명이었다. 이토록 많은 군사가 한 싸움터에서 격돌하는 것은 일찍이 유례가 없는 일이었다. 격전을 예고하기라도 하듯 하늘에서는 천둥이 으르렁거렸다.

쥐족은 일렬횡대로 전개했다. 지평선을 가득 메워 병력의 우위를 과시하기 위함이었다. 보병, 기병, 창병, 투석병, 궁수 등 모든 부대가 한 줄로 죽 늘어섰다.

예전에 만난 적들은 그렇게 병력을 전개하기만 해도 즉석에서 항복하기가 일쑤였다. 그런데 이번에는 사정이 달랐다.

사자족 군대는 젊은 왕의 명령에 따라 좁고 기다란 직사각형의 진을 쳤다. 적군이 아군의 수를 정확히 알 수 없게 하려는 것이었다.

취족 진영에서 돌격 신호가 울렸다.

후미에 있던 사자족 기병대는 적군의 좌우 양익을 향해 돌진했다. 쥐족 궁수들은 화살을 날리려고 하다가 깜짝 놀랐다. 적의 기병대가 공격할 생각을 하지 않고 쥐족의 대열을 지나쳐 뒤쪽으로 내처 달려가기 때문이었다.

쥐족 기병대가 공격에 나서자, 기이한 진법이 펼쳐지기 시작했다. 사자족의 거대한 직사각형 대형이 작은 방진(方陣)으로 조각조각 나뉘었다. 각각의 방진을 이룬 병사들은 빽빽하게 붙어 서서 창을 세우고 방패로 몸을 가렸다. 쥐족 기병대는 방진들에 다가들지 못하고 그 사이로 계속 돌진했다. 어느새 그들 앞에는 사자족의 궁수들이 버티고 있었다. 궁수들은 그들을 쓰러뜨렸다. 쥐족의 보병 부대는 산개 대형으로 기병대의 뒤를 따라 달리다가 여전히 밀집 대형을 유지하고 있던 사자족의 방진들과 마주쳤다.

방진들은 기다렸다는 듯이 둘씩 밀착하면서 그 사이에 낀 적병들을 압박했다. 쥐족 보병 부대는 이제 고슴도치들 사이에 낀 물렁물렁한 빵과 같은 신세가 되었다.

그때 쥐족 대열을 지나쳐 갔던 사자족 기병대가 뒤쪽에서 공격을 개시했다. 고슴도치에 이어 식칼이 무른 빵을 베러 오는 형국이었다.

쥐족 병사들은 용감하게 싸웠다. 하지만 적에게 이렇다 할 피해를 입힐 수가 없었다. 방패로 둘러싸인 적의 방진들이 너무나 견고해서 창과 칼이 전혀 위력을 발휘하지 못하고 있었다.

쥐족 진영에 동요가 일기 시작했다. 승리가 확실치 않다는 것을 깨달은 것이었다. 동요는 점점 커졌다. 그러다가 마침내 자기들의 패배를 인정하는 순간이 왔다. 하지만 사자족 기병대가 후미와 양익을 막고 있었으므로 이제는 도망칠 길이 없었다. 그 뒤로 몇 시간 동안 대학살이 이어졌다.

이윽고 전투의 중단을 알리는 나팔 소리가 울렸다. 때마침 날이 개기 시작하면서 파리 떼와 까마귀 떼가 날아들었다.

이로써 오만 방자하던 쥐족의 시대는 끝났다. 쥐족 병력 15만 3천 명 가운데 살아남은 자는 겨우 4백 명뿐이었다. 그들은 적이 지쳐서 쉬고 있는 틈을 타서 가까스로 도망쳤다.

그다음부터는 모든 것이 일사천리로 진행되었다. 이 전투는 하나의 전설이 되었고 승리의 후광에 둘러싸인 사자족 군대는 쥐족의 압제에 시달리던 민족들에게 해방군으로 환영을 받았다. 쥐족 영토 곳곳에서 백성들의 봉기가 잇따랐다.

얼마 지나지 않아 쥐족의 잔존 세력은 기다란 행렬을 지어 산악 지대로 달아났다. 하지만 그들은 산속의 높은 곳에 철옹성 같은 도시를 건설해 냈다. 그들은 거기에서 패배를 곱씹었다. 어떻게 순식간에 모든 것을 잃어버릴 수 있단 말인가? 그들은 그렇게 묻고 또 물었다. 예전에는 전투에서 패하고 돌아온 병사들을 열 명에 한 명꼴로 처형했지만 이제는 그런 것을 생각할 처지가 못 되었다. 어떻게든 살아남는 것, 침략자들과 마주치지 않는 것, 그것이 그들의 우선 과제였다.

한편 사자족의 젊은 왕 — 그에겐 이제 〈담대한 왕〉이라는 별명이 붙었다 — 은 여세를 몰아 악어족과 두꺼비족을 공격하러 갔다. 악어족은 이내 늪지로 달아났고, 두꺼비족은 즉시 항복했다. 하지만 거기에서 더 나아가다가 마주친 흰개미족의 저항은 매우 격렬했다. 그래서 사자족은 동진을 멈추고 남쪽으로 방향을 돌렸다. 그들은 또다시 돌고래족의 옛 영토를 통과한 뒤에 쇠똥구리족의 나라까지 내처 행군했다.

〈담대한 왕〉은 새로운 진법을 고안하고 기병대의 기동성을 높이는 등 병법 분야에서 여러 가지 혁신을 이루었을 뿐만 아니라, 정복지의 이민족을 다스리는 방식에서도 매우 혁신적인 면모를 보였다. 그는 어떤 왕국을 정복했을 때 왕을 죽이지 않고 봉신으로 그대로 앉혀 두는 방안을 생각해 냈다. 이 관용 정책은 여러모로 유익했다. 비록 봉신으로 지위는 하락했을지언정 나라의 실정에 훤하고 행정 체계를 완전히 장악하고 있는 왕들이 계속 통치를 하기 때문에 백성들의 반발이 한결 덜했다. 게다가 〈담대한 왕〉은 이런 정책 덕분에 〈화친을 꾀하는 침략자〉, 〈용인할 만한 침략자〉라는 인상을 얻게 되었다.

사자족은 원정에 나설 때마다 이민족들이 창조하거나 발견한 것들을 자기들 것으로 만들었다. 특히 여러 도시에서 돌고래족의 구역을 거듭 발견한 뒤에는 돌고래족 사람들을 지식과 발명의 창고로 활용하는 것이 유익하리라는 사실을 깨달았다.

〈담대한 왕〉은 돌고래족 학자들과 예술가들에게 특별 구역에 정착하도록 권유했다. 나중에는 그들끼리 안전하게 살 수 있는 도시를 건설하는 것도 허용했다. 안락과 평화를 누리며 일에 최선을 다하라는 것이었다. 그들은 왕의 관용에 백배로 보답했다.

이 도시에서 나온 돌고래족의 언어는 사자족의 왕국 전역에 걸쳐서 통용되는 학문의 언어가 되었다.

돌고래족의 한 과학자는 하짓날 어떤 우물에 태양이 정면으로 비쳐 드는 것을 보고 경이로운 추론을 통해 지구의 크기를 측정하는 데 성공했다. 그는 같은 시각에 지표의 서로 다른 두 지점에 길이가 똑같은 막대기를 꽂아 놓으면 그림자의 길이가 서로 다르다는 사실을 바탕으로 지구가 둥글다는 결론을 내리고, 태양 광선과 그림자의 길이가 이루는 각을 재어 지구의 크기를 알아냈다.[5] 또 어떤 학자는 감각이 참되다는 것을 의심하면서 철학 논문을 썼다.

돌고래족 사람들이 거주하는 이 도시에서는 사자족 왕의 든든한 보호를 받으며 예술과 과학이 서로 자양을 주고 있었다.

18. 백과사전 : 밀레투스

기원전 6세기경 소아시아 이오니아 지방의 밀레투스에서 최초의 과학 운동이 일어났다. 이 운동의 중심에는 탈레스, 아낙시만드로스, 아낙시메네스, 헤라클레이토스 같은 학자들이 있었다. 그들은 인간의 형상을 한 신들이 세계를 창조했다고 주장하는 헤시오도스식의 낡은 우주 창성 이론에 반기를 들고, 자연 속에서 신적인 원리를 찾았다. 탈레스에게는 물이 신이고, 아낙시메네스에게는 공기가 신이며, 아낙시만드로스에게는 무한자가 신이다. 그들의 뒤를 잇는 기원전 5세기의 또 다른 철학자 데모크리토스는 우주가 원자로 가득 차 있고 원자들 간의 우연한 충돌에서 세계와 인간이 비롯되었다고 생각했다.

훗날 밀레투스의 과학자들에게서 배운 소크라테스와 그의 제자 플라

5 기원전 3세기에 당대 학문의 중심지였던 이집트의 알렉산드리아에서 에라토스테네스가 했던 유명한 실험에 관한 역사적 사실을 빌려 온 것이다. 실제로 에라토스테네스는 막대기, 눈, 발, 머리, 실험 정신만을 도구로 사용해서 인류 역사상 처음으로 지구의 둘레를 비교적 정확하게 측정해 냈다.

톤은 밀레투스보다 서쪽에 있는 아테네에서 그리스 철학의 기원을 열었다. 플라톤은 대화편 가운데 하나인 『공화국』에서 인간이 살아가는 세계의 본질을 깨우쳐 주기 위해 〈동굴의 비유〉를 제시했다. 소크라테스와 제자 글라우콘이 나누는 허구적인 대화의 형식으로 되어 있는 이 이야기에 따르면, 보통의 인간은 사슬에 묶인 채 지하 동굴에 갇혀 있는 사람들과 같다. 그들은 손발이 묶여 있을 뿐만 아니라 머리도 동굴 안쪽 벽만 바라보도록 고정되어 있다. 그들의 등 뒤에서는 커다란 불이 일렁거린다. 그 불빛 때문에 동굴 벽에 사물의 그림자가 드리워진다. 그들은 그림자를 보면서 그것이 현실이라고 생각한다. 하지만 그것은 한낱 허상일 뿐이다. 만약 그들 가운데 한 사람의 결박을 풀어 주고 돌아서게 한 다음 그림자가 생기게 한 물건들과 불을 보여 주면, 그는 낯선 사물들의 모습에 겁을 먹고 동굴 벽의 그림자가 오히려 더 현실적이라고 생각할 것이다. 이어서 그를 동굴 입구로 데리고 나가 햇빛을 보게 하면, 그는 고통을 느낄 뿐만 아니라 눈이 부셔서 아무것도 보지 못할 것이다. 하지만 그를 계속 햇빛 속에 두면 차츰차츰 주위의 사물들을 볼 수 있게 될 것이고 마침내 모든 빛의 진정한 원천인 태양을 정면으로 바라보게 될 것이다.

그러고 나서 그를 다시 지하 동굴 속으로 데려가면, 동굴에 갇혀 있는 사람들은 어느 누구도 그 말을 믿으려 하지 않을 것이다. 그들을 거짓과 허상에서 해방시키려고 하면, 그들은 오히려 그를 죽일지도 모른다. 이 대화 속의 소크라테스는 동굴에서 벗어나 햇빛을 보는 사람이 바로 철학자라고 말한다. 실제로 소크라테스는 신성을 모독하고 젊은이들을 타락시킨 혐의로 기소되었고, 유죄가 확정되어 독약을 마시는 형벌을 받았다.

에드몽 웰스, 『상대적이며 절대적인 지식의 백과사전』 제5권

19. 시시포스의 강평

강의실에 다시 불이 들어온다. 18호 지구의 역사는 우리가 게임을 중단한 사이에도 계속된다. 후보생들은 눈을 깜박거린다. 앙크의 렌즈에 눈을 대고 저마다 자기 민족을 뚫어져라 지켜보고 난 뒤라 갑작스러운 빛에 적응할 필요가 있는 것이다.

나는 내가 땀에 젖은 채 부들거리고 있음을 알아차린다. 마치 갖가지 강렬한 감정에 시달리며 롤러코스터를 타고 난 기분이다. 천사 단계를 거친 우리 후보생들에게 왜 다시 육체가 주어졌는지 이제 알 것 같다. 이렇게 육신이 있기에 진한 감정을 제대로 느낄 수 있지 않은가.

인간들을 관찰하는 일은 하나의 마약이다. 이 일에 몰두하면 다른 것은 다 잊어버린다.

나는 올라서 있던 민걸상에서 도로 내려온다. 입 안이 쓰다. 결말이 석연치 않은 초대작 영화를 보고 난 기분이 이럴까?

가장 강력한 민족, 승승장구하던 프루동의 쥐족이 단 한 차례의 전투에 무너지다니……. 상대는 에티엔 드 몽골피에의 사자족이다. 이제 쥐족의 문명은 높은 산악 지대에 요새처럼 세워 놓은 하나의 도시로만 남아 있을 뿐이다. 그들은 자기들의 토템 동물처럼 겁에 질린 채 그곳에 숨어 지낸다.

쥐족이 겪은 일은 많은 것을 생각하게 한다. 문명은 영원하지 않다. 그뿐만 아니라 의지가 남달리 굳센 지도자가 출현하여 한 문명을 하루아침에 무너뜨리지 말란 법도 없다. 에드몽 웰스가 말한 대로 한 방울의 물이 대양을 넘치게 할 수도 있는 것이다.

이제 사자족은 1백여 개의 도시와 어마어마하게 넓은 영토를 차지하고 있다. 그뿐만 아니라 자기들에게 부족했던 과학 기술과 갖가지 보물과 경작지와 광물 자원까지 얻었다. 그들의 승리는 꼴찌에서 맴돌고 있던 후보생들에게 희망을 준다. 남달리 의지가 강한 젊은이가 왕위에 오르고 그에게 약간의 지략만 있으면(대단히 혁신적인 발상이 아니더라도, 밀집 대형이나 기다란 창이나 기동성이 뛰어난 기병대 같은 것을 생각해 낼 수 있는 능력만 있으면) 이전의 부진을 일거에 만회하는 대성공을 거둘 수 있는 것이다.

프랑스 일주 사이클 경기에 출전했던 한 친구의 말이 생각난다. 그는 나에게 이렇게 고백했다.

「사실 알짜 선수들은 중간 그룹에 있어. 맨 앞에서 달리는 선수들에게는 많은 위험이 따라. 다른 선수들에게서 힘을 얻지 못하고 쉽게 지치지. 뒤에 처져 있는 선수들 역시 갈수록 더 지치기 때문에 나중에는 도저히 선두를 따라잡을 수가 없어. 반면에 중간 그룹에서는 서로 힘을 주기 때문에 피로를 덜 느껴. 모든 것은 그 무리에서 이루어지는 거야. 선수들은 서로 이야기를 나누고 협상을 하고 자리를 교환해. 저마다 돌아가면서 영광의 순간을 맛보도록 구간 우승을 나눠 가지지.」

그 친구는 이런 얘기도 했다.

「처음부터 우리는 누가 최종 승자가 될지 알고 있어. 산악 구간을 한번 달려 보기만 하면 답이 나오거든. 하지만 우리는 계속 볼거리를 만들어야 해. 모두가 골고루 이익을 얻을 수 있도록 말이야. 다른 누구보다 스폰서들이 그것을 원하지. 그래서 우리는 쇼를 계속하는 거야.」

나는 프랑스 일주 사이클 경기를 그런 관점에서 볼 수 있다는 사실에 깜짝 놀랐다. 하지만 지금 우리의 게임이 진행되고 있는 상황을 보면, 우리나 그들이나 오십보백보가 아닌가 하는 생각이 든다. 선두로 나서서 남들의 주목을 받을 필요도 없고 너무 뒤로 처지는 것도 곤란하다. 그냥 중간 무리에 섞여 가야 한다. 그리고 한 판 한 판이 끝날 때마다 우리의 서열을 조정해야 한다.

사라 베르나르트는 다들 속으로 생각하고 있는 것을 큰 소리로 버르집는다.

「우리 모두 에티엔에게 박수를 쳐주는 게 어때? 아주 멋지게 1등으로 올라섰잖아?」

모두의 눈길이 에티엔에게 쏠린다. 사라 베르나르트가 자리에서 일어나며 박수를 치자 다른 후보생들도 그녀를 따라 한다. 에티엔은 몸을 숙여 답례를 보낸다.

내 백성들이 그의 보호를 받고 있어서 다행이다. 돌고래족 과학자들은 마침내 자기네 실험실을 갖게 되었고, 예술가들은 박해나 인종 차별을 두려워하지 않고 작업에 전념할 수 있게 되었다. 에티엔 덕분에 내 백성들이 오랜만에 평화를 누리고 있는 것이다.

쥐족의 신 프루동은 그대로 조용히 앉아 있다. 그의 패배를 고소하게 여기는 후보생들의 박수갈채가 더욱 요란해진다. 악당이 기가 팍 죽어 있으니, 잘코사니 소리가 절로 나올 판이다.

하지만 일부 후보생들의 박수는 건성이다. 황소족과 청어족의 운명을 염두에 두고 있는 것이다. 어쩌면 그저 악당의 얼굴만 바뀐 게 아닐까 하고 생각하는 것이리라.

시시포스는 행성 위쪽의 투광기를 다시 켜고 각자 자기 작업의 결과를 살펴보라고 이른다.

우리는 행성으로 다가간다. 어떤 후보생들은 작은 받침대나 민걸상이나 사다리를 가져다 놓고 올라선다.

나는 흩어진 돌고래족 공동체들을 찾는다. 내 백성들은 사자족의 보호를 받고 있는 도시들을 제외하면 거의 모든 곳에서 근근이 살아간다.

나는 그들이 잘 보이도록 앙크의 렌즈에 눈을 갖다 댄다. 그들은 이리저리 떠돌면서 장사를 하기도 하고 지식을 제공하는 대가로 다른 민족들 속에 섞여 들기도 한다. 나 같으면 미치고 환장할 것만 같은 상황을 그들은 잘도 견디며 살아간다. 숱한 시련을 거치면서 체념하는 법을 배운 듯하다.

돌고래족이 1호 지구에서 실제로 벌어졌던 일들을 다시 겪고 있다는 느낌이 든다. 내가 지구의 역사를 베끼고 있는 것일까? 하기야, 내가 살았던 지구의 역사를 모방하지 않으면, 다른 어느 곳에서 그럴싸한 시나리오를 찾아낸단 말인가? 아이들은 부모를 보고 배운다. 그래서 어른이 되면 부모가 했던 방식대로 또 하나의 가정을 만든다. 우리가 문명을 가꿔 가는 방식도 그와 비슷하다. 18호 지구는 자꾸 1호 지구를 닮아 간다. 아마도 우리 풋내기 신들에게 상상력이 부족한 탓일 것이다. 우리는 진정한 혁신을 두려워한다. 따지고 보면 우리가 운신할 수 있는 폭이 그리 넓은 것도 아니다. 전쟁, 도시 건설, 농업, 도로, 관개, 약간의 과학과 예술, 그런 것들 말고 우리가 인간에게 가르칠 수 있는 게 또 뭐가 있을까?

나는 나만의 방식으로 내 민족을 이끌어 보려고 애쓴다. 하지만 독창성이 부족하지 않았나 싶다. 1호 지구의 역사책에서 배운 것을 내 머릿속에서 깡그리 지워 버려야 한다. 그래야 내 민족을 위한 특별한 서사시를 상상할 수 있는 것이다. 내 백성들은 독창적인 문명을 가꿔 갈 수 있는 잠재력을 지니고 있다. 이미 〈고요한 섬〉에서 그것을 보여 주지 않았는가.

그들은 이제 나라가 없는 민족이다. 하지만 그들에게는 책이 있다. 학문과 예술이 그들의 새로운 영토인 것이다.

그들의 과학 기술을 발전시키기 위해 심혈을 기울여야 할 것이다. 그들이 지금 단계에서 벌써 자동차와 비행기를 만들어 낸다고 상상해 보라.

진정으로 화학이라 부를 만한 것은 아직 존재하지 않는다. 그렇다면 화학과 마법을 결합해 볼까? 연금술이나 카발라 같은 우회로가 필요하지 않을까? 우리가 흔히 잊고 있지만, 뉴턴 역시 화금석의 신비에 열광했던 연금술사가 아니었던가.

시시포스는 우리의 작업 결과를 살핀다. 눈빛이 사뭇 강렬하다. 이윽고 내 민족에게 눈길을 주며 그가 묻는다.

「예언자를 활용했나요?」

「그저 대단치 않은 영매 하나를 썼을 뿐입니다. 저는 그가 백성들에게 자극을 줄 수 있으리라 생각했습니다. 어쨌든 제 백성들은 궁지에서 벗어났습니다. 그가 있었기 때문인지 아닌지는 잘 모르겠습니다.」

나는 예언자의 역할을 축소하려고 애썼다. 이런, 설마 기적을 활용했다고 해서 아프로디테처럼 벌을 주지는 않겠지?

「기적과 예언자를 피하는 편이 낫다는 것을 알고 있습니다. 하지만…….」

시시포스가 내 말을 자른다.

「나는 예언자들을 활용하는 게 마음에 들지 않아요. 속임수로 억지를 부린다는 느낌이 들거든요. 더 세련된 방식으로 갈 수도 있잖아요?」

「제 백성들은 노예 상태에 있었어요. 도움이 필요했습니다.」

시시포스는 수염을 쓰다듬는다.

「정말 그렇게 생각해요?」

「그들은 자동차 전조등 불빛 때문에 앞을 볼 수 없게 된 토끼들 같았어요. 쇠똥구리족 신관들의 혹독함이 그들에게 너무 큰 타격을 주어서 싸울 엄두조차 내지 못했어요.」

그가 다시 묻는다.

「정말 그렇게 생각해요?」

「게다가…… 그들은 사막을 건너야 했습니다……. 앞에 무엇이 있는지도 모르는 채로 말입니다. 막강한 영향력을 지닌 지도자가 없었다면 그들은 결코 그런 용기를 내지 못했을 거예요. 길을 잃을 염려가 있었다는 것은 차치하더라도 모두가 목이 말라서 죽었을 겁니다.」

시시포스는 작은 수첩을 꺼내어 뒤적거린다.

「내가 보기에 개미족과 협력했던 돌고래족은 목숨을 걸고 미지의 세계로 돌진했어요. 그렇게 탈출을 감행한 덕에 무사히 섬에 다다를 수 있었죠. 그때는 예언자가 없었어요.」

그는 모든 것을 알고 있다.

「엄밀히 말해서 예언자가 없었던 것은 사실이지만, 그들에게도 영매는 있었습니다.」

그는 알았다는 듯이 고개를 끄덕인다.

「그것은 그렇다 치고…… 당신은 백성들을 자꾸 곤경에 빠뜨리고 있어요.」

「이런 말씀을 드리면 어떻게 생각하실지 모르지만 그건 제 탓이 아닙니다. 곤경이 그냥 닥쳐온 것이지요.」

「그걸 어떻게 설명할 수 있죠? 불운인가요?」

「한 민족의 신으로서 불운을 탓할 수는 없죠. 제가 보기엔 돌고래족이 가꿔 온 어떤 전통이 다른 민족들의 화를 돋우는 게 아닌가 싶습니다. 다시 말해서 돌고래족은 자유를 소중하게 생각해 왔고 폭군들에게 맞서서 싸워 왔습니다. 자유의 적들이 그런 돌고래족을 곱게 봐줄 리가 없죠.」

「그럼 다른 후보생들은 백성들을 더 자유롭게 하는 데 관심이 없다는 건가요?」

함정의 냄새가 난다.

「물론 관심이 있죠. 누구나 백성들을 더 자유롭게 만들고 싶어 합니다. 하지만 다른 후보생들은 자유를 허용하기 전에 먼저 교육을 시켜야 한다는 것을 알고 있습니다. 그러지 않으면 인간들은 자유를 주어도 그것의 가치를 모릅니다. 어쩌면 저는 백성들에게 너무 일찍 자유를 주었는지도 모르겠어요.」

시시포스는 눈빛으로 동감을 표시한다.

「그 때문에 저는 내란을 비롯한 숱한 문제를 안고 있습니다. 사실 돌고래족 백성들은 자유를 누리는 것에 너무 익숙해져서 단결할 줄을 모릅니다. 그들은 자기 방식대로 생각하는 것을 너무 좋아합니다. 두 사람을 모아 놓으면 세 가지 의견이 나올 정도죠.」

시시포스는 앙크를 조절하여 내 백성들을 자세히 살핀다.

그런 다음 프루동의 민족 쪽으로 눈길을 돌린다.

프루동은 태연하게 말한다.

「저는 말벌족을 멸망시켰고 사자족에게 패했습니다. 문명이란 살아 있는 유기체와 같습니다. 왕성하게 활동할 때도 있고 기운이 쇠약해질 때도 있죠. 말하자면 저는 기력을 되찾기 위해서 동면에 들어간 겁니다.」

시시포스는 18호 지구를 좀 더 살피더니 성적을 발표하기 위해 강단으로 돌아간다. 우리는 당연히 에티엔 드 몽골피에가 1등일 거라고 지레짐작한다. 하지만 시시포스는 다른 이름을 부른다.

「오늘의 1등은 조르주 멜리에스와 호랑이족입니다.」

모두가 깜짝 놀란다. 조르주 멜리에스의 문명은 주된 분쟁 지역에서 조금 떨어져 있어서 관심을 가지고 지켜본 후보생들이 거의 없다. 멜리에스는 높은 산으로 막혀 있는 동쪽의 광활한 영토에서 느긋하게 문명을 가꿔 왔다. 그리하여 독창적인 건축 양식으로 건설된 대도시, 과학과 예술을 가르치는 전문 교육 기관, 체계화된 생활 양식 등 내가 발전시키고자 했던 모든 것을 이루어 냈다. 그는 외침을 겪지 않았기 때문에 아무런 방해를 받지 않고 의술, 보건, 항해술, 지도 제작법 등을 발전시킬 수 있었다. 특히 야금술 분야에서 이룬 진보가 돋보인다. 덕분에 매우 성능이 좋은 농기구를 만들어 냈다. 그래서 농업의 생산성이 이웃 나라들에 비해 훨씬 높다. 멜리에스는 자기 영매에게 암시를 주어 밀가루를 가지고 국수를 만들게 했다. 이 새로운 식품은 보존하기가 쉽다. 빵이 딱딱해지거나 눅눅해지는 것과는 달리 국수는 오래 두고 먹을 수 있다. 딱딱하게 굳은 것을 끓는 물에 넣기만 하면 다시 말랑말랑해지기 때문이다. 호랑이족은 돛이 달린 외바퀴 수레를 사용해서 무거운 짐을 별로 힘들이지 않고 운반한다.

시시포스는 호랑이족의 도시들에 벌써 공장이 나타나고 있다면서 그가 우리보다 훨씬 앞서간다고 평가한다.

「호랑이족의 나라는 한낱 왕국이 아니라 현대적인 산업국가입니다.」

시시포스는 멜리에스의 작품을 감상해 보라고 우리에게 권한다. 아닌 게 아니라 방대한 영토에서 거대한 도시들이 번창해 가고 있다. 일부 도시들은 인구가 수만 명에 달한다. 이 도시들은 잘 정비된 도로망으로 서로 연결되어 있고, 빗물을 알뜰하게 활용하는 계단식 관개 농업을 통해 식량을 조달한다.

호랑이족은 농업 분야에서 인분을 비료로 활용하는 방법을 개발했다. 그들은 감염의 위험성을 없애기 위해 인분의 양을 완벽하게 조절한다. 몇몇 도시는 인분 비료의 생산과 수출을 전문적인 산업으로 삼고 있다.

호랑이족의 수도는 날로 번창하고 있다. 직공들은 누에고치에서 뽑은 실로 피륙을 짜서 옷을 만든다.

한편으로는 문사들의 주도에 따라 음악, 회화, 시가, 조각 등이 체계를 갖춰 간다. 이 나라에서는 요리 역시 하나의 예술로 간주된다. 식자재가 아주 다양해서 복잡한 혼합을 구상할 수 있기 때문이다. 호랑이족 백성들은 고기며 채소며 과일을 잘게 썰어서 모든 맛이 뒤섞이는 요리를 즐겨 먹는다.

호랑이족의 성공은 누가 보기에도 분명하다. 그들은 안전, 식생활 등과 같은 1차적인 욕구들의 문제를 넘어서서 문화, 안락한 생활, 지식 등과 같은 2차적인 욕구들을 해결하는 데 전념할 수 있다.

우리가 게임을 쉬고 있는 동안 호랑이족의 나라에서는 달을 소재로 한 예술과 달에 관한 연구가 크게 유행하고 있는 듯하다. 사실 1호 지구와 마찬가지로 18호 지구에도 달이 있다. 내가 지구에서 살던 시절에 보았던 달보다는 크기가 조금 작다. 호랑이족 예술가들은 달을 관찰하고 달나라 여행을 상상하며, 달을 그리고 달을 노래한다.

멜리에스는 정말이지 시시포스의 가르침을 더없이 잘 활용했다. 호랑이족의 나라에서는 종교가 음양의 대립과 상보라는 원리에 바탕을 두고 있다. 나는 종교 분야에서는 누구보다 앞서 간다고 생각했고 빛의 종교를 도입해서 일대 혁신을 이뤘다고 자부했다. 그런데 멜리에스의 개념은 한결 정묘하다. 그에 비하면 나는 얼마나 뒤져 있는가! 두 얼굴을 가진 신, 빛과 그늘을 가진 신을 생각했어야 한다. 그랬다면 내 종교가 더욱 좋아졌을 것이다.

호랑이족은 숱한 실험을 통해 화약을 개발했다. 이 화약은 현재로서는 불꽃놀이에만 쓰인다. 또한 그들은 안개 속에서 배들을 안전하게 이끌기 위해 나침반을 발명했다. 이미 자기(磁氣)를 발견했기에 가능한 일이다.

호랑이족은 세련된 문화를 향유하고 있을 뿐만 아니라 군사적으로도 강력하다. 그들의 군대는 전투력이 아주 우수하다. 한 철학자는 마치 장기 두는 법을 가르치듯이 전략 전술의 법칙과 준거를 상세하게 설명하는 책을 내기도 했다. 그들에게는 전쟁도 하나의 예술이다.

시시포스가 역설한다.

「조르주 멜리에스의 성공은 N력의 성공입니다. 이제껏 여러분 가운데 다수는 미카엘 팽송처럼 결합의 힘인 A력의 우위를 믿거나 프루동처럼 지배의 힘인 D력의 우위를 믿었죠. 중용의 길을 찾아내겠다고 생각한 후보생은 아주 적었어요. 하지만 지혜는 중앙에, 양극단을 피하는 데에 있어요. 호랑이족의 나라가 보여 주듯이, 중용의 체제는 아주 효율적인 것이 될 수 있어요.」

후보생들이 술렁거린다. 사실 나는 중성의 힘을 활기가 없는 힘으로 여기지 않았나 싶다. N력이라는 말을 들으면 나는 꾸벅꾸벅 졸고 있는 뚱보, 이렇다 할 확신도 없는 무기력한 사람을 머리에 떠올렸다. 그는 악당과 착한 사람이 싸우는 것을 그냥 지켜본다. 그러면서 승부가 판가름 나기를 기다린다. 그런데 그렇게 중립을 지키는 자들이 승리를 거둘 수 있다지 않는가. 그것도 화려한 승리를……. 이는 DNA라는 개념에 대한 나의 관점을 뒤흔드는 것이 아닐 수 없다.

시시포스는 계속 성적을 발표해 나간다.

「2등은 프레디 메예르와 고래족입니다.」

이런, 고래족 역시 내가 별로 주목하지 않았던 민족이다. 내 민족의 배들이 종종 그들의 배를 만나 우호적인 관계를 맺기는 했다. 하지만 나는 고래족 문명의 진보에 관심을 기울이지 않았다. 고래족은 다른 많은 민족이 그랬듯이 내 백성들 가운데 일부를 받아들여 그들의 지식을 활용했다.

알고 보니 내 백성들은 고래족이 훌륭한 도시를 건설하도록 도와주었다. 아주 넓은 이 항구 도시는 많은 배를 수용할 수 있는 초현대적인 부두와 선거(船渠)를 갖추고 있다. 유압 승강기를 이용해 선박을 올리거나 내리는 시설도 있다.

고래족은 여기저기에 상관을 설치하면서 대양을 누비고

다닌다. 그들의 배에 달린 깃발에는 커다란 물고기가 그려져 있다. 고래족 뱃사람들은 자기들의 언어와 문자를 도처에 전파한다.

그들에게도 낙원에 관한 전설이 있다. 자기네 조상들이 〈고요한 섬〉이라는 낙원에서 왔단다. 그건 내 민족의 섬이 아닌가……. 그들은 내 민족의 전설까지 자기들 것으로 삼은 것이다.

프레디 메예르가 말한다.

「미카엘에게 감사를 표하고 싶습니다. 그의 민족은 제 민족의 효소였습니다. 그 효소가 없었다면 저는 결코 이렇게까지 성공하지 못했을 것입니다.」

그렇게 공개적으로 감사를 하니 감동이 밀려온다. 그러나 한편으로는 내 민족의 언어를 말하고 내 민족의 역사를 이야기하는 그 멋진 도시를 내가 건설했더라면 하는 아쉬움이 드는 것을 어찌할 수가 없다.

나는 자리에서 일어선다.

「저로서는 에드몽 웰스에 대한 기억을 떠올리지 않을 수 없습니다. 옛날에 그의 개미족은 돌고래족의 인도자였습니다. 우리는 모두 유산과 가치들을 서로 전수해야 합니다. 저를 통해서 전해지든 프레디를 통해서 전해지든 그건 중요하지 않습니다. 중요한 건 그것들이 영속되는 것입니다.」

시시포스는 서로에 대한 호의를 담은 우리의 말을 중단시킨다.

「프레디 메예르는 협동의 힘인 A력을 대표합니다. 이제 D력으로 넘어갈까요?」

그는 우리 모두를 둘러보고 프루동에게 잠시 눈길을 주다가 말을 잇는다.

「3등은 몽골피에와 사자족입니다. 사자족은 보잘것없는 상태에서 출발하여 많은 것을 이루어 냈습니다. 이웃 나라들의 영토를 차지했을 뿐만 아니라 그들의 학문을 통합하여 아주 독특한 것을 만들어 냈죠. 이 전략은 좋은 효과를 내고 있습니다.」

「감히 말씀드리자면, 사자족은 모방만 한 것이 아니라 발명도 했습니다. 비근한 예로…… 호박을 속에 넣은 포도잎 쌈이 있죠. 그건 18호 지구의 다른 어느 곳에도 없습니다.」

몇몇 후보생이 그 자화자찬에 빈정거림으로 대답한다.

나는 책상 상판에 이런 말을 몰래 새긴다.

〈호박을 속에 넣은 포도잎 쌈이 있는 유일한 행성, 18호 지구를 살리자.〉

그가 덧붙인다.

「저는 표의 문자가 아닌 알파벳을 발명했습니다.」

「그건 미카엘과 그의 돌고래족에게서 나온 게 아닌가요?」

에티엔은 나를 힐끗 보더니 어깨를 으쓱 치켜올린다.

「그럼 사자족의 연극은 어떤가요? 철학은요?」

「돌고래족 학자들과 예술가들을 맞아들인 것은 지혜롭다 할 수 있지만, 연극이나 철학이 사자족에게서 나왔다고 말할 수는 없죠.」

에티엔이 묻는다.

「그럼 이제부터 어떻게 할까요? 무언가를 발명할 때마다 특허를 등록할까요?」

시시포스는 빙그레 웃는다.

「못 할 것도 없죠. 그 아이디어를 스승 신들에게 전달해야

겠군요.」

에티엔은 시시포스가 자기를 놀리는 게 아닌가 싶어 얼굴을 찡그리며 무언가를 중얼거린다.

후보생들의 이름이 성적순으로 계속 나열된다.

나는 63등을 차지했다. 예언자를 투입했다고 해서 제재를 받은 것이다. 내 민족이 여기저기 흩어져 있다는 것도 감점의 요인이다. 내 백성들이 너무 뿔뿔이 흩어져 있는 건 사실이다. 나도 그들을 일일이 따라갈 수 없을 정도이니 말이다. 나는 고래족 나라에 받아들여진 내 백성들의 성공을 모르고 있었다. 시시포스는 내가 행성을 제대로 살폈다면 에펠의 흰개미족 나라에서 번창하고 있는 돌고래족의 도시뿐만 아니라 호랑이족의 영토에 있는 또 다른 도시도 보았을 것이라고 덧붙인다.

「미카엘, 내가 보기에 자네의 가장 큰 실수는 낮은 출생률일세. 양보다 질을 중시하는 것도 좋지만 게임의 현 단계에서는 자식을 충분히 낳지 않으면 민족을 수호할 병사들이 부족하게 돼. 전략이 아무리 우수해도 병력의 부족을 벌충할 수가 없지. 군대가 없으면 남에게 의존하게 되고 언젠가는 그 대가를 치르게 마련일세.」

독수리족을 이끄는 라울은 나보다 조금 뒤처져 있다. 그는 독수리족을 사자족 영토의 서쪽에 있는 반도로 이동시키긴 했지만 아직 두각을 나타내지 못하고 있다. 게다가 그 역시 어떤 분야에서도 혁신을 이루지 못했다.

그가 나에게 속삭인다.

「까짓, 서두를 거 뭐 있나. 탈락하지만 않으면 다시 쑥쑥 나아갈 수 있어. 몽골피에가 보여 준 것처럼 때가 오기를 기다리는 거지.」

시시포스는 자기 책상 앞으로 돌아가서 앉더니 몸이 불편한지 얼굴을 찡그리며 다시 일어선다.

「이 강의를 마무리하는 뜻에서 여러분에게 일리치의 법칙을 상기시키고자 합니다. 인간의 활동은 어떤 한계를 넘어서면 효율이 감소하며 나아가서는 역효과를 냅니다. 군사 전략이나 경제 정책도 마찬가지죠. 몇 번은 통하지만 나중에는 하나 마나 한 일이 됩니다. 그래도 그것을 고집하면 역효과가 나죠. 그러니까 끊임없이 자기 점검을 하고 틀에 박힌 도식에서 벗어나 창의성을 발휘해야 합니다. 승리에 도취해서 잠이 들어도 안 되고 패배를 못 견디고 무너져서도 안 되죠. 발랄한 마음으로 여러분 스스로를 깜짝 놀라게 하세요. 혁신하십시오.」

그는 칠판에 〈혁신〉이라고 쓴다.

「인간 역사의 흐름은 때로 나선을 타고 올라가는 것과 같은 형태로 나타납니다. 자꾸 같은 자리로 되돌아오는 것 같아도 알고 보면 언제나 조금 더 높이 올라가 있죠. 실패란 올라가지 않고 제자리에서 맴도는 것입니다.」

참을성 없는 후보생 하나가 묻는다.

「오늘은 누가 탈락하나요?」

「이번 판에서 우리는 두 민족을 잃었습니다. 섬에 살던 황소족과 항구 도시에 살던 청어족입니다. 그 두 민족의 신은 당연히 탈락이고, 거기에 맨 꼴찌를 한 후보생이 추가됩니다. 그 후보생은 바로…….」

그는 잠시 동을 띄운다.

「……클레망 아데르입니다. 이로써 재적 후보생은 여든 명이 되는군요.」

항공술의 개척자였던 클레망 아데르의 얼굴에는 놀란 기색이 역력하다.

「제가 잘못 들은 건 아닌가요?」

「당신은 아주 훌륭한 문명을 건설했습니다. 그 문명은 정점에 도달했다가 무너져 내렸죠. 이제 그 문명이 어떤 상태로 전락했는지 보세요. 쇠똥구리족 문명의 한복판에 있는 왕의 형제들은 음모로 나날을 보냅니다. 왕의 조카들과 사촌들은 서로를 독살하려고 안달이죠. 심지어는 신관들조차 서로 죽입니다.」

「하지만 백성들은 평화를 누리고 있잖습니까?」

「그래요, 쇠퇴 일로에서 평화를 누리고 있죠. 이제는 발명도 발견도 없고, 새로운 발상이라곤 눈을 씻고도 찾을 수 없습니다. 예술조차 과거의 답습일 뿐입니다. 그저 과거의 영화에 대한 추억 속에서만 살아가는 거죠.」

클레망 아데르는 씩씩거리며 항변한다.

「그건…… 그건 바로…… 미카엘 때문입니다. 그의 백성들을 받아 주면서 쇠퇴의 씨앗을 뿌린 셈이죠.」

시시포스가 반박한다.

「남을 탓하기는 쉽죠. 하지만 당신은 오히려 미카엘에게 감사해야 할 겁니다. 그가 없었다면 몰락이 훨씬 더 빨랐을 테니까요. 그의 백성들은 당신 백성들에게 엄청난 도움을 주었어요. 그들은 공정하게 최선을 다했어요. 하지만 당신 백성들은 그러지 않았어요. 황금 알을 낳는 거위를 죽인 셈이죠.」

클레망 아데르는 하고 싶은 말을 삼킨다. 시시포스의 훈계가 이어진다.

「당신 백성들은 그들을 고맙게 여기기는커녕 노예로 만들어서 박해했어요. 오죽했으면 그들이 탈출했겠습니까? 만약 어떤 소수 민족이 당신네 밭을 비옥하게 만들고 있다면, 그들에게 맞서도록 백성들을 부추기면 안 됩니다. 성공하는 소수 민족에 대한 시샘을 부추기는 것이 가장 손쉬운 대중 선동의 길일지라도 그 길을 선택하지 않는 것이 옳죠.」

클레망 아데르는 이상한 눈초리로 나를 노려본다. 등골에 오싹 전율이 인다.

「만약 당신 백성들이 동등한 대접을 해주며 협력했다면, 돌고래족 학자들과 예술가들은 여전히 쇠똥구리족의 문명을 발전시키는 데 기여하고 있을 겁니다. 사자족은 그런 점을 깨달았기에 황금 알을 낳는 거위를 죽이지 않죠.」

이런 장면에서는 말을 아끼는 게 좋겠다 싶어 침묵을 지키고 있는데 클레망 아데르가 나를 향해 소리친다.

「질 때 지더라도 네 도움 따위는 받지 않을 걸 그랬어. 네 배들을 맞아들이고 생존자들을 보살펴 준 것, 내가 후회하는 건 오직 그것뿐이야. 그래도 곳곳에 흩어져 있는 네 백성들의 보잘것없는 운명도 머잖아 끝장날 거라고 생각하면 위안이 되기는 해. 잘난 척하지 마. 너도 곧 내 뒤를 따라 문명의 공동묘지로 오게 될 테니까.」

그러고 나서 다른 후보생들을 돌아보며 소리친다.

「자, 다들 분발해. 미카엘을 끝장내라고.」

나는 대꾸하지 않는다.

하지만 그는 내가 아무 말도 하지 않자 오히려 더 발광하며 나에게 덤벼든다. 그가 내 멱살을 잡자 라울이 나서서 뜯어말린다.

시시포스는 얼른 손뼉을 친다. 그러자 켄타우로스 한 마리가 들어와 클레망 아데르를 붙잡는다.

「경기 결과에 승복할 줄 모르는 선수들은 딱 질색이야.」

시시포스는 말끝에 한숨을 내쉰다.

다른 후보생들은 이제 마치 이상한 짐승을 보듯이 나를 살피고 있다. 내가 그들에게 무슨 잘못을 했단 말인가? 나는 어느 누구의 땅도 침략하지 않은 유일한 후보생이다. 나는 어느 누구도 개종시킨 적이 없고 남의 양심을 짓밟은 적도 없다.

켄타우로스에게 끌려가면서 클레망 아데르가 다시 소리친다.

「내가 무엇으로 변신할지 모르지만, 이것만은 알아 둬, 미카엘. 난 무엇으로 변하든 눈과 손이 그대로 있기를 원해. 그래야 네가 망하는 꼴을 보고 박수를 칠 수 있거든.」

황소족의 신 오귀스트 로댕과 청어족을 맡은 샤를은 스스로 문을 나서며 마지막으로 떨떠름한 인사를 보낸다.

강의실이 다시 조용해지자 시시포스가 수심 어린 표정으로 말한다.

「여러분과 헤어지기 전에 한마디만 더 하겠습니다. 여러분 가운데 하나가 다른 후보생들을 살해하고 있는 것으로 알고 있습니다. 듣자 하니 그 살신자는 내가 받고 있는 것과 똑같은 벌을 받게 될 모양입니다. 그가 누구인지, 왜 그런 짓을 하는지 모르지만, 내가 그에게 해줄 충고는 단 한 마디입니다. 그만두세요.」

우리는 영벌에 처해진 그 기이한 왕을 향해 정중하게 인사를 하고 조용히 강의실을 나선다. 벌써 징벌의 신이 다가와서 다시 그에게 사슬을 채운다. 시시포스는 체념 어린 표정으로 바윗덩어리를 향해 걸음을 옮긴다.

20. 백과사전 : 수메르와 태양계의 또 다른 행성

수메르의 우주 창성 신화를 담고 있는 점토 서판들은 태양계에 우리가 알고 있는 행성들 말고 또 다른 행성이 있음을 암시하고 있다. 아제르바이잔에서 태어나 팔레스타인에서 어린 시절을 보낸 미국의 수메르 문명 연구가 제카리아 시친의 주장에 따르면, 수메르 사람들은 이 행성을 니비루라 불렀다. 이 행성은 3천6백 년 주기의 타원 궤도를 그리면서 다른 행성들과 반대되는 방향으로 돌고, 태양계 전체를 관통하다가 지구에 접근할 때도 있다고 한다.

시친이 해석한 점토 서판의 기록에 따르면, 수메르인들은 이 행성에 안누나키족이라는 외계인들이 산다고 생각했다(안누나키는 수메르어로 〈하늘에서 내려온 사람들〉이라는 뜻이다.[6] 이 외계인들은 키가 3미터에서 4미터에 달했고 수명이 수백 살이었다고 한다. 그런데 지금으로부터 약 40만 년 전에 안누나키족은 파멸의 겨울을 예고하는 기상 이변을 겪었다. 안누나키족의 과학자들은 대기의 위쪽 부분에 금가루를 뿌려서 인공 구름을 만들어 내는 방법을 생각해 냈다. 니비루가 우리 지구에 충분히 접근했을 때, 안누나키족은 우주선을 타고 지구로 날아왔다. 이 우주선은 끝이 뾰족한 기다란 관(管)처럼 생겼고 꽁무니로 불을 토했다고 언급되어 있다. 그들은 우주선 선장 엔키의 지휘에 따라 수메르 지방에 착륙했다. 그들은 거기에서 금을 찾아내지 못하고 행성

6 『구약 성경』의 「창세기」 6장에는 사람의 딸들과 결혼했다는 〈하느님의 아들들〉에 관한 이야기가 나온다. 제카리아 시친은 이 〈하느님의 아들들〉이 누구일까라는 물음에 답하기 위해 수메르의 고문헌을 연구했다고 말한다. 하지만 독학으로 수메르어를 비롯한 고대 중근동의 언어에 통달했다는 그의 고문헌 해석은 지나친 주관성과 부정확성 때문에 전문 연구가들의 비판을 받고 있다.

의 다른 지역을 탐사한 끝에 아프리카 남동부에 있는 한 골짜기에서 금광을 발견했다. 처음에 금광을 개발하고 금을 캔 것은 엔키의 동생 엔릴이 이끄는 안누나키족 일꾼들이었다. 그런데 이 일꾼들이 폭동을 일으키자 외계의 과학자들은 새로운 노동력을 만들어 내기로 했다. 그들은 안누나키족과 지구의 영장류를 교배했다. 그리하여 지금으로부터 30만 년 전에 인류가 생겨났다. 수메르 문헌들은 안누나키족이 〈아주 높이 달린 눈〉으로 땅을 살피고 〈모든 물질을 관통하는 뜨거운 광선〉을 가지고 있었기 때문에 자기들의 노예인 인간들에게 이내 경외심을 불러일으켰다고 이야기한다.

엔릴은 금을 거둬들이고 임무를 마친 뒤에 인류를 없애 버리라는 명령을 받았다. 이종 교배를 통해서 생겨난 인간들 때문에 지구에 분란이 생기는 것을 막아야 한다는 것이 그 명령의 이유였다. 하지만 엔키는 몇몇 인간을 살려 주고(노아의 방주?), 인간에게 계속 살아갈 자격이 있다고 말했다. 엔릴은 형 때문에 화가 나서(이집트인들은 이 이야기를 계승해서, 엔키와 엔릴의 대립을 오시리스와 세트 형제의 대립으로 바꿨을 수도 있다), 현자들의 회의를 소집했다. 현자들은 인간이 지구에서 번식하는 것을 허용하기로 했다. 그 뒤로 안누나키족은 인간의 딸들을 아내로 맞아들였다. 지금으로부터 10만 년 전의 일이었다.

안누나키족은 자기네 지식을 조금씩 인간에게 전수하기로 하고, 인간들의 왕을 두 세계의 매개자로 삼았다. 왕들은 안누나키족의 가르침을 전해 받는 비밀 의식을 거행할 때마다 자기들 내부에 있는 안누나키의 요소를 일깨우기 위해 묘약을 삼켜야만 했다. 이 묘약에는 외계인들의 호르몬이 들어 있었다. 안누나키족 왕녀들의 월경수가 그것의 재료였다고 한다. 우리는 여러 종교의 의식들에서 그 기이한 행위를 상징하는 요소들을 찾아볼 수 있다.

에드몽 웰스, 『상대적이며 절대적인 지식의 백과사전』 제5권

21. 울적한 심사

시럽처럼 끈끈한 붉은 포도주가 타원형 술잔으로 흘러내린다.

18호 지구의 우리 인간들이 포도의 다양한 용도를 발견했다 해서 이렇게 포도주를 내온 것이다. 우리는 후보생들의 구내식당인 메가론에 와 있다.

잔뜩 긴장한 채로 오후를 보내고 나니 기분이 우울하다. 나는 다른 후보생들과 이야기를 나누고 싶지 않아서 조금 떨어져 앉았다. 내가 이끄는 돌고래족이 결국 멸망하고 말 것 같은 느낌이 든다. 아무리 분투하고 혁신하고 협력해도 언제나 가장 강한 자가 지배하는 야만의 세계에서는 겨우겨우 목숨을 부지해 갈 뿐이다.

내 눈길은 자연스럽게 올림피아를 굽어보는 높다란 산의 정상으로 향한다. 저 위에는 누가 있을까?

옛날에 지구에서 들었던 노래가 머릿속에서 맴돈다. 영국 록 그룹 제너시스의 「화산에서 추는 춤」이다.

꼭대기에 닿으려면 더 빨리 가야 해.
(……)
이제 반쯤 왔어. 위아래의 중간이야.
너는 등에 진 짐 때문에 빙빙 돌고 있어.
그 짐을 던져 버려. 저 위에 가면 필요 없거든.
그리고 명심해, 뒤를 돌아보면 안 돼.
네가 무엇을 하든 당장 시작하는 게 좋아.
(……)
불구덩이로, 싸움판으로 들어가.

그래, 그게 영웅들이 가는 길이야.

(……)

먼저 왼발을 내밀고 빛 속으로 나아가.

이 등성이의 가장자리가 세상의 가장자리야.

이제 반쯤 왔어……. 나도 반쯤 오긴 왔을까?

조금 떨어진 곳에서는 마타 하리와 프레디, 귀스타브 에펠, 조르주 멜리에스, 라울이 모여서 술을 마시고 있다. 포도주에 설탕을 넣고 달인 더 독한 술이다. 나는 그 식전주를 사양하고 두 손으로 턱을 괸 채 계속 상념에 빠져든다.

따지고 보면 돌고래족이 숱한 위험을 겪고 살아남은 것을 다행으로 알아야 할 것이다. 쇠똥구리족의 발톱에서 벗어난 것을 기쁘게 생각해야 하리라. 아니다. 내 노력들이 모두 물거품이 되고 있지 않은가. 아프로디테를 사랑하는데 그녀는 나를 배신한다. 내 스승 에드몽 웰스를 믿고 따랐는데 아틀라스가 그를 없애 버렸다. 우리 가운데 가장 예쁘고 상냥한 매릴린마저도 살신자의 공격을 받고 쓰러졌다. 그래서 이제 나는 아에덴에서 길을 잃고 헤매는 외돌토리가 되었다는 느낌이 든다.

살신자조차 나에겐 무관심하다. 그가 나를 공격해서 이 모든 것을 끝내 버렸으면 좋겠다. 하지만 나는 우등생이 아니다. 내 민족을 통해서 무언가를 이루려고 애썼지만, 결국 그 결과가 무엇이란 말인가?

나는 다시 산을 바라본다. 저 위에 누가 있을까?

지평선에서 느닷없이 우리 앞에 나타났던 것이 바로 〈그〉의 눈일까?

그렇다면 그는 왜 우리에게 관심을 갖는 것일까?

이러저러한 가정들이 저절로 머릿속에 떠오른다. 혹시 〈그〉가 우리를 신기해하는 것이 아닐까? 아니면 저 위에 있는 어떤 신이 취미가 고약하거나 업무에 지친 나머지, 자기를 모방하거나 자기에게 접근하려고 하는 자들을 헐떡거리고 기신거리게 만들어 놓고 그것을 보며 기분 전환을 하고 있는 것은 아닐까? 그렇다면 그의 눈은 우리에 갇힌 햄스터들을 관찰하기 위해서 다가드는 인간의 눈과 다를 게 없다. 햄스터에게는 인간의 눈이 얼마나 거대해 보이겠는가.

다른 가정이 이어진다.

혹시 우리는 지옥에 와 있는 것이 아닐까? Y 게임이라는 것의 목적은 그저 우리를 은근한 불로 지지면서 괴롭히자는 것이 아닐까? 우리는 마치 우리가 일의 흐름에 영향을 미칠 수 있는 것처럼 생각하지만 실제로는 그저 허덕거리기만 하는 무기력한 존재일지도 모른다. 그렇다면 신이 된다는 것은 오만한 영혼들에게 내리는 벌이 아닐까?

정말 여기에 와 있는 게 형벌이라면, 마지막까지 남아서 게임을 벌이는 자들은 먼저 탈락된 자들보다 더 많은 고통을 겪을 것이다. 가뭄이 들었을 때 살길을 찾아 진흙탕으로 몰려 들어가는 하마들을 생각해 보라. 물이 증발해 갈수록 자리다툼은 더욱 치열해지고 결국은 한 마리만 살아남게 된다. 이 하마는 제 동족의 시체들 사이에서 홀로 태양을 마주한 채 천천히 죽어 간다.

에드몽 웰스는 우리가 소설 속에 들어와 있는 것일 수도 있다고 했고, 라울은 우리가 텔레비전 리얼리티 쇼에 출연하고 있는 것일지도 모른다고 했다.

뤼시앵 뒤프레는 뭐라고 했던가? 〈이건 집단 학살이 아닙니까? 신이 되는 게 이런 거라면 저는 차라리 그만두겠습니다. 여러분도 그만두는 게 좋겠어요. 지금 우리에게 비열한 임무가 강요되고 있다는 것을 알아차리지 못했나요? 행성 하나를 가지고 놀다가 이제 그것을 파괴하겠다는 것입니다. 마치 곤충들을 짓밟아 죽이듯이 말입니다.〉 뒤프레……. 그는 스스로 탈락을 선택한 최초의 후보생이다. 그는 게임의 규칙이 무엇인지 깨닫자마자 혐오감을 드러내며 강의실을 떠났다. 혹시 그가 옳았던 것이 아닐까?

프레디 메예르는 사랑을 잃고도 의연한 표정을 짓고 있다. 그의 품성을 닮고 싶다. 〈내면을 기쁨으로 채워 나가지 않는 것은 하나의 죄악이야.〉 그것이 왕년의 랍비 프레디의 지론이다.

겨울의 신이 오늘의 요리들을 내온다. 호박을 속에 넣은 포도잎 쌈, 국수, 고기만두. 이렇듯 우리 식단에는 18호 지구에서 우리 민족들이 이루어 낸 식생활의 변화가 즉각 반영된다. 음식의 종류가 달라지는 것은 물론이고, 당근을 조각 작품처럼 깎는다든가 상추를 숲 모양으로 배열한다든가 하는 식으로 요리의 꾸밈새에도 변화가 생긴다. 우리가 식사를 하는 동안에도 Y 게임이 계속되고 있음을 일깨우기 위해 만전을 기하는 것이다. 어쨌거나 첫 식사 때에 그저 날달걀 하나를 먹었던 것을 생각하면, 그간의 진보가 여간 고맙지 않다.

다른 계절의 신이 포도주 단지를 더 내온다. 나는 붉고 진한 액체를 단숨에 들이켠다. 참 맛있다. 기분이 알딸딸하고 몸이 후끈해진다. 고기든 채소든 음식들은 대개 죽어 있다. 하지만 포도주는 살아 있는 액체처럼 느껴진다. 나는 그 신선한 식물성 피를 다시 마신다. 머리가 어질어질하다. 마치 뇌의 두 반구가 서로 비벼 대며 춤을 추고 있는 것만 같다.

「미카엘, 피곤해?」

뇌의 반구들이 춤을 멈춘다. 머릿속에서 생각들이 착착 늘어서서 긴 레일을 이룬다. 입이 탑탑하고 혀가 잘 돌지 않는다. 나는 어렵사리 말문을 연다.

「쇠똥구리족은 참으로 멋진 문명을 이룩했어. 그런데 그 문명이 하루아침에 모래성처럼 무너졌지……. 그건 부당해.」

「네 민족을 박해했잖아. 그들의 몰락을 기뻐하는 건 네 권리야.」

「그들은 계속 살아갈 자격이 있었어. 그들의 문명은 정말 독창적이었어. 수천 년 동안 가꾸어 온 문명을 쓰레기통에 던져 버릴 수는 없는 거야. 그건…… 온당치 않아.」

라울은 내가 익히 보아 온 딱딱한 표정을 짓고 있다.

「뤼시앵 뒤프레가 17호 지구에 건설했던 목가적인 공동체는 어디로 갔지? 베아트리스의 거북족은 어디로 갔지? 매릴린 먼로의 말벌족은 어디로 갔지?」

라울은 대답 대신 술 단지를 멀찌감치 밀어낸다.

「그리고 1호 지구에 살았던 수메르인, 바빌로니아인, 고대 이집트인, 크레타인, 파르티아인, 스키타이인, 메디아인, 아카디아인, 프리기아인, 리디아인…… 그들 역시 계속 살아갈 권리가 있었는데 사라졌어. 모두 사라졌다고! 푸, 남은 게 없어.」

「난 문명에도 다윈주의가 적용된다고 생각해. 약한 자와 적응하지 못한 자는 도태되는 거야.」

「나는 다윈을 좋아하지 않아. 그는 역사에 대한 냉소주의를 정당화하고 있어.」

나는 술 단지를 도로 가져다 놓고 다시 한 잔을 죽 들이켠다. 입에서 단내가 나고 머릿속이 부글거리기 시작한다. 나는 술잔을 빙빙 돌리면서 거기에 눈길을 붙박는다.

「1호 지구에 살 때 보았던 동물 다큐멘터리가 생각나. 커다란 맹수가 영양을 추격하다가 붙잡으면 그때부터 고속도 촬영으로 찍은 슬로 모션이 나오지.」

내가 라울의 술잔에 술을 따르려고 하자 그는 손사래를 친다.

「그게 문명의 몰락과 무슨 관계가 있다는 거야?」

「나는 그런 장면을 어떻게 찍는지 늘 궁금했어. 그런 경우에 영양은 맹수를 따돌리고 무사히 달아나기가 십상이야. 그런데 그런 장면을 잘도 찍어. 어떻게 하는 걸까? 너한테 묻는 거야.」

「모르겠어.」

「사실은 모든 게 연출이야. 그런 장면을 고속도 촬영으로 찍기 위해서 일부러 마련해 놓은 구역이 있어. 배우 노릇을 할 동물들도 미리 준비해 놓지. 영양에게는 마취제를 주사해. 촬영이 시작될 때쯤에야 겨우 마취가 풀리도록 말이야. 맹수는 전날 잡아다 놓고 하루를 굶겨. 굶주리지 않으면 영양을 추격하지 않거든. 그렇게 만반의 준비를 해놓고 동물들을 촬영 구역으로 들여보내는 거야. 이 구역은 세모꼴로 되어 있고 주위가 막혀 있어서 영양은 오직 한 길로 달아날 수밖에 없어. 사자를 풀어놓을 때는 빛이며 구도가 딱 좋은 지점에서 영양을 잡도록 타이밍을 조절해. 그런 식으로 완벽하게 연출된 장면을 찍는 건 쉬운 일이야. 고속도 촬영에도 아무 문제가 없고, 역광을 걱정할 필요도 없어. 대신 제작비가 적잖이 들겠지. 그 모든 것을 준비해 준 사람들에게 돈을 줘야 할 테니까 말이야.」

「무슨 얘기를 하고 싶은 거야?」

「문제는 다큐멘터리 제작자들이 왜 그런 것을 찍느냐는 거야. 사자가 영양을 잡아먹는 장면을 슬로 모션으로 아주 자세하게 보여 주는 것, 그게 왜 사람들을 그토록 매료시키지?」

라울은 흥미가 동하는 기색이다.

「그게 자연이기 때문이지.」

「아냐, 그런 장면들이 약육강식의 개념을 예증하기 때문이야. 사자가 영양을 잡아먹듯이 우리는 모두 경쟁을 하며 살아간다. 강한 것이 약한 것을 죽인다. 이런 다윈주의의 메시지가 이른바 동물 다큐멘터리들을 통해서 우리에게 전달되는 거야.」

나는 내 친구의 눈을 똑바로 바라본다.

「하지만 경쟁은 진화의 길이 아냐. 나는 그 점을 확신해. 사자가 영양을 잡아먹는 장면 대신 다른 것들을 보여 줄 수도 있잖아? 예를 들면 개미가 진딧물과 협력해서 꿀을 생산하는 장면이라든가 펭귄들이 한데 모여 서로 몸의 온기를 나누며 추위를 이겨 내는 모습 같은 거 말이야.」

정신이 말짱해지면서 뇌 속에서 알코올 분자들이 밀려 나가는 느낌이 든다. 다시 술을 마시고 싶다.

「또 유토피아 타령이야? 너는 세상을 너무 단순하게 보고 있어. 네가 지구를 떠나와서 이제 투표를 하지 않아도 되니

다행이야. 네가 정치적으로 얼마나 한심한 선택을 할지 안 봐도 뻔해.」

듣고 보니 화가 난다.

「나는 일부러 무효표를 만들었어. 투표에는 찬성하지만 후보를 낸 정당들에게 반대한다는 것을 보여 주기 위해서 말이야. 아니면 가장 마음에 들지 않는 후보자를 떨어뜨리기 위해서 투표를 했지.」

「그래, 그럴 줄 알았어. 너는 정치적으로 미숙해. 좌파든 우파든 어떤 편을 들 수 있는 능력조차 없어.」

「정치란 눈속임이야. 정치가들에게는 비전도 없고 계획도 없어. 그들은 그저 말재주나 피우고 그때그때의 효과만 노리는 자들이야. 그런 자들이 번갈아 가면서 권력을 잡고 행정을 맡지만 매번 오십보백보야. 행정부란 선장이 좌파이든 우파이든 상관하지 않는 커다란 배와 같거든. 내 말은 역사에 대한 통찰이 중요하다는 거야.」

나는 다시 술을 따라 마신다.

「더 나은 세계에 대한 희망을 가져야 해. 사실 자연 속에서는 협동이 경쟁보다 훨씬 중요해. 우리 몸의 내부만 보더라도 유기체가 더 잘 기능하도록 여러 유형의 전문화된 세포들이 서로 협력하잖아. 꽃들은 꽃가루받이를 하기 위해서 벌들의 도움을 필요로 해. 그래서 그토록 예쁜 빛깔로 벌들의 관심을 끄는 거야. 어떤 나무들은 열매가 제 그늘에 떨어지면 싹을 틔워도 제대로 자랄 수 없다는 것을 알고 열매를 멀리 보내려고 애쓰지. 다람쥐를 유인해서 열매를 멀리 운반하게 하는 식으로 말이야.」

「그럼 다람쥐가 열매를 먹어 버리잖아.」

「먹기도 하고 다른 곳으로 가져가기도 해. 열매들 옆에 똥도 싸놓지. 비료가 되게 말이야. 이렇듯 자연의 도처에서 협력이 이루어지고 있어. 어디에나 우호 관계가 있고 사랑이 있어. 다윈이 잘못 생각한 거지. 결국에 가면 승리하는 쪽은 경쟁이 아니라 협력이야.」

라울은 나를 이상한 눈으로 바라본다. 내가 주사라도 부릴까 봐 걱정이 되는 모양이다.

「그건 그냥 꿈이거나 공허한 이론이야. 지구의 텔레비전 뉴스를 생각해 봐. 전쟁 장면을 연출해서 찍는 건 아니잖아?」

「정말 그럴까?」

나는 다시 술잔을 비우고 덧붙인다.

「전쟁 장면은 공포를 불러일으키고, 공포는 사람들을 고분고분하게 만들어. 그러고 나면 사람들을 마음대로 조종할 수 있지. 공포란 그런 거야. 공포에서 벗어나고자 하는 것이 우리 행동의 주된 동기들 가운데 하나야.」

나는 술 한 잔을 또 따르다가 쓴웃음을 짓는다.

「우리도 속고 있어. 그들이 공포를 이용해서 우리를 조종하고 있다고!」

나는 목청을 높였다. 라울은 조용조용 말하라는 신호를 보낸다. 벌써 여러 후보생이 내 쪽으로 고개를 돌린다.

「이제 나 혼자 있게 해줘, 라울.」

그는 잠시 머뭇거리다가 내게서 등을 돌리고는 마치 내 존재를 잊어버린 것처럼 식사를 계속한다.

나는 다시 혼자다. 몇몇 후보생들이 나를 흘끔거린다. 나는 가까이로 지나가는 계절의 신에게 술 단지를 또 달라고 해서 따라 마신다. 남들은 무덤덤한데 나 혼자 심각한 것은 유쾌한 일이 아니다. 혼자만의 깨달음이란 얼마나 난처한가.

잊고 싶다.

돌고래족도 아프로디테도 매릴린 먼로와 에드몽도 라울과 프레디도 다 잊고 싶다.

나 자신을 잊고 싶다.

나는 자리에서 일어나 술잔을 높이 들어 올린다. 내가 강의 시간에 상호 협력에 관한 만장일치의 결의를 얻어 내려고 했을 때처럼 모두의 눈길이 내게 쏠린다. 나는 모두를 향해 소리친다.

「우리 건배할까요? 무엇을 위해 건배하느냐고요? 세 가지를 위해서죠. 올림피아의 세 가지 법칙, 거짓과 배신과 위선을 위해 건배합시다.」

몸을 가누기가 힘들다. 발을 디디고 있는 바닥이 내려앉는 듯하다. 막 쓰러지려는 찰나에 손 하나가 나타나 내 팔꿈치를 잡는다. 조르주 멜리에스다.

「가자, 집에 데려다 줄게.」

나는 그의 손을 홱 뿌리치고 다시 술잔을 들어 올린다.

「이곳은 지독하게 따분합니다. 이봐요, 카리테스 신들, 우리에게 록 음악을 연주해 주세요. 춤추고 싶어요. 록도 좋고 테크노도 좋아요. 설마 테크노나 힙합 따위를 모른다고 하지는 않겠죠? 그리고 저기 계절의 신들 말이에요, 내 술 단지가 비었는데 뭐 하고 있어요? 우리를 뭘로 보고 이래요? 우리가 이래 봬도 신들이란 말입니다. 자, 술 단지를 새로 내오세요.」

계절의 신 하나가 얼른 커다란 술 단지를 가져다준다. 오크 향이 나는 붉은 포도주가 담겨 있다.

「여기는 이게 문제예요. 서비스가 너무 느리고 술이 다양하지 않아요. 미안한 얘기지만 지구의 일급 호텔을 따라가려면 아직 멀었어요. 바캉스 클럽 같은 데서도 이보단 좋은 대접을 받았죠. 좋아하는 것을 마음껏 골라 먹을 수 있는 뷔페식이었고, 치즈며 디저트도 풍성했어요. 말이 나온 김에 아침 메뉴 얘기도 할까요? 나는 콘플레이크와 베이컨과 삶은 달걀을 먹고 싶어요.」

몇몇 후보생이 박수갈채를 보낸다.

「그래요, 친구들. 우리 모두가 같은 생각을 하고 있군요. 우리에게 필요한 건 비단 그런 것들만이 아닙니다. 올림피아 한복판에 수영장도 있어야 해요. 여긴 너무 덥거든요. 그리고 우리가 백성들을 이끌고 있을 때 시원한 음료나 아이스크림을 갖다 주는 것도 나쁘지 않을 거예요. 그러면 영화관에 온 기분이 들지 않겠어요? 사실 명색이 신인데, 인간적인 대접도 못 받는대서야 말이 됩니까?」

라울이 내 팔을 잡으며 퉁을 놓는다.

「그만해, 미카엘. 가자.」

나는 아랑곳하지 않고 말을 잇는다.

「봐, 우리는 모두 하얀 제복을 입고 있어. 이 흰옷은 금방 더러워지지. 몸에 걸치기가 무섭게 때가 묻어. 게다가 이 토가며 튜닉은 재단이 엉망이라서 여기저기가 축축 늘어져. 제발 부탁이에요, 우리에게 청바지를 주세요!」

「진정해, 미카엘.」

「진정하라고? 이젠 차분하게 사는 데 신물이 나. 우리는 양로원에 있는 게 아냐. 사실 여기엔 쾌락이 너무 적어. 우리는 담배를 피우지 않아. 섹스도 안 해……. 유일하게 활력을 주는 것이 있다면 서로 학살하는 것뿐이야. 병정놀이를 좋아하는 소년들에게는 그게 재미있을지도 모르지. 하지만 난 병정놀이보다 인형 놀이가 좋아.」

내 옆으로 계절의 신이 지나간다. 내가 신의 팔을 잡으려고 하자, 신은 얼른 달아난다. 주위의 후보생들은 이제 모두 입을 다물고 있다. 내친김에 하고 싶은 말을 다 쏟아 내야겠다.

「게다가 여기엔 읽을거리가 없어요. 서가에 책들이 꽂혀 있긴 하지만, 아무것도 쓰여 있지 않은 백지들의 묶음일 뿐이에요. 텔레비전을 켜보면 영화는커녕 아무 프로그램도 나오지 않아요. 그저 우리가 천사 시절에 보살폈던 인간들의 모습이 나올 뿐이죠. 이미 숱하게 우리 속을 썩였던 그들이 탐탐을 두드리거나 침대에 혼자 앉아서 흐느끼는 것 따위를 보는 게 전부예요. 그런 것도 볼거리라고 제공하는 겁니까? 차라리 미국의 시리즈물이나 홈 쇼핑 방송을 틀어 주는 게 낫지 않겠어요?」

술기운 덕에 없던 용기가 생겨난다. 나는 자꾸자꾸 술을 따라 마신다. 어떤 단계를 넘어서면 불쾌감이 찾아오지만, 그래도 내처 가면 또 다른 고비에 다다른다. 도취의 고비 말이다.

「어이, 술 단지 비었어요! 빨리, 술, 술!」

계절의 신 하나가 서둘러 술 단지를 내온다. 이런, 고약하게 굴수록 더 좋은 대접을 받는군.

라울이 술 단지를 치우면서 핀잔을 준다.

「그만하라니까!」

「내가 뭐 못 할 말 했어? 술 마신다고 탓하지 마. 그건 이미 우리 유전자 속에 있는 거야. 네가 좋아하는 다윈의 자연 선택이 작용한 결과라고. 물만 마시던 우리 조상님들은 물 때문에 죽었어. 당연하지. 물에 세균이 우글거렸으니까. 물 대신 맥주나 포도주나 화주를 마신 조상님들만 그런 꼴을 당하지 않고 살아남았어. 푸, 그러니까 마시자고!」

그는 내가 진정되기를 기다리다가 다시 잔소리한다.

「더 마시면 걷지도 못할 거야.」

「그래서? 날 그냥 내버려 둬! 그리고…… 내 백성들을 괴롭히지 마. 네 독수리들을 데리고 산속으로 돌아가란 말이야.」

나는 술 단지를 도로 가져온다.

라울이 나직한 소리로 묻는다.

「도대체 왜 이러는 거야? 뭐가 문제야?」

대답에 앞서 실소가 터져 나온다.

「뭐가 문제냐고? 난 지쳤어. 찬란한 미래가 보이지 않아. 뭐가 문제냐고?」

나는 라울을 똑바로 바라본다.

「이봐, 라울. 이해가 안 돼? 정말 모르겠어? 모든 게 끝났어. 우리는 모두 죽을 거야. 아무도 승자가 될 수 없어. 그저 패자들만 있게 될 거야.」

라울은 나에게 바싹 다가들어 내 팔을 움켜쥔다.

「내 몸에 손대지 마!」

「집에 데려다 줘라. 가서 쉬어야 술이 깨지.」

등 뒤에서 디오니소스의 목소리가 우렁우렁 울렸다. 켄타우로스 두 마리가 오더니 각자 내 팔과 다리를 잡고 재빨리 밖으로 나선다. 그들은 시내를 질주한다. 상쾌한 바람이 얼굴을 스치며 지나간다.

켄타우로스들은 나를 팔걸이의자에 털썩 내려놓는다. 온

몸이 흐느적거리고 머리가 지끈거린다.

나는 마치 눈을 뜬 채 잠을 자는 것처럼 그대로 웅크린 채 몇 분을 보낸다. 피가 펄펄 끓는다. 웃고 싶기도 하고 울고 싶기도 하다.

나는 몸을 일으키려다가 도로 무너져 내린다. 기분 좋게 알근하던 단계는 지나고 심한 두통이 엄습해 온다. 이 두통은 술로 다스릴 수밖에 없지 않나 싶다. 다시 술을 마셔야 한다! 나를 술의 고통에서 벗어나게 해줄 수 있는 것은 술밖에 없다.

「목말라. 술 줘!」

하지만 방 안에는 나밖에 없고 나는 제대로 서지도 못한다. 다리가 흐느적거려서 몸을 지탱할 수가 없다. 그때 문이 스르르 열린다. 고개를 들어 보니 발과 토가에 살짝 감춰진 여자의 맨다리가 눈에 들어온다. 실루엣 위쪽의 얼굴은 두건에 가려져 있고, 그 너머로 하늘에 뜬 세 개의 달이 보인다.

「아프로디테?」

여자가 들어와서 문을 닫는다. 그러더니 무릎을 꿇고 시원한 손으로 내 이마를 짚는다. 손길이 부드럽다. 아주 기분 좋은 냄새가 난다.

「도움이 필요할 것 같아서 왔어.」

마타 하리다. 나는 실망하여 얼른 몸을 빼낸다.

「그냥 가. 아무의 도움도 필요하지 않아.」

마타 하리는 내 이마에 붙은 끈끈한 머리카락을 떼어 내고 안쓰러운 표정으로 나를 뜯어본다.

「미카엘, 모든 것을 망쳐 버릴 생각이야?」

「난 그만둘 거야. 게임을 중단하겠어.」

나는 계속 자조에 빠져든다.

「그냥 가, 마타 하리. 난 가까이 사귈 만한 자가 못 돼. 내 민족도 마찬가지야. 난 저주받은 신이거든.」

마타 하리는 우물쭈물하다가 뒤로 물러선다. 그러더니 문을 나서려다 말고 한마디를 던진다.

「이거 하나 알아 둬. 나는 절대로 네가 쓰러지도록 내버려 두지 않을 거야. 네가 원하지 않아도 너를 도와줄 수밖에 없어. 이건 너와 나만의 문제가 아냐. 우리를 넘어서는 중요한 것이 걸려 있어. 그냥 포기하면 안 돼.」

나는 엉금엉금 기어가서 용을 쓰며 일어나 걸쇠를 밀어 버린다. 그런 다음 가구들을 잡고 매달리며 욕실까지 느릿느릿 간 다음 세면대에서 찬물로 세수를 한다.

속에서 욕지기가 난다. 나는 분홍빛을 띤 톡톡한 액체를 토해 낸다. 소화액이 같이 올라오면서 식도와 목구멍이 따끔거린다. 속을 다 비워 냈다 싶은데 다시 위장에 경련이 인다. 나는 쓰러지지 않기 위해 세면대를 부여잡는다.

거울 속의 나를 빤히 바라보고 있는데, 문득 높은 곳에 있는 신들의 신도 모든 것을 잊기 위해 취하고 싶을 때가 있지 않을까 하는 생각이 든다. 그런 생각을 하니 기분이 나아진다. 혹시 신들의 신은 술꾼이 아닐까?

나는 기신기신 거실로 돌아간다. 나 자신뿐만 아니라 모든 인간에 대한 혐오감이 밀려온다. 1호 지구의 인간이든 17호 지구나 18호 지구나 10만 호 지구의 인간이든 도통 마음에 들지 않는다. 그들은 때로 너무나 짜증스럽다. 쥐족이 말벌족을 정복하는 것을 보면서 나는 인간들이 난폭하고 어리석다는 것을 확신하게 되었다.

나는 또다시 경련에 시달리며 소파에 널브러진다. 잠을 청해 보지만, 머리 속이 불타는 듯해서 잠을 이룰 수가 없다. 관자놀이가 팔딱거린다. 뜨거운 피가 용암처럼 터져 나올 것만 같다.

잠이 오지 않을 모양이다. 다른 것을 생각하자.

은비…….

나는 텔레비전을 켜기 위해 앙크를 찾는다.

22. 백과사전: 다니엘의 예언

기원전 587년, 히브리인들의 유다 왕국은 느부갓네살[7]왕이 이끄는 바빌로니아인들의 침략을 받았다. 최초의 성전은 파괴되었고 여호야킴 왕과 귀족들은 포로가 되어 바빌론으로 끌려갔다.

어느 날 밤, 느부갓네살은 이상한 꿈을 꾸다가 깨어났다. 그는 꿈의 의미를 짐작할 수가 없어서 마음이 불안했다. 그래서 주술사, 점쟁이, 점성가 등 해몽할 수 있는 사람들을 불러들였다. 왕의 요구는 단순한 해몽이 아니라 꿈의 내용을 먼저 알아맞히고 그 의미를 설명하라는 것이었다. 그들은 그 요구에 응하지 못하고 왕의 분노를 샀다. 그때 유다에서 끌려온 히브리 귀족 가문의 한 젊은이가 해몽을 할 수 있다고 나섰다. 왕은 그를 데려오게 했다.

젊은이의 이름은 다니엘이었다. 그는 먼저 왕이 무슨 꿈을 꾸었는지 이야기했다. 왕이 꿈에서 본 것은 무시무시한 거인이었다. 거인의 머리는 금으로 되어 있었고, 가슴과 팔은 은으로, 배와 넓적다리는 청동으로, 아랫다리는 쇠로, 발은 쇠와 진흙으로 되어 있었다. 그런데 느닷없이 돌 하나가 날아와 쇠와 진흙으로 된 발을 부수자 거인은 산산조각이 되

7 개신교 개역 한글판과 공동 번역 성서의 표기를 따른 것이다. 새 번역 성경 표기로는 네부카드네자르.

어 흔적도 없이 날아가 버렸다.

이어서 다니엘은 꿈의 의미를 설명했다. 금으로 된 머리는 바빌로니아 왕국의 지배를 나타내는 것이었고, 은으로 된 가슴과 팔은 그보다 못한 나라가 뒤를 이어 지배하리라는 것을 예고하는 것이었다(우리는 이것을 기원전 539년에서 331년에 걸쳐 메디아 왕국과 페르시아 제국이 지배했던 것을 가리키는 것으로 생각할 수 있다). 그런가 하면 청동으로 된 배와 넓적다리는 그다음에 지배할 나라를 의미하는 것이었고(그리스인들은 기원전 331년에서 168년 사이에 지중해 연안 지역을 거의 다 점령했다), 쇠로 된 아랫다리는 쇠처럼 모든 것을 부숴 버리는 강건한 나라의 지배를 상징하는 것이었다(로마인들은 기원전 168년에서 기원후 476년에 걸쳐 이 지역을 지배했다). 쇠와 진흙으로 된 발은 앞의 강대한 나라가 둘로 갈라지리라는 뜻이었다(로마 제국은 4세기에 동서로 분열되었다). 끝으로 다니엘은 돌 하나가 산에서 떨어져 나와 금과 은과 청동과 쇠와 진흙을 부수듯이, 하느님이 세우신 나라가 앞의 모든 나라를 부수어 멸망시킬 것이라고 했다.

쇠처럼 강건한 나라가 히브리인들의 나라를 점령한 뒤에 결국 붕괴하게 되리라는 다니엘의 예언은 이후에 다양한 해석을 낳았다. 특히 꿈속의 거인을 부순 돌이 하느님 나라의 도래를 알리는 메시아의 예언일 거라는 해석이 생겨나면서 메시아를 자처하는 사람들이 숱하게 나타났다. 그들의 대다수는 로마인들에게 죽임을 당했다. 로마인들 역시 다니엘의 예언을 알고 있었고, 쇠처럼 강건한 자기들의 제국이 붕괴되는 것을 원치 않았던 것이다.

에드몽 웰스, 『상대적이며 절대적인 지식의 백과사전』 제5권

23. 인간, 16세

두통이 조금 가라앉았다. 나는 텔레비전 화면에 두 눈을

붙박고 마음을 한껏 기울인다.

첫 번째 채널. 은비가 도쿄에서 텔레비전을 보고 있다. 돌고래에 관한 다큐멘터리가 나오는 중이다. 일본의 한 섬에서 시위가 벌어지고 있다. 이 섬은 바로 돌고래들이 번식을 하기 위해 해마다 모여드는 곳이다. 어부들은 작은 만을 봉쇄하고 작살로 돌고래들을 죽인다. 한 어부가 기자에게 자기네 사정을 설명한다. 돌고래 고기를 먹기 위해서가 아니라 돌고래들이 참치잡이를 방해하기 때문에 죽인다는 것이다. 그들 뒤로 핏빛으로 물든 바다가 보인다. 수백 마리나 되는 돌고래들의 시체가 배를 위로 드러낸 채 둥둥 떠다니고 있다.

충격에 빠진 은비는 그림을 통해서 돌고래들의 원수를 갚아 주리라고 결심한다. 자유로운 상태에 있는 돌고래들이 인간들에 맞서 복수를 하는 내용의 만화를 그리겠다는 것이다.

은비는 이제 학교에서 돌고래를 그리고 있다. 한 여학생이 그녀에게 다가와 왜 그런 주제를 선택했느냐고 묻는다.

「내가 현실 속에서 복수를 하는 것은 불가능해. 그래서 내 복수를 그림으로 표현하는 거야.」

은비의 설명을 들은 학생이 소리친다.

「너희 조센진들은 다 미쳤어.」

「그럼 너희 일본인들은 다 멍청이야.」

두 여학생이 머리끄덩이를 잡아당기며 싸운다. 급기야 선생이 나서서 둘을 떼어 놓더니, 학교의 질서를 어지럽혔다는 이유로 은비에게만 벌을 준다. 선생은 문제의 그림들을 살펴보더니 그림들이 혐오스럽다면서 박박 찢어 버린다. 그러고는 은비에게 훈계를 한다.

「은비 너는 외국인이니까 행동거지에 더 신중을 기하는 게 좋을 거야.」

「전 외국인이 아니에요. 일본에서 태어났단 말이에요.」

반 학생들 사이에서 웃음이 터져 나온다. 그들은 모두 알고 있다. 국적 취득과 관련해서 일본은 출생지주의가 아니라 혈통주의를 채택하고 있는 나라라는 사실을 말이다. 은비 역시 그것을 모르는 바가 아니다.

저녁이다. 은비는 자기 방에서 다시 돌고래들을 주인공으로 한 만화를 그린다. 이번의 돌고래들은 학교란 학교는 모조리 없애 버린다. 종이 몇 장에 만화를 그리는 것으로는 성이 차지 않는다. 은비는 돌고래들에 관한 책을 한 권 써야 한다고 생각한다. 은비는 돌고래들의 모험담을 상상한다. 옛날 어떤 외계인들이 지구에 착륙하기 위해 돌고래의 형상을 선택했다. 그들은 그 뒤로 오랫동안 인간들과 대화하기 위해 갖은 노력을 기울이고 있다. 하지만 그들의 시도는 매번 실패로 끝난다. 은비는 그런 식의 이야기를 밤새도록 써 내려간다. 시간이 어떻게 가는지도 모르고 옆방에서 부모가 다투는 소리도 들리지 않는다. 글쓰기는 은비에게 자기만의 견고한 세계를 만들었다는 느낌을 준다. 은비는 두려움을 주기도 하고 매혹을 느끼게 하기도 하는 현실 세계를 벗어나 자기가 창조한 세계로 들어간다. 은비는 글을 쓴다. 그럼으로써 삶의 고통에서 벗어난다.

두 번째 채널. 크레타섬의 테오팀은 권투 클럽에 등록했다. 다른 연습생들은 아직 경기에 나서기를 두려워하는데 테오팀은 다르다. 그는 자기보다 키가 작고 나이가 더 많은 남자를 상대로 친선 경기를 벌이기로 한다. 상대는 혼자가 아니다. 온 가족이 응원을 하러 나온 것이다. 코치가 테오팀에게 마우스피스를 물라고 권한다. 하지만 테오팀은 그것을 입에 무는 게 익숙지 않아서 그냥 싸우겠다고 한다. 코치가 그를 격려한다.

「승리는 따놓은 당상이야. 저 선수는 팔이 짧아서 너를 건드리지도 못하겠어.」

링에 오르자 심판이 주의를 준다. 이건 친선 경기이고 벨트 아래를 때리는 것은 반칙이라는 것이다. 상대편 코치가 선수에게 귓속말로 무언가를 일러 준다. 두 선수가 맞선다. 공이 울리자마자 상대가 뜻하지 않은 곳을 노리고 덤벼든다. 대뜸 테오팀의 턱을 두 주먹으로 강타한 것이다. 이들이 부러지고 입에 피가 고인다. 엄청나게 아프다. 이해할 수가 없다. 심판이 분명 친선 경기임을 일깨웠건만 댓바람에 피를 보겠다고 나서다니. 심판은 경기를 중단시키고 상대를 호되게 나무란다. 하지만 일은 이미 저질러졌다.

1라운드가 끝났다. 테오팀은 이가 욱신거리는 것을 참고 있다. 코치는 화가 나서 어쩔 줄 모른다.

「저 자식이 시작하자마자 너를 케이오시키려고 했어. 이제 복수를 해. 너는 리치가 길어서 쉽게 타격을 가할 수 있어.」

공이 울린다. 그 뒤로 상대는 테오팀을 건드려 보지도 못하고 줄곧 헛손질만 하다가 지쳐 간다. 그러더니 가드를 내린 채 로프에 몸을 기댄다. 테오팀의 코치가 끝장을 내라고 소리친다.

상대의 가족 역시 응원을 보낸다. 「아빠 힘내세요! 아빠 힘내세요!」

테오팀은 세게 한 방을 먹이려다가 멈칫한다. 상대의 눈에 체념의 기색이 어려 있다. 어서 쓰러뜨려 주기를 기다리는지 가드를 올릴 생각조차 하지 않는다. 하지만 테오팀은 때리지 않는다. 공이 울리고 경기가 끝났다. 심판들은 테오팀의 상대를 승리자로 판정한다. 상대는 어리둥절한 기색으로 가족의 박수갈채를 받으며 두 팔을 들어 올린다.

테오팀의 코치가 묻는다.

「네가 얼마든지 때려눕힐 수 있었어. 왜 복수를 안 한 거야?」

테오팀은 대답하지 않는다.

저녁에 그의 어머니는 아들의 기분을 바꿔 줄 요량으로 햄스터 한 쌍을 선물한다. 테오팀은 호기심 어린 눈으로 햄스터들을 관찰한다. 놈들은 서로 냄새를 맡더니 무언가에 쫓기듯이 교미를 벌인다.

세 번째 채널. 쿠아시 쿠아시는 아버지가 골라 준 젊은 여자의 도움을 받아 성행위에 입문한다. 이것은 태곳적부터 이어져 온 의식이다. 여자는 폭이 넓은 긴 치마를 입는다. 그런 다음 향초 다발과 나뭇진이 많은 나무를 섞어서 태우는 불 위에 앉아 연기가 몸에 배게 한다. 치마는 뜨거운 기운을 받아 부풀어 오르고 여자의 살에는 향기가 스며든다. 그렇게 준비를 끝내자 여자는 쿠아시 쿠아시에게 아름다운 알몸을 보여 준다. 그는 마치 어떤 비극이 상연되고 있기라도 하듯 자못 심각한 표정을 짓는다. 그의 소년 시절이 종말을 맞는 순간이다. 여자는 그의 긴장을 풀어 줄 양으로 춤을 추자고 권한다. 그는 뻣뻣하게 굳어 있다. 여자는 깔깔거리며 웃는다. 그러다가 그를 침대에 쓰러뜨린 다음 쾌감을 높이기 위한 몸짓들을 하나하나 보여 준다. 두 몸이 섞여 든다. 그동안 아버지는 탐탐을 연주한다.

의식이 끝나자 그는 아버지에게로 간다. 그는 첫 경험 뒤의 혼란에서 아직 벗어나지 못하고 있다. 아버지는 그가 당장 무슨 말을 하기는 어려우리라는 것을 알고 악기 하나를 건네준다. 젬베라는 타악기다. 부자는 탐탐과 젬베를 두드리며 무언의 대화를 나눈다. 그럼으로써 온 마을에 자기들의 벅찬 감동을 전하는 것이다.

나는 예술에 끌리는 이들의 성향을 더욱 북돋워 주어야 하리라고 생각한다. 뮤즈들에게서 그런 능력을 배워 두었으면 좋았겠다 싶다. 은비는 그림에 재능이 있을 뿐만 아니라 글재주도 상당하다. 하기야 은비는 작가 자크 넴로드의 환생이 아닌가? 자크 넴로드는 동물의 모험담, 특히 쥐에 관한 이야기를 써서 유명해졌다. 한국계 소녀로 환생한 그의 영혼이 이제 돌고래에 관심을 갖는다고 해서 조금도 이상할 것이 없지 않은가?

테오팀은 권투에 재능이 있다. 그것 역시 당연하다. 전생에서 그는 매우 난폭한 러시아 군인이었으니 말이다.

쿠아시 쿠아시는 리듬과 음악과 애무를 좋아했던 비너스 셰리든의 성향을 고스란히 물려받았다.

「약점을 보완하려고 애쓰기보다 강점을 빛나게 하는 편이 나아.」 에드몽 웰스는 그렇게 역설했다. 은비와 테오팀과 쿠아시 쿠아시가 그런 쪽으로 갔으면 좋겠다.

누구의 발소리가 들리는 듯하다. 탐탐 소리의 메아리일까?

나는 텔레비전을 끄고 비틀거리면서 밖으로 나간다.

상쾌한 공기를 마시니 머릿속의 아우성이 잦아드는 듯하다. 그때 문득 창문 아래의 땅바닥에 찍힌 발자국이 눈에 들어온다. 자국이 아주 또렷하다. 찬찬히 살펴보니 남자의 샌들 자국이다.

틀림없다. 누가 나를 염탐하고 있었다.

24. 백과사전: 가이아의 대답

사람들은 오랫동안 왜 메뚜기들이 수백만 마리씩 떼를 지어 구름처럼 몰려다니는지 궁금하게 여겼다. 그런데 알고 보면 그런 현상은 아주 당연한 것이다. 그것은 단일 경작이라는 인간의 행위가 가져온 결과이다. 광대한 농경지에 한 가지 작물만 심다 보니 그 작물의 천적이 한 지역으로 몰려들게 되고 그럼으로써 기하급수적으로 개체 수가 불어난 것이다. 인간이 그렇게 관여하기 전만 해도 메뚜기는 혼자 있기를 좋아하고 별로 해를 끼치지 않는 곤충일 뿐이었다. 하지만 인간들이 자연을 변화시키고 싶어 했던 곳에서는 어디에서나 메뚜기들이 저희 나름의 방식으로 인간들에게 반응을 보였다.

인간이 땅거죽에서 핵폭탄을 터뜨리면 가이아는 지진으로 대답한다. 인간이 지구의 검은 피인 석유를 유독 가스로 변화시켜 생명을 질식시키는 구름을 만들어 내면 지구는 기온 상승으로 응답한다. 그러고 나면 빙하가 녹고 홍수가 일어난다.

인간은 자기들이 지구를 상대로 도발을 할 때마다 지구가 응답한다는 사실을 아직 깨닫지 못했다. 그래서 이른바 자연재해가 일어날 때마다 깜짝깜짝 놀란다. 하지만 인간이 자연재해라고 말하는 것들은 인간이 어머니인 지구와 대화를 하지 않음으로써 생겨난 인재(人災)일 뿐이다.

에드몽 웰스, 『상대적이며 절대적인 지식의 백과사전』 제5권

25. 만취의 뒤끝

수탉 우는 소리가 귓속을 파고든다. 날이 밝았다. 소파에

서 그냥 잠이 들었던 모양이다. 나는 두 손으로 머리를 감싼다. 하지만 벌써 일과의 시작을 알리는 종소리가 들려온다. 아이고, 머리야! 관자놀이가 지끈지끈하고 눈꺼풀이 천근만근이다. 석고를 삼킨 것처럼 목구멍이 버석버석하다. 어젯밤에 내가 너무 많이 마셨다는 것 말고는 아무것도 기억나지 않는다.

누가 문을 두드린다. 라울이 나를 떼밀며 들어오더니 어서 옷을 입으라고 재촉한다. 그의 표정이 심상치 않다. 약간 비틀거리는 것 같기도 하다. 나는 얼굴을 찡그리며 묻는다.

「어젯밤에 무슨 일 있었어?」

나는 관자놀이를 힘껏 누른다. 그의 대답이 바로 나오지 않는다. 무슨 일이 있긴 있었던 것이다.

그가 흥분된 목소리로 알려 준다.

「프레디를 잃었어.」

세상에.

「살신자의 짓이야?」

「그보다 더 나빠.」

「사탄이 그랬어?」

「그보다도 더 고약해.」

「모르겠는데.」

「사랑 때문이야.」

라울의 설명은 이러하다. 그들 동아리는 라울의 제안에 따라 적색 지대에 있는 뮤즈들의 궁전으로 다시 갔다. 거기에서 매릴린을 다시 만났다. 그런데 매릴린은 여느 괴물로 변하지 않고 놀랍게도 또 하나의 뮤즈가 되어 있었다. 영화를 관장하는 열 번째 뮤즈가 된 것이다.

「매릴린은 이제 다른 뮤즈들처럼 궁전을 따로 가지고 있어. 영사실이며 촬영 도구며 필름 보관소 따위를 갖춘 궁전이야.」

이로써 신 후보생들의 죽음에 관한 이론이 사실로 확인된 것이다. 후보생들은 마지막에 가면 켄타우로스나 거룹이나 뮤즈 같은 아에덴의 말 못 하는 거주자들로 변신한다. 보고 이해하고 행동할 수는 있으나 자기들의 의사를 표현할 수 없는 존재가 되는 것, 그것이 바로 영혼들의 종점인 것이다.

「그러니까 매릴린은 변신을 하고도 예전의 외모를 잃지 않은 희귀한 사례를 만든 셈이군. 그럼 프레디는 어떻게 됐지?」

「그는 스스로 죽음을 선택했어. 사실 그건 내가 권한 일이야. 그가 매릴린을 그리워하며 시들시들하게 살아가느니 그녀 뒤를 따라가는 게 낫겠다고 생각했지. 지금쯤이면 그는 벌써 무언가로 변신해 있을 거야. 만약 그가 스스로 목숨을 끊은 장소를 참작해서 변신이 이루어진다면, 뮤즈가…….」

「그래, 열한 번째 뮤즈가 되었을 거야.」

「글쎄, 영화 다음에 어떤 예술이 추가될 수 있을지 모르겠네.」

알자스 출신의 시각 장애인 랍비와 할리우드의 스타가 만나서 참으로 경이로운 인연을 맺었다. 일견 서로 어울릴 법하지 않은 두 남녀가 변치 않는 사랑으로 천사들의 나라와 신들의 왕국을 초월했으니 말이다.

그들은 이제 영원히 하나가 되어 적색 지대에 살고 있다. 비록 목소리를 잃어 서로 한마디 말도 주고받을 수 없게 되었지만, 그들의 영혼은 계속 대화하며 사랑을 나눌 것이다.

「우리가 적색 지대에 프레디를 남겨 두고 오기 전에, 그가 나를 붙잡고 부탁한 게 있어. 너에게 말을 전해 달라는 것이었지. 그는 고래족을 너한테 맡겼어. 하기야, 고래족은 이미 네 민족과 같은 언어를 쓰고 같은 문자를 사용하고 있으니까 그러는 편이 나을 수도 있겠지.」

한 민족 전체를 물려준다고? 나는 그 〈선물〉에 담긴 뜻을 즉시 알아차린다.

내가 튜닉과 토가를 입는 동안 라울은 거실 안을 서성거린다.

「나는 그게 조금 불공평하다고 생각해. 한 민족을 확실하게 이끌지 못한 네가 다른 민족을 거저 얻었으니 말이야. 게다가 네가 후견자로 나서는 것이 고래족을 위해 정말 잘된 일일까 싶기도 해. 이제껏 너는 겁 많고 소심한 신의 면모를 보여 왔잖아. 너의 그런 태도 때문에 개미족이 어떻게 됐는지 생각해 봐.」

「그래, 네 말대로 나는 〈겁 많고 소심한〉 신일지도 몰라. 그래도 성적은 내가 너보다 좋잖아?」

나는 에드몽 웰스의 백과사전을 집어 들고 마치 무기를 숨기듯 토가의 접힌 자락 사이에 찔러 넣는다. 그런 다음 앙크를 목에 건다. 앙크는 밤새 충전이 잘된 듯하다.

「너만 프레디에게서 무얼 받은 게 아냐. 그는 나에게도 유산의 일부를 주었어.」

라울은 우리 모두가 가지고 있는 것과 비슷한 책을 보여 준다.

「프레디는 유머집을 만들었어. 에드몽 웰스가 자기 책을 이어서 쓰라고 너에게 부탁했듯이, 프레디는 나보고 자기 작업을 이어 가라고 했어.」

나는 책을 빠르게 넘기다가 그냥 눈길 닿는 대로 이야기 하나를 읽어 본다. 〈신을 웃기려면 어떻게 해야 할까? 신에게 인간들의 계획을 이야기해 주면 된다.〉

「괜찮은데. 너는 이런 이야기들을 어디에서 찾아낼 거야? 프레디는 기억력이 아주 비상해서 세상의 모든 유머를 외고 있었는데 말이야.」

「글쎄, 잘 모르겠어. 하지만 여기에서 벌어지고 있는 일들만 가지고도 재미있는 이야기를 숱하게 만들 수 있을 것 같은데.」

종이 다시 울린다. 꾸물거릴 때가 아니다. 우리는 아침 식사가 기다리고 있는 메가론으로 간다.

테오노트 친구들이 식탁 끄트머리에 모여 있다. 나는 라울과 나란히 앉는다. 그가 우유를 따라 준다.

「내가 어제 한심하게 굴었지?」

「나는 오히려 네가 진실해 보였어. 인간 시절에 너는 술에 취해 본 적이 없잖아. 술에 휘둘리는 것을 두려워하는 사람처럼 보였어. 어젯밤에 너는 너의 감춰진 면을 보여 주었어. 이제 너를 더 잘 알게 되었다 싶어. 미카엘, 나는 너의 변함없는 친구야. 너한테 한마디 해주고 싶은 말이 있어. 내가 친구로서 너한테 해줄 수 있는 선물이라고 생각해 줘. 앞으로는 어떤 상황에서도 너 자신을 심판하지 마.」

그는 나를 뚫어지게 바라본다. 검은 눈이 오늘따라 더 커 보인다. 문득 소년 시절의 우리 모습이 떠오른다. 파리의 페르라셰즈 공동묘지에서 죽음의 문제를 논하던 그 시절의 모습이.

「한 가지 애석한 게 있다면, 네가 만취하는 바람에 프레디와 매릴린의 재회 장면을 놓쳤다는 거야. 정말 대단했거든.」

가을의 신이 적갈색 머리채를 쓸어 올리며 건포도 빵과 버터를 가져다준다. 잼을 맛보려면 조금 더 기다려야 할 모양이다.

「어젯밤에 뮤즈들의 땅에서 훨씬 더 멀리 떨어진 곳까지 갔었어?」

「프레디를 그의 뮤즈에게 맡겨 놓은 뒤에 우리는 등반을 계속했어. 많이 보지는 못했지만, 우리가 본 바로는 적색 지대 너머에 화산 지대가 있어. 용암이 군데군데 호수를 이루고 있더라고.」

「주황색 지대로군…….」

「땅바닥이 너무 뜨거워. 다음에 갈 때는 샌들을 감쌀 수 있는 천을 가져가야 할 거야.」

조르주 멜리에스와 귀스타브 에펠과 마타 하리가 우리 옆에 와서 앉는다.

「이제 일흔아홉 명이 남았어.」

그렇게 말하는 멜리에스의 목소리에서 약간의 슬픔이 묻어난다.

나는 그들을 둘러보며 묻는다.

「오늘 강의는 누가 하는 거지?」

26. 백과사전 : 헤라클레스

헤라클레스는 그리스어로 〈헤라의 영광〉이라는 뜻이다. 그는 제우스가 절세가인 알크메네와 결합하여 낳은 아들이다. 제우스는 그녀의 남편이 원정을 떠난 사이에 남편으로 변신하여 그녀와 동침했다.

남편 제우스의 엽색 행각에 진저리를 내고 있던 헤라는 요람에 누워 잠들어 있는 아기를 죽이기 위해 커다란 뱀 두 마리를 보냈다. 하지만 헤라클레스는 갓난아이 때부터 힘이 장사였기 때문에 뱀들의 목을 졸라 죽일 수 있었다.

헤라클레스에 대한 헤라의 증오는 거기에서 그치지 않았다. 그가 테베 왕국을 외적의 침입에서 구하고 메가라 공주와 결혼하여 많은 자식을 낳은 뒤에 헤라는 그를 미치광이로 만들어 버렸다. 그는 정신 착란 상태에서 자기 자식들을 살해했다. 제정신이 돌아오자 그는 죄를 씻기 위해 델포이의 아폴론 신전에 가서 신탁을 구했다. 피티아, 즉 아폴론의 사제가 알려 준 신탁은 사촌 형인 티린스의 왕 에우리스테우스를 12년 동안 섬기면서 그가 명하는 과업을 수행해야 한다는 것이었다. 그리하여 헤라클레스는 자신의 죄를 씻고 헤라의 영광을 드높이기 위한 다음의 열두 가지 위업을 이뤄 냈다.

1. 네메아의 사자 사냥: 네메아의 사자는 가죽이 거북의 딱지처럼 단단해서 곤봉이나 화살이나 칼로 공격하는 것은 아무 소용이 없었다. 헤라클레스는 맨손으로 괴물의 목을 졸라 죽인 다음 괴물 자신의 발톱을 사용해서 가죽을 벗겨 냈다.

2. 레르네 늪의 히드라 죽이기: 히드라는 개의 몸뚱이에 뱀의 머리가 아홉 개 달린 괴물이었다.

3. 케리네이아의 사슴 사냥: 청동 발굽에 황금 뿔을 지닌 이 사슴은 예전에 사냥의 신 아르테미스조차 잡으려다 놓칠 만큼 발이 빨랐다.

4. 에리만토스의 멧돼지 생포.

5. 엘리스의 왕 아우게이아스의 외양간 청소.

6. 스팀팔로스 호수의 괴조(怪鳥) 퇴치.

7. 크레타의 황소 생포.

8. 디오메데스의 암말 생포: 트라케의 왕 디오메데스는 자기 나라를

찾아오는 이방인들의 살을 암말들에게 먹이로 주었다. 헤라클레스의 임무는 이 만행을 응징하고 암말들을 끌고 오는 것이었다.

9. 아마존 왕 히폴리테의 허리띠 얻어 내기.

10. 게리온[8]의 소 떼 훔치기: 게리온은 세 사람을 한 몸에 합쳐 놓은 거인으로서 망망대해 너머의 머나먼 서쪽에 있는 섬에서 많은 소를 기르며 살고 있었다.

11. 헤스페리데스의 정원의 황금 사과 따오기: 이 사과는 대지의 신 가이아가 헤라에게 결혼 선물로 준 사과나무에서 열린 것이었다.

12. 저승을 지키는 개 케르베로스를 지상으로 데려오기: 헤라클레스는 가장 어려운 이 과업을 수행하기 위해 저승에 안전하게 가는 법을 가르치는 엘레우시스 신비 의식에 입문했다.

에드몽 웰스, 『상대적이며 절대적인 지식의 백과사전』 제5권

27. 헤라클레스의 강의: 영웅의 중요성

보조 강사들의 구역에 있는 헤라클레스의 궁전은 시시포스의 저택보다 훨씬 크고 웅장하다. 현관을 받치고 있는 기둥들은 다가가서 보니 거대한 크기의 인물 조각상들이다.

입구에는 붉은 카펫이 깔려 있고 현관홀에는 사냥 기념물들이 죽 걸려 있다. 사자, 용, 곰, 이빨이 뾰족한 말의 머리도 보이고, 무시무시하게 생긴 맹금들의 박제도 보인다.

이윽고 오늘의 강의를 맡은 스승이 들어선다.

헤라클레스는 키에 비해서 옆으로 많이 퍼진 모습이다.

8 게리온은 그리스의 비극 시인 아이스킬로스나 라틴어의 표기를 따른 것이며, 헤시오도스의 『신통기』를 비롯한 서사시에서는 게리오네우스, 아리스토파네스와 핀다로스의 시나 아폴로도로스의 『신화집』 등에서는 게리오네스로 표기되었다.

사자 가죽을 맵시 좋게 재단해서 튜닉처럼 만든 옷을 입었고, 머리에는 장식 무늬를 새겨 넣은 사자의 턱뼈를 모자처럼 쓰고 있다. 손에는 올리브나무를 깎아 만든 곤봉을 들고 있다. 하지만 내가 상상했던 것만큼 근육이 울근불근하지는 않다. 신화에는 늘 과장이 있게 마련이다.

에드몽 웰스의 백과사전에서 읽은 글이 생각난다. 라울의 아버지 프랑시스 라조르박의 원고에 바탕을 둔 그 글에 따르면, 헤라클레스는 우리가 흔히 생각하는 것만큼 호감을 주는 영웅은 아닌 듯하다. 따지고 보면 그가 열두 가지 과업을 수행하기 위해서 한 일은 그저 죽이고 속이고 훔치는 것뿐이었다. 그는 자식들을 살해했고 아마존들을 학살했으며 보물들을 도둑질했다.

나는 책상 하나를 차지하고 자리에 앉는다. 장난을 좋아하는 어떤 후보생이 새겨 놓았음 직한 낙서가 눈길을 끈다. 「신들의 신에게는 종교가 없다.」 십중팔구 우리보다 먼저 이곳을 거쳐 간 후보생들 가운데 하나가 남긴 것이리라. 그러고 보니 내가 한 가지 사실을 까맣게 잊고 있었다. 우리는 수많은 선배들과 마찬가지로 한 기의 후보생들일 뿐이고, 앞으로도 많은 후배들이 내 자리에 앉을 것이다.

헤라클레스는 새로 맞이한 후보생들의 수준을 가늠해 보려는 듯 우리를 빤히 바라본다. 그러더니 곤봉으로 책상을 탁 친다. 아틀라스가 굳은 얼굴로 들어온다. 우리 앞에서 불평을 늘어놓기가 일쑤였던 그가 웬일로 이번에는 조용하다. 그는 18호 지구가 담긴 구체를 받침대에 내려놓고 〈저승〉과 〈천사들의 제국〉에 해당하는 유리병을 제자리에 배치하더니, 곧바로 등을 돌려 발을 질질 끌며 나간다.

헤라클레스가 그를 불러 세운다.

「어이, 아틀라스. 까마득한 옛날 일을 아직도 마음에 두고 있는 거야? 헤스페리데스의 정원에서 있었던 그 유감스러운 일은 잊어버리고 다시 친구로 지낼 수도 있잖아.」

아틀라스는 발길을 멈추고 반쯤 돌아선다.

「네가 헤스페리데스의 황금 사과를 훔치러 왔을 때 우리는 서로 돕기로 약속했어. 내가 황금 사과를 따주면, 너는 나를 대신해서 세계를 떠받치고 있기로 했잖아.」

「네가 황금 사과를 따는 동안만 너를 대신하기로 한 거지, 숫제 네 일을 떠맡기로 한 건 아냐.」

아틀라스는 완전히 돌아서서 여느 때처럼 볼멘소리를 한다.

「만약 나 대신 세계를 떠받치겠다는 약속을 지키지 않을 거라면, 나를 대신할 누군가를 구해 주기라도 해야지.」

「너도 알다시피 그건 불가능해. 세계를 짊어지는 건 네 운명이야. 어느 누구도 너 대신 그 일을 할 수는 없어.」

아틀라스는 낙담한 기색으로 어깨를 으쓱 치켜올린다. 그러더니 강의실을 나서기 전에 우리를 노려보며 엄포를 놓는다.

「간밤에 웬 놈이 우리 집에 기어들었어. 어떤 놈이든 내 손에 잡히기만 해봐. 지난번에 잡힌 놈이 어떻게 되었는지 명심하라고.」

보아하니 또 다른 후보생이 행성들을 보관하는 지하실에 숨어든 모양이다. 아틀라스는 이번에도 내가 그랬을 거라고 생각하는 것일까?

그가 투덜거리면서 멀어져 가자, 헤라클레스는 앙크를 들고 행성을 살펴본 다음 우리 쪽으로 돌아선다.

「안녕하십니까, 여러분의 보조 강사 헤라클레스입니다. 오늘 나는 영웅의 중요성에 관해서 이야기할 것입니다. 먼저 누가 영웅이라는 말을 정의해 보겠습니까?」

다들 대답을 망설이는 사이에 볼테르가 나선다.

「특별한 능력을 지니고 있어서 보통 사람이 하기 어려운 일을 해내는 사람입니다.」

헤라클레스는 빈정거리는 표정을 짓는다.

「그건 영웅의 전기를 쓰는 자들이 나중에 지어내는 얘기일 뿐입니다. 비범한 능력을 지녔기 때문에 온갖 시련을 극복하고 위업을 달성했다는 식이죠. 어떤 자들은 직업적인 아첨꾼들을 매수할 만큼 돈이 많아서 영웅으로 찬양되기도 합니다. 하지만 실제의 인간들과 그들에 관한 전설을 혼동해서는 안 됩니다. 다른 정의를 찾아보세요.」

장자크 루소가 손을 든다.

「남달리 똑똑한 사람이 아닐까요?」

「아주 똑똑한 사람들 중에는 자기네 집의 안락의자에 앉아서 매우 어려운 십자말풀이를 하며 시간을 보내는 자들도 있습니다. 그들을 영웅이라 할 수 있을까요?」

헤라클레스는 책걸상의 줄과 줄 사이로 돌아다니며 우리의 면면을 살핀다.

그러다가 우리의 대답을 더 기다리지 않고 말을 잇는다.

「영웅이란…… 스스로 영웅이 되리라 생각하는 사람들입니다.」

헤라클레스는 자신의 말에 스스로 만족해하는 기색이다.

「설명하자면 이렇습니다. 영웅은 스스로를 남다른 존재

로 여깁니다. 자신은 특별한 재능을 지니고 있고 보통 사람들과 달리 특별한 임무를 수행할 운명을 타고났다고 생각하죠. 이를테면 영웅은 남들이 자신에 관한 전설을 지어내기도 전에 그것을 믿고 있는 사람입니다.」

그는 계속 왔다 갔다 하면서 설명을 이어 간다.

「18호 지구의 역사를 살펴보면 여러분이 다스리는 이 행성에도 영웅들은 이미 출현했습니다. 전쟁을 지휘하는 장군들이나 대담한 탐험가들도 있었을 것이고, 남다른 통찰력을 지닌 연구자들도 있었겠죠. 그들의 공통점은 세계에 대한 자기 민족의 영향력을 증대시키는 데 기여했다는 것입니다. 쥐족의 왕은 아마존들의 영토를 정복했고, 그 뒤에는 자기 백성들의 반대를 무릅쓰고 포로가 된 아마존 여왕을 아내로 삼았습니다. 자기 방식대로 행동하는 그가 그의 백성들에게는 영웅이 됩니다. 과감한 군사 지도자이자 빈틈없는 개혁가인 그의 전설은 대대로 쥐족 백성들에게 전해질 것입니다. 하지만 그보다 훌륭한 영웅도 얼마든지 나올 수 있습니다.」

헤라클레스는 철 공예 장식이 들어간 커다란 참나무 상자에서 납 병정으로 보이는 물건들을 꺼낸다.

「여러분의 선배들이 다스렸던 행성들의 몇몇 영웅을 소개하겠습니다. 저마다 자기네 행성의 인류 역사에서 이름을 크게 떨쳤던 인물들이죠. 먼저 벨제크가 있었습니다. 그는 카리스마 넘치는 왕이자 7호 지구의 연방 조직자였는데, 한 여왕을 너무나 사랑한 나머지 죽음을 맞았어요. 구론이라는 사람은 14호 지구에서 가장 긴 강의 수원까지 거슬러 올라갔던 탐험가였습니다. 어떤 미개한 군도 쪽으로 마지막 여행을 떠났다가 병에 걸려 죽었죠. 솔간은 자기네 행성의 미래를 예언했던 놀라운 인물입니다. 그의 예언은 한 번도 틀린 적이 없어요. 릴레이트라는 우주 비행사는 파멸의 위험에 빠진 인류를 구하기 위해 다른 행성으로 탈출하는 것에 마지막 희망을 걸고 우주 탐사를 계획했습니다. 태양 범선을 타고 인간이 살 수 있는 다른 행성을 찾아 지구를 떠나려고 했죠. 내가 보기에 가장 놀라운 영웅은 아니마슈데크예요. 그는 노래의 가치를 드높인 음악가입니다. 그의 백성들은 노래를 즐겼을 뿐만 아니라 노래를 활용하기 위해 서로 경쟁을 벌였죠. 어떤 사람들은 노래를 불러서 병을 고쳤고, 어떤 사람들은 성대를 무기로 사용해서 사람을 죽이거나 전쟁을 벌였습니다. 그들은 성행위를 할 때도 목소리의 화합을 중요하게 생각했어요.」

헤라클레스는 그 기이한 영웅을 회상하며 노래를 읊조리다가 말을 잇는다.

「아니마슈데크는 후두의 세균 감염 때문에 죽었어요. 그가 자꾸 기침을 하니까, 사람들은 그에게 낮은 음의 어떤 소리를 들려줌으로써 그의 심장을 멎게 했죠. 하기야…… 죽는 것은 모든 인간의 운명이죠. 인간이 유한한 존재이기 때문에 영웅도 생겨나는 겁니다.」

그는 몽상에 잠긴 듯한 표정을 짓는다.

「스승 신들이 인간에게서 부러워하는 것이 있다면 바로 그 죽음일 것입니다. 다른 건 몰라도 인간의 삶에는 결말이 있죠. 반면에 불사의 존재들에게는 끝이라는 게 없습니다. 그래서 신들은 영웅이 되지 못합니다. 영웅적인 행위는 마지막 장면에서 생겨나는 법이죠.」

나는 그 말을 곱씹는다. 신들의 신은 무한하고 전능하다.

하지만 그는 유한한 존재, 실패에 대한 두려움 속에서 사는 존재를 부러워한다. 아닌 게 아니라, 우리에게는 그가 가지지 못한 장점이 있다. 우리는 실패를 할 수 있는 존재다. 그래서 우리에게는 성공이라는 것이 있다. 하지만 그는 매번 이기는 존재라서 무언가를 걸고 도전할 수가 없다. 그의 삶에는 서스펜스가 없는 것이다.

헤라클레스는 자못 만족스러운 기색으로 납 병정들을 이리저리 움직인다.

「아니마슈데크, 릴레이트, 솔간…… 당연히 여러분은 이들에 대해서 전혀 아는 바가 없습니다. 하지만 우리 스승 신들은 상상력이 풍부한 후보생들이 만들어 낸 이 특별한 인간들을 기억하고 있습니다.」

헤라클레스는 책상 서랍을 열어 이름이 하나씩 새겨진 작은 조각상들을 꺼낸다. 무기나 용도를 알 수 없는 도구를 든 인물상들도 있고, 제복 차림의 조각상들도 있다.

「이것은 뛰어난 인물들의 형상을 본뜬 조각상들입니다. 우주의 박물관에 보관할 가치가 있는 진정한 예술 작품이자 보물들이죠. 지금은 내 서랍 속에 쌓여 있지만, 나는 뒤이어 입학할 후보생들의 교육을 위해 여기에 모든 행성의 영웅들을 기리는 박물관을 세우자고 제안했습니다. 이 제안은 현재 검토 중입니다.」

헤라클레스는 칠판에 〈영웅을 만드는 방법〉이라고 쓴다.

「영웅을 어떻게 만들까요? 다들 알고 싶죠? 절대적인 공식은 없습니다. 하지만 꼭 알아야 할 몇 가지 비결이 있습니다. 아주 뛰어난 영웅을 만들어 내기 위해서는 먼저 자기가 잃어버렸거나 빼앗긴 것을 되찾으려는 의지가 강한 인물, 이를테면 탄성 에너지가 강한 인물을 선택해야 합니다.」

그는 칠판에 〈탄성 에너지〉라고 쓴다.

「탄성 에너지가 무엇인가요? 탄성 변형을 한 물체가 가지고 있는 에너지, 다시 말해서 플러스로 보상되어야 할 마이너스입니다.」

후보생들은 흥미를 느끼며 귀를 기울인다. 따지고 보면 현재의 생존자 일흔아홉 명 중에도 인간 시절에 젊은 날의 상처나 고통에 대한 보상을 얻으려고 애쓴 끝에 성공을 거둔 후보생들이 많다.

「어떤 아이들은 〈너 도대체 뭐가 되려고 이러니? 싹수가 노랗구나〉 하는 식으로 모욕을 당하면, 기가 죽기보다 오히려 오기와 반항심을 느낍니다. 그래서 자기가 쓸모없는 놈이 아니라는 것을 보여 주기 위해 엄청나게 애를 쓰죠. 영웅들의 이면에는 대개 오랫동안 분하고 억울한 마음을 가졌거나 외딴 구석에서 혼자 눈물지었던 아이가 있습니다.」

헤라클레스는 그림 한 장을 보여 준다. 내가 전생의 어느 대목에서 이미 보았던 듯한 그림이다. 물고기 두 마리가 헤엄치고 있다. 그림을 설명하는 글에서 작은 물고기가 묻는다. 「엄마, 우리처럼 물속에 살던 동물들 가운데 일부는 땅에서 살기 위해 물 밖으로 나갔다고 하던데, 그들은 누구였어요?」 그러자 엄마 물고기가 대답한다. 「아, 대개는 불만이 많은 자들이었지.」

후보생들 사이로 웃음소리가 번져 간다.

「불안, 불만, 상처, 바로 이런 것들이 영웅이라는 천을 직조하는 씨실과 날실입니다. 지금 이대로가 마음에 든다면, 무엇 때문에 굳이 세상을 바꾸려고 애를 쓰겠습니까?」

헤라클레스는 작은 인물상 하나를 집어 든다. 그가 특히 좋아하는 인물인 모양이다.

「행복한 사람들은 세상을 변화시켜 봤자 얻을 것이 없습니다. 부당하다는 느낌, 자신의 가치가 낮게 평가되었다는 느낌이 들어야 비로소 세상사의 흐름을 바꾸기 위해 영웅적인 능력을 발휘하게 되는 것이죠. 영웅은 상처 때문에 고통을 겪음으로써 생겨납니다. 이제 여러분도 상처를 이용해서 영웅을 만들어 보십시오.」

에디트 피아프가 손을 든다.

「하지만 상처가 너무 심해서 죽어 버리는 경우도 있지 않을까요?」

시몬 시뇨레가 그녀를 거든다.

「우리는 매 맞고 자란 아이가 자식을 학대하는 못된 부모가 되는 것을 보았습니다.」

헤라클레스는 그런 지적에 아랑곳하지 않는다.

「바로 그렇기 때문에 독을 조금씩 적절하게 주입해서 독이 백신 구실을 하도록 만들어야 합니다. 독을 너무 많이 주입하면 아이의 기를 완전히 죽이는 역효과를 낼 수도 있습니다. 그런 아이는 영웅이 되더라도 부정적인 영웅이 되죠. 예를 들어 아무짝에도 쓸모없는 놈이라는 소리를 너무 많이 듣고 자란 아이들은 자기들이 쓸모 있는 사람이라는 것을 입증하려고 하지 않고 그저 자기들을 모욕한 사람들을 해치려고 합니다. 영웅과 범죄자는 때로 종이 한 장 차이예요. 여러분이 영웅으로 만들고 싶은 사람이 있다면, 어린 시절에 적절한 트라우마를 겪게 만들되 희망을 잃지 않게 해야 하고 긍정적인 가치들을 버리지 않게 해야 합니다.」

내가 생각하기에 그런 식으로 영웅을 만들고자 하면 성자보다는 괴물을 만들어 낼 가능성이 더 많아 보인다.

「여러분의 실제적인 경험을 활용하십시오. 여러분 자신의 상처를 이용해서 여러분을 닮은 영웅을 만들라는 것입니다. 여러분은 신 후보생들입니다. 하지만 여러분의 마음속 깊은 곳에는 1호 지구에서 인간으로 살던 시절의 원한이나 신경증이나 애증의 감정이 남아 있습니다. 여러분이 여기에 와 있다는 것은 그런 감정을 긍정적인 탄성 에너지로 삼는 데 성공했다는 것을 뜻합니다. 그러니까 여러분의 인생 역정을 참고해서 여러분 백성들의 인생행로를 설계하십시오. 더도 말고 덜도 말고 여러분이 품었던 만큼의 분노와 야심을 그들에게 불어넣으십시오. 그러면 그들은 자기들의 세계에서 그 분노와 야심을 표현할 것입니다. 그들로 하여금 18호 지구에서 여러분의 약점과 강점을 아울러 지닌 대리자 노릇을 하게 하십시오. 힌두교에서는 지상에 내려온 신들의 화신을 〈아바타〉라고 부릅니다. 그러니까 여러분이 만든 영웅은 여러분의 아바타가 되게 하십시오. 굳은 결의를 가진 사람 하나만 있어도 세상의 면모를 바꿀 수 있습니다. 한 방울의 물이 대양을 넘치게 할 수 있듯이 말입니다.」

헤라클레스는 삑 소리가 나도록 분필을 빠르게 놀려 〈파뉘르주의 양 떼〉라고 쓰고 밑줄을 긋는다.

「이게 무슨 이야기인지 아는 학생?」

나를 포함해서 여러 후보생의 손이 올라간다.

「이것은 여기에 있는 여러분의 동료 프랑수아 라블레의 책에 나오는 일화입니다. 오늘의 수업에서 여러분이 유념해야 할 것이 무엇인지를 잘 보여 주는 이야기죠.」

라블레는 몸을 살짝 움직여 헤라클레스가 말하는 후보생이 바로 자기임을 알린다. 헤라클레스의 설명이 이어진다.

「유명한 일화지만 잊어버린 학생들을 생각해서 다시 얘기를 하겠습니다. 딥소드의 왕 팡타그뤼엘과 그의 시종이자 벗인 파뉘르주는 술병 신의 신탁을 받으러 가기 위해 대항해에 나섭니다. 그들 일행은 항해 도중에 양 떼를 실은 상선을 만납니다. 파뉘르주는 상인 댕드노에게 모욕적인 말을 듣고 싸움을 벌입니다. 주위 사람들의 만류로 화해가 이루어지긴 하지만, 파뉘르주는 자기를 모욕한 건방진 상인에게 앙갚음을 하기 위해 한 가지 꾀를 내죠. 그는 계속 건방지게 구는 상인의 조롱을 꾹꾹 참아 가며 양 한 마리를 자기에게 팔도록 권유합니다. 마침내 비싼 가격으로 흥정이 끝나자 파뉘르주는 돈을 지불한 다음 가장 크고 튼실한 양을 고릅니다. 그러고는 갑자기 그 양을 바닷속에 던져 버리죠. 그러자 다른 양들도 덩달아 바닷속으로 뛰어들고, 마지막 남은 양을 붙잡으려던 상인마저 물에 빠지고 맙니다.」[9]

쥐, 원숭이, 벼룩에 이어 이번엔 양들의 이야기다.

「지도자의 힘이란 그런 것입니다. 오늘은 영웅을 창조하는 데 전념해 보십시오. 온 우주의 모든 행성에서 공통적으로 나타났던 진부한 영웅들을 만들지 말고 독창성을 발휘해야 합니다. 조로나 로빈 후드 따위는 잊어버려요. 전설은 그들을 미화하고 있지만, 알고 보면 그들은 살인자일 뿐이니까요. 영웅들의 세계에 여러분 자신을 투사해야 한다는 것을

9 〈팡타그뤼엘의 오디세이아〉라 불리는 프랑수아 라블레의 『제3서』 5장에서 8장에 걸쳐 나오는 이야기를 요약한 것. 이 이야기에서 부화뇌동하는 무리를 뜻하는 프랑스어의 관용어구 〈파뉘르주의 양 떼〉가 유래했다.

유념하십시오. 자, 기대하겠습니다. 다들 나를 깜짝 놀라게 해주세요.」

헤라클레스는 작은 인물상들을 도로 집어넣으며 덧붙인다.

「여러분에게는 이미 왕국이 있습니다. 여러분의 영웅들과 함께 전설을 만드십시오.」

28. 백과사전: 선발

예전에 미국 중앙 정보부에서는 첩보 요원이 될 사람들을 선발하기 위해서 여러 가지 방법을 사용했다. 그중에는 아주 간단한 방법도 하나 있었다. 먼저 신문에 구인 광고를 낸다. 이 광고에는 시험을 본다거나 이러저러한 서류를 제출하라는 얘기가 없다. 개별적으로 추천서를 받아 오라거나 이력서를 내라는 요구조차 없다. 누구든 관심이 있으면 모일 아침 7시에 모처의 사무실로 오라고 되어 있을 뿐이다. 그러고 나면 1백여 명의 후보자들이 찾아와 대기실에서 함께 기다린다. 하지만 한 시간이 지나도록 아무도 그들을 데리러 오지 않는다. 다시 한 시간이 흐른다. 참을성이 없는 후보자들은 기다림에 지쳐서, 사람을 오라 해놓고 이게 뭐하는 거냐고 투덜대면서 자리를 뜬다. 오후 1시쯤 되면 반수 이상이 문을 쾅 닫으며 가버린다. 오후 5시쯤이면 4분의 1 정도만 남게 된다. 마침내 자정이 된다. 그때까지 버티고 있는 사람은 한두 명뿐이다. 그들은 자동적으로 고용된다.

에드몽 웰스, 『상대적이며 절대적인 지식의 백과사전』 제5권

29. 제국 시대: 돌고래족

모래 언덕 위로 바람이 불고 있었다. 잿빛 구름 아래로 는개가 흩날렸다. 사람들은 하늘을 보고 있었다. 대다수는 구

름 위쪽에 진정 무엇이 있을까 궁금하게 여겼다. 하지만 어떤 사람들은 스스로에게 그런 질문을 던지지 않았다. 그들은 단연코 불안을 가장 적게 느끼는 사람들이었다. 그들이 보기에 내일은 또 다른 어제였다.

늙고 죽는 것은 누구도 피할 수 없는 운명이었다. 하지만 어떤 사람들은 미소를 띤 채로 죽어 갔고, 어떤 사람들은 신음을 토하면서 죽어 갔다. 〈죽음이란 그저 인간이 거쳐 가야 할 하나의 길일 뿐이다〉라는 말을 마지막으로 남기는 사람이 있는가 하면, 〈나는 흙에서 태어나 흙으로 돌아간다〉라고 말하는 사람도 있었다. 시신은 땅에 묻혔고, 그러고 나면 벌레들이 순환에 참여하여 시신을 땅의 거름으로 만들었다. 사람들이 죽고 나서 3세대가 지나고 나면, 그들의 이름은 대개 잊혔다.

돌고래족의 운명은 여전히 암울했다. 그야말로 막다른 골목에 다다른 느낌이었다. 이미 숱한 고난을 이겨 내면서 희망을 간직해 온 그들이었지만, 자기네의 집단적인 운명에 어떤 의미를 부여해야 할지 알 수가 없었다. 그들의 종교 내부에서 생겨난 신비주의적인 유파들은 설명을 찾아내려고 애썼다. 하지만 이런 노력은 돌고래족의 상상 체계를 가꾸어 가는 데 기여했을 뿐 그들을 평온하게 만들지는 못했다.

조상 대대로 살아오던 영토는 사자족의 침략을 받았다. 돌고래족 백성들은 작은 무리를 지어 사방으로 흩어졌고, 다른 민족들이 얼마간 관용을 베풀어 준 덕에 남의 나라 땅에 겨우겨우 삶의 터전을 마련했다.

북방 침략자들의 억압을 피해 달아난 한 무리의 백성들은 해안을 따라 계속 항해하기로 결심했다. 그들은 해안 어딘가에 도시를 건설하여 마침내 평화를 누리며 살게 되기를 희망했다. 하지만 기슭에 닿을 때면 화살과 돌멩이의 세례가 그들을 맞아 주기 일쑤였다. 그때마다 그들은 부랴부랴 다시 배를 띄웠다. 그런데 어디에서도 환영을 받지 못하는 자기들의 신세를 받아들이고 떠나왔던 항구로 돌아갈 마음을 먹고 있던 터에, 뜻하지 않은 일이 벌어졌다. 크고도 화려한 남부 해안의 한 도시에서 그들을 반갑게 맞아 준 것이었다.

그뿐만 아니라 이 도시에는 돌고래족의 작은 공동체까지 있었다. 아주 오래전에 정착하여 평안한 삶을 영위해 가는 공동체였다.

놀란 난민들은 환대의 이유를 알고 싶어 했다. 어디에서도 환영을 받아 보지 못한 그들로서는 경계심을 갖는 것이 당연했다. 도시의 대표자는 돌고래족의 언어로 이유를 설명했다. 자못 놀라운 이야기였다. 난민들이 다다른 곳은 고래족의 나라인데, 사제들의 말에 따르면 고래족은 최근에 자기들의 신을 잃었다고 했다. 그런데 고래족의 신은 사라지기 전에 한 가지 사실을 알려 주었다. 한 무리의 돌고래족 사람들이 곧 오리라는 것이었다. 고래족의 신은 그 이방인들을 친절하게 맞아들이라고 일렀다. 그들이 고래족의 새로운 번영기에 필요한 지식을 가져다주리라는 것이 그 이유였다.

돌고래족 난민들은 처음에 그런 태도를 의심의 눈초리로 바라보았다. 사실 그들은 자기들이 얼마나 위험한 처지에 놓여 있는지를 알게 되기까지 이미 비싼 대가를 치른 터였다. 그들의 옛 땅을 둘러싸고 있는 지역에는 그들의 삶을 위협하지 않는 곳이 없었다. 터무니없는 이유로 돌고래족을 적대하는 인종주의가 주기적으로 되풀이된다는 사실을 어쩔 수 없이 받아들여야 하는 상황이었다. 시련이 끝났는가 싶다가도 결국엔 다시 공격당하기가 일쑤였으니 경계심을 늦추기가 쉽지 않았다. 하지만 이제 그들에겐 선택의 여지가 없었다. 그래서 그들은 고래족의 도시에 머물기로 하고 긴장을 누그러뜨리기 시작했다. 그래도 그들 가운데 일부는 일이 너무 잘 돌아가는 게 이상하다고 수군거리면서 여전히 불안감을 떨치지 못했다.

고래족 사람들은 자기들의 신이 사라졌음을 인정하고, 빛과 태양과 우주를 초월하는 생명력을 숭배하는 돌고래족의 신앙으로 개종했다. 그들은 돌고래족 사람들과 마찬가지로 식사 전에 반드시 손을 씻었고 일주일에 하루를 쉬는 계율을 지켰으며 인신 공양은 물론이고 나중에는 동물을 제물로 바치는 관습도 버렸다. 그뿐만 아니라 노예 제도까지 폐지했다.

이미 돌고래족의 언어와 문자를 채택한 그들은 역법과 지도 제작법도 새로 받아들였다.

돌고래족 건축가들은 자기네 화학자들이 만든 새로운 시멘트로 도시의 성벽들을 견고하게 보강했다. 위생에 늘 신경을 쓰던 그들은 집들의 지붕에 저수통을 설치했다. 빗물을 받아 저장함으로써 목욕을 더 자주 할 수 있게 하기 위해서였다. 또한 도시의 거리를 청결하게 하기 위해서 하수도로 직접 통하는 수세 장치를 만들어 냈고, 주민들의 건강과 도시의 미관을 위해 곳곳에 정원을 조성했다. 천문대와 도서관과 입방체 모양의 웅장한 사원도 세웠고, 도시 주위에 수로를 내고 관개 시설을 확충하여 농작물의 수확을 몇 배로 늘리는 데 기여하기도 했다.

새로 정착한 돌고래족 사람들의 영향은 정치 분야로 이어졌다. 그리하여 상징적인 권력을 지닌 여왕, 입법권을 가진 현자들의 의회, 전문가들로 이루어진 정부가 서로 협력하고 견제하며 나라를 다스리는 새로운 정치 제도가 생겨났다.

초대 여왕은 고래족 출신이었지만 돌고래족의 과학자를 남편으로 맞았다.

경제와 사법 분야에서도 새로운 제도가 생겨났다. 화폐가 주조되었고, 법률 전문가들과 일반 국민 가운데에서 선출된 배심원들이 재판을 맡았다. 여왕은 돌고래족의 가장 순수한 전통을 계승하여 영매의 능력을 계발하기 시작했고, 그에 따라 예전에 돌고래족의 여왕들이 그랬던 것처럼 비만이 될 정도로 살이 쪄 갔다. 여왕은 사제들을 대동하고 사원의 한복판에 정좌하여 신들린 상태에서 신의 계시를 받았다.

고래족과 돌고래족 사람들은 여왕이 이끄는 대로 새로운 항구를 건설했다. 비탈진 수로를 이용해서 여러 층에 걸쳐 수백 척의 배를 수용할 수 있는 엄청난 규모의 항구였다. 그들은 배의 성능을 개선하는 일에도 착수했다. 이물 쪽에서 조종할 수 있는 키를 개발하고 선체를 더욱 날렵하게 만들었는가 하면, 한결 가벼운 자재를 사용함으로써 배의 속력과 용량을 증대시키기도 했다.

돌고래족 기술자들은 배의 견고성이 용골과 긴밀하게 연관되어 있다는 사실을 이내 깨달았다. 그때까지 그들은 세 개의 재목을 이어서 용골을 만들었다. 이런 용골은 충격을 받으면 어긋나고 틀어지기가 쉬웠다. 기술자들은 선체 제작 기술을 철저히 연구하면서 삼나무 같은 거대한 나무에 관심을 가졌다. 그들은 기다란 삼나무 재목의 양쪽 끝을 물에 적시고 한쪽 면에만 열을 가함으로써 뒤틀림이 일어나게 했다.

그리하여 끝이 약간 구부러진 용골이 만들어졌다. 그때 한 기술자가 장차 고래-돌고래족 조선술의 주된 비법이 될 묘안을 생각해 냈다. 나무의 키가 작을 때부터 원줄기를 비트는 것이 바로 그 방법이었다. 그렇게 하면 원줄기가 구붓하게 자라기 때문에 나중에 하나의 목재로 된 용골로 둥근 선체를 만들기가 용이했다. 이 방법이 개발된 뒤로 휘어진 채로 자라는 나무들로 이루어진 숲들이 생겨났다. 아이들에겐 아주 재미난 구경거리였고, 사정을 모르는 산보객에게는 깜짝 놀랄 만한 광경이었다.

돌고래족은 전쟁에 직접 참여하는 것을 여전히 혐오하고 있던 터라 수송 선단을 보호하고 도시를 지키기 위해 용병을 모집했다. 보수를 받는 직업적인 병사들이 함께 승선하게 되자 해안 이민족들의 공격이 한결 누그러졌다. 돌고래족은 어디를 가든 현지 주민들과 자유롭게 이야기를 나눴고 원료며 수제품이며 해도(海圖)의 교환을 제안했다. 우선 물물 교환으로 거래를 튼 다음 공통의 화폐를 사용하도록 다른 민족들을 설득했다.

고래족과 돌고래족은 교역을 증대시키기 위해 훨씬 멀리 떨어진 지역으로 선단을 파견했다. 파견대는 여러 곳에 상관을 설치했다.

이런 원정은 민족들 간의 교류를 촉진하는 효과를 가져왔다. 이웃 왕국들은 처음부터 선뜻 교류에 나서지는 않았지만, 고래족과 돌고래족의 진보를 의식하면서 자기네 젊은이들을 보내어 선진 문물을 공부하게 했다. 이 젊은이들은 자유로운 사상을 배우고 고국으로 돌아가서 동포들에게 충격을 주었다. 그들은 나라의 기강을 어지럽히는 행동을 서슴지 않았다. 노예 제도의 폐지에 앞장서는가 하면, 사람과 동물을 제물로 바치는 관습을 철폐하자고 주장하기도 했다.

고래-돌고래족 문명은 조선 기술자들의 뛰어난 재능을 활용하여 선박을 계속 개량해 나갔다. 그에 따라 탐험대는 점점 더 먼 곳까지 가게 되었고, 〈테라 인코그니타〉의 경계는 나날이 뒤로 물러났다. 다른 한편으로는 해도 제작법이 개선되고 항해에 영향을 주는 해류들의 특성이 밝혀짐에 따라 그저 바닷물의 흐름을 잘 이용하는 것만으로도 아주 먼 거리를 항해하는 것이 가능해졌다. 오로지 그들만이 아는 바닷길들이 열린 것이었다.

이런 사정에 고무된 여왕과 의회는 어느 날 특별한 임무를 띤 탐사대를 파견하기로 결정했다. 탐사대의 임무는 머나먼 서쪽에 있다는 전설의 섬, 돌고래족의 조상들이 이상향을 건설하려고 했다는 〈고요한 섬〉을 찾아내는 것이었다. 그들은 기나긴 항해를 했지만 섬을 발견하지 못하고 돌아왔다. 옛날에는 섬이 있었는지 몰라도 이제는 바닷속으로 사라져 버린 듯했다.

또 하나의 탐험대가 조직되었다. 이번 임무는 그들의 나라가 속해 있는 대륙을 일주하는 것이었다. 이 대항해에는 7년이 걸렸다. 탐사대는 이국의 산물들을 가지고 돌아왔다. 생전 처음 보는 과일과 채소, 음식에 향기로운 맛을 더하는 향신료가 있는가 하면, 신기한 악기, 열병을 치료하는 데 쓰는 약초, 화려한 빛을 내는 아주 단단한 돌멩이 따위도 있었다.

뱃사람들 중에는 아직 겪어 본 적이 없어서 치료법을 알지 못하는 이상한 병에 걸린 채 돌아오는 사람들도 더러 있었다. 그들 때문에 무시무시한 전염병이 한차례 돌았다. 그러자 의회는 백성들을 전염병으로부터 보호하기 위한 방책을 논의한 끝에 먼 이국에서 돌아오는 사람들을 일시적으로 격리하는 방안을 채택했다. 미지의 나라에서 머물다 온 뱃사람들에게는 40일 동안 주민들과 접촉하지 않는 것이 의무가 되었다.

교역을 확대하기 위한 탐험대는 항해 도중에 이따금 예전에 고국을 떠났던 돌고래족 사람들을 만났다. 그들 중에는 다른 지역의 돌고래족 사람들이 잊어버린 지식을 간직하고 있는 사람들이 있는가 하면 모든 것을 잊어버려서 전통을 다시 배워야 하는 사람들도 있었다. 탐험대는 바닷길로 대륙을 일주하고 나자 대륙 내부를 탐험하기로 했다. 몇몇 대상(隊商)이 동쪽 산맥 너머 지역을 탐사하기 위해 떠났다. 그들은 그곳에서 출현한 문명들에 관한 믿을 만한 정보를 가져왔다.

북동쪽 탐험은 남달리 대담한 젊은이의 주도로 이루어졌다. 탐험대는 산적 패거리를 여러 차례 물리치고 북쪽 경계를 이루는 높은 산에 오른 다음 가파른 벼랑길을 거쳐 바위로 덮인 고원에 다다랐다. 물살이 사나운 급류를 건너자 도적 무리가 공격해 왔다. 놈들을 쳐부수고 다시 나아가니 또 다른 산맥이 길을 막아섰다. 그들은 그 너머가 세상의 끝이리라 생각했다.

젊은 탐험가 일행은 미처 알지 못하는 사이에 흰개미족의 위대한 문명과 만나게 된 것이었다.

30. 백과사전: 돼지 이야기

프랑스의 돼지고기 가공업자들은 언제부턴가 돼지고기에 지린내가 배어 뒷맛이 좋지 않다는 것을 알아차렸다. 이 뒷맛은 갈수록 고약해져서 식용에 적합하지 않을 정도가 되었다. 그들의 한 단체는 보르도 국립 보건 의학 연구소의 로베르 당체르 교수에게 그 수수께끼를 해결해 달라고 부탁했다. 수의학 박사이자 신경 생물학자인 당체르 교수는 도살장들을 돌아다니며 조사를 벌인 끝에 한 가지 사실을 깨달았다. 오줌 맛이 역하게 나는 돼지들은 죽음을 앞둔 저희의 상황을 의식하고 가장 심한 불안감을 느꼈던 돼지들이었다.

당체르 교수는 이 문제를 해결하기 위해 두 가지 방책을 권했다. 정신 안정제를 투여하거나 돼지를 제 가족과 떼어 놓지 말라는 것이었다.

그가 알아낸 바에 따르면, 도살하려는 돼지를 새끼들 곁에 놓아두면 자신이 처한 상황을 있는 그대로 받아들이면서 스트레스를 받지 않는다고 했다.

돼지고기 가공업자들은 정신 안정제를 투여하는 방법을 선택했다. 그에 따라 소비자들이 돼지고기를 먹으면 돼지의 불안감을 가라앉히기 위해 투여했던 발륨도 그들의 몸속으로 들어가게 되었다. 그런데 이 발륨에는 한 가지 단점이 있다. 습관성 의약품이라는 점이 바로 그것이다. 결국 발륨을 먹인 돼지고기를 먹은 사람들은 일정한 양의 발륨을 규칙적으로 복용해야 불안감에 빠지지 않는 신세가 되고 만다.

에드몽 웰스, 『상대적이며 절대적인 지식의 백과사전』 제5권

31. 제국 시대 : 흰개미족

수목이 무성한 평원에 해가 떴다.

원숭이들이 요란하게 울부짖으며 평온하게 잠자던 코끼리들을 깨웠다. 멀리 붉은 돌로 된 도시들에서 연기가 피어오르고 있었다. 흰개미 왕국은 멀리 떨어져 있는 데다 북쪽 국경이 높은 산들로 막혀 있어서 전쟁을 겪지 않았다. 그들

은 온 에너지를 예술에 쏟았다.

그들의 회화, 조각, 의복, 심지어는 음식에서도 강렬한 색깔이 중요한 자리를 누리고 있었다. 그들은 복잡한 속성을 지닌 잡다한 신들을 숭배하고 있었다.

흰개미족은 자기네 신들의 역사, 그들의 전쟁과 경쟁의 역사를 파피루스에 적어 놓았다. 그들의 신화는 스무 권에 걸쳐서 전개되고 있었다. 그 문헌을 통째로 읽은 흰개미족 사람들은 아주 적었지만, 그들 모두가 그 문헌을 자주 참조하고 있었다.

흰개미족은 움직임이 거의 없는 이상한 체조에 몰두하고 있었다. 그들의 주장에 따르면, 이 체조는 옛날에 어떤 물고기가 그들에게 가르쳐 준 자세들에 바탕을 둔 것이었다. 사실, 그것을 그들에게 가르쳐 준 것은 어떤 돌고래족 사람이었다. 그는 아득한 옛날에 그들 속에 정착했고 후손을 남기지 않은 채 거기에서 죽었다. 이 이방인은 그들에게 그 체조를 가르쳐 주었을 뿐만 아니라 그들을 문자와 천문학과 항해술과도 친숙해지게 만들었다.

흰개미족은 옛날에 쥐족을 상대로 큰 전쟁들을 겪었다. 쥐족은 공격적인 부족들로 끊임없이 가지를 쳤다. 그들은 북쪽 산들을 넘어와서 평원으로 몰려들었다. 그들은 대개 승리자였다. 하지만 매번 그들의 지도자들은 흰개미족의 예술과 철학에 매료된 나머지 군사적인 열정을 포기하고 이 문명의 즐거움에 탐닉했다. 그러니까 흰개미족은 즐거움과 초연함으로 적들을 잠재우는 새로운 생존 방식을 발견했던 것이다.

흰개미족은 그 밖에도 여러 가지 개선을 추구하고 있었다. 요리에서 그들은 향신료의 전문가들이 되었다. 특히 오븐으로 굽기에서 전문가였다. 이렇게 구우면 고기에 선별된 향초의 향이 배었다.

대학에서는 종교와 결합된 의술, 천문학과 결합된 종교, 기호들을 바탕으로 한 새로운 산술과 결합된 천문학을 가르쳤다.

아주 세심한 그들은 병자들을 진단할 줄 알았고, 맥을 짚어 기관들의 피로를 판단했으며 소금물로 체내의 불순물을 제거했다.

그들은 숫자를 발명했고 무엇보다 0이라는 수를 발견했으며, 배음(倍音)을 내는 현악기를 발명했다. 하지만 무엇보다 그들은 종교를 성행위와 결합하는 것을 생각해 냈다. 그리하여 성행위는 온전한 예술, 황홀경을 절정으로 끌어 올리기 위한 사랑의 테크닉들을 가진 예술에 도달했다. 그들에게 오르가슴은 영혼을 신들의 나라까지 고양시켜서 신들을 살짝 보게 하는 가장 쉬운 방법이었다.

성적인 쾌감을 더욱더 증대시키기 위해서 흰개미족의 과학자들은 인체의 각 부분, 각각의 신경 말단을 연구했고, 자기들이 관찰한 바를 파피루스에 기록했다.

고래족과 돌고래족의 첫 탐험대가 수천 킬로미터를 통과하고 북쪽의 높은 산을 넘어 처음으로 국경에 도착했을 때, 흰개미족 사람들은 그들을 호의적으로 맞아들였다. 흰개미족 역시 어느 날 돌고래족 사람들이 다시 오리라고 주장하는 고대의 전설을 알고 있었다.

고래-돌고래족 사람들과 흰개미족 사람들은 이내 서로의 지식을 교환했다. 두 민족은 제각기 상대의 지식의 깊이와 다양성에 경탄했다. 곧 이 관계를 영속시키기 위해 상관을 설치하기로 결정했다.

같은 시기에 흰개미족 문명의 내부에서 한 젊은이가 나타나 흰개미족 종교뿐만 아니라 비폭력의 개념에서 나온 새로운 철학을 설교하기 시작했다. 사람들은 그를 〈고요한 사람〉이라고 불렀다. 그의 카리스마와 초연하고 평온한 행동거지는 너무나 인상적이어서 고래-돌고래족 사람들 역시 그의 가르침을 받고자 했다. 〈고요한 사람〉은 흰개미족의 전통적인 지혜를 체계화하고 순화하여 그 정수를 뽑아냈다. 그는 집착 버리기와 윤회의 개념을 발전시켰다. 그는 고래-돌고래족 사람들에게 중생이 죽었다가 다시 태어나기를 끝없이 되풀이한다는 독특한 세계관을 가르쳤다. 육신은 바뀌어도 언제나 똑같은 영혼이 환생을 거듭한다는 것이었다. 이 젊은이는 그들에게 단언하기를 천국도 지옥도 존재하지 않으며 전생에서 지은 업에 따라 영혼이 심판을 받는 순간이 온다고 했다. 그리고 그의 가르침에 따르면, 우리의 유일한 적은 우리 자신, 우리 자신에 대한 우리의 냉혹함뿐이었다.

이 젊은 현자는 각자에게 옛날에 자기였던 존재에 대해 연민과 선의를 느끼라고 했다.

이 철학 — 〈고요한 사람〉은 자신의 가르침을 종교라 부르는 것을 삼갔다 — 에서 매력적인 것은 죽음을 더 이상 두려워하지 않게 해준다는 점이었다. 죽음이란 하나의 삶에서 다른 삶으로 넘어가는 것을 의미할 뿐이었다. 이 설교자는 아주 온화하고 부드럽게 자기 생각을 표현했고, 그의 시선은 맑고 곧았다. 말을 할 때면 그는 이따금 웃음을 참으면서 미소 지었다. 하지만 그것은 조롱하는 웃음이 아니었다. 그보다는 자명한 진리를 전달하는 기쁨에서 나오는 웃음이었다.

서사들은 매혹된 채로 그의 말들을 자발적으로 받아 적었다. 고래-돌고래족 탐험가들 역시 그의 말들을 기록했다. 그들은 자기네 나라에서도 그 철학이 도움이 될 수 있으리라 확신했다.

32. 백과사전: 톨텍 인디언의 네 가지 약속

돈 미겔 루이스는 1952년 멕시코에서 태어났다. 그의 어머니는 쿠란데라(치료사)였고 할아버지는 나구알(샤먼)이었다. 그는 의학 공부를 하고 외과의사가 되었는데, 어느 날 교통사고를 당하고 NDE(임사 체험)를 겪었다. 그 뒤로 그는 나구알의 지혜를 되찾기로 하고 톨텍 인디언의 가르침을 계승한 〈독수리 기사단〉 계보의 나구알이 되었다.

그는 대표적인 저서 『네 가지 약속』에서 자신의 가르침을 요약한 행동 지침을 제안하고 있다. 본디 자유롭고 평화롭게 살도록 태어난 개인에게 고통을 주는 집단적 길들이기와 미래에 대한 공포에서 벗어나기 위해서는 우리가 암묵적으로 또는 무의식적으로 받아들여 온 낡은 사회적 약속을 깨고 다음과 같은 새로운 약속을 맺어야 한다는 것이다.

첫 번째 약속: 말로써 죄를 짓지 말라.

공명정대하게 말하고 자기가 진정으로 생각하는 것만을 말하라. 자기 자신을 거스르는 말을 하지 말고 남에 대해서 나쁘게 말하지 말라. 말은 주위의 모든 것을 파괴할 수 있는 무기이다. 말의 힘을 의식하고 잘 다스려야 한다. 거짓말을 하거나 험담을 하지 말라.

두 번째 약속: 남이 어떤 말과 행동을 하든 당신 자신과 관련시켜 반응하지 말라.

다른 사람들이 당신에 관해서 말하고 당신에게 반대하여 행하는 것은 그들 자신의 현실, 그들의 두려움이나 분노나 환상의 투영일 뿐이다. 예를 들어 어떤 사람이 당신을 모욕한다면, 그것은 그 사람의 문제지 당신의 문제가 아니다. 상처를 받지 말고, 스스로를 문제 삼지도 말아야 한다.

세 번째 약속 : 함부로 추측하지 말라.

부정적인 가능성을 가정하게 되면 나중엔 마치 그런 일이 꼭 일어날 것처럼 믿게 된다. 예를 들어 어떤 사람이 약속 시간이 지나서도 오지 않을 때, 그에게 사고가 난 게 아닐까 하는 식으로 생각하지 말라는 것이다. 사정을 모를 때는 지레짐작하지 말고 먼저 알아보아야 한다. 당신 자신이 두려워하는 것, 당신의 마음이 지어낸 것을 확신하지 말라.

네 번째 약속 : 항상 최선을 다하라.

성공은 의무가 아니다. 의무가 있다면 최선을 다해야 할 의무가 있을 뿐이다. 만약 실패하더라도 스스로를 심판하거나 자책하거나 후회하지 말라. 앞날을 걱정하지 말고 시도하라. 당신의 개인적인 능력을 최상의 방식으로 사용하도록 노력하라. 자기 자신에게 너그러워야 한다. 당신은 완벽하지 않으며 실패할 수도 있다는 사실을 받아들여라.

에드몽 웰스, 『상대적이며 절대적인 지식의 백과사전』 제5권

33. 제국 시대 : 독수리족

독수리족은 자기들의 시대가 오기를 오랫동안 기다렸다.

그들은 높은 산악 지대에 견고한 삶의 터전을 마련해 놓고 멀리 평원에 거주하는 민족들의 동태를 관찰했다. 그러다가 마침내 준비가 되었다는 판단이 들자 영토를 확장하기로 결정했다.

그들이 발달시킨 문명은 사자족의 문명과 비슷하지만 그보다 잘 조직되어 있었다.

그들은 일찍이 여행자들의 보고를 통해 고래-돌고래족의 왕국에 의회 제도가 있다는 것을 알게 되었다. 그들은 이 제

도가 현대성의 첨단에 있다고 보고 그것을 받아들였다. 하지만 그들 나라에서는 부자와 귀족에게만 투표권이 있었다.

여러 연구자들이 더욱 효과적이고 파괴적인 무기를 고안하기 위해 심혈을 기울였다. 그리하여 돌이나 창 따위를 상당히 멀리까지 쏘아 보낼 수 있는 투석기와 쇠뇌가 개발되었다. 또한 가죽이 아니라 얇고 가벼운 금속판 조각들을 연결한 보병용 갑옷이 제작되기도 했다.

독수리족은 사자족의 문자를 조금 변형시킨 형태로 차용했다. 그들은 성문법을 제정하고 법원을 설치했다. 그들의 형법에는 어떤 행위가 어떻게 처벌되는지 자세하게 명시되어 있었고, 형벌 중에는 일벌백계의 효과를 내기 위한 혹독한 체벌도 포함되어 있었다. 종교의 측면에서는 사자족의 다신교를 그대로 수용하는 쉬운 길을 선택했다. 그들은 사자족 신들의 성격과 권능과 관련 설화를 계승하면서 그저 신들의 이름을 바꾸는 것으로 만족했다.

높은 산악 지대에서 내려온 독수리족은 몇 개의 마을을 손쉽게 점령한 다음 평원에 거주하는 신이 없는 민족들의 도시 몇 개를 잇달아 정복했다.

이어서 그들은 장강이 흐르는 분지에 정착하여 요새처럼 견고한 대도시를 건설하고 수도를 산악 지대에서 그리로 옮겼다.

사자족은 여러 도시가 다소간 독립을 유지하면서 서로 경쟁하는 문명의 길을 선택했다. 반면에 독수리족은 방사상으로 뻗어 나가는 거대한 수도의 개념을 더 좋아했다. 그들은 도시들의 연방이 아니라 중앙 집권적인 국가를 원하고 있었다.

수도의 성내에는 법률과 철학을 가르치는 대학을 비롯한 여러 학교와 법원이 있었다. 행정부는 국가 형성의 주역인 군대의 계급 제도가 반영되어 위계가 아주 분명했다.

독수리족은 수도가 철옹성처럼 견고하다는 판단이 들자 군대를 결집하여 가장 강력한 이웃 민족인 북서쪽의 사자족을 공격하기 시작했다.

사자족은 번영과 팽창의 시기를 거친 뒤에 쇠퇴의 길로 접어들고 있었다. 도시들은 동족상잔에 지쳐 가고 있었고 향락을 추구하는 풍조는 정복의 욕구를 잠재웠다. 타락한 지도층은 그저 개인 재산을 축적하는 데만 혈안이 되어 있었다.

사자족의 도시들은 독수리족의 공격을 받고 잇달아 함락되었다. 도시들이 연합하여 침략자에게 맞서려는 의지가 없었던 것은 아니지만, 여러 차례의 제휴 시도가 실패로 돌아감으로써 저항이 불가능해졌다.

독수리족은 잔인한 승리자의 모습을 보였다. 학살, 포로의 노예화, 약탈, 기념물 파괴 따위가 매번 되풀이되었다.

하지만 침입의 첫 시기가 지나자 그들은 패배한 적들을 모조리 죽이는 만행을 중단했다. 그들은 패배한 도시 국가의 왕들을 왕위에 그대로 앉혀 놓았다. 정복자들의 종교로 개종하는 것도 요구하지 않았다. 대신 피정복자들은 독수리족에게 세금을 내야 했다.

세금은 화폐나 현물로 낼 수도 있었고, 여자나 노예를 바치는 것으로 대신할 수도 있었다. 몇 해 뒤에는 이방인들을 독수리족 제국의 시민으로 받아 주는 제도도 생겨났다. 원하는 이방인들은 신청과 일정한 자격 심사를 거쳐 독수리족 나라의 온전한 시민이 될 수 있었다.

바로 그 무렵 고래-돌고래족의 해상 탐험대가 독수리족 해안에 다다랐다. 탐험가들은 환대를 받았고, 두 민족 간의 교역을 촉진하기 위해 상관을 설치하자는 제안도 기꺼이 받아들여졌다.

모든 일이 술술 풀려 나갔다. 그러던 차에 독수리족의 한 특공대에게 명령이 떨어졌다. 고래-돌고래족의 배를 몰수하여 건조(建造)의 비법을 알아내라는 것이었다. 경계심을 완전히 풀고 있던 뱃사람들은 한밤중에 잠을 자다가 죽음을 맞았고, 그들의 배는 조각조각 해체되었다. 그러고 나자 독수리족에게는 하나의 수수께끼를 푸는 일만이 남게 되었다. 배의 용골은 아주 길고 끝이 구부러졌을 뿐만 아니라 놀랍게도 몇 개의 재목을 이은 것이 아니라 통짜로 되어 있었다. 도대체 그 이방인들은 이런 목재를 어디에서 구했을까?

그 비법을 숙제로 남겨 둔 채 독수리족은 이제부터 육상이 아니라 해상을 통해서 이민족들을 침공하기로 결정했다. 그에 따라 전투 함대가 구축되기 시작했다. 이 함대는 고래-돌고래족의 선단과 달랐다. 고래-돌고래족의 선단은 용병을 보유하고 있었지만, 이것은 공격이 아니라 수비를 위한 것이었다. 용병들은 갑판에 웅크린 채 적병들이 배에 올라오기를 기다렸다가 반격을 가했다. 반면에 독수리족의 함대는 매우 공격적이었다. 그들은 적의 배를 들이받아 파괴하기 위해서 뱃머리에 뾰족한 쇠붙이로 된 충각을 달았다. 또한 조종이 용이하고 항해 속도가 빨라지도록 돛을 다는 것에 그치지 않고 양쪽 뱃전에 아래위 두 줄로 노를 달았다. 노를 젓는 사람들은 인정사정없는 간수들의 감시를 받는 노예나 죄수들이었다. 간수들은 채찍으로 그들의 벌거벗은 등짝을 후려쳤다.

그리하여 독수리족의 배들은 바람과 해류에 의존하지 않게 되었다. 이리저리로 쉽게 방향을 틀 수 있고 필요한 경우에는 제자리에서 맴을 돌기도 하면서 충각으로 아주 효과적인 공격을 가할 수 있었다.

독수리족의 군함들은 고래-돌고래족의 무역선들과 똑같은 바닷길을 오고 갔다. 따라서 두 문명 간의 충돌은 피할 수 없는 일이 되었다. 두 문명 모두 큰 성공을 거두고 있었기에 상대를 경쟁자로 여기지 않을 수가 없었다.

독수리족의 함대가 선공에 나섰다. 식량과 물자를 싣고 어떤 지역의 상관으로 가던 고래-돌고래족의 선단을 공격한 것이었다. 완전한 기습이었다.

날이 막 저물기 시작할 무렵, 독수리족의 배들로부터 느닷없이 불덩이들이 분출했다. 송진을 먹인 베실 뭉치에 불을 붙여 투석기로 쏘아 보내는 것이었다. 고래-돌고래족의 선원들이 어떻게 해볼 겨를도 없이 돛대와 선구에 불이 붙었다. 기습을 당한 배들은 우왕좌왕하며 서로 부딪쳤다. 독수리족의 함장들은 때를 놓치지 않고 충각으로 적선의 동체를 파괴했다. 살길을 찾아 바다로 뛰어든 뱃사람들의 머리 위로 불화살들이 쏟아졌다. 불길에 휩싸인 배들이 밤바다를 환하게 밝히고 있었다.

하지만 때마침 바람이 건듯 불어와 고래-돌고래족의 배 몇 척은 혼란의 와중에서 빠져나와 반격을 가하기 위해 적선에 바싹 다가드는 데 성공했다. 고래-돌고래족의 뱃사람들은 오랜 경험을 되살려 육박전을 벌였다. 일부 용병들은 적의 투석기를 빼앗아 적선들 쪽으로 불덩이를 쏘아 대기도 했다. 불붙은 적선들은 사슬에 묶인 노잡이들을 떼죽음으로 몰아넣으면서 침몰해 갔다. 피비린내를 맡은 상어들이 점점 많아지면서 물결이 크게 술렁거렸다.

전투는 밤새도록 계속되었다. 노련한 돌고래족 선장들은 불타고 남은 돛을 조작해 보려고 안간힘을 썼다. 아침이 되자 고래-돌고래 족 배들 가운데 남은 것은 달랑 한 척뿐이었다. 이 배는 기지로 돌아가 참사 소식을 전했다.

현자들의 의회가 열렸다. 협상을 하자는 의견이 대세였다. 독수리족을 달래기 위해 선물을 제공하자는 의견에도 대다수가 동조했다.

의회에서 결정한 대로 일이 진행되었다. 하지만 상대편에서는 이 선물을 약세의 증거로 받아들였다. 결국 압박이 줄어들기는커녕 더욱 심해졌다. 고래-돌고래족의 많은 상관이 독수리족의 손아귀로 들어갔다.

그때 스물두 살 난 돌고래족의 젊은 장수가 나섰다. 그는 용맹한 장수의 아들이었다. 그의 아버지는 독수리족의 매복 공격을 당하여 목숨을 잃었다.

겉으로 보기에 젊은이는 볼품이 없었다. 키는 작은 편이었고 어깨는 좁았으며 주먹코에 빨간 머리였고 입술이 두툼했다. 게다가 아직 애티가 흘렀다. 그래도 형형한 눈빛에서는 결연한 의지를 읽을 수 있었다. 그는 수도의 광장에서 군중을 향해 열변을 토했다. 민족의 자유와 주권을 논했고, 돌고래족은 언제나 이민족의 독립성과 관습과 법률을 존중했던 것에 반해서 독수리족은 이민족을 노예화하고 조세를 거둬 간다는 점을 상기시켰다. 인간과 동물을 제물로 바치는 희생 제의를 버리고 노예 제도를 폐지한 선진 문명이 독수리족의 야만적인 폭력에 굴복한다는 것은 있을 수 없는 일이라는 것이었다. 나아가서 그는 독수리족의 위협에 시달리는 모든 도시의 협력을 강화하고 가능하다면 동일한 자유의 기치 아래 연방을 결성해야 한다고 주장했다. 군중은 그의 장중한 목소리에 압도되어 조용히 귀를 기울였다.

그리하여 그의 주위로 뜻을 같이하는 사람들이 자발적으로 모여들기 시작하더니 나중에는 하나의 작은 군대를 이루게 되었다. 이 의병들은 녹봉을 바라거나 전리품에 기대를 걸고 모여든 사람들이 아니라 그의 카리스마에 감화된 사람들이었다.

이 젊은 장수는 병법에 통달한 명민한 전술가였다. 그는 〈담대한 왕〉이라 불렸던 사자족의 명장을 흠모했고, 여행을 많이 한 군인들로부터 그 명장의 지략에 관한 이야기를 자세하게 들었다. 그가 보기에 도처에서 공격을 당하는 고래-돌고래족의 영토를 제대로 지키기 위해서는 적의 제국 한복판을 공격해야 했다. 공격이 최선의 방어였다. 그래서 그는 독수리족의 수도로 쳐들어가는 작전을 구상했다.

먼저 그는 의병대를 이끌고 독수리족 제국과 이웃한 염소족 나라의 해안에 상륙했다. 독수리족은 그의 작은 부대에 전혀 관심을 기울이지 않았다. 하지만 이 군대의 병력은 나날이 증가했다. 독수리족의 압제를 거부하는 모든 민족의 의병들이 합류했기 때문이었다. 젊은 장군은 도시와 마을을 돌며 광장과 시장에서 연설을 계속했다.

병력은 이내 보병 3만 명에 기병 6천 명으로 늘어났고, 독수리족 영토의 경계에 있는 산맥을 넘어가는 데 사용할 코끼리도 140마리 확보했다. 그러자 젊은 장군이 이끄는 연합 부대는 독수리족의 지배를 받고 있던 수탉족의 나라로 들어갔다. 그들의 당당한 위용을 본 수탉족 사람들은 마침내 용기를 얻고 독수리족 지배자들에게 반기를 들었다. 그리하여 도시들이 차례차례 해방되었다.

한편 고래-돌고래족의 수도에서는 원로들의 회의가 열렸다. 그들은 젊은 장군이 자발적으로 주도하는 대담무쌍한 군사 행동에 불안을 느끼고 있었다. 독수리족의 보복을 지레 두려워한 것이었다. 그들은 젊은 장군에게 밀사를 파견해서 군사 행동을 중단하고 되도록 빨리 귀국하라는 명령을 전달했다. 젊은 장군은 이 명령에 아랑곳하지 않고 꿈에서 전진하라는 권고를 받았다고 주장했다. 그의 군대는 독수리족의 영토를 향해 나아갔다.

그들은 두 번째 산맥을 넘었다. 도중에 코끼리들의 반수는 추위와 피로를 견디지 못하고 죽었지만, 병력은 보병 6만 명에 기병 1만 2천 명으로 늘어나 있었다. 독수리족은 속국의 백성들이 나서서 그 기이한 침입자들을 저지해 주리라고 생각했다. 하지만 속국의 백성들은 오히려 자기들 나라에서 야영하고 있는 그 잡군에게 열렬한 박수갈채를 보냈고, 예속 민족들의 자유와 해방을 주장하는 젊은 장군의 연설에 귀를 기울였다. 이는 민족들이 진정으로 원하는 것이 무언인지를 보여 주는 증거였다. 독수리족은 폭력과 공포로 군중을 굴복시켰지만, 해방군은 자유를 약속함으로써 진심에서 우러나온 지지를 이끌어 내고 있는 것이었다.

독수리족 군대에 새로 징집된 장정들마저도 자유에 대한 갈망을 품고 카리스마 넘치는 고래-돌고래족의 젊은 지도자를 따랐다. 사람들은 그를 〈구원자〉라고 불렀다.

첫 전투는 언덕 아래에 있는 평원에서 벌어졌다. 고래-돌고래족의 기치 아래에 모인 군대가 언덕마루에 나타나자, 독수리족 군대는 즉시 보병과 기병이 함께 비탈을 오르면서 공격에 나섰다. 그들이 숨을 헐떡이며 언덕을 반쯤 올라갔을 때, 상대 진영의 전열이 양쪽으로 벌어지면서 코끼리들이 나타났다. 코끼리들의 등에 지운 커다란 바구니 속에는 궁수들이 가득 들어 있었다. 독수리족 군대는 전투 경험이 많았지만, 코끼리의 출현에는 그저 아연할 수밖에 없었다. 그러자 〈구원자〉는 적군이 멈칫거리는 틈을 놓치지 않고 공격 신호를 보냈다.

코끼리들이 강력한 위용을 자랑하며 나란히 나아가자 적진은 공포에 휩싸였다. 움직이는 요새나 다름없는 코끼리들이 엄니를 앞으로 내민 채 공격을 개시했다. 그 육중한 무게에 땅이 흔들렸다. 독수리족 병사들 가운데 다수가 달아났다. 제때에 달아나지 못한 자들은 바구니에서 쏟아져 나오는 화살을 맞고 쓰러졌다. 겁에 질린 말들은 고삐가 풀린 것처럼 날뛰다가 등에 탄 기병들을 땅바닥에 떨어뜨렸다. 독수리족 장교들은 악을 바락바락 쓰며 명령을 내렸다. 하지만 그들의 목소리는 코끼리 울음소리에 묻혀 제대로 들리지 않았다. 코끼리들이 엄니를 적진에 쑤셔 넣었다가 들어 올릴 때마다 적병들이 그야말로 꼬치에 꿰인 것처럼 딸려 올라왔다.

이윽고 고래-돌고래족의 보병대가 움직이기 시작했다. 그들이 할 일은 그저 마지막 남은 저항자들을 처치하는 것뿐이었다.

하지만 돌고래족의 젊은 장군은 몇몇 생존자에게 퇴로를 열어 주라고 명령했다. 그는 생존자들이 돌아가서 독수리족 백성들과 우두머리들에게 패배의 소식을 전하게 해야 한다고 생각했다. 심리전의 원리를 터득한 데서 나온 심모원려(深謀遠慮)였다.

그 효과는 뜻밖의 방향으로 나타났다.

독수리족 사령관은 군의 사기를 진작시킬 방도가 마땅치 않자 옛날에 쥐족이 사용했던 방식을 따르기로 했다. 더 강한 공포로 공포를 이기는 것이 바로 그 방법이었다. 그는 죽기를 각오하고 싸우는 대신 비겁하게 도주하여 목숨을 부지한 병사들을 열 명에 한 명꼴로 뽑아냈다. 이 병사들은 동료들이 모인 자리에서 참수되었다. 〈승리가 아니면 죽음이다!〉 이것이 독수리족의 새로운 구호였다. 사령관은 코끼리들 앞에서 도망치는 병사들을 쏘아 죽이기 위해 궁수들을 따로 배치할 터인즉 다시는 도주할 생각을 하지 말라고 경고했다.

두 번째 전투가 벌어졌다. 독수리족 군대는 지난번의 패배를 교훈으로 삼아 새로운 작전을 펼쳤다. 코끼리들이 그냥 지나가도록 산개했다가 다시 모여들어 코끼리들을 에워싸고 다리 관절을 끊는 작전이었다. 공격을 당한 코끼리들은 고통에 겨워 미친 듯이 맴돌이를 하다가 등에 타고 있던 궁수들을 죽이고 말았다.

〈구원자〉는 급변하는 상황에 재빨리 적응했다. 공격진을 확대하고 기병대를 급파하여 코끼리 부대를 돕게 했다. 그는 다시 승리를 거두었다.

그의 군대와 백성들 사이에서 〈구원자〉의 인기는 날로 높아만 갔다. 반면에 고래-돌고래족의 원로들은 그의 뜻하지 않은 성공에 갈수록 곤혹스러워하면서 자제를 촉구하는 메시지와 소환 명령을 자꾸 보내오고 있었다. 그는 그런 것에 아랑곳하지 않고 독수리족의 수도를 향해 계속 전진했다.

비록 본국의 도움을 기대할 수는 없었지만, 그는 지배자들의 압제에 지친 독수리족 도시들의 지원을 받고 있었다. 그의 명성은 하늘을 찌를 듯했다. 민족 해방과 노예 제도 폐지에 관한 연설로 인기를 끌던 시절과는 비교가 되지 않았다. 백성들은 그의 승리를 미화했고, 그가 신들의 지지를 받고 있기에 절대로 패배하지 않는다고 단언했다. 사정이 이러하니 누가 〈구원자〉의 앞길을 막을 수 있으랴?

그의 군대는 이렇다 할 저항을 받지 않고 독수리족의 수도로 진군했다. 그들은 도처에서 주민들의 박수갈채를 받았다.

독수리족의 마지막 남은 예비 부대들은 수도를 지키기 위해 결집했다. 그들은 농성이 장기화할 것으로 예상하고 식량을 비축했다.

마침내 연합군이 수도를 포위하자 성내는 큰 혼란에 빠졌다. 적군의 거대한 괴물들에 관한 흉흉한 소문이 나돌았다. 괴물들이 사람을 밟아 죽이기도 하고 기다란 코로 사람을 공중에 띄웠다가 꼬치에 꿰듯 이빨로 관통해 버린다는 것이었다.

하지만 독수리족의 하층민들은 〈구원자〉의 진보적인 사상을 민감하게 받아들이고 있었다. 그 사상의 영향으로 연합군이 채 공격을 하기도 전에 도성 내에서 쿠데타가 일어나고 내전이 발발했다.

〈가난뱅이들의 반란〉은 일벌백계로 잔인하게 진압되었다. 이 유혈 사태 때문에 독수리족 정부에 대한 백성들의 원한은 더욱 깊어질 수밖에 없었다.

하지만 〈구원자〉는 반란자들을 지원할 수 있는 길을 찾아내지 못했다. 그는 성내로 통하는 모든 보급로를 차단한 뒤에 도시 아래쪽에 진을 치고 기다렸다.

농성은 몇 주가 지나도록 계속되었다. 그때 모두를 깜짝 놀라게 하는 일이 벌어졌다. 〈구원자〉가 포위를 풀기로 결정한 것이었다. 그는 독수리족이 잘못을 반성할 만큼 혼이 났다고 판단했다. 그렇다면 그들을 몰살시킬 필요는 없었다. 고래-돌고래족을 공격하면 준엄한 반격을 당하리라는 것을 알았으니 독수리족이 앞으로는 함부로 도발하지 않으리라는 것이 그의 생각이었다.

그는 독수리족이 점령한 고래-돌고래족 영토와 상관들의 원상회복을 명시한 평화 조약을 제안했다. 독수리족의 원로원은 서둘러 조약을 비준했다.

도시를 약탈하고 싶어 했던 동맹군들은 〈구원자〉가 왜 주민들을 살려 주는지 이해할 수가 없었다. 〈구원자〉는 학살과 약탈에 종지부를 찍어야 할 때가 되었다고 설명했다. 새 시대의 국가는 파괴하기보다 서로 협력하는 데서 더 많은 이익을 얻게 되리라는 것이었다. 그는 독수리족과 경제적인 우호 관계를 맺을 생각까지 하고 있었다.

그가 군대를 이끌고 귀환하자, 백성들은 거리로 쏟아져 나와 그를 열렬히 환영했다. 그는 영웅이고 구세주였다. 하지만 원로들은 그의 영광을 시샘했다. 젊고 혈기 방장한 그가 왕위를 요구할까 봐 전전긍긍하던 그들은 그가 전쟁터에서 비겁하게 굴었다는 소문을 내려고 했다. 하지만 그따위 소문에 귀를 기울이는 사람은 아무도 없었다. 그러자 원로들은 다른 음모를 꾸몄다. 〈구원자〉의 군대를 이루는 용병들에게 봉급을 주지 않음으로써 반란을 유도하는 것이었다.

사실 〈구원자〉의 카리스마에 감화되어 대의에 동참했던

이방의 의병들은 자기들 나라로 돌아간 상황이었다. 고래-돌고래족의 애국자들 역시 국난이 타개되자 다시 일상의 삶을 살기 시작했다. 대도시 주위에 있는 병영에는 용병들만 남아 있었다. 원로들은 국고가 비었다는 핑계로 그들에게 봉급을 주지 않았다. 예상했던 대로 그들은 수도로 몰려와 행진을 벌였고, 〈구원자〉는 서둘러 시민들을 모아 의용군을 조직했다. 의용군은 용병들에 비해 수도 적고 전투 경험도 부족했지만 의기가 드높았다. 왕년에는 한 깃발 아래에서 싸웠던 전우들 사이에서 격렬한 전투가 벌어졌다. 〈구원자〉는 임기응변에 능한 천부적인 지략을 발휘하여 용병들을 두 무리로 분리시키는 데 성공했다. 덕분에 그의 소규모 군대는 먼저 용병들의 한쪽 반과 싸워서 이긴 다음 나머지 반을 공략하여 완승을 거뒀다. 하지만 이 전투로 인해 고래-돌고래족 군대는 눈에 띄게 약해졌다.

그 무렵, 〈구원자〉보다 훨씬 젊은 우두머리의 지휘 아래 독수리족 군대가 빠르게 재정비되었다는 소식이 전해졌다. 수도가 약탈되지 않고 재산을 전혀 잃지 않은 덕에 용병들을 많이 고용할 수 있었다는 것이었다.

마침내 이 군대가 고래-돌고래족의 해안에 상륙했다. 그들은 진군 도중에 백성들을 만나면 남녀노소를 가리지 않고 모두 학살했다.

독수리족 군대의 진격은 엄청난 공포를 불러일으켰다. 숱한 마을들이 싸움 한번 해보지 않고 항복했다.

종소리가 울렸다. 헤라클레스는 다시 불을 켰다.

34. 백과사전: 아르키메데스

아르키메데스는 기원전 287년 시칠리아의 시라쿠사에서 천문학자의 아들로 태어났다. 당시에 시라쿠사는 그리스 문화권에 속해 있으면서도 카르타고의 영향을 받고 있던 문명의 교차로였다.

그는 목욕을 하다가 욕조의 물이 넘치는 것을 보고 유명한 〈아르키메데스의 원리〉—액체나 기체 속에 있는 물체는 그 물체가 차지한 액체나 기체의 부피만큼의 부력을 받는다—를 발견했다. 그때 〈알아냈다!〉는 뜻의 전설적인 명언 〈유레카〉가 그의 입에서 터져 나왔다(이 원리를 설명하고 있는 아르키메데스의 논문 「부체(浮體)에 관하여」는 1906년 덴마크의 한 서지학자가 콘스탄티노플에서 찾아낸 양피지 문서 덕분에 망각의 늪에서 되살아났다. 이 문서는 중세에 한 수도사가 양피지에 원래 씌어 있던 글을 지우고 기도문을 필사한 것인데, 지운 자국을 조사해 본 결과 애초에는 아르키메데스 저작의 그리스어 필사본이었다는 사실이 밝혀졌다).

아르키메데스는 힘의 평형에 관해서 연구하고 지렛대의 원리를 이론화하기도 했다. 〈나에게 지렛대와 받침점을 주면 지구를 들어 올리겠다〉라는 유명한 말 역시 그가 남긴 것이다.

아르키메데스는 고대의 가장 위대한 수학자였다. 당시에 누구도 상상하지 못한 방법으로 원주율의 근삿값을 계산해 냈는가 하면, 구체의 표면적과 부피가 그 구에 외접하는 원기둥의 표면적과 부피의 3분의 2라는 것을 증명하기도 했고, 기수법과 무한에 관심을 갖고 흥미로운 저서를 쓰기도 했다.

그뿐만 아니라 그는 기계 공학 분야의 뛰어난 발명가였다. 톱니바퀴 장치의 원조라 할 만한 것을 고안하여 당대에 알려진 천체의 위치와 운동을 설명하기 위한 플라네타륨을 만들었고, 물을 퍼 올리거나 곡물을 위로 올릴 때 사용하는 〈아르키메데스의 스크루〉라는 회전 장치를 발명했으며, 볼트와 너트를 고안했다.

제2차 포에니 전쟁 때 시라쿠사의 왕은 카르타고와 동맹을 맺었다. 카르타고의 적국이었던 로마는 그에 대한 보복으로 3년에 걸쳐 시라쿠사를 포위 공격 했다. 이 공성전 기간 동안 아르키메데스는 왕의 요구를 받들어 시라쿠사를 수호하기 위한 갖가지 놀라운 병기를 만들어 냈다. 그는 로마군의 투석기보다 열 배나 강력한 투석기를 개발했다. 도시의 턱밑으로 다가드는 적선을 공격하는 기중기를 만들기도 했다. 이 기중기는 성의 내벽에 세워져 있었고 적선이 다가들면 기계식 쇠 집게를 던져 뱃머리에 건 다음 배를 번쩍 들어 올려 장난감처럼 뒤집어엎고 배에 탄 적병들을 수장시켜 버리는 기계였다. 시대를 훨씬 앞서간 아르키메데스의 다른 발명품들 중에는 거대한 포물면 반사경으로 태양 광선을 집중시켜 그 열로 적선의 돛을 불태우는 장치도 있었다.

그리스의 전기 작가 플루타르코스는 아르키메데스의 죽음을 이렇게 전한다. 〈그는 시라쿠사가 함락된 사실도 모르는 채 수학적인 도형을 골똘히 바라보며 문제를 풀고 있었다. 그때 로마군 병사 하나가 들이닥쳤다. 병사는 그를 사령관에게 데려가려고 동행을 명령했다. 아르키메데스는 시간을 조금 더 달라고 했다. 중요한 과학적 발견의 실마리가 풀리려던 찰나였던 것이다. 병사는 그 요구를 모욕으로 여기고 대과학자를 벌하기 위해 칼로 배를 찔렀다.〉

에드몽 웰스, 『상대적이며 절대적인 지식의 백과사전』 제5권

35. 헤라클레스의 강평

한바탕 격렬한 게임을 치르고 난 뒤라 흥분이 쉽게 가시지 않는다. 18호 지구에서 빠져나올 때는 마치 수면 위로 올라온 잠수부가 감압실을 거쳐서 압력의 변화에 적응하듯이 천천히 긴장을 누그러뜨리고 평상심을 되찾아야 한다.

나는 고래-돌고래족 영토에 눈높이를 맞추기 위해 민결상에 올라서 있다가 내려와서 뒤로 물러선다. 이제는 18호 지구가 커다란 공처럼 보인다. 우리 나름대로는 잘 해보려고 애쓰고 있지만, 이 연습용 행성이 1호 지구보다 나은 것 같지는 않다.

나는 이마의 땀을 훔치다가 이번에도 온몸이 끈끈하다는 것을 비로소 알아차린다. Y 게임을 한 판 벌일 때마다 몸무게가 1킬로는 족히 빠질 듯싶다. 신이 되면 살찔 겨를이 없다.

헤라클레스는 책상 앞에 앉아서 우리끼리 토론을 벌이도록 시간을 준다.

심장이 두방망이질을 친다. 〈구원자〉 덕에 승리를 거둔 것은 기쁘지만, 갑자기 판세가 역전되어서 마음이 여간 찜찜하지 않다. 그토록 공을 들였는데 이렇게 꺼림칙한 상황을 맞게 되다니.

나는 라울 쪽으로 몸을 돌린다.

「계속 그런 식으로 나올 거야?」

라울은 기다란 손가락으로 턱을 문지른다. 자못 태연한 표정이다.

「내가 너를 봐주면 그 대가로 무엇을 줄 거지?」

「우린 친구야, 안 그래?」

「삶 속에서는 그렇지. 하지만 게임에서는 사정이 달라. 친구들끼리 포커를 친다고 생각해 봐. 서로 봐주면서 치면 재미가 있겠어?」

「나는 똑같은 상황에서 너를 구해 줬어. 내 〈구원자〉는 독수리족의 수도를 포위했지만 백성들의 목숨을 살려 줬어.」

그는 위아래로 나를 훑어본다.

「그 점은 고맙게 생각해.」

그는 여전히 태연하다.

「하지만…… 승리란 끝까지 몰아갈 때만 의미가 있는 거야. 너의 장군은 한때 기세를 올리다가 그냥 주저앉아 버렸어.」

「네 백성들을 살려 준 거라니까!」

「왜?」

어이가 없다.

「그야 네가 내 친구이기 때문이지.」

「그게 다야?」

「폭력과 복수의 악순환을 되도록 일찍 중단시키고 외교를 민족들 간의 문제를 해결하는 새로운 수단으로 정착시키는 게 중요하기 때문이야. 우리는 평화 조약을 맺었어.」

라울은 외려 화를 낸다.

「너는 나를 비참하게 만들었어. 잔뜩 겁만 주고 끝장을 내지 않았으니까 말이야. 너는 끝까지 밀고 나갔어야 해.」

내가 제대로 이해한 거라면, 그는 자기 목숨을 살려 주었다고 나를 책망하는 것이다. 나는 침착성을 잃지 않으려고 애쓰면서 되뇐다.

「우리는 평화 조약을 맺었어.」

「난 그것을 존중하지 않을 거야.」

「그건 신의를 저버리는 거야.」

「내가 보기엔 계략의 하나일 뿐이야. 이런 것 역시 게임의 일부야. 나는 내 백성들의 신으로서 그들을 구하기 위해서라면 어떤 책략도 마다하지 않을 권리가 있어. 살아남기 위해서 평화 조약을 맺었더라도 위험한 고비가 지나갔으니 장기적으로 무엇이 유익한지를 따져 봐야지.」

「그건 평화를 지키자는 약속이었어. 너의 호전적인 도발 때문에 우리가 본의 아니게 빠져든 고약한 상황에서 벗어나기 위한 합의였다고.」

「평화란 우리에게 어울리는 개념이 아냐. 행복이니 사랑이니 하는 것들처럼 그저 인간들을 꿈꾸게 하는 공허한 말일 뿐이지. 따지고 보면 전쟁의 가속이나 감속이 있을 뿐 평화란 없어. 말하자면 평화는 전쟁과 전쟁 사이에 찾아오는 막간 같은 거야.」

「평화는 하나의 이상이야.」

「인간들에게는 그렇지. 하지만 신들에게는 아니야. 여기에서 보면 평화는 약한 신들 또는 참을성 있게 정복을 준비하지 않는 게으름뱅이 신들을 위한 거야. 우리 게임의 이 단계에서는 우리의 앞날을 결정하는 중대한 전쟁을 수행하지 않을 수가 없어. 그 일이 완전히 끝나고 국경들이 확정되어야 비로소 평화가 자리 잡을 거야.」

나는 새삼 거리감을 느끼며 내 친구를 바라본다.

「미카엘, 순진하게 굴지 마. 내가 평화 조약을 받아들인 것은 궁지에 몰려 있었기 때문이고 재무장할 시간이 필요했기 때문이야. 평화 조약이란 그런 데 쓰이는 거야. 권토중래할 시간을 버는 데 도움이 될 뿐이지. 정신 바짝 차려야 해. 저기 18호 지구는 아직 정글이야.」

「너는 속임수를 썼어.」

「평화 조약을 준수하지 않는 건 속임수가 아니라 전략적인 선택이야. 위대한 문명은 착한 마음씨로 건설되는 게 아냐. 설마 인간들의 선전을 곧이곧대로 믿는 건 아니겠지!」

「평화 조약은 폭력을 줄이는 수단이야.」

「하지만 폭력은 자연법칙인걸. 동물들을 봐. 서로 싸우잖아. 내가 몇 번을 말해야 알아들을 거야? 사자가 영양하고 평화 조약을 맺겠어? 동물뿐만 아니라 식물들도 서로 싸워. 네 몸속에서조차 그 법칙이 통해. 네 림프구들이 세균들과 평화 조약을 맺어? 아냐, 림프구들은 세균을 제거해. 그래야 유기체가 외부 물질의 침입을 이기고 살아남을 수 있거든. 어디에서나 생물은 살아남기 위해서 남을 죽여야 해.」

라울은 나를 뚫어져라 바라보면서 말을 잇는다.

「보아하니 너는 완전한 승리를 감당할 능력이 없는 모양인데, 그건 자연법칙을 거스르는 거야. 너는 스스로 더 진화했다고 생각할지 모르지만, 사실은 더 약할 뿐이야. 너는 공룡과 같아.」

그의 막말에 다시 짜증이 나기 시작한다. 그가 많이 달라졌다. 파괴와 분열의 힘, 즉 D력을 추구하는 부류가 된 것이다.

「나는 선량함이 지혜와 진보의 증거라고 생각해. 마지막에 가서 승리를 거두는 쪽은 선량한 자들이야.」

우리가 부질없는 말싸움을 하고 있다는 느낌이 든다. 그는 나를 변화시키지 못할 것이고 나 역시 그를 변화시키지 못할 것이다.

「미카엘, 1호 지구에 사는 그 포유동물 기억나? 생김새로 보면 흑백이 어우러진 곰 같은데 초식 동물로 변해 버린 녀석들 말이야.」

「판다?」

「그래, 판다. 생각해 봐. 녀석들은 아마도 발톱으로 공격하고 이빨로 물고 죽이는 데 싫증이 났을 거야. 그래서 대나무의 잎과 줄기를 먹기 시작했고…… 결국 멸종 위기를 맞았지.」

「그러니까 네가 나였다면…….」

「내가 너였다면 당연히 수도를 함락시켰을 거야. 그것도 주저 없이 말이야. 그런 게 게임이야. 너는 완전한 승리를 목전에 두고 머뭇거렸어. 나는 네가 〈구원자〉의 힘을 감당할 수 없다는 사실을 알아차렸지. 네가 꿈을 통해서 그에게 어떤 메시지를 전했는지 짐작이 가더라고. 너는 그의 기세를 누그러뜨리려고 했을 것이고, 그는 깊이 생각한 끝에 전쟁을 끝내기로 했지. 약자들은 장고를 하다가 할 일을 제대로 못하기가 일쑤야. 반면에 강자들은 요모조모 따지지 않고 행동하지. 그러다가 일이 실패로 돌아가면, 미안하다면서 일부러 그런 게 아니라고 변명해. 아니면 희생양 노릇을 할 사람을 찾아내어 자기들 대신 실패의 대가를 치르게 하지.」

어쩌면 라울의 말이 맞을지도 모른다. 나는 링 위에서 복수를 망설인 테오팀보다 나을 게 없다. 승리 직전의 망설임, 공격을 끝까지 밀고 나가지 못하는 나약함, 파괴에 대한 공포, 적들이 저지른 만행을 그대로 따라 함으로써 적들과 똑같은 수준으로 전락하는 것에 대한 두려움…….

〈구원자〉는 자제력을 발휘하여 적에게 최후의 일격을 가하지 않았다. 자기 방어의 수단을 상실한 도시를 약탈하거나 유린하는 것은 그가 보기에 스스로를 비천하게 만드는 행위였다. 그래서 그는 고고한 품격을 잃지 않고 초연히 발길을 돌렸다. 그런데 그 결과가 이렇게 나타난 것이다.

라울은 내 마음을 아랑곳하지 않고 간결하게 덧붙인다.

「카르타고 델렌다 에스트.」

〈카르타고는 파괴되어야만 한다〉라는 뜻이다. 내가 알기로 이것은 제3차 포에니 전쟁 때 스키피오 장군이 이끄는 로마군이 카르타고의 함락을 벼르면서 외쳤던 구호이다.

등 뒤에서 우렁우렁한 목소리가 들려온다.

「그건 당연한 일일세. 자네는 카르타고인들을 모방했네. 그러니 그들의 고난을 똑같이 겪을 수밖에.」

헤라클레스의 말이다.

「제가 잘못한 것이 있습니까?」

「있다마다. 자네는 1호 지구에서 벌어졌던 몇 가지 사건을 그대로 재현하지 않았는가?」

「그게 심각한 잘못인가요?」

「베끼는 건 분명 잘못일세. 너무 안이하다고 생각하지 않나? 흔히 있는 일이기는 하지만 내가 보기엔 영 마땅치 않아. 원인이 동일하니 똑같은 결과가 나오는 것은 뻔한 이치일세. 자네가 어떻게 그토록 정확한 정보를 얻었는지 모르지만, 1호 지구의 역사를 모방한 건 분명하네.」

헤라클레스는 눈썹을 찡그린다.

「내가 카르타고의 장군 한니발과 그의 코끼리들을 알아보지 못할 줄 알았나? 자네의 〈구원자〉는 진짜 영웅의 보잘것없는 모방일세. 자네만 그런 게 아닐세, 팽송. 에펠이 만들어 낸 현자는 싯다르타를 닮았고, 사자족의 〈담대한 왕〉은 알렉산드로스 대왕을 흉내 낸 가짜 영웅이라네. 다들 어쩌면 그렇게 상상력이 부족한지.」

나는 『상대적이며 절대적인 지식의 백과사전』을 토가의 접힌 자락 속에 감춘다. 1호 지구의 사건들에 관한 〈정확한〉

정보의 출처를 그에게 알리고 싶지 않기 때문이다. 사실 나의 스승 에드몽 웰스는 한니발 장군에 대한 열렬한 애정을 백과사전에 담았고, 나는 장군의 파란만장한 삶에 관한 기록을 탐독했다. 한니발은 카르타고 정부의 의견에 반하여 침략자를 응징하기 위한 원정대를 조직했다. 게다가 그는 노예 제도에 반대했고 에스파냐와 갈리아 남부를 해방시켰다. 나는 참다운 영웅의 면모에 매료되었다. 만약 내가 다시 인간이 되어 지상으로 돌아간다면 내 아들에게 그 영웅의 이름을 붙이리라는 생각이 들 정도였다. 로마인들에게 홀로 맞섰던 한니발, 궁지에 몰린 적에게 관용을 베풀었던 한니발, 질투심에 사로잡힌 동포들에게 배신당했던 한니발.

헤라클레스는 칠판에 〈독창성을 발휘할 것〉이라고 쓴 다음 여러 번 밑줄을 긋는다.

「여러분은 그저 구닥다리 영웅들을 만들어 냈을 뿐입니다. 그 잡다한 영웅들 속에 나를 닮은 어떤 자가 포함되지 않은 게 그나마 다행이죠. 오늘은 상을 받을 만큼 게임을 잘한 후보생이 없습니다. 어느 누구도 내 기대에 미치지 못했습니다. 그래도 꼴찌는 가려내야 하니까 성적을 발표하겠습니다. 일등이라고 해서 자기가 가장 잘했다고 생각하기보다는 가장 덜 못했다고 생각하기 바랍니다.」

헤라클레스는 다시 자리에 앉아 수첩을 펼쳐 든다.

「자, 1등은 다소 진부한 영웅을 만들어 내기는 했지만…… 흰개미족의 귀스타브 에펠입니다. 불교와 유사한 그의 철학은 전파력이 아주 강합니다. 에펠은 부드러운 힘이라고 할 만한 것을 고안했습니다. 침략자들은 마치 끈끈이에 걸린 새들처럼 이 힘에 사로잡혔지요. 참 묘한 일이긴 하지만 그게 잘 통하고 있습니다. 내가 보기에 에펠은 결합의 힘 A력을 가장 잘 구현하고 있는 후보생입니다.」

칭찬이 뜨뜻미지근해서 박수갈채를 보낼 마음이 일지 않는다.

「2등은 비약적으로 발전해 가고 있는 호랑이족의 조르주 멜리에스입니다. 그는 생산 기술의 혁신을 이뤄 냈고, 비밀 치안 부서를 거느린 행정 체계를 확립하여 영내를 잘 통치하고 있습니다. 남을 공격하거나 공격받는 일 없이 번영을 구가하고 있으니 중성의 힘 N력을 대표하고 있다 하겠습니다. 호랑이족은 이렇다 할 야심이나 두려움 없이 문명을 가꿔 나갑니다. 아주 안정된 문명이죠.」

몇몇 후보생이 박수를 보낸다.

「3등은 독수리족의 라울 라조르박입니다. 독수리족은 고래-돌고래족에게 당한 패배를 딛고 빠르게 원상을 회복하여 재차 세계 정복에 나섰습니다. 그러잖아도 공격력이 놀라웠었는데, 시련을 극복한 뒤라서 더욱 강력해 보이는군요. 마치 멸망의 위기를 가까스로 모면함으로써 새로운 힘을 얻은 것만 같습니다. 라조르박은 공격과 침략의 힘, D력을 대표하면서 절정에 달한 전쟁 능력을 과시하고 있습니다.」

조금 더 힘찬 박수갈채가 일었지만 나는 그것에 동조하지 않는다.

헤라클레스는 다음 등수의 후보생들을 차례차례 호명해 나간다. 나는 10등이나 20등은 고사하고 50등 안에도 들지 못했다.

결국엔 꼴찌가 되고 말 거라는 생각에 익숙해져 가고 있는 터다. 너무 선량한 것도 죄라서 내 민족의 운명은 바람 앞의 등불이 되어 가고 있는 것이다.

「꼴찌에서 두 번째인 78등은 미카엘 팽송입니다. 군대는 산산조각이 나고 수도는 폐허가 되고 백성들은 여기저기로 흩어졌군요. 돌고래족은 도처에서 소수 민족으로 박해를 받고 있습니다. 어느 모로 보나 자랑할 만한 게 별로 없는 처지죠.」

「그래도 제 민족의 학자들과 예술가들은 많은 것을 만들어 내고 있지 않습니까?」

「그들은 다소간의 관용을 베풀어 준 다른 문명들을 위해 일하고 있네. 자네 민족의 수도는 함락되었고, 자네 백성들은 호전적인 민족들의 노예가 될 수밖에 없을 걸세. 속박에 맞서 싸우고 개인들의 해방을 위해 투쟁해 온 민족으로서는 크나큰 실패가 아닐 수 없지.」

그런 말에 기죽을 내가 아니다.

「내 민족의 탐험가들, 대상들, 선박들이 세계를 누비고 있습니다. 돌고래족의 언어는 대다수의 상관에서 통용될 뿐만 아니라 많은 나라에서 학문의 언어로 사용되고 있죠.」

「하지만 자네 민족의 상인들은 대단치 않은 해적들과 마주쳐도 전멸하고 마네. 그리고 자네 민족의 과학자들은 어느 누구도 학살을 피할 수가 없어. 쥐도 새도 모르게 갑자기 사라지기가 십상이지.」

「제가 선택한 것은 지혜와 창조성과…… 평화입니다.」

라울과 말싸움을 벌인 뒤로 평화라는 말을 꺼내기가 망설여진다. 말뜻이 조금 변질된 느낌이 드는 것이다. 헤라클레스가 반박한다.

「잘못된 선택이야. 힘을 앞세웠어야 하네. 먼저 강자가 되어야 해. 그러고 나서야 고상한 이념들을 가꾸는 호사를 누릴 수 있는 법이지. 여기에 있는 자네 동료 라퐁텐이 〈늑대와 어린양〉이라는 우화에서 말한 대로 〈강자의 주장이 언제나 옳은 법〉일세.」

라퐁텐은 자기 글이 그런 식으로 인용되는 것이 거북한지 혼자만의 생각에 빠진 것처럼 딴청을 피운다. 사실 그의 갈매기족은 아직 이렇다 할 문명을 건설하지 못한 채 외딴 대륙의 한 구석에 죽 머물러 있다가 이제 겨우 이웃 민족들과 무역을 하기 위해 배를 보내기 시작했다.

나는 후보생들을 둘러보며 지지를 구하지만 아무도 나서 주지 않는다. 모두가 제각기 한 민족을 이끄는 신 노릇을 하면서 우리 부모나 학교 선생님들이 가르쳐 준 도덕적인 가치들이 여기에서는 의미가 없다는 사실을 깨달은 것이다. 이곳 아에덴은 선과 악을 초월해 있는 곳이다.

나는 헤라클레스를 바라본다. 내가 말귀를 알아들었으면 하는 기색이 역력하다. 조금 전에 라울이 그랬던 것처럼 실망스러워하는 표정을 짓고 있다. 그의 설명이 이어진다.

「자네가 그나마 꼴찌를 면한 것은 자네의 과학자며 예술가며 탐험가들이 비록 이민족의 굴레 아래에서 살고 있을지라도 자기네 문명의 정신을 간직하고 자기들 나름의 방식으로 민족의 생존을 이어 가기 때문일세. 그들에겐 이제 조국이 없지만 문화가 살아 있네. 덕분에 자네가 탈락을 면한 것이지.」

그는 앙크를 들고 내 민족을 한 번 더 살핀 뒤에 덧붙인다.

「미카엘, 자네 민족의 책들이야말로 든든한 영토일세. 책, 축제, 전설, 신화, 정신적인 가치…… 이런 것들이 있으니까 자네 민족에게 가상의 조국이 있는 셈이야.」

나는 스스로에게 확신을 불어넣기 위해서 목소리에 힘을 준다.

「그들의 문화는 아주 강력해서 언제 어디서나 되살아날 수 있습니다. 〈구원자〉가 그토록 빠르게 군대를 결성했던 것은 그가 내세우는 가치들이 똑똑한 사람들을 감화시켰기 때문입니다.」

헤라클레스는 나를 위아래로 훑어본다.

「그건 틀린 말이 아닐세. 문제는 자네가 대다수 사람들이 똑똑하고 자유를 갈망한다는 원칙에서 출발했다는 점에 있네.」

후보생들 사이에서 웃음이 터져 나왔다.

「세상을 자네가 원하는 대로 보지 말고 있는 그대로 보게나.」

그 지적에 대해서는 대답할 말이 없다.

「꼴찌인 사자족의 에티엔 드 몽골피에는 탈락입니다. 이로써 재적 후보생은 일흔여덟 명으로 줄었습니다.」

몽골피에가 벌떡 일어선다.

「잘못 생각하신 게 분명합니다. 이건 말도 안 돼요.」

「말이 안 되기는. 사자족은 방탕에 빠져 흥청망청 먹고 마시며 즐길 생각만 하네. 시인들조차 퇴폐적인 무리가 되어 버렸어.」

몽골피에가 더듬거린다.

「저에게 시…… 시간을 좀 주십시오. 다…… 다시 잘 해보겠습니다.」

「사자족의 도시들은 쇠퇴의 길을 걷고 있네. 사냥터나 하천의 수로 변경 따위를 둘러싼 한심한 사건들 때문에 서로 싸우는가 하면, 독수리족이 거둬 가는 세금 때문에 등골이 빠질 판국일세. 배들은 낡아 빠졌고, 인구 과밀을 해소하기 위해 영토를 확장하고자 해도 전쟁을 벌일 수단이 없네. 더 나아가지 못하는 자는 결국 후퇴하는 것일세.」

몽골피에는 얼굴이 벌겋게 상기되어 있다.

「그건 제 잘못이 아니라…… 팽송 때문입니다.」

내가 무슨 동네북인가? 왜 다들 걸핏하면 나를 비난하는 거지? 그건 아마도 내 보복이 두렵지 않기 때문일 것이다. 만약 라울을 비난한다면 독수리족이 득달같이 공격하지 않겠는가.

「제가 팽송의 돌고래족을 받아 준 것은 벌레를 과일 속에 들어가게 한 거나 진배없습니다.」

이건 배은망덕이다. 쇠똥구리족의 클레망 아데르도 그랬다. 나는 그들에게 많은 것을 주었지만, 그들은 결국 그 사실을 잊고 원래부터 자기들이 가지고 있었던 것처럼 스스로 믿어 버린다. 세대가 거듭될수록 나의 공헌은 점점 과소평가되고 나에게 감사할 이유도 사라진다.

「팽송의 영향을 받아 지식인과 철학자 집단이 생겨났고, 그들 때문에 제 백성들이 호전적인 활력을 잃고 말았습니다.」

그래도 나에게서 받은 게 있다는 것을 깡그리 잊지는 않은 모양이다.

「제 백성들이 방탕에 빠지고 춤과 음악과 연극에 탐닉하도록 몰아간 것 역시 팽송입니다.」

몽골피에는 나에게 손가락질을 하며 말을 잇는다.

「팽송은 사자족의 여자들에게 허리를 흔들며 선정적인 춤을 추도록 가르쳤고, 남자들에게는 전쟁보다 향연을 더 좋아하도록 가르쳤습니다. 독수리족 군대가 왔을 때 제 백성들은 이미 모두가 허약한 겁쟁이로 변해 있었죠.」

몽골피에는 험악한 표정을 지으며 내 쪽으로 나아온다.

「돌고래족이 내 백성들의 땅에 발을 들여놓자마자 몰살시켰어야 했어.」

몇몇 후보생이 그를 제지한다. 그러자 그는 다른 후보생들을 돌아보며 소리친다.

「자네들 모두에게 충고하겠는데 돌고래족을 몰아내야 해.」

나는 반박에 나선다.

「돌고래족은 네 백성들에게 자기들의 모든 지식을 가져다주었어.」

「내 백성들은 그딴 것을 필요로 하지 않았어. 그게 나를 어떤 꼴로 만들었는지 보라고. 차라리 모르는 게 나았을 거야.」

「내가 내 민족의 지식을 너에게 준 것은 네가 요구했기 때문이잖아.」

「바로 그게 실수였어. 네 도움을 받고 성공하느니 너와 상관없이 실패하는 게 훨씬 나아.」

그는 만류하는 후보생들을 뿌리친다. 그러자 헤라클레스가 그의 앞을 막아선다.

「그만하게. 나는 결과에 승복할 줄 모르는 패배자를 좋아하지 않아. 게다가 역사적인 무게가 실린 결정을 번복하거나 보류할 수는 없는 노릇이야. 몽골피에, 자네는 패배했어. 18호 지구 역사의 결전장에서 나가 주게. 비록 패배했을지라도 신답게 행동해야지.」

헤라클레스가 손뼉을 치자마자 켄타우로스들이 들어와서 몽골피에의 팔을 붙잡는다.

「날 건드리지 마. 그 더러운 발을 어디에 갖다 대는 거야? 사자족은 다른 민족들의 모범이었어. 어느 민족보다 훌륭한 문명을 건설했다고. 알겠어? 사자족은 모든 것을 창시했어. 독수리족은 우리를 모방했을 뿐이야. 미카엘, 네 민족의 젊은 장군 〈구원자〉조차도 사자족의 문명에 감탄하면서 보고 배웠어. 그는 사자족의 전략을 모방했어. 나는 그가 기병대를 적진의 양 날개로 보내는 것을 봤어. 그것 역시 내가 창안한 거야. 우리는 다른 모든 민족의 등대였어. 내가 없었다면 18호 지구가 지금처럼 되었겠어?」

몽골피에는 강의실 밖으로 끌려 나가서도 저주를 계속 퍼붓는다.

「돌고래족을 죽여야 해. 미카엘을 없애 버려. 자네들 중에 살신자가 있다면 내가 다음 피해자를 지목하겠어. 미카엘을 죽여!」

후보생들은 이렇다 할 반응을 보이지 않는다. 나는 그저 아연할 따름이다. 동기생 하나가 나에게 그토록 심한 적의를 품고 있다는 사실이 놀랍다.

라울이 내게 다가온다.

「신경 쓰지 마. 네 백성들은 원한다면 언제든지 내 나라로 와도 돼. 나는 그들이 사자족의 나라와 다른 곳에서 그랬던 것처럼 학교와 연구소와 극장을 건설하도록 내버려 둘 생각이야.」

어딘가 석연치 않은 느낌이 든다. 그가 덧붙인다.

「당연한 얘기지만 돌고래족이 내 나라에서 얻게 될 지위는 〈관용을 얻은 소수 민족〉일 뿐이야. 땅이나 무기를 소유하는 것은 허용되지 않을 거야. 그것만 받아들인다면 누구에게 맞서서든 너를 지켜 주겠어.」

고래-돌고래족의 수도를 먼지 더미로 만들어 버리려고 하면서 그런 소리를 하고 있으니, 도무지 어떻게 받아들여야 할지 모르겠다.

그가 나를 안심시키려는 듯 말을 덧붙인다.

「나는 지식인들을 싫어하지 않아.」

36. 백과사전: 데이비드 봄

미국의 물리학자 데이비드 봄은 오랫동안 양자 역학을 연구한 뒤에 자기 이론의 철학적인 함의에 관심을 가졌다. 그는 공산주의자 숙청 선풍이 불던 1950년대에 미국을 떠나 브라질로 갔다가 다시 나치 동조자들을 피해 영국에 정착했다. 그 뒤로 런던 대학 교수가 되었고 티베트 불교에 심취하여 달라이 라마와 친분을 나누기도 했다.

그가 발전시킨 한 이론에 따르면 우주는 하나의 거대한 환영일 뿐이다. 우주는 입체의 환영을 만들어 내는 홀로그래피 영상과 비슷하다. 홀로그래피 영상 하나를 부수면 각각의 조각에서 전체의 상을 다시 볼 수 있듯이, 우주라는 환영의 파편 하나하나에도 전체에 대한 정보가 담겨 있다.

데이비드 봄은 우주가 파동들의 무한한 구조일 수도 있다고 보았다. 이 구조 속에서 만물은 서로 연결되어 있고, 존재와 비존재, 정신과 물질은 입체의 환영을 만들어 내는 동일한 광원의 다양한 현시일 뿐이다. 그 광원의 이름은 생명이다.

아인슈타인은 데이비드 봄의 혁신적인 관점을 접하고 처음엔 유보적인 태도를 보였으나 나중엔 그의 이론에 깊은 관심을 갖게 되었다.

하지만 데이비드 봄은 과학계가 너무 주저하기 때문에 관습의 한계를 넘어설 수 없다고 생각했고, 자기의 물리학적 관점을 설명하기 위해 서슴없이 힌두교나 도교를 원용했다. 그는 육체와 정신을 분리해서 생각하지 않았고 인류의 총체적인 의식이 존재한다고 여겼다. 인류의 총체적인 의식을 지각하기 위해서는 알맞은 위상에 빛을 비추기만 하면 된다(마치 홀로그램이 알맞은 각도로 레이저 광선을 받을 때 입체의 환영을 만들어 내듯이, 만물은 빛이 비침으로써 드러나는 정보들이기 때문이다). 데이비드 봄은 양자 역학과 명상을 통해 우리가 감춰진 실재의 위상들을 발견할 수 있다고 생각했다.

그의 〈형이상학적인〉 관점에서는 죽음이 존재하지 않는다. 죽음이란 그저 에너지 위상의 변화일 뿐이다. 그는 1992년에 〈에너지 위상의 변화〉를 겪었다. 그는 비록 우주를 온전히 이해하고자 했던 개인적인 연구 목표를 달성하지는 못했지만, 과학과 철학을 넘나드는 연구의 새로운 길을 열었다.

에드몽 웰스, 『상대적이며 절대적인 지식의 백과사전』 제5권

37. 카드 마술

산봉우리 위에 걸린 세 개의 달이 완벽한 이등변 삼각형을 이루고 있다. 신들의 도시에서 감미로운 음악이 잔잔하게 울린다. 한 대의 바이올린과 한 대의 첼로가 마치 인간의 두 목소리처럼 서로 화답한다.

오늘 우리가 저녁 식사를 하는 곳은 메가론이 아니라 원형극장이다. 식사를 하고 나서 바로 공연을 볼 수 있도록 원형극장의 계단식 좌석 위에 식탁을 차린 것이다. 메뉴에는 라자냐가 올라와 있다. 역사가 여러 층을 이루며 발전해 간다

는 사실을 의식하라는 뜻이 아닌가 싶다. 계절의 신들은 분위기를 돋우기 위해 촛불을 가져다 놓는다.

우리는 새 술들을 시음하고 새 향신료들을 맛본다. 잔뜩 긴장하며 게임을 치르고 난 뒤라 모두가 지쳐 있다. 이제는 아무도 게임을 화제에 올리고 싶어 하지 않는다. 우리 테오노트 동아리는 한 식탁에 모여 앉았다. 라퐁텐도 우리와 자리를 같이했다. 우리는 한동안 말없이 먹는다.

마타 하리가 기분을 좀 바꿔 볼 양으로 조르주 멜리에스에게 부탁한다.

「우리에게 마술 하나 더 보여 줘.」

「좋아. 그런데 카드가 필요해.」

마타 하리는 카드를 어디에서 구할 수 있는지 알고 있다. 그녀가 자리를 떴다가 카드 한 벌을 가지고 돌아오자, 멜리에스는 그것을 찬찬히 살펴본다. 그런 다음 숫자 패들을 빼고 그림 패들만을 골라 무늬가 같은 것끼리 네 줄로 늘어놓는다. 첫 번째 줄에는 스페이드의 그림 패들을 킹, 퀸, 잭, 에이스의 순서로 늘어놓고, 나머지 세 줄에는 각각 하트와 클로버와 다이아몬드의 그림 패들을 놓는다.

그가 설명한다.

「이건 마술이기도 하고 한 편의 이야기이기도 해. 이런 이야기야. 네 왕국이 있어. 스페이드 왕국, 하트 왕국, 클로버 왕국, 다이아몬드 왕국. 이 네 왕국 사람들은 서로 교류하지 않고 떨어져서 살고 있어.」

그는 평행하게 늘어선 네 줄을 가리킨다.

「그런데 교통이 발달하고 여행이 잦아지고 국제결혼이 증가하면서, 국민들이 서로 섞여. 그래서 각기 독립을 유지하고 있던 네 왕국이 연맹을 결성하게 되고 나중에는 네 민족으로 이루어진 하나의 국가를 이루게 돼.」

조르주 멜리에스는 네 줄로 늘어놓은 카드를 한 줄씩 거둬들여 앞면이 보이지 않도록 뒤집어서 차례차례 포갠다. 이로써 카드 열여섯 장이 하나의 뭉치를 이룬다.

「이렇게 네 민족이 통합된 것만으로도 이 나라는 비약적인 발전을 거듭하게 돼. 하지만 변화의 속도가 너무 빨라서 갖가지 문제가 나타나기 시작해. 통일된 나라의 새 정부는 부패의 징후를 보이고, 소수 지배 집단이 특혜를 누리는 가운데 새로운 빈곤층이 생겨나. 도시 재개발 때문에 살던 곳에서 밀려났거나 치솟는 주거비를 감당할 수 없는 사람들이 도시 변두리로 모여들면서 여기저기에 빈민촌이 형성돼. 산업의 비약적인 성장에 따라 환경 오염이 심각해져. 교통 체증은 일상이 되고 스트레스가 만연하게 되지. 실업이 증가하고 사회가 갈수록 불안해져. 사람들은 해가 지면 아예 집 밖에 나갈 생각을 안 하게 되고, 감옥은 범죄자들로 넘쳐 나.」

「그거 어디서 많이 듣던 얘긴데.」

귀스타브 에펠이 웃으면서 그렇게 말했다. 멜리에스는 굳이 대꾸하지 않고 차분하게 말을 잇는다.

「그런데 정치가들은 무능함을 드러내고, 나라를 진창에서 구하지 못해. 통일 이전의 상태로 돌아갈 수도 없고 이런 식으로 계속 나아갈 수도 없는 상황이야. 그때 지도자들이 한 가지 방책을 생각해 내. 뛰어난 능력을 지닌 한 인물에게 도움을 청하자는 거야. 그 인물은 바로…… 미카엘 팽송이야.」

마술사는 내 쪽으로 몸을 돌리며 카드들을 내민다.

「미카엘, 오로지 너만이 이들을 구할 수 있어.」

나는 영문도 모르는 채 카드 뭉치를 덥석 잡는다.

「그들은 미카엘을 임시 총리로 임명해. 미카엘은 즉시 엄격한 조치를 취하기로 하고, 대대적인 인원 감축을 명령하지. 자, 미카엘, 어서 잘라. 카드 뭉치를 커트하라고.」

「그냥 아무렇게나 하면 되는 거야?」

나는 카드 뭉치를 둘로 나눈 다음 아래쪽에 있던 뭉치를 위쪽 뭉치 위에 올린다.

마술사의 해설이 이어진다.

「미카엘 팽송 총리가 방금 첫 번째 조치를 취했어. 그런데 국민들은 여전히 회의적인 태도를 보여. 그래서 총리는 두 번째 조치를 선택해. 미카엘, 다시 커트해.」

나는 다시 카드 뭉치를 둘로 나누고 아래쪽 것을 위로 올려서 포갠다.

「미카엘 팽송 총리가 그런 조치를 몇 번 취하든 그건 그가 알아서 할 일이야. 그는 정부의 수반이고 자기가 무엇을 해야 하는지 알고 있거든.」

나는 일곱 차례 더 커트를 한다. 멜리에스가 말을 잇는다.

「국민들은 잘 믿지 않아. 그래서 끊임없이 그들에게 증거를 보여 주어야 해. 국민들은 말하지. 〈그래, 총리가 조치들을 취했어. 그런데 우리 삶에서 달라진 게 뭐가 있지?〉 하고 말이야.」

하긴 나 역시 그게 궁금하다.

「그래서 미카엘은 자기의 새로운 정책을 보여 주기로 결심하지. 자, 미카엘, 카드 뭉치를 집어.」

나는 시키는 대로 한다.

「지금부터 카드를 한 장씩 늘어놓을 건데, 먼저 첫 번째 카드를 앞면이 안 보이게 해서 왼쪽 맨 위에다 놓아. 그런 다음 두 번째 카드를 그 오른쪽에 놓고, 계속 오른쪽으로 가면서 세 번째, 네 번째 카드를 놓아.」

나는 카드 뭉치의 맨 위에 있던 네 장의 카드를 차례대로 늘어놓는다.

「다음에는 그 아래쪽에다 계속 늘어놓는 거야. 왼쪽에서 오른쪽으로, 다섯 번째 카드는 첫 번째 카드 아래에, 여섯 번째 카드는 두 번째 카드 아래에. 그런 식으로 해서 그림이 안 보이도록 엎어 놓은 열여섯 장의 카드를 네 그룹으로 재편성하는 것이지.」

「그래서? 미카엘 총리가 대단한 기적이라도 일으킨다는 거야?」

라울이 빈정거린다.

「그는 국민들에게 새로운 질서를 제안하고 있어.」

멜리에스는 차분한 목소리로 라울에게 권한다.

「네 줄의 카드를 차례로 뒤집어 봐.」

카드들을 뒤집어 보니, 한 줄에는 킹, 또 한 줄에는 퀸 하는 식으로 끗수가 같은 그림 패들끼리 모여 있다.

둘러서서 지켜보던 친구들이 박수를 친다. 나는 이게 어떻게 된 일인지 찬찬히 따져 본다. 커트의 횟수와 자리를 결정한 것은 나다. 멜리에스는 나에게 카드 뭉치를 넘겨준 뒤로 일정한 거리를 유지하면서 카드에는 전혀 손을 대지 않았다. 그러니까 그가 어떤 조작을 가하지 않은 것은 분명하다. 그렇다면 내가 어떻게 했기에 끗수가 같은 그림 패끼리 다시 모이게 되었을까?

사라 베르나르트는 혹시 무슨 트릭이 있지 않을까 해서 카드들을 이리저리 살펴본다. 그녀 역시 의문을 품고 있는 것이다. 그녀가 말문을 연다.

「어쨌거나 무언가를 일깨우는 마술이긴 하네. 문제를 해결하기 위해서는 비슷한 자들을 한데 모아야 한다는 것을 암시하고 있잖아?」

「저마다 자기 나름의 방식으로 해석할 수 있어. 지방 분권화가 중요하다는 것을 시사하는 것일 수도 있지.」

「트릭이 뭐야?」

내가 신기해하면서 묻자 멜리에스가 대답한다.

「마술사는 자기 비밀을 절대로 가르쳐 주지 않지.」

그것을 보고 나니 이상한 느낌이 든다. 분명히 내가 참여하는 가운데 어떤 일들이 벌어지고 있는데 나는 전혀 영향력을 행사하지 못한다. 어떤 숫자를 선택하든 결국 키위라는 단어를 말하게 되어 있는 마술과 같이 꼭두각시처럼 조종을 받고 있는 기분이다. 나는 무언가를 선택한다고 생각하지만 실제로는 선택의 여지가 전혀 없다. 나는 돌고래족을 독창적으로 이끌고 있다고 생각하지만 실제로는 그저 1호 지구의 역사를 재연하고 있을 뿐이다.

나는 멜리에스에게 고맙다고 말한 다음 자리에서 일어나 원형 극장의 좌석들 사이로 걸어간다. 그러면서 식사를 하고 있는 다른 후보생들과 악기를 연주하는 악사들, 분주하게 음식을 내오는 계절의 신들을 바라본다. 저들 역시 무기력감과 조종당하고 있는 느낌을 갖고 있을까? 아니다. 저들은 자기들의 재능 덕분에 게임이 진척된다고 생각할 것이다.

원형 극장을 나서려는데 누가 내 뒤를 밟고 있다는 느낌이 든다. 몸을 돌려보니 미행자는 바로…… 발 달린 심장이다.

나는 몸을 낮추어 녀석을 마주 본다. 녀석은 마치 겁을 먹은 것처럼 꼼짝하지 않는다. 눈도 귀도 달리지 않은 것이 어떻게 나를 따라온 것일까? 아에덴의 또 다른 마법이다.

「너, 나한테 무슨 볼일이 있는 거니?」

녀석은 마치 키스를 하고 싶다는 듯이 팔짝 뛰어올라 내 입을 살짝 스치고는 다시 바닥에 떨어져 몸을 비튼다. 쓰다듬어 주기를 기다리는 고양이 같다. 정말 별꼴이네.

녀석은 다시 일어나서 팔짝거린다. 그때 느닷없이 포충망 하나가 나타나 녀석을 잡는다.

포충망을 든 자가 조용히 어둠 속에서 나온다.

실루엣이 어렴풋하다. 남자인지 여자인지 모르지만 키가 늘씬하고 머리가 치렁치렁하다.

상대가 코맹맹이 소리로 말문을 연다.

「당신이 어떤 부류의 남자인지 알겠군요. 당신은 내 어머니를 보고 사랑에 빠지는 부류에 속해요.」

나뭇가지들 사이로 달빛이 비쳐 들고 있지만 보이는 것은 가냘프고 고운 손뿐이다. 상대는 포충망에서 심장을 꺼내 어항처럼 생긴 그릇에 넣고 뚜껑을 덮는다. 그러고는 솜을 꺼내 어떤 액체에 적시더니 그릇 속에 던져 넣는다. 심장처럼 생긴 작은 괴물은 겁에 질린 듯 잔뜩 웅크린 채 그릇 안벽에 붙어 꿈틀거리다가 팔짝 뛰어오르더니 마침내 바닥으로 떨어져 동작을 멈춘다.

「죽인 거예요?」

「보시다시피. 나한테 고마워해야 할 거예요. 사랑에 빠진 심장이 당신을 쫓아다니면 그것 자체가 지옥이 될 수도 있으니까요.」

「그러니까 아에덴에 있는 괴물들을 죽일 수 있다는 얘긴가요?」

「이건 진짜 괴물이라기보다 살아 있는 로봇이에요. 진짜 영혼이 있는 건 아니니까요. 그냥 누군가에게 아주 열렬한 사랑을 주도록 만들어진 로봇이죠. 대개는 아이들처럼 사랑받는 것을 좋아하는 자들이 이런 장난감을 좋아해요.」

목소리만으로는 상대가 남자인지 여자인지 가늠할 수가 없다. 나는 어항 속에서 작은 발들을 앞으로 내민 채 꼼짝하지 않고 있는 심장을 바라본다.

「당신은 누구죠?」

실루엣이 다가든다. 비로소 상대의 모습이 온전히 드러난다. 젖가슴은 봉긋한데 콧수염이 나 있고, 머리는 긴데 팔에 근육이 울근불근하다.

「헤르마프로디토스예요. 만나서 반가워요. 당신은 돌고래족의 신 미카엘 팽송이죠?」

헤르마프로디토스. 아프로디테와 헤르메스의 아들.

「당신은 틀림없이 나하고 이야기를 나누고 싶을 거예요.」

「글쎄요…….」

「아까도 말했듯이 나는 당신이 어떤 부류에 속하는지 알아요. 그런 부류의 남자들은 누구나 나와 이야기하고 싶어 하죠.」

그는 내 팔을 잡고 다시 원형 극장으로 데리고 가더니 식탁 하나를 골라 앉으라고 권한다. 그러고는 죽은 심장이 들어 있는 그릇을 옆에 내려놓는다.

계절의 신들이 그에게 음식을 내온다.

그가 입에 음식을 문 채 말을 잇는다.

「그들은 똑같은 욕망을 가지고 있어요. 그 이유도 한결 같죠.」

내 속내를 들킨 기분이다. 그가 말투를 바꿔서 묻는다.

「내 어머니가 어떤 여자인지 알고 싶지? 그 여자가 너를 사랑하는지도 알고 싶겠지?」

「그야 그렇지만…….」

「그건 그 여자가 너한테 이렇게 말했기 때문이야. 〈너는 나에게 가장 중요한 남자야.〉 맞지?」

그가 너무 단도직입적으로 나오니 당황스럽다.

「그게 그러니까…….」

그는 술을 한 잔 따라 마신다.

「나 역시 보조 강사야. 내 임무는 후보생들이 신다운 신이 되도록 도와주는 거야. 그러니까 내가 지금 이러고 있는 것도 임무 수행의 일환이라고 할 수 있지. 네가 원한다면 내가 너의 호기심을 만족시켜 주겠어. 자, 궁금한 것이 있으면 뭐든지 물어봐.」

아무 질문도 떠오르지 않는다.

「묻고 싶은 게 있는데 뭐라고 표현을 못 하겠지? 내가 그냥 대답할게. 사실은 말이야, 이건 너에게 좋은 소식이기도 하고 나쁜 소식이기도 해. 좋은 소식은 네가 내 어머니를 사랑함으로써 한 영혼이 느낄 수 있는 가장 강렬한 감정을 경험하고 있다는 거야.」

「그럼 나쁜 소식은요?」

「내 어머니가 갈보들의 여왕이라는 거지.」

그는 그런 단정을 내뱉고 이를 반짝이며 소리 없이 웃는다.

「이제 좋은 소식 하나를 더 말해 줄게. 나는 네가 이 문제를 해결하도록 도와줄 수 있어. 하지만 한 가지 조건이 있어.」

남자이면서 여자인 그를 바라보노라니 같이 있기가 거북살스럽다. 하지만 그가 나에게 꼭 필요한 열쇠를 쥐고 있다는 느낌이 든다. 그는 콧수염을 쓸며 털에 달라붙은 음식 부스러기를 떼어 낸다. 그러고는 앞으로 몸을 기울이며 나직하게 말한다.

「네가 그 수수께끼의 답을 찾아내더라도 내 어머니에게 말하지 않겠다고 약속해야 돼. 그게 조건이야.」

이건 또 무슨 얘기지?

「그 약속의 대가로 저한테 무엇을 주실 건데요?」

그는 어항 속의 심장을 흔들어 댄다. 마치 심장이 거기에서 빠져나오지 못하리라는 것을 확인하려는 듯하다.

「내 어머니에 관한 진실, 그러니까 그 여자를 진정으로 이해하기 위한 열쇠를 주겠어.」

무엇으로도 호기심을 억누를 수가 없다. 나는 제안을 받아들인다.

그는 약간 미심쩍어하는 표정을 짓더니, 웃음기를 거두고 내 손을 꼭 쥔다.

「좋아. 그럼 얘기할게. 내 어머니가 너에게 말한 것은 다 거짓이야. 내 어머니가 명색은 사랑의 신이지만 사실은 유혹의 신이야. 그 누구를 사랑한 적도 없고 앞으로도 마찬가지일 거야.」

그는 내 반응을 살핀다. 나는 아무 반응도 보이지 않는다.

「어머니는 남에게 사랑을 일깨워. 아마 그것이 어머니의 주된 장점일 거야. 하지만 정작 자신은 아무것도 느끼지 못해. 남자든 여자든 동물이든 신이든 그 누구에 대해서도 마찬가지야. 어머니의 심장은 목석이나 다름없어. 그래서 애인을 자꾸 만들고, 자기 발치에서 엉금엉금 기는 자들과 자기에게 접근하지 못해서 안달복달하는 자들을 늘려 나가는 거야. 어머니는 아무도 사랑하지 않아. 하지만 모두에게서 사랑받고 싶어 하지. 남들의 마음에 끊임없이 불을 붙이는 존재야. 네가 설령 잠자리를 같이한다 해도 어머니의 마음에 도달하지는 못할 거야. 그저 성기에나 도달하겠지. 그건 어머니가 가진 유혹의 수단들 가운데 하나일 뿐, 그 이상은 아냐.」

그는 냉소를 흘린다.

「이 얘기도 해줄까? 내가 알기로 어머니는 그 기나긴 삶을 살아오면서 단 한 번도 오르가슴을 느껴 본 적이 없어. 세상에, 사랑의 신이 불감증 환자라니!」

그가 다시 웃는다. 이번엔 코웃음이 아니라 파안대소다. 듣자 하니 감정이 상한다. 내가 열렬히 사랑하는 신을 놓고 그따위 소리를 하다니. 남도 아니고 아들이라는 자가 어찌 이럴 수 있단 말인가.

「나하고 하면 달라질 수도 있죠.」

「모두가 자기를 통해서 어머니가 달라지기를 바랐지. 함정에 빠지는 줄도 모르고 말이야.」

그는 어항을 흔들어 작은 괴물이 꼼짝달싹하지 않고 있음을 보여 준다.

「어머니는 남의 생명을 소진시켜서 자기 삶의 자양분을 얻어. 네가 어머니를 사랑하게 된 뒤로 네 삶이 복잡하게 꼬이는 것을 알아차리지 못했어? 예전보다 능력이 떨어지고 마음은 더 뒤숭숭한데, 행복하지는 않아. 안 그래?」

대답하고 싶지 않다.

「그건 마약이야. 솔직히 말해 봐. 어머니를 생각하지 않고 보내는 시간이 단 한 시간이라도 있어?」

「그건 사랑이에요.」

「그래, 그렇다 치면, 사랑은 의존성이 아주 강한 마약이겠지. 어머니는 그 마약의 딜러이고 말이야. 딜러인 어머니에게는 너 말고도 고객이 많아. 너에게 했던 말을 그들에게도 똑같이 해. 너를 가지고 놀면서 다른 남자들과 자고 그들에게 고통을 줘. 그녀는 거미야. 거미줄을 쳐 놓고 무기력한 희생자들을 사냥 기념품처럼 매달아 놓지. 그래도 희생자들은 모두가 〈아프로디테, 당신을 사랑해요!〉 하고 소리치지. 〈무기력〉이라는 말이 나왔으니 하는 얘긴데…… 많은 남자들이 내 어머니를 알고 나면 섹스조차 하지 못하게 돼. 이상하지?」

그는 다시 껄껄댄다. 그러더니 웃음을 거두고 진지한 눈빛으로 나를 뚫어지게 바라본다.

「내 어머니가 어떤 여자인지 정말 알고 싶어? 내 어머니는 신화에 나오는 것처럼 태어나지 않았어. 여신이 되기 전에는 인간이었지. 바다의 거품에서 태어난 게 아니라 아버지와 어머니가 있었어.」

그는 술을 죽 들이켜고 술잔을 탁 내려놓는다.

「올림피아의 신들은 모두 1호 지구의 인간이었어. 그런 점에서는 너와 다를 게 없어. 다만 나중에 다른 인간들이 그들에 관한 전설을 지어내고 신으로 떠받들었다는 점이 다르지. 그렇듯이 아프로디테는 신의 가문이 아니라 무화과를 재배해서 살아가는 그리스 농민의 가정에서 태어났어. 부모는 둘

다 인물이 출중했고 아주 부지런했어. 성품도 착한 편이었지. 문제는 아버지가 바람둥이라는 데 있었어. 어느 날 그가 아내인 내 할머니에게 말했어. 싫증이 나서 같이 못 살겠다고 말이야. 그러고는 아내를 내쫓고 딸보다 어린 여자를 새 아내로 맞아들였어. 세탁부로 일하던 예쁜 갈색 머리 처녀였지. 어머니는 떠나고 아프로디테는 서로 나이 차이가 많이 나는 그 커플과 함께 살게 되었어. 하지만 젊은 계모는 전처의 딸과 부대끼며 사는 것을 싫어했어. 그래서 딸을 쫓아내라고 늙은 남편에게 성화를 부렸지.」

믿기 어려운 이야기다. 아프로디테는 자기 부모를 무척 좋아했다고 말하지 않았는가.

「엄마는 쫓겨나고 아버지는 강짜가 심한 젊은 여자 때문에 자기를 버렸으니, 아프로디테가 부부 관계나 남자들에 대해서 어떤 생각을 갖게 되었을지 짐작이 갈 거야.」

그는 음식을 씹으며 말을 잇는다.

「결국 아프로디테는 혼자 나가 살게 되었어. 그때부터 복수심이 그녀의 내면에 자리 잡았어. 아버지 때문에 겪은 고통의 대가를 모든 남자가 대신 치러야 하는 것이었지.」

그는 말을 멈추고 내가 제대로 이해했는지 확인하려는 듯 나를 빤히 바라본다.

「아프로디테는 갈수록 매력이 더해 갔어. 그리고 자기 몸을 보고 남자들이 사족을 못 쓴다는 사실을 이내 알아차렸지. 아, 호르몬의 힘이란 정말 대단한 거야. 내가 보기엔 세상에 그보다 강한 게 없어. 나인의 요염한 자태에 무릎을 꿇은 임금, 비서나 미용사 때문에 몰락의 길을 걸었던 대통령이 어디 하나둘이야?」

그는 죽어 버린 작은 괴물을 깨우려는 듯 어항을 흔들어 댄다.

「아프로디테는 남자들을 유혹하기 시작했어. 그녀의 유혹에 넘어가는 남자들이 자꾸 늘어나면서 유혹의 기술도 갈수록 좋아졌어. 마치 남자들이 저마다 그녀에게 약간의 활력을 주고 사냥 능력을 높여 주는 것 같았지. 그러다가 아프로디테는 자신의 매력을 이용해서 돈을 벌기로 했어.」

나는 자리에서 일어선다.

「더 듣고 싶지 않아요.」

그는 내 손목을 잡는다.

「아프로디테는 몸을 팔았어. 고급스럽게 몸을 팔았다 해도 매춘부였다는 사실은 달라지지 않아. 그렇게 매춘을 하면서 성행위의 모든 기술을 배우고 익혔어. 중국과 인도에서는 그것을 적색 마법이라고 불러. 백색 마법으로 병을 치료하고 흑색 마법으로 방자질을 한다면, 적색 마법으로는 사람들을 사랑에 빠지게 만들지. 아프로디테는 사람의 몸을 다루는 데 달통하게 되었어. 안마도 아주 잘하고, 남자들을 쾌락의 절정으로 끌어올리는 성감대도 훤히 꿰고 있어.」

더는 참고 들어 줄 수가 없다. 나는 그의 멱살을 움켜쥔다.

「그만해요. 아프로디테를 모욕하지 말아요.」

「이런, 진실을 받아들일 준비가 안 돼 있구먼.」

나는 냉정을 되찾는다.

「미안해요. 들을게요.」

「내 어머니는 마음자리에 깊은 상처가 있어. 아버지가 그랬던 것처럼 남자들이 자기를 배신하고 저버릴까 두려워해. 그래서 자기가 먼저 남자들에게 상처를 주고, 괴로워하는 남자들을 보면서 쾌감을 느끼는 거야. 그녀가 〈넌 나에게 중요한 남자야〉라든가 〈넌 나와 영혼이 닮은 남자야〉 하고 말할 때는 조심해야 해. 그건 그저 고통받는 네 모습에서 자신의 모습을 보겠다는 뜻이거든. 그게 바로 그녀가 남자들을 사랑하는 방식이지.」

「그럴 리가 없어요. 한 마디도 믿을 수가 없어요.」

「진실이야. 진실은 대개 받아들이기가 어렵지. 내가 이런 얘기를 하는 것은 어머니를 심판하자는 게 아냐. 오히려 불쌍히 여기라는 거야. 어머니는 너뿐만 아니라 어느 누구도 사랑할 수 없을 거야. 어떤 의사들은 자기가 앓고 있는 병을 더 잘 치료하기 위해서 그 병과 관련된 분야를 전공으로 선택해. 그와 마찬가지로 어머니는 사랑을 전공으로 선택했어. 사랑에 대한 엄청난 조롱이지. 어머니는 사랑이라는 감정을 영원히 느끼지 못할 거야.」

헤르마프로디토스는 다시 냉소를 흘린다.

「그럴 리가 없어요!」

「봐, 너는 진실을 받아들일 준비가 안 돼 있어. 너는 이런 얘기를 이해할 수 없어.」

「분명 도울 방법이 있을 거예요.」

「너는 왕년에 의사였어. 정신 의학도 조금은 배웠을 거야. 그녀가 보이는 것과 같은 증상을 부르는 이름이 있지. 바로 〈히스테리〉야. 아프로디테는 한낱 히스테리 환자라고.」

듣고 있기가 불편하다.

「그렇지 않아요. 아프로디테는 굉장해요. 이를테면…….」

나는 내가 그녀의 어떤 점에 가장 많이 반했는지 생각해 본다. 아름다움? 그건 아니다. 그럼 뭘까? 그래, 그거다.

「아프로디테는 부드럽고 다정하고 이해심이 많아요. 나는 잠깐이나마 한 여자가 나를 진정으로 이해하고 있다는 느낌을 받았어요.」

「가엾은 미카엘…… 히스테리 환자들은 남의 고통을 더 잘 감지해. 어머니는 너의 감춰진 상처들을 보았을 거야. 어머니는 남성 심리를 분석하는 특별한 능력을 계발했어. 틀림없이 너의 가장 깊은 곳에 있는 모든 상처를 보았어. 그래서 너는 그녀가 너를 이해한다고 느낀 거지. 그건 한낱 조종이야.」

그는 나를 연민의 눈으로 바라본다.

「너는 이해받고 있다는 느낌 때문에 스스로 〈사랑에 빠졌다〉고 생각했어. 〈빠졌다〉는 말이 이미 네가 어떤 상황에 놓여 있는지 잘 말해 주고 있어. 빠진다는 건 상실이지 획득이 아냐. 하지만 그보다 더 심각한 문제는 네가 무엇에 반해서 사랑에 빠졌느냐는 거야. 너는 그녀의 어떤 점에 반했지? 부드러움과 다정함과 이해심에 반했다고? 착각하지 마. 그저 네 심리를 분석하는 능력에 반했을 뿐이야. 그 능력을 일컬어 신화에서는 〈마법의 허리띠〉라고 하지. 어머니가 허리에 두르기만 하면 가까이 오는 자들을 모두 사랑에 빠지게 만든다는 그 허리띠 말이야. 여신은 너의 깊은 곳에 감춰진 고통, 네 어린 시절의 고통을 재빨리 분석해 내지. 단지 그 때문에 너는 스스로 사랑받고 있다고 믿는 거야.」

나는 어깨를 으쓱 치켜올린다.

「어느 신에게나 신화의 이면에 감춰진 어둡고 추저분한 이야기가 있어. 신경증, 망상증, 강간, 살인, 어린 시절의 비극, 특별한 능력을 계발하도록 자극한 정신적 상처 등 많은 사연이 있지. 그런데 세월이 흐른 뒤에 그런 이야기가 미화되어 전설이나 신화로 바뀐 거야. 우리는 영웅이야. 영웅에 관해서는 헤라클레스가 이미 강의를 한 것으로 알고 있어. 내 얘기를 해볼까? 내가 예외적인 존재일 거라고 생각해? 내 어머니가 헤르메스와 결합해서 나를 낳았어. 나는 클라인펠터 증후군이라는 선천적인 질병에 걸렸어. 남자의 성염색체인 XY에 X가 하나 더 있어서 생기는 병이야. 그래서 이렇게 외모가 특이한 거야. 호르몬 주사를 맞으면 치료가 되기는 하는가 봐. 하지만 나는 치료받기를 원치 않아. 이렇게 양성을 구비한 존재로 살아가는 것을 받아들인 거지.」

헤르마프로디토스는 한 손으로 젖가슴을 쓰다듬으면서 다른 손으로는 콧수염을 문지른다.

「내 얘기를 들으니까 안심이 되지 않아? 이곳의 스승 신들이 옛날에 모두 인간이었다는 얘기는 너 역시 열세 번째 스승 신이 될 수 있다는 것을 의미하는 거야. 만약 네가 내 어머니에 대한 집착을 버리지 못하겠다면, 사랑을 이루기 위해서라도 스승 신이 되어야 해. 그러면 그녀의 다른 성 노예들과 더불어 영원히 그녀 앞에서 침을 흘리며 살 수 있잖아?」

이번엔 그가 우렁우렁한 웃음을 터뜨린다. 나는 링 위에서 상대의 라이트 훅과 레프트 훅을 잇따라 턱에 맞은 테오팀처럼 어안이 벙벙하다. 아프로디테가 히스테리 환자라고? 그녀의 마법은 그저 정신 질환과 관계된 것이라고? 에드몽 웰스는 말했다. 어떤 권투 선수가 훌륭한 선수인가 아닌가는 다운을 당한 뒤에 다시 일어나는 능력을 보면 알 수 있다. 나는 다시 일어나야 한다. 여섯, 일곱, 여덟, 아홉…… 나는 정신을 차리기 위해 고개를 흔든다.

헤르마프로디토스는 페어플레이 정신을 발휘하여 내 손

을 잡아 준다.

「사랑이란 지성에 대한 상상력의 승리야. 명심해. 하지만 사실…… 나는 네가 부럽기도 해, 미카엘. 다른 건 몰라도 너는 상상력 덕분에 아주 강렬한 감정을 경험하잖아. 설령 그것이 한낱 환상일지라도 말이야.」

헤르마프로디토스는 그 말을 내 머릿속에 남기고, 죽은 괴물이 든 어항을 든 채 자리를 뜬다.

갑자기 너무나 쓸쓸한 기분이 든다. 계절의 신 하나가 디저트를 가져다준다. 크림치즈와 씨 없는 작은 포도를 속에 넣은 크레이프다. 맛이 일품이다. 먹는다는 것, 그건 환상이 끼어들지 않는 쾌락이다. 나는 서글픈 기분으로 디저트를 맛있게 먹는다.

무대 쪽으로 눈길을 돌려 보니 무슨 공연이 준비되고 있는 듯하다. 오케스트라가 보강되고 있다. 팬파이프를 든 사티로스들이 들어오고 켄타우로스들이 가죽 풀무와 테라 코타 파이프가 달린 커다란 오르간들을 연주한다.

디오니소스가 무대에 올라가 알린다. 연희 동아리가 곧 「지옥으로 납치된 페르세포네」라는 연극을 상연하리라는 것이다.

말이 끝나기가 무섭게 아에덴의 갖가지 괴물들이 연극을 보기 위해 여기저기에서 계단식 좌석으로 몰려든다. 딱따기 소리가 세 차례 울린다. 촛불들이 꺼지고 무대가 밝아진다.

무대 오른쪽에서 비극용 가면들을 쓴 합창대가 노래를 부르기 시작한다. 페르세포네의 납치를 슬퍼하는 내용의 노래다. 여러 배우가 차례로 무대에 등장한다. 모두 가면으로 얼굴을 가리고 있지만, 실루엣으로 미루어 우리 스승 신들임을 짐작할 수 있다. 데메테르는 페르세포네 역을, 헤르메스는 제우스 역을 맡았다. 디오니소스는 어느새 옷을 갈아입고 하데스로 분장했다.

아프로디테는 보이지 않는다. 그녀를 생각할 때마다 그녀의 이름이 내 머릿속에서 울린다. 아프로디테. 가면을 쓴 채로 목청을 높이는 배우들을 보고 있으니 문득 에드몽 웰스의 백과사전에서 읽은 어원 해설이 생각난다. 사람이나 인격을 뜻하는 프랑스어 〈페르손〉은 라틴어 〈페르소나〉에서 나온 것으로서 원래는 고대의 배우들이 연기할 때 쓰던 가면을 가리키는 말이었다. 그러니까 인격이란 하나의 가면인 것이다.

배우들의 연기에 기악과 합창이 어우러진다.

긴장을 풀고 느긋하게 연극을 즐기고 싶은데 뜻대로 되지 않는다.

나는 백과사전을 꺼내 들고 창문으로 새어 드는 달빛에 비추어 고대 연극에 관한 항목을 읽는다. 〈당시에 배우들은 극단 우두머리에게 딸린 노예였다. 공연이 끝나면 여배우들은 경매를 통해 매춘부로 팔려 나갔다. 역할이 중요할수록 몸값이 더 비쌌다. 어떤 등장인물이 죽음을 맞는 것으로 되어 있는 연극에서는 그 역할을 배우가 아니라 사형수에게 맡겨서 진짜 죽이는 경우가 드물지 않았다. 예컨대 펜테우스의 신화를 무대에 올릴 때면, 펜테우스의 어머니 역할을 맡은 배우는 자기 아들로 나온 배우를 정말로 갈기갈기 찢어 죽였다고 한다.〉[10]

10 테베의 왕 펜테우스는 자기 왕국에 디오니소스 숭배가 퍼지는 것을 탐탁하게 여기지 않았다. 그래서 디오니소스를 숭배하는 여자들을 잡기 위해 소나무 뒤에 숨어서 그녀들의 신비 의식을 염탐했다. 그러다가 그녀들에게 들켜서

마타 하리가 내 옆에 앉으며 속삭인다.

「앉아도 되지?」

그러더니 백과사전을 보고 묻는다.

「그거 에드몽 웰스의 지식을 모아 놓은 책 아냐?」

「내가 물려받았어.」

「미카엘, 너한테 하고 싶은 말이 있었어. 네가 게임하는 거 봤는데…… 돌고래족이 아주 흥미롭더라.」

「고마워. 너의 늑대족도 나쁘지 않던데.」

문득 한 가지 생각이 뇌리를 스쳐 간다. 신 후보생들의 페르소나, 즉 가면은 그들의 민족이다. 우리는 우리의 계시를 받는 그 무수한 백성들을 통해서 스스로를 규정한다. 우리 신도들이 우리를 존재하게 하는 셈이다.

「어휴, 내 백성들은 여기저기 돌아다니면서 탐험을 하기는 하는데 큰 도시를 건설하지도 못했고 과학 연구소 하나 갖추지 못했어. 게다가 사고력이 부족하고 그저 본능에 따라 움직이려고만 해.」

「우리 모두가 그렇지 뭐.」

마타 하리는 무대 쪽에서 눈을 돌려 어슴푸레한 달빛에 잠겨 있는 나를 살핀다.

「나는 때때로 내 백성들에게 연민을 느껴. 우리는 신이라서 얼마간 거리를 두고 그들의 세상을 바라볼 수 있어. 그런데 그들은 세상 속에, 우리의 게임 속에 있기 때문에 세상 밖의 것을 전혀 알아차리지 못해.」

온몸이 갈가리 찢기는 참혹한 죽음을 맞았다. 그 여자들의 선두에는 펜테우스의 어머니 아가우에가 있었다. 아들을 산 속의 짐승으로 잘못 알고 죽인 것이었다. 이 신화는 에우리피데스의 비극 「바쿠스의 여신자들」의 주제가 되었다.

나는 그녀를 바라본다. 그녀에게는 분명 특별한 매력이 있다. 하지만 아프로디테가 내 머릿속을 가득 채우고 있어서 그녀의 아름다움에 별로 마음이 끌리지 않는다. 그녀가 싱긋 웃는다. 나는 그 미소에서 내 마음을 알아차리고 있으면서도 짐짓 내색을 하지 않는 그녀의 웅숭깊은 속내를 읽는다.

「무슨 묘책을 찾고 있는 거야? 너의 늑대족과 내 돌고래족이 동맹을 맺었으면 좋겠어?」

「모르겠어……. 그러면 좋을 것 같기도 하고.」

이 대화는 옛날의 한 친구를 생각나게 한다. 그는 저녁마다 개를 집 밖으로 데리고 나갔다. 자기처럼 저녁마다 개를 데리고 나오는 어떤 여자를 만나기 위해서였다. 두 마리 개는 주인들보다 먼저 저희끼리 친해졌다. 마침내 개들이 교미를 하기에 이르렀을 때, 그는 기회를 놓치지 않고 여자에게 말을 걸었다. 그는 그런 방식으로 네 번이나 결혼에 성공했다. 물론 경우가 같은 것은 아니다. 우리는 짐승들의 짝짓기를 꾀하는 것이 아니라 민족들의 협력을 도모하는 것이니까 말이다. 하지만 사정이 크게 달라 보이지는 않는다.

나는 아퀴를 짓지 않고 얼버무린다.

「네가 원한다면 못 할 것도 없지.」

정원에 나가서 혼자 걷고 싶다. 나는 자리를 털고 일어선다. 무대에서는 디오니소스가 무언가를 낭송하고 있다. 나는 그것을 귓등으로 들으며 발걸음을 옮긴다.

마타 하리가 묻는다.

「이따가 공연 끝나고 다시 만날까? 탐사하러 갈 거지?」

나는 한적한 올림피아 시내를 유유히 걷는다. 중앙 대로로 가다가 왼쪽의 작은 길로 접어든다. 모두가 원형 극장에가 있는 듯 사위가 고요하다.

문득 누가 내 뒤를 밟고 있다는 느낌이 든다.

나는 앙크를 꺼내 들고 D 자 버튼을 최대 출력으로 놓는다. 그렇게 사격 준비를 한 다음 앙크를 토가의 접힌 자락 속에 감추고 가만히 서서 기다린다.

살신자가 이제 나를 노리는 것이라면, 그는 뜻을 이루지 못할 것이다.

38. 백과사전: 한니발 바르카스

티로스의 왕 피그말리온은 물욕에 눈이 멀어 누이 엘리사의 남편을 죽이고 그들의 재산을 빼앗으려고 했다. 엘리사는 왕에게 불만을 품고 있던 일부 귀족을 데리고 티로스에서 도망쳐 나왔다. 이 페니키아인들은 지중해의 북아프리카 해안에 다다라 새로운 도시 카르타고를 건설했고 엘리사는 디도왕이 되었다. 기원전 814년경의 일이었다.

카르타고는 얼마 지나지 않아 당대의 가장 부유한 도시가 되었다. 카르타고는 가장 먼저 공화정을 실시한 나라들 가운데 하나이기도 했다. 3백 명의 의원으로 이루어진 원로원에서 해마다 최고 집정관인 두 명의 수페트를 선출했다. 기원전 3세기에 이르기까지 카르타고는 온 지중해를 지배했다. 2백 척이 넘는 카르타고의 배들이 세계 곳곳으로 탐사를 나갔다. 카르타고인들은 막강한 해운 능력을 바탕으로 시칠리아, 사르데냐, 북아프리카 연안, 이베리아 반도에 상관을 설치했고, 북쪽으로는 주석 무역을 위해 스코틀랜드까지 올라갔고, 남쪽으로는 황금 무역을 위해 기니만까지 내려갔다.

이런 사정은 당시 새로운 강국으로 부상하고 있던 로마의 선망을 불러일으키지 않을 수 없었다. 로마인들은 카르타고의 조선 기술을 모방하여 훨씬 강력한 병선들을 건조했다. 뱃머리에는 적의 배를 파괴하기 위해 충각을 달았으며, 양쪽 뱃전에는 항해 속도를 높이기 위해 아래위 두 줄로 많은 노를 달고 노예들에게 그것을 젓게 했다. 기원전 264년 시칠리아의 지배권을 놓고 로마군과 카르타고 해군이 맞붙음으로써 제1차 포에니 전쟁이 시작되었다. 이 전쟁은 기원전 241년 로마 해군이 아이가테스 해전에서 결정적인 승리를 거둘 때까지 계속되었다.

카르타고는 명장 하밀카르 바르카스가 분전한 보람도 없이 패배하여 로마와 종전 조약을 맺었으며, 그 대가로 막대한 배상금을 지불하고 시칠리아의 지배권까지 로마에 넘겨주었다. 엎친 데 덮친 격으로 아프리카에서 카르타고의 용병들이 반란을 일으켰다. 하밀카르 장군은 병력의 열세에도 불구하고 반군을 진압하는 데 성공했다.

하밀카르의 아들 한니발은 기원전 247년에 태어났다. 그는 알렉산드로스 대왕을 흠모하는 그리스인 가정 교사에게서 교육을 받았고, 제1차 포에니 전쟁이 끝난 뒤에 에스파냐 정복에 나선 아버지를 따라갔다. 하밀카르 장군이 배신을 당하고 매복에 걸려 전사한 뒤에, 한니발은 아버지의 뒤를 이어 총사령관이 되었다. 그의 나이 겨우 26세 때의 일이었다. 그는 특유의 카리스마와 조직가의 재능을 발휘하여 카르타고 원로원의 반대를 무릅쓰고 이베리아 군대를 결성한 다음 로마를 상대로 전쟁을 일으켰다. 그리하여 기원전 218년 제2차 포에니 전쟁이 시작되었다. 그는 병사 수만 명과 코끼리 수백 마리를 이끌고 피레네 산맥을 넘어 갈리아 남부를 통과했다. 그런 다음 적의 예상을 뒤엎고 알프스산맥을 넘어 이탈리아 북부로 쳐들어갔다. 한니발의 군대를 저지하기 위해 갈리아로 파견되었던 로마군은 적군이 어느새 포강(江) 유역에 와 있다는 사실을 알고 깜짝 놀랐다. 로마군은 뒤늦게 달려가 적군과 맞붙었다. 이것이 12월에 트레비아 강변에서 벌어진 피아첸차 전투였다. 한니발은 눈에 덮인 알프스산맥의 혹독한 기후를 견디고 살아남은 아프리카 코끼리들을 전투에 활용했다. 로마군은 위압적으로 돌격해 오는 코끼리들 앞에서 줄행랑을 놓았다. 한니발은 용병술의 천재였다. 코끼리들을 전차처럼 사용했을 뿐만 아니라, 기병대의 기동성을 높여 적군의 의표를 찌르는 작전을 구사했고 소수 정예병들을 보내어 적의 급소를 치는 〈특공 작전〉을 펼치기도 했다.

캄파니아에서 전투가 벌어졌을 때, 한니발은 병력의 열세를 책략으로 만회했다. 불붙은 나뭇단을 짊어진 황소 떼를 적진으로 몰아간 것이었다. 카르타고는 또다시 승리를 거두었다.

로마는 예비 병력을 모두 파견하여 대항했다. 그리하여 남동부 이탈리아의 칸나에에서 일대 접전이 벌어졌다. 한니발은 기민한 포위 작전을 펼쳐서 병력이 두 배나 많은 로마군을 또다시 섬멸했다. 이탈리아의 많은 도시와 마케도니아, 시칠리아 등이 카르타고 편에 가담했다.

로마 시민들은 모든 희망을 잃은 채 함락을 기정사실로 받아들이고 있었다. 그런데 한니발은 로마로 진격하지 않았다. 대신 로마의 딕타토르, 즉 로마를 확실하게 수호할 목적으로 부랴부랴 선출된 특별 집정관과 평화 조약을 맺었다.[11]

로마의 집정관은 위험한 고비를 넘기고 나자 지구전으로 침략자를 지치게 하는 전략을 쓰기 시작했다. 카르타고군과 정면으로 충돌하면 로마군이 당할 수 없다는 것을 깨닫고, 큰 전투를 되도록 회피해 가면서 적에게 빼앗긴 영토를 야금야금 회복해 나가기로 한 것이었다. 카르타고군은 병력이 너무 적었기 때문에 모든 전선에서 버텨 나갈 수가 없었다. 로마군은 이탈리아의 도시들을 하나씩 수복했다. 그사이에 로마의

11 로마의 딕타토르는 파비우스 막시무스 쿵크타토르를 가리킨다. 한니발이 그와 평화 조약을 맺었다는 것은 정사(正史)에 기록된 사실이 아니다. 한니발은 칸나에 전투에서 대승을 거둔 뒤로 그 기세를 몰아 로마로 진격할 수도 있었는데 그러지 않고 제2의 도시 카푸아에서 그해 겨울을 보냈다. 왜 그랬을까? 베르베르는 이 수수께끼를 풀기 위해 패배자의 관점에서 역사적 상상력을 발휘하고 있는 것이다.

스키피오 장군은 에스파냐에 남아 있던 카르타고군을 완전히 격파하고, 여세를 몰아 카르타고가 있는 북아프리카로 진격했다. 한니발은 이탈리아를 포기하고 위험에 빠진 본국을 구하러 갔다. 카르타고인들은 스키피오와 평화 협상을 시도했다. 하지만 이 협상은 우여곡절 끝에 결렬되고 오늘날의 튀니지 북부에 있던 자마에서 최후의 결전이 벌어졌다. 로마군은 카르타고 편이었던 누미디아 기병대를 막판에 매수했다. 기병대도 없이 전투에 임한 한니발은 결국 스키피오에게 참패를 당했다.

한니발은 전쟁을 잘못 이끌었다는 비판을 받으면서도 최고 집정관으로 선출되었다. 그는 카르타고를 재건하기 위해 최선을 다했으며, 귀족의 특권을 폐지하고 재정 개혁을 단행했다. 이런 민주적인 변혁을 좋지 않게 여긴 기존의 특권층은 그를 쫓아내기 위해 로마에 도움을 청했다. 한니발은 로마인들의 추격을 피해 시리아의 왕 안티오코스 3세의 궁전으로 피신했다. 마침 로마를 상대로 전쟁을 준비하고 있던 안티오코스 3세는 그를 환대하면서 전쟁의 지휘를 도와 달라고 부탁했다. 하지만 전략을 둘러싼 그의 조언은 제대로 받아들여지지 않았고 전투는 실패로 돌아갔다.

전쟁에서 이긴 로마인들은 평화 협정을 체결하면서 한니발의 축출을 요구했다. 한니발은 소아시아의 왕국 비티니아로 피신하여, 프루시아스왕을 위해 조직가와 도시 계획가의 재능을 발휘했다. 로마인들은 한니발을 넘겨주도록 프루시아스왕에게 압력을 가했다. 기원전 183년, 더 도망갈 수 없게 된 한니발은 자기 반지 속에 들어 있던 독약을 먹고 스스로 목숨을 끊었다.

로마의 역사가 티투스 리비우스는 한니발을 이렇게 묘사했다. 〈한니발은 최고의 장수였다. 싸움터로 나갈 때는 앞장을 도맡았고 퇴각할 때는 맨 뒤를 지켰다. 위험에 맞설 때는 누구보다 대담했다. 그는 적게 자고 적게 먹었으며 한시도 공부를 게을리하지 않았다. 그는 알렉산드로스 대왕을 흠모했고 대왕에 비견할 만한 기개를 지니고 있었다. 하지만 그의 포부는 한결 웅대했다.〉

한니발은 사후에도 로마의 속박과 소수 지배 집단에 맞선 제 민족의 해방을 상징하는 영웅으로 남았다.

에드몽 웰스, 『상대적이며 절대적인 지식의 백과사전』 제5권

39. 월하 상봉

발소리가 가까이에서 들린다. 누가 사뿐한 발걸음으로 다가오고 있다. 그러더니 홀연 발소리가 멎는다. 나는 어림짐작으로 상대의 위치를 가늠하고 앙크를 겨누며 그쪽으로 홱 돌아선다.

여자다. 달빛을 등지고 있어서 얼굴은 잘 보이지 않지만, 향기와 실루엣만으로도 그녀가 누구인지 알 수 있다. 나는 반딧불이 한 마리를 잡아 그녀를 비춘다. 토가가 찢어져 있다. 그녀는 숨고 싶어 하는 기색을 보인다.

나는 침을 삼킨다. 그녀를 대할 때마다 내 안에 똑같은 변화가 일어난다. 마약. 나의 헤로인.

그녀가 나를 바라본다. 얼굴에서 물기가 반짝인다. 마치 한 줄기 빛의 강물이 눈에서 뺨을 타고 흘러내리는 듯하다. 그녀가 훌쩍이고 있다. 토가의 상태로 미루어 누군가에게 맞은 듯하다. 그것도 채찍으로.

그녀는 자기를 보지 말라는 듯, 내 손을 잡고 반딧불이를 놓아주도록 손아귀를 벌린다. 그러고는 잽싸게 달아난다. 나는 그녀를 쫓아 내달린다.

「아프로디테, 기다려요!」

그녀는 줄달음질을 치다가 비틀거리며 쓰러지더니, 다시 일어서서 내처 달린다.

「아프로디테, 거기 서요!」

우리는 정원들을 가로질러 무화과나무와 올리브나무가 늘어선 산책로를 지난다. 나는 숨을 헐떡이며 좁고 고불고불한 길로 들어선다. 여기엔 와본 적이 없다. 그야말로 미로다. 그녀는 시야에서 사라졌다가 멀리에 다시 나타난다.

「같이 가요.」

그녀는 다시 골목길로 나를 이끈다. 정말이지 올림피아는 내가 생각했던 것보다 크고 복잡하다. 이곳은 베네치아의 도심을 생각나게 한다. 〈참살을 당하기에 딱 좋은 길이야〉 하고 나는 베네치아에서 생각했다.

외통길을 따라 계속 달리다 보니 〈희망의 길〉이라는 도로가 나온다. 막다른 길이다. 길 끝에는 낡은 나무 상자들이 쌓여 있을 뿐이다. 그녀가 보이지 않는다. 갑자기 무슨 소리가 들린다. 나는 몸을 돌린다. 아프로디테다. 장난을 치면서 날 놀리는 것일까? 그녀는 즉시 옆쪽 현관으로 달아난다.

「기다려요.」

나는 아프로디테를 뒤쫓아 루브르 박물관을 닮은 건물로 들어선다. 정면 박공에 〈묵시록 박물관〉이라는 말이 새겨져 있다. 실내에는 불이 밝혀져 있지 않지만 유리창으로 푸르스름한 달빛이 새어 들고 있다.

벽에 사진들이 걸려 있다. 사진들 아래에는 〈17호 지구〉, 〈16호 지구〉, 〈11호 지구〉 하는 식으로 짧은 설명이 붙어 있다. 보아하니 이전 후보생들의 Y 게임을 기념하기 위한 사진들이다. 모두 폐허가 된 도시들의 모습을 담고 있다. 깡패나 민병대가 휩쓰는 황폐한 도시. 때로는 인간 대신 쥐나 하이에나나 개가 떼를 지어 몰려다니기도 한다. 식물들만 무성하게 자라는 도시들이 있는가 하면, 눈이나 뜨거운 모래나 바닷물에 덮인 도시도 있다.

삼켜지고 얼어붙고 말라붙고 원시 상태로 돌아가 버린 인류……. 하나같이 완전히 실패한 인류의 모습이다. 신들이 구하지 못한 세계들의 전시장. 누가 이것을 생각했을까? 참으로 고약한 취미가 아닐 수 없다.

나는 넓은 전시장을 이리저리 둘러보며 아프로디테를 찾는다. 그러면서도 한편으로는 사진들 속의 인류와 그들의 실패를 생각하지 않을 수가 없다. 17호 지구의 경우가 그렇듯이 그 모든 실패는 인간들의 책임으로 돌아갈 수밖에 없다. 인류를 위협하는 최대의 적은 인류 자신이다. 숱한 인류가 집단 자살의 길로 나아갔다. 아프로디테는 아마도 그 점을 생각하게 하려고 나를 여기로 이끌었을 것이다. 집단 자살은 인류가 어쩔 수 없이 나아가게 되는 길이다. 신들은 바윗덩어리가 비탈 아래로 떨어지는 것을 막으려고 애를 쓰지만 추락은 피할 수 없다.

아프로디테는 전시실 끝에 다다라 꼼짝 않고 서 있다.

나는 마치 도망친 고양이를 어르듯 한 손을 내민 채 다가간다. 아프로디테는 달아나지 않는다. 어둠 속에서 두 눈이 반짝인다.

이제 몇 미터만 더 가면 된다. 그녀가 또다시 달아날까 두렵다.

「미카엘…….」

아프로디테는 뒷걸음질을 치며 어둠 속으로 조금 더 숨어

든다.

「안 돼, 다가오지 마.」

나는 우뚝 멈춰 선다.

「그 수수께끼 풀었어? 답을 찾아내야 해. 나에게 아주 중요한 일이야.」

그녀의 목소리가 갈라진다. 한참을 울고도 목에 아직 울음기가 남아 있는 듯하다.

「이러고 있으면 안 돼요. 제 빌라로 가세요. 제가 상처를 치료해 드릴게요.」

그녀가 나를 꽉 껴안는다.

「한두 번 겪는 일이 아냐. 그리고 우리 신들에게 상처 따위는 문제가 되지 않아.」

「누가 이랬어요?」

「……가끔씩 조금 난폭하게 굴어.」

「누가요? 남편이요? 헤파이스토스 말인가요?」

아프로디테는 고개를 가로젓는다.

「헤파이스토스가 아냐. 그리고 이렇게 행동한 데는 그럴 만한 이유가 있었어. 정말이야. 내 잘못이야. 나는 날 사랑하는 남자들에게 불행을 가져다줘.」

나는 내 토가 자락으로 그녀의 뺨에서 반짝이는 눈물을 닦아 준다.

「미카엘, 넌 참 놀라워. 나는 네 민족에게 대홍수를 내렸어. 그런데도 너는 나를 버리지 않을 유일한 남자처럼 굴어. 나에게서 도망쳐야 해. 알다시피 나는 암사마귀 같은 여자야. 나를 사랑하는 남자들을 파괴하지. 그건 나도 어쩔 수 없는 일이야.」

「당신은 굉장해요.」

「아냐. 눈이 멀면 안 돼. 나는 해를 끼쳐. 내가 원하지 않는데도 그래.」

어둠에 눈이 익자 그녀의 등에 줄무늬처럼 난 붉은 자국이 보인다. 여린 살갗에 깊은 상처가 나 있다. 누군가에 아주 호되게 맞은 것이다.

「누가 이랬어요?」

그녀는 한숨을 내쉰다.

「내가 맞을 짓을 했어. 네 마음 알아, 누가 감히 여자를 때리랴 싶겠지. 하지만 내 경우는 달라. 내가 매를 번 거야.」

그녀는 내 턱을 어루만진다.

「미카엘, 넌 너무 순진해. 그래서 나에게 감동을 주지. 넌 지상에서 훌륭한 남편이었을 거야. 틀림없어.」

문득 내 인생의 마지막 동반자가 생각난다. 내가 저승까지 따라갔던 여자, 로즈.

「명심해. 너 자신을 위해서 피해야 할 여자들이 있어. 내가 바로 그런 여자야. 나는 남자들에게 고통을 주거든. 여기에서 다른 로즈를 찾아봐. 너는 그럴 자격이 있어.」

「당신 말고는 아무에게도 관심이 없어요.」

그녀를 내 품에 안고 싶은데, 그녀는 몸을 빼낸다.

「나를 정말로 돕고 싶으면 그 수수께끼를 풀어. 그래서 〈모두가 기다리는 이〉, 〈내가 기다리는 이〉가 되어 줘.」

문득 한 가지 답이 뇌리에 떠오른다.

「사랑이 답이에요.」

「뭐라고? 사랑?」

「사랑은 신보다 우월해요. 그리고 당신 연인들이 당신을 어떻게 대접하는지 봐요. 사랑은 남자들을 악마보다 나쁜 존재로 변화시킬 수 있어요.」

아프로디테는 딱하다는 듯이 나를 바라본다. 그러고는 파괴된 세계의 사진들 사이로 나아간다.

「그럼 사랑을 먹으면 죽어? 아니잖아. 그 수수께끼를 너무 얕잡아 보지 마. 그보다 훨씬 까다로워. 자, 한 가지 알려 줄게. 그 수수께끼와 관련해서 지금 이 도시에 소문처럼 떠도는 말이 있어. 〈답은 하찮은 것〉이라는 거야.」

이상하게도 그녀 때문에 시련을 겪으면 겪을수록 그녀에게 더욱 마음이 끌린다.

시련이라고? 그 이상이지……. 그녀는 나에게 이러저러한 문제들만을 안겨 주었다. 그런데도 그녀를 원망할 수가 없다. 나는 아프로디테를 사랑한다.

반면에 마타 하리는 내 목숨을 구해 주었고 언제나 나에게 자잘한 신경을 써주었다. 하지만 나는 그녀를 성가시게 느낀다.

내 행동은 백과사전의 한 항목을 생각나게 한다. 외젠 라비슈의 한 희극을 다룬 항목이다.

40. 백과사전: 페리숑 씨의 콤플렉스

19세기 프랑스의 극작가 외젠 라비슈는 「페리숑 씨의 여행」이라는 희극 작품에서 인간의 묘한 심리를 드러내는 한 가지 행동을 흥미롭게 묘사하고 있다. 그가 말하고 있는 것은 일견 이해하기 어려우면서도 알고 보면 사람들에게서 아주 흔하게 찾아볼 수 있는 행동, 바로 배은망덕이다.

파리의 부르주아 페리숑 씨는 아내와 딸을 데리고 알프스로 여행을 떠난다. 딸에게 반한 두 젊은이 아르망과 다니엘도 딸에게 청혼할 기회를 얻기 위해 페리숑 씨 가족과 동행한다. 일행이 〈얼음 바다〉라 불리는 알프스 빙하 근처의 한 산장 여관에 묵고 있던 어느 날, 페리숑 씨는 승마를 하다가 말에서 떨어진다. 바로 옆에 낭떠러지가 있다. 그가 데굴데굴 굴러떨어지고 있는데 때마침 근처를 지나던 아르망이 달려들어 그를 구해 준다. 아르망에 대한 딸과 아내의 고마움은 이루 말할 수가 없다. 하지만 정작 은혜를 입은 페리숑 씨의 태도는 다르다. 처음엔 생명의 은인에게 기꺼이 고마움을 표시하더니 시간이 흐를수록 그의 도움을 과소평가하려고 애쓴다. 절벽 아래로 굴러떨어지면서 전나무를 보고 막 붙잡으려던 참인데 아르망이 온 것이고, 설령 아래로 떨어졌다 해도 멀쩡했을 거라는 식이다.

이튿날 페리숑 씨는 두 번째 젊은이 다니엘과 함께 가이드를 따라 몽블랑 아래의 빙하 쪽으로 트레킹을 나간다. 도중에 다니엘은 발을 헛디뎌 크레바스로 추락할 위기를 맞는다. 이때 페리숑 씨가 피켈을 내밀어 잡게 하고 가이드와 함께 그를 끌어낸다. 산장으로 돌아온 페리숑 씨는 딸과 아내 앞에서 자랑스럽게 그 일을 떠벌린다. 다니엘은 페리숑 씨가 도와주지 않았다면 자기는 죽었을 거라면서 아낌없는 찬사로 그를 거든다.

당연한 얘기지만 페리숑 씨는 아르망보다 다니엘에게 관심을 갖도록 딸을 부추긴다. 그가 보기에 다니엘은 무척이나 호감이 가는 젊은이다. 반면에 아르망이 자기를 도와준 일은 갈수록 불필요했던 일로만 여겨진다. 급기야는 아르망이 자기를 도와주었다는 사실조차 의심하기에 이른다.

외젠 라비슈가 이 희극을 통해 예증하듯이, 세상에는 남에게 은혜를 입거나 신세를 지고도 고마워할 줄 모르는 사람들이 많다. 고마움을 모르는 것으로 그치지 않고 자기를 도와준 사람들을 미워하는 자들도 있다.

그것은 아마도 도와준 사람들에게 빚을 진 기분으로 살아야 한다는 것이 싫기 때문일 것이다. 반면에 우리는 우리 자신이 도와준 사람들을 좋아한다. 우리의 선행을 자랑스러워하고 그들이 두고두고 감사하리라 확신하면서 말이다.

에드몽 웰스, 『상대적이며 절대적인 지식의 백과사전』 제5권

41. 생텍쥐페리

나는 한참이 지나도록 아프로디테의 깊은 눈에서 헤어나지 못한다.

「미카엘, 넌 위험에 빠져 있어. 너는 남들을 대신해서 대가를 치르는 영혼들을 대표하고 있어. 네 민족은 전체주의를 줄이기 위해 남들 대신 대가를 치르고 있고, 너는 자유라는 가치를 수호하기 위해 스스로를 희생하고 있어. 〈그들〉은 너를 놓치지 않을 거야.」

「그들이라는 게 누구죠? 다른 후보생들인가요?」

「비단 그들만이 아니라…….」

그녀는 누가 들을까 염려하는 듯 몸을 돌려 좌우를 살피고 나서 귀엣말로 속삭인다.

「너는 여기에서 진짜 벌어지고 있는 일을 상상할 수 없어. 만약 그걸 안다면…… 신들의 세계가 진정 어떠한지는 아무도 상상할 수 없어. 아! 때로는 모르는 게 약이다 싶어. 아! 때로는 그냥 인간으로 사는 게 좋겠다 싶어.」

그녀가 어떤 궁지에 몰려 있는 게 아닐까? 그녀의 행동거지가 왠지 첫날에 만났던 쥘 베른의 행동과 닮았다는 느낌이 든다. 산에 올라가지 말고 산에 무엇이 있는지 알려고 하지 말라던 쥘 베른 말이다.

「아무도 진실을 상상할 수 없어.」

「하지만 인간은 우리 신들의 조종을 받고 있잖아요?」

「인간은 진정으로 중요한 결정을 하지 않아도 돼. 그리고 인간은 자기들이 어떤 세계 속에서 살고 있는지 몰라. 하지만 우리는 알고 있어. 따라서 어떤 변명도 통하지 않아.」

「무슨 뜻인지 모르겠어요.」

아프로디테는 나에게 바싹 다가든다. 보드라운 가슴이 토가가 살짝 벌어진 자리로 드러난 내 살갗에 닿는다. 그녀는 내 손을 끌어다가 자기의 깊이 팬 옷깃 사이로 밀어 넣는다. 그녀의 한쪽 유방이 내 손에 쥐어진다. 온몸에 전기가 짜르르 흐른다. 내 손은 초고감도 수신기로 변한다. 젖가슴의 땀구멍 하나하나, 살갗 바로 밑으로 지나가는 혈관 하나하나가 느껴지는 듯하다. 젖꼭지가 조금 촉촉하다. 지금 이 순간 내 손과 그녀의 유방이 이대로 붙어 버렸으면 좋겠다.

「모르는 자들이 행복해. 나도 그랬으면 정말 좋겠어.」

그녀의 입에 키스하고 싶다. 하지만 내가 입술을 가져가려고 하자 그녀는 나를 밀어낸다. 처음엔 살짝, 그다음에는 단호하게.

그러고는 어색한 미소를 짓는다.

「미카엘, 네 꿈을 절대로 포기하지 마. 그리고 수수께끼의 답을 찾아내야 해. 부탁이야, 꼭 찾아내. 그러면 나를 온전히 갖게 될 거야.」

아프로디테는 다시 내 몸에 자기 몸을 밀착해 온다.

그녀의 미모와 우아한 자태가 발산하는 신비로운 기운, 사랑의 오라가 나를 휘감는다. 주위에서 멸망한 세계의 사진들이 우리를 지켜보고 있다. 참으로 역설적인 순간이다. 에로스와 타나토스. 죽음의 에너지와 분리될 수 없는 삶의 에너지.

이 순간이 영원토록 끝나지 않았으면 좋겠다. 침대 하나를 찾아내어 아프로디테와 함께 알몸으로 올라간 다음 먹지도 자지도 않고 거기에서 영원히 지냈으면 좋겠다. 불사의 존재인 신들의 특권을 십분 활용하여 처음에는 수백 년 동안 애무만 하면서 욕망을 키워 나가리라. 그러다가 그다음 수백 년 동안에는 알려지지 않은 체위들을 상상하면서 새로운 카마수트라를 만들어 내리라. 그리하여 신들의 관능, 신들의 성애, 신들의 육감을 절정으로 끌어올리리라. 바로 나와 아프로디테가. 나와 내 영혼을 사로잡은 존재가.

아프로디테는 벌써 몸을 빼낸다.

「내 걱정은 하지 말고, 네 백성들을 구해. 너 자신을 구하라고.」

나는 올림피아의 거리에 홀로 남아 미소를 머금은 채 생각에 잠긴다.

대단해, 대단해, 대단한 여자야.

「어이! 미카엘!」

생텍쥐페리가 멀리에서 나를 부른다.

「너에게 할 말이 있어. 중요한 거야.」

나는 대답하지 않는다. 그의 말이 바로 귀에 들어오지 않는다.

「나랑 같이 가자. 긴히 부탁할 게 있어. 하지만 그러기 전에 네가 봐야 할 것이 있어.」

나는 그가 이끄는 대로 따라간다. 도중에 그가 다시 말문을 연다.

「레비아단 말이야…… 드디어 깨달았어. 레비아단은 1호 지구에 존재한 적이 없어. 그거 알아?」

나는 조금씩 그의 말에 귀를 기울인다.

「우리가 인간적인 상상력을 발휘하여 어떤 환상을 빚어내면 여기에 있는 〈그들〉이 그것을 실재하는 것으로 만들어 줘. 〈그들〉은 우리가 꿈꾸는 것에 구체적인 모습을 부여해 줘. 우리가 올림포스의 존재를 믿으면 그것이 여기에 나타나. 우리가 아에덴의 존재를 믿으니까 우리가 지금 이 섬에 있는 거야. 인어나 그리핀이나 거룹의 경우도 마찬가지야.」

나는 마침내 정신을 추스른다.

「아에덴이 우리 마음속에만 존재한다는 거야?」

「아니. 내 말은 분자, 원자, 이온 따위가 일정한 법칙에 따라 배열되어 결정을 이루듯이, 아에덴이라는 개념도 〈그들〉의 개입에 의해서 〈결정화〉한다는 거야. 우리 머릿속에 있는 것을 그들이 구체적인 실재로 변화시킨다는 것이지. 너는 신들의 신을 믿어? 그러면 〈그들〉에 의해서 신들의 신이 존재하게 되는 거야.」

그렇다면 아프로디테가 존재하는 것도 내가 사랑을 믿기 때문일까? 하고 나는 생각한다.

생텍쥐페리는 구름에 덮인 올림포스산 꼭대기를 가리킨다. 그 위에 걸린 세 개의 달 때문에 구름의 가장자리가 무지갯빛으로 물들어 있다.

「그와 마찬가지로 너는 한니발의 존재를 믿었기에 그가 존재했어. 매릴린 먼로는 아마존들의 존재를 믿었기에 그들이 존재했고.」

「한니발은 실제로 존재했잖아!」

「여기에서는 사실이냐 아니냐가 중요한 게 아냐. 중요한 건 아에덴에 사는 한 후보생의 머릿속에 한니발이 존재한다는 사실이야. 레비아단은 페니키아인들과 카르타고인들이 지어낸 괴물이야. 자기들을 따라서 항해에 나서거나 바다의 경쟁자가 되려는 민족들에게 겁을 주기 위한 것이었지. 아틀란티스에 대해서도 사정은 마찬가지야.」

「아틀란티스?」

생텍쥐페리는 내 어깨를 잡는다.

「그래, 아틀란티스. 자명한 사실을 부정하지 마. 네가 〈고요한 섬〉의 아이디어를 어디에서 얻었는지는 누구나 짐작하고 있어. 아틀란티스는 우리 마음속에 있어. 그래서 실제로 존재하게 되는 거야.」

「우리 마음속에 있는 것이 왜 존재하게 된다는 거지? 이해를 못 하겠어.」

「왜냐고? 어딘가에 있는 누군가가 우리에게 그것을 선물하기로 결심하기 때문이지. 그렇다 해도 문제는 여전히 남아 있어. 우리가 이 세계를 상상하는 것일까 아니면 이 세계가 우리를 상상하는 것일까? 조르주 멜리에스는 마술을 통해서 우리에게 중요한 것을 가르쳐 주었어. 우리는 무언가를 선택한다고 생각하지만 실제로는 아무것도 선택하지 않아. 그저 어딘가에 이미 쓰여 있는 시나리오를 따르고 있는 거야.」

나는 혼란을 느끼며 잠시 생각하다가 반박을 시도한다.

「우리에게 일어나는 일은 우리 꿈이나 상상력에서 나오는 것이 아니라 우리 기억에서 나오는 거야.」

「그렇다면 남은 문제는 왜 〈그들〉이 우리의 관심을 우리의 과거로 유도하느냐는 거야.」

원형 극장에서는 공연이 계속되고 있다. 카리테스의 합창이 들려온다. 생텍쥐페리는 나다르의 작업장으로 가자고 권한다. 우리는 비밀 통로로 도시를 빠져나가 숲 쪽으로 나아간다. 생텍쥐페리가 걸음을 재촉하면서 대화를 이어 간다.

「아마도 1호 지구의 역사에 어떤 비밀이 숨어 있을 거야. 우리가 알아내지 못한 어떤 비밀 말이야. 그렇다면 〈그들〉이 보기에 우리에게 필요한 일은 역사책을 다시 읽는 게 아냐. 역사책들이란 승자를 두둔하거나 편향된 정치적 관점을 옹호하는 선전이기가 십상이지. 그런 것을 읽느니 사건들의 실제적인 전개를 경험하는 편이 낫겠지. 우리가 직접 결정을 내리다 보면 과거에 일어난 일을 진정으로 이해하게 돼.」

그의 말이 어떤 본질적인 것에 닿아 있다는 느낌이 든다. 그가 고사리 덤불을 헤치면서 묻는다.

「오늘 밤에 네 친구들과 함께 다시 탐사하러 갈 거야?」

「응, 어쩌면. 아직은 잘 모르겠어. 우리 테오노트 동아리에는 이제 남아 있는 친구들이 많지 않아. 멜리에스, 마타 하리, 그리고…… 라울, 그게 다야.」

생텍쥐페리는 내 마음을 이해하겠다는 듯 고개를 끄덕인다. 항공 애호가들로 이루어진 그의 동아리 역시 클레망 아데르와 몽골피에 같은 구성원들을 잃었다.

「그래도 탐사를 계속해야 해. 조금 더 빨리 가자.」

그는 비밀 작업장으로 나를 데려간다. 전에 내가 그들을 도와서 열기구의 기낭을 꿰맸던 바로 그 작업장이다. 새로운 도구들과 커다란 탁자가 눈에 띈다. 탁자 위에는 방수포에 싸인 큼지막한 물건이 놓여 있다.

생텍쥐페리가 설명한다.

「몽골피에는 인간 시절에 자기 시대 나름의 항공기를 만들어 냈어. 그 시대에는 그저 공중으로 조금만 떠올라도 사람들에게 경이감을 줄 수 있었지. 하지만 너도 경험했듯이 그런 수준의 열기구를 가지고는 여기에서 탐사를 벌일 수가 없어. 높이 올라가기도 어렵고 방향을 조종할 수도 없거든.」

촛불을 켜놓고 작업대에서 무언가를 하고 있던 나다르가 일손을 놓고 내게 인사를 하러 온다. 그는 연극이 시작될 때부터 여기에 있었던 게 분명하다.

왕년의 사진작가이자 쥘 베른의 친구인 그가 말을 건넨다.

「네가 다시 우리와 함께해서 기뻐.」

우리는 서로의 목을 가볍게 끌어안는다. 그가 생텍쥐페리에게 묻는다.

「미카엘한테 얘기했어?」

「아니, 아직. 우리의 새로운 비밀을 알려 주는 영광스러운 일은 너한테 맡길게.」

나다르는 탁자 쪽으로 가서 방수포를 천천히 걷어 낸다. 나무로 된 자전거처럼 보이는 물건이 모습을 드러낸다. 페달의 회전 운동을 프로펠러에 전달하는 벨트 장치를 갖추고 있고, 위쪽에는 솥이 담긴 바구니가 설치되어 있다.

「이게 다 뭐야?」

생텍쥐페리가 설명한다.

「열기구하고 비슷한 건데 방향을 조종할 수 있어. 보다시피 이 자전거에는 안장이 두 개 달려 있어. 2인승 자전거지. 이 비행기구를 날아오르게 하는 데 필요한 동력을 얻기 위해서는 적어도 두 명이 있어야 해. 우리가 밤새도록 일을 계속하면 내일이나 모레쯤 완성이 될 거야.」

나다르가 내게 묻는다.

「이 비행기구의 제2조종사가 되어 주지 않겠어?」

「너희 둘이서 하면 될 텐데 왜 나한테 부탁하는 거야?」

생텍쥐페리가 대답한다.

「나다르에게 작은 문제가 생겼거든.」

나다르는 토가를 들어 올려 무릎에 난 상처를 보여 준다.

「살신자 짓이야?」

「그자가 앙크를 쏴서 내 무릎을 맞혔어. 나도 응사를 했는데 간발의 차로 빗나갔지. 어쨌거나 이 비행기구를 조종하려면 두 다리의 상태가 완전해야 해.」

「그자를 봤어? 누구야?」

「너무 어두워서 제대로 못 봤어. 키가 어느 정도 되는지조차 가늠할 수 없었는걸.」

생텍쥐페리가 나를 끌어들이려고 다시 말한다.

「이건 중요한 일이야. 우리는 네가 필요해. 우리와 함께 새로운 모험에 나서지 않겠어?」

우리가 바다로 추락했던 일이 기억에 생생하다. 생텍쥐페리는 내가 주저하고 있음을 알아차리고 말을 돌린다.

「모두가 그렇듯이 나는 네 돌고래족의 모험을 계속 지켜보고 있어. 때로는 네가 왜 이러저러한 선택을 하는지 이해가 안 될 때도 있지만, 사건들의 전개가 아주 흥미로워. 너는 게임에 몰두하느라고 알아차리지 못했을 테지만, 사실 다른 후보생들 모두가 규칙적으로 돌고래족 쪽을 흘깃거리고 있어. 나다르, 안 그래?」

「연속극을 보는 기분이지. 돌고래족은 숱한 시련들을 이겨 내고 있어. 그러면 그럴수록 시련을 안긴 민족들은 더욱 부당해 보이고, 이야기는 더욱 흥미진진해져.」

내가 창조한 민족의 고통이 훌륭한 볼거리가 되고 있다는 데 여기서 더 무슨 말을 하겠는가?

「게다가 온갖 난관에도 불구하고 네 민족은 여전히 살아 있어. 반면에 쇠똥구리족과 사자족은 어떻게 됐지?」

그는 잠깐 멈추었다가 동을 단다.

「한동안 더없는 영광을 누리고 돌고래족을 박해하기도 했던 그들은 게임에서 완전히 밀려났어. 프루동의 쥐족은 또 어떻고? 한때는 막강한 군사력으로 이웃 민족들을 유린하면서 온 세상을 공포에 떨게 했지만 이제는 보잘것없는 처지에 놓여 있어. 네 민족은 비록 여기저기에서 치이고 약해졌지만, 여전히 살아 있어.」

「얼마나 더 가겠어? 지난 시간에 나는 꼴찌에서 두 번째였어.」

생텍쥐페리는 나를 살펴보며 덧붙인다.

「미카엘, 우리는 반골이야. 그 점을 잊지 마. 우리는 기존 체제에 순응하지 않아. 그래서 체제 안에 있는 자들은 우리를 성가시게 여겨. 앞으로도 대다수는 우리를 적대시할 거야.」

이 친구가 왜 게임 얘기를 하는 거지? 내 환심을 사려는 것일까?

나는 그들의 비행기구에 관심을 보이려고 애쓴다.

「이걸 어떻게 띄우는 거야?」

「위쪽에 솥이 있지? 그게 화로야. 먼저 거기에 불을 붙여서 열기구 식으로 기낭을 부풀려. 그다음에 자전거에 올라타서 페달을 밟으면 뒤쪽의 프로펠러가 돌아가지. 앞쪽에 달린이 손잡이는 방향타를 움직이는 밧줄에 연결되어 있어. 바람이 너무 심하게 불지만 않으면 모든 것이 순조롭게 작동할 거야. 하지만 바람이 심하게 불면…….」

나는 조금 낙심하여 바닥에 주저앉는다.

「나는 쉬고 싶어. 돌고래족의 〈구원자〉와 함께 일대 모험을 벌이느라고 기력이 다 빠져 버렸어.」

「오늘 밤에 테오노트 친구들과 함께 탐사하러 가는 거 아냐?」

작은 화덕에서 나오는 불빛에 그들의 눈이 반짝인다.

「모르겠어. 나는 너희랑 여기에 있는 게 좋아. 언제 출발할 거야?」

「어쨌거나 오늘 밤은 아냐. 그러니까 너는 친구들하고 탐사하러 나가. 우리는 비행기구를 내일 띄우기로 하고 마무리 작업을 할 테니까 말이야.」

「내가 도울 일이 없을까?」

「이 작업장에서는 네가 할 일이 없어. 하지만 네가 비행기구를 조종할 수는 있을 거야.」

생텍쥐페리는 마지막으로 한 번 더 용기를 북돋우려는 듯 우정 어린 태도로 내 어깨에 손을 얹는다.

「지금쯤 원형 극장에서는 연극이 끝나 가고 있을 거야. 거기로 돌아가서 친구들을 만나. 대신 나중에 우리와 함께 해야 할 일이 있다는 것을 잊지 마, 알았지?」

나는 나다르와 생텍쥐페리를 바라본다. 만약 테오노트 친구들이 나를 버리면, 이들이 나의 새로운 친구들이 되어 줄까? 생텍쥐페리가 끝으로 한마디를 덧붙인다.

「네가 겪는 모든 일이 너에게 도움이 돼. 불안해하지 말고 사건들의 흐름에 너 자신을 맡겨. 잘 믿기지 않을지 모르지만, 더없이 혹독한 시련조차도 너에게 도움이 돼. 만약 이 모든 일이 어떤 시나리오에 따라 진행되고 있는 거라면, 그 시나리오 작가는 우리가 성공하기를 바랄 거야. 나는 그렇게 믿어.」

나도 정말이지 그렇게 믿고 싶다. 그 시나리오 작가가 미카엘 팽송이라는 인물의 앞길에 어떤 운명을 마련해 놓았는지 알 수 있다면 정말 좋겠다.

42. 백과사전: 황도 십이궁

객관적으로 말해서 황도 십이궁은 과학을 통해서 밝혀진 천체 현상과 일치하지 않는다. 그것은 대다수 문명권에서 지구가 우주의 중심으로 간주되던 시대에 확정되었다.

그 시대에 하늘을 관찰했던 사람들은 빛을 발하는 어떤 천체를 놓고 그것이 항성인지 행성인지 은하인지 구분할 수가 없었다. 또한 가까이 있는 작은 별과 멀리 있는 커다란 별이 크기는 서로 비슷해도 거리에는 큰 차이가 있다는 것을 알지 못했다.

하지만 황도대를 균등하게 분할해서 각 부분에 상징을 부여하는 원리는 바빌로니아에서 마야에 이르기까지 거의 모든 문명에서 찾아볼 수 있다. 바빌로니아에서는 이것을 〈달의 집〉이라 불렀고, 그리스에서는 〈생명의 바퀴〉, 인도에서는 〈공작의 바퀴〉, 중국에서는 〈십이진〉, 페니키아에서는 〈이슈타르의 허리띠〉라 했다.

황도 십이궁은 별자리 점과 같은 복술과 연관되어 있을 뿐만 아니라 다음과 같이 세계의 진화를 상징하는 체계로 간주되기도 한다.

1. 양자리: 최초의 충격. 빅뱅의 에너지. 여기에서 다른 에너지들이 비롯된다.

2. 황소자리: 양자리의 추진력을 이어 가는 힘.

3. 쌍둥이자리: 힘의 양분. 정신과 물질이라는 극성의 출현.

4. 게자리: 물이라는 요소의 출현. 이 물에 어머니가 알을 낳는다.

5. 사자자리: 알의 부화. 생명, 운동, 열기 등의 출현.

6. 처녀자리: 정화와 원시 물질의 정제.

7. 천칭자리: 대립하는 힘들의 균형과 조화.

8. 전갈자리: 더 나은 상태로 거듭나기 위한 발효와 해체.

9. 궁수자리: 침전물을 가라앉혀 맑은 액체를 얻는 단계.

10. 염소자리: 고양.

11. 물병자리: 깨달음.

12. 물고기자리: 게자리의 〈낮은 물〉과 대립되는 정신의 〈높은 물〉로 옮겨 가기.

에드몽 웰스, 『상대적이며 절대적인 지식의 백과사전』 제5권

43. 또 한 차례의 야간 탐사

연극 공연이 이어지고 있다.

무대에서는 카리테스 자매들이 환희의 송가를 부른다. 페르세포네가 마침내 저승에서 빛의 세계로 나오고 땅에 다시 작물이 자라게 된 것을 기리는 노래이다. 이로써 연극이 끝난다. 관객들은 해방과 수확의 환희에 공감하며 정중한 박수갈채를 보내고 공연에 참가한 예술가들은 몸을 숙여 답례한다. 계절의 신들은 관객들에게 과일을 나눠 준다.

나는 밖으로 나가서 친구들이 나오기를 기다린다. 라울이 곧 내 쪽으로 다가온다. 나는 그를 곱지 않은 눈으로 바라본다.

「우리 민족들이 서로 싸웠다고 해서 나한테 계속 그런 식

으로 인상을 쓸 거야? 그건 체스를 두면서 상대가 자기 말을 잡았다고 성질을 부리는 거나 진배없어.」

나는 대꾸하지 않는다. 그는 아랑곳하지 않고 말을 잇는다.

「미카엘, 나는 우리 사이가 틀어지는 것을 원치 않아. 우리가 함께 겪어 온 일들을 생각해 봐. 우리가 인간으로서, 천사로서, 신 후보생으로서 얼마나 많은 일을 함께해 왔어? 한 줌밖에 안 되는 인간들 때문에 우리가 서로 싸운대서야 말이 되겠어?」

〈한 줌밖에 안 된다고? 네 주먹은 그렇게 크냐?〉 하고 나는 생각한다.

「그들은 체스판의 말일 뿐이야. 내가 몇 번을 말해야 알아듣겠어?」

마타 하리와 귀스타브 에펠과 조르주 멜리에스가 우리 쪽으로 온다.

나는 라울을 꼬나본다. 체스판의 말일 뿐이라고? 아니다. 라울이 잘못 생각하고 있다. 이건 한낱 체스 경기가 아니다.

우리 테오노트 동아리는 우리가 성벽 밑에 파놓은 땅굴을 거쳐 올림피아를 빠져나간다. 라울과 마타 하리가 앞장을 서고 에펠과 멜리에스는 맨 뒤에서 따라온다. 두 후보생이 새로 우리 동아리에 합류했다. 평범한 후보생들이 아니라 왕년의 유명 인사인 카미유 클로델과 라퐁텐이다. 나는 인간 시절에 라퐁텐을 무척 좋아했다. 그는 짤막한 동물 우화를 통해 심오한 사상을 전달하고 철학적이고도 정치적인 사색을 유도했다.

나는 약간 주눅이 들어서 그에게 다가갈 엄두를 내지 못한다. 그는 카미유 클로델과 함께 앞쪽에서 걷고 있다.

우리는 파란 강을 향해서 숲속을 걸어간다. 갈림길이 나올 때마다 가장 평탄한 지름길을 찾아내어 빠르게 나아간다. 그런 다음 폭포에 가려진 천연 통로를 이용해서 파란 강 건너편에 다다른다.

멀리에 커다란 키마이라가 보인다. 놈은 여전히 거울에 비친 제 모습에 홀려 있다. 놈에게 거울을 주자는 멜리에스의 착상은 정말 기발했다. 예전에 그토록 사납게 굴던 괴물이 우리에게 전혀 관심을 보이지 않는다. 우리는 되도록 조심스럽게 괴물을 지나쳐 간다.

전에 우리는 숱한 어려움을 겪고 여기에 다다랐다. 그런데 이제는 여기까지 오는 데 아무런 어려움이 없다. 마치 일단 시련을 극복하고 나면 같은 시련은 되풀이되지 않는다는 것이 이곳의 법칙이기라도 되는 듯하다.

우리는 이내 개양귀비밭에 다다른다.

적색 지대의 뮤즈 궁전은 아홉 채에서 열한 채로 늘어났다. 영화의 궁전과 유머의 궁전이 더해진 것이다. 우리는 뮤즈로 변신한 두 친구를 다시 만나 서로 반가운 마음을 나눈다. 매릴린은 뮤즈로 변했어도 겉모습은 예전 그대로다. 반면에 프레디의 변신은 우리를 놀라게 한다. 예전 얼굴의 몇 가지 특성을 간직하면서도 야리야리한 젊은 여자의 모습으로 변했으니 말이다.

그들은 말을 할 수 없게 되었지만, 몸짓으로 우리에게 무언가를 알려 주려고 애쓴다. 다음 지대에 어떤 위험이 도사리고 있으니 조심하라는 뜻이다. 나중에 필요할 거라면서 끈으로 된 샌들을 챙겨 주기까지 한다. 우리는 그들에게 감사를 표한다.

우리는 제2의 태양이 뜰 때까지 쉬었다 가기로 하고, 반딧불이 한 움큼을 모닥불 삼아 그 주위에 빙 둘러앉는다.

마타 하리가 내 옆에 와서 앉으며 묻는다.

「저 위에 올라가서 신들의 신을 만나면 뭘 물어볼 거야?」

「아직 생각해 본 적 없는데. 너는?」

「나는 왜 세상에 나쁜 놈들이 있느냐고 물어볼 거야. 왜 히틀러 같은 자가 있는지, 왜 테러리스트들과 광신도들이 있는지, 터무니없는 잔혹 행위나 악의나 그런 것들로 인한 갖가지 고통들이 〈역사적으로〉 무엇에 도움이 되는지…….」

라퐁텐이 우리 대화에 끼어든다.

「그러면 이렇게 대답하지 않을까? 악이란 선을 드러내는데 도움이 된다고 말이야. 우리는 역경 속에서만 존재들의 참된 가치를 발견할 수 있어.」

모두가 선뜻 받아들이지 않는 것을 보고 라퐁텐은 우화 하나를 들려주겠다고 한다.

「반딧불이 한 마리가 아버지 반딧불이에게 물었어. 〈아빠, 제가 반짝반짝 빛나요?〉 하고.」

라퐁텐은 자기 이야기에 실감을 더하기 위해 반딧불이를 한 줌 잡아서 손바닥에 놓는다.

「아버지가 대답하기를, 〈여기서는 알 수가 없으니까 네 빛을 보여 주고 싶으면 어둠 속으로 들어가야 해〉라고 했지.」

라퐁텐은 반딧불이 한 마리를 무리에서 떼어 내어 자기 집게손가락 끝에 올려놓는다.

「혼자 어둠 속에서 빛을 내던 반딧불이는 주위가 온통 캄캄한 것을 의식하고 겁을 먹었어. 그래서 애절한 목소리로 외쳤지. 〈아빠, 아빠, 왜 저를 버리셨어요?〉 하고.」
「끝난 거야?」
「아니. 그러자 아버지가 대답하기를, 〈나는 너를 버리지 않았어. 네가 빛을 낼 줄 안다는 것을 나에게 보여 주고 싶어 했잖아〉라고 했지.」
「그 이야기에 담긴 교훈이 뭐지?」
「죄악과 비겁과 어리석음과 야만성에 맞서 있을 때 비로소 우리의 참모습이 드러난다는 것이지.」
라퐁텐은 반딧불이를 다시 무리 속에 넣어 준다.
「완벽한 세계, 안정된 세계, 사고도 학살도 악당도 없는 행복한 세계를 상상해 봐. 그런 세계가 재미있어 보여?」
우리는 선뜻 대답하지 못한다. 예전에 〈고요한 섬〉을 만들어 냈던 나는 인간이 긴장 속에 놓이지 않아도 진보해 갈 수 있다고 생각한다. 더 멀리 나아가겠다는 마음만 있으면 공포가 아닌 다른 동기를 찾아낼 수 있을 것이다.
카미유 클로델이 묻는다.
「그럼 네가 보기에는 신들의 신이 우리에게 시련을 주는 것도 우리의 가치를 드러내기 위해서라는 거야?」
라퐁텐은 고개를 끄덕인다.
「설령 사실이 아닐지라도 그렇게 생각하면 마음이 놓이잖아?」
바람이 더 세게 불기 시작한다. 오싹 한기가 밀려온다.
카미유 클로델이 말을 잇는다.
「나는 신들의 신을 만난다면 인간이 특정한 형상을 지니게 된 까닭을 묻고 싶어. 예를 들어 왜 인간의 손에 다섯 개의 손가락이 달려 있는지, 왜 네 개나 여섯 개가 아니고 다섯 개인지 말이야.」

카미유는 조각을 하면서 올근볼근해진 손을 보이며 그것이 마치 복잡한 기계 장치라도 되는 양 손가락 마디를 하나하나 움직인다.

귀스타브 에펠이 말한다.

「좋은 질문이야. 내가 보기에 손의 역학적인 구조는 우리가 다른 영장류처럼 손을 발처럼 사용하던 시기에 맞게 구상된 것이 분명해. 가운뎃손가락으로 한 지점을 누르고 양쪽의 네 손가락으로 받치면 디딤새가 안정적이잖아?」

그러면서 에펠은 고릴라 흉내를 낸다.

「그건 우연이 아닐까? 특별한 이유 없이 다섯 개가 된 것일 수도 있잖아?」

마타 하리의 말에 내가 이의를 단다.

「그렇다면 발가락이 여섯 개나 일곱 개 달린 동물도 있을 법한데, 그런 동물은 전혀 없어.」

마술사 멜리에스는 소매에서 카드 한 장을 꺼내어 순간적으로 사라졌다 다시 나타나게 하는 마술을 보여 주면서 말문을 연다.

「손가락이 다섯 개라서 참 편리해. 손을 집게로 쓸 수도 있고 그릇으로 쓸 수도 있어. 우리에게 그야말로 다용도 연장이 달려 있는 셈이지.」

「우리 몸의 형태가 정말 지능 발달에 가장 적합한 것일까? 왜 머리가 맨 위에 있는 거지?」

우리는 저마다 대답을 내놓는다.

「햇빛을 받기 위해서지.」

「우주 광선을 받기 위해서야.」

「더 멀리 보기 위해서일 거야.」

「뇌가 땅바닥에서 멀리 떨어지게 하려는 것이 아닐까? 땅바닥에는 뱀이며 돌멩이처럼 위험한 것들이 많잖아.」

카미유는 흡족한 대답을 얻은 기색이 아니다.

「뇌가 왜 몸의 한복판에 있지 않은 걸까? 한복판에서 신경계를 방사상으로 뻗어 나가게 하면 좋을 텐데 말이야. 뇌가 꼭대기에 있으니까 신경이 아주 길어지고 그래서 끊어지기도 쉬워.」

라울이 말문을 연다.

「나는 저 위에 있는 〈위대한 신〉을 만나면 우주 진화의 목표가 무엇인지 물어보고 싶어.」

마타 하리가 무언가를 골똘히 생각하는 표정으로 말한다.

「복잡성 아닐까?」

「반 고흐가 말했던 것처럼 아름다움이 아닐까?」

「의식일 수도 있어.」

「재미가 아닐까? 신은 어쩌면 세계를 마치 다마고치처럼 자기가 관여하지 않아도 스스로 진화하도록 창조했을지도 몰라. 그렇다면 세계는 신이 이따금 들여다보면서 즐기는 살아 있는 구경거리인 셈이지.」

재미있는 생각이다. 마타 하리가 묻는다.

「미카엘, 〈위대한 신〉을 만나면 무엇을 물어볼지 생각해 냈어?」

나는 잠시 생각하다가 대답한다.

「나는 〈어떻게 지내세요?〉라고 물을 거야.」

모두가 웃음을 터뜨린다. 나는 말을 잇는다.

「따지고 보면 우리는 아버지를 대하는 자식과 같아. 우리는 무언가를 얻기 위해 기도하고 벌을 받을까 봐 두려워하고 사랑을 받으려 애쓰고 그를 본받으려고 해. 자식이 아버지에게 묻듯이 〈어떻게 지내세요?〉라고 물을 수도 있어.」

친구들은 이제 웃지 않는다.

「만약 신이 살아 있는 존재라면 그에게도 자기 삶이 있어. 그러니까 아마 자기 나름의 문제며 의문, 불안, 야망, 실망 따위도 있을 거야. 우리가 인간이었을 때 우리 아버지들이 그랬던 것처럼 말이야. 우리는 아버지들을 존경하기도 하고 두려워하기도 했어. 하지만 아버지와 처지를 바꾸어서 생각해 보지는 않았어. 나는 〈위대한 신〉이 어떻게 우리를 도와줄 수 있는지 묻기보다 내가 어떻게 그를 도울 수 있는지 물어보고 싶어.」

라울이 피식 웃으면서 빈정거린다.

「아첨이 좀 심한 거 아냐?」

다른 친구들은 별로 그렇게 생각하지 않는 기색이다. 나는 말을 잇는다.

「나는 숭배받는 신이 되기보다 백성들이 〈좋은 아빠〉처럼 생각하는 신이 되고 싶어.」

이번엔 모두가 웃음을 터뜨린다.

「나는 백성들이 나를 어떻게 사랑해야 하느냐고 묻기보다 나를 어떻게 도울 수 있느냐고 물었으면 좋겠어.」

라퐁텐이 묻는다.

「돌고래족 백성들이 너를 도와줬으면 좋겠다는 거야?」

「그래. 나는 일부 백성들이 나를 알지도 못하면서 무조건적으로 사랑하는 것에 벌써 짜증이 나. 그들은 이유도 모르는 채 나를 숭배하지.」

라울이 말한다.

「내가 보기에도 너는 백성들이 너에게 기도할 때 그냥 신이 아니라 미카엘 팽송에게 기도하기를 바랄 것 같아. 그리고 우상을 섬기기보다 너의 실제 모습을 그리면서 기도하기를 바라지, 안 그래?」

「맞아. 나는 그들이 내 과거며 여기 올림피아에서 내가 겪는 문제에 관심을 가져 주었으면 좋겠어. 그리고 내가 Y 게임에서 이기도록 응원해 주었으면 좋겠어.」

조르주 멜리에스가 웃으면서 고개를 끄덕인다. 갈매기족의 신 라퐁텐도 맞장구를 친다.

「나도 그래. 백성들이 내 형상이라면서 우상을 세우고 나를 갈매기 머리 모양으로 나타낼 때마다 거북살스러운 기분을 느껴.」

우리는 저마다 백성들의 열렬한 기도와 찬송, 간청, 인간이나 동물을 제물로 바치는 의식 따위에 대한 씁쓸한 기억을 가지고 있다. 우리의 생각을 자기들 멋대로 해석하면서 백성들을 상대로 단호한 태도를 보였던 신관들과 예언자들도 기억하고 있다. 일부 백성들이 우리의 영광을 드높인다면서 이른바 이단자들을 처형했던 일도 생각난다.

마타 하리가 비단결처럼 반드르르한 머리를 쓸며 말한다.

「내 백성들은 이단자라는 사람들에게 어떤 짓을 하는지 알아? 늑대에게 잡아먹히라고 그들을 숲속에 내다 버려.」

「독수리족 백성들은 높은 암벽 위에서 이단자들을 떨어뜨려. 그러면서 만약 신이 그들을 죽이고 싶어 하지 않으면 그들이 땅바닥에 떨어지기 전에 날개를 달아 주리라고 생각하지.」

라울의 말에 카미유가 동을 단다.

「성게족 백성들은 어떻고? 그들은 내 존재를 의심하는 사람들을 물에 빠뜨려. 목에 돌덩이를 달아서 말이야. 신이 그들을 구해 주고자 한다면 그들이 다시 올라오도록 도와주리라고 생각하는 거야.」

「내 흰개미족 백성들은 이단자들을 산 채로 묻어 버리지.」

에펠에 이어 멜리에스가 말한다.

「내 백성들은 화형을 시켜. 더 고전적이지.」

마타 하리가 내게 묻는다.

「네가 원하는 게 뭐야? 백성들이 너의 숭배자가 아니라 친구가 되기를 바라는 거야?」

다시 웃음이 인다.

「친구? 그래, 바로 그거야. 백성들이 나와 우정을 맺고 싶어 한다면 나는 찬성이야.」

「그 커다란 눈 봤잖아. 우리가 그런 존재와 친구가 될 수 있을까?」

나는 에드몽 웰스의 백과사전을 떠올린다. 내 기억이 맞는다면 그는 이렇게 말했다. 〈분자가 원자보다 높은 차원이듯이 신은 인간보다 높은 차원이다.〉 원자가 자기를 포괄하는 분자와 친구가 될 수 있을까?

「그래, 신과 친구가 될 수 있어. 아이가 아버지와 친구가 될 수 있듯이 말이야.」

내 생각이 너무 엉뚱해 보이는지 몇 친구가 어깨를 으쓱치켜올린다. 종교를 둘러싼 진지하고도 강렬한 감정들에 비해서 우정은 너무 가소로워 보이는 것이다. 하지만 내가 보기에 우정은 사랑보다 강하다. 우정에는 타자를 소유하는 것에 대한 집착이 없다. 대신 협력과 상호 존중이 있다. 우리가 신과 우정을 결합시키지 않았던 이유가 아마도 거기에 있을 것이다. 하지만 내가 보기에는 친구 같은 신이 이상적인 신일 수도 있다. 사실 나는 돌고래족을 꼭두각시나 종처럼 생각해 본 적이 없다. 오히려 그들이 고통을 받으면 받을수록 나는 그들을 운명의 동반자로 더욱 가깝게 느꼈다.

멀리서 제2의 태양이 떠오르기 시작한다. 올림피아에 있는 크로노스의 종루에서 새벽 1시를 알리는 종이 울린다.

우리는 다시 길을 나선다.

오솔길 하나가 산 쪽으로 구불구불 올라간다.

라울이 내게 다가온다.

「미카엘, 대단해. 네 덕분에 웃음이 끊이지 않겠어. 때로는 너도 나름대로 천재가 아닐까 하는 생각이 들어. 그러고 보면 너 많이 변한 거야.」

「너 역시 많이 변했어.」

오솔길이 점점 가팔라진다. 우리는 추락하지 않도록 서로 겯부축을 하면서 올라가야 한다. 갈수록 숨이 가빠져서 말을 주고받을 수가 없다.

계속 올라가니 화산 고원이 나타난다. 여기저기에 있는 작은 주황색 분화구에서 연기가 피어오른다.

우리는 주황색 세계에 다다랐다.

주황색 작업

44. 주황색 지대

주황색이 지천이다. 곳곳에 땅바닥이 갈라져 있고 그 틈새로 불그스름한 용암이 솟아난다. 유황 냄새가 코를 찔러서 토가 자락으로 코를 막아야만 한다. 땅바닥이 뜨겁다. 프레디와 매릴린이 챙겨 준 샌들의 밑창이 좋아서 그나마 다행이다.

우리는 증기와 연기가 뒤섞인 뿌연 안개 속으로 나아간다. 언제나 그랬듯이 테오노트들 가운데 가장 대담한 마타 하리가 앞장을 섰다.

「뭐가 보여?」

선두에 선 마타 하리가 대답한다.

「아직은 아무것도 안 보여.」

우리는 낭떠러지를 따라 나아간다. 제2의 태양이 점점 강렬한 빛을 비춰 주고 있기에 망정이지, 그마저 없다면 우리는 이리저리 비틀거리다가 허공으로 미끄러져 버릴 것이다.

마타 하리가 소리친다.

「잠깐만! 앞에 사람들이 있어!」

우리는 제자리에 멈춰 서서 앙크를 겨눈다. 라퐁텐은 앙크를 팔꿈치로 받친 채 검도를 하는 듯한 자세를 취한다. 카미유는 기습이라도 하려는 듯 앙크를 토가의 주름 속에 감춘다.

라울이 묻는다.

「정확히 뭐가 보이는 거야?」

「나도 잘 모르겠어. 인간의 실루엣 같은 형체가 보이긴 하는데 전혀 움직이질 않아.」

「어이! 거기 누구요?」

대답이 없다.

우리는 천천히 나아간다. 아닌 게 아니라 희뿌연 증기와 연기 사이로 수십, 아니 수백 명의 실루엣이 어렴풋하게 보인다. 어떤 자들이 꼼짝 않고 서서 우리를 살피는 듯하다.

무슨 소리가 들린다.

우리는 걸음을 멈추고 다시 사격 자세를 취한다. 저자들은 왜 움직이질 않는 거지? 이렇게 기다리면서 몇 시간을 보낼 수는 없는 노릇이다. 나는 짜증이 나서 실루엣 하나를 겨누고 앙크를 쏜다. 돌이 부서지는 소리가 나면서 형체가 즉시 해체되어 버린다. 나는 머뭇머뭇 다가가다가 돌덩이에 부딪힌다. 사람의 머리다! 온몸에 전율이 스친다. 무섭지만 머리를 주워 들지 않을 수가 없다. 이건 여느 무명씨의 머리가 아니다. 이 도도한 얼굴, 분명 판화에서 본 적이 있다. 바로 갈릴레이다.

나는 친구들에게 소리친다.

「이건 살아 있는 존재들이 아니라 조각상이야!」

우리는 조각상들이 늘어서 있는 벌판을 이리저리 돌아다닌다. 무명씨들의 군상 속에서 유명 인사들의 조각상이 눈에 띈다. 조각상들은 모두 토가를 입은 모습이고 유명한 인물들과 무명인들이 뒤섞인 채 아무렇게나 배치되어 있다.

카미유 클로델이 소리친다.

「세상에! 비례가 더없이 완벽해. 누가 이것들을 만들었는지 모르지만 정말 대단해. 근육 하나하나가 정확한 자리에 조각되어 있어.」

「손목의 세정맥이나 귀에 난 털까지도 나타냈어.」

에펠이 그렇게 덧붙인다. 왕년의 건축가인 그 역시 곳곳에 조각상들을 세운 적이 있다. 특히 자유의 여신상의 내부 골격은 그가 만든 것이다.

「이 조각상은 더해. 손톱에 줄무늬가 나 있어.」

멜리에스의 목소리에는 경이감과 불안감이 뒤섞여 있다. 라울은 한 술 더 뜬다.

「이 조각상은 입을 벌리고 있는데 안을 들여다보니까 이도 다 있고 성문이 보여.」

나는 한 여자의 조각상을 찬찬히 살펴본다. 표정은 겁에 질려 있고 한 손은 어떤 위험으로부터 스스로를 지키려는 듯한 동작을 취하고 있다. 입은 소리를 지르려다가 만 것처럼 벌어져 있고 그 틈새로 이와 혀가 보인다. 조각가는 손에 지문을 표현하는 것도 빠뜨리지 않았다. 이렇게 섬세한 동심원 무늬를 새기려면 도대체 끌을 얼마나 정교하게 노련하게 놀려야 할까?

라퐁텐이 불안한 기색으로 말한다.

「다들 겁에 질린 채 도망치려는 사람의 자세를 취하고 있는 것 같은데.」

멜리에스는 너무나 완벽한 조각상들을 두루 살펴보다가 갑자기 걸음을 뚝 멈추며 소리친다.

「이건 조각상들이 아냐.」

또다시 온몸에 전율이 스친다. 그의 말이 떨어지기가 무섭게 모두가 깨달았다.

「선배 후보생들이 돌로 굳어 버린 거야.」

우리는 공포에 사로잡힌 채 잠시 할 말을 잊는다. 등에 식은땀이 흐른다. 나는 돌덩이로 변해 버린 얼굴들을 다시 살펴본다. 눈 하나가 움직이며 나를 보고 있는 듯하다.

나는 흠칫 물러선다. 헛것을 본 게 아니다. 친구들 역시 똑같은 느낌을 받았다.

「이…… 이들은 죽지 않았어.」

멜리에스가 그렇게 더듬거리자 라울이 덧붙인다.

「겉모습은 돌로 변했지만 의식은 아직 남아 있는 거야.」

말을 하지 못하는 괴물로 변신하는 것은 이것에 비하면 정말 약과다. 영원히 돌로 변한 채 살아가는 것을 어떻게 견딜 수 있겠는가? 세상에, 돌 속에 갇힌 생각하는 괴물이라니…….

나는 연기가 모락거리는 벌판에 서 있는 가엾은 군상을 바라본다.

이런 운명이 어떻게, 왜, 어떤 형태로 이들에게 닥쳤을까?

45. 신화 : 메두사

메두사는 본래 뛰어난 미모를 지닌 처녀였다. 특히 머릿결이 아름답기로 유명했다. 포세이돈은 그녀에게 홀딱 반한 나머지 새로 변신하여 그녀를 납치했다. 그런데 포세이돈은 고약하게도 아테나 신의 신전에서 그녀를 범했다. 이 신성 모독에 격분한 아테나는 강력한 포세이돈을 탓하는 대신 한때 불경하게도 자신과 미모를 겨루려고 했던 메두사에게 분노를 돌렸다. 메두사의 아름다운 머리카락은 가느다란 뱀들로 변했다. 그뿐만 아니라 입에는 멧돼지의 엄니가 돋았고 손에는 청동으로 된 손톱이 생겨났다. 아테나는 그것으로도 성이 차지 않아서 메두사의 눈에 강한 독기를 불어넣었다. 그때부터 누구든 메두사의 눈을 똑바로 바라보는 자는 돌로 변하게 되었다. 메두사는 고르고네스라 불리는 세 자매 가운데 유일하게 불사의 존재가 아니었다. 그래서 아테나는 그녀를 죽이기 위해 영웅 페르세우스를 보냈다. 그는 메두사에게 어떤 힘이 있는지 미리 알고 있었다. 그래서 윤이 나는 방패를 거울처럼 사용하여 괴물의 눈을 직접 바라보는 것을 피했다. 그러면서 메두사에게 다가들어 목을 잘랐다.

목이 잘린 메두사의 몸뚱이에서 〈황금 칼의 남자〉 크리사오르와 날개 달린 말 페가수스가 솟아났다. 이 마법적인 존재들을 수태하게 만든 것은 포세이돈이었다. 페르세우스는 메두사의 머리를 아테나 신에게 바쳤고, 아테나는 나중에 이것을 자기 방패 한복판에다 장식으로 박았다.

한편 아테나는 페르세우스가 메두사의 목에서 받아 낸 피를 의술의 신 아스클레피오스에게 주었다. 메두사의 왼쪽 혈관에서 나온 피는 심한 독기를 품고 있었지만, 오른쪽 혈관에서 나온 피는 죽은 사람에게 다시 생명을 주는 효험이 있었다.

고대 그리스의 지리학자이자 역사가인 파우사니아스에 따르면, 메두사는 리비아의 트리토니스 호수 근처에서 실제로 살았던 여왕이라고 한다. 이 여왕은 펠로폰네소스의 한 왕자에 맞서 전쟁을 벌이던 중에 살해되었다.

에드몽 웰스, 『상대적이며 절대적인 지식의 백과사전』 제5권

46. 눈 감기

날갯짓 소리, 뱀들이 싯싯거리는 소리, 천이 구겨지는 소리. 분명 어떤 위험이 닥쳐오고 있다. 하지만 화산 연기 때문에 위험이 어느 쪽에서 오는지 가늠할 수가 없다.

「눈 감아, 메두사야!」

나는 그렇게 소리치면서 눈을 꼭 감는다. 라울의 외침이 이어진다.

「서로 손을 잡고 가만히 서 있어.」

우리는 서로의 손을 찾는다. 손들이 서로 스치다가 꽉 달라붙는다. 우리는 눈을 감은 채 동그라미를 이룬다. 내 왼쪽에는 마타 하리, 오른쪽에는 라울이 있다. 날개 치는 소리가 점점 커진다. 마타 하리가 내 손을 더욱 세게 그러쥔다.

메두사가 다가온다. 날다가 내려앉아 땅바닥을 긁으면서 나아온다.

이윽고 역한 냄새가 풍겨 온다. 괴물은 분명 우리 코앞에 있다. 에드몽 웰스가 백과사전에 말한 바로 그 메두사다.

음산하고 기이한 목소리가 들려온다. 깊은 동굴에서 나오는 소리 같기도 하고 자갈이 걸려 있는 목에서 나오는 소리 같기도 하다.

「야, 너희 말이야! ……너희는 끊임없이 움직이고 도처에서 우글거려. 쉴 새 없이 주둥이를 놀리고, 손발과 팔다리를 한시도 가만두지 못해.」

목소리에 이따금 휘파람 소리가 섞여 든다. 그때마다 머리의 뱀들이 즉시 그 소리를 메아리처럼 되받는다. 언젠가 에드몽 웰스가 내게 말했다. 〈미노타우로스건 메두사건 키클롭스건 그리스 신화에 나오는 모든 괴물은 그리스인들의 침략을 받은 잘못밖에 없는 착한 사람들을 상징하는 존재들일 뿐이야. 그들을 놓고 공식적인 역사가들이 허위 사실을 지어내어 중상모략했지만 이미 죽어 버린 그들은 이의를 제기할 수가 없어.〉 신화에 따르면 페르세우스는 메두사의 목을 잘랐다. 그렇다면 목이 다시 자란 것이거나 신화가 잘못 된 것이다.

에펠이 제안한다.

「우리 뒤로 물러나서 그냥 돌아가는 게 어때?」

라울이 반박한다.

「눈을 감고 있어서 용암 구덩이로 떨어질 염려가 있어.」

「그럼 어떡하지?」

내가 말한다.

「현재로서는 눈을 감고 그냥 가만히 있는 수밖에 없어.」

메두사는 우리들 주위를 한 바퀴 돈 다음 내 쪽으로 다가온다. 괴물의 얼굴이 내 얼굴 가까이에 있는 것이 느껴진다.

괴물이 빈정거린다.

「어디, 생각이 좀 있는 자들인지 알아볼까? 너희에게 두 가지 형벌이 준비되어 있다. 어느 쪽이든 덜 고통스러워 보이는 쪽을 선택해라. 하나는 용암 속에 떨어져 타 죽는 것이고 다른 하나는 돌덩이로 삶을 마감하는 것이다. 어느 쪽을 선택하든 상관없지만…… 잘 생각해 보면, 용암 속에 떨어져도 결국엔 돌이 된다는 것을 알게 될 거야.」

괴물이 기이한 웃음을 터뜨린다. 까마귀 울음소리와 멧돼지 포효 소리가 뒤섞인 웃음이다. 양쪽에 있는 친구들이 내 손을 으스러지도록 그러쥔다. 우리는 초긴장 상태에서 바들바들 떨고 있다.

「처음엔 나를 바라본 사람들이 돌로 변하는 것을 보고 깜짝 놀랐어. 그러다가 그것에 점점 익숙해졌지. 사실을 더 밝히자면, 나에겐 원래 이런 성향이 있었어. 아테나에게 당하기 전에 나는 줄곧 조각을 좋아했지.」

메두사가 카미유 클로델 근처에 있는 게 분명하다. 카미유의 숨소리가 더 커졌다는 사실이 그것을 말해 준다. 짐작건대 메두사는 그녀의 머리카락을 쓰다듬고 있을 것이다.

「나는 먼저 작은 나무를 조각하는 일에 착수했어. 진짜 나무를 모델로 삼았지. 하지만 바람 때문에 잎들이 계속 흔들렸어. 너무 짜증이 나더군.」

메두사는 카미유 곁을 떠나 라퐁텐에게 다가간다.

「그래서 나무를 잘라 바람이 통하지 않는 닫힌 방에 놓아두었지. 그랬더니 더 움직이지 않더군.」

메두사는 이제 멜리에스 앞에 와 있다.

「그러고 나서 나는 물고기를 조각하고 싶었어. 그래서 어항을 설치했지. 하지만 물고기들은 끊임없이 위아래로 앞뒤로 돌아다녔어. 그래서 물을 얼려 버렸더니 녀석들이 다시는 움직이지 못하더군.」

메두사는 마타 하리를 살짝 어루만진다.

「그다음에는 개를 조각하고 싶었어. 개 역시 한시도 가만있지 않았어. 내 손을 핥아 대고 무언가를 먹고, 심지어는 잠을 자면서도 움직였어. 그래서 놈을 박제로 만들어 버렸지.」

메두사는 다시 카미유 쪽으로 간다.

「아테나 덕분에 그 모든 문제가 해결되었어. 얼리거나 박제를 만들지 않고 돌로 변하게 하는 능력이 생겼거든. 그때부터 예술 작품을 만들 수 있게 되었지. 인간이라는 가장 흥미로운 모델을 쉽게 조각할 수 있는 길이 열린 거야.」

우리는 숨을 죽이고 메두사의 연설을 듣는다.

「1호 지구에서 나는 여러 차례 내 능력을 시험했어. 한 인간이 아니라 군중을 조각한 적도 있지. 그건 누구도 생각하지 못한 일이야. 나는 소돔과 고모라에 갔었어. 롯의 아내를 소금 기둥으로 만든 것도 바로 나야. 롯은 분명히 아내에게 일러 주었어. 성읍을 나서다가 뒤를 돌아보면 불행이 닥치리라는 것을 말이야. 하지만 그 여자는 뒤로 몸을 돌렸고 그때 나를 본 거야.」

이제 메두사는 우리 머리 위를 날고 있다.

「폼페이에서는 그야말로 거장의 솜씨를 발휘했지. 집들과 주민과 동물을 포함해서 온 도시를 영원히 돌로 변하게 했거든. 이제 내 꿈은 한 나라, 한 문명, 한 행성 전체를 돌덩이로 만들어 버리는 거야. 야심만만한 조각가에게 어울리는 고결한 이상이 아니겠어? 안 그래, 클로델? 어느 것 하나 빠지지 않은 완벽한 조각 작품이 나올 거야. 돌 자동차, 돌 나무, 돌 개, 돌 비둘기, 돌 산, 돌 강, 돌 자전거, 돌 남자, 돌 여자…… 모든 것이 단단한 것으로 변하여 마침내 평화를 얻는 것이지.」

메두사는 땅에 내려와 우리 주위를 돈다. 비늘로 덮인 손이 내 목에 닿는다. 메두사는 내 머리를 잡더니 내 눈을 벌리려고 눈꺼풀을 위아래로 잡아당긴다.

「야 너! 날 봐, 날 보라고!」

갈퀴진 손가락들이 내 머리카락을 스친다. 무수한 뱀들이 내 살갗에 닿는다.

다른 것을 생각하자.

누가 쥘 베른을 죽였을까?

신들의 신은 누구일까?

살신자는 누구일까?

〈신보다 우월하고 악마보다 나쁘며……〉 하는 수수께끼의 답은 뭐지?

아프로디테는 나를 사랑할까? 그리고 인간 시절에 평생 나를 따라다녔던 질문: 그런데 내가 여기서 뭘 하는 거지?

나는 멜리에스에게 거울을 가지고 있느냐고 묻는다. 페르세우스는 거울을 사용해서 메두사를 죽였다니 말이다.

「아니, 없어. 미안해.」

라울이 힘주어 말한다.

「잘 버텨야 해, 미카엘. 잘 버텨!」

청동 손톱이 내 눈꺼풀을 할퀴고 있다.

「이제 날 봐!」

메두사는 갈퀴진 손가락으로 내 눈꺼풀을 홱 잡아당긴다. 메두사가 보인다.

악몽이다.

주름이 짜글짜글한 노파. 머리털 대신 머리통에 붙어 있는 가느다란 뱀들. 메두사는 주황색 토가 차림이다. 멧돼지의 엄니와 송곳니는 입 밖으로 비어져 나와 뺨 위로 휘어져 있다.

이 끔찍한 괴물이 예전에는 매력적인 여자였다. 그녀의 잘못이 있다면 그저 포세이돈의 탐심을 자극한 것밖에 없다. 메두사는 나의 실패를 반기며 커다란 눈을 휘둥그렇게 뜬다. 뒤틀린 입가에는 흡족해하는 미소가 어려 있다.

끝났다. 나는 이제 끝장이다. 나는 이제 조각상으로 변할 것이다.

발이 근질거리기 시작한다. 발에서 시작된 마비가 정강이를 타고 올라온다. 나는 돌로 변하고 있다. 나는 마비의 진행을 조금이라도 늦출 수 있지 않을까 해서 눈을 감는다.

나는 미카엘 팽송이라는 인간이었고 천사를 거쳐 신 후보생이 되었다. 그런데 이제는 영원히 조각상으로 살아가게 될 것이다. 뇌는 온전하고 의식도 또렷한데 말을 하거나 움직일 수 없는 조각상으로 말이다. 그저 눈알을 움직일 수만 있어도 주황색 지대에 오는 관광객들을 지켜볼 수 있으련만. 매릴린과 프레디가 너무나 부럽다. 뮤즈가 되는 것이 내 운명보다 한결 나아 보인다. 예술의 어떤 분야라도 좋으니 나도 뮤즈가 될 수 있다면, 아니 그저 움직이고 걷고 달릴 수만 있다면.

하반신에는 이제 아무런 느낌이 없다. 내 삶의 이 마지막 순간에 양심의 가책 따위는 느끼지 않는다. 다만 몇 가지 후회가 밀려들 뿐이다. 아프로디테가 내 어깨에 기대어 울 때 그녀를 꼭 안아 줄 것을. 돌고래족의 첨단 기술을 활용해서 천하무적의 군대를 창설하고 지략이 뛰어나고 적에게 무자비한 장수를 그 선두에 세울 것을. 그랬더라면 내 백성들은 아주 강력한 조국을 갖게 되었을 것이고, 다른 민족들의 관용을 구걸하기보다 다른 민족들에게 겁을 주고 존중을 받았으리라. 강한 것이 먼저고 착한 것은 나중이다. 이제 나마저 사라지면 돌고래족 백성들은 장차 어떻게 될까?

이것으로 끝이다.

메두사는 이제 카미유 클로델을 상대로 악착을 떤다. 카미유는 조각상이 되고 싶지 않아서 〈안 돼, 안 돼!〉를 연발한다.

마비가 배까지 올라왔다. 무언가를 해보기에는 너무 늦었다. 나는 용기를 내어 눈을 뜬다. 발, 아랫다리, 무릎, 넓적다리가 모두 돌로 변해 있다. 벌써 허파도 뻣뻣해지고 있다.

라퐁텐이 말한다.

「모두가 차례차례 당하고 말 거야.」

「분명 무슨 방법이 있을 거야.」

멜리에스가 말은 그렇게 했지만 별로 확신을 갖고 있는 눈치는 아니다.

내 운명은 살신자가 맞게 될 운명보다 고약하다. 살신자가 탐험가보다 더 가벼운 벌을 받다니. 아틀라스처럼 세계를 짊어지거나 시시포스처럼 바윗덩어리를 굴리는 편이 낫겠다.

손이 말을 듣지 않는다. 나는 어렵사리 목을 돌린다.

「자아, 가만히 있어. 왜 뻗대는 거야? 너희는 마침내 평화를 누리게 될 거야. 눈을 떠, 눈을 뜨라고.」

메두사가 웃음을 터뜨리는 것으로 보아 카미유가 무너진 모양이다. 카미유도 메두사를 본 것이다.

우리는 아직 서로 손을 잡고 있다. 손아귀 힘이 갈수록 억세진다.

뭔가 서늘한 느낌이 목을 타고 올라온다. 안면 근육이 딱딱해진다. 바윗돌처럼 무겁게 느껴지던 눈꺼풀이 다시 닫힌다. 카미유의 비명이 들리는 것으로 보아 귀는 아직 괜찮은 듯하다.

그러더니 소리가 뚝 끊긴다. 어떤 조각상들은 소리를 듣고 눈을 움직이는 것 같던데 나는 그런 것조차 누리지 못하는가 보다.

모든 것이 정지한다. 나는 기다린다. 이제 아무 일도 일어나지 않는다. 나는 내 주위에서 무슨 일이 벌어지는지 모른다. 시간이 나와 상관없이 흐르기 시작한 것이다. 나는 살아 있지만 외부 세계를 지각할 수 없다. 어쩌면 잠도 잘 수 없을지 모른다. 얼마나 오랫동안 이렇게 있어야 하는 걸까? 한 시간, 일주일, 일 년, 한 세기, 영겁?

나는 곧 미칠 것이다. 이 곤경에서 벗어나는 길은 추억과 상상 속으로 도망가는 것밖에 없을 것이다. 언제나 평화롭게 명상에 잠기기를 원했던 내가 아닌가. 이제 내가 할 일은 그것밖에 없다. 고요히 생각에 잠기자. 비록 소리가 들리지 않고 말을 할 수 없을지언정 의식은 또렷하지 않은가.

나는 패했다. 완전히 패했다.

47. 백과사전: 굳은 것과 무른 것

이누이트족과 대다수 수렵-채집 부족들의 사회에서는 자기들이 잡아먹는 동물의 뼈를 부수는 것이 금기로 되어 있다.

이 관습은 땅에 뼈를 묻으면 땅의 양분을 받아 뼈에 다시 살이 돋고 동물이 온전한 형태를 되찾으리라는 생각과 관련되어 있다.

이런 신앙은 아마도 나무를 보면서 생겨났을 것이다. 나무는 겨울이 되면 잎이라는 〈살〉을 잃는다. 나무의 〈뼈〉, 즉 줄기와 가지는 헐벗은 채로 겨울을 난다.

우리는 샤머니즘적인 몇몇 관습에서 그와 비슷한 사고방식을 찾아볼 수 있다. 뼈가 온전한 채로 시신을 묻으면 다시 살이 돋아서 죽은 사람이 다시 살아날 수 있으리라는 생각 말이다.

에드몽 웰스, 『상대적이며 절대적인 지식의 백과사전』 제5권

48. 그저 입맞춤 한 번으로

나는 여전히 꼼짝달싹 못 하고 있다. 머릿속에서는 내 삶을 담은 필름이 돌아가고 있다. 하지만 당장 미쳐 버릴 것만

같아서 생각을 분명하게 할 수가 없다.

어쩌면 벌써 일주일이 지났을지도 모른다. 이제 시간에 대한 의식이 없다. 친구들은 이미 돌아갔을까? 아니면 나처럼 조각상으로 변했을까?

마음을 가라앉히자. 백과사전에 나온 〈삼매〉의 방식을 활용하자. 모든 생각을 하나하나 몰아내자.

시도는 하지만 뜻대로 되지 않는다. 외부에서는 무슨 일이 일어나고 있을까? 그저 그것만이라도 알 수 있었으면. 친구들이 내 옆에 있는지, 지금이 밤인지 낮인지 그저 그것만이라도 알 수 있었으면.

명상에 들어가야 한다. 바람이 구름을 쫓아 버리듯이 온갖 상념들을 몰아내야 한다. 내 처지를 생각하지 말자.

나는 곧 미쳐 버릴 것이다.

나의 (위대한) 신이시여, 제 말을 듣고 계시다면 제발 저를 여기에서 꺼내 주십시오.

저를 여기에서 꺼내 주십시오!

그때 놀라운 일이 벌어진다. 내 입에 무언가가 닿는 느낌이 든다. 키스. 과일 향내가 나는 긴 입맞춤. 그러자 온몸으로 온기가 퍼져 나간다. 아프로디테가 마지막 순간에 나를 구해 주러 달려온 것일까?

나를 해방시키는 놀라운 효능을 지닌 입맞춤. 치과에 다녀오고 나서 마취가 풀릴 때처럼 내 입이 예민한 감각을 되찾는다. 입술에 닿는 촉촉한 온기가 느껴진다. 목이 움직인다. 눈꺼풀이 가벼워지고 나를 도와준 여자가 눈에 들어온다.

사랑의 신이 아니라 마타 하리다.

그녀는 눈을 감은 채 내 몸에 달라붙어 있다. 나를 끌어안고 입을 맞추면서 은혜로운 파동을 내게 전달하고 있다. 그 파동은 온몸으로 퍼져 나가 나를 돌의 외피 밖으로 끌어낸다. 나는 잠자는 숲속의 공주다. 나는 내 살과 피를 되찾는다. 허파에 다시 공기가 가득 찬다. 먼지 때문에 기침이 나온다.

시원한 손 하나가 나를 이끈다. 살다 보면 정말 아무 생각도 하지 말아야 할 때가 있다. 우리는 눈을 감고 분화구들 사이로 내닫는다. 다른 발소리가 들린다. 친구들이 아직 우리 주위에 있다는 얘기다.

메두사는 무거운 걸음으로 우리를 쫓아오다가 붕 날아오른다. 등 뒤에서 날갯짓 소리가 들린다.

나는 눈을 뜨고 앞을 바라본다. 나를 이끄는 손은 뮤즈로 변한 프레디의 손이다. 그는 나를 끌고 나는 마타 하리를 잡고 있다. 마타 하리는 서로 손을 잡고 있는 다른 친구들과 연결되어 있다. 옛날에 맹인이었던 프레디가 우리 모두를 이끌고 있는 셈이다.

우리가 적색 지대로 이어지는 비탈길에 다다르자 메두사는 추격을 포기한다. 메두사는 자기 영토인 주황색 지대를 벗어나지 않는 모양이다.

우리는 비탈길을 내리닫아 개양귀비밭으로 들어간다. 나에게 다리와 눈꺼풀과 손이 있다는 사실을 이토록 고맙게 생각해 본 적이 없다.

우리는 한참을 달리다가 멈춰 선다. 이젠 서로 손을 잡을 필요가 없다. 나는 붉은 꽃으로 물든 개양귀비밭에서 팔짝팔짝 뛴다. 그러면서 근육 하나하나가 움직이는 것을 느낀다. 참으로 기쁘다. 나는 최악의 상황을 벗어났다. 나는 살아 움직일 수 있다.

우리는 살아 있음을 기뻐하며 서로 바라본다. 알고 보니 한 시간이나 일주일이나 일 년이 아니라 그저 몇 분이 흘렀을 뿐이다.

마타 하리가 말문을 연다.

「좋아, 이제 됐어.」

이 순간에는 그 말이 아주 특별한 의미로 다가온다.

「고마워, 마타 하리.」

내 몸은 그녀를 끌어안고 싶어 하는데 내 뇌가 그것을 막는다. 나는 다른 친구들을 바라본다. 테오노트들, 뮤즈들, 우리 주위에서 팔락거리는 무슈론.

일이 어떻게 돌아간 것인지 알 듯하다. 먼저 무슈론이 프레디를 데리러 날아갔고, 프레디는 우리를 구하려고 산으로 올라왔다. 그 사이에 마타 하리는 나를 포기하지 않고 구원의 입맞춤을 시도한 것이다.

무슈론은 위험이 완전히 사라졌는지 확인하기 위해 높이 날아오른다. 그러더니 내가 손가락을 내밀자 끄트머리에 내려앉는다.

「너도 고마워, 무슈론.」

무슈론은 자기가 좋아하지 않은 별명을 듣자 작은 혀를 내밀어 보이고 홱 날아가 버린다.

「어이, 무슈론, 가지 마.」

어느새 무슈론이 시야에서 사라졌다. 나는 친구들을 바라본다.

「어, 카미유가 없네. 거기로 다시 가야겠어.」

라퐁텐이 말린다.

「너무 위험해.」

「그렇다고 카미유를 포기할 순 없어. 구하러 가야 해!」

「너무 늦었어. 아직 가능성이 남아 있을 때 입맞춤을 해줬어야 하는 거야.」

라울의 말에 멜리에스가 맞장구를 친다.

「맞아. 마타 하리가 너를 구할 수 있었던 것은 제때에 나섰기 때문이야. 이제 카미유는 완전히 굳어 버렸을 거야.」

「조각가가 조각상으로 변신하는 건 당연한 귀결이야.」

우리는 주황색 지대 쪽으로 눈을 돌린다.

「이제 끝났어. 우리는 더 멀리 나아갈 수가 없어. 아무튼 나는 이제 저기에 가지 않을 거야.」

매릴린과 프레디는 더 오래 지체할 수 없다는 뜻을 손짓으로 알려 온다. 뮤즈들이 신 후보생들과 타협하는 것에는 한계가 있는 것이다.

우리는 올림피아로 돌아가기 위해 다시 걸음을 옮긴다.

나는 폭포 아래로 들어가 온몸에 시원한 물이 쏟아져 내리는 것을 즐긴다. 내 몸이 살아 움직이는 것을 온전하게 느끼고 싶다. 이제 나는 물질 속에 존재한다는 것, 세계가 움직이고 있음을 느끼는 것이 얼마나 고마운 일인지 안다. 나는 손가락을 펴고 웃음을 짓고 팔을 들어 올린다. 나의 신이시여, 고맙습니다. 내 온몸이 세상을 느끼는 안테나다. 나는 깊이 숨을 들이마시고 눈을 감는다. 움직일 수 있는 육신 속으로 돌아와서 참으로 기쁘다.

나무나 돌은 얼마나 불쌍한가. 문득 인간 시절에 내가 앓았던 모든 질병이 축복이었다는 생각이 든다. 류머티즘, 치통, 궤양, 안면 근육통, 그 모든 것들은 적어도 나에게 강한 느낌을 안겨 주었다. 내가 겪은 고통들은 내가 존재하고 있음을 증명해 주었다.

나는 온몸으로 외부 세계를 지각한다. 처음으로 이 행성과 우주를 지각하고 있는 기분이 든다. 영원히 돌덩이가 되어 버리는 것에 대한 공포를 경험한 것은 그런대로 의미가 있었다. 이렇게 자유로운 육신으로 움직이는 행복을 맛보게 해줬으니 말이다.

마타 하리가 내 곁으로 온다. 토가가 물에 젖어서 그녀의 몸매가 그대로 드러나 보인다.

나는 땀과 먼지와 공포를 씻어 내기 위해 몸을 박박 문지른다.

내 살갗에 달라붙어 있는 이 죄의식은 어디에서 오는 걸까? 나는 에드몽 웰스를 구하지 않은 것과 쥘 베른을 구하지 않은 것에 대해 죄의식을 느낀다. 천사 시절에 이고르와 비너스를 구하지 못한 것이며 타나토노트 시절에 그 미친 모험에 함께 뛰어들었던 친구들을 구하지 못한 것에 대해서도 마찬가지다. 나는 세상의 모든 불행에 대해서 죄의식을 느낀다. 아주 오래전부터 그래 왔다. 어딘가에서 전쟁이 일어나면 그게 내 잘못인 것 같고, 온갖 불의, 심지어는 원죄까지도 나와 무관하지 않다고 느낀다. 이브가 사과를 먹은 것이나 카인이 아벨을 죽인 것도 내 잘못이 아니었을까 생각한다.

아프로디테가 문제를 겪는 것도 내 잘못이고, 돌고래족이 고난을 겪는 것도 내 잘못이다.

나는 머리를 물속에 처박고 허파가 뜨거워질 때까지 숨을 참는다.

예전에 내 어머니가 했던 말이 생각난다. 〈이건 다 네 잘못이야.〉 그건 정말 맞는 말이었다. 하지만 어머니는 〈이제 네가 할 수 있는 일은 아무것도 없어〉라고 말하지 않고, 〈너는 무엇이든 할 수 있으니까 이 상황도 변화시킬 수 있을 거야〉라고 했다. 그건 내 방이 난장판이 되었을 때의 일이었다. 나는 스웨터를 벗다가 실수로 어항을 깨뜨렸고 운수 나쁜 금붕어는 죽어 버렸다.

〈이건 다 네 잘못이야. 하지만 너는 무엇이든 할 수 있으니까 이 상황도…….〉

나는 방을 정돈한 다음 다른 금붕어를 샀다.

인류도 새로 살 수 있을까?

나는 눈을 감았다가 다시 뜬다. 마타 하리는 조용히 나를 바라보고 있다.

마타 하리는 아름답고 용감하다. 아마도 내가 이제껏 만난 여자들 가운데 가장 멋진 여자일 것이다……. 아프로디테만 빼고.

이게 바로 나의 문제가 아닌가 싶다. 나는 나에게 맞는 욕망을 품을 줄 모른다.

라퐁텐이 나를 떼민다.

「늦었어. 이제 돌아가자.」

나는 움직이지 않는다. 마타 하리는 내 앞에 그대로 있다. 마치 무언가를 기다리는 양…….

「마타, 너에게 하고 싶은 말이 있었어.」

「뭐라고?」

「아냐……. 아무것도. 조금 전에 정말 고마웠어.」

카미유는 주황색 지대에 남아 있다. 우리는 이제 일흔일곱 명으로 줄었다.

우리는 발길을 돌린다. 나는 피가 맺히도록 혀를 깨문다.

〈어쩌면 때로는 나무가 되는 편이 나을지도 몰라〉 하고 나는 생각했다.

49. 백과사전: 은행나무

세상에는 신기한 나무들이 많다. 중국 원산의 낙엽 교목인 은행나무(학명: Ginkgo biloba)도 그중 하나다. 은행나무는 오늘날까지 알려진 가장 오래된 수종이다. 학자들의 추정에 따르면 1억 5천만 년 전부터 존재해 왔다고 한다. 은행나무는 가장 저항력이 강한 나무이기도 하다. 히로시마에서 원자 폭탄이 폭발하고 겨우 1년이 지난 뒤에 방사능 오염 지역에서 가장 먼저 자라난 것이 바로 은행나무였다.

은행나무는 암수딴그루이며 암나무와 수나무가 수백 미터나 떨어져 있어도 수나무의 꽃가루가 암나무로 날아가 열매를 맺을 수 있다. 또한 암나무와 수나무는 서로를 향해 기울어지는 경향이 있다고 한다. 열매는 노란색 겉껍질에 싸여 있는데 이것이 아주 고약한 냄새를 풍기면서 썩고 나면 단단한 흰색 껍질에 싸인 씨앗이 나온다.

은행(銀杏), 즉 은빛 살구라는 뜻을 지닌 이 열매는 약으로 쓰인다. 산화 방지의 효능이 있어서 세포의 노화를 지연시키고 면역 체계의 효율성을 높여 준다. 뇌 속에서 일어나는 포도당의 신진대사에도 작용한다.

티베트에서는 승려들이 야간의 명상 수행 중에 잠이 오는 것을 막기 위해 은행잎을 달여 마신다.

서구 여러 나라에서는 은행나무를 조경수나 가로수로 점점 더 많이 심고 있다. 병충해가 없을 뿐만 아니라 나쁜 기후나 환경 오염에 대한 저항력이 강하기 때문이다. 은행나무는 1천2백 년이나 묵은 것들도 볼 수 있을 만큼 수명이 길다.

에드몽 웰스, 『상대적이며 절대적인 지식의 백과사전』 제5권

50. 인간, 18세

내가 없는 사이에 누가 빌라에 침입했다.

문이 활짝 열려 있고 발자국이 남아 있다.

발자국을 따라가 보니 침입자는 서가 쪽으로 갔다. 책들이 모두 백지로 되어 있는데도 서가를 뒤졌다는 것은 침입자가 『상대적이며 절대적인 지식의 백과사전』을 찾으러 왔다는 뜻이다. 그렇다면 그자는 내가 에드몽 웰스의 뜻에 따라 백과사전을 계속 집필하고 있다는 사실을 알고 있는 자이다.

나는 정원의 흙에 찍힌 신발 자국을 찬찬히 살핀다. 숲 같은 곳에서 돌아다니다가 온 자의 발자국이 틀림없다.

갑자기 피로가 몰려온다. 나는 빌라로 돌아와 자리에 눕는다.

잠을 청해 보지만 정신이 말똥말똥하다. 나는 도로 일어나 텔레비전을 켠다. 정말이지 신의 삶은 불면증 환자의 삶이다.

첫 번째 채널. 쿠아시 쿠아시. 그는 이제 열여덟 살이다. 가나 사람들이 잠입해서 그의 플랜테이션을 파괴한다. 파인애플 가격을 올리기 위한 도발이다. 전투가 시작되고 그의 부족 사람들은 침입자들을 추격한다. 쿠아시 쿠아시도 가나 사람 하나와 싸움을 벌인다. 상대의 눈에는 살기가 서려 있다.

쿠아시 쿠아시가 묻는다.

「도대체 왜 이런 짓을 하는 거지? 우리가 가진 것을 똑같이 갖고 싶은 거냐?」

「천만에. 너희가 가진 것을 똑같이 갖는 것으로는 성이 차지 않는다. 우리는 너희가 가진 것을 빼앗아 너희를 빈털터리로 만들고 싶다.」

쿠아시 쿠아시는 상대의 태연한 대답에 충격을 받는다. 〈이들은 부자가 되려는 것이 아니라 그저 우리가 저희처럼 가난해지기를 바라는 것이다.〉

그는 상대를 놓아주고 기력이 다 빠진 것처럼 쓰러진다. 그의 아버지는 아들이 다쳤다고 생각하면서 달려온다.

채널을 바꾸자 은비가 나온다. 역시 열여덟 살이 된 그녀는 갈수록 말수가 적어지고 혼자 있는 시간이 많아진다. 몇 시간 내내 비디오 게임을 하거나 텔레비전을 보기도 한다. 그러다가 그녀는 〈돌고래〉라는 제목의 장편소설을 쓴다. 하지만 인생이 고통의 바다라는 느낌은 가실 줄을 모른다. 부모가 이혼한 뒤로 은비는 도쿄 변두리에 작은 방을 얻어 혼자 살고 있다.

그러던 어느 날 은비는 온 세상의 사람들과 마음껏 〈채팅〉을 하기 위해 인터넷에 접속하기로 한다. 그녀의 닉네임은 〈한국 돌고래〉라는 뜻의 코리안 돌핀을 줄인 KD이다. 마침내 익명으로나마 세상과 소통할 수 있는 길이 열린 것이다.

여러 사이버 토론 광장을 오가며 대화에 참여하던 중에 〈한국 여우〉라는 뜻의 코리안 폭스를 줄인 KF라는 이름이 그녀의 관심을 끈다. 그녀처럼 한국과 자기가 좋아하는 동물을 결합하여 닉네임을 정한 사람이 또 있는 것이다.

은비는 KF와 대화하기 시작한다. 그는 부산에 사는 남자라고 자신을 소개하면서 그녀가 어디에 사느냐고 묻는다. 그녀는 자기 몸에 한국인의 피가 흐르고 있지만 한국에 가본 적이 없다면서 한국에 관한 이야기를 해달라고 부탁한다. 그는 한국인들이 어떻게 살아가는지, 곳곳에 절을 품고 있는 산들은 얼마나 아름다운지, 사람들은 얼마나 친절하고 여자들은 얼마나 예쁜지 이야기하고, 찬란한 문명을 이뤄 낸 선조들의 역사도 들려준다.

은비는 일본에서 한국인으로 살아가는 것도 어렵지만, 분단의 상처가 아물지 않은 한반도에서 살아가는 것 역시 쉽지 않다는 사실을 깨닫는다.

은비는 자기의 일상생활을 이야기하고, 어린 시절에 일본 아이들과 다르다는 이유로 겪었던 모욕이며 피해자이면서도 오히려 가해자들에게 사과해야 하는 재일 동포들의 사정에 대해서도 이야기한다. 은비는 한 번도 본 적이 없는 코리안 폭스의 얼굴을 상상한다.

그들의 화제는 저마다 좋아하는 일과 장래 희망으로 옮겨 간다. 은비는 그림 그리기를 좋아하고 장차 애니메이션을 만들고 싶어 한다. 코리안 폭스는 컴퓨터 공학을 열렬히 좋아한다. 어린 시절에는 PC방에서 살다시피 하며 전략과 전술을 겨루는 갖가지 온라인 게임에 몰두했고, 이제는 컴퓨터 프로그래머가 되어 오랫동안 꿈꿔 온 개인적인 프로젝트에 전념하고 있다. 가칭 〈제5세계〉라는 가상 공간을 창조하려는 것이다.

그의 용어 설명에 따르면, 제1세계는 손으로 만질 수 있는 현실 세계이고, 제2세계는 잠자는 동안에 나타나는 꿈의 세계이며, 제3세계는 소설의 세계, 제4세계는 영화의 세계이고, 제5세계는 컴퓨터 속의 가상 세계이다.

코리안 폭스는 은비의 부탁을 받아들여 〈제5세계〉라는 프로젝트에 관해 자세하게 설명한다. 그의 아이디어는 온라인 게임에서 나왔다. 많은 사람들이 가상 공간에서 만나 함께 모험을 벌이는 온라인 게임에서 놀이꾼들은 저마다 아바타의 모습으로 나타난다. 그런데 코리안 폭스의 생각은 아바타를 진짜 놀이꾼들과 되도록 비슷하게 만들자는 것이다. 은비는 이 아이디어에 열띤 관심을 보인다. 각각의 아바타가 진짜 사람의 얼굴로 나타나리라는 생각에 흥미를 느낀 것이다. 코리안 폭스는 더 나아가서 놀이꾼의 신체적인 특징뿐만 아니라 심리적인 특성까지 아바타에게 부여할 생각이다. 그러기 위해서 그는 컴퓨터 프로그래머로 일하는 몇몇 친구와 함께 복잡한 프로그램을 만들어 낸다. 놀이꾼들이 저마다 자기의 몸과 마음에 관한 최대한의 정보를 제공하면 그것을 바탕으로 아바타를 만들어 내는 프로그램이다.

은비는 인간이 이뤄 내지 못한 것을 아바타가 성공시킬 수 있음을 알아차린다. 은비의 아바타는 돌고래들을 구할 수도 있고 은비를 모욕한 자들을 혼낼 수도 있다.

「이 프로그램이 잘 돌아가면 놀이꾼이 죽더라도 아바타는 계속 살아갈 수 있겠네요?」

수수께끼의 남자 코리안 폭스는 그것이 자기가 이 프로그램을 만든 또 다른 목적이라고 대답한다. 그는 〈제5의 세계〉를 통해 놀이꾼들에게 불멸의 삶을 주고 싶어 한다.

은비는 자기도 프로젝트에 참여하고 싶다고 알린다. 코리안 폭스는 아바타들이 살아갈 최초의 환경을 구상해 보라고 권한다.

은비는 이내 섬이며 호수며 산이며 미래형 도시들의 그림을 보낸다. KF는 무척 좋아하면서 감사의 뜻으로 아바타들이 자율적으로 살아가는 가상 세계의 시제품을 인터넷으로 보낸다.

은비는 프로그램을 받아 가동시킨다. 인물들이 움직이고

말하고 인간들의 행동을 흉내 내기 시작한다. 어떤 인물들과는 대화를 하는 것도 가능하다. 대화의 프로세스가 기억되어 있기 때문이다. 은비와 KF의 협력은 계속된다. KF는 인간을 흉내 내는 작은 존재들을 은비에게 보내고, 은비는 그들이 살아가는 환경을 만들어 준다. 은비는 비로소 입술에 미소를 머금은 채 잠자리에 든다. 자신에게 엄청난 능력이 있다는 느낌이 들고, 비록 얼굴은 모르지만 세상 어딘가에 참다운 삶의 파트너가 있다는 생각도 든다. 어느 날 그녀는 그의 진짜 이름과 사진을 요구한다. 하지만 그는 선뜻 응하지 않는다. 당분간은 아바타와 익명으로만 자기를 알고 있는 게 좋겠다는 것이다. 은비는 궁금증을 느끼기 시작한다.

세 번째 채널. 테오팀 역시 열여덟 살이다. 그는 여름 캠프의 지도자이다.

처음에는 모든 것이 순조롭다. 이 캠프에 참가한 아이들은 모두 군인의 아들이다. 지도자들 가운데 민간인은 테오팀뿐이고 나머지는 모두 부대에서 차출된 군인들이다.

테오팀은 온화하고 친절해서 아이들은 물론이고 교장과 다른 지도자들의 호감을 산다. 기타를 잘 친다는 사실도 그가 인기를 얻는 데 한몫을 한다.

그런데 곧 한 가지 문제가 생겨난다. 그가 감독해야 하는 11세 소년 열 명이 저희끼리 위계를 세웠는데, 그 위계가 저희 아버지들의 계급과 일치한다. 대령의 아들은 우두머리가 되고 위관의 아들은 그 아래에, 부사관의 아들은 다시 그 아래에 오는 식이다. 결국 아버지의 계급이 가장 낮은 아이는 천덕꾸러기가 된다. 그 아이가 빨강 머리라는 사실은 집단 따돌림을 부채질할 뿐이다. 어느 날 테오팀은 한 소년이 다른 소년을 이유 없이 학대하는 장면을 목격한다. 가해자는 대령의 아들이고 피해자는 말단 부사관의 아들이다. 테오팀은 가해자를 빈방에 격리시키는 벌을 내리고, 피해자를 위로한다. 하지만 그 결과는 기대하던 것과 딴판이다. 대령의 아들은 캠프 지도자에게 대들 수 있는 영웅 대접을 받는 반면에 부사관의 아들은 윗사람의 비위를 맞추는 알랑쇠로 취급된다.

아이들은 불쌍한 소년을 괴롭히다 못해 고약한 짓을 강요하기에 이른다. 알랑쇠가 아니라는 것을 증명하고 싶다면 테오팀의 기타를 가져다가 줄을 끊어 버리라는 것이다. 천덕꾸러기 소년은 시키는 대로 한다. 그러자 테오팀은 그 소년을 포함해서 자기가 맡고 있는 모든 아이들에게 벌을 준다. 비록 내색을 하지는 않았지만 아이들은 하나같이 그에게서 등을 돌린다.

그때부터 부사관의 아들은 대령의 아들을 열심히 떠받드는 졸개가 된다. 어느 날 밤 대령의 아들은 아이들을 모아 테오팀에 대한 보복 공격을 감행한다. 테오팀을 보호하기 위해 한 동료가 개입하지 않으면 안 되는 상황이 벌어진다. 이 동료는 군인의 면모를 유감없이 드러내며 질서를 회복하기 위해 주저 없이 아이들을 때린다. 그는 구둣발을 날리면서 테오팀에게 소리친다.

「처음부터 이 녀석들을 때렸다면 이런 일은 없었을 거야. 작은 폭력을 제때에 행사하지 않으면 나중에는 더 큰 폭력에 의존하게 되는 법이야.」

이튿날은 여름 캠프의 마지막 날이다. 테오팀은 떠나기에 앞서 교장에게 말한다.

「제가 실패했다는 것을 압니다. 하지만 제가 어떻게 했어야 하는지 잘 모르겠습니다. 제 동료가 충고한 것처럼 아이들을 때렸어야 하는 건가요?」

교장은 젊은이를 빤히 바라보다가 대답한다.

「당연히 그랬어야 하네. 아이들은 권위를 존중해. 힘 또는 폭력이 더해지면 더욱 권위가 서지. 하지만 폭력을 덜 쓰면서도 아이들을 잘 다룰 수 있는 방법이 있기는 해. 대장 노릇을 하는 아이를 구워삶고 천덕꾸러기 아이에게 벌을 주는 것이지.」

테오팀은 이해할 수 없다는 표정을 짓는다.

「대장 노릇을 하는 아이를 잘 구워삶았다면 그 아이를 통해 명령을 전달함으로써 아이들이 자네에게 순종하도록 만들 수 있었을 거야. 그 아이는 어른의 신임을 받는 것이 자랑스러워서 자네의 지시를 아주 충실하게 전달했겠지. 녀석은 그런 상황을 당연하게 받아들였을 거야. 반면에 그 빨강 머리 녀석은 학대를 당하는 것에 이골이 나서 자네의 벌을 어쩔 수 없는 것으로 받아들였을 걸세. 그랬다면 모든 아이들이 자네를 좋은 캠프 지도자로 여겼을 것이고 질서가 바로 섰겠지.」

「가해자에게 상을 주고 피해자에게 벌을 주는 것이 성공 전략이란 말인가요?」

「사실 처음엔 비도덕적으로 보일 수도 있어. 하지만 우리 캠프의 지도자들은 늘 그런 식으로 해왔고 성과도 괜찮았어. 〈나쁜 놈들〉은 대개 강자일세. 그러니까 그 녀석들과 친하게 지내야 하는 거야. 반면에 피해자들은 약자들이라서 아무런 도움이 안 돼. 자네에게 해를 끼치지도 않지만 이익을 줄 수도 없어. 그들은 불평이 많아. 남에게 호감을 주지 못하지. 따라서 설령 비도덕적이라 할지라도 악당의 편을 드는 것이 가장 효율적인 길이야. 일단 그런 식으로 가고 나중에 그럴싸하게 둘러대면 돼. 그건 말하기 나름일세.」

마치 역사에 대한 자신의 냉소주의를 정당화하는 내 친구 라울의 이야기를 듣고 있는 기분이다. 나는 텔레비전을 끈다.

나는 침대로 돌아와 테오팀의 슬픈 경험을 생각하면서 잠을 청한다. 그는 무엇을 할 수 있었을까? 영화 속의 의로운 주인공들은 언제나 약자와 억압받는 자를 보호한다고 주장한다. 하지만 실제의 삶에서는 그것이 사실상 불가능하다.

51. 백과사전: 델포이

제우스는 세계의 중심이 어디인가를 알고 싶었다. 그래서 지구의 동단과 서단에서 독수리 두 마리를 날려 보내고 두 독수리가 만난 지점을 옴팔로스, 즉 〈세계의 배꼽〉으로 삼기로 했다.

두 독수리는 그리스 중부 파르나소스산(山) 중턱에 있는 한 동굴에서 만났다. 이 동굴은 대지의 신 가이아가 놓아둔 거대한 뱀이 지키고 있었다. 아폴론은 뱀을 죽이고 그 자리에 자신의 신전을 세웠다. 그런 다음 신전을 지킬 사제들을 찾다가 크레타 사람들의 배를 보자 돌고래로 변신하여 그들을 신전 쪽으로 이끌었다. 그때부터 이곳은 델포이라 불리게 되었다. 돌고래를 뜻하는 그리스어 델피스에서 나온 이름이다.

신전은 여러 차례 허물리고 다시 지어졌지만 신전다운 신전이 건설된 것은 기원전 513년경의 일이다. 신전 입구에는 다음과 같은 세 격언이 새겨져 있었다고 한다. 〈너 자신을 알라.〉, 〈무엇이든 정도가 지나치면 안 된다.〉, 〈서약에는 화가 따르기 쉽다.〉

신전 내부에서는 사제 피티아가 앞일을 알고 싶어 찾아오는 사람들에게 신탁을 전해 주었다. 아폴론 숭배가 널리 퍼져 나감에 따라 그리스 전역에서 심지어는 이집트와 소아시아에서도 사람들이 신탁을 구하러 왔다. 인근 도시의 주민들은 거의 모두가 신전에서 일했다. 처음에는 건설에 참여했고, 나중에는 성스러운 불을 관리하고 순례자를 접대하고 공적인 향연과 정화 의식을 주관하고 아폴론을 찬양하는 노래와 춤을 맡거나 사제직에 종사했다.

방문객들은 다음과 같은 절차를 거치도록 되어 있었다. 먼저 목욕재계를 하고 저마다의 재력에 따라서 양이나 염소나 닭을 제물로 바친다. 그다음에는 사제들이 희생된 동물들의 내장을 보며 점을 친다. 점괘가 좋게 나오면 방문객은 대사제 피티아에게서 신탁을 듣기 위해 차례를 기다린다.

방문객들의 수가 너무 많아서 사제들은 제비뽑기를 해야만 했다(방문객이 유력 인사이거나 사제들을 매수하는 경우는 예외였다). 피티아에게 다가갈 자격을 얻은 방문객은 신전의 지하에 있는 지성소로 내려간다. 이 성스러운 방은 거대한 개미집 모양의 돌로 된 옴팔로스 앞에 있었다. 여기에서 방문객은 자신이 알고 싶은 것을 적어 작은 그릇에 담는다. 대사제 피티아는 월계수잎을 씹은 뒤에 찾아오는 접신의 경지에서 사람들이 가져온 질문에 대답한다. 아무도 그녀를 볼 수는 없다. 그녀는 알아듣기 어려운 짤막하고 날카로운 외침으로 신탁을 전한다. 그러면 배석한 〈예언자들〉이 그것을 알기 쉬운 말로 옮겨 준다.

이 신전을 찾아왔던 유명한 〈고객들〉 중에는 알렉산드로스 대왕과 리디아의 부유한 왕 크로이소스도 있었다. 알렉산드로스 대왕은 〈아무도 그대와 대적하지 못하리라〉라는 신탁을 들었다. 크로이소스왕은 페르시아를 상대로 전쟁을 벌여도 되는지 알고 싶어 했다. 피티아는 〈만약 그대가 페르시아를 공격한다면 위대한 제국을 파멸시킬 것이다〉라고 대답했다. 크로이소스는 자신감을 얻고 전쟁을 일으켰지만 페르시아의 역공을 당하여 리디아의 수도는 함락되고 그는 포로가 되었다. 죽음을 앞두고 그는 신탁을 원망했다. 하지만 그는 경솔하게 전쟁을 일으키기에 앞서 어떤 제국이 파멸한다는 것인지를 따져 보았어야 했다. 신탁이 말한 제국은 바로 그의 제국이었으니 말이다.

델포이 신전은 비록 잇따른 약탈을 겪기는 했지만(신전의 〈숨겨진 보물〉은 숱한 도둑의 표적이 되었다), 천 년 가까이 지나도록 신탁의 명소로 존속했다. 그러다가 4세기에 로마 황제 테오도시우스 1세가 아폴론 숭배를 금지함에 따라 문을 닫게 되었다. 피티아는 마지막 신탁을 통해 그것을 예언했다. 〈아름다운 건물에는 작은 방도 앞일을 말해 주는 월계수도 남아 있지 않게 되리라. 샘물은 조용해지고 말하던 물결은 침묵하리라〉라고 그녀는 말했다.

에드몽 웰스, 『상대적이며 절대적인 지식의 백과사전』 제5권

52. 돌고래 꿈

그날 밤 나는 꿈에서 돌고래들을 보았다. 돌고래들은 보석을 주렁주렁 단 채 우주 공간을 날고 있었다. 그 보석들은 알고 보니 말을 부릴 때 쓰는 기구들이었다. 돌고래들은 마차 대신 폐허가 된 그리스 신전의 기둥이며 주춧돌 따위로 덮인 섬들의 조각을 끌며 미끄러져 갔다. 이따금 지느러미들이 날개처럼 퍼덕거렸다. 입가에 어린 미소는 레오나르도 다 빈치의 모나리자를 생각나게 했다. 에드몽 웰스의 백과사전에서 읽은 문장 하나가 머릿속에서 맴돌았다. 〈너 자신을 알라. 그러면 하늘과 신들을 알게 될 것이다.〉 돌고래는 쉰 마리쯤 될 듯했다. 흰 바탕에 검은 얼룩무늬가 있는 녀석들도 보이고, 잿빛이나 은빛을 띤 녀석들도 보였다.

갑자기 작살을 들고 있는 사람들이 나타났다. 돌고래들이

오기를 기다리고 있는 것이었다. 이건 은비가 보던 텔레비전 뉴스의 한 장면이었다. 돌고래 한 마리가 살길을 찾으려 애쓰고 있었다. 유혈이 낭자한 다른 돌고래들의 시체 사이에서 동그란 얼룩무늬를 보이며 헤엄치듯 비상하듯 이리저리 움직이던 돌고래가 한순간 태양을 등지며 높이 솟구쳤다. 그러자 사람들은 일제히 창을 던지듯 돌고래를 향해 작살을 날렸다.

돌고래들이 사냥꾼들을 죽였으면 좋으련만 그저 속절없이 당하고만 있었다. 나는 꿈속에서 소리쳤다. 「맞서 싸워! 맞서 싸우란 말이야!」 다친 돌고래 한 마리가 나를 보며 말했다. 「이게 역사의 흐름이야.」 델포이 신전의 잔해로 덮인 섬은 산산이 부서지고 작살을 든 인간들은 승리의 함성을 내지르고 있었다.

나는 분노에 사로잡힌 채 깨어난다. 꿈의 세계조차 평안을 주는 도피처가 아니다. 나는 좋은 꿈을 기대하면서 다시 잠을 청한다.

두 번째 꿈에서 본 것은 각기 다른 빛깔로 하늘에서 펄럭이는 세 개의 리본이다. D, N, A의 세 힘을 나타내는 나선들이 함께 어우러져 춤추고 있었다.

세 리본은 세 마리 뱀으로 변한다. 뱀들의 등에는 각기 색깔이 다른 동그라미 안에 글자가 찍혀 있다. 첫 번째 뱀의 빨간 동그라미에 있는 것은 D 자이고, 두 번째 뱀의 파란 동그라미에 있는 것은 A 자, 세 번째 뱀의 하얀 동그라미에 있는 것은 N 자이다. 빨간색은 지배와 파괴의 힘이 불러오는 피의 빛깔이고, 파란색은 평안을 가져다주는 광대한 하늘의 빛깔이며, 흰색은 중성의 빛깔이다.

세 마리 뱀이 끝없는 나선을 이루며 공중으로 올라간다.

문득 헤르메스의 가르침이 생각난다. 그는 〈타자〉에 대하여 취할 수 있는 태도를 다음의 세 가지로 요약했다.

남과 함께.

남과 맞서서.

남과 무관하게.

여기에서 벌어지는 모든 일은 서로 연관되어 있고 그 배후에는 하나의 설명, 하나의 비밀이 있다는 느낌이 든다. 그 비밀을 푸는 열쇠를 찾아내야 한다. 내가 느끼기에 열쇠는 D, N, A라는 세 글자 속에 있다.

세 마리 뱀이 음악에 맞춰 구불구불 올라가다가 갑자기 서로에게 덤벼들어 싸움을 벌인다. 한데 뒤엉킨 몸뚱이들이 꿈틀거릴 때마다 작은 매듭들이 생겨나더니 이것들이 합쳐져 하나의 거대한 매듭이 되고 거기에서 나온 각기 다른 색깔의 세 머리가 서로 물려고 발광한다.

뱀들의 똬리는 부풀어 오르듯 점점 커지더니 마침내 우주 속의 한 행성을 이룬다. 행성에 가까이 다가가서 살펴보니, 그물처럼 짜인 빨간색과 파란색과 흰색의 뱀 머리 수백만 개가 온 표면을 덮고 있다.

머릿속에서 아직 음악 소리가 맴돌고 있는데 8시를 알리는 종소리가 울리기 시작한다.

나는 다시 잠에서 깨어난다.

학교에 가고 싶지 않은데…….

정신을 차려야 한다. 나는 긴 시간을 들여 샤워를 하고 새 토가를 걸친 다음, 이를 닦고 면도를 하고 샌들을 신는다.

밖에는 안개가 자욱하고, 올림피아의 거리들은 한적하다.

지상의 어린 시절이 생각난다. 여름 방학이 끝나고 개학 날 아침을 맞이할 때마다 포근한 침대에 계속 누워 있고 싶은 생각이 어찌나 간절했던지. 공기는 축축하고 발걸음은 무겁다.

먼저 메가론에 가서 아침을 먹자.

나는 구석 자리에 혼자 앉아 주위에 눈길 한번 주지 않고 빵에 버터와 오렌지 마멀레이드를 발라서 먹는다. 라울이 옆 자리에 와서 앉는다. 나도 모르게 재채기가 난다.

「감기 걸렸어? 밤에 산에 올라가면 오슬오슬 추워. 이런 토가는 숲의 서늘한 기운을 막아 주지 못해.」

나는 말없이 먹기만 한다. 라울은 바싹 다가들어 귀엣말을 한다.

「오늘 밤에 다시 가자. 메두사를 지나쳐 갈 수 있는 방법이 있어.」

내가 들은 척 만 척 하는데도 라울은 아랑곳하지 않고 말을 잇는다.

「눈가리개가 달린 헬멧을 만드는 거야. 그러면 메두사를 보지 않게 될 것이고 메두사가 우리 눈꺼풀을 강제로 벌리는 일도 생기지 않을 거야. 그다음에는 프레디가 우리를 이끌어 주지 않겠어? 그는 이제 뮤즈의 일원이야. 이미 변신을 했으니까 그에겐 아무 일도 일어나지 않을 거야.」

「난 오늘 밤에 안 가.」

「왜 그래?」

「피곤해.」

「어젯밤에 조각상으로 변했던 것 때문에 그러는 거야?」

「단지 그 때문은 아냐. 좀 쉬는 게 좋겠다 싶어.」

나는 자리에서 일어나 음료가 담긴 그릇과 빵을 들고 라울에게서 멀어져 간다. 이제 그와는 더 이야기하고 싶지 않다.

나는 조르주 멜리에스 옆에 가서 앉는다. 참 이상한 일이다. 이렇게 확신을 잃고 회의에 빠져 있을 때면 마술사인 멜리에스야말로 손으로 만질 수 있는 현실에 속해 있다는 느낌이 든다.

「조르주, 어제 보여 준 카드 마술의 트릭은 뭐야? 내가 여러 번이나 무작위로 카드 패를 커트했는데 어떻게 킹과 퀸과 잭과 에이스가 끼리끼리 모여 있는 거지?」

그는 나에게 기분 전환이 필요하다는 것을 알아차린다.

「사실은 트릭이 없어. 지난번 마술에서와 마찬가지로 너는 스스로 선택했다고 생각하지만 알고 보면 선택하지 않은 거나 다름없어.」

그는 카드 뭉치를 꺼낸다.

「네 줄로 나눠 놓은 카드들을 차례로 포개어 한 무더기가 되게 하면, 카드들의 순서는 그대로야. 한 무늬의 킹, 퀸, 잭, 에이스가 맨 위에 있고, 다른 무늬의 킹, 퀸, 잭, 에이스가 그 아래에 있어. 그렇지?」

「그래.」

「두 킹 사이에는 세 장의 카드가 있어. 퀸과 잭과 에이스의 경우도 마찬가지야. 맞지? 자, 이 상태에서 커트를 해봐. 처음의 간격이 달라질까? 아냐, 두 개의 같은 그림 패 사이에는 여전히 세 장의 카드가 있어. 따라서 열여섯 장의 카드를 다시 네 줄로 늘어놓으면 각 줄마다 같은 그림 패들이 모이게 되어 있어. 할 때마다 이런 결과가 나오지. 아무 트릭도 없다는 게 바로 트릭인 셈이야. 커트를 몇 번 하든 늘어놓고 보면 킹은 킹끼리, 퀸은 퀸끼리 완벽하게 정돈되어 있지.」

내가 확실하게 이해하지 못한 것을 알아차리고 그는 아예 그림이 보이도록 카드들을 뒤집어서 다시 마술을 보여 준다. 아닌 게 아니라 내가 스무 번을 커트해도 킹과 킹, 또는 에이스와 에이스 사이에는 언제나 세 장의 카드가 있다. 카드들을 다시 네 줄로 늘어놓자 당연히 줄마다 같은 그림패들이 모인다.

「봤지? 때로는 트릭을 모르는 게 나아. 알고 나면 언제나 시시하거든.」

나는 창 너머로 산을 바라본다.

「우리의 선택이라는 것도 방금 내가 한 커트처럼 최종적인 결과에 아무런 영향을 미치지 못하는 그런 것이 아닐까?」

「우리가 어떤 시스템 속에 들어와 있는지 더 알아봐야지. 나는 이상한 꿈을 꿨어. 우리가 소설의 인물들이 되어 있는 꿈이었어. 우리는 페이지들로 이루어진 평면 세계에서 움직이고 있었어. 입체라고 하는 제3의 차원을 상상할 수도 없는 존재였지. 만약 우리가 입체를 지각할 수 있었다면, 책을 쥐고 있는 독자를 보았을 거야.」

신기하게도 내가 이미 들었던 얘기와 비슷하다. 에드몽 웰스도 그와 비슷한 가정을 제시한 적이 있다. 그는 우리가 겪는 일들이 어떤 작가에 의해 〈쓰인〉 것이라고 생각했다. 그 작가가 우리를 만들어 냈고 독자들을 즐겁게 하기 위해 우리로 하여금 모험을 겪게 한다는 것이었다.

「그건 너무 단순해. 내가 보기에 우리를 포괄하고 있는 시스템은 우리의 상상력을 초월해. 그 시스템이 한 편의 소설이라고 생각할 수 있다는 것은 이미 그게 아니라는 얘기야.」

「현재로서는 달리 설명할 길이 없어. 정말이지 트릭을 알아낼 수 없는 마술을 보고 있는 기분이야. 우리 마술사들에게도 도저히 이해할 수 없는 마술이 더러 있지.」

「에드몽 웰스는 분자가 원자를 초월하는 차원이듯이 신도 인간을 초월하는 차원이라고 했어. 원자가 자기를 품고 있는 분자를 상상할 수 있겠어?」

조르주 멜리에스는 카드들을 펼쳐 놓고 마치 어떤 답을 구하기라도 하듯 가만히 바라본다. 그러더니 하트 잭을 빼내어 나에게 내민다.

「자, 이 카드를 너에게 줄게. 그걸 어떻게 하든 네 맘이야. 다른 건 몰라도 그 카드 한 장만은 너의 통제 안에 들어간 셈이지. 네가 원해서 이것을 카드 뭉치에 다시 넣지 않는 한 하트 잭을 가지고 하는 어떤 마술도 이루어질 수 없을 거야.」

나는 카드를 살펴보다가 받기를 거절한다.

「내가 무언가를 내 맘대로 할 수 있다는 확신을 불어넣어 주려고 그러는 모양인데, 그럴 필요 없어. 아직 그렇게까지 자신을 잃은 건 아냐. 굳이 네 마술을 방해하고 싶지 않아.」

그때 또다시 비명 소리가 울린다. 이젠 놀랄 일도 아니다. 메가론에서 아침을 먹던 후보생들은 잠시 머뭇거리다가 모두가 비명이 들려온 쪽으로 달려간다.

나는 뛰지 않는다. 내가 폭력에 이토록 무감각해졌다는 사실이 놀랍다. 벌써 군중이 모여 있다. 내가 맨 꼴찌로 다다른 것이다.

「이번엔 누가 당한 거야?」

내 물음에 누군가의 대답이 날아온다.

「박쥐족의 신…… 나다르야.」

빌어먹을, 생텍쥐페리와 함께 비행기구를 만드느라고 밤새도록 일하고 왔을 나다르가 당한 것이다.

나는 군중 속에서 생텍쥐페리를 찾는다. 그는 피해자 바로 옆에 있다. 큰 충격을 받은 기색이다.

벌써 켄타우로스들이 나타나 사진작가 나다르의 시신을 덮는다.

차감 재적: 77-1=76.

「신이 사라졌으니 박쥐족은 고아가 된 기분일 거야.」

에디트 피아프가 애도의 뜻을 담아 그렇게 말하자 프루동이 나선다.

「글쎄, 과연 그럴까?」

Y 게임이 시작된 뒤로 신이 사라지고 난 뒤에 살아남은 민족이 하나라도 있었던가? 없다. 내가 알기로는 없다. 반면에 처음부터 신이 없었던 민족들 가운데 일부는 그런대로 훌륭하게 살아남았다.

프루동이 덧붙인다.

「어설픈 신은 없느니만 못하지.」

나는 눈을 감고 돌고래족 사람들과 만나는 장면을 상상해 본다. 그들은 마치 소인국 사람들이 걸리버를 바라보듯 아래에서 나를 올려다보며 〈아! 당신이었어요? 그러니까 이 모든 것이 당신 탓이었군요〉 하고 말할 것이다. 그러면 나는 뭐라고 대답할까? 〈여보게들, 미안하네. 나는 최선을 다했지만 운이 따라 주지 않았어〉라고 변명할까? 인간도 아니고 신이면서 운이 없었다고 말하다니, 이건 비웃음을 사기에 딱 알맞다. 그렇다면 〈날 원망하지 말게나. 나름대로 최선을 다했지만 다른 후보생들이 너무 강했어〉라고 말할까? 아냐, 이런 말도 통하지 않을 거야. 어쩌면 이런 식으로 말하는 게 낫지 않을까? 〈나 같은 신을 만나다니, 자네들이 불운한 거야.〉 아니다, 자꾸 부정적으로만 생각하지 말자. 내가 서툰 신일지도 모르지만 내 백성들은 여전히 살아 있다. 144명의 후보생들 가운데 이제 일흔여섯 명밖에 남지 않았는데, 나 역시 그 생존자들 속에 들어 있지 않은가.

주위가 소란하지만 나는 상념에서 벗어날 수가 없다. 돌고래족의 여자들이 나를 향해 외치는 소리가 들리는 듯하다. 〈아! 당신이 우리의 신이로군요. 진작 알았다면 우리는 다른 신을 선택했을 거예요!〉

정말이지 그들은 나를 선택하지 않았을 것이다. 나보다는 라울 같은 신을 선택했을 게 분명하다. 때가 오기를 기다리며 조용히 경쟁자들을 살피고 무엇이 장애가 될 수 있는지 파악해 두었다가 홀연히 일어나 자기 문명의 기세를 떨치고 다른 민족들을 제압하는 위풍당당한 신 말이다. 아니면 멜리에스처럼 천천히 견실한 문명을 건설한 뒤에 요란스럽지 않게 예술과 과학 기술을 발전시켜 가는 신을 선택했을 것이다. 그래, 조르주 멜리에스라면 내 백성들에게 더없이 좋은 신이 되었으리라.

나다르의 시신이 치워졌다.

그때 아테나 신이 날개 달린 말을 타고 올빼미와 함께 하늘에서 나타나 호통을 친다.

「내가 그토록 경고를 했음에도 살신자의 파괴적인 광기는 전혀 누그러지지 않았습니다.」

신의 올빼미가 우리 위에서 파닥거린다.

「그자가 감히 나를 조롱하고 있다고 생각하지 않을 수 없습니다. 아마도 내가 내리겠다고 한 형벌이 전혀 두렵지 않았던 모양입니다. 여러분은 모두 시시포스를 보았습니다. 살신자는 그가 별로 불행해 보이지 않는다고 생각했을 것입니다. 그렇다면 나는 그자에게 다른 형벌을 내리겠습니다. 다음 강의를 맡을 여러분의 보조 스승이 받고 있는 형벌이 바로 그것입니다. 곧 알게 되겠지만, 아주 지독하고 교묘한 벌입니다.」

53. 신화: 프로메테우스

그의 이름은 〈앞서 생각하는 자〉, 〈선견지명을 가진 자〉라는 뜻이다. 그는 티탄 가운데 하나인 이아페토스의 아들이다. 티탄들이 세계의 지배권을 놓고 제우스와 싸울 때 그는 동생 에피메테우스(이 이름은 〈나중에 생각하는 자〉라는 뜻이다)와 함께 사촌인 제우스 편에 가담했다. 이런 꾀바른 선택 덕분에 그는 제우스가 승리한 뒤에 티탄 신족의 다른 신들과는 달리 징벌을 면하고 올림포스의 신들 곁에 머물게 되었다.

그때 프로메테우스는 아테나와 우호적인 관계를 맺었고, 그 신에게서 건축, 천문, 산수, 의술, 항해술, 야금술 등을 배웠다.

하지만 그는 티탄 신족을 멸망시키고 왕위를 찬탈한 제우스에게 반감을 품고 남몰래 복수를 준비하고 있었다.

그는 진흙과 물(패배한 티탄 신족이 타르타로스로 추방될 때 흘린 눈물이 모인 것)로 사람을 빚어냈다. 아테나는 거기에 입김을 불어넣었다. 그리하여 황금의 종족, 은의 종족, 청동의 종족에 이어 철의 종족이라는 새로운 인류가 생겨났다.[12]

12 이는 오비디우스, 아폴로도로스 등이 기술한 프로메테우스의 인류 창조 신화를 변형한 새로운 버전이다. 오비디우스는 이아페토스의 아들이 하늘의 씨앗을 품은 흙에 빗물pluvialibus undis을 섞어 신들을 닮은 인간을 빚어냈다

어느 날 신들과 인간들이 화친을 약속하고 커다란 소를 잡아 잔치를 벌였다. 이 자리에서 프로메테우스는 소고기를 둘로 나누면서 인간에게 살코기와 기름진 내장이 돌아가도록 제우스를 속였다.

제우스는 속임수를 알아차리고 분노하여 인간이 불을 사용하지 못하게 하기로 결심했다. 〈인간은 저희가 아주 영리한 줄 알고 있으니 날고기도 아주 잘 먹을 것이다〉 하고 제우스는 잘라 말했다. 그러나 프로메테우스는 인간이 불도 없이 살아가도록 내버려 두고 싶지 않았다. 그래서 이번에도 아테나의 도움을 받아 태양의 신 헬리오스의 마차에서 불을 훔쳐 냈다. 그런 다음 회향 줄기에 불씨를 감춰 인간에게 가져다주었다.

제우스의 분노는 극에 달했다. 자기 허락 없이 인간이 불의 혜택을 누린다는 것은 있을 수 없는 일이었다. 제우스는 프로메테우스를 벌하기로 하고 카우카소스산의 가장 높은 봉우리에 쇠사슬로 묶어 놓은 다음 독수리를 보내 그의 간을 파먹게 했다. 그 뒤로 밤사이에 간이 다시 생겨나면 독수리가 또 파먹는 영벌이 이어졌다. 하지만 프로메테우스는 제우스를 올림포스의 독재자로 여기며 끝까지 굴복하기를 거부했다.

에드몽 웰스, 『상대적이며 절대적인 지식의 백과사전』 제5권

54. 프로메테우스의 강의: 반란의 기술

프로메테우스의 저택은 인류의 역사를 점철한 온갖 반란의 전시장이다. 벽에는 혁명 지도자들의 초상화가 즐비하고, 쿠데타에 사용된 무기들이며 시위나 파업이나 내전 장면을 담은 사진들, 바리케이드를 치고 저항하는 학생들을 그린 그림들, 다른 행성들의 반란을 형상화한 조각 작품들도 전시되

고 노래했는데(『변신 이야기』 1권 76~84행), 베르베르는 빗물을 티탄족의 눈물로 바꾸었고 아테나의 입김을 추가했다.

어 있다. 반란자들은 한결같이 낭만적인 눈빛과 결연한 태도와 도전적인 표정을 보인다.

공간 자체가 이채롭다. 건물이 고대풍의 궁전들과 확연하게 구별되는 매우 현대적인 형태로 되어 있을 뿐만 아니라, 여러 행성의 반란들을 기념하는 포스터들이 도처에 붙어 있고 분노와 순교자들의 피를 상징하는 붉은색이 주조를 이루고 있다.

강의가 진행되는 곳은 저택 중앙에 있는 방인데, 이 방에는 횃불이 밝혀져 있고 붉은색을 칠해 놓은 안쪽 벽에는 〈자유가 아니면 죽음을 달라〉, 〈독재자를 처단하라〉, 〈전체주의에 내일은 없다〉와 같은 구호들이 낙서처럼 적혀 있다.

프로메테우스가 강의실로 들어선다. 인간에게 불을 가져다준 이 신은 아틀라스만큼이나 몸집이 거대하다. 오른쪽 옆구리에 커다란 상처가 나 있다. 독수리가 간을 파먹기 위해 악착스럽게 물어뜯은 자리일 것이다. 그는 조용히 책상 앞으로 걸음을 옮긴다. 얼굴이 이따금 신경질적으로 실룩거린다. 고뇌가 어려 있다는 점에서는 시시포스와 비슷한데, 조금 더 고통에 시달린 탓에 적잖이 삐딱하게 굴 것 같은 모습이다.

그가 부르기도 전에 아틀라스가 우리의 연습용 행성 지구 18호를 힘겹게 짊어지고 들어온다. 둘의 눈길이 마주친다. 아틀라스가 지구 18호를 내려놓고 말문을 연다.

「자네 말이야, 자네는…….」

「내가 뭐요?」

「자네는 우리 티탄 신족을 배신하지 말았어야 해.」

「나는 배신하지 않았어요.」

아틀라스는 프로메테우스에게 손가락질을 하며 말을 잇

는다.

「올림포스 신들과 싸울 때 그들의 앞잡이 노릇을 했잖아.」

「그런 적 없어요.」

「그럼 뭐야?」

프로메테우스는 우리를 바라보며 그런 말씨름을 계속해야 할지 망설이는 기색을 보인다. 그러더니 우리가 들어도 상관없겠다 싶었는지 터놓고 대거리를 한다.

「아틀라스, 벌써 잊은 모양인데 그건 질 수밖에 없는 전쟁이었어요. 내가 아저씨들 편에서 싸웠다 한들 같이 벌이나 받았지 무슨 소용이 있었겠어요?」

「자네는 반대편에 가서 붙었잖아!」

「그 얘기는 이미 했잖아요, 아틀라스. 나는 반대편에 가서 붙은 게 아니라 적진에 침투했어요. 기습을 노리고 적진의 내부에서 활동하기 위해 그들 편에 가담한 척한 거라고요.」

「그래서 달라진 게 뭔데…….」

「좋아요. 그 얘기를 또다시 하고 싶은 모양이니 내 생각을 다시 말하죠. 적과 정면으로 맞서다가 패배해서 모든 것을 잃는 것보다는 훗날의 반격을 도모하기 위해 굴복하는 편이 나아요. 나는 희망을 버리고 단념한 적이 없어요. 나는 스스로를 우리 티탄족의 스파이로 생각했어요. 일부러 적진에 들어가 암약하는 첩자로 말이에요.」

「자네는 우리를 배신했어. 우리 가운데 누구도 그 사실을 결코 잊지 못할걸.」

「난 상관없으니까 마음대로 생각하세요.」

둘 다 눈에 칼을 세우고 상대를 노려본다. 프로메테우스가 다시 목청을 돋운다.

「어쨌거나 나는 전쟁이 티탄 신족의 패배로 끝난 뒤에도 계속 싸웠어요. 아저씨들과는 달리 나는 체념에 빠진 적이 없어요.」

아틀라스는 어깨를 으쓱 치켜올리고 우리를 돌아본다.

「자네가 알아야 할 게 있어. 이번 기 후보생들은 유난히 문제가 많아. 동기들을 살해하는 자가 있는가 하면 밤마다 숲에 가서 못된 장난을 하는 자들도 있어. 심지어는 우리 집 지하실에 쥐새끼처럼 숨어드는 놈들까지 있다네.」

「나도 다 알아요, 아틀라스. 알고 있다고요.」

「말이 나온 김에 내가 너희에게 경고하는데…… 아니, 경고할 필요도 없어. 누구든 내 지하실에 다시 오기만 해봐, 본때를 보여 주겠어.」

아틀라스는 18호 지구의 저승과 천사들의 나라를 정해진 자리에 설치한다.

「이런, 이 행성에 깨달은 영혼들이 생겨나기 시작했군.」

그는 죽은 사람들의 영혼이 모여 있는 유리병을 흔든다. 그 바람에 저승이 요동치지 않을까 싶다. 우리 후보생들에게는 아틀라스의 그 말이 중요한 의미를 지닌다. 우리는 천사 시절에 천사들이 많으면 많을수록 인류의 의식이 고양될 가능성이 높아진다는 것을 확인한 바 있다. 유리병 속의 천사들은 우리의 사절 또는 대리자인 셈이다.

아틀라스는 바닥에 침을 뱉고 문을 쾅 하고 닫으며 멀어져 간다.

프로메테우스는 경멸에 찬 그런 행동을 짐짓 모른 체하고 앙크를 손에 든 채 우리의 행성을 살핀다. 그는 몇몇 도시에 특별한 관심을 보이다가 우리 쪽으로 돌아선다.

「이걸 보고 있으니 곰팡이가 핀 빵이 생각난다. 빵을 종 모양의 덮개 안에 며칠 놓아두면 푸른곰팡이와 검은곰팡이가 마치 모피처럼 돋아나지. 너희의 인류가 바로 그 모양이야. 행성에 슨 곰팡이란 말이다. 건질 게 아무것도 없어. 굳이 시간 낭비할 필요 있을까? 이따위 것은 파괴해 버리고 새로운 세계를 만들기로 하지.」

후보생들 사이로 전율이 스쳐 간다.

그의 눈빛이 더욱 험악해진다.

「무슨 말인지 모르겠어? 게임 오버야. 모두 탈락이라고. 너희는 모두 갖가지 괴물로 변할 것이고 우리는 다음 기의 후보생들을 맞아들일 거야.」

그는 토가 주머니에서 수첩을 꺼낸다.

「음, 어디 볼까? 너희는 프랑스 출신이고, 그다음에는…… 이탈리아 출신 후보생들이 오겠군. 이런, 레오나르도 다빈치, 단테, 미켈란젤로, 프리모 레비 같은 쟁쟁한 인사들이 오겠는걸. 이들이 마음에 들어. 틀림없이 너희보단 잘할 거야. 아무튼 프랑스인들은 뭐 하나 제대로 하는 게 없어, 안 그래?」

여기저기에서 구시렁거리는 소리가 인다.

「왜, 내 말이 틀려? 너희는 언제나 형편없었어. 프랑스 역사는 썩어 빠진 자들의 역사야. 가장 폭력적인 전체주의 세력과 언제라도 타협할 준비가 되어 있는 비열한 자들의 역사라고. 기성의 권위를 거부하는 자주적인 운동이 몇 차례 일어나긴 했어. 하지만 그것들은 모두 피의 강물에 묻혀 버렸어.」

구시렁거리는 소리는 웅성거림으로 변했다.

「성전 기사단의 수도사들은 미남 왕 필리프에게 학살당했고, 중세 기독교의 일파였던 카타리파는 시몽 드 몽포르가 이끄는 알비 십자군에게 소탕되었으며, 프랑스 혁명기에 방데에서 반란을 일으켰던 민중은 튀로 장군이 지휘하는 〈지옥의 종대(縱隊)들〉에게 몰살당했어. 루이 14세나 나폴레옹처럼 약간의 카리스마를 지녔던 지도자들은 그저 반대자들을 죽이고 전쟁을 수출했을 뿐이야. 그런 게 바로 전형적인 프랑스 스타일이지. 변변치 못한 폭군들, 겁쟁이들, 퇴폐적인 무리들, 그런 거 말고 너희 민족이 내세울 게 뭐가 있지? 너희 프랑스인들은 부패라는 측면에서 보면 어느 민족에게도 뒤지지 않아. 너희는 음식조차도 썩은 것을 좋아하지.」

우리는 그가 쏟아 내는 독설에 어안이 벙벙하여 서로를 바라본다.

프로메테우스는 우리를 계속 물고 늘어진다.

「너희가 무엇을 먹고 마시는지 얘기해 볼까? 너희가 먹는 빵은 밀가루 반죽을 띄워서 만드는 거야. 그런가 하면 치즈는 우유를 발효시킨 것이고 포도주는 포도의 즙을 발효시킨 거지. 너희는 아세트산 발효를 통해서 포도주를 식초로 만들기도 해. 너희의 수도 이름을 딴 파리 버섯은 또 어떻고? 너희는 그것을 말똥 더미에서 키우지. 〈썩히자, 계속 썩히자〉가 너희 슬로건이야, 안 그래? 대답해 봐! 게다가 너희는 그걸 자랑스러워하지. 심지어는 너희의 외교도 썩었어. 내가 알기로 1970년대의 너희 대통령은 이란의 통치자에게 돈을 빌렸어. 그러고는 그의 반대자를 맞아들여 혁명을 일으키도록 도왔지. 단지 빚을 갚지 않기 위해서 말이야. 우리는 여기에서 다 보고 있어. 너희가 테러리스트들과 협정을 맺은 것도 알고 있고, 비행기와 기차를 팔기 위해 독재자들과 타협한 것도 알고 있지. 너희 프랑스인들은 그 모양이야. 이번 기의 후보생들이 이끌어 가고 있는 인류는 그보다 훨씬 부패한 세계를 만들 가능성이 많아.」

우리는 너무 아연해서 반박할 생각조차 못 한다.

「좋아, 싹 쓸어 버리자. 이 행성을 청소하고 너희 자리를 19기의 이탈리아인들에게 물려주는 것이다. 다른 건 몰라도 그들은 자기들의 역사에서 기개가 넘치는 운동들을 경험했다. 그들의 전제 군주나 독재자조차 뭔가 극적인 요소를 지니고 있었다. 카이사르, 체사레 보르자, 무솔리니 등은 그래도 프랑스의 독재자들보다 덜 쩨쩨했어. 다들 가까이 와라. 헤라클레스가 강물을 끌어다 아우게이아스왕의 외양간을 청소한 것처럼 이 행성을 일거에 쓸어 버리자. 크로노스가 이미 방법을 알려 준 것으로 알고 있다. 빙산을 녹여서 대홍수를 일으킨 다음 물에 떠 있는 생존자들을 죽이면 되는 것이다.」

우리는 마지못해 앞으로 나아간다. 모든 게 이렇듯 간단한 것이다. 참패를 면치 못한 내 민족은 결국 다른 민족들보다 낫지도 못하지도 않은 대접을 받게 될 것이다.

「자, 카운트다운에 들어간다. 사격 준비! 다섯, 넷…….」

우리의 모든 앙크가 빙산과 빙모를 향해 있다. 극지의 얼음이 녹으면 대양의 수위가 올라가고 온 대지가 물에 잠길 것이다. 대륙들은 자취를 감추고 우리의 실습 대상이었던 인류도 사라질 것이며 18호 지구는 얼음 행성으로 변하리라.

「다들 준비됐지?」

우리는 앙크의 D 자 버튼에 손가락을 대고 있다.

「자, 계속 센다. 셋, 둘…… 하나…….」

우리는 〈발사〉 소리를 기다린다.

프로메테우스는 한참 뜸을 들이다가 마침내 명령을 내린다.

「발사!」

아무도 사격을 하지 않는다.

「내 말 못 들었어? 발사! 자, 어서 쏴!」

아무도 움직이지 않는다. 그는 눈살을 찌푸리며 우뚝한 자세로 우리를 굽어본다. 당장 불호령이 떨어지는가 했더니, 그는 표정을 차츰 누그러뜨리고 껄껄껄 웃음을 터뜨린다.

「아참, 너희가 프랑스인이라는 것을 깜빡했다. 〈썩히자〉가 너희 슬로건이라는 것을 잊었어. 최후의 일격을 가하는 것은 용기가 필요한 행동이야. 너희는 그런 것조차 할 수가 없어, 안 그래?」

밑도 끝도 없는 악의와 독설에 도통 어떻게 대응해야 할지 알 수가 없다.

「너희는 뭐 하나 제대로 할 줄 아는 게 없어. 변변치 못한 후보생 나부랭이들!」

듣자 하니 짜증이 나기 시작한다. 마음 같아서는 거대한 주먹에 박살이 나는 한이 있어도 프랑스에 대한 그의 편견에 반박을 가하고 싶다. 이란에 관한 얘기는 금시초문이지만 사실 프랑스는 세계의 발전에 기여한 때가 있었다. 적어도 내가 보기에는 그렇다.

그는 앙크를 꺼내어 사격의 강도를 조절하는 버튼을 돌린다.

「할 수 없지, 시작한 자가 끝내는 수밖에……. 나는 옛날에 인간에게 불을 주었다. 이제 훨씬 강력한 불을 그들에게 줄 것이다. 곰팡이를 없애 버리기 위한 불을 말이다.」

그는 손가락을 버튼에 대고 18호 지구의 극빙을 겨냥한다.

「안 돼요!」

우리는 소리가 들려온 쪽으로 일제히 몸을 돌린다.

「반대하는 학생 있나? 누구지?」

프로메테우스는 여전히 집게손가락을 버튼에 댄 채 묻는다.

「네, 접니다!」

「마타 하리? 이런, 이런…… 그래 뭐가 문제지?」

「그 세계가 사라지면 안 됩니다.」

「이런, 프랑스인들 사이에 네덜란드인이 끼어 있으니까 확실히 표가 나는걸. 이탈리아인들 다음에는 네덜란드인들을 받아들이자고 제안해야겠어. 나는 플랑드르의 회화를 좋아해. 게다가 네덜란드인들은 멋있어. 대마초를 피우고, 라틴계 민족보다 성적으로 훨씬 열려 있지.」

마타 하리는 꼿꼿한 자세로 그의 눈을 응시한다.

그는 우리를 죽 둘러본다. 그의 표정이 달라진다.

「단 한 명이라도 기성의 권위에 맞서는 자가 나타나면 모든 게 달라질 수 있는 법이다. 이제 다들 자기 자리로 돌아가도 좋다.」

우리는 쭈뼛쭈뼛 발걸음을 옮긴다.

「나를 간단히 소개하겠다. 내 이름은 프로메테우스. 내가 오늘 이야기하고자 하는 것은 반란이다. 그래서 일부러 너희를 자극하는 독설을 퍼부은 것이다. 너희의 반항을 유도하고 살이 떨리도록 분노가 치밀어 오르는 것을 느끼게 하기 위해서 말이다.」

우리는 얼떨떨한 기분으로 자리에 앉는다.

「하지만 너희가 보았다시피, 권위를 존중하는 태도가 너희 내부에 너무나 깊이 뿌리내리고 있어서 마개가 뽑혀 나가기 전까지 시간이 적잖게 걸린다. 사실 너희는 인간 시절에 부모와 선생님들과 상사들한테 숱하게 깨지며 살았다. 그러니 순종이 몸에 밸 수밖에 없었을 것이다.」

마타 하리처럼 대응하지 못한 것에 대한 부끄러움이 새록새록 우리 마음을 파고든다. 그는 미소 띤 얼굴로 말을 잇는다.

「그건 그렇고 프랑스에 대해서는 전혀 반감이 없다. 냄새가 너무 강한 치즈를 좋아하는 건 아니지만 나는 프랑스의 포도주와 요리를 높이 평가한다. 프랑스의 지도자들도 따지고 보면 다른 나라의 지도자들보다 못한 것은 아니다.」

프로메테우스가 이제는 조금 슬퍼 보인다. 왕자의 지위를 잃고 평민으로 전락한 사람의 분위기 같은 것이 느껴진다. 이미 시시포스에게서 엿보았던 분위기다.

「반란은 왜 일어나는 것일까? 각자 대답해 봐라.」

「사람들이 배가 고프기 때문이죠.」

사라 베르나르트가 대답하자, 그는 고개를 끄덕이며 칠판에 〈굶주림〉이라고 쓴다.

「아닌 게 아니라 굶주림은 혁명의 동기 가운데 하나다. 다른 이유는 뭐가 있을까?」

우리는 대답을 찾는다. 장자크 루소가 손을 든다.

「지도자들이 일을 제대로 하지 못하기 때문입니다.」

「그래, 악정도 이유가 되지. 더 구체적으로 말해 볼까?」

「지도자들이 부패하기 때문이죠.」

라퐁텐의 대답에 볼테르가 즉시 덧붙인다.

「지도자들이 전제적이고 잔인하기 때문입니다.」

「좋아. 다른 이유를 더 말해 볼까?」

여기저기에서 대답이 쏟아진다.

「사회가 정의롭지 못하고 불공정하기 때문이죠.」

「세금이 너무 무거운 것도 이유가 됩니다.」

「상류 계급과 노동 계급 사이에 생활 수준의 차이가 너무 크게 나기 때문입니다.」

프로메테우스는 모든 대답을 받아 적는다. 이상한 일이다. 처음에 우리에게 그토록 겁을 주었던 그가 이젠 거의 친구처럼 느껴지니 말이다.

「경화증에 걸린 낡은 체제에 대한 염증도 문제가 됩니다.」

「누가 말했지?」

프루동이 손을 든다.

「괜찮은 대답이야. 때로는 체제가 바뀌지 않고 이어지는 것이 사람들을 안심시키기도 해. 그러다가 같은 체제가 자꾸 되풀이되면 어느 순간에는 사람들이 더 견딜 수 없게 되지. 하지만 역사를 살펴보면, 민중의 반란 중에서 결정적인 성공을 거둔 사례는 거의 없다는 것을 확인할 수 있어. 굶주림을 견디다 못해 떨쳐 일어난 폭동들조차 대개는 쉽게 진압되었지. 그렇다면 한 체제를 일거에 완전히 무너지게 하는 것은 무엇일까?」

프로메테우스는 분필을 들고 〈외국의 음모〉라고 적는다.

「역사적으로 볼 때, 정변은 한 나라를 약화시키려는 이웃 나라들의 음모 때문에 일어난 경우가 대부분이었다. 1호 지구의 정변을 예로 들자면, 1917년에 독일 첩보 기관은 동부

전선의 적을 약화시키기 위해 러시아 혁명이 발발하도록 도와주었다. 레닌이 독일 열차를 타고 러시아로 몰래 돌아갈 수 있었던 것은 어쩌다 그렇게 된 것이 아니다. 1949년에 러시아인들은 마오쩌둥이 권력을 장악할 수 있도록 중국 공산당을 보호하고 재정적으로 지원했다. 그럼으로써 자기들의 남부 전선을 안전하게 만들었던 것이다. 그런가 하면 중국인들은 한국 전쟁과 인도차이나 전쟁에 개입하여 군수 물자와 병력을 제공했다.」

프로메테우스는 1호 지구의 지도를 걸어 놓고 여러 나라들을 가리킨다.

「그보다 훨씬 비열한 경우도 있다. 이웃 나라에 괴뢰 정부를 들여앉히기 위해 혁명을 선동하는 경우 말이다. 남의 나라에서 혁명이 일어나도록 부추기는 것은 그 나라와 전쟁을 하는 것보다 효과적인 방법이 될 수 있다. 다른 스승들의 강의를 들으면서 다시 확인하게 되겠지만, 천연자원을 확보하고 영토를 확장하는 방법이 아주 많은 것은 아니다. 그냥 침략을 하거나 자기 쪽에 유리하도록 협상을 해서 조약을 맺는 것이 고작이지. 만약 두 번째 길을 선택한다면, 상대방 나라에 너희에게 신세를 진 꼭두각시 정권이 들어서게 하는 것보다 좋은 방법은 없어. 그건 결단력 있는 소수 집단만 손에 넣으면 되는 일이야. 예를 들어 어떤 장군이나 어느 정도의 무기와 돈을 가진 하급 장교를 너희 편으로 만들면 된다는 것이지.」

프루동이 볼멘소리를 한다.

「하지만 진정한 반란들도 있지 않았나요?」

「아, 그래? 어디 예를 들어 볼까?」

「파리 코뮌요.」

「그래, 맞아. 하지만 그건 오래가지 못했고 대학살로 끝났어. 내가 너희에게 가르치고 싶은 것은 민중이 자기들만의 힘으로 반란을 성공시킬 수는 없다는 것이다. 설령 민중이 기아에 허덕인다 해도, 또 정부가 불의하고 빈부 격차가 너무 크다 해도, 카리스마가 있는 지도자들과 군자금이 있어야 반란다운 반란을 성공으로 이끌 수 있다.」

라울 라조르박이 손을 든다.

「때로는 지도자 스스로 혁명적인 길을 걸을 수도 있지 않나요?」

「맞는 말이야. 마침 그 얘기를 하려던 참이다. 다시 1호 지구의 예를 들어 보자. 다들 이크나톤에 관한 이야기를 알고 있으리라 생각한다. 그는 신관 세력에 맞서 백성들을 해방시키려고 했던 파라오다. 이를테면 〈혁명적인 왕〉인 것이다.」

후보생들은 고개를 끄덕인다.

「그런데 그는 실패했다. 어떤 음모에 말려들어 거꾸러지고 말았다. 결국 왕이 주도하는 위로부터의 개혁도 성공하기 어렵다는 얘기다.」

이어서 프로메테우스는 한니발을 화제에 올린다.

「이번에는 한 장군이 외세에 맞서 자기 백성들을 해방시키려고 했던 경우다. 한니발은 카르타고 백성들뿐만 아니라 다른 나라 민중에게도 지지를 받았어. 하지만 카르타고 정부는 그를 배신하고 제때에 지원을 하지 않았어. 결국 그는 마지막으로 한 번 더 배신을 당한 뒤에 독약을 먹고 자살했지.」

프로메테우스가 그다음으로 언급한 사람은 검투사라는 비천한 신분에서 나온 혁명가 스파르타쿠스이다.

「그는 반란군을 조직하여 로마 제국을 위협하는 데까지는 성공했지만 막판에는 우왕좌왕하다가 죽음을 맞았다.」

프로메테우스는 민중을 해방시키려고 했던 지도자들의 이름을 열거한다. 스코틀랜드 독립운동의 영웅 윌리엄 월리스를 포함해서 그들은 대개 잔인한 형벌을 당하는 것으로 끝났다는 것이다.

그런 다음 프로메테우스는 18호 행성으로 돌아간다. 그러더니 여러 민족이 〈부드러운〉 체제 속에서 살아가고 있음을 강조하며 말을 잇는다.

「대개 권력은 시계추처럼 움직인다. 부드러움과 강경함 사이를 계속 왔다 갔다 한다는 것이지.」

그는 앙크의 고리를 잡고 진자 운동을 보여 준다.

「하지만 언제나 민중의 지지를 얻는 것이 필요하다. 가장 냉소적이고 독단적인 지도자들조차도 기존 권력을 쓰러뜨리기 위해서는 불만의 분위기를 만들어 내야 한다. 먹구름을 준비하지 않고서는 천둥 비를 일으킬 수 없는 법이지. 그건 아주 미묘한 작업이야. 민중을 선동하고 조종하되 그들의 말에 귀를 기울여야 한다. 민중은 언제나 이미 가진 것과 반대가 되는 것을 원하는 아이와 같아. 공공질서와 치안을 앞세우는 우파 정부 다음에는 좌파 정부를 원하는 게 민중이다. 민중의 불만이 먼저인가 음모자들의 선동이 먼저인가 하는 것은 때로 판단하기가 쉽지 않다.」

나는 강의실의 혁명 관련 전시물을 살피면서 그 문제의 답을 찾아보려고 한다.

「그런데 혁명은 대개 두 정치 체제 사이의 과도기를 이룬다. 이 과도기는 진보로 이어질 수도 있고 후퇴로 귀결될 수도 있다. 어떤 나라들은 너무 일찍 민주주의를 도입한 탓에 민중 혁명이 일어나고 그 혼란을 틈타서 전제 군주들이 다시 권좌에 오르는 불행한 사태를 겪었다. 전제 군주들은 권력을 다시 잡자마자 강압적인 봉건제로 회귀했고 민중은 반란의 의지를 상실한 채 오래도록 압제에 시달려야 했지.」

프로메테우스는 앙크를 계속 앞뒤로 흔든다.

「너희가 어디에 이르렀는지 봐라. 가장 앞서가는 민족들의 경우에는 전제적인 군주제에서 입법 의회의 견제를 받는 군주제로 옮아가고 있다. 하지만 너무 서두르면 안 된다. 의회 제도는 대도시들이 형성되고 학교 교육을 통해 민중이 문맹에서 벗어날 때, 그리고 중간 계급이 어느 정도의 세력을 이룰 때 제대로 기능한다.」

그는 커다란 글씨로 〈중간 계급〉이라고 쓴다.

「중간 계급이란 무엇인가? 완충 역할을 하는 계급, 하루하루 먹고사는 일에 매여 있지도 않고 특권에 매달리지도 않는 계급이다. 따라서 중간 계급은 요모조모를 따지면서 신중하게 행동할 수 있다. 인간의 자유를 확대하는 요소들은 일반적으로 이 계급의 자발적인 움직임에서 생겨난다. 그러니까 혁명을 할 때는 중간 계급과 학생들의 지지를 얻어야 한다는 점을 명심해라. 빈곤층과 문맹자들은 대개 복수심이 너무나 강해서 독재를 재생산하기가 일쑤다. 그들의 독재는 때로 자기들이 전복시킨 독재보다 더 혹독하다.」

후보생들 가운데 다수가 피지배 계급을 놓고 그런 식으로 말하는 것에 충격을 받는다.

사라 베르나르트가 소리친다.

「어떻게 그런 말씀을 하실 수가 있죠?」

「한 민족을 슬기롭게 이끌자면 더 차분하고 냉정한 태도가 필요하다. 굶주린 백성, 성난 백성에게 온건함을 기대할 수는 없다. 마피아 체제로 변질되어 버린 혁명들을 보아라. 모든 것을 지나치게 단순화하는 도식에서 벗어나야 한다. 가난하다고 해서 고결하다 할 수 없고, 부유하다 해서 이기적인 것은 아니다.」

후보생들 사이로 비난 섞인 웅성거림이 번져 간다. 배우 출신 사라 베르나르트가 목청을 높인다.

「그렇다 해도 가난한 사람들이 가난해진 것은 그들의 탓이 아닙니다.」

프로메테우스는 옆구리의 상처를 문지른다.

「문제의 열쇠는 교육에 있다. 가난한 사람들이 꿈꾸는 것은 오직 하나…… 부자들 대신 부자가 되는 것이다. 그들은 평등을 원한다기보다 한 계급을 다른 계급으로 대체하고 싶어 한다. 때로는 그저 부자들이 고통받는 것만을 보고 싶어 하기도 한다. 그것만으로도 충분히 행복한 것이다. 세상 물정 모르고 순진하게 굴면 안 된다!」

문득 쿠아시 쿠아시를 관찰하다가 들은 말이 생각난다. 가나에서 침입한 파괴자는 말했다. 〈너희가 가진 것을 똑같이 갖는 것으로는 성이 차지 않는다. 우리는 너희가 가진 것을 빼앗아 빈털터리로 만들고 싶다.〉

프로메테우스가 말을 잇는다.

「이건 약자와 소수자를 배려하는 완곡어법이 아니라서 반발을 사기 쉽다는 것을 안다. 하지만 어쨌거나 내 생각은 그렇다. 너희에게는 미안한 일이지만, 나는 이렇게 단언하지 않을 수 없다. 증오에 찬 한 인간 집단이 다른 집단을 압살하는 보복의 악순환에서 벗어날 만한 혜안이나 이상을 지닌 계급이 있다면, 그건 대개의 경우 중간 계급이야.」

이번에는 야유 섞인 휘파람이 여기저기에서 터져 나온다. 스승 신이 이런 식으로 반발에 부딪히는 것은 처음 본다. 에드몽 웰스의 백과사전에서 읽은 바에 따르면, 프로메테우스는 올림포스 신들에 맞서 인간의 편을 들었던 신이다. 일부러 도발적인 말투를 쓰고 있는 게 아니라면, 그가 이토록 반발을 산다는 것이 조금 역설적으로 느껴진다.

프로메테우스는 우리들 사이로 돌아다니며 강의를 계속한다.

「보아하니 너희 가운데 일부는 내 말에 충격을 받은 모양이다. 그런 후보생들을 생각해서 역사적인 한 인물에 관한 이야기를 할까 한다. 그는 1호 지구에서 벌어진 가장 위대한 혁명의 한복판에 있었지만 제대로 평가를 받지 못했다. 바로 프랑스 왕 루이 16세이다.」

그는 칠판에 그 이름을 쓴다.

「1789년 프랑스 혁명 때 벌어진 일을 내가 여기에서 어떻게 보았는지 이야기해 볼까?」

불신에 찬 수군거림이 후보생들 사이로 번져 간다. 루이 16세는 줄곧 변변치 않은 왕으로 알려져 왔던 것이다.

「먼저 혁명 전의 프랑스 역사를 돌이켜 보자. 루이 14세부터 시작하는 게 좋겠다. 그는 태양왕이라는 거창한 별명으로 불리지만 알고 보면 매우 전제적인 왕이었다. 그가 큰 의미를 두고 추진한 베르사유 건설은 장대한 프로젝트였다. 퇴락한 귀족들로 이루어진 궁정을 유지하고 통제하기 위해 호사스러운 궁궐과 정원이 필요했던 그는 추가로 세금을 거둬들였고, 그것으로도 모자라서 전선을 이리저리 옮겨 가며 전쟁을 벌였다. 전쟁은 번번이 패배로 돌아갔고 그 비용 또한 막대했다. 그 결과 국가 재정은 파탄 나고, 시골 백성들은 기아에 허덕이게 되었지. 더 참을 수 없는 지경에 몰린 농민들이 여기저기에서 폭동을 일으켰지만 이내 참혹하게 진압되고 말았어. 루이 14세가 죽고 루이 15세가 그 뜨거운 감자를 물려받았다. 루이 15세는 아무 일도 벌이지 않고 현상 유지에 급급해하며 시간을 벌다가 훨씬 더 뜨거워진 감자를 루이 16세에게 넘겨주었다. 루이 16세는 타고난 지도자라고 말할 수는 없어도 선의가 넘치는 왕이었다. 그는 나라의 상황을 살피고, 체제가 파탄에 직면한 것은 날 때부터 갖가지 특권을 부여받는 귀족 계급 때문이라는 것을 알아차렸다. 그들은 과도한 권력을 누리고 있을 뿐만 아니라 세금조차 내지 않고 있었다.」

프랑스 역사에 대한 색다른 분석이다. 프랑스의 왕들을 그런 식으로 소개하는 얘기는 들어 본 적이 없다.

「그런 불평등을 확인한 루이 16세는 어떻게 했을까? 백작, 공작 따위의 영주들, 때로는 자기들의 영지에서 공포 정치를 자행하기도 하는 그 영주들을 전복시키기 위해서, 그는 민중의 지지를 얻기로 결심했다.」

프로메테우스는 우리가 놀라는 것을 확인하고 흡족한 표정으로 말을 잇는다.

「그래서 루이 16세는 백성들의 의견을 직접 물었다.」

그는 자기 목소리가 더 잘 들리도록 자리에서 일어선다.

「다들 기억하겠지만, 그게 바로 삼부회의 대표들이 모여서 작성하는 청원서이다. 백성들의 일상적인 문제가 무엇인지를 백성들 스스로 말하게 하는 것은 아주 훌륭한 제도가 아닐 수 없다.」

프로메테우스는 장롱 쪽으로 걸어가서 커다란 서류철 하나를 꺼낸다.

「이게 바로 그 청원서들이다. 아주 특별한 문서들이라서 우리가 일부를 복제해 두었다. 이 청원서들에 어떤 내용이 담겨 있을지 상상해 봐라. 이건 그야말로 프랑스 백성들의 삶에 관한 진정한 증언이다. 여기에는 농민들의 근심, 가난한 시골 생활, 장인들의 삶, 본당 신부들의 일상이 담겨 있다. 말하자면 전 국민을 상대로 한 최초의 객관적인 여론 조사인 것이다. 요컨대 이것은 전쟁이나 왕가의 혼례 따위를 다룬 역사책이 아니라 당대 인구의 99퍼센트를 차지하는 사람들의 진정한 삶을 이야기하는 문서이다.」

비로소 우리의 스승이 무슨 말을 하려고 하는지 이해가 되기 시작한다.

「문제는 민중이 자기들의 고통을 기록하다 보면 그것에 대한 의식이 훨씬 더 분명해진다는 점에 있다. 그래서 지도자들에 대한 분노가 누그러지기는커녕 몇 곱절이나 커지게 된다. 그건 마치 한 거지가 갑자기 알몸이 되어 자기 몸의 고름집이며 상처며 마른버짐 따위를 발견하는 것과 비슷한 일이다. 물론 거지는 전부터 몸 여기저기가 가려워서 긁적거렸지만, 실상을 알게 되자 갑자기 엄청난 불안과 공포에 휩싸인다. 당연하다. 더러운 것을 덮고 있던 베일을 들어 올리면 거기에서 악취가 난다는 것을 알게 되는 것이다.」

그는 강의실의 오른쪽에서 이리저리 거닐고 있다. 그쪽 벽에 걸린 초상화들 중에서 루이 16세의 얼굴이 눈에 띈다.

로베스피에르나 레닌, 마오쩌둥이나 피델 카스트로의 얼굴은 보이지 않는다. 지구에서 널리 인정되는 위대한 혁명가들은 그의 초상화 컬렉션에 들어 있지 않은 것이다. 아마도 선전과 세뇌에 전혀 영향을 받지 않고 지상에서 벌어지는 일을 있는 그대로 보고 있는 신들의 세계에서는 그들을 민중의 진정한 수호자로 여기지 않는 모양이다.

「루이 16세는 문제가 매우 복잡해서 모든 것을 일거에 해결할 수 없다는 것을 깨달았다. 그래서 일단 몇 가지 개혁을 실시하기로 하고, 그것을 도와줄 경제학자 튀르고를 재정 총감에 등용했다. 봉건 제도의 특권을 폐지하고 귀족을 포함하여 모두가 세금을 내게 하자는 것이 그의 뜻이었다.」

프로메테우스는 조금 피곤한 기색을 보이며 책상 앞에 가서 앉는다.

「하지만 그건 스스로 무덤을 판 격이었다. 루이 16세는 귀족 계급의 반발에 부딪혔다. 게다가 백성들은 마침내 자기들이 오랫동안 속고 살았다는 것을 깨닫기 시작했다.」

프로메테우스는 이야기의 효과를 높이기 위해 잠시 뜸을 들인다.

「그다음에 벌어진 일은 모두가 아는 대로다. 민중은 거리로 몰려 나갔고 루이 16세는 도망가다가 붙잡혀서 재판을 받고 온 가족과 함께 기요틴으로 처형되었다. 민중은 자기들을 해방시키려고 한 사람들에게 그런 식으로 보답하기가 일쑤다. 하지만 그게 다가 아니다. 몇 해 뒤, 혁명은 피로 얼룩졌고 민중은 카리스마 넘치는 새로운 지도자를 권좌에 올렸다. 그는 스스로 황제라 칭하면서 자기 가족을 중심으로 예전의 귀족보다 훨씬 더 많은 특권을 누리는 새로운 귀족들을 만들어 냈다. 그뿐만 아니라 서둘러 군사력을 증강하여 모든 이웃 나라를 상대로 전쟁을 벌였다. 이 전쟁은 또다시 나라를 황폐하게 만들었고 무수한 젊은이들을 러시아의 혹독한 눈보라 속에서 죽어 가게 했다. 무엇보다 이상한 것은 민중이 그런 황제를 진정으로 숭배했고 그가 죽은 뒤에도 오래도록 그를 기렸다는 사실이다.」

긴 침묵이 흐른 뒤에 프루동이 이의를 제기한다.

「민중은 신성합니다.」

「그래, 신성하지만 실성한 것처럼 어리석을 때도 있지.」

프로메테우스는 서랍을 열고 서류 한 뭉치를 꺼내어 읽더니, 무언가를 찾아낸 듯 강의를 이어 나간다.

「〈프랑스인들은 송아지들이다.〉 강력한 권위로 프랑스인들을 이끌었던 또 다른 지도자들 가운데 하나인 샤를 드골 장군이 한 말이다. 내가 보기에 민중은 양 떼와 같다. 지난 시간에 헤라클레스가 〈파뉘르주의 양 떼〉에 관한 이야기를 한 것으로 알고 있다. 양 떼는 앞장선 자를 따라간다. 나는 양 떼가 권위, 즉 양치기를 두려워한다는 사실을 덧붙이고 싶다. 양 떼는 양치기를 두려워하면서도 그냥 편한 게 좋아서 이것저것 따지지 않고 양치기에게 순종한다. 그러다가 나중에는 그를 좋아하기에 이른다. 죄수가 간수를 좋아하게 되고 노예가 주인을 좋아하게 되는 것처럼 말이다. 민중은 양들과 마찬가지로 일반적인 행동에서 벗어나면 개에게 물리는 것이 당연하다고 생각한다. 개에게 물려도 분노하기는커녕 오히려 안도감을 느낀다. 물리면 물릴수록 지배자들을 더욱 좋아한다. 사실 민중은 본래 학대받는 데서 쾌감을 느끼는 성향을 지니고 있다.」

그는 칠판에 〈마조히즘〉이라고 쓴다.

강의실이 다시 술렁거린다. 하지만 이번엔 소란이 금세 잦아든다. 우리 역시 프로메테우스가 양 떼라고 말하는 민중에서 나왔거나 여전히 민중에 속해 있다는 기분이 든다.

「민중은 권위를 두려워하면서도 그것에 눌리는 것과 벌 받는 것을 좋아한다. 참 이상하지, 안 그런가? 만약 왕이나 황제가 관대하거나 자유주의적이면, 민중은 오히려 의심의 눈길을 보낸다. 그러다가 대개는 얼마 안 가서 그들 대신 냉혹하고 반동적인 우두머리들을 떠받든다.」

그는 〈마조히즘〉이라는 말에 밑줄을 긋고, 〈사랑하는 자식일수록 매로 다스리라〉와 〈매 끝에 정든다〉라는 속담을 적는다.

그러고는 책상 앞을 떠나서 모든 행성의 반란자들을 나타낸 조각상들을 쭉 살펴본다.

「인간 양 떼는 자유를 달라고 시도 때도 없이 매 하고 울어 대지만, 자유를 좋아하지 않는다. 자유를 노래하기도 하고, 그것을 자기들 소원과 욕망의 한복판에 놓기도 하지만, 내심으로는 정작 자유가 주어지면 골치가 아프리라는 것을 모두가 알고 있다. 너희 백성들은 민주주의를 좋아하지 않으며, 자기들의 의견을 묻는 것도 좋아하지 않는다. 그들은 그런 식으로 교육을 받았다. 그들은 불평과 지청구를 일삼고, 자기들의 지도자를 욕하면서도 한편으로는 남몰래 숭배한다. 저마다 수준의 차이는 있을지언정 그들이 원하는 것은 결국 한 가지, 이웃 사람보다 조금 더 갖는 것뿐이다.」

몇몇 후보생이 웃음을 참으며 동의를 표시한다.

「그들은 질서를 좋아하고 경찰을 존중하며 군대를 두려워한다. 그들은 유토피아주의자들이 억압당하는 것을 당연하게 여기며 혼돈과 불안정을 무서워한다. 자기들과 동등하다 싶은 사람들의 의견은 불신하면서 판사들은 언제나 정의롭다고 생각한다.」

프로메테우스는 한 조각상의 어깨에 손을 얹는다.

「대부분의 혁명에서 이익을 보는 것은 언제나 똑같은 자들이다. 나는 그들을 〈영악한 소인배〉라고 부른다. 그들은 자기들에게 이익이 되는 상황을 정당화하기 위해 〈혁명〉이라는 말을 쓴다. 그저 마피아 같은 지배 집단만을 갈아 치울 뿐인 영악한 소인배와 진정한 혁명가들을 구별할 수 있는 것은 여기에서 보고 있는 우리뿐이다. 오로지 우리만이 사실을 조작하는 선전자들과 영악한 소인배의 특권을 정당화하는 타락한 역사가들을 알아볼 수 있는 것이다.」

그의 목소리에 분노가 배어 있다.

「우리는 여기에서 모든 것을 보고 있고 모든 것을 알고 있다. 혁명들을 지켜볼 때마다 어김없이 이런 의문이 떠오른다. 민중은 왜 그토록 쉽게 속아 넘어가는가? 이건 내가 너희 후보생들에게 던지고 싶은 질문이기도 하다.」

다들 말없이 생각에 잠겨 있을 때 시몬 시뇨레가 침착하게 말문을 연다.

「민중이 조종하기 쉬운 것은 충분한 교육을 받지 못했기 때문입니다.」

프로메테우스는 한 혁명가를 나타낸 대리석 조각상의 수염을 쓰다듬는다. 문득 이상한 생각이 뇌리를 스친다. 저것은 혹시 메두사가 제공한 조각상이 아닐까? 겉은 조각상이지만 혁명가 출신의 한 후보생이 아직 의식이 있는 채로 강의를 듣고 있는 것은 아닐까?

「민중은 감정에 쉽게 휩쓸립니다.」

라퐁텐의 말에 프로메테우스가 대답한다.

「맞는 말이야. 민중은 감정적이지. 반란자가 낭만적인 연설을 하거나 선전이 그럴싸하고 재치가 있으면 일이 잘 돌아간다. 선동자들은 무고한 희생을 부각시키고 중상모략을 서슴지 않는다. 거짓말이 안 통할 것 같지만, 실제로는 엄청난 거짓말을 할수록 잘 통한다. 또한 선동자들은 지킬 수 없는 약속을 한다. 복잡한 문제들을 간단하게 해결할 수 있다며 민중의 환심을 산다. 현실은 대개 비천하고, 장기간에 걸친 전문가들의 작은 실천을 통해서만 개선될 수 있을 뿐이다. 하지만 민중은 이런 현실을 보려고 하지 않는다. 민중은 요모조모 따지지 않고 꿈이 금방 실현되리라는 믿음을 가질 수 있도록 말해 주기를 바란다. 거짓말이라는 것을 뻔히 알면서도 개혁의 약속을 믿을 준비가 되어 있는 것이 민중인 것이다.」

이 대목에 이르자 여기저기에서 불만의 소리가 터져 나온다.

프로메테우스는 웅성거림이 커져 가는 것에 아랑곳하지 않고 침착하게 말을 이어 나간다. 하지만 소란을 누르기 위해 목소리를 한껏 높여야만 한다.

「1호 지구의 역사에 기록된 위대한 지도자들 가운데 백성을 진정으로 사랑한 사람이 있을까? 내가 보기에는 단 한 사람도 없다.」

몇몇 후보생은 격분하여 야유의 휘파람을 불어 댄다. 분명 젊은 시절에 정치적 대의를 위해 투쟁했던 후보생들이리라.

볼테르가 소리친다.

「지금 무정부주의를 조장하시는 거 아닙니까?」

「전제 군주의 지배가 피할 수 없는 숙명인 것처럼 말씀하심으로써 결국 전제 군주들 편을 드시는 거 아닌가요?」

장자크 루소도 그렇게 비판에 가세했다. 이번만큼은 자기 라이벌과 한마음이 된 것이다.

프로메테우스는 소란을 잠재우는 게 좋겠다 싶었는지 공이 있는 곳으로 가서 그것을 울린다.

「보아하니 내가 정치 제도에 대한 너희의 환상을 깨뜨리고 있는 모양이다. 하지만 나는 정치 제도 자체가 아니라 그것을 만들어 낸 개인들의 감춰진 의도를 문제 삼고 있는 것이다. 정치 제도란 결국 그 의도에 따라 운영되는 것이니까 말이다.」

웅성거림이 차츰차츰 잦아든다.

「중간 계급을 육성하는 것 말고 민중을 해방시킬 수 있는 다른 방법은 없습니까?」

라퐁텐의 질문이다. 그는 라블레와 마찬가지로 우리의 이상한 스승을 좋게 생각하는 몇 안 되는 후보생들 가운데 하나인 듯하다.

「내가 조금 전에 말했듯이 교육도 한 가지 방법이지.」

그는 칠판에 〈능력주의 체제〉라고 쓴다.

「능력주의 체제란 출신이나 재력 따위를 기준으로 삼지 않고 가장 능력 있는 사람들에게 권력을 맡기는 체제이다. 이런 체제를 만들기 위해서는 모두에게 학교 교육을 의무화해야 하고, 학교는 모든 계급을 뒤섞어서 가치들을 조화롭게 아우르고 서로 다른 문화에서 자란 개인들이 교류할 수 있게 해주어야 한다.」

그는 우리를 향해 돌아선다.

「그러니까 중간 계급을 천천히 견실하게 발전시키고, 이들의 지지를 바탕으로 가난한 사람들도 노력과 재능을 통해서 사회적으로 성공할 수 있게 하는 학교 제도를 확립해 나가야 하는 것이다. 바로 이것이 더 공정한 정치 체제를 세우는 길이다. 진정한 혁명은 학교를 바탕으로 천천히 이루어진다.」

프루동은 수긍하기가 어려운 눈치다.

「그건 결국 부르주아 계급에 바탕을 둔 체제를 만들라는 얘기 아닌가요? 학교 교육을 통해 이루어지는 사회적 합의란 너무 허약한 토대가 아닌가요?」

「그보다 나은 체제가 있다는 말인가?」

「네. 민중이 직접 통치하는 체제가 있죠.」

「이보게, 프루동. 그건 불가능해.」

「캄보디아 혁명이 있잖습니까?」

「폴 포트의 크메르 루주 말인가? 설마 진담은 아니겠지? 그는 무지한 농민들을 부추겨서 지식인들과 부르주아들을 학살했어. 그 결과는 우리 모두가 아는 대로야. 국민은 도탄에 빠지고 정부는 마약 밀매로 살아가는 마피아 집단으로 변하고 구태를 답습한 독재 정치는 경제적으로든 정신적으로든 나라의 미래를 암담하게 만들었지.」

프루동은 굳은 표정으로 무언가를 중얼거린다. 이곳 올림피아가 이미 프티 부르주아들의 왕국이 되었다고 넌지시 비아냥거리는 소리다.

프로메테우스는 앞으로 나와서 게임을 다시 시작하라고 이른다.

우리는 18호 지구로 다가간다. 나는 고래족의 영토를 더 잘 보기 위해서 서둘러 나무 의자 하나를 차지하고 그 위에 올라선다.

올 것이 오고야 말았다. 독수리족이 고래-돌고래족의 수도를 완전히 파괴해 버린 것이다. 미안해, 프레디, 나는 자네가 맡긴 민족을 제대로 지켜 내지 못했어.

「시간을 좀 줄 테니 상황을 점검하고 작전을 짜라. 그러고 나서 각자 앙크를 들고 게임을 시작해라.」

나는 독수리족 나라의 내부에서 와해 공작을 벌이기로 하고 그것에 도움이 될 만한 아이디어를 얻기 위해 남몰래 배낭 속의 백과사전을 뒤적인다.

영웅이 필요할 듯하다. 독수리족 출신이면서도 자기 나라 체제의 결함을 드러내 줄 영웅이 말이다.

55. 백과사전 : 스파르타쿠스

기원전 73년 카푸아에 있는 검투사 양성소에서 폭동이 일어났다. 주동자는 트라키아 출신의 노예 스파르타쿠스였다. 이 폭동 중에 스파르타쿠스를 비롯한 70여 명의 검투사들이 탈주에 성공했다. 그들은 무기를 싣고 가던 마차를 공격했고 그럼으로써 하나의 무장 부대를 이루었다. 그들은 나폴리 쪽으로 내려가면서 수천 명의 노예를 규합했다. 로마 정부는 민병대를 내세워 그들과 대적하게 했다. 하지만 민병대는 검투사들의 이례적인 저항에 부딪쳐 패주하고 말았다.

그런 상황에서도 로마의 장군들은 직접 군대를 보내려고 하지 않았다. 노예들은 진정한 병사들에게 걸맞은 적수가 아니라고 보았기 때문이다.

같은 해 12월, 반란군의 병력은 7만으로 늘어났다. 그들은 아펜니노산맥을 따라 북상하여 이듬해 3월에는 포강 유역의 평원에 다다랐다. 그제야 로마는 정규군을 보내기로 결정했다. 하지만 그것은 너무 늦은 결정이었다. 스파르타쿠스가 이끄는 검투사들과 노예들은 집정관 겔리우스와 렌툴루스의 부대를 잇달아 무찌르고 지방 총독 카시우스의 부대까지 격파했다. 스파르타쿠스는 로마 쪽으로 다시 남하하기로 결정했다. 수도의 주민들은 공포에 떨었고, 원로원은 이 위협에 맞서 실력자 크라수스를 총사령관으로 삼아 다시 군대를 보냈다. 크라수스는 반란군을 레기움반도 끝까지 몰아붙이고 55킬로미터에 달하는 참호를 파서 그들을 가둬 버렸다. 기원전 71년 1월, 스파르타쿠스의 반란군은 봉쇄를 뚫고 결전을 벌였다. 장기간에 걸친 이 전투는 크라수스군의 승리로 끝났다. 승리자들은 노예나 검투사들이 다시 봉기하는 것을 막기 위해 생존 포로 6천 명을 로마에서 카푸아에 이르는 길에서 십자가형에 처했다.

에드몽 웰스, 『상대적이며 절대적인 지식의 백과사전』 제5권

56. 패권주의 시대 : 독수리족

승리한 독수리족은 고래-돌고래족의 수도를 파괴했다. 이로써 돌고래족의 젊은 장수 〈구원자〉에게 당한 모욕을 씻은 셈이었다. 〈구원자〉는 이후의 돌고래족 역사책에서 〈거짓말쟁이〉로 다시 명명되었다.

독수리족은 동쪽 변경에서 사자족이 전성기에 차지했던 영토를 합병했다. 남동쪽에서는 돌고래족 조상들의 땅을 침략했다. 바다에서는 황소족의 섬과 청어족의 항구를 점령했고, 육지에서는 쥐족을 산악 지대로 쫓아 버리고 매족의 영

토를 차지했다. 그들의 영토는 흰개미족 나라까지 확장되었다. 그들이 군사적으로 패배하는 것은 드문 일이었지만 예전에 그들은 흰개미족을 상대로 한 차례 패배를 겪은 뒤에 국경을 요새화한 바 있었다.

한편 북쪽 변경에서는 말족이며 곰족과 싸워 승리를 거두고 어느새 늑대족과 국경을 맞대고 있었다.

승리는 또 다른 승리를 가져왔다. 독수리족은 대개 싸울 필요조차 없었다. 그들의 악명이 뜨르르 퍼져 나가서 변방 민족들이 피를 흘리기 전에 항복해 버리기 때문이었다.

독수리족은 승리를 거둘 때마다 노예들을 징발하여 군대와 갤리선에 보내거나 노동력으로 활용했다. 독수리족의 나라는 이제 그냥 〈공화국〉이라 불리고 있었다. 진정한 공화국은 하나밖에 없고 다른 나라들은 그저 허울뿐인 공화 정치를 하는 왕국들이라는 것이 누가 보기에도 명백하기 때문이었다. 어떤 민족들은 공화국의 척후대가 찾아가기도 전에 자진 신고를 하고 화친을 청했다. 그들은 화친을 맺은 대가로 조공을 바치고 병력과 최상의 토산물을 제공하라는 요구를 고분고분 받아들였다.

공화국의 수도는 복잡한 행정을 필요로 하는 거대 도시가 되었다. 지식인 계급에 이어 새롭게 부를 축적한 중산 계급이 나타났다. 그들은 더 이상 노동을 하지 않고 외국의 노예들을 부리기만 했다. 이 새로운 부유층이 투계나 투견 같은 기존의 오락에 싫증을 내자 닭이나 개 대신 노예끼리 싸움을 붙이고 내기를 거는 오락이 생겨났다.

그 무렵 독수리족의 젊은 장수 하나가 북서쪽 변경 너머를 정복하러 나섰다. 그곳은 예전에 〈구원자〉와 화친 조약을 맺었던 수탉족의 땅이었다. 젊은 장수는 의지가 굳세고 과묵했으며, 얼굴이 기름하고 검은 머리에 새치가 희끗희끗했다. 군관 학교를 수석으로 졸업한 그는 병법뿐만 아니라 이방의 문화를 발견하는 일에도 열렬한 관심을 가지고 있었다. 그의 동료들은 그를 자연스럽게 〈새치〉라는 별명으로 불렀다. 그는 사자족의 전설적인 장군 〈담대한 왕〉과 〈구원자〉가 벌인 모든 전투의 전말을 달달 욀 정도로 깊이 연구했다. 또한 미래의 원정을 염두에 두고 수탉족의 언어를 공부하기도 했다.

〈새치〉는 다섯 개 군단을 이끌고 서쪽 국경의 산들을 넘었다.

수탉족을 상대로 한 독수리족의 이 전쟁은 당대에 행해진 원정 가운데 가장 잘 조직된 것에 속했다. 수탉족은 중앙 집권주의를 선택하지 않고 부족들의 연방을 이루고 있었다. 〈새치〉는 이 전쟁에서 언제나 똑같은 방식으로 전투를 진행했다. 먼저 적진의 주위에 자기 부대를 주둔시킨 다음, 척후병들을 보내어 전투 상대가 될 부족의 관습을 연구하게 했다. 그는 척후병들의 보고를 바탕으로 수탉족의 관습에 관한 책을 써나갔다.

그는 자기 나름대로 수탉족에게 찬탄을 느끼고 있었다. 사실 그는 자신의 저서 『수탉족과의 전쟁』에서 수탉족 여인들의 아름다움과 전사들의 용기, 그들 언어의 감미로운 억양, 그들의 음식과 미술과 복식을 묘사하면서 찬사를 길게 늘어놓았다. 그는 〈민족학자〉를 겸한 최초의 장수였다. 그는 학살을 피하기 위해 부족들에게 항복을 권유했다. 그들은 대개 항복을 거부했고, 〈새치〉는 유감스러워하며 학살을 명령했다.

〈첫째는 미리 알아보는 것이요, 둘째는 생각하는 것이며, 셋째는 행동하는 것이다.〉 이것이 바로 그의 표어였다. 아닌 게 아니라 적의 사정을 미리 알아내고 충분히 생각한 뒤에 이루어지는 그의 행동은 더없이 효과적이었다.

그는 일단 승리를 얻으면 자기 병사들에게 함부로 약탈하지 말라고 명령했고, 왕이나 부족의 우두머리들만 목을 치고 다른 고관들은 살려 주게 했다.

수탉족의 전체 병력은 그가 이끄는 독수리족 병력보다 열 배나 많았지만, 통일성이 부족했던 탓에 패배만 거듭했다. 〈새치〉 장군은 『수탉족과의 전쟁』을 계속 써나갔다. 거의 학문적인 저술에 가까운 이 작업은 이를테면 나비 채집자가 나비를 죽여 표본을 만드는 것과 비슷한 것이었다. 나비 채집자는 경탄을 불러일으키는 나비를 죽이는 대신 그 나비가 영구히 보존되는 길을 열어 주지 않는가. 그는 자기 책 덕분에 후세 사람들이 한때 수탉족이 존재했다는 사실을 알게 되리라고 확신했다. 그는 자기가 깨달은 그 역설을 정복당한 수탉족 사람들에게 이해시키려고 했다. 〈내 덕분에 2천 년이 지난 뒤에도 사람들은 너희가 누구였는지 알게 될 것이다〉 하는 식으로.

〈새치〉는 그림 그리는 사람을 데리고 다니면서 수탉족의 모습을 있는 그대로 그리라고 명령하기도 했다.

그러던 중에 수탉족 진영에서 뛰어난 지도력을 지닌 장수 하나가 두각을 나타냈다. 그는 수적으로 결코 우세라 할 수 없는 〈새치〉의 군대에 저항하기 위해 아직 정복당하지 않은 부족들을 규합하는 데 성공했다. 하지만 그것은 때늦은 통일이었다. 그의 군대는 두 차례 작은 승리를 거두고 세 차례 대패했다. 그는 독수리족 군대에 쫓기다가 남은 병력을 이끌고 어떤 요새에 틀어박혔다. 〈새치〉의 군대는 그들을 포위했다. 농성은 몇 달 동안 계속되었다. 수탉족 병사들은 굶주림에 허덕이는 상황에서도 용감하게 싸우면서 원군을 기다렸다. 하지만 원군은 하루 늦게 도착했다. 수탉족 장군은 함께 농성한 부하들의 목숨을 살려 주겠다는 약속을 받고 적에게 항복했다.

〈새치〉는 농성군의 무기를 거둬들였다. 그런 다음 적장을 사슬에 묶어 자기 마차에 매달고 거리로 끌고 다니며 뭇사람에게 보였다. 그러고는 적장을 몇 주 동안 우리에 가뒀다가 군중이 보는 앞에서 목을 치게 했다.

그래도 〈새치〉는 적장과 한 약속을 저버리지 않고, 포위 공격에 완강하게 저항했던 적병들을 살려 주었다. 포로들은 독수리족 함대로 보내져 갤리선의 노를 젓게 되었다.

그의 책은 큰 반향을 불러일으켰다. 〈새치〉는 이 승리 이후에 타고난 선전 감각을 발휘하여 유례없는 명성을 얻었다. 그는 그것으로 만족하지 않고, 남쪽 원정에 나섰다. 사자족 출신의 반골적인 여왕이 다스리는 쇠똥구리족의 영토를 공략하기 위해서였다.

그런데 이 여왕은 자발적으로 화친을 제안했다. 그때까지 쉴 새 없이 전쟁을 벌여 왔던 〈새치〉는 약간의 휴식을 갖기로 했다. 그는 갑옷을 벗어 놓고 얼마 동안 쇠똥구리-사자족 여왕의 궁궐에서 빈둥거렸다.

하지만 〈새치〉는 이미 독수리족 여자와 결혼한 몸이었다. 그의 지략과 민족학적 통찰력을 찬양하던 국민들은 자기들의 영웅이 공개적으로 아내를 저버리고 이방의 여왕과 놀아나고 있다는 사실에 분노했다.

그는 토라진 민심을 매우 야속하게 여기며 독수리족의 수도로 돌아왔다. 그러고는 백전불패의 명장이라는 평판이 여전히 살아 있다고 확신하면서 공화국을 전복시키고 독수리족의 황제를 자처하기로 결심했다.

원로원 의원들은 공포에 사로잡혔다. 그를 죽이지 않으면 자기들이 죽임을 당할 판이었다. 그들은 즉시 음모를 꾸몄다. 그가 공화 정치의 종언을 알리는 순간, 그들은 저마다 토가에서 칼을 빼어 들고 〈독재자를 죽여라!〉라고 외치면서 일제히 그를 공격했다. 그는 2백 대 가까이 칼침을 맞았다. 「나는 죽지만 내 전설은 살아남을 것이다.」 그것이 그의 마지막 말이었다.

그를 살해하는 데 가담한 자들은 모두 체포되어 수도의 원형 경기장에서 야수들의 밥이 되었다. 그런 다음 〈새치〉의 한 사촌이 어부지리로 황제가 되었다. 권력 강화는 돌이킬 수 없는 흐름이었다. 권력의 중앙 집중은 훨씬 더 심해졌고, 충성심에 불타는 신하들은 황제가 신의 화신이라고 선언했다.

하지만 권력에는 대가가 따르게 마련이었다. 시간이 지나면서 이 권력을 선망하고 탐하는 자들이 생겨났다. 최초의 황제는 아내에게 독살당했고 그들의 맏아들이 황위를 이어받았다. 새 황제는 몇 해 동안 통치하다가 남동생에게 살해당했다. 이어서 한 숙부가 그를 퇴위시키고 황위에 올랐지만, 이번에는 그의 동성 연애 상대자가 단검으로 그를 찔러 죽이고 스스로 황제라 칭하였다. 이 황제는 신료와 사제들을 불러 모아 성대한 대관식을 치르고 흐드러진 잔치를 벌였다.

그러나 얼마 안 가서 시종장의 누이가 한 장군과 손을 잡고 그를 독살했다. 옥좌의 주인은 또 바뀌었다. 그런 식으로 네 차례의 척살(刺殺)과 스무 차례의 독살과 여러 차례의 음모가 갈마들었다. 마치 황위에 저주가 내려서 거기에 오르는 자들은 누구나 참혹한 죽음을 맞는 것만 같았다. 어쨌거나 기나긴 우여곡절 끝에 황제의 자리는 공교롭게도 〈새치〉의 직계 후손에게 돌아갔다.

그렇듯 황제가 아주 빠르게 바뀌어 가는 상황에서도 제국은 군사적으로나 경제적으로나 과거 어느 때보다 강력했다. 백성들은 권력 내부의 암투를 그저 화폐에 새겨진 초상이 달라지는 일 정도로만 받아들였다.

57. 백과사전: 인도·유럽 어족

17세기부터 여러 언어 전문가, 특히 네덜란드의 언어학자들이 라틴어, 그리스어, 고대 페르시아어, 그리고 현대 유럽 언어들 사이의 유사성에 주목했다. 그들은 이 언어들의 공통된 조상이 스키타이족의 언어라고 생각했다.

18세기 말, 열세 개 언어를 완벽하게 구사하고 스물여덟 개 언어를 해독할 줄 알았던 언어의 달인이자 캘커타 고등 법원의 판사였던 영국인 윌리엄 존스는 인도인들의 신성한 언어인 산스크리트어가 라틴어며 그리스어와 밀접한 관계가 있음을 발견했다. 이 연구는 또 다른 영국인 토머스 영에 의해 계승되었다. 그는 1813년에 〈인도·유럽 어족〉이라는 용어를 처음으로 사용했고, 하나의 발상지에서 나온 단일 민족이 이웃 민족들을 잇달아 침략하여 자기네 언어를 전파했으리라는 가정을 내놓았다.

그 뒤에 두 독일인 프리드리히 폰 슐레겔과 프란츠 보프는 이 연구를 이어받아 이란어, 아프가니스탄어, 벵골어, 라틴어, 그리스어뿐만 아니라 히타이트어, 고대 아일랜드어, 고트어, 고대 불가리아어, 고대 프로이센어 등과 같은 수많은 언어들 사이의 유사성을 찾아냈다.

그때부터 역사학자들은 인도·유럽어를 퍼뜨렸다는 침략 민족의 역사를 재구성해 보려고 했다. 인도·유럽 공통 조어를 사용했던 민족은 터키 북부에 살았던 것으로 추정된다. 그들은 계급 구분이 엄격한 사회를 이루고 있었으며 말을 길들여 병거를 끌게 했고 철광석을 제련하는 기술을 개발했다. 당시의 다른 민족들이 말을 식량 운반에나 이용하고 아직 구리나 청동밖에 몰랐던 것에 비하면 훨씬 앞서가고 있었던 셈이다. 그 민족은 전쟁을 숭상하여 히타이트, 토하라, 리키아, 리디아, 프리기아, 트라케 등 인근 지역의 민족들(이들은 고대 말기에 완전히 사라졌다)을 무찌르고 그들의 언어를 자기들의 언어로 바꿔 버렸다. 그 뒤로 인도·유럽 공통 조어는 페르시아, 그리스, 로마, 알바니아, 아르메니아로 퍼져 나갔고, 슬라브족, 발트족, 게르만족, 켈트족, 색슨족의 영토에까지 영향을 미쳤다.

단지 몇몇 민족만이 이 영향에서 벗어나 자기네 조상의 언어를 보존했다. 핀족, 에스토니아족, 바스크족이 바로 그들이다.

오늘날 인도·유럽 공통 조어에서 나온 언어를 사용하는 인구는 약 25억 명, 즉 전체 인류의 거의 반에 이르는 것으로 추산된다.

에드몽 웰스, 『상대적이며 절대적인 지식의 백과사전』 제5권

58. 돌고래족의 세 번째 이산

독수리족이 고래-돌고래족의 수도를 포위하기 시작했을 때, 돌고래족 한 무리가 가장 좋은 배들을 탈취하여 야반도주하기로 결정했다. 그들을 이끄는 사람들은 몇 차례에 걸친 집단 탈출의 경험을 기억에 간직하고 있는 돌고래족 노인들

이었다.

그리하여 열두 척의 배가 출항했다.

그 가운데 일곱 척은 독수리족 순찰선들에 저지를 당하고 전투를 벌이다가 침몰했다. 독수리족 병사들은 불붙은 베실 뭉치를 투석기로 쏘아 보내 도망자들의 배에 불을 지르고, 충각으로 선체를 쪼갬으로써 공격을 마무리했다.

나머지 다섯 척은 침몰을 모면하고 빠져나갔다. 선장들이 노련하고 바람이 도와준 덕이었다.

마침내 독수리족 선단을 완전히 따돌리자 생존자들은 함께 의논을 벌여 각각의 배가 서로 다른 방향으로 가기로 결정했다. 그래야 일부라도 살아남을 가능성이 높아지기 때문이었다.

첫 번째 배에 탄 사람들은 동쪽으로 항해하여 돌고래족 조상의 땅으로 돌아가기로 결정했다. 그들은 가장 먼저 뭍에 닿았다. 닿아 보니 조상들의 땅 역시 독수리족의 지배를 받고 있었다. 독수리족은 제국에 충성을 다하는 꼭두각시를 왕으로 앉혀 놓고 계엄을 강요하면서 과도한 세금을 거둬들였다. 끊이지 않는 폭동과 반란은 대량 학살의 빌미가 될 뿐이었다.

돌고래족 난민들은 배에서 내리자마자 체포되어 감옥에 갇혔다. 그들은 세상과 격리된 그곳에서 자기들의 역사를 기록해 나갔다. 아무리 어려운 상황에서도 자기들의 문화를 잊지 않기 위해서였다. 그들은 먼저 유명한 인물들의 모험담을 책에 담았다. 그러면서 민족의 역사를 암호화해서 숨겨 놓았다. 짤막한 이야기들의 형태를 띤 또 다른 책에는 화학, 천문학, 수학 등 여러 학문 분야의 지식이 감춰져 있었다. 그들의 암호 체계를 알지 못하면 누구도 책의 내용을 온전히 해독할 수 없었다. 따라서 미래에 전체 정치가 행해질 때에도 이 책은 체제를 위협하는 것으로 보이지 않을 것이었다. 말들의 배후에 보물이 감춰져 있는 셈이었다.

감옥에 갇힌 난민들은 그런 저술 활동에 그치지 않고 세계 곳곳으로 흩어진 돌고래족 백성들이 민족의 역사를 돌이켜 생각할 수 있도록 중요한 사건들을 기념하는 날들을 정하기로 했다. 그들이 고래-돌고래족의 수도에서 탈출한 사건은 〈세 번째 이산〉이라 명명되었다.

그들은 각각의 기념일에 먹어야 할 음식이나 해야 할 일도 정했다.

먼저 조상들이 쥐족의 공격을 받고 바다로 도망쳤던 일을 기념하기 위해서는 토끼 고기를 먹기로 했다. 쥐를 잡아먹을 수 있다면 좋겠지만 그건 별로 먹음직스럽지 않아서 닮은 점이 많은 토끼를 선택한 것이었다.

조상들이 낙원과도 같은 도시를 건설했던 것을 기념하기 위해서 할 일은 정원에 오두막을 짓는 것이었다.

〈고요한 섬〉에 대홍수가 밀어닥쳤던 일을 기념하는 날에는 소금물 한 컵을 단숨에 들이켜기로 했다.

쇠똥구리족의 나라에서 탈출한 사건을 기념하기 위해서는 몇 알의 모래를 삼키기로 했다.

독수리족을 상대로 한 전쟁을 기념하기 위한 의식도 있었다. 독수리족을 정복한 뒤에 목숨을 살려 주었던 위대한 장군 〈구원자〉의 무훈을 기리는 뜻에서 알을 먹는 것이 바로 그것이었다(독수리 알을 먹을 수 있으면 좋겠지만 그것은 너무나 귀하기 때문에 달걀로 대신했다).

두 번째 배는 운수 사납게도 해적선을 만나 침몰당했다.

세 번째 배는 남쪽으로 항해하여 어떤 해안에 다다랐다. 그곳의 주민들은 대화를 시도하지도 않고 이방인들을 살해해 버렸다.

네 번째 배와 다섯 번째 배는 〈고요한 섬〉을 찾아 서쪽의 대양으로 떠났다. 항해는 아주 길고 힘겨웠다. 숱한 선상 난동과 폭풍을 겪고 식량 부족에 허덕이던 끝에 그들은 섬을 찾아낼 가능성을 높이기 위해 따로따로 항해하기로 결정했다. 그리하여 네 번째 배는 북서쪽으로, 다섯 번째 배는 남서쪽으로 나아갔다.

네 번째 배는 마침내 어떤 대륙의 해안에 다다랐다. 칠면조족이 사는 곳이었다. 칠면조족은 경계심을 가지고 그들을 맞아들였지만 이내 그들의 학문과 기술에 매료되었다. 덕분에 신뢰 관계가 형성되고 교류가 이루어질 수 있었다. 돌고래족 난민들은 문자와 수학과 농업, 그리고 도시를 건설하는 방법을 가르쳤다. 칠면조족은 기록을 해가면서 열심히 배웠지만 배운 것을 모두 따라 하지는 않았다. 예컨대 큰 도시를 건설하는 것은 그들의 관심사가 아니었다. 그들은 성벽 안에 갇혀 사는 것보다 자유롭게 돌아다니며 사는 것을 더 좋아했다. 그래도 그들은 현자들의 의회와 중대한 사안에 대한 거수 표결 방식을 받아들였고, 말을 타고 더 빨리 이동하는 놀라운 발상도 차용했다.

한편 남서쪽으로 항해한 다섯 번째 배는 이구아나족의 나라에 닿았다. 지칠 대로 지친 여행자들은 열렬한 환영을 받았다. 그들은 즉시 왕에게 소개되었고 왕은 그들 앞에 무릎을 꿇었다. 그들은 이런 행동에 경계심을 품었다. 하지만 그들의 놀라움은 그것으로 끝나지 않았다.

왕은 돌고래족의 언어와 아주 비슷한 언어를 사용했기 때문에 그들은 서로의 말을 알아들을 수 있었다. 왕은 어떻게 그토록 신기한 일이 벌어질 수 있는지 설명해 주었다. 옛날에 돌고래족 사람들이 같은 해안에 상륙한 적이 있었다. 그들은 이구아나족에게 유익한 것들을 많이 가져왔고, 셈법과 글쓰기와 농사를 가르쳤다. 피라미드를 건설하는 방법과 하늘의 별들을 식별하는 방법을 가르쳐 주기도 했다. 그런 뒤에 그들은 다시 떠나면서 앞일을 예언했다. 「어느 날 돌고래족의 또 다른 사람들이 우리처럼 이 해안에 상륙할 것입니다. 그들은 우리가 가르친 것보다 더 나은 것을 가져올 것입니다.」 돌고래족 항해자들이 환대를 받은 이유가 바로 거기에 있었다. 수도 한복판을 가로지르는 대로에서 개선 행진과도 같은 환영식이 벌어졌다. 시민들은 창문에서 그들에게 꽃을 던졌고 환호에 차서 그들의 이름을 소리쳐 불렀다.

그렇게 그들은 이구아나족의 도시에 편안하게 정착하여 자기들의 과학 기술과 예술을 빠르게 전수했다. 이구아나족 사람들은 굉장한 호기심을 보이며 신비에 싸인 이방인들의 입에서 나오는 말을 한 마디도 놓치지 않으려고 잔뜩 귀를 기울였다. 그들은 옛날에 돌고래족에게서 배운 것을 어떻게 활용했는지 보여 주기도 했다. 그들은 천문대를 세우고 아주 정확한 천문도를 제작한 터였다. 천문학뿐만 아니라 점성학에도 조예가 깊었다. 학자들은 천체 관측을 바탕으로 미래에 일어날 모든 일을 아이들에게 가르치고 있었다. 아이들은 그 가르침을 노래 삼아 부르고 다녔다. 이 노래들은 평생의 반려자를 어떻게 만나는지, 아이들은 몇 명을 낳는지 이야기할 뿐만 아니라 어떻게 죽음을 맞게 될지도 알려 주고 있었다. 돌고래족 사람들은 이구아나족이 점성학을 이용해서 미래를 다스리고 있다는 사실에 놀랐다.

왕은 이구아나족의 고유한 관습도 알게 해주었다. 왕의 머리통을 네모반듯하게 만드는 것도 그런 관습 가운데 하나였다. 왕자가 태어나면 신관들은 왕자의 숫구멍이 아직 말랑말랑할 때부터 두개골을 옥죄는 네모난 관을 씌웠다. 왕자의 머리가 보통 사람과 구별되는 기하학적 형태를 띠게 하기 위함이었다. 그래서 왕자들은 벌거벗고 있거나 평복을 입고 돌아다닐 때조차도 누구나 알아볼 수 있었다.

왕은 왕국의 거대한 기념물들을 구경시키기도 하고, 왕국의 농업이 얼마나 발달했는지 자랑하기도 했다. 그들은 꺾꽂이 기술을 개발해서 영양분이 많고 보관하기가 더없이 쉬운 잡종 작물들을 생산하고 있었다.「우리는 옥수수 품종별로 가장 실한 씨앗들을 취해서 교배한다네. 그럼으로써 앞 세대의 장점을 골고루 갖춘 새로운 품종을 만들어 내는 것이지.」

그 뒤에 왕은 바다에서 은인들이 돌아온 것을 경축하기 위해 일주일 동안 흐드러진 잔치를 벌이기로 했다.

잔치 기간 중에 특별한 의식이 거행되었다. 의식이 절정에 달했을 때 왕은 수도 한복판에 있는 호수에 뗏목을 타고 나타났다. 벌거벗은 몸은 황금 가루로 덮여 있었고 횃불을 든 신하들이 그를 호위하고 있었다. 왕은 돌고래족 사람들의 이름을 하나하나 부르면서 그들이 반신반인(半神半人)이라고 선언했다. 시민들의 박수갈채가 터져 나오고 1천2백 명으로 이루어진 어린이 합창대의 찬가가 이어졌다. 그런 다음 돌고래족 사람들 역시 알몸에 황금 가루를 바르고 커다란 마차에 올라 위풍당당하게 행진을 벌였다.

돌고래족 사람 하나는 눈물을 글썽이며 이렇게 탄식했다. 〈우리는 긴 역사를 거쳐 오는 동안 너무나 많은 박해를 당했다. 그래서 이제는 사랑을 받는다는 것이 어떤 것인지도 모르고 있지 않은가.〉

59. 백과사전: 히브리-페니키아인

언어가 널리 퍼져 나갔던 또 하나의 사례가 있다. 히브리-페니키아어의 전파가 바로 그것이다.

선박 건조와 지도 제작과 항해술에 능했던 히브리인들과 페니키아인들은 아프리카 대륙을 빙 돌아 스코틀랜드까지 가서 상관을 세웠다. 그들은 뭍에 다다라서 원주민들을 만날 때마다 지식과 산물의 교환을 제안했다.

구리가 그들의 첫 화폐였고 구리의 빛깔이 붉기 때문에 그들은 스스로를 에돔인이라고 불렀다. 히브리어로 에돔은 붉은색을 뜻한다. 그리스인들은 이 말을 역시 붉은색을 뜻하는 포이닉스로 번역했다. 이스라엘 남쪽에 있는 바다, 히브리-페니키아인들의 배가 이웃 민족들의 영토를 탐험하러 떠나던 그 바다에 홍해라는 이름이 붙은 것도 그 때문이다.

그들은 세 글자로 이루어진 예순 개의 어근에 다른 말들을 붙여서 의미를 분명하게 나타낼 수 있는 언어를 사용하고 있었다. 간단하지만 어느 민족을 만나도 의사소통을 할 수 있는 언어였다.

그들은 구리와 주석과 차의 교역로를 열었고, 그리스, 로마, 아프리카 주위의 해류에 관한 지식을 활용하여 지중해를 도는 뱃길을 개척했다. 브리타니아나 스코틀랜드뿐만 아니라 말리, 짐바브웨 등지에서도 히브리어의 흔적을 찾아볼 수 있다. 브리튼은 동맹을 뜻하는 히브리어 브리트에서 나온 말이고, 에스파냐의 카디스는 성스러운 것을 뜻하는 카데슈에서 나온 이름이다. 페니키아인들은 베르베르족(베르베르라는 이름은 〈어머니 나라의 자식들〉을 뜻하는 히브리어 베르 아베르에서 나온 것이다)의 땅에 선진 문명을 건설했다. 테베, 밀레투스, 크노소스(〈집회 장소〉를 뜻하는 히브리어 크네세트에서 나온 이름)뿐만 아니라 우티카, 마르세유, 시라쿠사, 카스피해 연안에 있는 아스트라한이나 런던 역시 페니키아의 상관이 설치되어 있던 곳들이다.

히브리-페니키아인들은 여성에게 우월한 지위를 부여했다. 혈족을 나타내는 성(姓)이 남자가 아니라 여자를 통해서 계승되었다는 사실이 그 점을 말해 준다.

에드몽 웰스, 『상대적이며 절대적인 지식의 백과사전』 제5권

60. 패권주의 시대 : 호랑이족

호랑이족은 거대한 제국을 건설한 뒤에 안으로 눈을 돌려 통치 권력을 중앙으로 더욱 집중해 갔다. 독수리족 제국처럼 끊임없는 침략을 통해 새로운 땅을 정복하는 대신 확장을 중단하고 내부를 강화하는 길을 선택한 것이었다. 독수리족이 원심력의 소용돌이 속에 있다면, 그들의 제국에는 구심력이 작용하고 있는 셈이었다.

제국의 수도는 거대했다. 중앙에는 궁궐이 들어섰고 어떤 반란도 막아 낼 수 있도록 두꺼운 성벽과 아주 넓은 해자가 궁궐을 보호하고 있었다. 궁궐 너머에는 관아가 펼쳐져 있었는데, 이곳 역시 성벽과 약간 덜 넓은 해자로 둘러싸여 있었다. 거기에서 조금 떨어진 곳에는 제국의 관료들을 양성하는 교육 기관이 세워졌다.

얼마 지나지 않아 〈법가〉라 불리는 관료 집단이 형성되었다. 그들은 갖가지 법령을 만들고 법원과 전문 위원회를 설

치했다. 그들은 모든 분야를 감시하는 감찰관 집단의 보좌를 받고 있었다.

법가들은 황제의 간섭을 받지 않고 편하게 일하기 위해서 황제를 살아 있는 신이라 부르기로 했다. 그로써 황제는 접근할 수 없는 존재가 되었고 사실상 정치에 직접 관여하는 일이 없어졌다.

법가들은 개인들을 어느 정도까지 국가의 도구로 만들 수 있는지 알고자 했다. 그래서 먼저 황제의 허가 없이는 어떤 글도 쓰지 못하게 하는 법령을 반포했다. 그다음에는 독서를 금하는 법이 만들어졌다.

그들이 보기에 식자들의 자유로운 사고와 자주적인 행동은 체제에 이의를 제기하는 것으로 이어지게 마련이므로 제국의 안정을 해칠 공산이 컸다. 따라서 글쓰기와 읽기를 금지하는 것으로 그치지 않고 생각하는 것 자체를 억압할 필요가 있었다. 〈무엇을 생각하든 그것은 곧 정부에 반하여 생각하는 것이다〉라고 그들은 천명했다.

법가들은 개인들이 쓸데없는 생각에 빠지는 것을 막기 위해 강도 높은 노동을 강요했다. 녹초가 되도록 일하면 국가를 상대로 음모를 꾸밀 수 있는 힘이 남아 있지 않게 된다는 게 그들의 생각이었다.

그들은 고발을 권장하다가 아예 의무로 만들어 버렸다. 〈범죄를 저지르는 자를 고발하지 않는 것은 더욱 나쁜 범죄다〉라는 새로운 규율이 생겨났다.

소년 의용대가 사상 감찰의 첨병으로 나섰다. 그들은 자기들이 고발한 사람들의 수에 따라서 돈을 받았다. 제 부모와 친척을 고발하는 경우에는 포상이 추가되었다.

법가들은 제국의 모든 백성을 열 명씩 묶어서 감시하는 〈십인조〉 제도를 고안함으로써 통제를 더욱 강화했다. 그들은 백성을 〈한 사람의 열 손가락처럼〉 하나로 묶고 〈엄지〉라는 이름의 책임자를 두어 나머지 아홉 사람의 동정을 규칙적으로 관아에 알리게 했다. 만약 그 아홉 사람 가운데 하나가 죄를 지었는데도 책임자가 고발하지 않으면, 책임자도 똑같은 벌을 받게 되어 있었다. 법가들은 아홉 사람 가운데 한 사람을 〈새끼손가락〉으로 정하여 〈엄지〉를 몰래 감시하게 함으로써 이 제도를 더욱 악독한 것으로 만들었다.

그들은 십인조를 열 개씩 묶어 백인조를 만들었고, 다시 백인조를 열 개씩 묶어 천인조를 만들었다. 각각의 백인조와 천인조에도 총책임자가 있었고, 그 총책임자를 몰래 감시하는 자가 있었다.

이렇듯 제국의 안정과 평화를 최대한 도모한다는 미명 아래 모두가 모두를 감시하고 있었다.

하지만 법가들은 이것으로 만족하지 않았다. 그들은 생물학적으로 질서에 길들여진 새로운 인류를 만들어 내고자 했다. 그래서 〈유기적 법률〉이라는 개념을 고안했다. 국법을 준수하는 것이 의무가 아니라 본능이 되게 해야 한다는 것이 그들의 생각이었다. 누구든 법을 어기려고 하면 몸이 스스로 그것을 막게 해야 했다. 그들은 공개 처형을 대대적인 구경거리로 만들었다. 백성들에게 강한 충격을 주기 위해서는 죄수가 기절하거나 죽지 않게 하면서 처형을 되도록 오래 끌어야 했다. 그렇게 연출된 처형 장면을 목격한 백성들은 공포에 떨면서 〈유기적인 법률〉을 자기들 몸에 새기게 마련이었다.

법가들은 백성들에게 충격을 주는 기술을 개선하기 위해서 고문 학교를 세웠다. 이 학교에서는 의사들의 도움을 받아 가며 죄수들에게 고통을 가하는 기술을 과학적으로 연구했다.

고발당한 사람들을 모두 처형하는 것은 불가능한 일이었으므로 법가들은 죄질이 경미한 자들을 수용하는 강제 노역장을 만들었다. 이 죄수들은 곧 황제의 영광을 드높이기 위한 기념물들을 건설하는 일에 배당되었다.

국가의 행정력이 강화되는 것과 병행해서 야금술의 발달도 이루어졌다. 그에 따라 예전보다 넓은 농지에서 사용할 수 있는 효율적인 농기구가 생겨나고 작게 나뉘어 있던 땅뙈기들이 정리되면서 농업 혁명이 일어났다. 한편으로는 농기구를 제작하기 위한 공장들이 건설됨에 따라 노동력의 재편성이 불가피해졌다.

농민들이 하나둘 떠나면서 텅 빈 마을들이 나타나기 시작하더니 급기야는 최초의 대규모 이농이라고 할 만한 현상이 나타났다. 갑자기 몰아닥친 농민 대중 때문에 몇몇 고을은 엄청난 인구를 거느린 거대 도시로 발전했다.

행정을 장악하고 있는 법가들에 이어 새로운 세력이 나타났다. 〈문사〉라 불리는 학자 집단이 바로 그들이었다. 그들은 읽고 쓸 수 있는 권리뿐만 아니라 독창적인 생각을 품을 권리도 누리고 있었다. 그들은 자기들끼리만 통하는 언어를 사용했고, 자신들의 교육 기관에서 글을 모르는 민중과 단절된 채 지냈다. 그들은 학문과 예술에 조예가 깊었고 방중술에도 능했다. 그들은 유능한 신인들을 직접 선발했고 멀리에서도 금방 알아볼 수 있는 특유의 복장과 머리 모양을 하고 다녔다. 법가들은 그들의 특별한 지위를 인정하고 백성들에게 그들을 존경하도록 강요했다. 두 집단은 함께 일상적인 삶을 법제화하기로 결정했다. 거기에는 식사법, 보행법, 호흡법, 살생법, 방중술이 포함되어 있었다. 이 작업이 계기가 되어 고문 학교에 이어 방중술 학교가 생겨났다. 이 학교에서는 여자들이 아주 어려서부터 남자들을 쾌감의 절정에 도달하게 하는 법을 배웠다. 교육은 성행위에 맞춰 특별히 고안된 체조와 무용 강습, 성욕 항진 요리 강습, 춘화 강습, 성애 시(詩) 강습 등으로 이루어져 있었다. 이 학교를 졸업한 여자들은 아주 높은 평가를 받았다. 어떤 여자들은 황제의 후궁으로 뽑혀 가기도 하고 법가들이나 문사들의 애첩이 되기도 했다. 그녀들은 말을 알아듣는 꽃이라 하여 해어화(解語花)라고 불렸다.

이렇듯 제국의 지배 체제는 황제와 법가들과 문사들이라는 세 개의 기둥이 떠받치고 있었다. 황제는 신성한 상징이자 구심점이었고, 법가들은 사회 질서를 보증하는 무장 권력이었고, 문사들은 예와 풍류를 담당하고 학문과 예술을 가꿔 가는 집단이었다.

하지만 어느 날 이 체제의 균형을 깨뜨리는 사건이 터졌다. 법가 쪽의 대신들과 문사 쪽의 대신들 사이에 싸움이 벌어진 것이다. 사건의 발단은 음악 담당 대신이 치안 담당 대신의 〈해어화〉를 가로챔으로써 빚어진 사적인 갈등이었다.

두 대신은 황제의 중재를 요청했다. 황제는 양쪽의 이야기를 들은 뒤에 그들을 화해시키기 위해 문제의 해어화를 자기 후궁으로 삼기로 했다. 하지만 음악 대신은 사랑에 눈이 멀어 있었다. 그는 사랑하는 여자를 되찾기 위해 황제를 독살하려고 했다. 이 음모는 실패로 돌아갔고 그는 곧바로 체포되어 고문 학교에서 가장 뛰어난 교관에게 끔찍한 고통을 당하다가 죽음을 맞았다.

그때부터 황제는 편집증을 보이기 시작했다. 그는 문제의 해어화가 죽음을 불사하고 자기를 사랑한 문사를 아직 그리워하고 있지 않을까 해서 그녀를 죽였다. 그녀와 가장 친하게 지냈던 해어화들까지 죽임을 당했다. 그녀를 보호하려고 했거나 동정했을 수도 있다는 것이 그 이유였다. 황제는 내친김에 치안 대신을 감옥에 가뒀다. 그 역시 애첩을 잃은 원한 때문에 자기를 독살할지도 모른다고 생각한 것이었다.

그 뒤로는 모든 일이 일사천리로 진행되었다. 여러 법가들이 감옥에 갇힌 동료를 변호하려고 하자 황제는 분노에 사로잡혀 공정한 재판을 요구한 자들을 모두 처벌했다. 그들의 가족과 친구들도 벌을 받았다.

황제의 편집증은 거기에서 그치지 않았다. 그는 측근들을 신뢰할 수 없었다. 대신이라는 자들은 너 나 할 것 없이 황제의 자리를 노리는 자들로 보였다. 황제는 그들을 모두 사형시켰다. 그다음에는 문사들 가운데 다수를 반역자로 몰아 처형했다.

황제는 자기를 해치려는 자들이 도처에 도사리고 있다고 확신한 나머지 새 정부를 압박하여 공포 정치를 펴게 했다. 이른바 〈대숙청〉의 시대가 왔다.

공포 정치의 단계가 끝나자 이번에는 정부의 대신들이 모두 광장에서 처형되었다. 황제는 그때부터 결함투성이인 인간을 대신할 신하가 필요하다고 생각했다. 그래서 자기의 장인들에게 로봇을 만들라고 명령했다.

그들은 유압 장치로 수백 개의 톱니바퀴를 움직여 사람의 행동을 모방할 수 있는 조각상을 만들어 냈다. 황제는 이 로봇을 새 정부의 수반으로 임명했다. 신하들은 황제의 강요에 따라 로봇에게 절을 하고 공손하게 말을 건네야만 했다.

하지만 황제는 여전히 죽음에 대한 공포에 시달리고 있었다. 그는 불사의 방도를 찾아내라고 생화학자들에게 명령했다. 그들은 방사를 자주 하되 〈생명의 액체〉인 정액을 보존하라고 권했다. 그래서 황제는 성기 주위에 조였다 풀었다 할 수 있는 가느다란 끈을 매어 놓고 곧 사정이 되겠다 싶을 때마다 끈을 조였다. 그렇게 함으로써 양기가 보존되어 자신이 더욱 강해지리라고 믿은 것이었다. 그는 생화학자들의 권유에 따라 수은이나 아연 같은 금속을 액체 형태로 마시기도 했다.

몇 차례의 반역 음모가 발각되어 피바람이 불었다. 황제는 체제를 강화하기 위해 감찰관, 군사, 법가, 문사, 정탐꾼의 수를 더욱더 늘렸다. 그럼으로써 생산 활동에 종사하는 인구보다 백성들을 통제하거나 통제 장치를 구상하는 사람들이 더 많아지는 기이한 사태가 벌어졌다.

호랑이족의 제국은 너무 무거워서 움직일 수가 없는 비만증 환자 같은 나라로 변했다. 비록 완전하지는 않지만 확고부동한 나라가 되었다는 점에서는 법가들의 이상이 실현된 셈이었다.

문사들조차 이제는 창의성이 없는 예술 작품만 만들어 내고 있었다. 그들은 선배들이 세운 규범을 답습하면서 디테일에 매달려 시간을 보냈다.

황제는 103세에 죽었다. 대를 이을 자식이 없었으므로 그의 사촌 가운데 하나가 황위를 계승했다. 이제 누가 황제가 되느냐는 중요하지 않았다. 그동안 행정 체제가 기계 장치처럼 복잡해지고 너무나 견고해져서 제국이 저절로 돌아가기 때문이었다. 경직된 체제가 백성의 활력과 창의성을 모두 삼켜 버리고 있었다. 이제 국가를 이끄는 사람은 아무도 없었다. 황제조차 국가가 돌아가는 것에 영향력을 행사할 수 없는 상황이었다.

61. 백과사전 : 사랑의 네 가지 방식

아동 심리학자들은 사랑의 개념에 네 가지 단계가 있다고 말한다.

첫 단계 : 나는 사랑받고 싶다.

이는 아이의 단계다. 아이에게는 뽀뽀해 주고 어루만져 주는 것이 필요하다. 아이는 선물을 받고 싶어 한다. 아이는 주위 사람들에게 〈내가 사랑스러운가요?〉라고 물으면서 사랑의 증거를 원한다. 처음엔 주위 사람들 모두에게, 나중에는 자기가 본받고 싶은 〈특별한 타인〉에게 사랑을 확인하려고 한다.

둘째 단계 : 나는 사랑할 수 있다.

이는 어른의 단계다. 사람들은 어느 순간 자기가 남을 생각하며 감동할 수 있고 자신의 감정을 외부에 투사할 수 있다는 사실을 발견한다. 자신의 애정을 특별한 존재에게 집중할 수 있다는 것도 알게 된다. 그 느낌은 사랑받는 것보다 한결 흐뭇하다. 사랑을 하면 할수록 그것에 엄청난 힘이 있음을 깨닫게 된다. 그 기분에 취하면 마치 마약에 중독된 것처럼 사랑하지 않고는 살 수 없게 된다.

셋째 단계 : 나는 나를 사랑한다.

자신의 애정을 남에게 투사하고 나면 그것을 자기 자신에게 쏟을 수 있다는 것을 깨닫게 된다. 이 단계의 사랑은 앞의 두 단계와 비교할 때 한 가지 장점이 있다. 사랑을 받기 위해서든 주기 위해서든 남에게 의존하지 않아도 되고, 따라서 사랑을 주거나 받는 존재에게 실망하거나 배신당할 염려도 없다는 점이다. 우리는 누구의 도움도 요구하지 않고 우리의 필요에 따라서 정확하게 사랑의 양을 조절할 수 있다.

넷째 단계 : 보편적인 사랑.

이는 무제한의 사랑이다. 애정을 받고 남에게 투사하고 자기 자신을 사랑하고 나면, 사랑을 자기 주위의 사방팔방으로 전파하기도 하고 사방팔방에서 받아들이기도 한다.

이 보편적인 사랑을 부르는 이름은 생명, 자연, 대지, 우주, 기, 신 등 사람에 따라 달라질 수 있다. 이 개념을 자각하게 되면 정신의 지평이 넓어진다.

에드몽 웰스, 『상대적이며 절대적인 지식의 백과사전』 제5권

62. 프로메테우스의 강평

강의실에 다시 불이 들어온다. 프로메테우스가 강평에 들어간다.

「어때, 정신없이 돌아가지? 역사의 큰 숨결에는 무언가 굉장한 것이 있어. 나아가면 나아갈수록 가속이 붙지.」

프로메테우스는 시간을 허비하고 싶지 않다며 바로 성적을 발표한다.

「1등은 독수리족의 신 라울이다. 그의 제국이 현재로서는 가장 강하고 역동적이다. 훌륭하다. 2등은 호랑이족의 신 조르주 멜리에스. 그의 제국은 견고하고 통제가 잘될 뿐만 아니라 세련된 문화를 가꿔 가고 있다. 분명 범상치 않은 재능을 발휘한 결과다. 다음으로 3등은…….」

그는 잠시 뜸을 들이며 긴장감을 높인다.

「이구아나족의 신 마리 퀴리. 이구아나족은 여러 요소들 사이의 균형과 참으로 독창적인 문명 형태를 찾아냈다. 그들은 치료 효과가 뛰어난 의술을 발달시켰고 식물을 교배해서 우수한 품종을 만들어 내는 기술을 개발했다. 게다가 그들에게는 독창적인 예술과 천체 관측에 바탕을 둔 과학이 있다. 하나같이 주목할 만한 것들이다. 야금술을 아직 모르고 있긴 하지만 그것은 머잖아 메워질 작은 결함일 뿐이다. 그들 나라에 들어간 돌고래족 사람들이 곧 가르쳐 줄 것으로 보인다. 그렇지?」

나는 얼떨결에 고개를 끄덕인다. 하지만 내가 알기로 돌고래족은 아직 이구아나족과 이렇다 할 교류를 하지 않고 있다.

프로메테우스가 강평을 이어 간다.

「4등은 늑대족의 신 마타 하리다. 늑대족은 외침의 위협에 시달리는 일 없이 평화를 구가하고 있으며 돛과 노를 사용하는 빠른 배들을 개발하여 영향력을 넓혀 가고 있다. 돌고래족 탐험가들과 교류한 덕에 세계의 지리에 관한 지식을 개선하고 야금술을 배우기도 했다. 역시 칭찬할 만하다.」

세상에, 돌고래족 백성들이 행성의 북부 지역으로 올라가서 무슨 일을 벌이고 있었는데 정작 나는 그것을 보지 못했다. 나도 모르는 사이에 내 백성들이 마타 하리의 백성들과 동맹을 맺은 것이다.

그게 바로 이산 민족의 문제다. 그들의 신조차 백성들을 어디에 가서 보살펴야 할지 모른다. 하기야 어떤 나라에 이주한 내 백성이 겨우 스무 명밖에 안 되는 경우 그들을 살피느라고 한 나라 전체에 관심을 기울일 수는 없는 노릇이다.

그건 이산이라기보다…… 관광에 가깝지 않은가.

성적 발표가 이어진다. 나는 내 등수를 예상해 본다. 가장 성적이 나쁜 축에 들었을 것이다. 어쩌면 내가 꼴찌일지도 모른다. 그런데 정말 놀랍게도 내가 12등이란다.

「미카엘 팽송, 내가 보기에 자네는 마리 퀴리와 마타 하리를 고맙게 생각해야 해. 여자 후보생들이 자네를 구해 준 거야. 안 그래?」

나는 그런 단정에 약간 기가 죽어서 눈길을 낮춘다.

「자네에게 좋은 점수를 준 이유가 뭔 줄 알아? 우선 두 후보생이 성공을 거두는 데 자네가 일조를 했기 때문이야. 자네는 독수리족이 성공하는 데도 약간의 도움을 주었어.」

라울이 턱짓으로 동감을 표시한다. 프로메테우스가 말을 잇는다.

「이유는 또 있어. 자네에게는 한 가지 경탄할 만한 점이 있어.」

그는 묘한 눈길로 나를 바라본다.

「자네는 체념에 빠지는 법이 없어.」

마음 편하게 받아들일 수 있는 칭찬은 아니지만, 지독한 고난을 견뎌 온 프로메테우스에게서 그런 말을 들으니 가슴이 뭉클하다.

프로메테우스가 나를 향해 발걸음을 옮기자 모든 후보생의 눈길이 나에게 쏠린다. 내가 12등을 차지한 데는 그럴 만한 이유가 있다는 생각이 든다.

「자네는 백성들에게 자유라는 가치를 포기하지 않는 기질을 불어넣었어. 그건 중요한 거야. 자네 백성들을 보면 인간 시절에 나와 같은 학교를 다녔던 친구가 생각나.」

프로메테우스는 더 다가와서 슷제 내 책상에 걸터앉는다.

「우리가 열세 살 때였을 거야. 공갈과 협박으로 금품을 뜯어내던 불량 학생들 한 패거리가 학교에서 위세를 떨치고 있었어.」

고대 그리스의 학교에도 다른 학생들을 괴롭히며 강탈을 일삼는 패거리가 있었던 모양이다. 그들이 어떤 모습이었을지 잘 상상이 되지 않는다.

「놈들은 칼로 협박하면서 모든 아이를 상대로 돈을 갈취했어. 선생님들은 놈들을 눈감아 주고 있었지. 그들 역시 그 패거리를 무서워했거든. 그러던 어느 날 한 학생이 새로 들어왔어. 놈들은 첫날부터 그 아이에게 돈을 요구했고, 아이는 거부를 하다가 뭇매를 맞았지. 놈들은 얼굴을 때리는 것으로도 모자라서 칼자국까지 내고 아이가 가진 돈을 몽땅 빼앗았어. 거기까지는 흔히 있었던 일이야. 그런데 그 패거리가 두 번째로 아이의 돈을 갈취하려고 했을 때 뜻밖의 일이 벌어졌어. 놈들은 아이가 지난번에 따끔한 맛을 보았으니 즉시 굴복하리라고 예상했지. 하지만 새로 온 아이는 조금도 기세를 누그러뜨리지 않고 대들었어. 그래서 다시 얼굴이 깨지고 돈을 빼앗겼어. 세 번째, 네 번째로 당할 때도 마찬가지였지. 아이는 놈들을 만날 때마다 당당하게 맞섰어. 놈들은 점점 아이를 껄끄러운 존재로 여기게 되었어. 아이가 맞는 것을 계속 지켜보아야 하는 급우들에게도 그건 견디기 어려운 일이었지. 나는 그 아이를 찾아가서 물었어. 〈왜 자꾸 싸우는 거야? 싸우면 어떻게 될지 뻔히 알잖아? 걔들은 수가 많고 너보다 힘이 세. 네가 이길 가능성은 전혀 없어.〉 그랬더니 그 아이가 뭐라고 대답했는지 알아? 〈그런 짓거리가 결코 쉽지 않으리라는 것을 녀석들에게 알려 주기 위해서야.〉 듣고 보니 그 아이가 정말 대단해 보이더라고. 눈두덩에 시퍼렇게 멍이 들고 얼굴에 칼자국까지 난 그 허약한 친구가 하나의 길을 보여 주고 있다고 생각했지. 질 것이 뻔하다 할지라도 압제자들이 어느 것 하나도 손쉽게 얻을 수 없도록 싸워야 한다는 것을 깨달았어. 아닌 게 아니라 놈들은 그 아이 대신 더 만만한 먹잇감들을 공격하는 쪽으로 방향을 돌렸어. 새로 온 아이는 비싼 대가를 치르긴 했지만 결국 자유를 얻었지. 우리 모두가 그 아이를 존중하게 되었어. 그래서 나도 똑같은 길을 선택했어. 호락호락 굴복하지 않기로 결심한 거야. 놈들이 내 돈을 빼앗으려고 하자 나는 용감하게 맞서 싸웠어. 당연히 내가 지고 돈도 빼앗겼지만 나는 미소를 지었어. 설령 놈들이 이기더라도 쉽게 이길 수 없다는 것을 깨우쳐 주었다고 생각하니 흐뭇하더군. 놈들과 맞서 싸울 때마다 나는 놈들에게 주먹을 안기거나 발길질을 해보기도 전에 놈들의 수에 압도당했어. 그래도 싸운 보람이 있었어. 놈들이 나를 덜 괴롭히게 되었거든. 다른 아이들도 그런 변화를 확인하고 나처럼 놈들에게 대들었어. 긴 싸움이었어. 우리는 싸우는 방법도 모르고 칼을 쓰지도 않았어. 부상자도 몇 명이나 나왔지. 하지만 결국 놈들은 우리의 저항에 지쳐서 더는 우리를 괴롭히지 않게 되었어.」

긴 침묵이 이어진다.

목구멍을 타고 무언가 이상한 것이 올라오는 느낌이 든다. 그래, 바로 이거야. 내가 막연하게 느끼던 것을 프로메테우스가 분명하게 표현해 준 것이다. 이를 악물고 어떤 일이 있어도 버텨야 한다. 내 사전에 체념이란 없다. 나는 아주 오래도록 패배를 거듭할 것이다. 하지만 내 민족을 억압하는 독재자들과 폭군들은 결국 지쳐 버릴 것이고 그러다가 사라질 것이다.

18호 지구 어딘가에는 최악의 상황에서도 당당함을 견지하려고 애쓰는 돌고래족 백성들이 언제나 있을 것이다.

「반란, 그것이 바로 내 강의의 요지다. 우리는 반란이라고 하면 대다수 민중이 폭군과 그의 군대에 맞서 싸우는 거라고 생각하기 십상이다. 하지만 반란자들이 소수이고 대다수 민중은 폭군과 한통속이 되어 그들을 탄압하는 경우도 더러 있다. 그런 반란은 쉽게 잊힌다. 게다가 다들 알다시피 미카엘 팽송은 노예 제도 폐지를 주장하고 있는 유일한 후보생이다. 나로서는 이를 악물고 버티도록 미카엘을 격려할 수밖에 없다. 쉽지는 않을 것이다. 전체주의를 지향하는 권력들로부터 끊임없이 공격을 당할 테니까 말이다.」

마타 하리가 일어나더니 나에게 박수를 보낸다.

마리 퀴리가 즉시 뒤를 잇고 라울도 일어선다. 이어서 라퐁텐, 멜리에스, 에디트 피아프, 귀스타브 에펠, 에릭 사티가 가세한다. 모두 내 친구들이다. 하지만 그들뿐만 아니라 다른 후보생들 사이로 박수가 번져 가더니 거의 모든 후보생이 동조한다. 느닷없는 박수갈채에 어찌할 바를 모르겠다. 내 백성들이 당했던 모든 일들, 그들이 노예 제도에 맞서 싸운 대가로 치러야 했던 모든 고난, 쇠똥구리족과 사자족의 배은망덕이 뇌리를 스쳐 간다.

목을 타고 올라오던 이상한 것이 싸한 느낌과 함께 눈물로 변한다. 격한 감정이 솟구치더라도 눈물을 보여서는 안 된다. 이들은 나를 적대시하지 않는다. 다만 게임의 정황 때문에 내가 이따금 그런 느낌을 갖는 것이다. 이건 한낱 게임이다. 돌고래족은 수십 개의 민족들 가운데 하나일 뿐이고, 나는 너무 일찍 탈락하지 않으려고 애쓰는 하나의 경기자일 뿐이다.

박수갈채가 이어지고 있다.

후보생들은 나에게 그런 응원이 필요하다는 것을 알고 있다. 그들 덕분에 힘이 난다. 나는 찔끔 흘러나오는 눈물을 얼른 거둔다. 그러고는 박수갈채가 과분하다는 뜻의 손짓을 보낸다. 곧이어 박수가 잦아들고 마치 아무 일도 없었던 것처럼 강평이 이어진다.

프로메테우스는 명단을 다시 집어 들고 성적이 가장 나쁜 후보생들을 호명한다.

「꼴찌는 사슴족의 신 조르주 클레망소다. 사슴족은 독수리족의 침입을 막아 내지 못하고 멸망했다.」

콧수염을 길게 기른 클레망소가 아주 의연하게 일어서며 말한다.

「여러분, 우리는 때가 되면 승복하거나 물러날 줄 알아야 합니다.[13] 나는 여러분과 함께 게임을 하면서 크나큰 기쁨을 맛보았습니다. 여러분 모두 신의 능력을 최대한 발휘하여 아주 멋진 경기를 보여 주시기 바랍니다. 라울에게 한마디하자면, 자네는 훌륭해. 자네가 나를 이긴 것은 이번 판에서 진정

13 조르주 클레망소(1841~1929)는 프랑스의 언론인이자 정치인이다. 드레퓌스 사건 때 「오로르」지의 주필로서 드레퓌스를 옹호하고 에밀 졸라의 유명한 기고문 「나는 고발한다」를 게재하였다. 제1차 세계 대전 중에는 전시 내각의 총리로서 전쟁을 승리로 이끌었으며, 1920년 대통령 선거 때는 예비 투표에서 패한 뒤 즉각 후보를 사퇴하고 정계를 떠났다. 사슴족의 신 클레망소처럼 숱이 많은 기다란 콧수염으로도 유명했다.

으로 가장 훌륭했기 때문일세. 나는 독수리족 문명을 대단히 좋아한다네. 아주 우수한 문명일세.」

마침내 의연하고 당당하게 승복하는 후보생이 나타난 것이다.

켄타우로스 하나가 그를 데리러 온다. 프로메테우스는 그를 묶지 말라고 손짓으로 알린다.

그런 다음 프로메테우스는 탈락자 두 명을 더 호명한다. 활동하는 모습이 눈에 띄지 않았던 무명의 후보생들이다. 하나는 풍뎅이족의 신 장폴 로벤달이다. 그의 민족에게는 배우자를 같은 계급 내에서만 선택하는 풍속이 있었다. 그러다 보니 근친혼에 따른 유전병이 많아져서 사람들이 갈수록 쇠약해지다가 결국 독수리족이 침입하자마자 멸망한 것이다. 다음은 마멋족의 신 상드린 마레샬이다. 마멋족은 외딴 산악지대에 살고 있었는데 잠을 숭배하는 특이한 문명을 발전시켰다. 겨울에는 모두가 동면을 하다시피 하며 나날을 보냈고, 평소에도 잠을 오래 잘수록 더 존중을 받았다. 문제는 그렇게 잠을 많이 잔 탓에 경제적으로나 군사적으로나 낙후를 면할 수 없었다는 데에 있었다. 그들 역시 독수리족의 침략을 받자마자 멸망해 버렸다. 결국 독수리족은 어려움에 빠진 민족들을 청소하는 역할을 하고 있는 셈이다.

차감 재적: 76-3=73.

프로메테우스는 다시 내 쪽으로 오더니 귀엣말로 속삭인다.

「듣자 하니 자네가 바로 〈모두가 기다리는 이〉라던데, 사실인가?」

「그것에 대해서는 전혀 아는 바가 없어요. 저는 그냥 저예요. 누구를 기다리시는지 모르지만 저와는 상관없는 일입니다.」

프로메테우스는 다른 후보생들이 이상하게 여기지 않도록 얼른 목청을 높인다.

「미카엘, 내가 자네에게 좋은 점수를 주긴 했지만 자네 백성들이 어떤 처지에 놓여 있는지 똑똑히 알아야 할 거야. 자네 백성들은 근근이 살아가고 있어. 살아남으려고 발버둥을 치고 이리저리 도망 다니기가 일쑤야. 어디에서도 힘을 쓰지 못해.」

「제 딴에는 하느라고 하고 있습니다.」

「내가 반란을 가르치지 않았나? 스파르타쿠스를 생각하게.」

「저도 바로 그 스파르타쿠스를 염두에 두고 있습니다만, 그런 식으로 일을 벌였다가 똑같은 결과에 도달하지 않을까 우려가 됩니다.」

프로메테우스는 빙그레 웃는다.

「일리가 있는 말이야. 사실 독수리족의 나라처럼 막강한 군사력을 지닌 제국에서 노예들의 반란을 성공으로 이끌기 위해서는 적잖은 노하우가 필요하지.」

그는 묘한 표정을 지으며 말을 잇는다.

「자네가 아직 모르고 있는 모양인데…… 그런 반란이 이미 일어났네.」

그는 앞으로 나가서 18호 지구를 살펴보라고 내게 권한다. 알고 보니 돌고래족 출신의 검투사 한 사람이 내가 도와줄 겨를도 없이 노예들의 반란을 일으켰다.

나는 내 백성들이 내가 관여하지 않아도 무언가를 한다는 사실을 잊고 있었다. 만약 내가 마리 퀴리의 환대를 받은 돌고래족 백성들에게 관심을 집중하지 않고 주위를 더 잘 살펴보았더라면 〈내〉 스파르타쿠스의 거사를 알아차렸을 것이고 번개와 꿈을 통해서 그를 도와줄 수도 있었을 것이다. 하지만 이제는 너무 늦었다.

「애석한 일일세, 미카엘 팽송. 자네는 좋은 패를 갖고 있으면서도 그것을 제대로 활용하지 못해. 무엇 때문에 그렇게 나서야 할 때에 나서지 못하는 거지?」

「상관없습니다. 그게 바로 제 방식인걸요.」

「그런 방식이 정말 자네 스스로 선택한 것일까? 어쩔 수 없이 끌려가는 것은 아니고? 어쨌거나 계속 그런 식으로 나가면 오래 버티지 못할 거야.」

「저 나름대로 최선을 다하겠습니다.」

「물론 그러겠지. 내가 충고 한마디 할까? 이제 국으로 당하지만 말고 공격에 나서게. 다른 스승 신들도 나처럼 자네가 그저 체념하지 않고 버티는 것만으로도 자네를 좋게 생각해 줄까? 내가 보기에 그건 확실치 않아.」

맞는 말이다. 나는 혁신적인 왕이며 혈기 방장한 장군을 내세워 보았지만 결국 실패했다. 반골 기질이 강한 검투사도 있었지만 역시 실패했다. 무언가 다른 것을 생각해 내야 한다. 민중 속에서 나온 사람, 예컨대 소박한 대장장이나 도공, 직조공, 또는 목수를 다음 혁명의 지도자로 삼아 볼까?

프로메테우스가 말을 잇는다.

「자, 그건 그렇고, 내일과 모레는 강의가 없다. 이틀 동안 쉬면서 Y 게임의 다음 판들을 위한 전략을 생각해 보기 바란다. 그동안 쌓인 긴장을 풀 수 있는 시간이니까 마음껏 즐기도록 해라. 이 전반기를 다사다난하게 보낸 후보생들이 적지 않으리라고 생각한다.」

다사다난? 참으로 점잖은 완곡어법이다.

볼테르가 손을 든다.

「선생님, 이틀 동안 각 민족이 저희와 상관없이 발전해 갈 텐데, 그러다 보면 완전히 망해 버리는 민족도 나오지 않을까요?」

후보생들 사이로 찬동의 웅성거림이 번져 간다.

「그건 걱정하지 마라. 시간의 신 크로노스가 곧 리듬을 조정할 것이다. 이번 휴가 동안에는 몇 세기가 아니라 기껏해야 몇십 년이 흐를 것이다.」

그렇다면 별로 걱정할 게 없다.

「이 강의를 마무리하는 뜻에서 간단하게 한 가지 해볼 일이 있다. 저마다 자기 민족이 지향하는 이상 세계를 머릿속에 그리고 있을 것이다. Y 게임의 이 단계에서 더 나아가려면 문제들이 나타나는 족족 해결해야 한다. 그러지 않으면 생존하기에 급급한 임기응변의 단계를 벗어날 수 없다. 내가 요구하는 것은 각자의 백성들을 위한 이상 세계를 상상해 보라는 것이다. 각자가 꿈꾸는 새로운 유토피아를 종이에 적어 봐라. 그러면 이 판을 결산하면서 너희가 그 방향으로 나아갈 수단들을 마련했는지 알게 될 것이다.」

「아프로디테의 강의 시간에 이미 해봤는데요.」

시몬 시뇨레가 상기시킨다.

「알고 있다. 하지만 게임의 양상이 달라졌고 너희도 발전했다. 이건 등대의 나선 계단을 올라갈 때와 비슷하다. 창 너머로 보이는 풍경은 같을지라도 올라가면 올라갈수록 더 높은 곳에서 내려다보게 된다. 따라서 너희의 분석도 달라져야 하는 것이다.」

프로메테우스는 종이와 펜을 나눠 준다.

나는 곰곰 생각에 잠긴다. 지난번에는 무어라고 썼던가? 〈세계 평화〉라고 썼다. 그런데 나는 군비 축소나 군비 철폐가 속임수를 쓰는 자들에게 이득이 된다는 사실을 확인할 수 있었다. 속임수를 쓰는 자들은 앞으로도 계속 나올 것이다. 그렇다면 평화는 해결책이 아니다.

나는 이렇게 적는다.

〈내가 꿈꾸는 유토피아: 공포에서 해방된 인류가 살아가는 세계〉

63. 백과사전: 검치호랑이

일부 동물 종이 사라지는 이유는 무엇일까? 사람들은 흔히 소행성의 추락과 같은 외래적인 요인이나 기후 변화 등을 들먹였다. 하지만 문화적이라고 할 만한 이유도 있을 수 있다.

예를 들어 검치호랑이 또는 칼이빨호랑이라고도 부르는 스밀로돈의 경우를 보자. 지금으로부터 약 250만 년 전에서 1만 년 전까지 살았던 이 고양잇과 동물의 화석은 아메리카 대륙에서 발견되었다. 이 화석들을 바탕으로 추정한 바에 따르면 검치호랑이는 길이가 3미터에 달하고 몸무게가 많게는 3백 킬로그램이 넘었다고 한다. 따라서 우리가 알고 있는 고양잇과 동물 가운데 가장 덩치가 큰 종이라고 볼 수 있다. 검치호랑이의 주된 특징은 그 이름이 말해 주듯 칼처럼 휘어진 송곳니가 아주 길게 나 있었다는 점이다. 너무 길어서 입 밖으로 빠져나온 이 송곳니는 길이가 20센티미터 이상인 경우도 있었다.

검치호랑이가 사라진 이유에 대해서는 여러 가지 설명이 있다. 그 가운데 하나는 암컷들의 유전자에 〈수컷의 이빨이 길수록 사냥물을 더 많이 가져온다〉는 법칙이 새겨졌기 때문이라는 것이다. 수컷이 먹이를 많이 물어다 주면 당연히 새끼들을 잘 먹일 수 있다. 그래서 암컷들은 수컷을 선택하면서 〈긴 이빨〉이라는 유전적 특징에 힘을 실어 주었다. 짧은 이빨을 가진 수컷들은 암컷을 구하기가 갈수록 어려워졌다. 암컷들의 부추김에 따라 이런 추세는 더욱 강화되었고 급기야는 너무나 길어서 먹이를 입 안에 넣을 수조차 없게 하는 이빨이 나타나기에 이르렀다. 진화의 방향을 거꾸로 돌리는 것은 불가능했다.

에드몽 웰스, 『상대적이며 절대적인 지식의 백과사전』 제5권

64. 만찬

소리가 들리지 않는다.

입들이 열리고 무언가를 말하는 것은 보이는데 아무 소리도 들리지 않는다.

갑자기 귀가 먹은 게 아니라 내 정신이 소리를 받아들이지 않는 것이다. 그 까닭은 잘 모르지만, 아마도 조용히 생각에 잠기고 싶기 때문이 아닌가 싶다.

일단 상념에 빠져들면 마치 하나의 기계 장치가 돌아가듯 생각이 꼬리에 꼬리를 문다. 나는 언제쯤 이런 버릇에서 벗어날 수 있을까?

오늘도 원형 극장에서 저녁 식사를 한다. 계절의 신들이 전반기 수업을 마치는 날에 어울리는 음식들을 내온다. 허브로 향을 낸 바닷가재, 자잘한 생선, 노루 고기, 멧돼지 고기가 있고, 음료로는 꿀술과 신주와 과일즙이 있다.

디오니소스가 식탁에 올라가서 연설을 시작한다. 내 귀에는 들리지 않지만 보조 강사들의 강의를 놓고 총평을 하는

듯하다. 모두가 그에게 박수갈채를 보낸다.

이어서 아테나가 등장한다. 흐뭇해하는 기색이 아니다. 신의 올빼미도 마찬가지다.

문득 인도의 한 이야기가 생각난다. 〈새 한 마리가 네 어깨에 날아와서 이렇게 묻는다고 상상해 보라. 만약 네가 오늘 밤에 죽는다면 지금 무엇을 하겠는가?〉 나라면 섹스를 하지 않을까 싶다. 상대가 누구이든 사랑을 나누면서 생을 마감하는 게 좋지 않을까?

아테나의 연설이 끝나자 켄타우로스들이 악기를 들고 등장한다. 여느 때처럼 북재비들이 앞장을 서고 나팔수들과 하프 연주자들이 뒤따라 들어온다. 젊은 카리테스 신들이 합창을 시작한다. 내 귀에는 노랫소리가 들리지 않는다.

포세이돈이 인어 합창단을 거느리고 화려하게 등장한다. 인어들은 물을 채운 거대한 수조에 실려 왔다.

바다의 신 역시 한바탕 연설을 한다. 우리의 용기, 우리의 연습용 행성 18호 지구의 성공이나 실패에 관한 이야기를 하는 듯하다.

포세이돈은 지난 시간에 1, 2, 3등을 차지한 세 후보생을 손짓으로 불러내어 연단에 오르게 한다. 관중의 박수갈채 속에서 그들에게 월계관이 수여된다.

그러자 켄타우로스들의 북장단이 빨라지고, 라울과 조르주 멜리에스와 마리 퀴리 주위로 응원자들이 몰려든다. 각각 지배의 힘 D력과 중성의 힘 N력과 협동의 힘 A력을 대표하는 세 후보생 가운데 저마다 자기와 성향이 같다고 생각하는 쪽을 응원하는 것이다.

계절의 신들이 수상자들의 머리 위로 꽃잎을 날려 준다.

강의 시간의 긴장이 풀어지고 축제 분위기가 고조되어 간다. 몇몇 후보생이 식탁들을 밀어내고 원무를 추기 시작한다.

원무는 이내 지그와 비슷한 춤으로 바뀐다. 후보생들이 여신들의 손을 잡고 팔들의 터널 아래로 지나간다. 모두가 발랄해 보인다. 살신자나 아테나의 위협이나 탈락한 후보생들이나 민족들 간의 전쟁 때문에 받은 스트레스 따위는 까맣게 잊은 모양이다.

손 하나가 나를 흔든다. 라울이 내 팔을 잡으며 말을 건넨다.

「저기에 가봐야지. 그녀가 너만 기다리고 있어.」

소리가 다시 내 귓속을 파고든다. 거의 따갑다 싶을 만큼 자극이 강하다.

「뭐라고?」

라울이 바싹 다가든다.

「마타 하리 말이야. 구석에 혼자 있는데 아무도 춤을 청하지 않아. 네가 가는 게 좋겠어.」

나는 얼른 꿀술을 한 잔 따라 마신다.

「아냐. 나는 아프로디테에게 관심이 있어.」

「알아. 하지만 아프로디테는 너한테 관심이 없잖아.」

「아직은 그렇지.」

「시간이 지나면 상황이 달라질 거라고 생각해? 너한테 아직 드러나지 않은 뭔가 대단한 것이 있는 것처럼 굴지 마. 아프로디테는 사랑의 신이야. 스승 신들과 함께 사는 그녀가 자기를 낮춰서 후보생들과 교제하지는 않을 거야. 설령 스스로를 낮춘다 해도 보조 강사들과 어울리는 정도겠지. 헤라클레스나 프로메테우스 정도가 한계일 거라고.」

「네가 아프로디테에 대해서 뭘 안다고 그래? 사랑에 법칙이 있다면 딱 하나밖에 없어. 법칙이 없다는 게 바로 그거야.」

나는 그렇게 억지를 부렸다. 어쩌면 스스로에게 확신을 불어넣기 위해서 그랬을 것이다.

「네 말대로 절대적인 법칙은 없겠지. 하지만 전략은 있어. 어떤 전략을 쓰느냐에 따라서 사랑의 성패가 달라질 수도 있다는 거야. 내가 왕년에 다가가기 어려운 여자들을 꼬일 때 어떤 작전을 썼는지 알아?」

「어디 들어나 볼까?」

「나는 내가 마음에 두고 있는 여자 앞에서 다른 여자에게 관심이 있는 것처럼 굴었어. 예를 들면 그녀와 가장 친한 여자 친구에게 말이야. 그러자 비로소 그 여자가 나한테 관심을 보이더라고. 이게 〈삼각 욕망〉의 원리라는 거야. 자, 이거 먹어.」

라울은 케이크 한 조각을 내민다. 나는 아무 생각 없이 그것을 받아먹는다. 그때 〈그녀〉가 등장한다. 그 모습이 다른 어느 때보다 경이롭다. 전반기를 마감하는 이 축제에 맞춰서 머리에 터키석 빛깔의 왕관 모양 장식을 쓰고 금실로 짠 토가를 걸친 차림이다. 토가의 옆쪽이 트여서 다리의 완벽한 곡선미가 드러난다.

시간이 멎고 적색 마법이 힘을 발휘하기 시작한다. 어쩌면 저토록 아름다울까.

그녀가 나타나자마자 다른 스승들이 모두 달려와서 그녀에게 인사를 건넨다. 그녀는 쾌활하다. 어젯밤 내 품에 안겨 왔던 자취는 어디에서도 찾아볼 수 없다.

아프로디테.

모든 스승 신이 그녀와 사랑을 나눴을까?

그들은 모두 아프로디테에게 경탄하며 뜨거운 눈길을 보낸다. 그리고 그녀는 발랄하고 고혹적인 웃음을 흘리면서 그들의 얼굴을 쓰다듬고 가볍게 입을 맞추고 마치 고양이처럼 그들의 가슴에 안길 듯하다가 이내 살그머니 몸을 빼낸다.

아프로디테의 공식적인 남편인 헤파이스토스가 그녀의 입에 키스를 하려고 하자 그녀는 남편을 피해 아레스에게 간다. 아레스는 그녀가 자기를 더 좋아하는 줄로 여기고 입을 맞추려 하지만 그녀는 벌써 헤르메스의 품에 가 있다. 아프로디테는 다시 뱅그르르 돌아 디오니소스 곁에 멈추더니 마치 그의 깊은 속내를 읽기라도 한 양 심각한 표정을 짓는다. 아프로디테는 나를 보면서도 바로 저런 표정을 지은 적이 있다. 그때 나는 마침내 한 여자가 나를 진정으로 알아준다고 느꼈다.

음악이 바뀐다. 이번엔 거룹들이 악단에 가세했다. 그들은 아주 작은 두 개의 원통형 관으로 된 나팔을 분다. 나의 〈무슈론〉도 그들 가운데 섞여 있다. 금속성의 청색을 띤 기다란 날개가 선연히 눈에 들어온다. 여느 때처럼 가녀린 모습이다.

문득 모두의 눈길이 원형 극장의 또 다른 구역으로 쏠린다. 마타 하리가 뱀처럼 움직이며 춤춘다. 마치 뼈가 없는 것처럼 몸놀림이 유연하다. 다른 악기들은 모두 숨을 죽이고 북소리만 우리의 심장 박동처럼 쿵쾅쿵쾅 울린다.

마타 하리는 이제 허리를 낭창낭창 흔드는 동양 춤을 선보인다. 눈빛은 사뭇 요염하고 손짓은 발리의 여자 무용수들을 생각나게 한다. 그녀가 우뚝 멈춰 서더니 마치 전기 충격을 받은 것처럼 몸을 바르르 떨어 댄다. 그러더니 느리고 우아한 동작으로 몸을 비튼다.

후보생들이 짝을 지어 춤을 추기 시작하자 마타 하리는 제자리로 돌아가 앉는다. 나는 라울 쪽으로 몸을 돌린다.

「조금 전에 말한 〈삼각 욕망〉의 원리라는 게 뭐야?」

「사교의 법칙이지. 상대의 관심을 불러일으키려면 질투심을 자극해야 해. 질투심, 아니 탐심이야말로 가장 강력한 동인이야. 남의 고기 한 점이 내 고기 열 점보다 낫다는 속담처럼 누구에게나 남의 것을 탐하는 마음이 조금씩은 있어. 만약 네가 마타 하리와 함께 있으면 아프로디테가 너한테 관심을 가질 거야. 여기서 이렇게 짝사랑만 하고 있으면 관심을 끌 수가 없어. 하지만 가장 아름다운 무용수와 행복한 모습으로 보란 듯이 춤을 추면 사정이 달라질걸.」

「아프로디테는 그렇게까지 어리석지 않아.」

문득 헤르마프로디토스가 했던 말이 떠오른다. 그의 말대로라면 아프로디테는 남자들을 다루는 일에 관해서 모르는 것이 없다. 조종에 도통한 그녀를 조종하는 게 가능할까?

「너 자신에게 한번 물어봐. 너는 누군가의 가치를 판단할 때 그 자신이 아니라 그와 함께 있는 남자나 여자를 보고 판단한 적이 없어? 어떤 사내를 처음엔 별 볼 일 없는 자로 여기다가 그의 아내가 대단히 아름답다는 것을 알고 나서 그를 다시 본 적이 없어? 저렇게 멋진 여자랑 같이 사는 남자라면 분명 어딘가 대단한 구석이 있을 거야 하고 생각한 적이 없냐고.」

「사실 그런 적이 있어. 하지만…….」

「돈은 부자에게만 빌려 준다는 프랑스 속담이 있잖아. 뭔가 있어 보여야 남의 관심도 끌 수 있는 거야. 아주 반반한 사람들은 이미 멋진 짝이 있는 자들에게만 관심을 보이는 법이야.」

정말이지 인간들의 심리는 알다가도 모르겠다.

「왜 이미 짝이 있는 자에게 관심을 갖는 거지?」

「자기들 스스로 판단할 능력이 없기 때문이야. 남들의 욕망이 어디로 쏠리는지 보고 나서야 자기가 무엇을 〈욕망해야〉 하는지 알게 되는 거야.」

라울의 생각이 그럴싸하게 느껴지기 시작한다. 아프로디테의 관심을 끌기 위해서 마타 하리에게 접근하라 이거지…….

라울이 말한다.

「좋아. 정 내키지 않으면 그만둬. 네가 아니어도 마타 하리에게 관심을 가질 친구들은 많아. 나도 그중 하나거든.」

내 입에서 나도 모르게 〈안 돼!〉 하는 소리가 튀어나온다.

라울은 득의에 차서 씩 웃는다.

나는 그가 마타 하리 쪽으로 가기 전에 달려 나간다. 하지만 너무 늦었다. 프루동이 나보다 한발 앞선 것이다. 마타 하리는 그의 청을 받아들였다. 그들이 춤추는 모습을 보고 있으니 내 욕망이 커져 간다.

나는 이제나저제나 하면서 그들을 지켜본다. 나만 그러는 게 아니다. 조르주 멜리에스 역시 그들의 춤이 끝나기를 기다리고 있다. 마침내 그녀가 프루동에게서 떨어지자 나는 잽싸게 나아간다.

「마타, 너에게 춤을 청해도 될까?」

뒤에서 라울이 격려의 손짓을 보내고 있다. 마타 하리가 무덤덤하게 대답한다.

「안 될 것 없지.」

그녀가 내 손을 잡는 순간 나는 신들의 신에게 기도한다. 위에서 쌍안경이나 망원경으로 나를 보고 계시다면 제발 느린 춤곡을 보내 주십시오 하고.

하지만 웬걸, 멍청한 켄타우로스들은 분위기를 바꿔야 한다고 느낀 듯 록 음악을 연주하기 시작한다. 하는 수 없지. 나는 그녀의 손가락을 비틀거나 발을 밟지 않으려고 애쓰면서 록 음악에 맞춰 재주껏 몸을 놀린다. 그녀와 살이 맞닿을 때의 느낌은 아프로디테의 살결이 일으키던 촉감과 사뭇 다르다.

음악이 멎었다. 우리는 인사를 나누고 무언가를 기다리며 쭈뼛거린다. 그때 조르주 멜리에스가 다가들어 그녀에게 춤을 청한다.

그녀가 잠시 머뭇거리는 사이에 감미로운 발라드가 흐르기 시작한다.

이 기회를 놓치고 싶지 않다.

「미안해, 조르주. 마타 하리와 한 번 더 추고 싶어.」

음악이 귀에 익은 듯하다. 이글스의 「호텔 캘리포니아」. 1호 지구에서 내 청춘기에 유행했던 노래다.

「당신, 아니 너에게 하고 싶은 말이 있었어. 어젯밤에 정말 고마웠어……. 메두사에게 당할 뻔했는데…… 네가 나를 구해 주었어……. 입맞춤으로.」

마타 하리는 짐짓 말귀를 못 알아들은 척한다.

「누구라도 그런 상황에서는 나처럼 했을 거야.」

「내 말은 네가 나를 구해 준 게 처음이 아닌데 고맙다는 말을 제대로 한 적이 없다는 거야.」

「왜, 여러 번 했잖아.」

「그래, 감사를 표하긴 했지……. 하지만 내가 하고 싶었던 말은 네가 아니었으면 나는 벌써 오래전에 탈락했으리라는 것을 잘 알고 있다는 거야.」

악단이 점점 더 신명을 낸다. 바야흐로 두 개의 기타가 연주하는 리프 대목이다. 이곳에서는 기타 대신 류트가 그 대목을 연주한다.

「그리고 내 백성들을 도와준 것에 대해서도 감사하고 싶었어. 네가 그들을 받아 주어서 다행이야. 그러지 않았으면 자유로운 백성이 한 사람도 남지 않았을 거야.」

「마리 퀴리도 네 백성들을 환대해 주었잖아.」

「그러니까 내 말은 네 백성들의 나라가 있는 대륙에서 그랬으리라는 거야.」

「너와 협력하는 것은 나에게도 유익한 일이야.」

고마운 말이다.

우리는 원형 극장 한복판의 플로어에서 빙글빙글 돌아간다.

그녀의 땀에서 풍겨 나는 은은한 아편 냄새가 나를 취하게 한다. 아프로디테에게서는 캐러멜 냄새와 꽃향기가 났는데, 마타 하리에게서는 백단과 사향 냄새가 난다.

「내가 술에 취했을 때 나를 도와주러 온 것에 대해서도 감사하고 싶었어.」

「그게 뭐가 고맙다고.」

그녀에게 자꾸 감사를 하다 보니 놀랍도록 기분이 좋아진다. 마치 어떤 빚에서 홀가분하게 벗어난 느낌이다. 우주의 작은 한 부분이 비로소 평형을 되찾고 있는 듯하다.

「내가…… 바보였어.」

「바보가 어때서. 에드몽이 말했잖아. 바보란 모든 것에 경탄하는 자라고 말이야.」

「그는 이런 말도 했지. 뱀은 허물을 벗는 동안 앞을 보지 못한다.」

나는 음악에 맞춰 계속 몸을 흔든다. 마타 하리와 밀착하고 있으니 흥분이 고조된다. 내가 그녀의 손아귀에 사로잡혀 있다는 느낌이 든다. 본래의 의미에서도 그렇고 비유적인 의미에서도 그렇다. 첫걸음은 내가 떼었지만 이젠 그녀가 나를 이끌고 있다. 마침 잘됐다. 그렇잖아도 누가 나를 이끌어 주었으면 하던 참인데…….

에드몽 웰스의 백과사전에서 읽은 〈거울〉이라는 항목이 생각난다. 우리는 남을 사랑한다고 생각하지만, 실제로 우리가 사랑하는 것은 우리를 바라보는 상대의 시선이다. 우리는 거울에 우리 자신을 비춰 보듯이 상대의 시선에서 우리 자신의 모습을 찾는다. 상대가 거울처럼 비춰 주는 우리 자신의 상을 보면서 결국 스스로를 사랑하는 것이다.

우리는 느린 춤곡에 맞춰 몇 차례 더 춤을 춘다. 그런 다음 나는 원형 극장에서 나가자고 권한다.

아프로디테가 멀리에서 우리를 곁눈질하고 있다.

몇 분 뒤, 마타 하리와 나는 내 침대에 함께 눕는다. 내 몸이 아주 오랫동안 잊고 있던 감각을 되찾고 있다.

65. 백과사전 : 릴리트

성경의 창세기에는 릴리트라는 이름이 나오지 않는다. 하지만 카발라의 중요 문헌인 『조하르』, 즉 〈빛의 책〉에는 그녀에 관한 이야기가 들어 있다.

릴리트는 아담과 동시에 태어난 최초의 여자이다. 아담과 마찬가지로 진흙과 하느님의 숨결에서 나왔으므로 아담과 대등하다. 릴리트는 아직 의식이 없었던 〈아담의 정신을 낳은 여자〉로 묘사된다. 릴리트는 선악과를 먹고도 죽지 않는 것을 보고 욕망이 좋은 것임을 깨닫는다. 그럼으로써 자기가 원하는 바를 요구할 수 있는 여자의 면모를 드러낸다. 그녀는 성행위를 하다가 아담과 다툰다. 자기가 아래에 있는 것이 싫어서 체위를 바꾸자고 요구한 것이 싸움의 빌미가 되었다. 아담은 그녀의 요구를 들어주지 않는다. 다툼의 와중에서 릴리트는 신의 이름을 부르는 죄를 범하고 낙원에서 도망친다. 신은 그녀를 뒤쫓도록 천사 세 명을 보낸다. 천사들은 그녀가 낙원으로 돌아가지 않으면 그녀의 자식들을 모두 죽일 거라고 위협한다. 릴리트는 위협에 굴하지 않고 동굴에서 혼자 사는 길을 선택한다. 최초의 페미니스트인 릴리트는 인어들을 낳는다. 이 인어들은 너무나 아름다워서 그들을 본 남자들은 미친 듯이 사랑에 빠져 버린다.

기독교인들은 이 전설을 변형시켜, 〈아니라고 말한 여자〉 릴리트를 마녀, 검은 달의 여왕(히브리어로 레일라는 〈밤〉을 뜻한다), 또는 악마 사마엘의 반려자로 만든다.

중세의 몇몇 가톨릭교회 판화에는 그녀가 이마에 질(膣)이 있는 모습(이마에 남근을 상징하는 뿔이 달려 있는 일각수에 대응하는 모습)으로 나타나 있다.

릴리트는 이브(아담의 몸에서 나왔기에 더 순종적인 여자)의 적으로 간주된다. 릴리트는 모성을 지닌 여자가 아니다. 릴리트는 쾌락 그 자체를 좋아하며 자녀의 상실과 고독으로 자유의 대가를 치른다.

에드몽 웰스, 『상대적이며 절대적인 지식의 백과사전』 제5권

66. 소중한 순간

마타 하리의 손과 입이 내 몸을 샅샅이 훑는다. 이리저리 뻗어 나간 신경들을 따라가면서 살갗 위로 드러난 혈관을 쓰다듬기도 하고 살갗의 유난히 민감한 부위에 입을 맞추기도 한다.

「이런 걸 어디에서 배웠어?」

「인도에서.」

그녀가 내 몸을 완전히 장악하고 있다는 느낌이 든다. 그녀의 손길에 길들여진 몸이 내 의사에 상관없이 이리저리 움직인다.

머릿속에서 〈아프로디테를 생각하지 마〉라는 말이 울린다.

마타 하리가 말한다.

「마음을 딴 데 팔고 있는 것 같아.」

「아냐, 아냐, 아주 좋아. 우리의 영혼까지 하나가 되고 있어.」

그녀가 내 아랫배에 올라타서 춤을 춘다. 조금 전에 원형극장에서 혼자 춤추던 모습 그대로다. 그녀가 허리를 한번 놀릴 때마다 내 몸에 짜르르 전기가 흐른다. 마타 하리는 내 성기를 하나의 축으로 삼아 허리를 흔들며 빙글빙글 돌아간다.

〈아프로디테를 생각하지 마.〉

나는 내가 왜 사랑의 신에게 홀렸는지 문득 깨닫는다. 나

는 아프로디테를 돕고 싶어 하는 것이다. 그녀는 내 유전자에 깊이 새겨진 지고의 자존심을 일깨웠다. 나는 그녀가 기다리는 남자, 그녀를 위험에서 구출할 수 있는 단 하나뿐인 남자가 될 수 있다고 느꼈다. 지독한 자만심에 사로잡혀 있었던 것이다.

하지만 바야흐로 모든 것이 달라지고 있다. 뱀이 허물을 벗는 것이다. 나는 아프로디테라는 마약을 버리고, 도취와 중독과 미망에서 벗어난다. 내 몸은 기뻐서 어쩔 줄 모른다. 내 뇌가 생각을 잘한 덕에 이토록 순수한 쾌락의 순간이 찾아왔다. 마타 하리는 내가 겪고 있던 모든 문제의 해결책이었다. 그건 너무나 명백한 진실이었다. 그래서 외려 나는 그 진실을 외면했던 것이다.

장식 술처럼 여러 가닥으로 땋아 늘인 갈색 머리, 봉긋하게 솟은 자그마한 젖가슴, 그윽하고도 강렬한 눈빛 등 그녀의 모든 것이 나를 매혹한다.

우리는 지치도록 사랑을 나누다가 잠시 휴식을 취한다.

마타 하리는 담배 한 개비를 꺼내어 불을 붙이더니 나에게도 한 개비를 권한다. 나는 담배를 피워 본 적이 없지만 기꺼이 받아 든다. 불을 붙여 한 모금 빨아들이자마자 기침이 나온다.

「이걸 어디에서 구했어?」

「여기엔 없는 게 없어. 찾아보면 다 나와.」

나는 까닭 없이 히죽히죽 웃는다. 창문 너머로 올림포스 산이 보인다.

「저 위에 뭐가 있다고 생각해?」

마타 하리는 담배 연기로 도넛을 만들면서 대답한다.

「제우스.」

「말투가 확신에 차 있는걸.」

그녀는 예쁜 두 발을 모아 아직 땀이 흥건한 엉덩이 밑에 깔고 앉는다.

「내가 조금 조사를 해보니까 스승 신들 대다수가 그렇게 믿고 있더라고. 그들이 누구보다 잘 알지 않겠어?」

「그렇다면 제우스는 어떤 모습일까?」

그녀는 글쎄 하는 뜻으로 입술을 내민다. 나는 다시 묻는다.

「하늘에서 느닷없이 나타났던 그 거대한 눈이 제우스일까?」

「아마도 그게 제우스의 눈일 거야. 그리스 신화에 나오는 올림포스의 왕은 여러 가지 형상으로 나타나. 기억나지? 그는 자기가 원하는 모습으로 변신할 수 있어. 거대한 눈의 형상을 취하여 우리에게 겁을 주려고 했을 거야.」

나는 다시 담배 연기를 빨아들인다. 거무스름한 연기가 내 허파를 더럽히고 있다는 느낌이 든다.

「저 위에 올라가면 궁전을 보게 될 것이고 옥좌에 앉아서 우주를 다스리는 제우스를 만나게 될 거야. 나는 그렇게 믿고 있어.」

마치 우리가 구경할 어떤 미술관 얘기를 하고 있는 듯한 말투다.

「결국 여기에서는 모든 것이 우리가 상상하는 대로 나타나는 게 아닌가 싶어. 그렇다면 올림포스의 모습도 1호 지구의 신화에 나오는 것과 비슷하겠지.」

「에드몽 웰스는 〈현실이란 우리가 그것을 믿다가 안 믿어도 계속 존재하는 것이다〉라는 필립 K. 딕의 말을 즐겨 인용했어. 그런데 너는 우리가 아에덴의 존재를 믿을 때 비로소 아에덴이 존재한다고 생각하는 거야?」

그녀는 땀에 젖은 머리카락을 쓸어 올린다.

「그래, 우리의 상상이 신들을 만들어 낸다는 것, 나는 그 생각이 무척 마음에 들어. 결국 제우스를 비롯한 올림포스의 신들이 실제로 존재했고 그래서 그들이 겪은 일을 바탕으로 신화가 쓰인 게 아니라면, 인간들이 그들을 만들어 낸 것이겠지.」

「나는 고대 그리스의 종교를 무척 좋아해. 신들이 인간적이거든. 그들에겐 결함이 있고 욕망이 있어. 서로 싸우고 속이기도 해. 스스로 완전하다거나 범접할 수 없는 존재라고 자부하지도 않아.」

나는 담배 연기를 뿜어낸다.

「그런데 한 가지 풀리지 않는 문제가 있어. 왜 여기에 하필이면 그리스 신화의 신들이 있을까?」

「기(期)마다 신들이 다르지 않았을까? 어떤 때는 그리스 신들 대신 잉카나 자바나 인도나 중국의 신들이 여기에서 후보생들을 지도했을 거야. 어쨌거나 대부분의 신화에 창조주가 나오고, 사랑의 신, 군신, 해신, 다산의 신, 죽음의 신이 나오잖아.」

나는 에드몽 웰스가 했던 말을 떠올리며 묻는다.

「혹시 어떤 작가가 신화에서 영감을 얻어 무대와 배우들을 만들어 낸 것이 아닐까?」

「더 설명해 봐.」

「우리는 어떤 소설 속에 있는 것일 수도 있어. 전축의 바늘이 음반의 홈을 타고 가면서 소리를 재생하듯이 독자의 시선이 우리에게 생명을 주고 있는 것은 아닐까?」

마타 하리는 내 어깨를 쓰다듬다가 천천히 안마를 해준다. 그러더니 젖가슴을 내 등에 착 붙인다. 내 온몸으로 전기가 짜르르 번져 가는 느낌이 든다. 마타 하리는 아프로디테보다 작고 조금 더 마른 편이다.

그녀가 두 팔로 내 목을 감자 손목에 난 상처가 눈에 띈다. 젊었을 때 자살을 기도했던 모양이다. 마타 하리 역시 어린 시절의 어떤 충격을 이겨 내고 여걸이 되었을까? 놀라운 것은 그녀가 이곳에 와서 인간의 육신을 되찾을 때 전생의 상처까지 그대로 돌려받았다는 사실이다.

그녀가 묻는다.

「그렇다면 그 작가가 대체 누굴까?」

「평범한 삶을 사는 자가 이것을 쓰면서 재미를 얻는 게 아닐까?」

「작가들은 평범한 삶을 살면서 경이로운 세계를 꿈꾸지. 대개는 상상의 힘으로 삶의 단조로움을 벌충하는 고독하고 내성적인 사람들이야.」

내가 천사 시절에 보살폈던 인간들 가운데 하나인 작가 자크 넴로드가 생각난다. 아닌 게 아니라 그 역시 밝고 활기찬 삶을 살지는 않았다.

「만약 이게 소설이라면, 작가가 우리에게 마련해 준 이 무대가 무척 마음에 들어. 우리 주위의 괴물들도 아주 그럴듯해.」

「아냐. 이치에 맞지 않는 것들도 많아. 인어들이 사납고 공격적이라니, 그건 엉터리야. 메두사, 키마이라, 그런 것들은 좀 심해. 레비아단이나 아프로디테는 또 어떻고? 너도 마찬가지야. 내가 보기에 너는 별로 〈있을 법한 인물〉이 아냐.」

마타 하리는 웃음을 터뜨리며 내 상반신에 가벼운 입맞춤을 퍼부어 댄다.

「만약 작가가 없는 거라면? 혹시 우리는 내 꿈속에 있는 것이 아닐까?」

「그게 무슨 말이야?」

「때로는 오로지 나만이 진정으로 존재하는 게 아닐까 하는 생각이 들어.」

「그럼 나는?」

「너? 내 주위에 있는 모든 것들과 마찬가지로 그저 나에게 즐거움을 주기 위해서 있는 거지.」

뜻밖의 이야기를 들으니 마음이 혼란스럽다. 문득 궁금증이 인다.

「조금 전에 네가 고백하기를, 나를 보자마자 나랑 섹스를 하고 싶었다고 했어. 그런데 왜 바로 시도하지 않았지?」

「뜸을 들이고 싶었기 때문이야. 욕망을 몇 곱절로 키워서 나중에 훨씬 강렬하게 표출하고 싶었던 거야.」

나는 얼굴을 찡그린다. 내가 어떤 행위의 객체로 전락한다는 것은 유쾌한 일이 아니다.

「나도 너에게 그런 식으로 말할 수 있어. 진정으로 존재하는 것은 나뿐이고, 너는 그저 내 세계의 곁다리라고 말이야.」

마타 하리는 등이 아래쪽으로 가도록 나를 뒤집어 놓고 배에 올라탄다. 그러더니 천천히 몸을 기울여 자기 혀를 내 입안에 밀어 넣는다.

「나는 내 성적 환상에게 키스를 하는 거야. 음…… 네가 정말 그럴 듯해 보이는걸! 평범한 삶을 사시는 우리 작가님에게 감사해야겠어. 네가 정말로 존재하는 것처럼 느껴져.」

나는 몸을 빼낸다. 마타 하리는 다시 담배를 빼어 문다.

「뭐야? 너를 소설의 등장인물로 취급했다고 마음이 상한 거야?」

「나는 소설 속 인물이 아냐. 살아 있는 존재라고……. 나는 신, 아니 신 후보생이야.」

「나는 내가 소설 속 인물이라 해도 상관없어. 소설 속 인물들은 불멸의 존재들이잖아?」

「소설 속 인물들은 자기들의 말을 선택하지 않아. 작가가 쓴 대로 말할 뿐이지.」

「그게 오히려 편하잖아? 딱 들어맞는 말을 찾아내려고 골치를 썩일 필요도 없고 말이야.」

「난 내 말을 하고 싶어. 만약 내가 욕설을 내뱉고 싶어 하면, 틀림없이 작가가 검열을 할 거야.」

「어디 해봐. 작가가 검열을 하는지 안 하는지 보게.」

「젠장.」

「봐. 이게 소설이라는 가정을 견지한다 해도 너에겐 약간의 자유 의지가 있어. 작가가 우리를 창조했지만 이제 우리는 조금씩 살아 움직이는 거야. 작가는 우리가 원하는 때에 우리가 원하는 대로 말하도록 허용하고 있어.」

갈수록 태산이다.

「저기 말이야……. 그런 가정은 마음에 들지 않아.」

「뭘 두려워하는 거야? 검열당하는 거? 아니면 이야기에서 배제되는 거?」

「내가 정말 소설 속 인물이라면 중요한 인물인지 알아야겠어. 내가 중요한 인물이라면 당연히 소설의 대단원까지 살아남겠지.」

참으로 이상한 대화다. 갑자기 머리가 어질어질하다. 술에 만취했을 때와 똑같은 기분이다.

「어느 인물이나 자기가 소설의 주인공이라고 생각해. 그게 당연한 거야. 소설 속 인물은 설령 도중에 죽더라도 자기가 죽은 뒤에 벌어질 일을 알아차릴 수 없어. 그러니까 우린 모두 주인공일 수밖에 없는 거야.」

「만약 내가 주인공인데 자살을 하면 어떻게 되는 거지?」

내 물음에 그녀가 매몰차게 대답한다.

「그건 네가 주인공이 아니라는 뜻이겠지. 어쨌거나 앞서 말했듯이 주인공은 나야. 너는 이 장면을 위한 나의 섹스 파트너일 뿐이고.」

나는 멍하니 일어서서 창문 쪽으로 걸어간다. 산봉우리가 나를 비웃는 듯하다. 마타 하리가 말한다.

「아냐, 안심해. 이 모든 일의 배후에 있는 것은 어떤 소설가가 아니라 제우스야.」

「무슨 근거로 그렇게 말하는 거야?」

「소설 속 인물들이 이게 소설이냐 아니냐 하고 따지는 경우 봤어?」

딴은 그렇기도 하다.

「네 말대로 저 위에 제우스가 있다면, 그가 원하는 것은 뭘까?」

「내가 보기에 제우스는 우리가 어떻게 발전해 가는지 보고 싶어 해. 우리가 무엇을 어떻게 해내는지 지켜보고 있을 거야. 내가 제우스라면 인간들이 만들어 내는 것에 경탄할 거야. 예컨대 나는 바흐의 토카타를 무척 좋아해. 그것은 한 인간의 순수한 창작품이야. 창조주인 우리의 신은 틀림없이 다른 창조자들에게 감탄하고 있을 거야. 비록 그들이 자기에서 비롯된 존재이고 자기의 연약한 백성이라 할지라도 말이야.」

「듣다 보니 프레디 메예르의 우스갯소리가 생각나는걸.」

「얘기해 봐.」

나는 두 번째 담배에 불을 붙인 다음, 한 모금 빨다가 기침을 하고 다시 한 모금을 빤 뒤에 꺼버린다. 그러고는 그녀 뒤로 가서 어깨를 주물러 준다. 그녀는 기분이 좋은지 고개를 까딱거린다.

「페라리 자동차를 개발한 엔초 페라리가 천국에 갔어. 하느님이 몸소 그를 맞아 주시면서 말씀하셨지. 〈네가 만든 자동차들을 보고 감탄했느니라. 특히 테스타로사가 맘에 들더구나. 내가 보기에 그건 완벽한 자동차야. 차체의 선, 유연성, 성능, 안락한 승차감 등 어느 모로 보나 나무랄 데가 없어. 그런데 사소한 것이지만 딱 한 가지 개선했으면 하는 것이 있더구나.〉 엔초 페라리가 대답했어. 〈창조자 대 창조자로서 서로 감출 얘기가 있겠습니까? 허심탄회하게 말씀하시죠.〉 그러자 하느님이 말씀하셨어. 〈에, 그러니까 그건 거리의 문제야. 테스타로사를 운전할 때 서랍 모양의 재떨이를 열어 놓은 채 5단 기어를 넣을라치면 레버가 재떨이에 부딪쳐. 재떨이가 너무 가까이 있는 거야. 마땅히 거리를 더 두었어야지.〉 엔초 페라리는 그 지적에 동의하더니 자기 역시 하느님의 창조물에 대해서 할 말이 있다고 했어. 〈저는 하느님께서 창조하신 모든 것에 경탄합니다. 특히 여자가 걸작입니다.

여자는 완벽한 창조물이죠. 몸매, 유연성, 능력, 편안함 등 어느 모로 보나 나무랄 데가 없습니다. 그런데 창조자 대 창조자로서 감히 한 말씀 드리자면, 사소한 것이지만 한 가지 개선했으면 하는 것이 있습니다.〉 하느님은 깜짝 놀라며 여자에게서 완벽하지 않은 것이 무엇이냐고 물었지. 그러자 엔초 페라리가 대답하기를, 〈거리의 문제입니다. 제가 보기엔 성기가 배기통에서 너무 가까이 있습니다〉 하더래.」

마타 하리는 한 박자 늦게 말귀를 알아듣고는 농담의 저속함에 기분이 상해서 내 얼굴을 향해 방석을 집어 던진다. 우리는 베개와 방석을 들고 한바탕 난투를 벌인다.

「그런 농담은 절대로 소설 속에 들어갈 수 없어!」

나는 그녀가 터진 방석을 들고 악착같이 공격해 오는 바람에 항복을 하고 만다.

「제우스가 자신의 창조물들을 경탄하면서 바라보는 신이라고 했지?」

마타 하리가 고개를 끄덕인다. 참 예쁘다. 이 여자와 계속 살을 맞댄 채로 있고 싶다. 나는 그녀의 두 발을 끌어다가 내 넓적다리에 찰싹 붙인다.

「우리가 이끄는 민족들은 우리의 예술 작품이야. 제우스는 저 위에서 어떤 방식으로든 우리의 18호 지구를 보고 있을 거야. 그러면서 뭔가 놀라운 것이 나타나기를 기다리겠지. 그는 우리를 지켜보고 있어. 어쩌면 벌써 우리가 하고 있는 일에 경탄하고 있을지도 모르지.」

「그가 뭘 기다리고 있을까?」

「우리에게서 독창적인 해결책이 나오기를 기다리지 않을까? 우리 18호 지구에는 많은 문제가 있어. 그 역사가 1호 지구의 역사를 많이 닮아 가고 있다는 것도 문제야. 그가 보고 싶어 하는 것은 혹시 이런 것이 아닐까? 다른 영혼들이 자기가 생각하지 못한 해결책을 찾아내는 거 말이야.」

「네가 말한 대로 아직까지 우리는 〈복사-붙여 넣기〉를 너무 많이 하고 있어.」

「신들이 하는 일에도 독창성이라는 것이 있어야 해.」

「우리가 만들어 낸 것은 솔직히 말해서 우리가 1호 지구의 역사책에서 읽은 것의 진부한 모방일 뿐이야. 영웅이든 전쟁이든 도시든 제국이든 다 마찬가지야.」

「그럼 더 창의성이 풍부한 신이라면 무얼 만들어 낼까? 한번 상상해 보자.」

나는 잠시 생각하다가 대답한다.

「정육면체로 된 행성?」

마타 하리는 나를 홱 밀어낸다.

「그러지 마, 난 진지하다고.」

「팔이 세 개 달린 인간은 어때?」

「그만해. 짜증 나.」

「알았어. 그럼 이런 건 어떨까? 오로지 음악 창작에만 몰두하는 인류. 모든 민족이 청각 예술 분야에서 경쟁을 벌이는 거야.」

마타 하리는 피식 웃는다. 그러더니 갑자기 불안한 기색으로 얼굴에 주름을 잡는다.

「마음에 걸리는 게 하나 있어. 악마 말이야.」

「악마?」

「그래. 아테나가 말한 거 생각나? 악마가 이 섬의 가장 큰 위험이라고 했어. 내가 보기엔 그게 하데스야. 암흑세계의 지배자 말이야.」

마타 하리는 어디선가 신화에 관한 책들을 손에 넣은 모양이다. 모두 삽화가 들어 있는 책들이다. 라울의 아버지 프랑시스 라조르박이 남긴 책 말고도 신화에 관해서 알려 주는 책들이 더 있었던 셈이다. 나는 그녀의 어깨 너머로 몸을 기울인다.

「이 책에서는 악마 하데스가 마법의 투구를 쓰고 다닌다고 말하고 있어. 누구든 그 투구를 쓰기만 하면 눈에 보이지 않게 된다는 거야. 그렇다면 그는 우리들 사이로 얼마든지 돌아다닐 수 있을 거야. 지금 여기에서 우리 이야기를 듣고 있을지도 몰라.」

갑자기 소름이 쫙 끼친다. 방에 찬바람이 들어오나?

「아테나는 우리가 도시를 벗어나지 않으면 아무 문제가 없는 것처럼 말했어.」

「그 말을 믿어? 악마가 눈에 보이지 않는다면, 우리는 그가 언제 공격해 올지 모르는 위험한 상황에 놓여 있는 거야.」

「악마라고……. 그게 무서워서 이젠 탐사를 떠나지 않을 생각이야?」

「아냐, 그건 물론 아니지. 하지만 네가 그 점을 생각하고 있지 않다는 사실이 놀라워. 내 머릿속에서는 그 생각이 떠나지 않거든……. 그건 이곳의 중요한 비밀이야. 악마는…… 내가 보기에 우리를 죽이지 않을 거야. 죽이는 건 너무 단순해. 악마는 우리를 어떤 상황으로 몰아넣을 거야. 우리에게 일어나는 일을 우리가 이해하지 못하는 상황으로 말이야.」

「어떤 형벌을 말하는 거야? 메두사가 우리에게 가하려고 했던 것과 같은 형벌?」

「그렇게 간단치가 않아. 나는 악마가 유혹하는 자일 거라고 생각해. 그는 우리의 약점을 공략해서 우리를 자기편으로 끌어들여. 그는 우리의 결함, 우리의 감춰진 욕망을 낱낱이 알고 있을 게 분명해.」

혹시 이게 수수께끼의 답이 아닐까? 욕망, 이는 신보다 우월하고 악마보다 나쁘지 않은가?

마타 하리는 장식 술처럼 땋은 머리를 젖가슴 위로 늘어뜨린 채 아무것도 걸치지 않은 요염한 자태를 온전히 드러내며 자리에서 일어선다. 그러더니 꿀술 단지를 집어 들고 두 개의 잔을 가득 채운다.

「한 번도 물어본 적이 없었는데 말이야…… 너는 인간이었을 때 간첩죄로 총살형을 당했어. 그런데 정말 독일을 위해서 간첩 행위를 한 거야?」

마타 하리는 몸을 돌리며 장난기 어린 표정을 짓는다.

「내가 뭐라고 대답할 것 같아? 〈그래, 정말로 간첩 행위를 했고 그건 아주 잘한 일이야〉라고 말할까?」

나는 궁금증을 느끼며 그녀를 빤히 바라본다.

「아냐. 난 프랑스를 위해서 첩보 활동을 했다고 할 수 있을지는 몰라도 반역 행위를 하지는 않았어. 그저 함정에 빠졌을 뿐이야. 나랑 자고 싶어 하던 프랑스 장교 한 놈이 자기 청을 들어주지 않는다고 홧김에 나를 함정에 빠뜨린 거야. 그자가 거짓 증거와 거짓 증언을 꾸며 내서 나를 독일 편에 선 이중간첩으로 몰았어. 과거에 프랑스 군부가 드레퓌스 대위를 간첩으로 몰았던 사건과 비슷하지. 내가 사라지자 프랑스인뿐 아니라 독일인들도 좋아했을 거야. 한 여자가 자신의 매력을 이용해서 전쟁을 이끄는 데 도움을 준다는 것은 모두를 불안하게 하는 일이거든.」

「그런데 왜 첩보 활동을 한 거야?」

「당시 여자들이 어떤 삶에 내몰렸는지 알아? 가정주부가 아니면 매춘부가 될 수밖에 없는 여자들이 많았어. 나는 이도 저도 아닌 길을 선택했어. 어쩌면 둘 다였다고 볼 수도 있지. 내가 어떻게 살았는지 알고 싶어? 내 본명은 마르하레타 헤르트라위다 젤러였어. 네덜란드의 레이우아르던에 살던 모자 장수의 딸이었지. 아빠의 사랑을 듬뿍 받으며 아주 평범한 어린 시절을 보냈어. 그런데 열여섯 살 때부터 내 삶의 시련이 시작되었어. 유치원 교사가 되기 위해 레이던의 어떤 학교에 다니다가 퇴학당한 거야. 교장이 자꾸 치근거려서 관계를 맺었는데 그게 들통나고 말았어. 그러고 나서 얼마 있다가 네덜란드 식민지군 소속의 나이 많은 장교와 결혼했어. 스코틀랜드 출신의 매클라우드라는 남자였지. 그는 나를 인도네시아로 데려갔어. 거기에서 아이를 둘이나 낳았어. 그런데 그는 알코올 의존증 환자일 뿐만 아니라 아내에게 손찌검을 일삼는 개차반이었어. 나는 이혼을 하고 파리로 갔지. 거기에서 자바 의상으로 분장한 무희로 다시 태어났고 마타 하리라는 예명을 쓰기 시작했지. 마타 하리는 말레이·인도네시아 말로 〈새벽의 눈〉[14]이라는 뜻이야.」

「하늘에 떠 있던 그 눈과 같은…….」

14 말레이·인도네시아 말로 마타는 〈눈[眼]〉, 하리는 〈낮〉 또는 〈날〉이라는 뜻이지만, 마타 하리의 의미에 대해서는 전 세계적으로 두 가지 해석이 널리 퍼져 있다. 〈낮의 눈〉, 즉 태양을 뜻한다는 주장이 있는가 하면, 〈새벽의 눈〉을 뜻한다는 견해도 있다. 우리나라에서는 마타 하리를 닮은 〈여옥〉이 주인공으로 나오는 김성종의 유명한 소설 제목을 빌려 흔히 〈여명의 눈동자〉라고 해석한다.

마타 하리는 이야기가 샛길로 빠지지 않도록 내 말을 자른다.

「공연이 큰 성공을 거둠에 따라 나는 유럽 전역을 여행하게 되었고 카이로에도 갔어. 그때 제1차 세계 대전이 터졌고 나는 당연히 여러 나라의 장교들과 접촉했어. 모든 국경을 넘나들고 여러 언어를 구사할 줄 알았으니까 말이야.」

마타 하리는 꿀술을 한 모금 마신다.

「나는 선원이든 군인이든 제복을 입은 남자들에게 늘 마음이 끌렸어. 많은 남자와 사귀었지. 특히 조종사들과 말이야.」

문득 저승 탐사의 개척기에 우리와 함께했던 간호사 아망딘이 생각난다. 그녀는 타나토노트들하고만 성관계를 가졌다. 마치 제복이 그들을 잠재적인 섹스 파트너로 규정하기라도 하는 것처럼.

마타 하리가 말을 잇는다.

「1916년, 숱한 남자들의 가슴에 불을 지폈던 내가 거꾸로 한 남자의 매력에 굴복하고 말았어. 그 사람은 프랑스를 위해서 일하던 러시아의 조종사 바딤 마슬로프였어. 이상하지? 사람들의 이름과 얼굴, 내가 자주 갔던 장소들 등 모든 것이 마치 어제 일처럼 기억에 생생해. 어느 날 바딤이 부상을 당했어. 나는 그가 보고 싶어서 파리로 갔어. 그때 프랑스 군부로부터 자기들을 위해 일해 달라는 제안을 받았지. 그래서 나는 마드리드 주재 독일 대사관의 무관이었던 칼레 소령을 유혹했어. 그는 나에게 몇 가지 중요한 정보를 알려 주었어. 독일 잠수함들이 모로코 쪽으로 가고 있다든가 독일인들이 그리스에서 모종의 정치적 음모를 꾸미고 있다든가 하는 식의 정보였지. 그런데 프랑스군 정보기관에 비열한 사내가 있었어. 부샤르동이라는 이름의 대위였어. 그자는 나를 보자마자 사랑에 빠졌어. 하지만 나는 그자에게 관심이 없었기 때문에 맞대 놓고 퇴짜를 놓았어. 그러자 그자는 나를 이중간첩으로 몰기 위해 거짓 문서들을 사용해서 음모를 꾸몄어. 공교롭게도 국경에서 반란이 일어나기 시작하던 때였어. 희생양을 찾아내야 하는 시점이었지. 그들이 보기에 나는 완벽한 희생양이었을 거야. 그들은 증거도 없이 나에게 유죄 판결을 내렸고 뱅센 요새에서 나를 총살했어.」

마타 하리는 술잔을 비우고 얼굴을 찡그린다. 가슴에 총알이 박힐 때의 느낌이 되살아나기라도 하는 모양이다. 그러고는 부스스 일어나 내게서 등을 돌린 채 올림포스산을 바라본다.

「그렇게 된 거야. 나는 수백 명의 남자를 사귀었고 아무하고도 특별한 관계를 맺지 않았어. 하지만 자유로운 여자는 사람들의 신경을 거스르기가 십상이지. 특히 당시에는 그랬어. 〈점잖은〉 사람들은 내 행실이 전염될까 봐 두려워했어. 무슨 말인지 알 거야. 환생을 거듭하며 1백여 차례의 삶을 거치는 동안 나는 여러 번 자유로운 여자로 살았어. 아프리카에 사는 작은 자치 민족의 왕 노릇을 한 적도 있고 베네치아의 궁녀나 시인으로 살았던 적도 있어. 대개는 결혼을 하지 않았어. 덫이 있다는 것을 알았기 때문이지.」

「덫이라니, 그게 뭐지?」

마타 하리는 눈길을 낮춘다.

「남자들은 언제나 여자들을 우리 안에 가둬 두고 싶어 해. 여자들을 두려워하기 때문이야. 우리 여자들은 그것을 받아들여. 낭만적이기 때문이기도 하고 남에게 기쁨을 주려는 마음이 너무 크기 때문이기도 하지. 남자들이 감정으로 여자들을 옭아매고 나면, 여자들은 알코올 의존증 남편이 매질을 하는 것도 참아 내고 애인이 헛된 약속을 되풀이하는 것도 용서해 줘. 집에 갇혀 지내는 것을 참고 견디면서 딸들에게 순종의 미덕을 가르치기도 해. 심지어는 딸들의 음핵을 절단하고 음부를 봉쇄하는 어미들도 있어.」

「음부를 봉쇄하다니?」

「딸들이 순결을 잃지 않도록 질의 입구를 꿰매 버린다는 거야. 때로는 소독도 하지 않은 바늘을 사용해서 말이야.」

그녀의 목소리에 분노가 서려 있다.

나는 창가에 선 그녀 곁으로 간다.

「하지만 나는 환상에 빠져 있지 않아. 여자들이 그런 조건에 놓인 데에는 여자들 자신의 책임도 있다는 것을 알아. 인도에서는 시어머니가 며느리의 지참금을 차지하려고 며느리의 사리 자락에 불을 붙여. 그런 일이 벌어지는 건 남자들 탓이 아냐. 그리고 어머니들이 아들들을 어떻게 키우는지 생각해 봐. 자기도 여자이면서 아들에게는 장차 아내가 될 여자를 휘어잡도록 가르치지. 그런 여자들은 여성의 조건에 대해서 불평할 자격이 없어. 때를 놓치지 말고 아들들에게 분명히 가르쳐야 해. 폭력의 악순환을 중단시키고 싶다면 자기네 아들들이 아버지 세대를 닮지 않도록 가르쳐야 하는 거야.」

나는 그녀를 달랜다.

「남자들은 미래가 여자들의 세상이 되리라는 것을 알고 있어. 그래서 자기들의 낡은 특권에 매달리는 거야.」

「어느 때가 되면 1호 지구의 남자들은 자기들과 결혼을 해 달라고 여자들에게 애원하게 될 거야.」

나는 고개를 끄덕인다.

「그게 우리의 복수야. 처음엔 민주주의 국가들에서 그런 일이 벌어지다가 차츰차츰 세계 전역으로 퍼져 나갈 거야. 여자들은 〈아니, 우리는 당신들의 약혼반지를 원하지 않아. 당신들과 결혼하는 것도 싫고 당신들의 아이를 낳는 것도 싫어. 우리는 자유롭게 살기를 원해〉 하고 말할 거야.」

마타 하리는 주먹으로 벽을 탁 친다.

「그게 너의 유토피아야?」

「그래. 우리 여자들이 가꿔 온 가치 체계가 온전히 빛을 발하는 세상이 왔으면 좋겠어. 그 가치들은 생명을 낳고 기르는 우리의 능력과 관련되어 있어. 죽음을 숭배하고 굴종을 강요하는 가치 체계가 세상을 지배하면 안 되는 거야.」

「네 주장에 힘을 보태는 얘기 하나 해줄게. 알다시피 나는 왕년에 1호 지구에서 의사이자 과학자였어. 덕분에 보통 사람들이 잘 모르는 것을 더러 알게 되었지. 사실 미래는 여자들의 것이 될 수밖에 없어. 이유는 간단해. Y염색체를 가진 정자들이 갈수록 적어지고 있거든. Y염색체를 가진 정자들은 적응력이 약하기 때문에 환경이 조금만 변해도 힘을 쓰지 못해. 그러니까 생물학적인 측면에서만 보면 남자들이 점점 줄어들 거라고 말할 수 있어.」

아틀라스의 저택에 숨어들었을 때 지하실에서 본 어떤 행성이 생각난다. 우리 행성보다 훨씬 진화한 것으로 보이는 그 행성에는 남자들이 없었다.

마타 하리는 무척 흥미가 동하는 기색이다.

「생물학적으로는 그럴지도 모르지. 하지만 문화적으로는 그 반대야. 어디선가 읽었는데, 남아 선호가 심한 아시아의 몇몇 나라에서는 초음파 검진을 통해서 태아의 성별을 알아낸 다음 딸이면 중절을 시킨대. 그래서 새로운 세대만 놓고 보면 남자들이 훨씬 많다는 거야.」

「생물학은 인위적인 제도보다 강해.」

나는 그 토론을 종결짓는 뜻으로 덧붙인다.

「어느 때가 되면 지구에는 여자들만 있을 것이고 남자들은 그저 전설로만 남게 될 거야.」

마타 하리는 그 말을 곱씹는 듯한 표정을 짓는다.

「그게 가능할까?」

「개미 세계에서는 사실상 암개미들과 비생식 개미들만 존재해. 수개미들이 있긴 하지만 암개미들에게 정자를 주고 나면 다 죽어 버리지. 개미는 인간보다 훨씬 오래된 동물 종이야. 최초의 원인(猿人)이 출현한 지는 3백만 년밖에 되지 않았지만, 개미는 1억 년 전부터 지구에 존재해 왔어. 그토록 오랜 역사를 가진 개미들이 바로 그 해결책을 찾아낸 거야. 미래는 여성의 것이야. 오로지 여자들만의 것이라고.」

마타 하리는 몸을 돌려 게걸스럽게 키스를 해댄다. 그러더니 잠시 침묵을 지키다가 말문을 연다.

「신들의 신이 네 말을 들었으면 좋겠다. 그건 그렇고 내일과 모레는 휴일이야. 휴가가 끝나고 나면 게임이 더욱 어려워질 거야. 이제 대제국들이 있으니까. 라울의 독수리족, 조르주 멜리에스의 호랑이족뿐만 아니라 귀스타브 에펠의 흰개미족도 강대한 제국을 이루고 있어. 우리가 어떤 소용돌이 속에 들어왔다는 느낌이 들어. 이 소용돌이 속에서 승자들은 점점 강해지고 패자들은 갈수록 약해질 거야.」

마타 하리는 그렇게 말하고 나서 모로 누운 채로 내 몸에 착 달라붙는다. 우리는 잠 속으로 빠져든다.

마타 하리와 다시 몸을 섞는 꿈을 꾸고 있는데 무슨 소리가 들린다.

퍼뜩 깨어나 보니 아프로디테가 와 있다. 그녀는 얼굴이 달라 보일 만큼 눈에 칼을 세우고 나를 노려보다가 가버린다.

나는 그녀를 뒤쫓아 갈까 말까 하다가 그만두고 다시 잠을 청한다. 잠이 오지 않는다. 나는 잠자리에서 빠져나와 정원으로 간다. 아프로디테가 아직 거기에 있다. 멀리에서 나를 살피고 있는 것이다.

그녀는 언제부터 나를 감시했을까? 마타 하리와 내가 한데 뒤엉켜 있는 것을 보았을까? 우리의 대화를 엿들었을까? 그녀에게 가고 싶다. 하지만 그녀는 내 마음을 알아차린 듯 홱 돌아서서 달아난다. 그 뒤를 쫓아 달려가 보니 어느새 자취가 보이지 않는다.

나는 빌라로 돌아와 마타 하리에게 바싹 붙어서 눕는다. 그러고는 마침내 잠을 이룬다.

67. 백과사전: 도마뱀붙이 이야기

도마뱀붙이의 하나인 레피도닥틸루스 루구브리스는 필리핀, 호주 및 태평양의 여러 섬에서 찾아볼 수 있다. 이 작은 도마뱀붙이는 이따금 태풍에 휩쓸려 날아가서 무인도에 떨어진다고 한다. 수컷이 그렇게 되는 경우에는 그 뒤로 아무 일도 일어나지 않는다. 그런데 암컷이 그렇게 되는 경우에는 아직 어떤 과학자도 설명해 내지 못한 기이한 적응이 이루어진다. 레피도닥틸루스 루구브리스는 양성 생식을 하는 동물, 즉 암수의 결합에 의해 새로운 개체를 낳는 동물이다. 하지만 섬에 홀로 떨어진 암컷에게는 이내 생식 방법의 변화가 일어난다. 온 유기체가 변하여 혼자서 알을 낳을 수 있게 되는 것이다. 이 알들은 수정란이 아니지만 부화하여 새끼가 될 수 있다. 이렇게 단위 생식을 통해 생겨난 새끼들은 모두 암컷이다. 이 암컷들 역시 수컷의 정자를 받아들이지 않고 알을 낳을 수 있는 능력을 지니고 있다. 더더욱 놀라운 일은 최초의 어미에게서 나온 암컷들이 클론이 아니라는 사실이다. 유전자의 혼합을 통해 새끼 도마뱀붙이들이 서로 다른 특성을 갖게 하는 감수 분열 현상이 일어나는 것이다. 그래서 몇 해 뒤 태평양의 이 무인도에는 오로지 암컷으로 이루어져 있지만 아주 정상적이고 다양하며 수컷이 전혀 없어도 번식을 할 수 있는 도마뱀붙이들의 군집이 형성된다.

에드몽 웰스, 『상대적이며 절대적인 지식의 백과사전』 제5권

68. 해변에서

잠에서 깨어나 보니 그녀가 내 옆구리에 바싹 붙은 채 새우잠을 자고 있다. 그녀의 온기와 향기가 느껴진다.

나는 잠자리에서 빠져나온다. 벌써 해가 높이 솟았다. 10시쯤 되지 않았을까? 오늘은 일과의 시작을 알리는 종이 울리지 않았다. 나는 기지개를 켠다. 아, 이틀 동안 휴가다. 천국에서, 섬에서 아주 멋진 〈약혼녀〉와 휴가를 보내게 된 것이다. 참 놀라운 일이다. 어제까지만 해도 잿빛으로 보이던 세계가 갑자기 화려하게 느껴진다.

나는 집 앞으로 나가서 태양을 향해 인사를 건넨다.

나는 살아 있다. 나의 신이시여, 감사합니다.

내 민족도 아직 살아 있을 것이다. 그 역시 고마운 일이다.

나는 한 여자의 사랑을 받고 있다. 고마워, 마타 하리.

나는 한 여자를 사랑한다. 그 역시 고마워, 마타 하리.

나는 이제 혼자가 아니라, 〈둘〉이다.

이제 아프로디테는 문제가 되지 않는다. 여전히 생각은 하지만 마음이 갈수록 심드렁해진다. 놀라운 일이다. 한 여자 때문에 혼미에 빠질 수도 있고 문득 그것이 한낱 실수였음을 깨달을 수도 있는 것이다. 어찌 보면 아프로디테는 탐할 여자가 아니라 불쌍히 여겨야 할 여자가 아닌가 싶다.

헤르마프로디토스의 말이 계속 머릿속에서 맴돈다. 〈어머니는 남에게 사랑을 일깨워. 하지만 정작 자신은 아무것도 느끼지 못해.〉, 〈어머니는 남의 생명을 소진시켜서 자기 삶의 자양분을 얻어.〉 헤르마프로디토스가 자기 어머니에게 복수를 하고 있다는 생각이 들긴 하지만, 그가 그 모든 얘기를 지어냈을 리는 없다. 아프로디테는 남들에게 욕망을 불러일으키고 그것을 자양으로 삼아서 살아간다. 그녀에게 일어날 수 있는 가장 나쁜 일은 숭배자들이 전혀 없는 외딴 곳에서 홀로 지내는 것이다.

가엾은 아프로디테. 하지만 그녀의 아들이 비밀을 알려 주었음에도 나는 그녀를 향한 마음을 거두지 못했다. 어쩌면 진실한 사랑을 경험해 보지 못해서 그녀의 덫을 알아차리지 못했을지도 모른다.

나는 왜 그토록 그녀에게 매료되었을까? 혹시 그녀와 접촉함으로써 내가 추락할 수도 있다는 사실에 매료되었던 것은 아닐까? 그게 아니라면 내가 장애를 극복할 수 있는지 알고 싶었던 것일지도 모른다. 우리는 늘 자기 한계를 알고 싶어 하지 않는가.

나는 자고 있는 마타 하리를 바라본다. 그녀가 잠결에 무슨 말인가를 중얼거리고 있다. 꿈을 꾸는 것이리라. 나는 그녀의 목에 입을 맞춘다. 한 여자는 나를 옭아매고 또 한 여자는 나를 해방시킨다. 약과 독은 본래 같은 것이다. 다만 적당한 분량을 사용하면 약이 되고 지나치게 사용하면 독이 된다.

나는 마타 하리를 깨우려고 몸 여기저기에 가벼운 입맞춤을 해댄다. 그녀가 신음 소리를 낸다.

「으음…….」

나는 그녀의 목에서 살갗이 가장 민감하겠다 싶은 부위를 찾는다. 마타 하리는 시트 속으로 파고들면서 말한다.

「그만해. 더 자고 싶어.」

문득 아침 식사를 침대로 날라다 주고 싶은 생각이 든다. 나는 용기를 내어 빌라 밖으로 나간다. 거리가 텅 비어 있다. 나는 메가론으로 가서 쟁반 하나를 집어 든다. 계절의 신들이 상냥하게 음식을 담아 준다.

나는 어린 시절에 즐겨 부르던 노래를 휘파람으로 흥얼거리면서 돌아온다. 침대가 비어 있다. 욕실에서 물소리가 들린다. 나는 샤워를 하고 있는 그녀에게로 간다.

내가 바야흐로 인간 시절에 하던 아기자기한 커플의 삶을 다시 시작하고 있구나 하는 생각이 든다.

1호 지구에서 읽었던 문장 하나가 떠오른다. 〈둘이서 산다는 것, 그것은 혼자 산다면 생기지 않았을 문제들을 함께 해결하는 것이다.〉

마타는 내 가슴을 설레게 하는 야한 몸짓을 보이며 샤워를 끝낸 다음 옷장에서 수영복을 꺼낸다. 그녀 것은 자그마한 검정 비키니이고 내 것은 파란 수영 팬츠다. 우리는 수건이며 선글라스며 파라솔까지 챙겨 든다. 그런 다음 올림피아에서 맞는 첫 휴가를 즐기기 위해 해변으로 나간다.

벌써 후보생들이 와 있다. 수영복에 샌들, 그리고 목에는 수건을 두른 차림이다. 에디트 피아프가 지나가면서 「나의 외인부대 병사」를 부른다. 「그는 후리후리한 미남자였죠. 나의 외인부대 병사, 그는 뜨거운 모래의 냄새를 향긋하게 풍겼어요, 나의 외인부대 벼어어어엉사.」

그녀가 우리에게 인사를 건넨다.

「안녕, 미카엘. 안녕, 마타.」

우리는 다른 후보생들을 따라 넓은 백사장에 다다른다. 내가 처음 이 섬에 올 때 닿은 곳은 훨씬 북쪽에 있는 해안이었기 때문에 나는 이런 백사장이 있다는 것을 모르고 있었다. 여기에는 지구의 스포츠 클럽과 비슷한 휴식 공간이 마련되어 있다.

바다를 마주하고 스낵바가 설치되어 있다. 거기에서 계절의 여신들이 시원한 음료며 얼음, 동글동글하게 썰어 놓은 과일, 빨대 등을 나눠 준다.

후보생들이 이야기를 나누고 있다. 일부 대화가 내 귀에 들려온다. 두 후보생이 18호 지구에서 벌어지고 있는 일을 이해하기 위해 1호 지구의 역사를 분석하는 중이다.

「아테네인들은 한 평범한 시민의 작은 아이디어 덕분에 우위를 차지하게 되었어. 그들은 갤리선의 노잡이들 좌석 밑에 물에 적신 가죽 조각을 끼워 넣었어. 노잡이들의 엉덩이가 앞뒤로 미끄러지게 한 거야. 그럼으로써 팔의 각도를 그대로 유지하면서도 노 젓는 힘을 10퍼센트 정도 늘릴 수 있었지. 그 정도 차이로도 전투에서 승리할 수 있었던 거야.」

「그리스인들은 바다를 통해 침략했고 로마인들은 육로를 통해 공격했어.」

「그래. 그리고 피정복 민족을 다스리는 방식에도 차이가 있었어. 그리스인들은 자기들이 마음대로 조종할 수 있는 꼭두각시를 왕으로 앉히는 것으로 만족했지. 하지만 로마인들은 수비대를 상주시키면서 본격적인 점령 정책을 실시했어. 세금을 확실하게 거둬들이고 싶었던 거야.」

「그래도 로마인들은 자기들이 정복한 땅에 도로와 기념물을 건설했어.」

「그래, 도로를 건설해야 식량과 광물을 수탈하기가 쉽거든. 로마 제국의 말기에는 수도에 주체할 수 없을 만큼 돈이 넘쳐 났어.」

「에스파냐가 아메리카 대륙을 침략한 뒤의 상황과 조금 비슷하네. 황금이 너무 많으면 문명이 붕괴되고 말아.」

그러고 보니 올림피아는 민족을 관리하는 자들뿐만 아니라 신성을 발휘하는 기술에 관한 이론가들까지 만들어 내고 있는 셈이다.

조금 더 떨어진 곳에서는 다른 두 후보생이 폭동에 관한 이야기를 나누고 있다.

「나는 그럴 때 어떻게 해야 하는지 깨달았어. 먼저 주동자들을 색출해서 고립시켜야 해. 그러고 나면 폭도가 오합지졸로 변하지. 반란의 초기에는 그들이 공동체를 이루고 강한 단결력을 과시해. 반도의 사기를 꺾기 위해서는 그들을 개인으로 돌아가게 해야 해. 혼자 있을 때는 공격성을 보이지 않고 문제를 일으키지 않거든.」

〈일〉에 관한 얘기는 더 듣고 싶지 않다.

한쪽 구석에서 후보생들이 모래밭에 캠핑 탁자를 가져다 놓고 체스를 두고 있다. 바둑을 두거나 역할 놀이를 하는 후보생들도 보인다. 알타 체스, 즉 육각형의 판에서 세 경기자가 흰색과 검은색과 빨간색의 말들을 가지고 승부를 겨루는 변종 체스를 두는 후보생들도 있다. 바로 귀스타브 에펠과 프루동과 브뤼노다.

귀스타브 에펠은 우리를 보더니 은근한 눈짓을 보내며 묻는다.

「미카엘, 마타, 안녕? 간밤에 좋은 시간 보냈어?」

뭔가 아주 참신한 대답을 하고 싶은데, 딱히 떠오르는 말이 없다. 나는 그저 다른 후보생들에게 계속 인사를 건넬 뿐이다.

「안녕, 조르주.」

「안녕.」

강의도 없고 경쟁도 긴장도 없으니 오늘 오전에는 여느 때와 달리 마음이 아주 느긋하다. 마타 하리가 라퐁텐과 볼테르 사이에 있는 자리를 가리키며 말한다.

「여기에 수건을 깔고 자리를 잡을까?」

나는 선글라스를 끼면서 대답한다.

「좋아.」

한쪽 옆이 왁자하다. 여러 후보생이 그물코가 성긴 네트를 쳐놓고 배구를 하는 것이다. 다른 쪽에서는 대여섯 명이 빙 둘러앉아 카드놀이를 하고 있다. 다들 놀이의 재미에 푹 빠져 있는 듯하다. 나는 무슨 게임을 하는지 궁금해서 그들에게 다가간다. 게임의 규칙이 특이해 보인다. 이게 뭐지?

아, 알겠다! 에드몽 웰스의 백과사전에 나오는 엘레우시스 게임이다. 이곳에서 하기에 딱 좋은 놀이가 아닌가 싶다. 어떤 감춰진 법칙을 찾아내는 것으로 승부를 겨루는 게임이니 말이다.

어떤 후보생들은 수영을 한다. 목과 어깨와 배에 물을 끼얹으면서 아주 천천히 물속으로 들어가는 것으로 보아 물이 조금 차가운 모양이다.

나는 그들을 향해 묻는다.

「물이 괜찮아?」

시몬 시뇨레가 물이 어깨 위로 올라오자 조금 긴장된 표정을 지으면서 대답한다.

「처음엔 조금 차갑지만 나중에는 밖으로 나가고 싶은 생각이 없어져.」

나는 수건 위에 길게 누우며 마타 하리에게 묻는다.

「우리는 뭘 하지?」

「그냥 쉬지 뭐.」

잠자리에서 빠져나온 지 얼마 되지도 않았는데 다시 해변에서 잠을 잔다는 건 조금 심하다 싶기도 하지만 나는 마타 하리의 말을 따른다. 그때 갑자기 누가 태양을 가린다.

라울 라조르박이다.

「너희 옆에 앉아도 될까?」

「물론이지.」

마타 하리가 대답하자 라울은 내 옆에 앉는다.

「미카엘, 다 지나간 얘기지만 네 돌고래족이 당한 일과 고래족 항구에서 벌어진 일에 대해서 유감을 표시하고 싶었어.」

「돌고래족 생존자들이 배를 타고 도망치게 내버려 둔 게 유감인 모양이지?」

「아냐, 진심으로 하는 말이야. 내가 어설프게 굴었고 너무 단순하게 반응했어. 돌고래족의 〈구원자〉가 공격한 것에 대한 반작용이 아니었나 싶어. 결연한 의지를 가진 한 사람의 지도력에 모든 것이 그렇게 빨리 무너질 줄은 몰랐지.」

나는 애써 덤덤하게 말한다.

「그런 것이 게임의 뜻하지 않은 묘미지.」

「저녁 식사 끝나고 테오노트 친구들과 함께 탐사를 벌이기로 했어. 주황색 지대에 다시 올라가 보려고. 지난번에 말한 대로 눈가리개가 달린 헬멧을 준비했어. 그리고…….」

우리 얘기를 듣고 있던 마타 하리가 끼어든다.

「잠깐, 나도 오늘 밤에 한 대륙을 탐사하기로 했어.」

「아 그래? 어떤 대륙인데?」

「오감의 대륙.」

나는 빙그레 웃으며 그녀의 손에 입을 맞추고 라울에게 말한다.

「미안해. 나는 더 중요한 일을 처리해야 해. 오늘 밤에도 나는 빠져야겠어.」

계절의 신들이 우리 가까이에 바비큐 그릴을 설치한다. 라울은 수영을 하겠다며 자리를 뜬다.

마타 하리와 나는 도마뱀들처럼 늘어져 일광욕을 즐긴다.

「오늘 밤엔 라울과 함께 가지도 않을 거고 너랑 있지도 않을 거야.」

내가 그렇게 말하자 마타 하리는 선글라스를 내려 날카로운 시선을 보낸다.

「그럼 뭐 할 건데?」

「별거 아냐.」

「말 안 하면 못 가게 한다.」

나는 그녀의 귀에 대고 속삭인다.

「게임을 계속하러 갈 거야.」

「하지만 그건 금지된 일이야. 지금은 휴가 중이잖아. 우리 민족들은 우리와 상관없이 가던 길을 계속 가는 거야.」

「바로 그 점 때문이야. 내 민족이 가는 길을 조금 바꿔 주고 싶어.」

마타 하리는 불안한 표정으로 나를 빤히 바라본다.

「어떻게 하려고? 우린 행성에 접근할 수가 없잖아.」

나는 그녀에게 입을 맞춘다.

「이미 해봤어.」

「그러니까 아틀라스가 말한 비열한 방문을 또 하겠다는 거구나.」

「나와 에드몽 웰스에겐 다른 길이 없었어. 우리 민족들이 한 무리의 난민으로 전락하여 작은 배에 운명을 내맡긴 채 폭풍에 휩쓸리고 있었거든. 우리가 몰래 개입하지 않으면 완전히 사라질 수밖에 없는 상황이었어.」

「너와 에드몽이 어떻게 〈고요한 섬〉에 그토록 앞선 문명을 건설했는지 이제 제대로 알겠어.」

「내가 보기에 돌고래족은 다시 전환점에 서 있어. 여기 시간으로 하루를 방치해 두면…… 너무 심각한 위험을 맞게 될 거야.」

「내 민족이 돌고래족을 보호해 줄 거야.」

「돌고래족은 늑대족의 땅에만 있는 게 아냐. 여기저기에 흩어져서 모두 노예가 되어 있거나 처지가 조금 낫다 해도 소수 민족으로 억압을 받고 있을 뿐이야. 그들을 방치해 둘 수가 없어.」

마타 하리는 얼굴을 내 코앞으로 바싹 들이민다.

「게임의 마(魔)가 씌었구나?」

「표현이 이상하네.」

「신이 되겠다는 열정이 지나치면 결국 악마의 편으로 넘어가게 돼.」

「지고 싶어 하지 않는 게 뭐가 나빠?」

「그게 바로 인간들의 문제야. 권력을 놓고 다투는 상황이 벌어지면 통제가 안 되지.」

「마타, 너도 가고 싶으면 나랑 같이 가.」

「나는 오늘 밤에 너랑 달콤한 시간을 보내고 싶었어. 그런데 벌써부터 일 얘기만 하기야?」

그녀가 옆으로 돌아누우며 덧붙인다.

「네가 바라는 게 뭐야? 네 민족을 조상 대대로 살던 땅으로 돌아가게 하는 거야?」

「그것도 괜찮지.」

마타 하리는 어깨를 으쓱 치켜올린다.

「그 정도로 네 백성들을 사랑해?」

「그들 때문에 화가 날 때도 있지만, 그들이 측은하게 여겨지거나 그들 때문에 내 마음이 불안해질 때도 적지 않아. 그들이 비탄에 빠져 있는데 나 몰라라 할 수가 없어.」

나는 그녀의 등에 바싹 다가들어 머리를 그녀의 어깨 위에 올린 채 두 팔로 그녀를 껴안는다.

「너를 사랑하게 된 뒤로 그들에 대한 사랑이 더 깊어지는 것 같아. 사랑은 여러 차원으로 퍼져 나가는 건가 봐.」

나는 그녀의 팔꿈치에 가볍게 입을 맞춘다. 그녀의 팔꿈치는 이제껏 내 입술이 거의 닿아 보지 않은 부위다.

마타 하리는 다시 돌아누우며 생긋 웃는다. 내 말이 마음에 든 모양이다. 내 눈을 뚫어지게 바라보던 그녀가 이마에 주름을 잡는다.

「그러다가 붙잡히면 어쩌려고?」

계절의 신들이 바비큐를 설치하고 나서 꼬치에 꿴 양고기를 올려놓는다.

「메두사 때문에 하마터면 돌덩이가 될 뻔했던 몸이야. 설마 그보다 나쁜 일은 생기지 않겠지. 죽기 아니면 살기야. 죽을 때 죽더라도 시도는 해봐야지. 백성들이 다 죽은 뒤에 살아남으면 뭐하겠어?」

마타 하리가 나를 밀어낸다.

「그럼 나는? 내 생각은 안 해? 함께 있은 지 겨우 스물네 시간밖에 안 됐는데 벌써 나를 과부로 만들 작정이야?」

「수영하러 가자.」

물이 맑고 시원하다. 날씨가 화창해서 차다는 느낌은 별로 들지 않는다. 나는 물살을 가르며 나아간다. 마타 하리는 내 옆에서 크롤 수영을 한다.

「우리 멀리 헤엄쳐 가볼까?」

난바다에서 헤엄치는 것을 좋아했던 내가 그렇게 제안했지만 마타 하리는 해안에서 멀어지고 싶어 하지 않는다. 나는 혼자서 헤엄쳐 간다.

그때 돌고래 한 마리가 물결 위로 솟아오른다.

나는 돌고래 쪽으로 헤엄쳐 간다.

어떤 예감에 목이 메어 온다. 이 돌고래에는 내가 아는 영혼이 깃들어 있다.

「에드몽 웰스? 에드몽, 맞죠?」

돌고래로 변신하여 신들의 왕국에 있는 바다에서 산다는 것, 이는 한 영혼이 맞을 수 있는 참으로 아름다운 결말이다.

돌고래는 내가 다가가도 도망치지 않고, 인사를 하기 위해 가슴지느러미를 잡아도 그냥 내버려 둔다. 나는 용기를 내어 등지느러미를 잡고 매달린다. 이 모든 동작이 친숙하게 느껴진다. 돌고래족 백성들이 하는 것을 늘 보았기 때문이다. 돌고래가 나를 끌고 간다. 느낌이 정말 굉장하다.

돌고래는 이따금 나를 제때에 물 밖으로 끌어 올리는 것을 잊어버린다. 그때마다 숨이 막혀서 조금 괴롭다. 하지만 나는 숨을 오래 참는 데 점점 익숙해진다. 돌고래족 백성들과 비슷해지는 것이다.

이윽고 돌고래는 나를 바닷가로 다시 데려다 준다.

「고마워요, 에드몽. 덕분에 바다에서 신나게 돌아다녔어요. 이제 당신이 어떻게 되었는지도 알게 되었고요.」

돌고래는 거의 수직 자세로 뒷걸음질을 치듯이 멀어져 가며 마치 나를 놀리듯 짧고 새된 소리를 내지르고 머리를 아래위로 흔든다.

69. 백과사전: 돌고래의 꿈

돌고래는 바다에 사는 포유동물이다. 허파로 호흡을 하기 때문에 물속에 오랫동안 머물러 있을 수 없다. 물 밖에 나와 있으면 연약한 피부가 마르고 이내 손상되기 때문에 오랫동안 물 밖에 있을 수도 없다. 그래서 돌고래는 물속에도 있어야 하고 공기 속에도 있어야 한다. 이렇게 물속이든 물 밖이든 어느 한곳에 가만히 있을 수 없는 조건에서 어떻게 잠을 잘까? 수면은 유기체가 다시 활력을 얻기 위해서 꼭 필요하다(식물에게조차 그 나름의 수면 형태가 있다). 생존이 걸린 이 문제를 해결하기 위해서 돌고래는 깨어 있는 채로 잠을 잔다. 뇌의 왼쪽 반구가 휴식을 취하면 오른쪽 반구가 몸의 기능을 통제하고, 그다음에는 서로 역할을 바꾼다. 그러니까 돌고래는 공중으로 펄쩍 솟구쳐 오르는 순간에도 꿈을 꾸고 있는 셈이다.

좌우 반구의 교대 체계가 정확하게 기능하도록 하기 위해서 작은 신경기관이 추가로 생겨났다. 제3의 뇌라고 부를 만한 기관이 체계 전체를 관리하고 있는 것이다.

에드몽 웰스, 『상대적이며 절대적인 지식의 백과사전』 제5권

70. 낮잠

바닷가에서 점심을 먹고 나자, 마타 하리가 낮잠을 자러 가자고 한다. 오후에 잠을 자자고? 그러고 보니 정말 오랫동안 낮잠을 잊고 살았다. 시간이 많고 할 일이 없을 때라야 그런 생각을 할 수 있다. 낮잠이야말로 우리가 정말 휴가를 즐기고 있다는 사실의 첫째가는 증거이리라.

우리는 해변에 들고 나갔던 물건들을 정리해 놓고 샤워를 한다. 그런 다음 얇은 시트 속으로 들어가 두 몸을 결합하는 새로운 방식들을 찾아내려고 애쓴다. 우리의 몸은 점점 서로에게 익숙해져 가고 있다.

그러다가 땀에 흠뻑 젖은 채 잠이 든다.

나는 꿈을 꾼다.

이야기가 없는 꿈. 아주 오랜만에 꾸어 보는 꿈이다. 색깔들이 보인다. 하늘색 빛들이 진한 청색을 배경으로 춤을 춘

다. 빛들은 별 모양으로 변하더니 장미꽃 모양을 거쳐 다시 나선으로 변한다. 나선들이 금빛을 띠는가 싶더니 어느새 붉은색으로 바뀌며 동심원을 이루다가 다시 선으로 변하여 무한히 뻗어 나간다. 이 선들은 다시 오므라들어 마름모들을 이루더니, 마치 내가 저희 쪽으로 날아가기라도 하는 것처럼 양쪽으로 벌어진다. 그와 동시에 여자들의 합창을 기조로 한 몽환적인 음악이 울린다. 마름모들은 말랑말랑한 타원들로 변하고, 이 타원들은 길게 늘어나고 한데 어우러져 온갖 빛깔로 된 모자이크를 이룬다. 움직이는 추상화들이 서로 얽혀 든다.

「찰싹…….」

내 등에 손 하나가 와 닿는다. 느낌이 시원하다.

「찰싹…….」

손이 내 팔을 잡고 흔든다.

「일어나 봐.」

나는 자줏빛 나무들이 솟아나는 파란 바다를 떠나 눈을 뜬다. 마타 하리의 얼굴이 보인다.

「왜 그래?」

「거실에서 무슨 소리가 난 것 같아.」

누가 우리 집을 뒤지고 있다.

아프로디테일까?

나는 알몸으로 침대를 빠져나간다.

거실로 가보니 실루엣 하나가 서 있다. 역광 때문에 형체가 분명하게 보이지 않는다. 보이는 거라곤 토가와 얼굴을 완전히 가린 커다란 가면뿐이다. 커튼 사이로 새어 든 빛살 덕분에 가면의 형상이 어렴풋하게 드러난다. 고대 그리스 연극에서 사용하는 슬픈 표정의 가면이다.

살신자일까?

침입자는 움직이지 않는다. 두 손에 『상대적이며 절대적인 지식의 백과사전』을 들고 있다. 내 백과사전을 훔치려는 자이다.

내 앙크가 어디에 있지?

나는 토가를 벗어 놓은 팔걸이의자로 달려든다. 그러고는 토가의 겹친 자락 사이에서 앙크를 찾아내어 도둑을 향해 쏜다. 헛방이다.

도둑은 달아나는 쪽을 선택한다. 나는 도둑을 뒤쫓는다. 우리는 집들 사이로 달려간다. 그가 나무들 사이로 요리조리 빠져나가면, 나도 그를 따라 지그재그로 달린다.

그러다가 나는 잠시 멈춰 서서 그를 겨냥하고 쏜다. 번개가 공중을 가르고 날아가 그를 맞혔다. 그는 백과사전을 놓치며 쓰러진다. 잡았다! 나는 쏜살같이 달려간다. 상대는 한 손으로 어깨를 감싸 쥔 채 다시 일어난다. 어깨를 다친 모양이다. 그는 몸을 홱 돌려 얼굴에 가면을 쓴 채로 나를 바라보더니 다시 달리기 시작한다. 나는 오른손으로 계속 앙크를 겨누면서 왼손으로 내 보물을 주워 든 다음 그를 쫓아 내닫는다.

멀리에서 디오니소스가 소리친다.

「어이! 이봐! 여기는 나체주의자들의 클럽이 아냐. 처음 만나던 날 내가 이미 말했을 텐데.」

내가 왜 알몸으로 달음박질을 치는지 설명할 겨를이 없다. 나는 계속 도둑을 뒤쫓는다. 그는 어깨를 다쳤다. 멀리 도망가지 못할 것이다.

도둑은 정원들 사이로 요리조리 빠져나가더니 다친 어깨를 움켜쥔 채 울타리를 뛰어넘는다. 그 와중에도 계속 뒤를 살핀다.

나는 자갈에 발을 긁히고 울타리에 넓적다리를 긁히면서 계속 달린다. 그러다가 쭈그리고 앉아 넓적다리에 팔꿈치를 올린 채 다시 사격을 가한다. 몇 방이 잇달아 빗나간다. 그저 나무에 구멍을 내거나 창문을 깨뜨렸을 뿐이다.

거리는 텅 비어 있다. 모든 후보생이 아직 해변에 있는 것이다. 나는 놈을 꼭 잡으리라 다짐하며 홀로 달린다.

그는 나직한 담장 위로 올라가 줄타기를 하듯 걸어간다. 나는 그런 일에는 별로 재능이 없지만 놈을 눈앞에 두고 포기할 수는 없는 노릇이라서 담장 위로 올라간다. 금방이라도 떨어질 것만 같다. 하지만 상황의 중요성을 깨달은 내 몸이 아드레날린을 추가로 분비하여 약점을 벌충해 준다.

추격전이 재개된다. 그는 커다란 건물로 들어간다. 활짝 열린 문이 아직 흔들리고 있다. 나는 그를 쫓아 들어간다.

내부가 실험실 같은 느낌을 준다. 하지만 더 살펴보니 실험실일 뿐만 아니라 동물원이기도 하다. 커다란 우리와 수족관이 나란히 늘어서 있다. 살신자가 여기에 숨어 있다는 느낌이 든다. 나는 언제든지 사격을 할 수 있도록 앙크를 손에 든 채 천천히 나아간다. 우리 안에 갇힌 생물들이 하나둘 눈에 들어온다.

작은 켄타우로스들이 보인다. 그런데 이들에게는 말의 다리 대신 표범의 다리가 달려 있다. 상반신도 여느 켄타우로스들보다 날렵하다. 아마 더 빨리 달리도록 만들어진 모양이다. 녀석들은 내 쪽으로 다가와서 마치 우리에서 꺼내 달라는 듯 창살 너머로 손을 내민다. 그 옆으로 거룹들이 보인다. 나비 날개가 아니라 잠자리 날개가 달린 거룹들이다. 그리핀과 비슷하게 생긴 괴물들도 보인다. 고양이의 몸뚱이에 박쥐 날개가 돋친 괴물들이다. 보아하니 이곳은 새로운 괴물들을 만들어 내는 실험실이다. 헤파이스토스의 실험실일까? 아니다. 내가 알기로 그는 주로 기계나 로봇을 만든다. 이곳은 생체 실험실이다. 여기저기에 놓인 어항 모양의 유리그릇들에는 사람 머리가 달린 도마뱀, 사람의 다리처럼 생긴 작은 다리들이 달린 거미 따위가 들어 있다. 심지어는 식물과 동물의 유전자가 섞인 생물들도 보인다. 가지 끝에 팔과 손이 달린 분재, 돌출 안구가 달린 버섯, 분홍색 가지들이 살처럼 느껴지는 고사리, 꽃잎이 귀처럼 생긴 꽃. 히에로니뮈스 보스의 기이한 그림 속에 들어와 있는 기분이다. 하지만 상상력이 남달리 풍부했던 그 플랑드르 화가조차도 인간의 기관과 식물이 이렇게 뒤섞이는 것은 상상하지 못했다.

이게 만약 실험실이라면 악마의 실험실이 아닐까? 악마까지는 아니더라도 자기의 창조물에 대해 전혀 감정 이입을 하지 않는 존재의 실험실인 것은 분명하다.

속이 메슥메슥하다. 대다수 괴물이 내 존재를 감지하고 꿈틀꿈틀 움직이거나 자기들을 풀어 달라는 뜻을 표현하려고 애쓴다.

이 섬에 처음 왔을 때 『모로 박사의 섬』이라는 소설을 떠올렸던 일이 생각난다. 여기에서는 인간과 동물, 아니 신성한 것과 흉측한 것을 뒤섞는 실험들이 행해지고 있다. 대체 이런 괴물들을 만들어서 무엇에 쓰려는 것일까? 이제 그 작은 존재들이 모두 흥분해서 내 쪽으로 손을 내민다. 어항에 갇힌 괴물들은 유리 벽을 들이받는다. 혐오감이 밀려온다. 괴물들을 모두 풀어 주고 싶다. 나는 발걸음을 늦춘다. 내가 여기에 온 이유를 잠시 잊은 것이다.

그때 갑자기 유리병 깨지는 소리가 들려온다. 나는 퍼뜩 정신을 차린다. 숨어 있던 살신자가 내 앞에 다시 나타났다. 나는 그를 뒤쫓아 달리다가 실험실의 또 다른 구역에 다다른다. 선반에 수백 개의 어항이 놓여 있다. 어항마다 발 달린 자그마한 심장이 들어 있다. 아프로디테가 나에게 가져왔던 것과 비슷하게 생긴 심장들이다. 세상에, 아프로디테는 여기서 〈선물용 심장〉을 사육하고 있지 않은가. 그녀가 나에게 주려고 했던 것은 하나밖에 없는 심장이 아니었던 것이다.

호기심 때문에 다가가서 살펴보지 않을 수가 없다. 심장들은 발정 난 고양이들의 울음소리와 비슷한 슬프고도 가녀린 소리를 낸다.

어서 이곳을 떠나고 싶다. 깨진 유리창이 눈에 띈다. 살신자는 유리창을 깨고 달아난 게 분명하다. 아닌 게 아니라 창문 너머로 멀어져 가는 그의 실루엣이 보인다.

나는 창문을 넘어가서 그를 뒤쫓는다.

이제 우리는 대로로 들어섰다. 나는 거리를 좁힌 다음 다시 그를 겨눈다. 하지만 앙크의 배터리가 바닥나서 번개가 나가지 않는다.

나는 쓸모가 없어진 앙크를 목에 걸고 무기가 될 만한 것을 찾다가 나뭇가지 하나를 주워 든다.

가면을 쓴 실루엣은 골목길들이 구불구불하게 나 있는 구역 쪽으로 달아난다. 바야흐로 우리는 미로 속에 들어와 있는 셈이다. 도망자가 거리를 조금 벌린다. 하지만 나는 그를 시야에서 놓치지 않고 계속 따라간다.

도망자는 〈희망의 길〉로 들어갔다. 그게 막다른 길이라는 사실을 모르는 모양이다. 그렇다면 그는 후보생 가운데 하나인 게 분명하다. 이제 그는 독 안에 든 쥐다.

그런데 골목길 어귀에 다다라 보니 길이 텅 비어 있다. 안쪽에는 커다란 상자들이 쌓여 있다. 설마 증발해 버렸을 리는 없고 이자가 도대체 어디로 간 거지?

나는 상자들을 밀어 본다. 꼼짝도 하지 않는다. 그때 바닥에 떨어진 핏방울이 눈에 띈다. 도망자의 피다. 핏자국은 커다란 상자 밑에서 끊겼다. 상자를 들어 올리는 것은 불가능해 보인다. 나는 상자를 이리저리 밀어 본다. 그러자 상자가 한쪽 옆으로 빙 돌아간다. 비밀 통로다.

나는 구멍 속으로 들어간다. 성벽 밑으로 난 땅굴이다. 나는 핏자국을 따라 한참을 걸어간다.

파란 강으로 이어지는 숲이 나온다. 도망자는 보이지 않는다. 나는 숨을 헐떡이며 걸음을 멈춘다.

말발굽 소리가 들려온다. 켄타우로스들이 와서 나를 에워싼다. 나는 숨을 가누기 위해 몸을 구부린 채 소리친다.

「이봐, 이제 오면 어떡해? 출동하는 게 좀 느리구먼.」

아테나가 천마 페가수스를 타고 나타나더니 바로 내 옆에 내려선다.

페가수스는 위풍당당하게 날개를 젓는다. 지혜의 신이 묻는다.

「도망친 자가 누구야?」

아테나는 내가 무슨 일을 겪었는지 이미 알고 있는 모양이다.

「볼 수가 없었습니다. 가면을 쓰고 있었거든요.」

「가면?」

「그리스 연극에서 사용하는 슬픈 표정의 가면이었습니다. 〈페르세포네〉 공연 때 사용했던 가면들과 비슷했습니다.」

「분명 소도구 창고에서 훔쳤을 거야.」

「그자는 제가 쏜 앙크에 맞아 어깨를 다쳤습니다.」

아테나가 반색을 한다.

「어깨를 다쳤다고? 그렇다면 잡은 거나 다름없어. 그자는 파란 강을 건널 수 없을 거야.」

아테나는 켄타우로스들에게 양쪽 강둑으로 이동하라고 명령한다. 인어들은 뭔가 새로운 일이 벌어지고 있음을 알아차리고 수면 위로 얼굴과 긴 머리채를 내민다. 우리는 켄타우로스들이 돌아오기를 기다린다. 그러나 아무 소식이 없다. 살신자가 감쪽같이 사라진 것이다.

아테나는 창으로 땅바닥을 내리친다.

「비상종을 울리라고 해. 후보생들을 모두 불러 모아. 점호를 실시하겠다.」

곧 크로노스 궁전의 종들이 요란하게 울리고, 광장 한복판의 나무 아래로 후보생들이 모여든다. 나는 옷을 입고 샌들을 신은 다음 그들 속으로 섞여 든다.

우리는 길게 줄을 서서 차례를 기다린다. 후보생들의 수가 반으로 줄어든 것만 빼면 아에덴에 처음 오던 날의 광경과 비슷하다. 후보생들은 차례차례 앞으로 나가서 자기 이름을 말하고 옷깃을 들춰 양쪽 어깨를 보여 준다.

이윽고 아테나가 명단을 확인하면서 만족스러운 표정으로 알린다.

「한 명이 없어.」

누구인지 짐작이 간다.

「조제프 프루동.」

후보생들 사이로 수군거리는 소리가 번진다.

「프루동이라고? 아테나 신이 프루동이라고 했어?」

「내가 이럴 줄 알았어. 그자가 아니면 누구겠어?」

「쥐족의 문명은 완전히 낙후되어 버렸잖아.」

사라 베르나르트가 나선다.

「그는 게임이 뜻대로 되지 않으니까 승자들을 공격했어. 생각해 봐. 거북족의 베아트리스, 말벌족의 매릴린 먼로, 그리고 다른 후보생들이 잇달아 당했어.」

「그는 내 빌라에도 왔어. 왜 나를 공격하려 했을까? 나는 승자가 아냐. 지난 시간에 12등이었어.」

내가 그렇게 말하자 사라 베르나르트가 말을 잇는다.

「하지만 그는 네 뒤에 있었어. 자기보다 성적이 좋은 후보생들은 모두 그의 표적이야.」

「그는 아나키스트야. 그리고 신들을 좋아하지 않았어.」

에디트 피아프의 그 말에 시몬 시뇨레가 동을 단다.

「그는 이 체제를 파괴하고 싶다고 입버릇처럼 말했어.」

아테나는 그를 찾아내기 위해 파란 숲을 샅샅이 뒤지겠다면서 우리에게 수색 작전에 동참하라고 이른다.

수색은 무리를 둘로 나누어 파란 숲의 양쪽에서 서로를 향해 뒤져 가는 방식으로 진행된다. 켄타우로스들은 한 줄로 길게 늘어선 채 탐탐을 두드리며 파란 강의 기슭을 출발하여 우리 쪽으로 나아간다. 우리 후보생들은 사티로스들과 함께 도망자가 빠져나갈 수 없는 기다란 그물을 형성하고 앞으로 나아간다. 마치 벵골의 밀림에서 호랑이 사냥을 하는 듯한 형국이다.

우리 머리 위에서는 그리핀들이 거친 울음소리를 내며 날고 있다. 그 아래쪽에서는 거룹들이 나뭇가지들 사이로 날아다니며 도망자가 나무 갓 속에 숨지 않았는지 확인한다.

마타 하리는 나에게서 멀지 않은 곳에 있다. 우리는 계속 나아간다. 그렇게 몇십 분이 지나자 마침내 켄타우로스들의 줄과 후보생들의 줄이 맞닿는다. 하지만 프루동은 어디에도 없다.

아테나의 얼굴에 수심이 가득하다.

「그자는 섬을 떠났을 리도 없고 파란 강을 건너갔을 리도 없다. 그자를 반드시 찾아내야 해. 온 섬을 샅샅이 뒤져 봐. 섬이 별로 크지 않으니까 아주 숨지는 못할 거야.」

수색 작전의 규모가 더욱 커진다. 우리는 해변과 도시 주변을 뒤진다. 그리핀들은 살신자의 자취를 찾아 하늘을 가른다. 그 사이에 비상종은 계속 울린다.

프루동의 행방이 묘연하다.

마침내 여행자와 도둑의 수호신 헤르메스가 나선다.

「아마도 도시 내부를 뒤져야 할 겁니다. 우리는 그가 도시 밖에 있다고 생각하지만, 그건 그의 속임수에 넘어간 것일 수도 있어요. 때로는 태풍의 눈에 들어가는 것이 태풍을 피하는 최선의 길입니다.」

그래서 켄타우로스들은 도시의 서문에 다시 집결한 다음 집집이 돌아다니며 수색을 벌인다. 그러다가 마침내 프루동을 찾아낸다. 어이없게도 그는 자기 빌라에서 침대 밑에 웅크리고 있었다.

켄타우로스들은 그를 쉽게 제압하고 사슬로 묶어서 중앙 광장으로 끌고 간다. 그의 토가는 불에 탔고 어깨에서는 피가 흐른다. 얼굴에는 당황한 기색이 역력하다.

「나 아니야. 나는 결백해.」

사라 베르나르트가 앙갚음하듯이 쏘아붙인다.

「그런데 왜 숨었어?」

「나는 자고 있었어.」

변명치고는 별로 설득력이 없어 보인다. 볼테르가 빈정거린다.

「그러다가 종소리를 듣고 깬 거야?」

프루동은 겁먹은 표정으로 말을 잇는다.

「깨어나 보니 너희가 나를 찾고 있더라고. 그래서 숨은 거야.」

그의 얼굴에 슬픈 미소가 희미하게 어린다.

「마지막 인생을 사는 동안 내 몸에 배어 버린 반사적 행동이 다시 나타난 거야. 경찰에게 자꾸 쫓기다 보니까 누가 나를 찾기만 하면 일단 숨고 보는 버릇이 생겼지.」

아테나는 그가 곧 자기 죄에 상응하는 벌을 받게 될 거라고 알린다. 프루동은 순순히 받아들이지 않는다.

「맹세코 저는 결백합니다!」

그는 한 손으로 상처를 감싼다. 평소의 거만한 태도는 어디에서도 찾아볼 수 없다.

「재판을 거치지 않고 용의자를 처벌할 수는 없습니다. 프루동은 공정한 재판을 받을 권리가 있습니다.」

내가 그렇게 말하자 신은 누가 감히 그런 소리를 했는가 하는 표정으로 후보생들을 살핀다.

「누구지? 뭐라고 한 거야?」

나는 군중 속에서 빠져나온다.

「프루동은 공정한 재판을 받을 권리가 있다고 했습니다.」

모두가 의아한 얼굴로 나를 바라본다.

신은 나를 빤히 바라본다. 언짢다기보다 놀란 표정이다.

「음…… 자네가 백성들에게 처음으로 재판 제도를 마련해 준 후보생이지? 안 그래, 미카엘?」

신은 잠시 머뭇거리는 기색을 보인다. 일부 후보생들이 수군거린다. 나는 다시 목청을 높인다.

「재판 기관이 권력으로부터 독립하는 것은 하나의 진보라고 생각합니다. 용의자는 누구나 스스로를 변호할 권리가 있습니다. 프루동을 공정하게 심판하려면 검사와 판사뿐만 아니라 변호사와 배심원들도 있어야 합니다.」

신은 웃음을 터뜨린다. 하지만 나는 눈도 깜짝하지 않고 신을 계속 바라본다. 신은 선선한 손짓을 보내며 알린다.

「좋아. 미카엘 팽송이 저렇게 요구하고 있으니 조제프 프루동이 재판을 받을 수 있도록 하겠어. 오늘 저녁 6시, 식사를 하기 전에 원형 극장에서 재판이 열릴 거야. 우리의 휴가를 흥미롭게 만들어 줄 작은 공연이 추가로 제공되는 셈이군.」

71. 백과사전: 십계명

독립적인 사법 제도가 정착되는 데에는 많은 어려움이 있었다. 군주들이나 장수들은 오랫동안 독단적으로 재판권을 행사했다. 그들은 누구에게 의견을 묻거나 보고할 필요도 없이 그냥 자기들에게 도움이 되는 쪽으로 결정을 내렸다. 모세가 기원전 1300년경 하느님에게서 십계명을 받은 일은 독립적인 준거 체계의 출현을 의미한다. 이 준거 체계를 바탕으로 개인의 정치적 이익에 기여하는 자의적인 법률이 아니라 모든 인간에게 예외 없이 적용되는 법률이 확립되어 갔다.

그런데 주목할 것은 십계명이 무엇을 하지 말라는 계율이 아니라는 사실이다. 만약 십계명이 금지의 계율이라면, 〈살인을 하면 안 된다〉, 〈도둑질을 하면 안 된다〉 하는 식으로 작성되었을 것이다. 하지만 십계명은 〈너희는 살인을 하지 않으리라〉, 〈너희는 도둑질을 하지 않으리라〉 하고 미래 시제로 진술되어 있다. 그래서 일부 성서 주석가들은 십계명이 계율이라기보다 하나의 예언이라고 주장했다. 〈너희는 살인이 쓸모없는 짓임을 깨달을 것이므로 언젠가는 살인을 하지 않게 될 것이다〉, 〈너희는 살기 위해 남의 것을 훔쳐야 할 필요가 없어질 것이기에 언젠가는 도둑질을 하지 않게 될 것이다〉라는 뜻일 수도 있다는 것이다. 십계명을 그런 관점에서 읽으면 범죄자를 벌하는 문제에 대한 우리의 생각에도 변화가 생길 것이다. 아무도 죄를 범하고 싶어 하지 않는 때가 되면 처벌도 불필요한 것이 될 테니까 말이다.

에드몽 웰스, 『상대적이며 절대적인 지식의 백과사전』 제5권

72. 다시 해변에서

우리는 모두 해변으로 돌아가 저녁에 열릴 재판을 화제에 올린다.

라울이 내 곁으로 다가온다.

「잘했어, 미카엘. 네가 잡은 거나 다름없어.」

「그는 백과사전을 훔치려고 했어. 왜 그것에 눈독을 들였는지 모르겠어. 백과사전에 무언가 그와 직접 관련된 내용이 있는 게 아닌가 싶어.」

「네가 그의 다음번 표적이었는데 너를 쓰러뜨리지 못한

거겠지.」

「글쎄, 그건 너무 섣부른 단정이 아닐까?」

라울은 다정한 손길로 내 어깨를 토닥인다.

「왜, 수사가 너무 싱겁게 끝난 것 같아? 범죄 수사에 늘 오랜 시간이 걸리는 건 아니잖아. 때로는 살해범의 정체가 처음부터 드러나기도 해. 이런 추리 소설을 생각해 봐. 독자들은 처음 몇 쪽을 읽자마자 살인자가 누구인지 알게 돼. 그런데 소설은 계속 이어지고 범인을 잡은 경찰관이나 탐정은 사건을 신속하게 해결한 덕분에 받은 특별 상여금을 가지고 휴가를 떠나서 즐거운 시간을 보내지.」

「이런 추리 소설도 있을 수 있어. 결국 살인자를 찾아내지 못한 채 사건이 종결되는 추리 소설 말이야. 현실을 놓고 보면 그런 경우가 더 많을걸.」

나는 눈길을 멀리 돌려 안개에 싸인 산꼭대기를 바라본다. 라울이 묻는다.

「우리가 소설 속에 있다는 가정을 여전히 믿는 거야?」

「그건 에드몽 웰스의 생각이었어.」

라울은 어깨를 으쓱 치켜올린다.

「어쨌거나 만약 우리가 소설 속에 있는 거라면, 우리는 마지막 장에 다다랐을 거야. 범죄의 수수께끼도 풀었고, 너의 사랑 이야기도 행복한 결말을 맞았으니 말이야.」

「한 가지 사실을 잊고 있어. 우리는 이제 전반기 수업을 끝냈을 뿐이야. 열두 명의 스승 신 가운데 여섯 명밖에 만나지 못했어. 그러니까 소설의 끝이 아니라 중간에 와 있는 거야. 게다가 우리는 산꼭대기에 무엇이 있는지 아직 모르고 있어.」

「주황색 지대를 통과하면 알게 될 거라고 확신해. 우리가 소설 속에 있다는 가정을 이어 나가자면, 아마도 작가는 소설의 후반에 들어서면서 새로운 플롯을 전개하게 될 거야. 다른 주요 인물, 서스펜스 넘치는 다른 범죄 사건, 다른 사랑 이야기를 가지고 말이야.」

「다른 인물, 다른 사랑 이야기라고? 누구를 염두에 두고 하는 소리야?」

라울은 씩 웃으며 대답한다.

「바로 나. 따지고 보면 이제까지 여자와 짝을 이룬 인물은 프레디와 너뿐이야. 나도 누군가를 사랑할 권리가 있어……. 사실 사랑에 빠져 있기도 하고.」

「잠깐, 네가 누구를 사랑하는지 맞혀 볼게. 사라 베르나르트 아냐?」

「말 안 할래…….」

나는 라울을 툭 친다.

「내 눈은 못 속여. 사라 베르나르트야. 그녀에게 당장 고백하지 않고 왜 뜸을 들이는 거야?」

라울은 침착하게 말을 잇는다.

「사실 사라는 굉장한 여자야. 그녀가 이끄는 말족은 자유롭고 자긍심이 강해. 우리 민족들 가운데 다수가 갈수록 오염되어 가는 도시에 갇혀 사는 것과 달리 그들은 말을 타고 초원을 누비지.」

「조심해. 만약 그녀의 민족이 말을 타고 다니며 유목 생활을 했던 초기 몽골인들의 복사판이라면 몽골인들이 동로마 제국을 침략한 적이 있다는 사실을 명심해야 해.」

「우리는 1호 지구의 역사를 똑같이 재현하는 게 아니잖아? 우리는 선입관 때문에 18호 지구의 현실을 있는 그대로 인식하지 못하고 있어. 모든 것을 그릇되게 해석하기 때문에 두 행성의 역사가 서로 닮은 것처럼 보이는 거야. 우리는 자유 의지를 견지하고 있어. 모두가 아는 길이 있는가 하면 우리가 매일같이 새로 찾아내는 길도 있어.」

「정말 그랬으면 좋겠어.」

「그건 우리네 삶과 비슷해. 이미 잘 알려진 길이 있지만 우리는 그 길을 따라갈 수도 있고 거기에서 벗어날 수도 있어. 결정은 우리가 하는 거야. 따지고 보면 로마인들은 몽골인들과 우호 관계를 맺고 중국에서 영국에 이르는 거대한 제국을 건설할 수 있었어. 네가 지적해 준 덕분에 내가 새로운 전망을 갖게 된 셈이야.」

조르주 멜리에스와 라퐁텐과 귀스타브 에펠이 와서 우리 옆에 수건을 깐다.

「재판이 열리기 전에 수영하러 갈 건데 너희도 같이 갈래?」

「고맙지만 사양하겠어. 조금 쌀랑해서 말이야.」

라울이 제안한다.

「나는 체스를 두고 싶은데, 미카엘 생각 있어?」

「내키지 않는데…….」

라울이 자꾸 청하는 바람에 나는 결국 받아들인다. 그가 체스판과 말을 구해 오고 우리는 고운 모래밭에 앉는다.

나는 선을 잡고 킹 앞의 폰을 밀어 올린다. 일단 말을 움직이기 시작하자 경기가 빠르게 진행된다. 그의 나이트가 빠져나온다. 나는 비숍과 퀸을 빼내어 그의 폰들을 공격한다.

「너 자신을 돌고래족의 장군 〈구원자〉로 생각하는 거 아냐?」

그는 킹을 룩 뒤로 밀어서 빼낸다.

「네가 꿈꾸는 유토피아는 뭐야?」

그의 퀸이 내 비숍의 진로에 놓여 있다. 나는 비숍을 죽 미끄러뜨려 그의 퀸을 잡는다. 그는 좋은 수라면서 고개를 끄덕인다.

「나는 세계가 지금 이 상태로도 완전하지 않은가 하고 생각해.」

「어떤 세계가 그렇다는 거야? 1호 지구 아니면 18호 지구?」

「둘 다 그럴 수도 있어. 내 나름대로 달관의 경지에 오른 것인지는 모르지만 나는 세상을 있는 그대로 받아들일 수 있을 것 같아. 성인과 현인도 있고 폭력과 광기, 악당과 살인자도 있는 세상을 말이야.」

「그럼 만약 네가 한 세계를 맡은 신이라면 무엇을 할 거야?」

「옛날에 우리 지구를 맡았던 신처럼 할 거야.」

「그게 무슨 뜻이지?」

「아무것도 안 하겠다는 거야. 세계가 그냥 제멋대로 돌아가도록 내버려 두겠어. 그러고는 마치 공연을 관람하듯이 세계를 바라볼 거야.」

「모든 집착에서 벗어난 신이 되겠다는 거야?」

「그러면 다른 건 몰라도 이런 점이 좋을 거야. 먼저 그 세계 사람들이 성공하는 경우에는 그냥 자기들 스스로를 자랑스럽게 여기면 돼. 만약 실패하는 경우에는 그것이 자기들 책임이라고 생각하면 되는 것이고 말이야.」

「너는 네 백성들에 대해서 그렇게 초연할 수 있으니 참 좋겠다. 그러면서 게임은 왜 하는 거야?」

「게임 자체가 즐겁기 때문이야. 체스를 두는 게 즐겁듯이

Y 게임을 하는 게 즐거워. 그리고 나는 일단 게임에 들어가면 이기기 위해서 수단과 방법을 가리지 않고 싸워.」

그렇게 말하면서 라울은 비숍을 움직여 내 룩을 잡는다.

나는 나이트로 양수걸이를 해서 그의 비숍을 잡는다. 양쪽의 퀸, 룩, 비숍, 나이트가 모두 사라지고 나자 우리는 폰들만 가지고 전투를 벌인다. 그러다가 결국은 양쪽 다 킹과 폰 하나씩만 남게 된다. 우리는 몇 수 더 두다가 서로 오도 가도 못하는 〈스테일메이트〉에 도달한다. 체스에서 꽤 드물게 나타나는 무승부의 상황이다.

라울이 은근한 말투로 묻는다.

「어젯밤에 마타 하리와 괜찮았어?」

나를 바라보는 그의 눈빛에 선의가 깃들어 있다.

「알다시피 마타는 나를 정말 사랑해.」

그 말끝에 아프로디테의 얼굴이 머릿속에 다시 떠오른다. 라울이 내 속을 들여다보기라도 한 것처럼 말한다.

「다른 여자는 그만 생각해. 자꾸 생각할 필요가 없는 여자야. 그 여자의 가치는 네 상상력이 만들어 낸 거야.」

「문제는 내가 상상력이 풍부하다는 거지.」

「그 상상력을 신의 일에 집중하면 많은 것을 창안할 수 있어.」

저녁 6시를 알리는 종이 울린다. 재판이 열릴 시간이다.

73. 백과사전 : 토머스 홉스

토머스 홉스(1588~1679)는 근대 정치 철학의 토대를 마련한 영국의 철학자이자 정치사상가이다.

그는 물체의 운동에 관한 깊은 연구를 인간의 지각과 지식, 인간관계에 관한 성찰과 결합시켜 유물론적인 정치사상을 확립했다. 대표적인 저서로는 사회 계약설을 바탕으로 절대주의를 이론화한 『리바이어던』과 「시민에 대하여」, 「물체에 대하여」, 「인간에 대하여」로 이루어진 라틴어 3부작 『철학 원리』 등이 있다.

그의 사상에 따르면, 동물은 현재 속에서 살지만 인간은 미래를 지배하여 되도록 오랫동안 삶을 영위하고 싶어 한다. 저마다 자신의 영향력을 최대한 늘리고 타인의 영향력을 감소시키려는 경향이 있다. 그래서 부와 명성을 쌓고 친구와 아랫사람을 늘리는 한편으로 다른 사람들의 재산과 시간을 빼앗으려고 애쓴다. 홉스는 인간의 그러한 본성을 〈호모 호미니 루푸스(인간은 인간에 대해서 늑대이다)〉라는 유명한 라틴어 문장으로 요약했다.

자연 상태에서 인간은 타인과 대등한 관계를 유지하려고 하지 않는다. 그래서 폭력이 발생하고 전쟁이 일어난다. 그렇다면 인간이 타인을 지배하지 못하게 하는 길은 무엇일까? 홉스에 따르면 협력을 하도록 강제하는 것이 유일한 길이다. 따라서 인간들 간의 계약에 바탕을 둔 강력한 권력이 필요하다. 이 권력이 동물 같은 인간에게 강제력을 행사하여 타인을 파괴하는 천성에 휩쓸리지 않도록 해야 한다는 것이다.

홉스의 사상에는 다음과 같은 역설이 자리하고 있다. 무정부 상태는 강자에게 유리하고 자유를 축소시킨다. 강제력을 지닌 중앙 집권화한 권력만이 인간을 자유롭게 만들 수 있다. 게다가 이 권력은 백성의 복지를 원하고 자신의 이기심을 극복한 한 사람의 지배자가 장악해야 한다.

에드몽 웰스, 『상대적이며 절대적인 지식의 백과사전』 제5권

74. 재판

임시 재판정인 원형 극장은 두 부분으로 나뉘어 있다. 후보생들은 모두 반원형으로 따로 마련된 방청석에 자리를 잡

는다. 계단식 좌석에 그렇게 높이 앉아 있는 방청객들의 정면에 무대가 있고 거기에는 커다란 마호가니 탁자가 놓여 있다. 그보다 높이 놓여 있는 팔걸이의자는 판사 격인 아테나의 자리다.

검사 역할은 데메테르가 맡고 있다.

변호사는 아레스다. 전쟁의 신답게 프루동의 호전적인 게임 스타일에 공감하여 스스로 변호를 하겠다고 나선 것이다.

그들 옆에는 후보생들 중에서 제비뽑기로 선정된 아홉 명의 배심원이 자리하고 있다. 에디트 피아프와 마리 퀴리도 배심원으로 뽑혔다.

아테나 신이 소리친다.

「피고를 들여보내세요.」

몇몇 켄타우로스는 북을 치고 다른 켄타우로스들은 소라 껍데기를 나팔처럼 불어 댄다.

또 다른 켄타우로스들이 수레를 끌고 들어온다. 프루동은 수레에 실린 우리 안에 갇혀 있다. 한 손으로 어깨의 상처를 감싸고 있다. 아직도 거기가 아픈 모양이다.

한쪽 안경알에는 금이 가 있고 수염과 긴 머리가 텁수룩하다.

몇몇 후보생이 그에게 야유를 보낸다.

나는 프루동의 야만적인 쥐족 무리가 돌고래족이 바닷가에 세운 마을로 쳐들어오던 광경을 떠올린다. 돌고래족 백성들의 첫 세대가 학살당하고 막판에 배를 타고 탈출하던 장면도 기억에 생생하다. 하지만 나는 내 백성들이 그 재난을 겪은 덕에 〈고요한 섬〉을 발견하고 이상적인 도시를 건설할 수 있었다는 사실도 잊지 않고 있다.

프루동은 쇠창살 사이로 머리를 내밀며 소리친다.

「나는 결백합니다. 듣고 있습니까? 나는 결백합니다. 내가 살신자라니요, 말도 안 됩니다.」

켄타우로스들은 프루동을 우리에서 끌어내어 판사석 정면에 세운다. 그의 모습은 역사책에 나오는 어떤 장면을 생각나게 한다. 알레시아 전투에서 패배한 뒤 카이사르 앞으로 끌려나온 갈리아의 영웅 베르킹게토릭스.

켄타우로스들은 그를 무릎 꿇린다.

아테나 신이 상아로 된 의사봉을 꺼내어 두드린다. 방청석이 조용해진다.

「피고 조제프 프루동, 인간으로 살았던 마지막 전생에서 당신은…….」

아테나는 서류철을 펼쳐 여러 장의 문서를 훑어본다.

「아, 그렇군요. 피고는 프랑스 동부에 있는 도시 브장송에서 현지의 연대 표시 방식으로 1809년에 태어났습니다. 아버지는 술집 종업원이었고 어머니는 요리사였습니다. 맞습니까?」

프루동은 그렇다고 대답한다. 나로서는 그의 과거가 이 재판과 무슨 상관이 있는지 잘 모르겠다. 아에덴의 살신자를 심판하는 자리에서 왜 프랑스의 아나키스트를 단죄하려는 것일까?

「당신은 성적이 아주 우수한 학생이었는데 도중에 학업을 중단했군요. 그 이유가 뭐죠?」

「돈 때문입니다. 장학금을 받고 있었는데 그게 만기가 돼서 공부를 계속할 수 없었습니다.」

「아, 그랬군요. 그 뒤로 당신은 식자공, 인쇄공 등 여러 직업을 전전했고 그때부터 벌써 파업을 주도했지요?」

「노동 조건이 아주 열악했습니다.」

「당신은 강경한 정치적 입장을 견지했고 그 바람에 감옥살이와 망명 생활을 겪고 늘 가난한 삶을 살았습니다. 맞지요? 그러면서도 책을 여러 권 썼습니다. 젊은 시절에는 히브리어와 그리스어와 라틴어의 문법을 비교한 책도 썼군요. 왜 그 책을 출간하지 않았죠?」

「제 출판업자가 미치광이가 되었고 그의 인쇄소가 파산했기 때문입니다.」

아테나는 차분하게 말을 잇는다.

「당신은 『소유란 무엇인가?』라는 책에서 〈소유는 도둑질이다〉라고 주장했고, 스스로를 자본주의와 국가와 종교에 반대하는 사람으로 규정하면서 아나키즘의 이론을 세웠습니다. 그 뒤에 『가난의 철학』을 비롯한 여러 저서를 통해 당신의 정치적 견해를 발전시켰어요. 한편으로는 정부의 정책을 비판하기 위해 신문을 발행하기도 했군요. 그렇게 살다가 결국 56세에 폐울혈로 사망했어요.」

아테나는 문서들을 챙겨 넣고 다른 서류철을 꺼낸다. 사실 삶이란 그런 것일 뿐이다. 조제프 프루동처럼 위대한 정치가의 삶도 긴 세월이 지나고 보면 그저 몇 줄의 문장으로 요약되는 그런 것일 뿐이다.

「당신은 다음과 같은 혐의로 기소되었습니다. 첫째, 신 후보생 클로드 드뷔시, 베르나르 팔리시, 베아트리스 샤파누, 매릴린 먼로를 살해한 혐의. 둘째, 신 후보생 미카엘 팽송에 대한 살해 미수 혐의.」

모두가 내 쪽으로 눈길을 돌린다. 일부 방청객은 귀엣말을 주고받는다. 마타 하리는 모두에게 자신이 나와 굳게 결속되어 있다는 것을 보여 주기 위해 내 손을 잡는다.

「조제프 프루동, 당신은 그러한 행위를 저지름으로써 내가 첫날 일러 준 이곳의 네 가지 규범 가운데 하나를 어겼습니다. 아에덴은 성소이므로 신이든 괴물이든 후보생이든 섬에 거주하는 어떤 존재에 대해서도 폭력을 행사하지 말라는 규범 말입니다. 당신은 신 후보생들을 살해한 혐의로 기소되었습니다. 스스로를 변호하기 위해서 할 말이 있습니까?」

「저는 살신자가 아닙니다. 저는 결백합니다.」

그의 얼굴에 땀이 흥건하다. 안경이 콧마루를 타고 미끄러져 내린다. 그는 연방 안경을 밀어 올린다.

「그렇다면 어깨에 난 상처는 어떻게 된 거죠?」

「집에서 조용히 낮잠을 자고 있는데 갑자기 어깨가 아파서 깨어났습니다. 누가 제 빌라에 들어와서 제가 잠을 자는 동안 어깨에 대고 앙크를 쏜 것입니다.」

방청석이 술렁인다.

「알리바이치고는 참 궁색하다는 것을 압니다. 하지만 그게 사실인데 제가 달리 무슨 말을 할 수 있겠습니까?」

「당신이 집에서 쉬고 있는 것을 누가 봤나요?」

프루동은 애써 농담을 하려고 한다.

「저는 낮잠 시간에 손님들을 집에 불러들이는 짓은 하지 않습니다.」

「그렇다면 다른 후보생들이 비상종 소리를 듣고 달려와서 어깨에 상처가 났는지 보여 주고 있는 동안에 당신은 낮잠을 자고 있었다는 얘긴데, 그건 어떻게 설명하겠습니까?」

「저는…… 잠을 푹 자기 위해서 밀랍으로 귀를 막았습니다. 며칠째 밤마다 잠을 제대로 이루지 못했거든요.」

「그럼 누가 당신 어깨에 앙크를 쏘았을까요?」

「어떤 자가 자기 죄를 저에게 뒤집어씌우려고 그런 겁니다. 진짜 범죄자, 진짜 살신자는 따로 있습니다. 여러분은 그 자의 속임수에 넘어간 것입니다.」

방청객들이 웅성거린다. 아테나는 의사봉을 두드려 그들을 진정시킨다.

「그러니까 당신이 보기에는 진짜 살신자가 부상을 입은 채로 당신 집에 침입해서 당신이 잠들어 있는 것을 보고 앙크로 어깨를 쏜 다음에 달아났다 이거죠?」

「맞습니다.」

「그자를 봤습니까?」

「그런 상황에서 공격자를 뒤쫓아 갈 엄두가 나겠습니까? 저는 멀어져 가는 그자의 뒷모습을 보았을 뿐입니다. 그자는 하얀 토가를 입고 있었습니다. 금방 사라져서 제대로 보지는 못했지만 토가에 때가 묻어 있었던 것 같습니다.」

「그자가 사격을 가했을 때 왜 비명을 지르지 않았죠? 그랬다면 누군가가 그 소리를 들었을 텐데요.」

「모르겠습니다. 아마도 제 버릇대로 이를 악물고 아픔을 참았을 겁니다.」

아테나는 믿기지 않는다는 듯한 표정을 짓는다.

「그럼 켄타우로스들이 당신을 찾으러 갔을 때는 왜 침대 밑에 숨었죠?」

「저를 공격했던 자가 돌아온 줄 알았습니다.」

몇몇 후보생이 휘파람으로 야유를 보낸다. 그의 주장에 설득력이 없는 것이다.

「하지만 켄타우로스들의 말발굽 소리를 들었을 것이고, 그랬다면 그들의 보호를 받게 되어서 오히려 마음이 놓이지 않았을까요?」

그의 입가로 희미한 미소가 번진다.

「아시다시피 옛날에 저는 아나키스트였습니다. 우리 아나키스트들은 경찰이 오는 것을 마음 든든한 일로 여겨 본 적이 없습니다.」

아테나는 눈에 칼을 세운다.

「당신을 공격한 자가 하얀 토가를 입고 있었다고 했는데, 그 말대로라면 그자는 후보생일 것입니다. 후보생들은 모두 여기에 있는데 당신 말고는 아무도 어깨에 상처를 입지 않았어요. 그렇다면 미카엘이 쏜 앙크에 맞은 〈진짜〉 살신자는 자기 몸의 상처를 없애 버렸다는 얘긴데 그걸 어떻게 설명할 수 있죠?」

「방금 말한 것 말고는 달리 설명할 수가 없습니다. 저는 겉으로 드러난 정황이 저에게 불리하게 돌아가고 있다는 것을 알고 있습니다.」

그러면서 프루동은 다시 안경을 밀어 올린다.

「좋습니다. 이제 사건의 주요 당사자를 증언대에 세우겠습니다.」

아테나는 마치 내 이름을 잊기라도 한 것처럼 서류를 들여다본다.

「미카엘 팽송.」

나는 계단식 좌석에서 내려간다. 평생 나를 따라다녔던 질문이 다시 고개를 든다. 〈내가 도대체 여기서 뭘 하고 있는 거지?〉 이상하게도 프루동을 원망할 수가 없다. 마타 하리와 함께 행복하게 지내고 있기 때문일까. 내 안에 분노가 없다는 게 이상하다.

프루동은 눈길을 낮춘다. 그의 마지막 전생에 관한 이야기를 듣고 나니 그가 더 〈인간적〉으로 보인다. 그 보잘것없는 서민의 아들은 혼자 힘으로 공부를 했고 인간에게 더 많은 자유를 안겨 주기 위해 투쟁했다. 비록 투쟁 방향이 조금 빗나가긴 했지만 적어도 그는 아나키즘이라는 하나의 길을 시도했다.

나는 아테나를 마주 보고 선다. 그 사이에 프루동은 켄타우로스들이 이끄는 대로 옆의 의자에 앉는다.

「미카엘 팽송, 당신은 증언을 하러 나왔습니다. 진실을, 오로지 진실만을 말하겠다고 맹세하겠습니까?」

「저는 진실을 말하겠습니다. 적어도 제가 아는 것은 모두 말하겠습니다.」

「우리에게 당신이 겪은 일을 이야기해 주세요.」

「저는 침대에 누워 있었습니다. 그때 거실에서 이상한 소리가 들려왔습니다. 저는 제 물건들을 뒤지던 침입자와 마주쳤습니다. 그자는 그리스 연극에서 사용하는 가면을 쓰고 있었고, 제 백과사전을 훔쳐서 달아났습니다.」

방청객들이 웅성거린다.

「저는 앙크를 집어 들고 그를 추격했습니다. 앙크 한 방으로 그의 어깨를 맞혀 백과사전을 되찾았습니다. 그러고 나서 계속 뒤쫓아 갔지만 어떤 막다른 골목길에서 그를 놓쳤습니다. 저는 골목길을 뒤지다가 비밀 통로 하나를 발견했습니다. 성벽 밑을 지나 숲으로 이어지는 통로였습니다.」

「그자가 피고입니까?」

「앞서 말씀드렸듯이 그자는 가면을 쓰고 있었습니다. 저는 그의 얼굴을 보지 못했습니다.」

「그렇다 해도 그자의 체구가 피고와 비슷했는지는 말할 수 있지 않습니까?」

「토가를 입고 있으면 체구가 어떠한지를 가늠하기 어렵습니다.」

아테나는 나에게 감사를 표하고 검사인 데메테르에게 논고를 시작하라고 이른다.

수확의 신은 자리에서 일어나 방청석을 바라보며 말문을 연다.

「내가 보기에 프루동의 범죄는 악의 화신이 아니고는 저지를 수 없는 행위입니다. 겉모습만 보면 냉소적인 멋쟁이쯤으로 여겨질 법한 이 후보생은 오로지 한 가지 욕망에 사로잡혀 있었습니다. 경쟁자들을 제거하고 Y 게임의 최종 승자가 되는 것 말입니다. 이미 게임 자체에서도 그는 파괴적인 본능을 보여 왔습니다.」

데메테르는 토가의 윗자락을 어깨까지 걷어 올리고 손가락으로 피고를 가리킨다.

「그 신에 그 민족입니다. 쥐족은 쥐 같은 신을 섬깁니다. 쥐족의 신은 쥐들처럼 오로지 힘만을 존중하고 폭력의 언어만을 알고 있습니다. 그는 동료들을 냉정하게 죽였고, 만약 우리가 제지하지 않았다면 남아 있는 모든 후보생을 차례차례 살해했을 것입니다.」

그 말에 방청석이 술렁인다.

「프루동의 민족은 곧 프루동입니다. 동료를 살해하는 신이 이웃 민족을 학살하는 민족을 만든 것입니다.」

프루동이 중얼거린다.

「저는 결백합니다.」

「우리가 오늘 단죄하려는 자는 아에덴의 규범을 어긴 자이자 Y 게임에서 부정행위를 한 자이기도 합니다. 그래서 나는 배심원들에게 요구합니다. 일벌백계 차원에서 엄중한 벌을 내려야 합니다. 프로메테우스가 받은 형벌을 내리겠다는 경고가 있었습니다만…….」

「저는 살신자가 아닙니다.」

피고가 그렇게 되뇌자 방청석이 소란해진다. 아테나는 다시 의사봉을 두드려 소란을 가라앉힌다.

「내가 보기에 그것은 적당한 형벌이 아닙니다. 그건 너무…… 가볍습니다.」

아테나는 고개를 끄덕인다. 데메테르의 논고가 이어진다.

「프루동의 범죄는 프로메테우스의 범죄보다 훨씬 악독합니다. 프루동은 이곳의 질서를 교란했고 성스러운 구역 내에서 살생을 저질렀습니다. 스스로 얼마나 무모한 짓을 하고 있는지 알면서도 스승 신들에게 도전했습니다. 프루동은 감히 우리에게 대항했습니다. 아니, 우리를 비웃었습니다. 이런 자에게는 더욱 혹독한 형벌을 내려야 합니다. 나는 이 재판이 본보기가 되기를 바랍니다. 이번 기의 후보생들뿐만 아니라 다음에 올 후보생들도 여기에서 무슨 일이 일어났는지, 그리고 그 일을 저지른 자가 어떤 벌을 받았는지 알아야 합니다. 우리 모두 창의성을 발휘해서 프루동에게 아주 새롭고도 엄중한 벌을 내립시다. 잠재적인 살신자들의 의욕을 완전히 꺾어 버릴 만한 형벌을 찾아냅시다.」

「데메테르 검사, 당신이 생각하는 벌은 뭐죠?」

수확의 신은 머뭇머뭇 대답한다.

「아직 이렇다 할 만한 것을 생각해 내지 못했습니다. 가장 혹독한 벌을 찾아내기 위한 경연이라도 벌여야 하지 않을까 싶습니다.」

「고맙습니다, 검사님. 이제 변호사의 변론을 듣겠습니다.」

아레스가 나선다.

「먼저 후보생들 사이에서 이런 일이 벌어질 수밖에 없는 사정에 관해 이야기하고 싶습니다. 내가 보기에 이런 사건이 벌어지는 건 당연합니다. 사실 그들의 생활이 얼마나 따분합니까? 그들은 무언가 활기찬 일을 하고 싶어 하죠.」

몇몇 방청객이 야유를 보낸다.

「나는 프루동 씨를 아주 잘 이해합니다. 그는 인간 시절에 정치가로서 경화증에 걸린 당대의 체제에 도전했습니다. 따라서 그가 여기에 와서도 소란을 피우는 것은 당연한 일이죠. 따지고 보면 이곳은 점점 노인정을 닮아 갑니다. 노인들이 모여서 새끼손가락을 치켜 든 동작으로 차를 마시면서 전쟁이며 푸딩 조리법 따위를 놓고 담소를 나누는 곳 말입니다.」

일부 스승 신들이 반발한다.

「누가 뭐라 하든 할 말은 해야겠습니다. 나는 때때로 깃털 빠진 닭들로 가득 찬 닭장 속에 들어와 있다는 느낌을 받습니다. 이 닭들의 몸뚱이는 세월을 타지 않지만, 정신은 점점 늙어 갑니다.」

다시 볼멘소리가 터져 나온다. 바로 그때 몇몇 스승 신이 뒤늦게 방청석으로 들어선다. 아프로디테는 보이지 않는다.

아테나는 변호사의 변론을 방해하지 않도록 그들에게 앉으라는 신호를 보낸다.

「다시 말하지만 나는 프루동을 이해합니다. 그는 우주의 외딴 곳에 있는 이 섬에 와서 경이롭고 마법적인 세계를 보고 어떤 기대를 품었을 것입니다. 이 세계가 뭐랄까요…… 재미있는 세계이기를 바랐을 것입니다. 〈재미있다〉라는 말에 어폐가 있다면 너그러이 용서해 주십시오, 재판장님. 그런데 그가 깨닫게 된 것은 나약하고 더딘 행정 체계가 이 세계를 지배하고 있다는 사실입니다. 그래서 모든 것을 뒤흔들어 정신 상태를 바꿔야 한다고 생각했습니다. 그는 닭장 속의 늑대처럼, 아니 데메테르의 말대로 쥐처럼, 새들의 둥지 속에 들어간 쥐처럼 행동했습니다.」

프루동은 얼굴을 찡그린다. 데메테르의 논고보다 아레스의 변론이 그를 훨씬 더 불안하게 하는 모양이다.

「프루동은 동료들을 죽였습니다. 그래요, 죽였습니다. 하지만 그의 범죄는 지난 며칠 동안 우리 삶에 활력을 불어넣었습니다. 위대한 일각수의 뿔로 우리에게 충격을 준 것입니다. 분명히 말하지만 프루동은 우리에게 도움을 주었습니다. 그는 볼거리, 극적인 사건, 서스펜스를 제공했습니다. 그가 죄를 지을 때마다 우리는 조사를 벌이고 숙고를 거듭했죠. 그를 붙잡기 위해 대규모 수색 작전을 벌인 것도 아에덴 역사에 길이 남을 일대 사건이었습니다. 그렇게 한바탕 난리를 친 결과가 무엇이었습니까? 결국은 그의 집 침대 밑에서 그를 찾아냈습니다. 이건 엄청난 조롱입니다. 사건의 반전에 관한 그의 감각이 얼마나 뛰어납니까? 나는 이렇게 말하고 싶습니다. 〈프루동 씨, 당신은 훌륭합니다.〉 게다가 그가 이끄는 쥐족은 어떻습니까? 그의 쥐족을 보셨습니까? 그들은 자기들만의 스타일을 만들어 냈고, 기개와 도도함이 있습니다. 프루동은 정복 민족을 이끄는 단순한 신이 아니라, 침략과 약탈의 위대한 연출자입니다. 피에 굶주린 쥐족 무리가 이웃 나라로 쳐들어가면 그곳의 나약한 백성들은 겁에 질린 채 단말마의 비명을 내지릅니다. 그렇습니다. 우리는 모두 그런 장면들을 보았고 쥐족 병사들의 호전성에 경탄했습니다.」

아레스의 얼굴에 미소가 번진다. 그 장면들을 머릿속에 떠올리고 있는 모양이다.

「어서 덤벼라 네 놈을 도끼로 쪼개 주마. 어서 덤벼라 창맛을 보여 주마. 아, 말벌족의 그 여전사들은 어떻게 됐나요? 결국은 쥐족의 공격에 무너졌고 그 우두머리는 쥐족 왕의 아내가 되었습니다. 그야말로 한 편의 멋진 영화죠. 우리 모두 솔직해집시다. 프루동이 침략했기 때문에 다른 민족들은 어쩔 수 없이 무장을 하고 자구책을 강구하지 않았습니까? 아마 프루동이 없었다면 18호 지구에 전쟁이라는 개념조차 생겨나지 않았을 겁니다.」

방청객들은 아연해서 그저 침묵을 지키고 있을 뿐이다.

「배심원 여러분, 전쟁이 없는 세계를 상상할 수 있습니까? 18호 지구가 〈사랑과 평화의 세계〉이기를 바라십니까? 모두가 이웃의 영역을 존중하면서 무기 없이 살아가는 세계, 전쟁과 학살을 통해 인구가 조절될 새도 없이 날이 갈수록 과밀해지고 옹색해지는 세계를 원하십니까? 미안하지만 나는 그런 세계에 혐오감을 느낍니다.」

다시 웅성거리는 소리가 인다. 아테나는 의사봉을 두드

린다.

「변론을 방해하지 마세요, 부탁입니다. 계속하시죠, 아레스 변호사.」

「좋습니다. 피고는 죄를 지었습니다. 여러 명의 동료를 학살했습니다. 그런 행위에서 기쁨을 느꼈을 수도 있습니다. 그게 뭐가 나쁘죠?」

방청객들이 그런 말을 꾹 참고 들을 리가 없다. 아테나는 의사봉을 더욱 세게 두드린다.

「만약 이런 식으로 계속 소란을 피우면, 방청석에서 모두 내보내겠습니다. 경고합니다. 변호사가 변론을 끝낼 수 있도록 해주십시오. 그리고 아레스 변호사는 터무니없는 도발을 삼가 주세요.」

「인습에 젖어 있는 저 대중을 진정시켜 주셔서 고맙습니다, 재판장님.」

그는 쓴웃음을 지으며 말을 잇는다.

「그렇습니다. 프루동의 민족은 다른 민족들을 멸망시켰습니다. 그의 백성들은 남자 포로들을 죽이고 여자 포로들을 겁탈하는 경향이 있었습니다. 하지만 자기네 민족은 약탈 행위를 저지른 적이 없다고 주장할 수 있는 신이 있습니까? 만약 그런 신이 있다면 그자는 당장 신들의 신에게 벼락을 맞을 것입니다.」

그 말에는 다른 스승 신들과 후보생들이 대꾸를 하지 못한다. 사실 나는 그러지 않았지만, 후보생들의 대다수는 자기들의 관점을 이웃 민족들에게 강요하기 위해 터무니없는 폭력을 사용한 적이 있다.

「헤르메스, 자네는 누구를 죽인 적이 없나? 데메테르 검사님은 어떻습니까? 판사님은요? 내가 기억하기로 여러분은 모두 이해의 대립을 경험했고 그 와중에 남들을 죽였습니다.」

「그건 이 재판의 주제가 아닙니다. 변호사의 특권을 남용하지 마시고 어서 변론을 끝내세요.」

「맞는 말씀입니다. 때로는 이것저것 따지지 말고 행동을 해야 합니다. 프루동은 행동했습니다. 우리 모두가 옛날에 행동했던 것처럼 말입니다. 만약 프루동을 단죄하고 싶다면, 옛날에 어떤 문제를 해결하거나 세상의 따분함에서 벗어나기 위해 살생을 저질렀던 신들 역시 모두 단죄해야 하리라고 생각합니다.」

데메테르가 대뜸 반박에 나선다.

「하지만 프루동은 부정행위를 저질렀습니다. 성적이 나쁜 자들을 자연스럽게 탈락시키는 게임의 법칙을 존중하지 않았어요. 게임의 판세를 자기 뜻대로 바꾸려고 했던 겁니다.」

전쟁의 신은 달래는 듯한 손짓을 보낸다.

「그래요, 프루동은 부정행위를 했어요. 내 말은 그가 잘했다는 겁니다. 맞습니다. 우리는 부정행위를 할 수 있어요. 다만 그러다가 걸리면 안 되는 거죠. 객관적으로 말해서 누가 프루동의 부정행위를 비난할 수 있습니까? 우리가 비난할 수 있는 게 있다면 그가 부정행위를 하다가 걸렸다는 사실뿐입니다.」

아테나가 묻는다.

「이상으로 변론을 끝내시겠습니까?」

「아뇨, 아직 끝나지 않았습니다. 나는 미카엘 팽송의 증언에서 드러난 한 가지 요소에 대해서 주의를 환기하고 싶습니다. 조금 전에 미카엘 팽송은 백과사전을 훔치러 온 자와 마주쳤고 그가 달아났다고 말했습니다. 그렇다면 묻겠습니다. 여러분은 프루동이 미카엘 팽송을 죽이러 왔다고 주장하지만, 그는 죽이기는커녕 달아났습니다. 왜 그랬을까요?」

아테나가 의견을 낸다.

「막판에 양심의 가책을 느꼈겠죠. 아레스 변호사, 무슨 얘기를 하려는 겁니까?」

「모르시겠습니까? 피고는 무엇보다 서툴게 행동하는 죄를 지었습니다. 만약 그가 성공했다면, 그가 다른 후보생들을 모두 죽였다면, 이런 재판 따위는 열리지도 않았을 것입니다. 오히려 프루동은 게임의 우승자로서 존경을 받고 영광을 누리게 되었을지도 모릅니다.」

아테나가 묻는다.

「아레스 변호사, 변론 끝내신 거죠?」

「아, 잠깐만요, 변호사가 내 직업이 아니라서 어떻게 변론을 끝내야 할지 모르지만, 마지막으로 한마디만 더 하겠습니다. 피고는 막판에 양심을 가책을 느끼고 서툴게 행동하다가 잡혔습니다. 나는 무엇보다 그 점을 유감스럽게 생각합니다.」

「누구든 더 알려 줄 것이 있으면 말씀해 보세요. 아무도 없습니까? 그럼 이제 배심원들과 함께 평의에 들어가겠…….」

프루동이 아테나의 말을 자른다.

「저요, 제가 한 말씀 드리고 싶습니다.」

아테나는 그를 자기 정면으로 오게 한다.

「제가 여기에 있는 것은 신을 믿지 않는 최초의 민족을 만들어 내겠다는 야망을 품었기 때문입니다.」

데메테르가 나선다.

「그건 맞는 말이지만, 피고의 백성들은 어려운 순간에 자기들을 도와주는 번갯불을 숭배했어요.」

「저는 번갯불을 이용해서 백성들을 해방시키려고 했습니다.」

프루동은 번들거리는 콧등으로 흘러내린 안경을 다시 밀어 올린다.

「저는 누구든 제 위에서 저를 조종하는 자를 좋아하지 않습니다. 아버지든 선생님이든 사장이든 신이든 저에겐 그저 자유에 대한 갈증을 불러일으킬 뿐입니다.」

그의 표정에 자신감이 어려 있다. 이상하게도 그의 기다란 코를 보고 있노라니 갑자기 쥐의 얼굴이 생각난다. 우리 민족들의 토템이 우리 얼굴에 영향을 미칠 수도 있는 것일까?

「저는 이미 알고 있습니다. 곧 저에게 유죄 판결이 내려질 것입니다. 모두를 안심시키기 위해서는 그게 가장 간단하고 편한 길이기 때문입니다. 〈신도 주인도 없다〉라고 말하는 아나키스트가 공교롭게도 신들의 살해자로 몰렸습니다. 제게 잘못이 있다면 표 나게 신을 부정하고 다닌 것이겠지요. 여러분 말대로라면 저는 악마입니다.」

그는 북받쳐 오르는 감정을 억누르며 침을 삼킨다.

「저는 여러분에게 이 점을 상기시키고 싶습니다. 저는 여러분과 마찬가지로 윤회의 사슬에서 벗어났습니다. 저 역시 천사로서 제가 맡은 영혼들을 구원했습니다. 저는 이제 신입니다. 만약 여러분이 저를 죽인다면 여러분이야말로 살신자가 되는 것입니다.」

그는 눈에 칼을 세우며 거칠게 숨을 들이쉰다.

「한마디 더 하겠습니다. 분명히 말하건대 나는 동료들을 살해하지 않았습니다. 하지만 지금 나는 그러지 않은 것을 후회합니다. 만약 모든 것을 처음부터 다시 할 수 있다면, 그런 짓을 하겠습니다. 나는 노예 같은 신들이 되도록 가르치는 이 교육을 거부합니다. 내 동료들은 물론이고 이 섬의 유용성 자체를 인정하지 않습니다. 나는 지구에서 인간을 노예화하는 모든 제도를 파괴하기 위해 평생을 바쳐 투쟁했습니다. 나는 그 싸움을 영원히 멈추지 않을 것입니다.」

아테나가 빈정거린다.

「하지만 내가 보기에 당신은 엄격하고 독단적인 신이었어요. 인간을 노예 상태에서 해방시키겠다는 신이 그래도 되는 건가요?」

「초기에는 달리 선택의 여지가 없었습니다. 나는 체제에 맞서 체제를 무기로 사용하고 싶었습니다. Y 게임을 내부로부터 파괴하기 위해서 게임의 불공정한 규칙을 따른 것입니다. 하지만 나는 실패했습니다. 그게 바로 나의 유일한 잘못입니다. 사실 나는 대규모 군대를 결성해서 다른 민족들을 유린하고 오로지 한 우두머리의 법을 그들에게 강요하고 싶었습니다. 그런 다음에는 아무 법률도 필요치 않다는 것이 바로 그 우두머리의 법이라는 것을 밝힐 작정이었지요.」

아테나가 묻는다.

「아나키즘은 우두머리가 없는 상태를 지향하는 것인데 그것이 아나키스트 우두머리라는 개념과 어떻게 양립할 수 있죠?」

「체제는 단계적으로 발전합니다. 내가 어떤 독재 체제를 만들어 내면 그 반작용으로 아나키즘 체제가 나타날 것입니다. 실수를 끝까지 밀고 나가서 구원의 반작용이 일어나게 하는 것, 그게 바로 내가 유토피아를 건설하는 방식입니다.」

아레스가 그를 거든다.

「기발한데. 프루동은 선구자야.」

그러자 데메테르가 반박한다.

「많은 전제 군주가 그런 기만적인 논거를 사용했습니다. 하지만 일단 독재 체제가 형성되면 그들은 체제에 안주했고 당신이 말한 〈구원의 반작용〉은 일어나지 않았습니다. 그런 사례를 한 가지만 들어 보겠습니다. 공산주의자들은 만민의 평등을 내세우며 소비에트 최고 회의를 설치했지만, 그 의장은 왕과 비슷했고 당 간부들은 중세의 영주들이나 다름없었어요. 그들은 그것을 〈프롤레타리아 독재〉라고 불렀지만 사실은 그냥 독재였죠.」

피고는 어깨를 으쓱 치켜올리며 말을 잇는다.

「나는 공산주의를 증오합니다. 내가 죽은 뒤에 그 이데올로기가 무엇을 가져왔는지 천사가 되고 나서 알았죠. 공산주의자들은 러시아에서 많은 아나키스트를 살해했습니다. 차르보다 그들이 우리 동지들을 더 많이 죽였죠.」

방청석에서 갑자기 항의가 터져 나온다.

아테나는 정숙을 요구하고 프루동은 언성을 높인다.

「잠깐만요, 이건 나를 살신자로 단죄하기 위한 재판인가요, 아니면 아나키즘을 공격하기 위한 재판인가요?」

데메테르가 잘라 말한다.

「아나키즘은 아직 인간이 향유할 수 있는 체제가 아닙니다. 인간은 법도 경찰도 군대도 없이 살아갈 준비가 되어 있지 않아요. 아나키즘은 시민 정신이 투철한 자율적인 존재들이 받는 상(償)입니다. 하지만 미꾸라지 한 마리가 온 웅덩이를 흐려 놓듯이 한 공동체 안에 부정행위를 하는 자가 한 명만 있어도 아나키즘 사회는 실현되지 않습니다. 다른 데서 예를 찾을 것도 없이 당신 자신을 보세요. 당신 때문에 이곳 아에덴에 경찰 제도와 사법 제도가 강화되었습니다. 당신은 남들의 자유를 지켜 주기는커녕 오히려 해치고 있어요. 당신이 사라지면 켄타우로스들의 감시는 느슨해질 것이고 저마다 자기 행동에 책임을 지게 될 겁니다. 당신이 자유의 옹호자라고요? 천만에요. 당신 때문에 모든 후보생이 무책임하고 말썽 많은 아이들 취급을 받았어요.」

그가 대꾸를 하려고 하자 데메테르는 손짓으로 말을 막는다.

「지구의 역사는 아나키즘이 언제나 당신 같은 사람들 때문에 변질되었다는 사실을 보여 주고 있어요. 당신은 멋진 이상을 옹호하고 있다고 생각하지만, 실제로는 그것의 가치를 떨어뜨리고 있을 뿐입니다. 폭력으로는 유익한 것을 얻지 못해요. 하물며 시민들이나 무고한 이들을 상대로 한 폭력을 통해서 무엇을 얻을 수 있겠습니까?」

하지만 프루동은 쉽게 패배를 인정하지 않는다.

「나는 이미 승리했습니다. 이 재판을 통해 내 사상을 분명하게 밝힌 것만으로도 승리한 것입니다. 나는 파리 코뮌의 주동자들에 대한 재판을 기억하고 있습니다. 당시에 벌써…….」

아테네가 퉁을 놓는다.

「우리는 1호 지구의 역사를 되짚어 보자고 여기에 모인 것이 아닙니다. 당신은 우리의 올림피아 공동체를 파괴하고 싶었다고 스스로 고백했습니다. 그것으로 충분합니다.」

「나는 이제 더 잃을 것이 없습니다. 내가 유죄 판결을 받으리라는 것은 누가 보기에도 뻔합니다. 그러니 이제 판사님이 듣고 싶어 하는 말을 해볼까요? (그의 눈빛이 갈수록 험악해진다.) 나는 살신자가 아닙니다. 하지만…… 살신자가 되지 않은 것을 후회합니다. 만약 내가 살신자였다면 나는 후보생들뿐만 아니라 스승들도 죽였을 것입니다.」

후보생들과 배심원들 사이에서 분노에 찬 아우성이 인다.

「나는 이 섬 전체를 불태웠을 것입니다. 후보생들이건 스승들이건 모두 사라지고 재만 남도록 말입니다. 아, 그 고결한 거사에 내 모든 에너지를 바치지 않은 것이 너무나 한스럽습니다. 날 죽이세요. 만약 날 죽이지 않으면 기어이 이 저주받은 섬을 파괴하고 말 것입니다.」

아테나는 목청을 가다듬는다.

「할 말 다 했습니까?」

「아뇨, 마지막으로 한마디만 더 하겠습니다. 만약 진짜 살신자가 내 말을 듣고 있다면 그에게 간청합니다. 모두 죽이세요. 더 속도를 내서 이 섬을 추억거리로 만드세요. 아에덴을 파괴해야 합니다. 그리고 아무도 여기에서 살아남지 못하게 해야 합니다.」

그 말이 끝나기가 무섭게 켄타우로스들이 다시 그를 붙잡아 우리 속에 밀어 넣는다.

배심원들은 신속하게 평의에 들어간다. 이윽고 아테나가 평결을 발표한다.

「피고는 이 재판 중에 언급된 모든 범죄에 대해서 유죄가 인정되었습니다. 검사가 요청한 대로 우리는 프로메테우스가 받은 것보다 엄중한 형벌을 찾아내려 고심했고, 그 결과 적당한 형벌을 생각해 냈습니다.」

아테나는 그것을 선고하기가 거북한 듯 잠시 머뭇거린다. 마침내 아테나의 입에서 말이 떨어지자 모두가 아연실색한다.

프루동이 악을 쓴다.

「안 돼, 그건 안 돼요. 뭐든지 다 좋지만 그것만은 안 돼요! 나는 뉘우치고 있습니다. 여러분이 원하는 것을 모두 자백할게요. 나는 참회할 준비가 되어 있어요. 나는 아무 생각 없이 지껄였어요. 안 돼, 그건 안 돼요! 제발, 그러시면 안 됩니다. 나는 결백해요.」

그는 쇠창살에 둘러싸인 채 발버둥을 친다.

그를 실어 가는 켄타우로스들조차 신이 말한 형벌에 깜짝 놀란 기색이다.

프루동의 외침이 온 도시에 울려 퍼진다.

「안 돼, 그건 안 돼! 당신들에겐 그럴 권리가 없어.」

아테나가 자리에서 일어선다. 그녀의 매몰찬 목소리가 방청객들의 웅성거림을 가라앉힌다.

「앞으로 누구든 프루동의 범죄와 비슷한 짓을 하면 똑같은 벌을 받게 될 것입니다. 모두 그 점을 명심하기 바랍니다.」

프루동이 목이 터져라 울부짖는다.

「안 돼애애애애애!」

우리는 정신이 얼떨떨하여 한동안 자리에서 일어설 줄 모른다.

75. 백과사전: 아나키즘 운동

아나키즘이라는 말은 그리스어 〈아나르키아〉에서 나왔다. 호메로스와 헤로도토스가 〈군대에 우두머리가 없는 상태〉라는 뜻으로 사용했던 〈아나르키아〉는 훗날 〈혼란〉이나 〈무질서〉와 같은 의미를 아울러 지니게 되었다. 1840년 프랑스인 피에르 조제프 프루동은 『소유란 무엇인가?』라는 저서에서 처음으로 이 말을 〈개인들이 일체의 권위에서 해방된 상태〉를 가리키는 긍정적인 의미로 사용했다. 그는 개인들 간의 계약을 통해서 지배자가 없는 세상을 만들자고 제안했다. 나중에 그는 공산주의자들의 전제적인 해결책을 거부함으로써 카를 마르크스의 적의를 샀다. 프루동의 뒤를 이어 나타난 러시아의 바쿠닌은 더 진화한 사회 형태인 아나키즘 사회로 이행하기 위해서는 폭력이 필요하다고 주장했다.

아나키스트들은 한동안 각국의 지배자들을 겨냥한 테러 활동을 벌였다. 독일 제국의 황제 빌헬름 1세, 오스트리아·헝가리 제국의 황후 엘리자베트(일명 시시), 에스파냐 왕 알폰소 13세, 미국 대통령 매킨리, 이탈리아 왕 움베르토 1세 등이 그들의 표적이 되었다. 그들은 점차 조직을 강화하여 강력한 정치 세력을 형성했고 검은 깃발을 자기들의 상징으로 삼았다. 그들은 1871년 파리 코뮌과 1917년 러시아 혁명, 그리고 1936년 에스파냐 내전 때에도 중요한 역할을 수행했다. 라틴 아메리카에서는 아나키스트들의 공동체를 건설하려는 시도가 나타나기도 했다. 1890년 브라질 남부 파라나주(州)에 이탈리아 이민자들이 건설했던 콜로니아 세실리아, 1896년 파라과이에서 창설된 코스메 협동조합 등이 대표적인 사례이다. 이탈리아에서는 제2차 세계 대전 중에 레지스탕스 대원들이 카라라 근처에 아나키스트 공화국을 세우기도 했다. 이런 운동들은 대부분 진압되고 해체되었다.

에드몽 웰스, 『상대적이며 절대적인 지식의 백과사전』 제5권

76. 가장 끔찍한 형벌

오늘 만찬은 광장에서 열린다. 광장 한복판에 넓은 공간을 남겨 둔 채 그 주위로 식탁들이 놓여 있다.

그리스 음식에 이어 이번에는 이탈리아 요리들이 메뉴에 올라 있다. 먼저 전채 요리를 실은 수레가 나타난다. 모차렐라 치즈를 곁들인 말린 토마토, 올리브기름에 절인 가지, 훈제 햄, 멜론 등이 식탁에 놓인다.

멀리에서 프루동의 절규가 들려온다. 식욕이 동하지 않는다.

「정말 지독한 형벌이야.」

「안됐어.」

조르주 멜리에스가 중얼거린다.

「프루동이 무슨 죄를 지었든, 그것에 대해서 우리가 어떻게 생각하든, 그런 형벌은 온당치 않아.」

프루동을 비난하는 데 앞장섰던 사라 베르나르트도 동조한다.

「그래 그건 심했어. 나는 절대로 그런 처지에 놓이고 싶지 않아.」

생텍쥐페리가 말한다.

「일벌백계만을 염두에 둔 나머지 그 벌의 의미를 생각하지 못한 거야.」

스승 신들도 우리와 함께 저녁을 먹으러 왔다. 그들은 식사를 하면서 요란하게 대화를 나눈다.

모두가 자리를 함께했는데 아프로디테는 보이지 않는다.

「나는 프루동이 당한 일에 책임을 느껴.」

나는 그렇게 말하고 빵의 꽁다리를 깨작거린다. 도둑을

추격하던 일이 다시 떠오른다. 문득 한 가지 의심이 든다.

나는 머릿속에 남아 있는 이미지들을 다시 찬찬히 되새긴다. 그 장면이 느린 동작 화면처럼 펼쳐진다.

나는 앙크를 쏘아 도망자의 어깨를 맞혔다. 그게 어느 쪽 어깨였지? 오른쪽이다. 재판이 열리는 동안 프루동은 왼쪽 어깨를 손으로 감싸고 있었다. 빌어먹을! 그의 어깨에 난 상처는 내 앙크에 맞아서 생긴 것이 아니다. 프루동은 결백하다. 그것은 진짜 살신자가 아직 돌아다니고 있다는 뜻이다. 살신자는 살아남은 후보생들 가운데 하나가 아니라는 얘기도 된다. 오른쪽 어깨를 다친 후보생은 아무도 없지 않은가.

라울이 묻는다.

「미카엘, 무슨 일이 있어?」

「아무것도 아냐. 나 역시 형벌이 너무 가혹하다고 생각해.」

「스승 신들이 겁을 먹은 거야. 그들은 한 후보생이 다른 후보생들을 살해하는 일을 겪어 본 적이 없는 게 분명해.」

조르주 멜리에스는 빵의 부드러운 속살로 작은 인형을 만들고 있다. 마타 하리는 멜론을 먹는다.

우리는 모두 그 기이한 형벌이 선고되는 소리를 들었다. 아테나가 창안한 그 형벌은 일개 인간으로 돌아가는 것, 1호 지구도 아닌 18호 지구의 인간으로 환생하는 것이다.

멜리에스가 인형을 가지고 손장난을 치면서 말한다.

「Y 게임을 좌지우지하던 그가 이제 게임을 실제 상황으로 겪게 생겼어.」

프루동이 자기가 어디에서 왔는지 모른다면 인간의 조건을 견디며 살 수 있을 것이다. 하지만 아테나 신은 그가 아에덴의 삶에 대한 기억을 간직하게 되리라고 분명히 말했다. 그는 자기가 신이었다는 사실을 기억할 것이다.

우리 가운데 몇몇은 1호 지구에서 보낸 마지막 전생을 떠올리며 얼굴을 찡그린다. 저마다 애벌레처럼 미숙하게 살았던 삶에 대한 고통스러운 기억을 조금씩 간직하고 있는 것이다.

내가 지구에서 보낸 일상의 미묘한 순간들이 조각조각 기억에 되살아난다. 늘 욕망과 공포 사이에서 이러지도 저러지도 못했던 삶. 문득문득 찾아와 나를 들뜨게 하던 욕망들. 끈질기게 나를 따라다니던 공포. 우리가 살아가는 세상을 이해하는 일의 어려움. 노화. 질병. 타인들의 쩨쩨함. 폭력. 사회불안. 사회생활의 모든 수준에서 나타나는 위계 제도. 보통 사람들의 일상을 지배하는 작은 우두머리들. 크고 작은 꿈들. 자동차 바꾸기. 거실에 새로 페인트칠하기. 담배 끊기. 아내 몰래 바람피우기. 로또에 당첨되기. 이제 와서 생각해 보면 내 정신이 참으로 편협했다는 느낌이 든다.

라울이 전체의 의견을 한마디로 요약한다.

「그건 너무 가혹해.」

「프루동은 언제 18호 지구에 내려가게 될까?」

그때 프루동의 절규가 갑자기 끊긴다. 우리는 모두 포크를 내려놓고 귀를 기울인다. 3~4분 동안 침묵이 이어진다.

라퐁텐이 중얼거린다.

「마침내 그들이 프루동을 거기로 보낸 거야.」

엉뚱한 생각이 뇌리를 스친다. 프루동이 혹시 돌고래족 백성들을 만나게 될지도 모르니까 그들을 위한 메시지를 프루동에게 맡길 걸 그랬다. 따지고 보면 그는 못된 친구가 아니었으므로 내 부탁을 들어주지 않았을까?

「가엾은 프루동.」

이제 와서는 사라 베르나르트의 입에서도 그런 말이 나오는 것이다.

작은 안경을 쓰고 수염을 텁수룩하게 기른 모습으로 18호 지구의 인간 세상 속으로 들어간 프루동. 지구의 고대 세계와 비슷한 수준에 와 있는 세계. 우리는 거기에서 프루동이 겪게 될 일들을 상상해 본다.

「그가 진실을 말하면 다들 미치광이의 헛소리로 생각하겠지?」

「마법사로 여길지도 몰라.」

「사람들이 곧 그를 죽일 거야.」

「천만에, 그는 불사의 존재야. 그것 역시 형벌의 일부라고 아테나가 말했어. 그는 영원히 남들의 이해를 받지 못하는 사람으로 살아갈 거야.」

우리는 하나둘 다시 포크를 든다.

「어쨌거나 그가 어떤 나라로 떨어지느냐에 따라 모든 게 달라질 거야. 만약 신들이 그를 쥐족 나라로 보낸다면, 더 나은 대접을 받지 않겠어? 그는 쥐족의 역사를 잘 알잖아.」

「쥐족이라고?」

사라 베르나르트의 표정이 변한다.

「프루동이 그들을 어떤 사람들로 만들려고 했는지 생각해 봐. 냉혹한 침략자, 남성 우월주의자, 노예 제도 지지자, 문명 파괴자로 만들고 싶어 했어. 그들이 과연 괴상한 이방인을 좋아할까?」

시몬 시뇨레가 덧붙인다.

「제 꾀에 제가 넘어간 꼴이야.」

마침내 프루동이 받은 형벌에 대한 처음의 혐오감이 가시고 나자, 친구들은 프루동이 불행을 자초했다는 생각에 익숙해지기 시작한다.

계절의 신들이 〈인볼티니〉를 내온다. 송아지 고기 조각 속에 잣이며 건포도며 샐비어며 치즈를 넣고 둥글게 말아서 익힌 요리다. 맛이 정말 일품이다.

「만약 너희가 신으로서 부득이하게 너희 백성들 속에서 살게 된다면 어떻게 할 거야?」

그 물음에 친구들이 흥미를 보인다.

라울이 먼저 말한다.

「나는 내 민족의 문명이 마음에 들어. 그래서 그들의 새로운 황제가 되도록 노력하겠어.」

「미카엘, 너는?」

「내 민족에게는 황제가 없어. 만약 내가 지금 알고 있는 것을 그대로 간직한 채 돌고래족 백성의 일원이 된다면…… 나는 어떻게든 모든 것을 잊어버리려고 할 것 같아.」

「맞아, 다 잊어버려야 해. 자기가 중요한 사람이 아니라 일개 무명인이라고 믿어야 살아갈 수 있을 거야.」

인생철학의 달인 라퐁텐이 덧붙인다.

「바보들 속에서 살아가는 것을 견디자면 자기 자신이 바보가 되어야 하는 법이지.」

라퐁텐은 그 말끝에 어떤 영감이 떠올랐는지 즉석에서 우화 하나를 써 내려간다. 그 제목이 눈에 들어온다. 〈미치광이들 나라의 미치광이.〉

나는 말을 잇는다.

「나는 내가 신이 되어 올림피아에 있었던 것이 한바탕의 꿈이라고 생각하겠어. 그리고 내가 언젠가는 죽게 되리라고 믿을 거야. 그러면서 호기심을 가지고 죽음을 기다릴 거야.」

마타 하리가 내 손을 잡는다.

「나도 모든 것을 잊어버리겠어. 하지만 미카엘 너만은 잊지 않도록 노력할 거야.」

그러면서 마타 하리는 내 손을 더욱 세게 그러쥔다.

생텍쥐페리가 말한다.

「아무리 그래도 모두가 죽는데 너만은 죽지 않는다는 사실을 깨닫게 될 텐데.」

「옛날에 이런 이야기를 들었어. 18세기에 살았던 생제르맹 백작이라는 사람은 자기가 불사의 존재라고 주장했대.」

나 역시 에드몽 웰스의 백과사전에서 그 인물에 관한 항목을 읽은 적이 있다. 퐁파두르 후작 부인의 병을 주술로 고쳤다는 생제르맹 백작은 자신이 크리스토퍼 콜럼버스와 프랜시스 베이컨의 환생이라고 주장했고 위대한 연금술사를 자처했다.

「그건 한낱 전설이야. 늙지 않고 살 수 있다면 인간으로서는 더 바랄 게 없지. 그래서 그런 전설이 나오는 것 아니겠어?」

계절의 신들이 술 단지를 가져다준다. 과일 향이 나는 감미로운 포도주가 담겨 있다. 이건 전형적인 1호 지구의 술인데 이런 것을 어떻게 구하는 것일까?

사라 베르나르트가 말한다.

「나는 인간들 속으로 돌아간다면 최대한 삶을 즐기겠어. 맘에 드는 사내라면 누구하고나 섹스를 하고 마음껏 먹고 매일 축제를 벌이듯이 살 거야. 다양한 감각을 최대한으로 느껴 볼 거고, 지구에 살 때 수치심이나 신중함 때문에 스스로 삼갔던 일들을 모두 경험해 보고 싶어.」

「내가 만약 18호 지구 인간들의 일원이 된다면, 그리고 내가 신 후보생들의 게임 속에 있다는 사실을 어렴풋하게나마 기억하게 된다면, 나는 너희들이 게임을 제대로 하지 못할까 봐 전전긍긍하지 않을까 싶어.」

조르주 멜리에스의 그 말에 분위기가 누그러진다.

「우리를 못 믿겠다는 거야?」

「못 믿지. 그 세계가 우리처럼 경망스러운 신들에 의해 좌지우지된다는 사실을 알고 있는데 어떻게 불안하지 않을 수 있겠어?」

라퐁텐이 덧붙인다.

「그보다 더 고약한 상황도 생각할 수 있어. 우리는 그래도 지혜로운 어른 신들인데 무책임한 아이 신들에게 세계가 맡겨졌다고 생각해 봐.」

시몬 시뇨레가 맞장구를 친다.

「그건 아이들에게 개미집이나 올챙이가 담긴 유리병을 맡기는 거나 다름없어. 아이들이 그것들을 어떻게 다루는지 생각하면 정말 겁나는 일이지.」

우리는 해물을 넣고 치즈와 베샤멜소스를 듬뿍 얹은 라자냐 한 접시를 나눠 먹는다.

나는 다시 프루동을 생각하며 제안한다.

「한 가지 부탁하고 싶은 게 있어. 누구든 프루동이 어디에 있는지 알게 되면 그를 보호해 줘.」

「온 인류 속에서 한 사람을 어떻게 찾아내? 그건 건초 더미에서 바늘을 찾는 격이야.」

에드몽 웰스의 말이 생각난다. 〈건초 더미에서 바늘을 찾아내려면 건초에 불을 지른 다음 잿더미 속에 자석을 집어넣고 이리저리 움직이면 된다.〉

사라 베르나르트가 파르마산 치즈와 후추를 돌린다. 라울이 지난 일을 상기시킨다.

「왜 프루동에게 신경을 쓰는 거야? 그는 우리 친구 매릴린 먼로를 죽였어.」

「그는 끝까지 자기가 결백하다고 주장했어. 내가 보기에는 아직 석연치 않은 구석이 있어. 재판이 너무 졸속으로 진행된 게 아닌가 싶어. 프루동이 아에덴에서 저지른 범죄보다 1호 지구에서 아나키스트로 활동했던 과거에 대해서 그를 심판했다는 느낌이 들어. 사실 여기서 저질렀다는 범죄를 놓고 보면 증거가 별로 없었어.」

「네가 프루동에게 앙크를 쏘았잖아.」

「나는 마스크를 쓴 채로 달아나는 자에게 앙크를 쏘았어.」

「프루동이 유일한 부상자야.」

「알아. 하지만 내 느낌에는 일이 그렇게 간단하지 않아.」

조르주 멜리에스는 내 생각에 동조하지 않는다.

「명백한 사실을 부정할 수는 없어. 어깨에 상처를 입은 후보생은 프루동밖에 없었잖아.」

여느 때처럼 켄타우로스들로 이루어진 악단이 비발디풍의 고전 음악을 연주하기 시작한다. 스승 신들이 자리에서 일어서며 안쪽에 앉아 있던 아폴론이 나갈 수 있도록 길을 비켜 준다.

아폴론은 악단 쪽으로 걸어간다. 플레이보이가 토가를 입고 있으면 저렇게 보이지 않을까 싶다. 그는 느긋하게 머리를 매만지고 옷매무새를 바로잡더니 금빛 리라를 들고 악사들 앞으로 간다. 그러고는 손가락으로 리라를 뜯어 감미로운 소리를 낸다. 하지만 무언가 마음이 들지 않는 것이 있는지 한 켄타우로스에게 손짓을 해서 전기 앰프를 가져오게 한다. 아폴론이 리라를 앰프에 연결하자 금속성의 음들이 울린다. 그는 몇 개의 화음을 잇달아 뜯고 나서 대가의 기량을 과시하며 독주를 시작한다.

〈이 세계가 견딜 만한 것은 예술이 있기 때문이야〉 하는 생각이 든다.

시간이 흘러간다. 뉘엿거리는 해가 하늘을 연보라색으로 물들이고 있다. 나는 마타 하리를 물끄러미 바라본다.

저무는 해를 배경으로 그녀의 우아한 자태가 오롯이 드러난다. 아폴론의 연주를 들으며 내 손에 마타 하리의 손이 닿아 있음을 느끼고 이탈리아 요리의 냄새와 어우러진 올리브나무와 백리향과 바질의 향기를 맡노라니 기분이 참 좋다.

그때 아프로디테가 나타난다.

멧비둘기들이 끄는 수레, 속이 비쳐 보일 듯 하늘하늘한 연보랏빛 비단 토가, 금관 모양의 머리 장식. 분명 그녀다.

악단이 연주를 멈춘다.

아프로디테는 무반주로 혼자서 노래를 부르기 시작한다.

「너 아직도 아프로디테를 사랑하지?」

「아니.」

마타 하리는 나를 찬찬히 뜯어본다.

이제 거짓말을 할 필요가 없다. 마타 하리는 호락호락 넘어가지 않는다.

나는 조심스럽게 말을 바꾼다.

「어쨌든 사랑의 신이잖아.」

「남자들을 죽이는 여자야.」

「악마보다 나쁘지.」

이건 나 자신에게 하는 말이기도 했다.

「그럼 나는 너에게 뭐야? 애인, 친구, 친구이자 애인?」

내가 마타 하리의 기분을 상하게 한 것이다. 빌어먹을, 뭐라고 대답하지? 문득 프레디 메예르의 우스갯소리가 생각난다. 아담이 혼자 지내기가 따분해서 하느님에게 여자를 만들어 달라고 했다. 하느님은 그 청을 들어주었다. 그런데 아담은 여자와 잠자리를 하고 나더니 언짢은 기색을 보이며 물었다. 「왜 여자는 머리가 길죠?」 하느님은 〈그래야 더 예쁘기 때문이다. 머리카락은 장식용이다〉 하고 대답했다. 「그럼 왜 여자는 가슴 부위가 돌출한 것입니까?」, 「그래야 네가 잠자리를 하는 동안 거기에 매달릴 수도 있고 머리를 파묻을 수도 있지 않겠느냐?」 아담은 여전히 불만이 가시지 않은 표정이었다. 「그럼 왜 여자는 멍청한 거죠?」 그러자 하느님이 대답했다. 「그래야 너 같은 놈을 참고 견디지 않겠느냐?」

나는 나의 이브를 다시 마주한다. 어서 무어라고 대답해야 한다.

「너는 지금 여기에 나와 함께 있어. 그리고 너는 나에게 가장 중요한 여자야.」

나는 그녀에게 키스하려고 한다. 하지만 나의 이브는 몸을 뒤로 뺀다.

「너에게 나는 한낱 성적인 대상일 뿐이야. 너는 아직도 다른 여자를 생각하고 있어. 어쩌면 나랑 섹스를 할 때도 그 여자를 생각할걸.」

그러더니 마타 하리는 갑자기 가버린다. 이렇게까지 해야 하나 싶다. 나는 그녀를 뒤쫓아 간다. 그녀는 내 빌라로 들어가더니 자기 물건들을 챙기기 시작한다. 어느새 그녀의 물건들이 내 집 여기저기에 널려 있었다.

「난 이제 아프로디테에 대해서 아무 감정이 없어. 너에게 그것을 증명하기 위해서 내가 무슨 말을 해야 하지?」

「네 기억 속에서 그 여자를 죽여. 이따금 나는 네가 단지 그 여자에게 복수하기 위해 나랑 함께 있는 게 아닌가 하는 느낌이 들어.」

신중하게 굴지 않으면 안 된다. 나는 인간 시절의 내 동반자들과 다퉜던 일들을 기억해 낸다. 나와 사귀었던 여자들은 아마 열 명쯤 될 것이다. 그런데 여자를 사귀다 보면 매번 터무니없는 이유로 모든 게 틀어지는 순간이 찾아왔고, 나는 그때마다 상대가 나무라는 행동에 대해서 나 자신을 정당화해야 하는 처지에 놓였다. 치약 뚜껑을 제대로 닫지 않은 것을 놓고 변명을 해야 했던 적도 있고, 다른 여자를 사귀고 있지 않다는 사실을 증명해야 했던 적도 있다. 대개 나는 상대가 마음대로 지껄이도록 내버려 두었고 지청구가 제 풀에 멎기를 기다렸다. 시시비비를 따지는 것은 불필요한 짓이었다. 프루동을 재판할 때와 마찬가지로 시시비비의 결과는 언제나 뻔했다. 피고 미카엘은 심리가 시작되기도 전에 유죄가 확정된 죄인이었다.

「다 봤어. 그 여자가 나타나자마자 네 존재가 온통 달라지는 것을 말이야.」

소나기가 지나가기를 기다리자.

「도대체 그 여자의 어떤 점에 반하는 거야? 만약 그 여자의 젖가슴이나 엉덩이에 너희 남자들이 사족을 못 쓰는 거라면, 나도 젖가슴과 엉덩이가 드러나는 섹시한 옷을 입을 수 있어.」

대꾸는 금물이다.

「그리고 네가 몰라서 그렇지 알고 보면 그 여자보다 내가 더 예뻐. 금발 머리에 파란 눈은 멋대가리가 없어. 그 여자는 광대뼈가 나오고 턱도 각졌어. 젖가슴과 엉덩이는 또 어떻고? 드러내기가 민망할 정도로 작잖아.」

「난 외모에 관심이 없어.」

「아, 그래? 내가 남자들 속을 모를 줄 알아? 너희 남자들의 뇌는 성기 속에 있어. 도대체 그 여자가 나보다 나은 게 뭐야?」

「없어. 아무것도 없어.」

「그럼 그 도도한 태도에 반하는 거야?」

마타 하리는 말을 멈추고 울기 시작한다. 이것 역시 숱하게 경험한 일이다. 나는 그녀를 달래려고 다가간다. 하지만 그녀는 나를 매몰차게 밀어낸다. 그러더니 내 방으로 달려 들어가 빗장을 걸고 틀어박힌다. 문틈으로 흐느끼는 소리가 새어 나온다.

짝을 이루면 이런 우여곡절을 겪어야 한다는 사실을 잊고 있었다. 옛날에도 매번 잊지 않았나 싶다.

그녀가 문 너머에서 소리친다.

「넌 괴물이야!」

방에 들어갈 수가 없으니 그녀가 진정될 때까지 거실에서 텔레비전이나 봐야겠다.

77. 백과사전: 시각화

심리 치료와 최면 요법에서 사용하는 문제 해결 방법 가운데 시각화라는 것이 있다. 환자로 하여금 눈을 감고 자기 삶의 가장 고통스러운 순간을 머릿속에 그리게 하는 방법이다. 환자는 그 순간을 이야기하되 사소한 것까지 낱낱이 묘사함으로써 고통의 강도를 포함해서 모든 것을 생생하게 다시 경험해야 한다.

이 단계에서 중요한 것은 환자가 진실을 말하는 것이다. 환자는 자기 과거를 미화하거나 과거의 고통을 견뎌 내기 위해서 지어낸 거짓말에 다시 이끌리지 말아야 한다.

환자가 어린 시절의 비극적인 사건을 이야기하고 나면, 치료사는 과거 속의 아이를 도와주기 위해 어른이 된 환자 자신을 보내라고 권한다. 예를 들어 젊은 여성 환자가 어린 시절에 성추행을 당했다고 하면, 이제 성인이 된 그녀가 상상을 통해 과거로 돌아가서 상처받은 소녀를 도와주게 하는 것이다. 그러면서 환자는 아이를 만나는 장면과 자기가 아이를 위해서 무엇을 하는지 묘사한다. 마법의 존재인 어른은 동화에 나오는 착한 요정처럼 무엇이든 할 수 있다. 성추행을 저지른 남자 어른에게서 사과를 받아 낼 수도 있고, 그를 죽일 수도 있으며, 소녀에게 마법의 힘을 주어 스스로 복수를 하게 만들 수도 있다. 환자는 무엇보다 희망의 에너지를 아이에게 주어야 한다.

요컨대 시각화란 상상의 힘을 이용한 치료법이다. 환자는 상상의 힘으로 공간과 시간을 정복하고 인물들을 변화시킴으로써 과거를 덜 고통스러운 형태로 다시 쓸 수 있다. 모든 환자가 과거의 사건을 다시 경험하고 과거의 자기를 도울 수 있는 것은 아니지만, 경우에 따라서는 금세 괄목할 만한 치료 효과가 나타나기도 한다.

에드몽 웰스, 『상대적이며 절대적인 지식의 백과사전』 제5권

78. 인간 : 22세

나는 소파에 털썩 앉아 리모컨을 집어 든다.

첫 번째 채널. 은비는 만화 공부를 끝내고 이제 애니메이션 회사에서 일하고 있다. 그녀의 일은 고되다. 인물 하나 들어 있지 않은 배경을 지치도록 그리고 또 그려야 한다. 출퇴근도 쉽지 않다. 아침저녁으로 두 시간씩 교외선 열차를 타야 한다. 감독은 천재 소리를 듣는 사람이긴 한데 성격이 괴팍하다. 그는 직원들에게 자분자분 말하는 법이 없다. 그저 소리를 질러 댈 뿐이다.

은비는 돌고래에 관한 소설을 계속 써왔다. 플롯을 수도 없이 바꿔 보았지만 서스펜스가 넘치는 탄탄한 구조를 아직 찾아내지 못했다. 그래서 벌써 4년 동안 같은 소설을 다시 쓰고 있다. 생계비를 벌기 위해서 그림을 그리고 세상살이의 긴장을 풀기 위해 글을 쓴다.

은비는 부모를 자주 만나지 않는다. 아버지와는 더 거리를 두고 있다. 만날 때마다 한바탕 소동이 벌어지기 때문에 관계가 갈수록 소원해진다.

반면에 코리안 폭스와의 관계는 많이 진척되었다. 그는 여전히 얼굴을 보여 주려 하지 않는다. 하지만 그들은 매일 컴퓨터를 이용해서 대화를 나눈다. 그것이 그들 나름의 사랑법이다. 두 마음이 컴퓨터를 통해 하나가 되는 것이다.

한편 코리안 폭스는 〈제5세계〉에서 그들 두 사람의 아바타를 만들어 냈다. 그들은 가상 세계 속에 투사된 자기들의 분신을 즐거운 마음으로 관찰한다. 놀랍게도 은비와 코리안 폭스는 아직 만난 적도 없는데 아바타들은 벌써 결혼을 해서 출산을 눈앞에 두고 있다. 은비는 아바타들이 해낸 일을 자기들은 아직 엄두도 못 내고 있다고 생각했다. 하지만 은비는 코리안 폭스의 비밀을 존중한다. 이미 그에게 비디오 폰을 통해 서로 얼굴을 보자고 제안한 적이 있지만, 그는 그것을 받아들이지 않았다. 은비는 그 이유가 뭘까 하고 이런저런 상상을 했다. 어쩌면 장애가 있는 게 아닐까? 아니면 그냥 너무 못생겨서 그러는 것일까? 때로는 이런 생각도 했다. 혹시 여자가 아닐까? 사실 인터넷에서는 가명을 쓰기 때문에 자기의 신분을 얼마든지 속일 수 있다. 일례로 수염이 텁수룩한 뚱뚱한 남자가 스웨덴의 여자 모델 행세를 한 적이 있다. 그렇다면 그 반대의 경우도 있지 않겠는가? 하지만 그런 상상을 하는 것도 한때였다. 은비는 결국 어려운 고비를 넘겼다. 중요한 것은 마음이 잘 통하는 대화 상대가 있다는 사실이다. 생김새는 아무 상관이 없는 것이다.

코리안 폭스는 〈제5세계〉를 사랑하는 사람들의 모임을 만들고 나서 마침내 자기 사업 계획을 후원해 줄 전자 회사를 찾아냈다. 이제 〈제5세계〉는 하나의 중소기업이고 그는 이 회사의 공동 설립자 가운데 하나다. 〈제5세계〉의 첫 고객은 죽어 가는 부모들의 자취를 가상 세계에서 계속 이어 가고 싶어 하는 자녀들이었다. 그다음에는 약간의 놀이꾼들과 실험자들이 찾아왔다. 시장 조사 전문 회사들도 고객이 되었다. 신제품을 출시하기 전에 가상 공간의 소비자들을 상대로 시험을 해보려는 것이었다.

코리안 폭스는 자기가 〈제5세계〉와 관련해서 큰 야망을 품고 있다고 은비에게 말해 준다.

「장차 우리는 어떤 행위를 하기 전에 우리 세계와 거의 비슷한 세계에서 그것을 시험하게 될 거야. 그럼으로써 어리석은 짓을 사전에 막을 수 있어.」

그런가 하면 고객들에게는 이렇게 말한다.

「제5세계가 여러분에게 제공하는 것은 불멸입니다. 여러분은 죽지만 여러분의 아바타는 살아남습니다. 여러분의 아바타는 마치 여러분이 하는 것처럼 생각하고 말하고 행동할 것입니다.」

은비는 코리안 폭스와 함께 또 다른 가상 세계를 만들고 싶어 한다. 그 세계의 법칙은 그들 자신이 만들게 될 것이다. 그들은 온라인 게임에 관해서 생각하는 것을 좋아한다.

「때가 되면 나는 이런 일을 해낼 거야. 우리 아바타들이 자기네 삶을 스스로 결정한다고, 자기네가 자유롭다고 믿게 해 주고 싶어. 때가 되면 이런 것도 해낼 수 있을 거야. 아바타들이 현실 세계에 자기들의 분신이 있다는 사실을 모르게 하는 거 말이야.」

은비는 코리안 폭스가 누구인지 모르면서도 그를 사랑한다. 그에 관해서 아는 거라곤 창의적인 생각과 어마어마한 세계를 만들어 내는 능력을 지녔다는 사실뿐이다. 어느 날 그녀가 묻는다.

「왜 이런 일을 하는 거야? 일종의 과대망상 때문인가?」

코리안 폭스는 이렇게 대답한다.

「우선은 즐거움을 얻기 위해서야. 사실 새로운 세계를 창조하는 것보다 더 흥미로운 일이 뭐가 있겠어?」

그렇듯 가상 세계의 삶이 순조롭게 돌아가는 것에 반해서 애니메이션 회사라는 현실 세계의 삶은 갈수록 어려워진다. 어느 날 감독이 아무런 이유도 없이 은비를 공격한다. 그녀가 배경을 날림으로 그렸다는 것이다. 은비는 그렇게 어처구니없는 모욕을 당하고 아연해하고 있는데 주위의 동료들은 비웃음을 흘린다. 은비가 울음을 터뜨리며 사무실을 나가자 동료들의 비웃음은 가가대소로 바뀐다.

은비는 울면서 집으로 돌아와 코리안 폭스와 접속한다. 그러고는 자기가 당한 모욕을 직접 고백하기가 뭣해서 자기 아바타를 시켜 대신 이야기하게 한다. 그러자 코리안 폭스는 〈제5세계〉에 실험실을 만들기로 한다. 이 실험실에서는 가상의 과학자들이 은비네 회사의 컴퓨터들을 오염시킬 프로그램을 개발하게 될 것이다.

「그 과학자들이 야비한 너희 사장을 파산시킬 거야. 나중에 경찰에서 수사를 벌이더라도 그들이 추적당하는 일은 절대로 없을 거야. 그건 인터넷의 창조물이거든.」

은비는 혼란을 느낀다. 그러니까 〈제5세계〉가 제1세계에 영향을 미칠 수 있다는 얘기가 아닌가……. 이 일은 그녀에게 새로운 전망을 열어 준다. 은비는 자신의 분노와 사랑과 경이감 등을 자양분으로 삼아 자기 소설 『돌고래』의 또 다른 버전을 만들기로 한다.

두 번째 채널. 아프리카. 쿠아시 쿠아시는 장차 바울레족을 이끌 사람으로서 아버지의 뜻에 따라 백인들의 법도를 배우기 위해 프랑스에 파견된다.

그의 여행은 놀라움의 연속이다. 첫 단계부터 그러하다. 그가 마을을 떠날 때 탄 자동차는 푀조 504 라이트밴이다. 아프리카의 벽지를 운행하는 이 택시에는 벌써 열 사람이 타고 있다. 겉은 멀쩡해 보이는데, 바닥에는 구멍이 나 있고 안에는 먼지가 수북하게 쌓여 있다. 계기판에는 이런 말이 적혀 있다. 〈운전기사를 믿어 주십시오. 겉모습과는 달리 길을 잘 알고 있습니다.〉 바로 그 운전기사가 어떤 오두막 앞에 차를 세우더니, 차내의 모든 승객이 땀을 뻘뻘 흘리고 있는 것은 아랑곳하지 않고 제 친구들과 맥주를 마신다. 운전기사가 돌아오기를 하염없이 기다리는 사이, 구멍 난 가방 속에 갇혀 있던 닭들이 가방의 잠금장치를 부수고 빠져나오더니 날개를 치고 꼬꼬댁거리면서 비좁은 차 안을 아수라장으로 만든다. 그러고 나서 그들은 다시 길을 떠난다. 수도 근처에 다다르자 여러 채의 건물이 눈에 띈다. 모두 2층을 올리다 만 건물들이다. 쿠아시 쿠아시가 의아해하고 있으니까 승객 하나가 설명해 준다. 부동산 개발업자들이 공사를 시작해 놓고는 미래의 입주자들이 낸 돈을 챙겨서 달아났다는 것이다. 그렇게 사기를 쳐먹는 자들이 적지 않은 모양이다. 사기를 당한 사람들은 공사장에서 천장 대신 방수포를 치고 살아간다.

쿠아시 쿠아시는 비행기에 오르면서 약간의 공포를 느낀다. 금속판으로 만들어진 거대한 기계가 어떻게 새들처럼 하늘을 날 수 있는지 그저 의아하기만 한 것이다. 그는 마침내 그것이 마법적인 현상이라고 결론을 내린다. 모든 승객의 믿음 덕분에 거대한 기계가 공중에 떠 있다고 생각한 것이다.

그는 고향을 떠나올 때 주술사에게서 부적을 받았다. 주술사는 그것이 백인들의 세계에서 그를 지켜 줄 것이라고 했다. 그는 부적이 들어 있는 작은 가죽집을 축축한 손에 꼭 쥔다.

하늘에서 땅을 내려다보니 처음엔 무섭다가 나중엔 경이감이 느껴진다. 기복을 이루며 펼쳐져 있는 숲과 구릉과 끝없는 바다, 그것이 그가 발견한 지구의 모습이다. 그는 일찍이 그런 모습을 상상해 본 적이 없다.

드디어 비행기가 착륙한다. 그는 무량한 안도감을 느낀다.

공항의 입국 절차는 그가 보기에 참으로 기이한 의례다. 그는 한 승객의 도움을 받아 입국 심사관에게 제시해야 할 서류들을 겨우 찾아낸다.

파리 공항에서 탄 택시는 그를 아비장까지 태워다 준 아프리카 택시와 사뭇 다르다. 우선 승객이 그 한 사람밖에 없다. 다음으로 운전기사가 말이 없다. 그저 귀에 계속 꽂고 있는 휴대 전화로 이따금 누군가와 이야기를 나눌 뿐이다.

쿠아시 쿠아시는 마침내 파리에 도착한다. 그는 자기네 오두막에 있는 텔레비전을 통해서 프랑스의 수도를 본 적이 있다. 하지만 그는 놀라고 또 놀란다. 가장 먼저 그를 놀라게 한 것은 냄새다. 어디를 가나 휘발유 타는 냄새와 공장 굴뚝에서 나오는 연기 냄새가 진동한다. 그는 한참 만에야 나무 냄새나 고기 굽는 냄새가 나는 유쾌한 장소들을 찾아낸다. 두 번째로 그를 놀라게 한 것은 땅이 보이지 않는다는 사실이다. 땅바닥이 온통 콘크리트나 아스팔트로 덮여 있다. 백인들은 자연을 보거나 만지지 않기 위해서 이상한 포장재로 자연을 덮어 버렸다는 생각이 들지 않을 수 없다.

그는 파리에 정착한 코트디부아르 동포들을 찾아간다. 그들은 현지의 관습들을 그에게 설명하기 시작한다. 언제나 돈을 지니고 다녀야 한다. 길을 가다가 과일들이 쌓여 있는 것을 보더라도 그냥 집어 먹어서는 안 된다. 임자 없는 물건은 없다. 갖고 싶은 것이 있을 때는 돈을 주고 사야 한다. 쿠아시 쿠아시는 파리의 한 식품점 주인과 이야기를 나누다가 파인애플의 유통과 관련된 놀라운 사실을 알게 된다. 파리의 무역업자들은 코트디부아르에서 아직 덜 익은 파인애플을 들여와 농수산물 도매 시장 창고에서 완전히 익힌 다음 파리의 소매 시장으로 보낸다. 때로는 그렇게 익힌 파인애플을 코트디부아르의 시장으로 보내기도 한다.

파리의 코트디부아르 사람들은 동역 근처에 모여 살면서 자기들의 식당이며 나이트클럽 등을 운영하고 있다. 몇몇 친구가 그에게 여자를 구해 주겠다고 자청한다. 한 명이 아니라 여러 명이라도 구해 줄 수 있다는 것이다. 하지만 쿠아시 쿠아시는 그 작은 구역에 머물러 있는 것을 원치 않는다. 그는 파리의 다른 곳들을 두루 다녀 보고 싶다고 말한다. 친구들은 안내자를 따라 파리를 구경해 보라고 권한다.

그리하여 그는 에펠 탑에 올라간다. 보아하니 고압선 철탑처럼 생긴 이 기념물이 모든 사람들에게 깊은 인상을 주는 모양이다. 다음으로 그는 루브르 박물관을 구경한다. 이곳에서는 모두가 말을 삼간다. 그리고 이곳의 그림들은 대개 칙칙한 색조로 그려져 있다.

그날 저녁 늦게 그가 파리의 거리를 걷고 있는데, 한 젊은이가 후닥닥 내닫더니 지나가는 여자의 핸드백을 낚아챈다. 쿠아시 쿠아시는 젊은이를 뒤쫓아 가서 손쉽게 붙잡은 다음 핸드백을 되찾는다. 젊은이가 묻는다.

「왜 이러는 거야? 저 여자는 돈이 많아. 이따위 핸드백이 없어도 사는 데 아무 지장이 없단 말이야.」

쿠아시 쿠아시는 뜻밖의 말에 놀라면서 여자에게 핸드백을 돌려준다. 여자 역시 그에게 묻는다.

「왜 그랬어요? 굳이 그러지 않아도 되는데.」

〈그것 참 이상하다. 여기 사람들은 사내가 핸드백 훔치는 것을 당연하게 생각하는 모양이야〉 하고 그는 생각한다.

그는 여자와 이야기를 나눈다. 그는 식당에 가서 저녁을 먹자고 청한다. 하지만 여자는 초대를 거절한다. 파리는 정말 이상한 곳이다. 도둑맞는 것은 정상적인 일로 여기면서 저녁 식사에 초대받는 것은 비정상적인 일로 여기다니. 그래도 여자는 헤어지기 전에 휴대 전화 번호를 가르쳐 달라고 한다. 그가 없다고 하자 여자는 잠시 망설이더니 일주일 뒤에 같은 장소에서 다시 만나자고 제안한다.

세 번째 채널. 테오팀은 생계비를 벌기 위해 다시 여름 캠프의 지도자로 일한다. 그가 맡은 학생들 가운데 자크 파도바라는 소년이 있다. 언제 보아도 더없이 평온하고 차분한 소년이다. 소년의 태도에 깊은 인상을 받은 테오팀이 묻는다.

「어떻게 하면 너처럼 평온해지는 거니?」

「요가 덕이에요.」

「요가는 나도 아는데.」

「제가 하는 요가는 조금 특별해요. 왕의 요가 또는 라자 요가라고 부르는 원조 요가죠. 전설에 따르면 물고기이면서 사람인 존재가 인간들에게 가르쳤다고 해요.」

「나에게 가르쳐 주겠니?」

그리하여 파도바는 테오팀이 이제껏 요가로 알고 있던 것과는 전혀 다른 무언가를 가르쳐 준다. 파도바는 종이에 지름 3센티미터의 검은 동그라미를 그린다. 그러고는 종이를 벽에 붙이고 되도록 오랫동안 그것을 응시하라고 한다.

「이 훈련을 매일 해야 해요.」

처음엔 어렵지만 테오팀은 착실하게 훈련에 임한다. 사흘이 지나자 동그라미 주위에 있는 것이 모두 사라진다. 오로지 동그라미만이 불꽃처럼 환하게 빛난다.

다음으로 파도바는 호흡법을 가르친다.

「호흡을 세 단계로 나눠서 해보세요. 숨을 들이마시는 게 첫 단계예요. 먼저 배를 부풀리고 다음에 가슴을 부풀리세요. 두 번째는 숨을 멈추는 단계예요. 마지막 세 번째 단계는 숨을 내쉬세요. 먼저 가슴으로, 그다음엔 배로 공기를 밀어내세요. 각 단계의 지속 시간은 똑같아야 해요.」

이어서 파도바는 심장 박동을 느끼고 그것을 자기 의지에 따라 조절하는 법을 가르친다. 테오팀은 심장을 머릿속에 그리고 그것이 더 빨리 또는 더 느리게 뛰는 것을 보게 된다.

그러는 사이에 캠프의 다른 지도자들 때문에 문제가 생긴다. 그들은 테오팀을 조롱한다. 그를 〈꼬마 도사 제자〉라고 부르면서 사교에 빠져들었다고 비난하기도 한다. 어느 날 저녁 유도 강사가 테오팀을 부른다. 그는 덩치가 좋고 테오팀보다 머리 하나가 더 큰 사람이다. 그는 요가가 유도보다 나은지 알고 싶다고 말한다. 테오팀은 어찌할 바를 몰라 하다가 이내 침착성을 되찾고 그 도발을 무시하기로 한다. 하지만 유도 강사는 테오팀을 번쩍 들더니 바닥에 메어친다. 테오팀은 자기의 권투 실력을 보여 주리라 하면서 다시 일어선다. 그러자 유도 강사는 그의 한쪽 팔을 잡고 비틀어 댄다. 테오팀은 고통에 겨워 얼굴을 찡그린다.

「봤지? 네 요가는 아무 쓸모가 없어. 너 자신을 지키기 위해서는 유도를 배우는 편이 나을 거야.」

테오팀은 무엇보다 자존심에 상처를 입고 파도바에게 그 일을 이야기한다.

「이럴 때 네 요가에서는 어떻게 하라고 가르치니?」

「아무것도 하지 말라고 가르치죠. 폭력에 대응하지 말고, 도발에 굴복하지 마세요.」

「그런데 그들이 왜 나를 공격하는 거지?」

「그들의 공격이 문제가 아니라 선생님 마음이 아직 평정하지 않은 게 문제예요.」

「그 뚱보는 앞으로도 나에게 폭력을 쓸 거야.」

「그런 폭력은 선생님이 피해자 역할을 맡을 때만 존재하는 거예요. 그가 원하는 게 바로 그거죠. 이제부턴 그것을 생각하지 마세요.」

「그래도 그자가 계속 괴롭히면?」

이튿날 아침 그들은 숲으로 올라간다. 거기에서 파도바는 마음을 비우는 법을 가르쳐 준다.

「먼저 한 가지 자세를 선택해야 해요. 이상적인 자세는 양쪽 발을 반대쪽 넓적다리 위에 올려놓고 앉는 결가부좌예요.」

하지만 테오팀은 결가부좌를 틀 수 있을 만큼 몸이 유연하지 않다.

「그냥 편하게 책상다리를 하고 눈을 감으세요.」

그런 다음 파도바는 부드러운 목소리로 조언한다.

「어떤 생각이 찾아올 때마다 그것을 바라보고 정체를 알아낸 다음 마치 구름이 바람에 밀려가듯 그냥 가버리게 하세요. 그렇게 모든 상념이 멀리 가버리고 나면 진공만이 남고, 그때 비로소 진정한 자아를 만나게 돼요. 아무거나 생각하고 아무렇게나 생각하면서 마음을 지치게 하는 기계 장치가 멎고, 한순간 자기의 진정한 본성에 도달하는 거죠. 아무것도 두려워하지 않고 모든 것을 아는 본성에 말이에요.」

테오팀은 감화를 받고 여러 차례 마음을 비워 보려고 애쓴다. 하지만 그는 그런 경지에 도달하지 못한다.

「어떻게 하는 건지 보여 줘.」

파도바는 결가부좌를 틀고 부동의 상태를 유지한다. 모기 한 마리가 그의 눈꺼풀에 앉더니 얇은 살갗에 침을 박는다. 하지만 요가 수행자는 모기를 쫓아 버릴 생각도 하지 않는다.

파도바는 30분쯤 지나서 눈을 뜬다.

「매일 이렇게 해서 마음을 비우고 진공에 도달해야 해요. 하면 할수록 쉬워져요. 호흡은 허파를 깨끗하게 해주고, 응시는 눈을 씻어 주고, 명상은 뇌를 청소해 주죠. 모든 게 고요해지면 마침내 영혼이 환하게 빛나요. 때가 되면 육신을 벗어나 무한한 시공에서 여행하는 법을 가르쳐 줄게요.」

테오팀은 문득 이 아이가 외계인이거나 메시아이거나 미치광이가 아닐까 하고 생각한다. 파도바가 말을 잇는다.

「고통은 욕심에서 비롯돼요. 내내 많은 것을 갖고 싶어 하다가도 막상 그것들을 손에 넣으면 마음이 시들해져요. 원하는 것을 얻으면 가지지 않은 것을 원하게 되죠. 지금 여기에 살아 있는 것을 기쁘게 받아들여 보세요.」

「그게 말처럼 쉬운가?」

「제가 말한 것을 한마디로 요약하면 이렇게 될 거예요. 욕망이 없으면 고통도 없다.」

「그럼 너에겐 아무 욕망도 없다는 거니?」

「저는 이 가르침을 전달하고 싶었고…… 그 욕망은 실현되었네요.」

헤어질 시간이 오자 테오팀은 파도바가 오래도록 기억에

남으리라고 생각한다.

크레타에 돌아온 테오팀은 파도바의 가르침을 계속 따르기 위해서 요가 클럽을 찾아본다. 다행히 라자 요가를 강습하는 곳이 있다. 하지만 이 클럽에서 가르치는 요가는 유한마담들을 위한 체조나 다름없다. 강습이 끝나면 이 부인들은 그저 유기농 두부와 발아 밀로 만드는 웰빙 음식 조리법 따위를 화제에 올린다. 실망스럽다.

테오팀은 파도바가 가르쳐 준 대로 혼자서 수련을 계속한다. 작은 동그라미를 응시하고 복식 호흡을 하고 심장 박동을 느끼며 조절해 보려고 한다. 그리고 아침마다 30분 동안 마음을 비우기 위한 명상을 한다.

하지만 누구의 격려나 도움도 받지 못하고 혼자서 그러다 보니 수행 시간이 갈수록 줄어들고 결국엔 그만두고 만다.

나는 텔레비전을 끈다.

그래, 바로 이거야! 파도바가 나에게 한 가지 해결책을 제시한 셈이다. 평정, 마음 비우기, 요가, 〈욕망이 없으면 고통도 없다〉. 그 열여섯 살짜리 젊은이는 스물두 살 난 인간을 가르쳤을 뿐만 아니라 2천 살 먹은 신에게도 깨달음을 주었다.

나는 토가를 걸치고 샌들을 신는다.

방문이 열린다. 마타 하리가 나를 맞대고 소리친다.

「섹스해, 지금 당장!」

「화난 거 아니었어?」

마타 하리는 내게 덤벼들어 키스를 하고 거친 동작으로 내 토가를 벗긴다. 그러고는 자기도 옷을 벗고 젖가슴을 내 상반신에 비벼 댄다.

알다가도 모를 것이 여자 마음이다.

한 시간 뒤, 마타 하리는 리모컨을 잡고 텔레비전을 켠다. 세 번째 채널. 테오팀이 반가부좌를 틀고 앉아 명상을 하고 있다.

문득 그 생각이 되살아난다. 나는 자리에서 일어나 나갈 채비를 한다.

「어디 가려고? 오늘은 휴일이야. 설마 그 여자를 다시 만나려는 건 아니겠지?」

「아냐. 그런 게 아니라고.」

마타 하리는 어떤 직감에 이끌려 내 앞길을 막아선다.

「부정행위를 하려고 그래? 다른 후보생들이 쉬고 있는 동안 게임을 하겠다는 거야? 아틀라스의 저택에 가려는 거지? 그건 금지된 일이야. 이미 에드몽 웰스가 그것 때문에 탈락했잖아. 벌써 잊은 거야?」

「내가 〈고요한 섬〉에 낙원을 만들었다가 실패한 것은 아프로디테가 그 사실을 알아차렸기 때문이야. 하지만 언제나 그렇게 운이 나쁘리라는 법은 없어.」

「가지 마.」

「부정행위를 하지 않으면 점점 나빠지는 상황을 통제할 수가 없어.」

「좋아. 그렇다면 나도 같이 갈 거야.」

「너무 위험해. 둘이 가면 발각되기가 쉬워. 네가 말했듯이 나는 이미 에드몽을 잃었어……. 너마저 잃어버리는 위험을 감수할 수는 없어.」

마타 하리는 내 속내를 들여다보려는 듯 나를 응시한다.

「이제 누가 써놓은 시나리오대로 행동하고 싶지 않아. 미래를 가장 확실하게 예상하는 방법은 스스로 미래를 창조하는 거야.」

그 말의 여운이 쟁쟁하다. 그녀가 더욱 결연하게 말을 잇는다.

「너랑 같이 가겠어. 우리는 이제 함께 있고, 많은 것을 함께하고 있어. 네 삶의 일부는 내 몫이고, 네가 위험하면 나도 위험한 거야. 나는 네가 창조하려고 하는 그 미래도 너랑 공유할 거야.」

79. 백과사전: 사마귀

어떤 실험에서는 관찰자가 관찰 대상의 조건을 변화시켜 완전히 왜곡된 정보를 얻어 내는 현상이 나타나기도 한다. 사마귀에 관한 실험도 그런 경우에 속한다.

통설에 따르면 사마귀의 암컷은 교미가 끝난 뒤에 수컷을 잡아먹는다고 한다. 이 잔인한 짝짓기는 학자들의 환상을 부채질했고, 그 결과 사마귀를 둘러싼 생물학적이고도 정신 분석학적인 신화가 생겨났다.

하지만 이 속설의 배후에는 사마귀의 행동에 대한 그릇된 해석이 자리하고 있다. 사마귀의 암컷이 수컷을 잡아먹는 것은 자연 상태에 놓여 있지 않을 때의 이야기다. 암컷은 교미가 끝나면 원기를 회복하고 알을 낳는 데 필요한 단백질을 얻기 위해 주위에 있는 먹이를 닥치는 대로 삼킨다. 그런데 이 사마귀들이 관찰용 유리 상자에 갇혀서 교미를 하는 경우에는 어떻게 될까? 교미가 끝나자마자 암컷은 먹이를 찾는다. 수컷은 암컷보다 작고 유리 상자 밖으로 달아날 수 없다. 결국 암컷은 자기 행동을 의식하지도 못하는 채 유일한 사냥감인 수컷을 잡아먹는다. 자연 속에서는 사정이 다르다. 수컷은 달아나고 암컷은 아무 곤충이든 낫처럼 생긴 앞다리에 잡히는 것들을 잡아먹고 기력을 회복한다.

줄행랑으로 목숨을 보전한 수컷은 제 정자를 받아들인 암컷으로부터 되도록 멀리 떨어진 곳으로 가서 조용히 휴식을 취한다. 교미가 끝난 뒤에 암컷은 허기를 느끼고 수컷은 자고 싶어 한다는 것, 이는 동물의 많은 종에서 공통으로 나타나는 현상이다.

에드몽 웰스, 『상대적이며 절대적인 지식의 백과사전』 제5권

80. 신의 가르침을 받은 자

마타 하리와 나는 남쪽 구역으로 숨어든다.

켄타우로스는 그림자도 보이지 않는다.

드디어 아틀라스의 저택이 나타난다. 우리는 빠끔히 열린 현관문으로 몰래 들어간다.

아틀라스와 코끼리처럼 몸집이 큰 아내는 침실에서 잠에 곯아떨어져 있다. 그들은 식인귀들처럼 요란하게 코를 곯아 댄다.

우리는 살금살금 지하실 쪽으로 간다. 문이 닫혀 있다. 하지만 손잡이를 돌리자 문이 스르르 열린다. 우리는 계단을 내려간다. 나는 앙크로 섬광을 내어 층층대를 밝힌다.

세계들이 줄을 맞춰 가지런히 놓여 있다. 마치 하나의 은하를 보는 듯하다. 이곳에 처음 와보는 마타 하리는 놀라서 입을 다물지 못한다.

「네가 왜 여기에 그토록 다시 오고 싶어 했는지 알겠어.」

우리는 덮개에 불빛을 비춰 행성들의 번호를 확인하면서 나아간다. 마타 하리가 말한다.

「행성들이 번호순으로 정확하게 배열되어 있는 것은 아니지만, 18보다 훨씬 큰 번호들이 많은 것 같은데. 세 자릿수 번호가 붙은 행성들도 있어.」

그새 행성들이 늘어나지 않았나 싶다.

지난번에도 그랬듯이 나는 호기심을 이기지 못하고 몇몇 덮개를 들춰 본다. 내가 이미 구경했던 세계들이 보인다. 물의 행성, 사막 행성, 가스 행성이 있는가 하면, 선사 시대의 인류가 사는 세계들과 1호 지구보다 진보한 세계들도 있다. 주민들을 방사능과 환경 오염으로부터 보호해 주는 둥근 유리 지붕들이 투명한 사마귀처럼 돌출해 있는 세계, 로봇과 클론이 있는 세계, 오로지 여자들만 사는 세계, 오로지 남자들만 사는 세계도 보인다.

마타 하리가 속삭인다.

「굉장한데. 이것 봐. 머리가 좋은 공룡들이 사는 행성인가 봐. 도시들이 건설되어 있고 공룡들의 몸집에 맞는 자동차와 비행기가 돌아다녀.」

나는 다른 행성을 그녀에게 가리킨다. 이 행성의 주민들은 척추동물이 아니다. 그들은 서서 다니지 못하고 점액을 분비하면서 기어다닌다. 그러면서도 등에 포탑을 지고 다니며 전쟁을 벌인다.

「지능이 뛰어난 민달팽이들의 세계야.」

우리는 1백 이상의 번호가 붙은 세계들의 덮개를 걷어 올린다. 새로운 세계들이 다시 우리의 호기심을 자극한다. 우리 역시 인류를 이끌고 있는 신들이지만 분재를 연상시키는 그 세계들을 볼 때마다 그것들을 만들고 보살폈던 원예가들의 의도가 궁금하지 않을 수 없다. 마타 하리가 말한다.

「이것 봐. 예쁘지 않아?」

의식을 가진 식물들의 세계다. 이곳에도 집과 도시와 군대와 비행기구가 있다. 동물이든 식물이든 모듬살이를 하면 어쩔 수 없이 서로의 영역을 정하게 되고 남의 영역을 차지하기 위해 전쟁을 벌이게 되는 것이 아닐까?

우리가 발견한 세계들 중에는 평화롭고 고요한 세계들도 있다. 마타 하리가 파란 행성 하나를 가리킨다. 오로지 영혼들만 사는 행성이다. 하지만 이 행성은 천국도 아니고 천사들의 나라도 아니다.

갑자기 찰칵하는 소리가 들리더니 장딴지가 끊어질 듯 아파 온다. 나는 고통의 비명을 가까스로 삼킨다. 마타 하리가 앙크로 바닥을 비춘다. 나의 한쪽 발이 강철로 된 커다란 물림 장치에 끼여 있다.

늑대 따위를 잡을 때 쓰는 덫이다.

덫의 양쪽 톱니가 살을 파고든다. 욱신욱신 아프다. 육체를 다시 얻은 것이 마냥 좋기만 한 것은 아니다. 아틀라스의 지하실에 쉽게 들어올 수 있었던 이유를 이제야 알겠다. 사냥꾼들이 그러듯, 아틀라스는 사냥감이 같은 장소로 돌아오기를 기다린 것이다.

우리는 내 장딴지를 물고 있는 덫의 활대를 잡아당긴다. 하지만 용수철이 너무 강력하다.

「지렛대가 될 만한 것을 찾아내야 해.」

마타 하리는 그렇게 속삭이고 나서 주위를 두리번거린다. 하지만 세계를 담고 있는 반들반들한 구체들이 보일 뿐이다.

나는 다른 방법을 생각해 낸다.

「앙크를 절단기로 사용해 보자.」

우리는 즉시 작업에 들어간다. 용수철의 가장 얇은 부분에 몇 분 동안 불꽃을 들이대자 마침내 활대가 느슨해진다. 나는 피 묻은 발목을 문지르고 절뚝거리며 나아간다.

「괜찮겠어?」

「견딜 만해.」

나는 토가 자락을 찢어 다친 발목을 꼭꼭 동여맨다. 통증이 조금 누그러진다.

서둘러야 한다. 18호 지구가 어디에 있지?

18호 지구는 보이지 않고 다른 덫이 눈에 띈다. 지하실 안쪽으로 들어갈수록 덫들이 많아진다.

덮개를 일일이 들추다 보니 시간이 많이 걸린다. 이윽고 마타 하리가 18호 지구를 발견한다. 그 주위에는 덫들이 더 많다. 우리는 덫들을 피해 덮개를 걷어 내고 우리의 행성 위로 몸을 숙인다. 프로메테우스가 말한 대로 휴일 동안에는 18호 지구의 시간이 천천히 흐르기 때문에 그다지 많은 변화가 일어나지 않았다.

독수리족 제국은 황제 자리를 놓고 황실 사람들끼리 서로 죽이는 잔혹한 권력 투쟁의 와중에도 더욱 강력해졌다. 마타 하리의 늑대족은 남쪽으로 계속 해적선을 보내 독수리족의 전초가 있는 지역을 포함한 남부의 민족들을 약탈하고 있다. 늑대족은 특공대를 창설하여 평원에 진을 치는 대규모 전투에 익숙해진 독수리족 군대에 기습을 가한다. 마리 퀴리의 이구아나족은 내 백성들과 평화로운 공생 관계를 이루고 있다. 하지만 그들의 나라에서는 역사의 위대한 진보가 나타나지 않는다. 내가 보기에 그들은 점성술에 바탕을 둔 종교에 매여서 너무 정체하고 있다. 그들은 별들을 관찰함으로써 미래를 알 수 있다고 생각한다. 그래서 미래를 변화시키거나 새롭고 놀라운 것을 창조하기 위한 노력을 전혀 하지 않는다. 그들은 마치 확고부동한 운명의 레일 위에 있기라도 한 것처럼 모든 것을 체념하고 받아들인다.

나는 돌고래족의 옛 영토를 살펴본다. 돌고래족 백성들의 상황은 계속 나빠질 뿐이다. 그들은 끊임없이 반란을 일으키고 독수리족의 압제는 갈수록 혹독해진다. 내 친구 라울의 병사들은 인정사정을 두지 않는다. 도시 어귀마다 본보기로 처형된 수십 구의 시신이 널려 있고 시신마다 까마귀들과 파리 떼가 새까맣게 달라붙어 있다.

독수리족은 꼭두각시 같은 인물 하나를 허울뿐인 돌고래족 왕국의 왕위에 앉혔다. 이 꼭두각시 왕은 돌고래족 출신도 아니고 돌고래족을 약탈하던 이웃 나라에서 온 자다. 그는 폭정을 일삼으면서 조세를 전용하여 궁궐을 짓고 사치와 방탕 속에서 살아간다. 돌고래족 백성들이 일으키는 반란은 어쩌다 승리의 양상을 보이기도 하지만 그건 일시적인 일일 뿐이고 대개는 학살로 끝나고 만다. 그들은 자기네 땅에서 노예가 되어 있는 셈이다. 하지만 그들의 사전에 체념이란 말은 없다. 그들의 항쟁은 계속되고 그때마다 무자비한 탄압 속에서 무수한 사람들이 죽어 간다. 이런 식으로 가다가는 돌고래족 전체가 자기네 조상들의 땅에서 사라질 판이다. 바로 이러한 때에 내가 〈묘안〉을 들고 나타난 것이다.

나는 돌고래족의 평범한 가정에서 갓 태어난 아기 하나를 점찍는다. 서민의 자식을 선택한 것은 세인의 관심을 끌지 않기 위해서다. 처음에는 왕손이나 장군의 후예를 염두에 두었지만, 깊이 생각해 보니 보잘것없는 식료품 장수의 아들이 적당할 듯했다.

나는 그 아이를 〈신의 가르침을 받은 자〉라 부르기로 한다. 그에게 인간이 알아야 할 모든 것을 가르칠 생각이기 때문이다. 나는 그에게 완전한 교육을 베풀 것이다.

나는 앙크를 조절하고 행동에 들어간다. 먼저 행성의 받침대 뒤쪽에서 시간의 흐름을 조절하는 장치를 찾는다. 첫 시간에 크로노스가 작은 손잡이를 돌려 마치 위대한 마법사처럼 시간의 흐름을 변화시키는 것을 보았던 것이다. 나는 회전식 손잡이를 찾아내어 돌려 본다. 아닌 게 아니라 시간의 흐름이 빨라진다. 이제 내가 한 인물에게 미친 영향이 수십 년에 걸쳐서 어떤 결과로 나타나는지를 금방 확인할 수 있다.

나는 내가 선택한 아이의 부모를 부추겨서 아이에게 아주 어려서부터 세계 곳곳을 돌아다니며 견문을 넓힐 수 있는 기회를 주게 한다. 소년은 흰개미족 나라에 가서 그곳의 작은 돌고래족 공동체가 발전시킨 철학을 공부한다. 이것이 교육의 첫 단계다. 그곳의 돌고래족 공동체는 놀랍게도 흰개미족의 박해를 받지 않고 그 사회에 완전히 동화되었다. 심지어는 흰개미족의 종교로 개종한 사람들도 있다. 고난을 겪지 않은 탓에 돌고래족의 고유한 것을 잊은 게 아닌가 하는 생각마저 든다.

세상에, 이렇게 꼬인 생각을 하다니. 어쨌거나 내 백성들이 편안하게 산다는 건 좋은 일 아닌가. 나는 못된 상념을 몰아내고 내가 선택한 어린 영혼을 계속 단련시킨다. 나는 흰개미족 사제들이 가꿔 온 가치들, 즉 무욕, 무아, 자비, 공감, 우주적인 깨달음 등을 그에게 가르친다. 이 모든 개념은 이미 개미족과 돌고래족의 가르침 속에 있었다. 하지만 침략자들의 압제와 저항 운동의 와중에서 그 소중한 가르침이 조금 잊혔다.

그의 여행은 계속되고 교육은 바야흐로 두 번째 단계를 맞이한다. 그는 늙은 현자를 만나 호흡법을 배우고, 마법사를 만나 수면 조절법을 배우고, 무사를 만나 분노 다스리는 법을 배운다. 그리고 다시 길을 떠나 탐험대를 만나고 그들에게서 수학을 배운다. 다행히도 그에게는 천부적인 소질이 있다. 그는 지식을 갈망한다. 알면 알수록 더 알고 싶어 하고 더 열린 사람이 되어 간다.

그의 나이 27세에 이르러 나는 그에게 여자를 알게 한다. 그는 곱고 참한 여자를 만난다. 여자는 그를 열렬히 사랑한다.

그의 나이 29세에 이르러 여자는 그의 곁을 떠난다. 그녀의 사랑이 너무나 강렬한 탓이다. 그는 혼자가 되자 자기에게 일어난 일을 이해하고 싶어 한다. 그래서 아프로디테처럼 도도하고 까다로운 여자를 만나 사랑에 빠진다. 그 여자를 위해서라면 목숨을 바쳐도 좋다고 생각하는 광적인 사랑이다. 하지만 내가 관여한 덕에 여자는 그가 완전히 굴복하기 전에 그의 곁을 떠난다. 인간은 이런 시련에 부딪혀 모든 것을 한꺼번에 잃을 수도 있는 것이다. 여자를 통한 교육, 이것이 교육의 세 번째 단계이다. 어쩌면 가장 까다로운 단계일 것이다.

이제 〈신의 가르침을 받은 자〉는 받는 사랑과 주는 사랑이 무엇인지 알고 있다. 그래서 『상대적이며 절대적인 지식의 백과사전』에 나오는 네 가지 사랑의 원리에 따라 자신을 사랑하는 법을 배우고 이어서 인류 전체를 사랑하는 법을 배운다.

나는 그를 돌고래족 백성들 속으로 돌려보내어 〈돌고래

파〉라 불리는 비밀 종교 단체와 접촉하게 한다. 그는 그들을 만나면서 네 번째 단계의 교육을 받는다.

돌고래파 사람들은 사막 한복판에 있는 바위산 꼭대기에 마을을 이루어 놓고 수백 명이 모여 산다. 그렇게 독수리족 병사들의 발길이 닿지 않는 외딴곳에 살면서 그들은 태고 때부터 전해 내려오는 신비한 지혜와 돌고래족의 옛 문화에 관한 지식을 간직해 왔다. 그뿐만 아니라 그들은 돌고래족의 문화를 더욱 풍요롭게 해준 고래족과 개미족의 정신적인 유산도 고이 지켜 왔다. 〈신의 가르침을 받은 자〉는 그들에게서 꿈을 해독하는 방법을 배운다. 예전에 어떤 돌고래족 백성들은 이 해몽법을 잘 익힌 덕에 이웃 나라 폭군의 궁정에서 후한 대접을 받은 적이 있다.

〈신의 가르침을 받은 자〉는 꿈에 관한 모든 것을 3년에 걸쳐 배운 뒤에 고래족 출신의 의사를 만나 의술을 배운다. 그의 스승은 약초를 사용하는 방법이며 경락의 기혈을 조절하여 병을 고치는 법을 가르쳐 준다. 또한 인체의 에너지, 영기, 손바닥으로 열을 내는 능력 등에 관한 지식도 전수해 준다.

35세에 이르러 그는 마침내 예로부터 전해 내려오는 돌고래족의 신비한 지혜를 얻기 위한 입문 의식을 치르게 된다. 이 의식은 아주 깊은 수조 속으로 들어가 바닥에 닿을 때까지 잠수하는 방식으로 이루어진다.

「마타 하리, 이 의식에 대해서 어떻게 생각해?」

그녀는 개선할 점을 나직한 소리로 일러 준다. 나는 그녀의 조언을 그대로 반영한다.

〈신의 가르침을 받은 자〉는 물속에서 눈을 뜬 채로 수심이 8미터에 달하는 수조 바닥까지 계속 헤엄쳐 내려간다. 그런 다음 수중 터널을 찾아내어 그 좁다란 통로 속으로 들어간다. 그는 터널 끝의 빛을 바라보며 20미터를 나아간다(이 터널은 죽음의 체험을 생각나게 한다). 그렇게 터널을 빠져나가면 또 다른 수조로 올라가게 되어 있다. 이 수조 속에서 기다리고 있던 돌고래 한 마리가 그가 수면으로 더 빨리 올라가도록 도와준다.

그는 수면으로 올라와서 숨을 들이마신다. 그러고는 돌고래와 이야기를 나누기 시작한다(마타 하리가 생각해 낸 이 입문 의식을 통해서 그는 돌고래의 말을 이해할 수 있는 능력을 얻었다).

나는 이 돌고래를 영매로 사용해서 그와 대화한다.

「환영한다, 〈신의 가르침을 받은 자〉여. 그대에게 맡길 임무가 있다.」

「누구시기에 그런 말씀을 하시는지요?」

「나는 돌고래족 신의 정신이 깃든 돌고래다.」

「저희의 신이시란 말씀입니까?」

「그래. 너희의 신이다.」

「그러시다면 제가 임무를 감당하지 못할까 저어됩니다.」

「내가 너를 선택하여 세상을 두루 다니게 하고 너를 가르친 것은 네가 이 임무를 수행하는 데 가장 적합하기 때문이다.」

그때 한 가지 생각이 내 머릿속을 스친다.

「너는 〈모두가 기다리는 이〉다.」

남들이 나를 두고 하는 말을 이번엔 내가 사용한 것이다.

「제가 무엇을 해야 합니까?」

「세상에는 지배와 파괴의 힘인 D력이 횡행하고 있다. 협동과 사랑의 힘인 A력을 되살려야 한다. 그러기 위해서는 언제나 A력을 지켜 왔던 돌고래족의 가치 체계를 복원해야 할 것이다. 그리고 중성의 힘인 N력을 추구하는 자들을 우리 편으로 만들어야 한다. 그들은 앞장을 서는 법이 없지만 더 설득력 있는 쪽의 말에 귀를 기울일 줄 아는 자들이다.」

마타 하리는 어깨로 나를 툭툭 치면서 계속하라고 재촉한다.

「돌고래족의 가치 체계를 복원하려면 어떻게 해야 합니까?」

좋은 질문이다. 나는 마타 하리의 의견을 묻는다. 그녀가 대답한다.

「반란을 일으키면 돼.」

「하지만 이전에 돌고래족의 땅에서 일어났던 모든 반란이 그랬듯이 결국 학살극으로 끝나지 않을까?」

「그럼 예언서를 쓰는 거야.」

「너무 일러. 노스트라다무스는 16세기가 되어서야 나타났어.」

「그래, 하지만 성 요한은 그보다 훨씬 앞서 예언서를 썼어. 그의 계시록은 사람들의 마음에 큰 영향을 미쳤어.」

「나는 그렇게 느끼지 않아.」

〈신의 가르침을 받은 자〉는 돌고래를 빤히 바라보며 대답을 기다린다. 돌고래가 왜 갑자기 침묵을 지키고 있는지 의아해하는 표정이다.

이번에는 내가 의견을 낸다.

「그로 하여금 전기를 발명하게 하면 어떨까? 말하자면 그를 슈퍼 아르키메데스로 만드는 거지.」

「우리 슬로건을 되새겨 봐.」

「〈사랑을 검으로, 유머를 방패로〉 말이야?」

마타 하리가 무슨 말을 하려는 건지 모르겠다. 사랑? 그건 약간 추상적인 개념이라서 전파하기가 쉽지 않다. 유머? 돌고래족 백성들은 오래전부터 박해를 받아 오면서 이미 유머를 중시하는 문화를 발전시켜 왔다. 유머는 그들의 고통을 상대적으로 바라보게 하는 수단이었다. 그것 역시 〈신의 가르침을 받은 자〉의 임무로 삼기에는 적합하지 않다. 그렇다면 뭐가 있을까? 마땅한 것이 떠오르지 않는다. 저기 18호 지구에서 그가 이제나저제나 하면서 대답을 기다리고 있는 것이 생생하게 느껴진다. 돌고래는 스스로 상황을 알아차리고 그가 잠시 관심을 딴 데로 돌리도록 공중회전 묘기라도 부려야 하지 않을까 생각하고 있다.

나는 다시 마타 하리에게 말한다.

「그가 반란을 일으키되, 이번엔 내가 지원을 해서 승리로 이끄는 게 최선이 아닌가 싶어. 나는 독수리족 군대를 번갯불로 칠 거야.」

「얼마간은 그게 통하겠지. 하지만 백성들의 도움 없이 〈신의 가르침을 받는 자〉 혼자서 독수리족 제국을 무찌를 수는 없을 거야.」

다리가 아프다. 이제 시간도 별로 없다. 아틀라스가 언제 올지 모른다. 내가 만들어 낸 구세주를 저토록 위험한 세계에 방치하는 것은 참으로 애석한 일이 아닐 수 없다.

문득 이런 생각이 든다. 나는 이미 그를 가르치고 돌고래파를 만나게 함으로써 그의 사명을 대략적으로 제시하지 않았는가. 그를 믿어야 한다. 그는 스스로 자기의 행동 방식을 찾아낼 것이다. 마타 하리도 나와 생각이 같다.

돌고래는 〈신의 가르침을 받은 자〉에게 돌아가 말한다.

「구하라, 그러면 얻을 것이다.」

사실 신이 행한 일치고는 대단한 것이 못 된다. 하지만 나는 그가 임기응변으로 잘 해나가리라고 믿는다.

돌고래는 다시 물속으로 들어가고 〈신의 가르침을 받은 자〉는 돌고래의 지느러미에 매달려 다른 돌고래파 사람들이 기다리고 있는 첫 번째 수조로 돌아간다. 〈신의 가르침을 받은 자〉는 바다가 그토록 멀리 떨어져 있는데 돌고래들을 어떻게 데려왔느냐고 묻는다. 돌고래파 사제들은 자기들의 비밀스러운 삶에 관해서 이야기한다. 그들은 〈고요한 섬〉에서 조상들이 어떻게 살았는가에 대해 이야기하는 책들을 간직하고 있고 조상들의 지혜를 바탕으로 만들어진 기계들도 가지고 있다. 마침내 그는 다섯 번째 단계의 교육을 받는다. 고래족 문화와 돌고래족의 지혜를 전수받은 데 이어서 그가 마지막으로 배운 것은 개미족의 고대 문명이다.

이 교육은 개미족의 후예라는 어떤 남자의 안내에 따라 이루어진다. 〈신의 가르침을 받은 자〉는 안내자를 따라 계단을 내려간다. 이 계단은 어떤 방으로 이어지고 방 안에는 높이 2미터의 피라미드 모양으로 된 개미집이 있다. 그는 두 달 동안 거기에 머물면서 잠잘 때와 식사할 때를 제외하고 계속 개미들을 관찰한다.

그런 관찰을 바탕으로 그는 교환과 연대에 바탕을 둔 새로운 형태의 사회생활이 가능하다는 것을 깨닫게 된다. 개미들에게는 위가 두 개다. 하나는 섭취한 먹이를 소화하기 위한 보통의 위이고, 또 하나는 다른 개미들에게 주기 위해서 먹이를 저장해 두는 사회적 위, 즉 갈무리 주머니다. 관용과 연대를 의미하는 이 기관은 개미 사회가 보여 주는 놀라운 단결력의 비밀이다. 개미들은 저마다 모두의 성공에 관심을 기울인다. 각각의 개체가 서로 긴밀하게 연결되어 있다.

그는 개미들을 관찰하면서 저마다 살아가는 데 필요한 것을 얻을 수 있는 사회, 저마다 개인적인 일에 몰두하면서 모두의 이익을 도모하는 사회를 어떻게 건설할 수 있는지 알게 된다. 그가 보기에 개미 사회에는 가난한 자나 소외된 자가 없고, 계급 제도도 없다. 여왕개미는 통치를 하는 것이 아니라 그저 알을 낳을 뿐이다. 개미 사회는 노동에 매여 있지도 않다. 전체 구성원 가운데 3분의 1은 노동을 하지 않고 남들이 구해 온 먹이를 먹는다. 그들은 잠을 자거나 한가로이 돌아다니면서 빈둥거리지만, 남들의 비난을 받지 않는다. 또 다른 3분의 1은 서툰 일꾼들이다. 노동을 하긴 하지만 쓸데없는 일을 벌이거나 남들에게 방해가 되는 일을 저지른다. 지하 통로를 뚫는답시고 일껏 만들어 놓은 다른 통로를 무너뜨리기도 하고, 잔가지들을 쌓아 입구를 막아 버리기도 한다. 나머지 3분의 1은 제대로 된 일꾼들이다. 그들은 앞서 말한 사고뭉치들의 실수를 바로잡으면서 사회를 실질적으로 건설하고 관리해 나간다.

〈신의 가르침을 받은 자〉는 보고 깨닫고 소화하고 생각한다. 그러면서 자기가 아는 것과 발견한 것을 세상에 전파하고자 하는 열망을 갖게 된다.

그는 돌고래파 사제들의 도움으로 몇 차례 더 돌고래와 만나는 의식을 치른 뒤에 바깥세상에 나가 자기의 지혜와 지식을 전파하기로 결심한다.

그는 바위산을 떠나 돌고래족 왕국의 수도로 간다. 그런 다음 장이 서는 넓은 마당에서 처음으로 대중을 앞에 놓고 말한다.

「나는 무언가 새로운 것을 만들어 내기 위해 온 것이 아닙니다. 새로운 종교를 창건하러 온 것은 더더욱 아닙니다. 나는 돌고래족의 일원이고 조상 대대로 내려오는 가치들을 존중하는 돌고래족 사람으로 남을 것입니다. 숱한 침략을 겪고 박해를 당하면서 우리의 율법과 규범을 잊어버린 사람들이 많습니다. 나는 그들에게 우리가 잊지 말아야 할 것을 다시 일깨워 주러 왔습니다. 옛날, 우리나라가 쥐족이나 쇠똥구리족, 사자족, 독수리족에게 침략을 당하기 전에, 우리에게는 뛰어난 지혜와 풍부한 지식이 있었습니다. 우리 조상님들의 지혜와 지식, 〈목자〉의 지혜와 지식. 나는 그것을 다시 일깨우러 왔습니다.」

〈신의 가르침을 받은 자〉는 간단한 입문 의식을 고안해 낸다. 돌고래와 하나가 되는 순간을 상징하기 위해 머리를 물속에 담그는 의식이다. 그리고 돌고래파 사람들과 그들의 대의에 공감하는 새로운 신도들은 가는 곳마다 벽에 자기들의 상징을 새긴다. 그림에 재능이 있는 사람들은 돌고래 모양의 상징을 새기고, 손재주가 없어서 돌고래의 뾰족한 주둥이를 그릴 수 없는 사람들은 물고기 모양으로 그것을 대신한다.

독수리족 주둔군의 장교들은 불안감을 느끼기 시작한다. 그들은 이제껏 무장 반란을 완벽하게 평정해 왔다. 하지만 폭력을 사용하지 않는 이 새로운 종류의 반란에는 대처하기가 마땅치 않다. 〈신의 가르침을 받은 자〉는 반란을 선동하는 것도 아니고 칼을 지니고 있는 것도 아니다. 그러니 무슨 죄목으로 그를 옭아 넣을 수 있겠는가?

〈신의 가르침을 받은 자〉의 돌고래파 철학은 요원의 불길처럼 번져 나간다. 사람들은 그의 가르침을 듣고 평하고 이웃에게 전한다. 그에 따라 독수리족 점령군에 의해 왜곡되지 않은 돌고래족 고유의 가치들에 관한 관심이 갑자기 높아진다. 독수리족의 비호를 받는 돌고래족 사제들조차 새로운 경쟁자가 나타났다는 사실에 불안을 느낀다.

〈신의 가르침을 받은 자〉가 말한다.

「모든 인간의 표층을 벗기면 공포의 층을 발견하게 됩니다. 인간은 맞을까 두려워 때리기도 하고 공격당할까 두려워 공격하기도 합니다. 공포야말로 세상에 횡행하는 모든 폭력의 원인입니다. 하지만 만약 인간이 이 공포를 다스리게 되면, 그 아래에 깊이 감춰져 있는 순수한 사랑의 층을 찾아낼 수 있습니다.」

마타 하리가 옳았다. 그를 믿고 모든 것을 맡기면 되는 것이다. 그는 자기의 임무와 그것을 수행할 수 있는 방법들을 스스로 찾아낸다.

한 무리의 제자들이 중계자 역할을 함에 따라 그의 가르침은 더욱 널리 퍼져 나간다. 이로써 〈사랑의 시한폭탄〉이 설치된 것이다.

나는 마타 하리에게 돌아가자고 권한다.

「다친 데 괜찮겠어?」

「생각조차 안 하고 있었는걸.」

나는 그렇게 거짓말을 했다.

우리는 키스를 나누고 덮개를 다시 씌운다. 그런 다음 살금살금 아틀라스의 저택을 빠져나와 현관문을 조용히 닫고 달아난다.

마타 하리가 장난기 어린 표정으로 말한다.

「너의 〈A력〉을 나에게 전파해 주지 않을래?」

그러면서 근육이 올근볼근한 두 팔로 나를 꼭 껴안는다. 평온한 기분이 든다. 발목의 통증도 가라앉았다. 강철 덫에 치여 살갗은 찢어졌지만 근육은 별로 다치지 않은 듯하다.

내일도 쉬는 날이라서 다행이다.

집으로 돌아와서 나는 마타 하리의 몸에 바싹 기대어 몸을 웅크린다. 내가 신으로서 해야 할 일을 했다는 느낌이 든다.

81. 백과사전: 엘레우시스 게임

엘레우시스 게임은 단지 감춰진 법칙이 무엇인지 찾아내는 것으로 승부를 겨루는 아주 특이한 놀이다.[15]

이 놀이에는 적어도 네 사람이 필요하다. 먼저 놀이꾼 가운데 하나가 〈신〉으로 결정된다. 그는 어떤 법칙을 만든 다음 종이에 적는다. 법칙은 하나의 문장으로 되어 있고 〈우주의 섭리〉로 명명된다. 그런 다음 쉰두 장으로 된 카드 두 벌이 놀이꾼들에게 골고루 배분된다. 한 놀이꾼이 선을 잡고 카드 한 장을 내놓으면서 〈세계가 존재하기 시작한다〉라고 선언한다. 그러면 각자 돌아가면서 카드를 한 장씩 낸다. 〈신〉으로 명명된 사람은 다른 사람들이 카드를 낼 때마다 〈이 카드는 합격이야〉 혹은 〈이 카드는 불합격이야〉 하고 알려 준다. 퇴짜 맞은 카드들은

15 1956년 미국의 게임 연구가 로버트 애벗이 발명한 카드놀이. 엘레우시스라는 이름은 고대 그리스의 엘레우시스에서 널리 행해졌던 신비 의식에서 따온 것이다. 이 게임은 유희 수학 전문가인 미국의 마틴 가드너가 과학 월간지 『사이언티픽 아메리칸』의 칼럼에서 소개한 뒤로 대중 사이에 퍼져 나갔고, 프랑스에서는 베르베르의 소설 『개미 혁명』(개미 제3부)에 나온 뒤로 널리 알려지게 되었다.

한쪽으로 치워 놓고, 합격 판정을 받은 카드들은 한 줄로 나란히 늘어 놓는다. 놀이꾼들은 〈신〉이 받아들인 일련의 카드를 관찰하면서 그 선별에 어떤 규칙이 있는지를 찾아내려고 노력한다.

누구든 법칙을 찾아냈다고 생각하는 사람이 있으면 손을 들고 스스로 〈예언자〉라고 선언한다. 그때부터는 그가 〈신〉을 대신해서 카드의 합격 여부를 다른 사람들에게 알려 준다. 〈신〉은 〈예언자〉를 감독하고 있다가 〈예언자〉의 말이 틀리면 그를 파면한다. 파면당한 〈예언자〉에게는 이제 게임을 계속할 권리가 없다. 예언자가 열 번을 맞게 대답했을 때는 자기가 추론한 법칙을 진술한다. 그러면 다른 사람들은 그의 진술이 종이에 써놓은 문장과 일치하는지 비교한다. 두 가지가 맞아떨어지면 〈예언자〉는 승리한 것이고 다음 판에서 〈신〉을 맡게 된다. 그러나 두 진술이 어긋나면 〈예언자〉는 파면된다. 만약 104장의 카드를 다 내놓도록 〈예언자〉가 되겠다고 나선 사람이 없거나 〈예언자〉를 자처한 사람들이 모두 틀린 진술을 하면, 승리는 〈신〉에게로 돌아간다. 승리한 〈신〉이 법칙을 밝히면 다른 사람들은 그 법칙이 〈찾아낼 수 있을 법한 것〉이었는지를 확인한다.

이 게임에서 흥미로운 점은 대개 법칙이 단순할수록 찾아내기가 어렵다는 사실이다. 예컨대 〈끗수가 7보다 높은 카드와 7보다 낮은 카드가 번갈아 나타난다〉는 법칙은 알아내기가 매우 어렵다. 놀이꾼들은 주로 킹이나 퀸 같은 그림패라든가 빨간색 카드와 검은색 카드가 갈마드는 것에 주목하기 때문이다. 〈빨간색 카드만을 받아 주되 10의 배수 번째에서는 예외로 한다〉라는 법칙은 알아내기가 불가능하다. 법칙의 단순성을 지향하더라도 누구나 쉽게 떠올릴 수 있는 것은 피해야 한다. 〈모든 카드가 유효하다〉와 같은 법칙이 그런 예에 속한다.

이 게임에서 승리하기 위한 가장 훌륭한 전략은 무엇일까? 설령 〈신〉의 법칙을 발견했다는 확신이 들지 않더라도 되도록 빨리 〈예언자〉를 자처하는 것이 유리하다.

에드몽 웰스, 『상대적이며 절대적인 지식의 백과사전』 제5권
(제3권의 항목을 조금 수정하여 재수록)

82. 수요일, 휴가 두 번째 날

나는 소스라치며 깨어난다.

「몇 시야?」

마타 하리는 창밖으로 눈길을 던진다.

「해가 저렇게 올라온 걸 보니 10시쯤 되었겠어. 우리 뭐 할까?」

우리는 그냥 침대에서 뭉개며 섹스를 하기로 한다. 나는 우리의 살을 섞는 새로운 방식을 찾아내어 너무 빨리 타성에 젖지 않으려고 애쓴다. 하지만 우리 몸은 어느새 저희끼리 약속을 정해 재회를 즐기고 있다.

11시쯤 되자 우리는 늦은 아침을 먹으러 가기로 한다. 식사 장소는 여느 때처럼 메가론이 아니라 중앙 광장이다. 흰 식탁보를 씌운 커다란 식탁들 위에 과일이며 우유, 꿀, 시리얼, 홍차 단지, 커피 단지 등이 놓여 있다. 자그마한 빵이며 과자도 보인다.

때마침 테오노트 친구들이 지친 기색으로 다다른다.

「그래, 어젯밤 일은 어떻게 됐어?」

예의상 물은 것이 아니다. 그들의 탐사가 얼마나 진척되었는지 진짜 궁금하다.

「주황색 지대를 통과하지 못했어. 메두사가 기다란 막대기를 들고 우리를 때리더라고. 우리는 장님처럼 굴어야 하는 처지라서 제대로 방어할 수가 없었어.」

귀스타브 에펠의 대답에서 아쉬움이 묻어난다.

「프레디가 도와주지 않았어?」

「물론 도와줬지. 그가 앞에서 우리를 이끌어 주었어. 하지만 그는 메두사와 대적할 수가 없었어. 그는 이제 가냘픈 여자의 몸을 하고 있잖아.」

조르주 멜리에스가 대화를 이어 간다.

「거울을 이용하는 방법을 생각해 봐야겠어. 전설에 따르면 페르세우스는 그런 방법으로 메두사를 무찔렀어. 오늘 밤 탐사에 대비해서 키마이라를 무력화할 때 사용했던 것과 비슷한 거울 방패를 만들어 보겠어.」

「라울은 어딨어?」

내 물음에 마지막으로 테오노트 동아리에 합류한 라퐁텐이 대답한다.

「그 친구 어젯밤에 많이 맞았어. 아마 자고 있을걸.」

에디트 피아프가 모두를 둘러보며 말한다.

「자, 모두 해변으로 가자. 휴가 끝나기 전에 즐기자고.」

그때 에코 하나가 슬그머니 다가와서 무언가를 찾기라도 하듯 내 그릇을 들여다본다. 한바탕 반향 언어에 시달리지 않으려면 아무 말도 하지 말아야 한다.

그런데 장자크 루소가 산통을 깬다.

「조심해, 에코가 왔어. 무슨 말이든 따라 할 거야.」

사람의 몸에 염소 다리가 달린 에코가 당연히 되받는다.

「조심해, 에코가 왔어. 무슨 말이든 따라 할 거야.」

다른 에코 둘이 와서 얼른 가세한다. 신들의 왕국에서 이런 멍청한 짓거리가 무엇에 도움이 되는 것일까?

에코들은 숫제 노래를 부른다.

「조심해, 에코가 왔어. 무슨 말이든 따라 할 거야.」

루소가 조심성 없게 역정을 낸다.

「에이, 빌어먹을, 아무 말도 하지 말았어야 하는 건데.」

열 명으로 늘어난 에코들이 합창을 하듯이 되뇐다.

「에이, 빌어먹을, 아무 말도 하지 말았어야 하는 건데.」

「설마 내 말을 다 따라 하지는 않겠지?」

「설마 내 말을 다 따라 하지는 않겠지?」

스무 명이나 되는 에코들이 티롤 지방의 요들을 부르는 것처럼 되풀이한다. 놀림감을 찾아내서 너무나 기쁜 모양이다.

나는 마타 하리에게 신호를 보낸다. 해변으로 간 친구들을 뒤따라 갈 때가 되었다. 나는 에코들이 따라 하지 못하도록 소리를 전혀 내지 않고 입만 움직여서 말뜻을 전한다.

우리는 손을 잡고 서쪽 해변으로 간다.

생텍쥐페리가 나에게 다가와서 귀엣말을 건넨다.

「오늘 밤에 올 거지?」

무슨 말을 하는 거지? 아 그래, 자전거 달린 비행기구.

나는 고개를 끄덕인다.

생텍쥐페리가 멀어져 가자 나는 수건을 깔고 눕는다. 돌이켜 보면 나는 인간 시절에 해변에서 살갗을 태우며 빈둥거리는 것을 좋아하지 않았다. 나에겐 그것이 무의미한 일로 보였다. 나는 일하는 것보다 아무것도 하지 않는 것을 훨씬 더 피곤하게 여겼다.

마타 하리는 비키니 수영복의 윗옷을 벗더니 배를 깔고 엎드린다. 어깨끈 자국이 남지 않게 선탠을 하려는 것이다.

나는 수평선을 바라본다. 곤충 한 마리가 내 앞에서 파닥거린다. 나는 내려앉으라고 손가락을 내민다. 곤충인 줄 알

왔더니 내가 아는 거룹이다.

「안녕, 무슈론.」

거룹은 파드득 날아오른다. 은빛이 도는 파란 날개의 끄트머리가 바르르 떨린다.

「무슈론, 나는 너를 무척 좋아해. 네가 나에게 해준 일을 잊지 않고 있어.」

거룹은 더욱 흥분한 기색을 보인다. 거룹을 가까이에서 살펴보노라니 문득 한 가지 생각이 뇌리를 스친다.

「우리는 전생에서 서로 아는 사이였어, 그렇지?」

무슈론이 고개를 끄덕인다.

「우리가 어디에서 인연을 맺었지?」

무슈론이 몸짓으로 무언가를 알리려고 한다.

「1호 지구라고? 그럼 네 영혼은 내가 인간 시절에 사귀었던 어떤 사람의 영혼이야?」

다시 고갯짓. 안도한 기색이다.

「여자였어?」

또다시 고갯짓. 그렇다면 보통 인연이 아니었다는 얘기다.

「설마…… 내 아내 로즈였던 것은 아니지?」

나는 무슈론의 얼굴을 찬찬히 살핀다. 로즈를 닮은 구석은 없다. 신 후보생이 괴물로 변신할 때 본래의 모습을 잃는 것은 분명하다. 그렇다 하더라도 입매든 눈매든 무언가 닮은 점은 있게 마련이다. 로즈는 나와 가장 가까운 사람이었다. 우리는 아주 많은 일을 함께 했다. 그녀가 먼저 세상을 떠났을 때 나는 저승으로 그녀를 찾으러 갔다. 나는 그녀를 진정으로 사랑했다. 우리의 사랑은 정열적인 사랑이라기보다 사려 깊은 사랑이었다. 우리는 예쁜 아이들을 낳아 최선을 다해 키웠다.

무슈론은 아니라는 뜻으로 고개를 가로젓는다.

「그럼 아망딘이었어?」

아망딘은 저승 탐사의 개척기에 우리 실험에 동참했던 간호사다. 눈에 장난기가 어린 예쁜 금발 머리의 그녀가 한동안 밤마다 나를 들뜨게 했던 것을 기억한다. 아망딘은 오랫동안 오로지 타나토노트들하고만 잠자리를 했다. 마침내 나 역시 타나토노트가 되어 그녀가 몸으로 주는 상을 받게 되었을 때, 나는 그녀에 대한 관심이 시들해졌음을 깨달았다.

무슈론은 다시 고개를 가로젓는다. 날개가 바르르 떨리는 것으로 보아 내가 기억을 하느냐 못 하느냐를 중요하게 여기는 모양이다.

「우리는 서로 사랑했어?」

고갯짓으로 보면 그렇다고 말하는 것 같기는 한데 어딘가 떨떠름해하는 기색이다. 우리가 서로 사랑하다 말았다는 뜻일까?

「스테파니아 키켈리?」

그러자 무슈론은 기분이 상한 표정으로 날아가 버린다.

「어이, 무슈론, 잠깐만! 곧 기억이 날 거야, 기다려.」

무슈론은 벌써 멀리 가버렸다. 혹시 내가 어떤 여자와 사랑을 나누고도 까맣게 잊어버린 것일까? 애고, 자존심을 상하지 않게 하려고 무던히도 애를 썼건만. 에라 모르겠다, 수영이나 하러 가자. 발목의 상처가 조금 욱신거리지만 짠물이 상처를 아물리는 데 도움이 될 것이다.

나는 돌고래를 다시 만날 수 있지 않을까 해서 멀리 헤엄쳐 나아간다. 하지만 돌고래가 보이지 않는다. 마타 하리는 물속에서 섹스를 하자고 제안한다. 그 한없는 정욕을 어찌 채울까 싶다. 에드몽 웰스의 백과사전에서 읽은 글이 생각난다. 그의 주장에 따르면, 옛날에 남자들은 여자들이 오르가슴에 대한 욕구를 표현하지 못하도록 〈성적인 수치심〉이라는 개념을 생각해 냈다. 시도 때도 없이 섹스를 하고 싶은데도 그것을 요구하지 못하도록 교육을 받았다는 것이다.

물속에서 바닥을 디디지 못하는 채로 성행위를 하는 것은 쉬운 일이 아니다. 하지만 내 파트너는 그런 어려움을 오히려 즐긴다. 나 역시 차츰차츰 그것을 재미있어하다가 마침내는 강렬한 쾌감을 맛본다. 내 안에 남아 있는 돌고래의 어떤 요소가 기회만 오면 깨어나는 게 아닌가 싶다.

우리는 백사장으로 돌아와서 몸을 말린다.

「라울은 어디 갔지?」

불길한 예감이 든다.

마타 하리는 나를 안심시키려고 한다.

「아마 사라 베르나르트랑 함께 있을 거야. 어제저녁에 둘이서 함께 있는 것을 본 것 같아. 자고 있는 게 분명해. 간밤에 메두사와 싸웠다잖아. 라울의 성격으로 보아서 틀림없이 앞장서서 싸웠을걸.」

오후 1시에 우리는 해변에서 점심을 먹는다. 메뉴는 토스트에 작은 소시지, 그리고 신선한 샐러드다.

라울은 여전히 보이지 않는다.

디오니소스가 와서 오늘 저녁의 프로그램을 알려 준다. 6시에 공연이 있고 8시에 만찬이 열린다고 한다.

오후에 우리는 다시 수영을 한다. 하지만 나도 모르게 자꾸 백사장으로 눈길이 간다. 라울이 왔는지 살피는 것이다.

여러 후보생이 모여서 엘레우시스 게임을 하고 있다. 그들이 떠드는 소리가 들려온다. 이번 판에는 볼테르가 〈신〉 역할을 맡아서 세계의 법칙을 만들었는데 그것의 유효성을 놓고 논란이 벌어진 모양이다.

「너무 어려워. 이런 법칙을 어떻게 알아맞힐 수 있겠어?」

〈예언자〉로 나섰던 후보생이 동조한다. 〈신〉이 옳지 않았다는 것이다. 볼테르는 그들의 주장에 반발하면서 게임 참가자 모두를 정정당당하지 못하다고 나무란다. 그러자 가만히 듣고 있던 루소가 나선다. 자기의 영원한 경쟁자를 제압하지 않을 수 없는 것이다.

「신으로서 백성들이 알아낼 수 있는 법칙을 만들어 낼 줄 모르면 그냥 소설이나 쓰지 그래. 소설에서는 적어도 인물들이 불평을 하지 않잖아.」

볼테르가 대답한다.

「내가 만든 법칙은 완벽하게 통했어. 너희가 찾아내지 못했을 뿐이야.」

「너는 졌어, 볼테르.」

철학자 볼테르는 풀이 죽어서 자리를 뜬다. 다른 참가자들은 게임을 계속한다.

「자, 이번엔 누가 〈신〉을 맡을 거야?」

루소가 나선다.

「내가 해보고 싶어.」

라울은 저녁 6시가 되도록 나타나지 않았다.

우리는 원형 극장에 모인다. 나는 잡념을 떨쳐 버리고 느긋하게 공연을 관람하기로 한다. 오늘 스승 신들이 무대에 올리는 것은 벨레로폰테스의 전설을 소재로 한 연극이다.

벨레로폰테스 역을 맡은 배우는 공교롭게도 벨레로폰테스 자신이다. 그는 우리의 보조 강사들 가운데 하나인데, 나는 그를 본 적도 없고 그에 관한 전설을 들은 적도 없다.

이 공연에는 페가수스가 등장한다. 신화에 나오는 이 천마의 역할을 맡은 배우 역시 페가수스 자신이다. 아테나가 이 공연을 위해 특별히 빌려 준 것이다.

연극이 시작된다.

벨레로폰테스(이 이름은 〈투창을 가지고 다니는 자〉[16]라는 뜻이다)는 시시포스의 손자다. 그는 소년기(벨레로폰테스의 아역은 어떤 에코가 맡았는데, 그는 자기 대사를 되풀이해서 말하고 싶은 욕구를 참느라고 무척 애를 쓴다)에 우연찮게 자기 동무(또 다른 에코가 연기)를 죽이고 이어서 자기 동생을 죽인다. 그는 죄를 씻기 위해 코린토스를 떠나 티린스의 왕 프로이토스(디오니소스가 연기)의 궁전으로 간다. 하지만 왕비 안테이아(데메테르가 연기)는 그를 보자마자 사랑에 빠진다. 그녀가 키스를 하려고 하자 그는 거절한다. 이에 모욕감을 느낀 그녀는 그가 자기를 겁탈했다고 모함한다. 남편이 분노하는 것은 당연하다. 하지만 프로이토스왕은 자기 궁전에서 살인을 하고 싶지 않아서, 장인이자 리키아의 왕인 이오바테스에게 벨레로폰테스를 보낸다. 벨레로폰테스는 왕이 들려 준 편지를 가지고 이오바테스에게 간다. 이 편지의 내용은 편지를 가져온 사람을 죽이라는 것이다. 이상이 제1막이다.

제2막. 이오바테스는 벨레로폰테스를 직접 죽이지 않고 그를 죽음으로 내몰 수 있는 임무를 맡기기로 한다. 그래서

16 〈벨레로스를 죽인 자〉라는 견해가 더 널리 받아들여지고 있는 듯하다.

벨레로폰테스에게 키마이라를 죽이라고 명령한다. 하지만 벨레로폰테스는 한 점쟁이에게 도움을 청한다. 점쟁이는 메두사의 피에서 생겨난 날개 돋친 말 페가수스를 붙잡아서 길들이라고 조언한다.

나는 마타 하리에게 속삭인다.

「모든 게 전설과 맞아떨어지는 거야?」

「쉿!」

연극에 매료된 주위의 몇몇 후보생이 주의를 준다.

벨레로폰테스는 아테나가 준 황금 고삐를 페가수스의 목에 두른다. 그러고는 이 천마를 타고 공중으로 올라간다. 그때 켄타우로스 세 마리가 무대에 나타난다. 그들은 하나의 가죽 덮개를 뒤집어쓰고 있어서 마치 하나의 괴물처럼 보인다. 머리에는 각각 사자와 염소와 용의 가면을 쓰고 있다. 머리가 셋 달린 괴물 키마이라를 연기하기 위한 것이다.

진짜 페가수스에 올라탄 벨레로폰테스는 키마이라를 한복판에 두고 원형 극장 안을 빙빙 돈다. 관객들은 홀린 듯이 그 광경을 바라본다. 이어서 벨레로폰테스는 화살을 쏘아 댄다. 화살에는 촉이 없기 때문에 모두 가죽 덮개에 부딪쳐 튀어나온다. 벨레로폰테스는 천마에서 내려 용의 아가리에 창을 쑤셔 넣는 시늉을 한다. 키마이라는 옆으로 쓰러지고 관중은 박수갈채를 보낸다. 하지만 이오바테스는 무대에 다시 등장하여 낙심한 표정을 짓는다.

제3막. 이오바테스는 성가신 벨레로폰테스를 없애 버리기 위한 다른 시련들을 생각해 낸다. 자기네 왕국과 적대하고 있는 이웃 민족인 솔리모이족을 혼자서 무찌르라고 하는가 하면, 아마존들(계절의 신들이 연기)을 정벌하러 보내기도 하고 해적들과 싸우게 하기도 한다.

「저건 헤라클레스 얘기와 조금 비슷한데. 따지고 보면 그리스 신화들은 서로 베껴 먹기가 일쑤야.」

내가 그렇게 속삭이자 주위의 후보생들은 더욱 드세게 내 말을 막는다.

「쉬이이잇!」

무대에서는 벨레로폰테스가 혈기 방장한 천마에 올라탄 채 화살을 쏘아 아마존들을 쓰러뜨린다. 키마이라가 쓰러지던 때에 비하면 박수갈채에 열의가 없다.

그러자 이오바테스왕은 포세이돈(포세이돈이 직접 연기)에게 기도를 올려 벨레로폰테스가 있는 평원에 홍수를 일으켜 달라고 부탁한다.

켄타우로스들은 물난리를 나타내기 위해서 물결 모양이 그려진 나무 판들을 흔들면서 움직인다. 벨레로폰테스는 그 가짜 물결을 피해 뒤로 물러선다.

몇몇 여자들(시간의 신들이 연기)이 그를 붙들어 두려고 치맛자락을 들어 올린 채 그에게 덤벼든다. 하지만 벨레로폰테스는 물결이 도달하기 전에 페가수스를 타고 도망친다.

이오바테스왕은 그제야 뭔가 이상하다고 생각하면서 〈저 벨레로폰테스라는 자는 혹시 신의 피가 섞여 있는 인간이 아닐까?〉 하고 소리친다. 불안을 느낀 왕은 안테이아 겁탈 사건에 대한 벨레로폰테스 쪽의 주장을 들어보기로 한다. 결국 이오바테스는 안테이아의 말이 거짓이었음을 깨닫고 프로이토스의 편지를 벨레로폰테스에게 보여 준다.

이오바테스는 벨레로폰테스가 겪은 부당한 시련에 대한 보상으로 자신의 딸 필로노에(재빨리 다시 분장한 시간의 신이 연기)를 그에게 아내로 삼게 했고 나중에는 죽으면서 리키아의 왕위를 물려주었다. 그런데 벨레로폰테스는 성공에 도취한 나머지 신들에 대한 경멸을 노골적으로 드러내며, 〈나는 일개 인간이지만 신들보다 강하다〉라고 큰소리를 친다.

사제들(시시포스와 프로메테우스가 연기)이 그에게 신성모독을 철회하라고 요구하자, 그는 몽둥이를 집어 들고 포세이돈 신전의 기둥들을 부수면서, 〈신들은 존재하지 않아. 신들이 존재한다면 어디 나를 말려 보시지〉 하고 말한다.

자만심에 사로잡힌 벨레로폰테스는 무모하게도 페가수스를 타고 올림포스산까지 올라간다. 그리하여 신들이 모여 있는 회의장에 불청객으로 난입한다.

그러자 화가 난 제우스(헤르메스가 기다란 털실 수염을 단 가면을 쓰고 연기)는 등에(거룹이 연기)를 보내어 페가수스의 꼬리를 물게 한다. 천마는 마구 뒷발질을 하다가 벨레로폰테스를 떨어뜨린다. 공중으로 추락한 벨레로폰테스는 가시덤불에 떨어져 눈이 멀고 발을 절게 된다. 배우는 그 상황을 잘 이해시키기 위해 조금 과장된 연기를 한다.

그러고 나서 제우스는 관객들을 향해 설명한다. 자기가 그 경솔한 자를 살려 둔 것은 모두가 그를 보면서 신과 대등하다고 믿는 자들에게 무슨 일이 벌어지는지를 알게 하기 위함이라는 것이다.

우리 후보생들은 건성으로 박수를 보낸다. 누가 보기에도 이 연극에 담긴 메시지는 스승 신들이 우리에게 보내는 하나의 경고이기 때문이다. 그 경고는 이렇게 요약될 수 있을 것이다. 〈너희 자리를 지켜라. 스승 신들이 너희를 위해 마련한

것을 뛰어넘어 더 빨리 올라가려고 하지 마라.〉

연극이 대단원에 이르자 카리테스 신들이 등장하여 환희의 송가를 부른다.

외부의 소리가 내 귓속으로 들어오지 않는 현상이 다시 나타난다. 소리가 차츰차츰 끊기더니 이제 아무 소리도 들리지 않는다.

나는 침묵에 빠져든다. 사랑하는 여자와 관객들에게 에워싸여 있음에도 형언할 수 없는 고독감이 밀려온다. 전생에서 평생토록 따라다녔던 질문이 다시 떠오른다. 〈아니 도대체 내가 여기서 뭘 하는 거지?〉

마타 하리는 내 마음을 알아차리고 마치 자기가 옆에 있다는 것을 일깨워 주려는 듯 내 손을 꼭 잡는다. 내 안의 작은 목소리가 속삭인다. 〈뭔가 일이 꼬이고 있어. 조심해야 해.〉 나는 머릿속의 생각하는 기계를 빠르게 작동시킨다.

갑자기 내 손이 마타 하리의 손을 으스러지도록 그러쥔다. 마타 하리가 불안한 얼굴로 묻는다.

「또 무슨 일이야?」

계단식 좌석들이 비어 간다. 모두가 중앙 광장에서 열리는 대향연에 참여하기 위해 나간다.

「미카엘, 무슨 문제가 있어?」

「앉아서 잠깐만 기다려. 화장실에 다녀올게.」

마타 하리가 나를 따라오지 못하도록 거짓말을 한 것이다.

나는 더 설명하지 않고 줄행랑을 놓는다.

제발 내 예감이 빗나가야 할 텐데.

83. 백과사전: 원숭이 덫

미얀마의 원주민들은 원숭이를 잡기 위해 아주 단순한 덫을 개발했다. 이 덫은 목이 좁고 배가 불룩한 투명 용기를 사슬에 연결하여 나무 밑동에 묶어 놓은 것이다. 그들은 용기 안에 크기가 오렌지만 하고 원숭이가 손으로 으스러뜨릴 수 없을 만큼 단단한 과자를 넣어 둔다. 과자를 본 원숭이는 그것을 잡으려고 용기 안에 손을 집어넣는다. 하지만 과자를 움켜쥔 채로는 용기의 좁다란 목으로 손을 빼낼 수가 없다. 원숭이는 제 손아귀에 들어온 과자를 포기하려고 하지 않는다. 그러다가 결국은 사람들에게 잡힌다.

에드몽 웰스, 『상대적이며 절대적인 지식의 백과사전』 제5권

84. 메시아 도둑

나는 아틀라스의 저택으로 돌진한다.

현관문은 이번에도 빠끔히 열려 있다. 나는 저택 안으로 숨어들어 지하실 쪽으로 간다. 지하실 문 역시 조금 열려 있다. 나는 계단을 성큼성큼 내려가 후보생들을 잡기 위한 덫들을 아슬아슬하게 피하며 18호 지구 쪽으로 달려간다.

덮개를 씌워 놓은 모양새가 달라졌다. 누가 다녀간 것이다.

나는 덮개를 걷고 앙크를 돋보기 삼아 꺼내 든다.

벌써 너무 늦었다. 나는 안다. 느낌이 온다. 이제 내가 할 일은 피해를 확인하는 것뿐이다. 피해가 막심하다.

〈신의 가르침을 받은 자〉는 독수리족 경찰에 체포되었다. 돌고래족의 독립을 꾀한 반역자로 지목된 것이다. 그는 광장에서 꼬챙이에 꿰이는 형벌을 당했다. 그의 시신은 아직도 구경거리로 남아 뭇사람에게 경종을 울리고 있다. 시신 앞의

팻말에는 이런 말이 적혀 있다. 〈이것이 바로 독수리족의 지배에 맞선 자의 말로이다.〉

그는 분명 마지막 순간에 나를 불렀을 것이다. 하지만 나는 그 호소에 응하지 않았다.

그보다 더 고약한 일은 라울이 내 사상을 가로챘다는 사실이다. 독수리족의 한 사내가 〈신의 가르침을 받은 자〉의 사상을 물려받은 유일한 후계자로 자처하고 있다.

그는 이름마저 숫제 〈후계자〉로 바꿨다. 하지만 사실 그는 왕년에 독수리족 점령군의 정보기관을 이끌었던 사람이다. 똑똑하고 모사꾼 기질이 강하며 조직망을 잘 짜고 상당한 카리스마를 풍긴다.

그는 〈신의 가르침을 받은 자〉를 만난 적이 없고 먼발치에서조차 본 적이 없다. 그럼에도 마치 자기가 그의 사상을 이해한 유일한 사람이라도 되는 양 그의 이름을 내세우며 말한다.

그는 〈신의 가르침을 받은 자〉를 계승할 수 있는 정당한 권리를 주장하는 사람들을 은밀하게 제거했다. 그리고 〈신의 가르침을 받은 자〉의 제자들이 그의 진정한 삶과 참다운 말씀을 전하기 위해 쓴 글들을 모조리 없애 버렸다.

〈후계자〉는 언변이 좋다. 〈신의 가르침을 받은 자〉의 말씀 가운데서 몇 문장을 따다가 원래의 문맥을 무시하고 자기 멋대로 늘어놓음으로써 자기가 하고 싶은 말을 그 문장들이 대신하게 한다. 그런 식으로 해서 그는 〈신의 가르침을 받은 자〉가 새로운 종교를 창건하기 위해 왔다고 주장하기에 이른다.

하지만 〈신의 가르침을 받은 자〉는 내 뜻을 분명하게 이해한 것으로 보였다. 그랬기에 이런 말을 하고 또 하지 않았겠는가. 〈나는 새로운 종교를 창건하러 온 것이 아니라, 돌고래족 본연의 가치들을 잊어버린 사람들에게 그것들을 다시 일깨워 주러 왔습니다.〉

그의 말을 들은 사람들이 들은 대로 기억하고 있으면 좋으련만…….

그러나 〈후계자〉는 치밀하다. 그는 〈신의 가르침을 받은 자〉의 벗이었던 사람들과 일가붙이들을 모두 배제하고, 자기 주위의 외국인들을 설복하여 하나의 동아리를 이루었다. 이 동아리는 다시 하나의 조직망을 만들어 냈다. 초기 제자들이었던 돌고래파 사람들은 모두 쫓겨나거나 권위가 실추되었고, 심지어는 〈신의 가르침을 받은 자〉의 진정한 사상을 배신했다는 모함을 받았다. 〈후계자〉는 그들 가운데 하나에게 〈만약 당신들이 진정으로 그분의 벗들이었다면 그분을 구했을 것이다〉라고 호통을 쳤다. 그 말에 돌고래파 사람이 무어라고 대답했지만, 군중의 박수갈채 소리가 너무나 요란해서 그의 말은 아무에게도 들리지 않았다. 어쩌다 〈신의 가르침을 받은 자〉의 벗들이 드러내 놓고 스스로를 변호할라치면, 가면을 쓴 남자들이 그들을 잡아다가 다시는 자기들 생각을 표출할 엄두를 내지 못하도록 뭇매를 놓았다.

진정한 벗들의 무리는 점차로 〈신의 가르침을 받은 자〉의 참된 사상을 배신한 자들의 무리로 간주되어 갔다. 그들은 〈신의 가르침을 받은 자〉를 죽음으로 몰아갔다는 의심까지 받고 있다. 후계자는 왕년에 독수리족의 비밀경찰을 이끌었고, 바로 그 비밀경찰이 돌고래파 사람들을 박해하고 〈신의 가르침을 받은 자〉를 처형했건만, 그 사실을 기억하는 사람은 이제 아무도 없다. 당연한 일이지만 독수리족 경찰은 이미 새로운 종교라 불리기 시작한 〈후계자〉의 활동에 대해서는 예전과 다르게 아주 관대한 태도를 보인다. 그래서 〈후계자〉는 어떤 경우에도 관계 당국의 방해를 받지 않는다.

나는 비로소 깨닫는다. 진실은 아무 쓸모가 없다. 선전에 달통한 〈후계자〉가 자기의 개인적인 이익에 가장 부합하도록 제멋대로 역사를 다시 쓰고 있지 않은가.

〈후계자〉는 자기 종교에 〈만백성의 종교〉라는 이름을 붙인다. 이 새로운 신앙이 머잖아 모든 인간을 지배하게 되리라 확신하고 있는 것이다. 라울은 내 아이디어의 힘을 간파했지만 그것을 내 의도에 반해서 사용하고 있다. 그는 관용의 사상을 열성적인 포교의 사상으로 변형했다.

〈만백성의 종교〉 사제들은 물고기 모양의 상징이 돌고래족 문화와 너무 긴밀하게 결합되어 있다고 여겼는지 그것을 버리고 대신 〈신의 가르침을 받은 자〉의 처형과 관련된 꼬챙이를 새로운 상징으로 선택한다.

이 새로운 종교의 신자들은 끝이 뾰족한 막대에 통닭처럼 꿰인 남자를 여기저기에 그리는가 하면, 그 상징을 장신구로 만들어서 달고 다니기도 한다. 어디에서나 물고기 그림들은 지워지고 꼬챙이에 꿰인 남자의 그림들이 그 자리를 대신한다.

그렇게 〈후계자〉가 대대적인 선전과 홍보를 통해 새로운 종교를 전파해 가는 사이에 독수리족의 대군은 사막에 있는 돌고래파의 도시를 공략하기 위해 진군을 개시했다.

아, 라울…….

나는 독수리족 군대를 저지하기 위해 번개를 보낸다. 하지만 아무 소용이 없다. 그들은 너무 수가 많고 너무 결연하다. 그런가 하면 그들의 사기를 꺾기 위해 내가 그들이 자는 동안에 보낸 악몽에는 너무나 둔감하다. 나는 참극을 피할 길 없는 상황을 마주하고 무력감을 느낀다. 나는 참 무능한 신이다.

사막 한복판의 바위산에 있는 돌고래파의 성채, 돌고래족의 감춰진 지식과 과학을 지켜 온 이 마지막 보루에서는 적의 포위 공격을 버텨 내기 위해서 모두가 만반의 준비를 한다.

성채 안에 샘이 있어서 그나마 다행이다. 그들은 이 샘 덕분에 해발 수백 미터의 바위산 꼭대기에서 작물을 재배하고 가축을 기를 수 있었다.

내 백성들은 오래도록 버티며 용기와 투지를 가지고 싸운다. 때로는 소수의 특공대를 내보내어 공격자들의 군막에 불을 지르기도 한다. 독수리족 군대는 멀리에서 투석기로 공격을 퍼붓는다. 농성군의 피붙이들을 붙들어다가 투석기로 날려 보내는 짓도 서슴지 않는다. 그들이 성벽에 부딪쳐 으깨어지는 것을 보여 줌으로써 농성군의 사기를 꺾으려고 하는 것이다.

라울이 어떻게 이런 짓까지 할 수 있지?

〈신의 가르침을 받은 자〉가 그를 정말 불안하게 만들었던 게 분명하다.

나는 번개를 보내 투석기 몇 대를 파괴한다. 하지만 그것들을 모두 파괴할 수가 없다. 돌고래파 사람들은 종말이 임박했음을 알아차리고 자살을 선택한다. 독수리족의 노예나 갤리선의 노잡이가 되느니 스스로 목숨을 끊는 편이 낫다고 여긴 것이다.

독수리족 병사들은 적들이 자살해 버린 것을 보고 미쳐 날뛰며 마치 옛날에 고래족의 항구 도시를 파괴했을 때처럼 성채를 폐허로 만들어 버린다.

그들은 도서관을 불태우고 기계들을 짓밟고 실험실을 약탈한다. 또한 수조에서 찾아낸 돌고래의 배를 가르고 그 고기를 나눠 먹는다.

한편 〈후계자〉는 〈신의 가르침을 받은 자〉의 최후에 관한 이야기를 재해석하여 그 이야기를 듣는 모든 사람을 감동시킨다. 〈만백성의 종교〉는 먼저 돌고래족 공동체들 속으로 퍼져 들어가 그들을 분열시키고, 이어서 아주 빠르게 사방팔방으로 퍼져 간다. 그들은 〈신의 가르침을 받은 자〉가 베풀어 주던 입문 의식을 최소한의 요소만 보존한 형태로 간소화했다. 물속에 머리를 담그는 의식을 이마에 세 방울의 물을 떨어뜨리는 의식으로 바꾼 것이다.

또한 그들은 〈신의 가르침을 받은 자〉의 유지를 따르는 것이라면서 수요일마다 생선을 먹으며 잔치를 벌이는 관습을 만들었다. 돌고래파의 성채가 유린되고 그들의 돌고래가 독수리족 병사들의 고기가 된 날이 바로 수요일이었다. 이건 그야말로 파렴치의 극치다.

새로운 종교로 가장 먼저 개종한 사람들은 바로 돌고래족 백성들이었다. 독수리족은 그들을 박해하다가 점차 너그러이 받아들였고 결국에는 그들에게 최상의 선물을 안겨 준다. 〈후계자〉의 종교를 독수리족 제국의 공식적인 종교로 인정한 것이다.

〈신의 가르침을 받은 자〉는 독수리족의 압제로부터 돌고래족의 나라를 해방시키기 위해 왔다는 사실을 생각할 때 참 놀라운 일이 아닐 수 없다.

이제 〈신의 가르침을 받은 자〉의 이름으로, 그리고 그가 일깨우고자 했던 가치들의 이름으로 돌고래족과 그들의 옛 종교를 헐뜯는 운동이 전개된다. 돌고래족이 숭상해 온 가치들은 시대에 뒤떨어진 것으로 간주되고 돌고래족의 옛 종교는 〈신의 가르침을 받은 자〉를 살해했다는 모함을 받는다.

〈후계자〉는 한 대중 연설에서 많은 서기가 받아 적는 가운데 이렇게 선언한다. 「만약 우리가 〈신의 가르침을 받은 자〉의 사상을 사랑한다면, 우리는 돌고래족이 숭상해 온 가치들을 부정해야 합니다.」

개종하지 않은 돌고래족 백성들은 또다시 수난의 시대를 맞는다. 그들은 독수리족에게 박해당할 뿐만 아니라 〈만백성의 종교〉로 개종한 동족의 박해에도 시달린다. 개종한 돌고래족 백성들은 자기들의 형제를 부정하고 있음을 보여 주기 위해 아주 그악스럽게 군다. 벌써 몇 번째인지 모를 이 시기의 박해는 그래서 더욱 모질다.

이제 그들은 내가 보낸 사랑의 메시지를 내세워 내 백성들을 죽인다. 이렇듯 거짓을 진실로 둔갑시키고, 피해자를 가해자로, 가해자를 피해자로 보이게 하는 것은 쉬운 일이다. 어쩌면 포세이돈의 말이 옳을지도 모른다. 인간들은 파뉘르주의 양 떼일 뿐이다. 그들은 줏대 없이 남의 의견에 따라 움직인다. 말도 안 되는 얘기를 들려줘도 남들이 귀를 기울이면 똑같이 따라 한다. 그들은 진실에 관심을 두지 않는다. 거짓말이 거창하면 거창할수록 그들에겐 오히려 더 잘 통한다.

갑자기 내 위쪽에서 누군가의 목소리가 쩌렁쩌렁 울린다.

「설마 내가 너무 방해하는 건 아니겠지?」

85. 백과사전: 마사다

마사다는 이스라엘 유대 사막의 깎아지른 절벽 위에 있었던 요새이다. 기원전 2세기에 셀레우코스 왕국의 지배에 맞서 유대의 독립을 쟁취했던 하스몬 가문의 왕자들이 이곳을 수비대의 주둔지로 삼음으로써 요새로 만들어지기 시작했다. 1세기의 유대인 역사가 플라비우스 요세푸스의 기록에 따르면, 이곳에 본격적인 요새를 건설한 것은 기원전 1세기 후반에 유대를 지배했던 헤로데왕(王)이다. 헤로데왕은 유대인이 아니고 에돔 출신의 로마 지방 장관 안티파테로스의 아들이었지만, 로마인들은 조세 징수를 확실히 하기 위하여 그를 유대 왕국의 왕으로 삼았다.

66년 로마 제국의 식민 통치에 폭력 투쟁으로 맞설 것을 주장하던 열심 당원들이 예루살렘에서 반란을 일으켰다. 이때 그들 가운데 일부는 성벽 밑을 지나는 땅굴을 통해 아내와 자식들을 데리고 탈출했다. 그들은 마사다에 다다라 거기에 주둔하고 있던 로마 수비대를 물리쳤다.

이어서 로마인들과 타협한 공식적인 유대교를 거부하는 에세네파 유대인들이 그 반란 집단에 합류했다(에세네파는 세례자 요한, 즉 예수에게 세례를 주고 나중에 유대 왕비 헤로디아의 딸 살로메의 요청에 따라 목이 잘렸던 예언자를 배출한 유대인 공동체였다). 마사다 요새에서 에세네파와 열심 당원들은 모두가 자유롭고 평등한 자주 관리 공동체를 건설했다.

70년, 유대인들의 대반란을 진압하고 예루살렘을 함락한 로마인들은 마사다 요새를 반란자들의 소굴로 여기고 소탕 작전에 나서기로 했다. 로마의 유대 주둔군 사령관 실바 장군이 10군단을 이끌고 유대 왕국의 마지막 자유인들을 토벌하기 위해 진군했다. 마사다 농성전은 3년에 걸쳐 계속되었다. 에세네파와 열심 당원들의 공동체는 로마군에 맞서 끈질기게 저항했다. 그러다 결국 항복을 거부하고 집단 자결을 선택했다.

그런데 이 공동체가 비통한 종말을 맞기 직전에 에세네파 일부가 비밀 통로를 이용하여 탈출할 수 있었다. 그들은 자기네 역사와 지식을 기록한 문서를 가져가서 사해 연안의 쿰란 지구에 있는 동굴에 감췄다. 그 뒤로 2천 년 가까운 세월이 흐른 뒤에 한 양치기 청년이 길 잃은 양을 찾으러 동굴에 들어갔다가 사해 문서라 불리는 그 유명한 두루마리들을 발견했다. 이 문헌들에는 〈태초부터 계속되어 온 빛의 자식들과 어둠의 자식들 사이의 전쟁〉이 언급되어 있다. 또한 에세네파의 일원이었던 예슈아 코헨의 생애에 관한 이야기도 나온다. 그는 33세까지 에세네파의 교리를 전파하다가 로마인들에게 십자가형을 당했다고 한다.

에드몽 웰스, 『상대적이며 절대적인 지식의 백과사전』 제5권

86. 표본병 속의 악몽

지하실 문으로 쏟아져 들어오는 빛 속에서 아틀라스의 거대한 실루엣이 뚜렷하게 드러난다.

나는 더듬더듬 말한다.

「이럴 수밖에 없는 사정이 있었어요. 설명을 드릴게요.」

아틀라스는 커다란 홰에 불을 붙인다. 나뭇진 타는 냄새가 훅 끼쳐 온다.

그가 심드렁하게 대답한다.

「설명 따위는 안 해도 돼.」

멀리에서 여자 목소리가 날아온다.

「여보, 무슨 일이야?」

「별일 아냐, 플레이오네. 모든 게 잘 돌아가고 있어. 밤손님 하나를 찾아냈거든.」

「누군데?」

「미카엘 팽송.」

「돌고래족의 신 말이야?」

「맞아.」

「실험실에 보낼 거야?」

「그래야지. 이 녀석을 어떤 괴물로 만들면 좋을지 생각해 둔 게 있어. 이봐 미카엘, 자네 혹시 인간 시절에 이삿짐센터에서 일한 적 없어? 아니면 자네 혹시 친구들이 피아노 옮기는 것을 잘 도와주는 부류 아니었어?」

「죄송하지만 아닌데요. 이미 지구에 살던 때부터 저는 아무것도 가지고 다니지 않는 것을 더 좋아했어요. 허리가 약했거든요.」

「글쎄 자네가 짐꾼 자질이 있는지 없는지는 두고 보면 알겠지. 이제부터 자네는 내 보조 짐꾼이 될 테니까 말이야. 자네를 두고 〈모두가 기다리는 이〉라고 수군거리는 소리가 들리던데 그게 사실인지 아닌지 나는 모르겠어. 하지만 〈내가 기다리는 자〉가 아마도 자네일 거라는 생각은 들어. 플레이오네, 이 친구를 실험실로 데려가서 헤르마프로디토스에게 부탁해야겠어. 이 젊은이를 뜯어고쳐서 무거운 짐을 잘 짊어질 수 있게 만들어 달라고 말이야. 굵은 이두박근을 만들어 줘야 할 거야. 아마 키도 늘이고 어깨통도 넓혀야 할걸. 키가 2미터 50 정도는 돼야 쓸 만하겠지?」

아틀라스의 아내가 계단 꼭대기에 나타나더니 계단을 내려와서 나를 마주하고 선다. 아틀라스의 횃불이 빛을 비추고 있어서 그녀의 모습이 분명하게 드러난다. 팔은 넓적다리 같고, 넓적다리는 가슴통 같고, 가슴통은 아래로 갈수록 넓어지는 거대한 호리병박처럼 생겼다.

「팽송 군, 자네는 거인이 되기를 꿈꾼 적이 없어? 키가 2미터 50쯤 되면 더 높이 더 멀리 볼 수 있어. 자네도 좋아할 거야, 틀림없어.」

나는 뒷걸음질을 친다.

그러다가 이판사판의 심정이 되어 오로지 생존 본능이 시키는 대로 필사적인 탈출을 시도한다. 나는 선반 지지대 하나를 힘껏 걷어차서 휘어지게 만든다. 그러자 널빤지들 전체가 기울기 시작한다.

아틀라스는 당장 손을 쓰지 않으면 선반 위의 구체들이 차례로 미끄러져 내려 박살이 나리라는 사실을 알아차린다.

그는 기울어진 선반들을 바로잡기 위해 달려든다. 나는 그 틈을 타서 반대쪽으로 도망치다가 플레이오네와 정면으로 마주친다. 그녀가 두 팔을 활짝 벌린다. 내 뒤에서 아틀라스가 소리친다.

「날 도와줘, 빨리. 세계들이 다 굴러떨어지겠어!」

플레이오네는 잠시 머뭇거리다가 두 팔을 도로 내리고 남편을 도우러 달려간다. 도망칠 길이 열렸다. 나는 진동한동 계단을 올라간다.

하지만 1층에 다다라 보니 문이란 문은 모두 잠겨 있다. 나는 창문 손잡이에 손이 닿게 해줄 만한 의자를 찾아 두리번거린다. 하지만 벌써 넓적한 손 하나가 나를 잡는다. 나는 무슨 일이 벌어지고 있는지 알아차릴 새도 없이 유리 표본병 속에 갇힌다. 전에 내 스승 에드몽 웰스가 그랬던 것처럼.

숨이 가빠 온다. 나는 즉시 문제가 무엇인지 깨닫는다. 공기가 없다. 나는 유리 벽을 두드린다. 소리가 너무 크게 울려서 귀가 먹먹하다.

밖에서 누가 소리친다. 그 말이 유리 벽 때문에 소리가 약해진 채로 내 귀에 닿는다.

「뚜껑에 구멍 뚫는 거 잊지 마. 저 녀석이 질식사해 버리면 안 되니까 말이야.」

그러자 플레이오네는 나사돌리개를 집어 들고 금속 뚜껑에 구멍을 뚫는다. 나는 얼른 공기가 들어오는 쪽으로 간다.

그러고 나서 커다란 두 손이 내가 담긴 표본병을 운반해 간다. 올림피아 시내가 유리 벽 너머로 스쳐 간다. 나는 유리 벽을 두드리다가 문득 깨닫는다. 지금 내가 당하고 있는 이 고통을 나 역시 옛날에 올챙이나 개구리, 나비, 달팽이, 민달팽이, 도마뱀에게 가한 적이 있다. 나는 나의 개인적인 동물 표본실을 만들기 위해 그것들을 표본병 속에 가둬 두었다.
아틀라스는 나를 어떤 건물로 데려간다. 전에 내가 살신자를 뒤쫓아 들어갔던 바로 그 실험실이다. 그가 노크를 하자 헤르마프로디토스가 문을 연다.

「다들 내가 조수를 두어도 좋다고 해서 한 녀석을 찾아냈네. 자, 이놈일세.」

헤르마프로디토스는 두꺼운 유리 벽 너머에서 재미있다는 표정으로 나를 바라본다. 그러더니 유리에 대고 집게손가락을 튕긴다. 유리가 울리는 소리에 다시 귀가 먹먹해진다.
아틀라스가 뚜껑을 열자 헤르마프로디토스는 젖은 솜을 표본병 안에 던져 넣는다. 에틸 에테르에 적신 솜이다.

마취에서 깨어나 보니 내가 수술대에 묶여 있다. 주위로 흉측한 잡종 괴물들이 들어 있는 우리들이 보인다. 3분의 1은 동물, 3분의 1은 사람, 3분의 1은 신인 괴물들이다. 그들은 쇠창살 사이로 나를 향해 손을 내민다.

헤르마프로디토스가 빙그레 웃으며 나를 바라보고 있다. 그가 빙빙 돌리고 있는 유리잔에서 꿀술 향내가 풍겨 난다. 그는 젖가슴 위로 흘러내린 긴 머리카락을 다른 손으로 비비 꼬아 댄다.

「이봐, 미카엘. 보아하니 너는 운이 없는 것 같아.」

나는 애써 농담조로 말한다.

「1호 지구에 살 때도 그랬어요. 로또에 당첨된 적도 없고 경마장이나 카지노에서 돈을 딴 적도 없죠.」

헤르마프로디토스는 수술 도구가 실린 카트를 가지러 간다. 나는 가죽끈에 묶인 채 버둥거린다.

「자, 네가 유머를 좋아하니까 내가 이야기 하나 해주지. 한 번은 이런 일이 있었어. 게임에서 탈락한 후보생 하나를 수술할 때의 일이야. 내가 메스를 들고 다가가자 녀석이 이러는 거야. 〈뭐 잊어버린 거 없어요?〉 나는 혹시나 하면서 주사기며 메스를 살펴보았지. 모든 게 완벽해 보이더라고. 그래서 녀석에게 말했지. 〈아니, 없는 것 같은데.〉 그러자 녀석이 뭐라고 했는지 알아? 〈마취.〉 그러더라고.」

헤르마프로디토스는 웃음을 터뜨린다.

「재미있지 않아? 나는 깜박 잊고 녀석을 마취하지 않았어. 녀석이 말을 하고 있는데도 그걸 알아차리지 못한 거지. 혼자 일을 하면 이런 게 문제야. 사소한 것에 신경을 쓰다가 정작 중요한 것을 잊어버리거든.」

이자는 완전히 미쳤어 하고 나는 생각한다.

그는 각기 다른 색깔의 마취제가 들어 있는 것으로 보이는 여러 개의 유리병을 집어 든다. 그런 다음 크고 작은 메스들과 봉합사와 봉합침들을 자기 앞에 가지런히 늘어놓는다.

「좋은 소식 한 가지와 나쁜 소식 한 가지가 있어. 나쁜 소식은 내가 이런 수술에 매번 성공하는 게 아니라는 거야. 사실 열 번에 한 번꼴로밖에 성공하지 못해.」

「그럼 좋은 소식은 뭐죠?」

「내가 이미 이전의 아홉 차례 수술에서 실패했다는 거지.」

그는 자기 농담에 아주 만족한 표정이다. 나는 애써 농담으로 응한다.

「거 듣고 보니 마음이 놓이네요.」

「너의 그 느긋한 태도가 마음에 들어. 완전히 공황 상태에 빠진 채로 여기에 오는 자들이 허다하거든.」

「한 가지 소원이 있어요. 마타 하리한테 이렇게 전해 주겠어요? 내가 마지막으로 생각한 것은 사랑이었고 그 사랑은 그녀를 향한 것이었다고.」

「귀여운걸. 그러니까 내 어머니는 잊었다는 얘기네.」

「그리고 라울에게 전해 주세요. 나의 마지막 증오심은 그를 향한 것이었다고.」

「좋아. 또 다른 건?」

「마타 하리에게 이 말도 전해 주세요. 내 돌고래족을 그녀에게 맡긴다고요. 그리고 그들이 가능한 한 오래 살아남을 수 있도록 애써 달라고.」

그가 빈정거린다.

「돌고래족 가운데 남아 있는 자들이 있기는 한가…….」

「그리고 아프로디테에게 전해 주세요. 고맙다고, 덕분에 내가 꿈을 꾸었다고.」

「아, 그래도 아주 잊은 건 아니로군. 나는 어머니가 또 상처를 받으리라는 것을 잘 알고 있었어. 너는 내 어머니에게 많은 고통을 안겨 주었어. 알고 있지?」

그는 유리병의 액체들을 계속 섞는다.

「네가 무슨 짓을 저질렀는지 알아? 히스테리 환자를 상대로 저지를 수 있는 가장 나쁜 짓을 저지른 거야. 너는 다른 여자한테 관심을 가졌고, 그럼으로써 내 어머니에 대한 강박관념에서 벗어났다는 인상을 주었어. 내 어머니를 완전히 지워 버리기라도 한 것처럼 말이야.」

「미안해요.」

「아냐, 잘했어. 그게 바로 내 어머니가 기대하던 거야. 자기를 사랑하지 않는 남자를 만나는 것, 그게 그녀의 감춰진 욕망이었어. 너는 아마 〈모두가 기다리는 이〉가 아닐 거야. 하지만 〈그녀가 기다렸던 자〉이기는 할 거야. 내 어머니는 3천 년 동안 자기 매력에 관심을 보이지 않는 남자를 만난 적이 없어. 그랬는데 팽송이라는 남자가 자기 앞에서 다른 여자를 데리고 나간 거야. 어머니는 화가 머리끝까지 나서 집안에 있는 것을 모두 부숴 버렸어.」

그는 웃음을 터뜨린다. 라울이 말한 〈삼각 욕망〉의 원리가 그토록 잘 먹혀드는지는 몰랐다.

「문제는 전에도 말했듯이 내가 어머니를 사랑한다는 거야. 그래서…… 나는 이 변신 수술 동안에 마취제를 사용하지 않기로 했어. 내가 대신 복수한 것을 알면 어머니가 기뻐하겠지?」

엥, 이게 무슨 소리야?

「잠깐만요, 얘기 좀 더 할 수 있을까요?」

「물론이지.」

「저…… 수술을 정확히 어떤 식으로 하는 거죠?」

「우선 네 골격을 빼낼 거야. 그것이 세계를 짊어지기에는 좀 작기 때문에 더 크고 튼튼한 골격으로 바꾸는 거지. 그다음에는 팔다리에 근육을 이식할 거고, 여기 허리 부위에 쇠처럼 단단한 힘줄을 박아 줄 거야. 그래야 세계가 담긴 구체들을 운반할 수 있거든. 보통 구체의 무게는 약 6백 킬로그램이야. 그 정도 무게를 거뜬히 들어 올릴 수 있게 만들어야지.」

공포에 휩쓸리면 안 된다. 호랑이에게 물려 가도 정신만 차리면 산다고 하지 않는가.

헤르마프로디토스가 호기심을 보이며 묻는다.

「내 가슴을 뚫어져라 보고 있는데, 왜 마음에 들어?」

갈수록 태산이다.

「세상엔 남자와 여자만 있는 게 아냐. 남자와 여자를 이어 주는 존재들이 있지. 우주의 위대한 법칙을 생각해 봐. DNA, 즉 지배의 힘과 중성의 힘과 협동의 힘 말이야. 성별에도 제3의 길이 있어. 내가 어렸을 때 어른들이 나에게 물었어. 남자로 키워 줄까 여자로 키워 줄까 하고 말이야. 나는 16세 때까지 여자로 컸어. 그러다가 17세에 남자로 변했지. 테스토스테론이 너무 많이 분비되었거든. 나는 장애인이 아니라 특혜를 받은 자야. 하나가 더 있잖아. 그런데…… 왜 아무도 나를 사랑하지 않지?」

그는 메스 하나를 집어 자기 혀로 가져가더니 칼날을 마치 사탕처럼 핥는다.

나는 어렵사리 말문을 연다.

「저는…… 당신을 사랑해요.」

그는 메스를 내려놓는다.

「정말 그렇게 생각하는 거야 아니면 그냥 듣기 좋으라고 하는 소리야?」

나는 가죽끈에 묶인 몸을 버둥거린다.

그는 얼굴을 내 눈앞으로 바싹 들이민다.

「나를 잘 봐. 내 어머니를 조금 닮은 것 같지 않아? 너는 아프로디테를 사랑했어. 헤르마프로디토스가 어떤지 시험해 보는 것도 괜찮지 않아?」

나는 더듬더듬 말한다.

「저는…… 남자를 사랑하지는 않는 것 같은데요…….」

「남자들은 누구나 남자를 사랑해! 다만 어떤 남자들은 동성애 성향을 받아들이는데, 다른 남자들은 그걸 거부하지. 그뿐이라고!」

이제 그의 얼굴이 몇 센티미터 앞에 있다. 그의 숨결이 느껴진다. 그는 입맛을 다시듯이 기다란 혀로 자기 입술을 핥는다.

「오 사랑스러운 돌고래족의 신, 내가 거래를 제안하면 받아 주겠…….」

그가 미처 말을 끝내기도 전에 사람의 머리가 달린 작은 도마뱀들이 들어 있는 커다란 표본병이 그의 머리통을 덮친다. 그는 옆으로 픽 쓰러진다.

마타 하리가 나를 묶어 놓고 있던 가죽끈을 끄르며 한숨을 내쉰다.

「이렇게 사고를 치고 다니니 5분 동안도 혼자 둘 수가 없다니까.」

헤르마프로디토스가 엉금엉금 기기 시작한다. 다시 정신

을 차린 모양이다. 나는 도망칠 시간을 벌기 위해 모든 우리를 열어 버린다. 여자의 얼굴을 한 캥거루, 박쥐 날개가 돋친 남자, 자그마한 사람의 다리가 달린 거미, 말하는 곤충, 사람의 손이 달린 토끼 따위가 우리에서 쏟아져 나온다.

괴물들은 한바탕 소란을 떨더니 여전히 바닥에 엎어져 있는 헤르마프로디토스에게 몰려가서 그를 물어뜯고 할퀴고 때린다.

마타 하리는 그렇게 고통이 폭력으로 변하여 폭발하는 것에 놀라며 나직하게 말한다.

「빨리 집으로 돌아가자.」

우리는 부랴부랴 건물을 빠져나가 힘껏 달음박질을 친다.

단 1초도 지체할 수 없다.

87. 백과사전: 인더스 문명

인도 역사의 초창기에 비교적 덜 알려진 하나의 문명이 존재하고 있었다. 지금으로부터 약 5천 년 전에 발흥하여 1천5백 년 가까이 존속했던 것으로 보이는 인더스 문명 또는 하라파 문명이 바로 그것이다. 이 문명의 중추를 이루었던 것은 하라파와 모헨조다로라는 두 도시였다. 두 도시의 전체 인구는 약 8만 명이었던 것으로 추산된다. 당시로서는 상당히 많은 인구였다. 이 문명에서는 막강한 권력을 상징하는 왕궁이나 신전 따위가 발견되지 않는 대신 치밀한 도시 계획이 두드러져 보인다. 시가지는 동서남북으로 뻗은 대로를 주축으로 바둑판 모양으로 구획되어 있었고, 인류 역사를 통틀어 가장 먼저 설계된 수로와 하수도망이 갖춰져 있었다.

이 문명은 어떻게 생겨났을까? 현재로서는 누구도 분명하게 말할 수 없지만, 일부 연구자들은 수메르 문명에서 그 기원을 찾는다. 서쪽에서 침입한 아리아인들을 피해 인더스강 유역으로 온 수메르인들이 하라파와 모헨조다로를 건설했을 것으로 추측하는 것이다.

이 문명이 사라진 이유 역시 오랫동안 수수께끼로 남아 있었다. 그러다가 최근 들어 수천 구의 시신과 하라파 시대의 물건들이 묻혀 있는 구덩이가 발견되고 고고학자들의 연구가 진척됨에 따라 하라파인들의 역사가 점차로 재구성되기에 이르렀다.

하라파인들은 견고한 성벽을 건설함으로써 외적의 잇단 침입에 저항할 수 있었다. 그렇게 도시의 안전이 어느 정도 확보된 가운데 그들은 특별한 문화와 예술과 아주 세련된 언어를 발전시켰다. 그들의 문자 가운데 수백 개의 그림 글자가 알려져 있지만 아직 해독되지 않고 있다. 그들은 평화를 추구하는 민족이었다. 그들은 여러 가지 경제 활동으로 풍요를 누렸다. 면화를 재배하여 이웃 민족들에게 팔았을 뿐만 아니라, 구리나 석회암이나 보석 등으로 그릇이나 장신구를 제작하기도 했다. 그들이 수출한 청금석은 많은 민족의 종교 의식에서 사용되었다. 당시에 청금석은 그 지역에서만 구할 수 있었고, 그 교역로는 이집트까지 닿아 있었다. 파라오들의 관에서 청금석으로 만든 물건들이 발견되고 있는 사실이 그 점을 말해 준다.

그런데 아리아인들은 하라파를 군사적으로 침략하려다가 실패한 뒤에도 도시 주위에 계속 남아 있었다. 그렇게 세월이 흘러가자 하라파인들은 마침내 그들의 적의가 사라졌다고 판단하고 집과 도로와 수로를 건설하기 위한 노동력으로 그들을 고용했다. 그리하여 하라파인들의 도시 안에서 살아가는 아리아인들의 노동 계급이 생겨났다. 그들은 당시의 노예제 관습에 비추어 볼 때 상당히 좋은 대접을 받았다. 하지만 시간은 자식을 훨씬 많이 낳는 아리아인들의 편이었다. 아리아인들의 후손들은 이내 강력한 패거리를 지어 도시 주위에 공포를 뿌리기 시작했다. 그들은 교역로를 오가는 대상(隊商)들을 공격했고 도시를 점차로 파괴했다.

도시 안에 살던 아리아인들은 마침내 때가 무르익었다는 판단이 들자 내전을 일으켰다. 그들은 결국 하라파인들을 붙잡아 커다란 구덩이 앞에 모은 다음 모두 죽여서 한데 묻어 버렸다. 하라파와 모헨조다로를 약탈한 아리아인들은 도시를 어떻게 관리해야 할지 몰랐기 때문에 그냥 몰락해 가도록 방치하다가 결국은 도시를 버리고 떠나 버렸다. 그들 뒤에 남은 것은 유령 도시들과 시신으로 가득 찬 구덩이들뿐이었다.

에드몽 웰스, 『상대적이며 절대적인 지식의 백과사전』 제5권

88. 독수리족의 피

나는 마주치는 산보객들을 밀치면서 올림피아 시내를 내닫는다. 아드레날린이 분출하여 근력이 몇 배나 강해진 듯하다.

마타 하리가 내 뒤에서 달리고 있다. 그녀의 가쁜 숨소리가 들린다.

왁자한 소리가 들려오는 광장 쪽으로 다가갈수록 분노가 더해 간다. 지붕들 위로 광장 한복판의 사과나무가 보이기 시작한다.

내가 찾고 있는 자는 식탁을 마주하고 사라 베르나르트와 나란히 앉아 있다. 그는 나를 보자 간단한 저녁 인사를 건넨다. 나는 내 백성들을 지키고 사랑과 협동의 세력을 수호하겠다는 일념으로 있는 힘을 다해 내 친구 라울의 얼굴에 주먹을 안긴다.

손가락 뼈마디가 매우 아프다 싶으면서 액체가 튀고 뭔가 마른 나무 같은 것이 오지끈 부러지는 느낌이 든다. 그의 코가 부러진 모양이다.

라울은 미처 손을 쓸 새도 없이 뒤로 나자빠진다. 내가 다시 덤벼들자 그는 스스로를 지키기 위해 반사적으로 두 손을 내민다. 남에게 겁을 주는 것은 통쾌한 일이다.

라울의 눈빛을 보니 처음엔 영문을 모르겠다는 기색이 역력하다. 하지만 그것이 오래가지는 않는다. 내가 왜 그러는지 깨달은 것이다.

내 손에 피가 묻어 있다. 독수리족의 피다. 나는 피범벅이 된 그의 얼굴을 다시 때린다. 우리는 의자들을 넘어뜨린다. 아무도 끼어들 엄두를 내지 않는다. 내 공격이 너무나 뜻밖인 것이다.

라울은 쓰러졌다가 다시 일어나더니 결투 자세를 취하며 맞선다. 나는 그에게 달려든다. 우리는 한데 엉킨 채로 식탁 아래에서 나뒹군다.

라울은 나보다 힘이 세다. 나는 그에게 꽉 붙잡혀 꼼짝달싹 못 하는 상황에서 그의 얼굴을 똑바로 보며 내뱉는다.

「나쁜 자식!」

그는 쓴웃음을 지으며 피를 뱉는다. 그러고는 나를 뒤로 밀어 버린다. 나는 막 넘어지려던 찰나에 가까스로 식탁을 붙잡는다.

「너는 〈신의 가르침을 받은 자〉를 죽였어!」

「난 그저 균형을 회복시켰을 뿐이야.」

내가 또다시 덤벼들자 그는 살짝 피하면서 다리를 건다. 나는 땅바닥에 나동그라진다. 그가 나를 덮치려고 한다. 나는 벌떡 일어나 두 주먹을 꽉 쥔다.

에디트 피아프가 소리친다.

「그만들 싸워! 미카엘, 너 왜 이래?」

나는 테오팀의 복싱 경기를 떠올리며 왼손을 쓰는 척하다가 오른손 어퍼컷을 그의 턱에 안긴다. 그는 얼굴을 찡그리며 버틴다. 나는 아주 빠르게 오른손 훅과 왼손 훅을 잇달아 날리고, 그의 코에 스트레이트 두 방을 먹인다. 그의 얼굴은 이제 박살 난 수박처럼 보인다.

누가 내 친구를 건드리면 나는 흥분이 북받쳐 오르는 것을 느낀다. 〈신의 가르침을 받은 자〉는 나의 인간 친구였다. 나는 꼬챙이에 꿰인 그의 고통을 떠올린다. 통닭구이를 연상시키는 그의 형상을 장신구로 달고 다니는 〈후계자〉의 신도들도 눈에 선하다. 나는 때리고 또 때린다.

하지만 라울은 다시 정신을 차리고 내 주먹을 요리조리 피한다. 나는 그의 오른쪽 넓적다리를 힘껏 걷어찬다. 허를 찌른 것이다. 내가 왼쪽 넓적다리를 마저 가격하자 그는 이를 악물고 팔짝거리며 피 묻은 코를 훔치고 도끼눈으로 나를 노려본다.

아드레날린이 나를 더욱 흥분시킨다. 당하고만 살 수는 없다. 이제 매를 돌려주마. 나는 비단 〈신의 가르침을 받은 자〉의 고통을 앙갚음하는 것일 뿐만 아니라 테오팀과 나의 온 생애에 대해서, 그리고 매를 돌려주지 못했던 모든 자들을 대신해서 앙갚음을 하는 것이다.

후보생들이 나서서 우리를 떼어 놓는다. 어떤 후보생은 두 팔로 내 허리를 감고 어떤 후보생은 라울을 붙잡는다. 하지만 내가 꽉 붙잡혀 있는 사이에 라울은 잽싸게 몸을 빼내더니 있는 힘을 다해 내 턱을 때린다.

이들이 부러지고 입 안에 피가 고인다. 머리가 어질어질하다.

아드레날린이 다시 분출한다. 잠에서 깨어나자마자 독한 커피를 마신 기분이다. 나는 머리를 앞으로 내밀고 라울의 배로 돌진한다.

후보생들이 여기저기에서 뛰어나와 우리 둘 사이를 막아선다.

나는 앙크를 꺼내 좌우로 흔들면서 모두를 위협한다.

「비켜, 비켜, 안 그러면 쏜다.」

에디트 피아프가 소리친다.

「조심해, 앙크를 들었어!」

군중이 흩어진다.

스승 신들은 끼어들지 않고 태연자약하게 우리를 바라본다.

내가 앙크를 다른 데로 돌린 틈을 타서 라울도 앙크를 빼어 든다. 우리는 서로를 겨눈 채로 천천히 뒷걸음질을 친다. 우리 주위로 커다란 원이 만들어진다. 내 입에서 피가 흐른다. 피의 비릿한 맛이 나를 취하게 한다.

우리는 두 팔을 내밀고 앙크의 사격 버튼에 손가락을 댄 채 적당한 거리를 두고 멈춰 선다.

「미카엘, 이거 싸구려 서부 영화의 한 장면 같지 않아?」

코가 부러진 탓에 그의 목소리가 이상하게 들린다.

「라울, 나는 이제 잃을 게 없어. 언젠가는 이런 순간이 올 줄 알았지.」

「때가 되면 제자는 스승을 따라잡았는지 알아보기 위해 스승에게 대드는 법이지.」

「나는 네 제자가 아냐, 라울. 내 스승은 에드몽 웰스 한 분밖에 없어.」

「너는 나에게 모든 것을 빚졌어. 우리가 페르라셰즈 공동 묘지에서 처음 만나던 때를 생각해 봐. 너는 할머니의 장례식에서 눈물을 흘리지 않았다는 이유로 꾸중을 들었다고 했어. 그때 나는 죽음이 하나의 새로운 지평이라는 것을 너에게 가르쳐 줬지.」

「너는 내 삶을 여러 번 망가뜨렸어. 그것을 잊은 게 내 잘못이야.」

「잊을 수밖에. 너는 단짝으로 지낼 만한 친구를 너무나 갖고 싶어 했거든.」

「너는 늘 나를 배신했어. 여기에 와서도 마찬가지야. 너는 내 백성들을 학살했고, 그들의 돛단배를 불태웠어.」

「그건 게임이야, 미카엘. 너는 그게 문제라니까. 게임과 삶을 혼동하고 있어. 너는 모든 것을 너무 진지하게 받아들여. 나는 일깨우는 자야. 솔직히 말해서 네가 정말로 화내는 거 처음 아냐? 다 내 덕인 줄 알아. 화내니까 좋지, 안 그래? 이로써 너에게 부족했던 것 하나를 더 가르친 셈이야. 화내는 법 말이야. 나한테 고맙다고 해.」

나는 이를 악문다.

「너는 〈신의 가르침을 받은 자〉를 꼬챙이에 꿰어 죽였어!」

「그래서 어쩌라고? 체스를 두다가 내가 네 말 하나를 잡은 것뿐이야. 그건 체스판의 말이라고. 이미 말했잖아.」

그는 코를 풀고 피를 뱉어 낸다.

「나는 네가 〈신의 가르침을 받은 자〉에게 한 일을 절대로 용서하지 않을 거야.」

그는 내 속내를 가늠하느라고 한참 동안 나를 뚫어지게 바라본다.

「네 마음대로 해.」

「당장 결투를 벌이자고. 셋을 세면 쏘기로 해. 더 빠르고 정확한 쪽이 이기는 거야.」

그는 앙크를 옆구리에 붙이며 마치 권총을 총집에 넣는 듯한 동작을 취한다. 나는 머뭇거리다가 그를 따라 한다.

라울이 제안한다.

「딱 한 방만 쏘는 대신 출력을 최대로 놓고 쏘기로 해. 그래야 한 번에 결판이 나지.」

이건 허세다. 그는 늘 허세를 부린다. 그의 아버지도 그랬다. 조금이라도 더 위험을 무릅써야 자기가 판을 주도할 수 있다고 생각한다.

「하나…….」

우리 주위로 완전한 침묵이 서려 든다. 나는 앙크의 버튼을 조심스럽게 돌려서 파괴력을 최대로 높인다. 라울도 그렇게 한다.

「둘…….」

목에 땀이 흐르고 입 안에 피가 고인다. 이들이 욱신거리고 손이 떨린다.

우리는 서로를 한참 노려본다. 우리가 진짜 친구였던 순간들이 주마등처럼 스쳐 간다. 그가 나를 구해 주었던 순간들, 우리가 함께 웃고 함께 싸웠던 순간들. 그리고 마지막으로 아프로디테의 관심을 끌기 위해 마타 하리에게 접근하라고 그가 조언했던 순간까지.

「셋!」

나는 그를 겨냥하고 쏜다. 헛방이라고 느끼는 순간 한 줄기 빛이 내 귀를 스치고 지나간다.

출력을 너무 높여 놓은 탓에 둘의 앙크가 모두 방전되었다. 버튼을 눌러도 소리만 날 뿐 빛이 나가지 않는다.

군중이 웅성거린다.

그때 그 싱거운 결투에 실망한 아레스가 충전된 앙크 하나를 라울과 나 사이에 던진다. 나는 얼른 달려든다. 하지만 라울이 한 발 빨랐다. 나는 앙크를 쥔 그의 손을 잡고, 내 얼굴로 향해 있던 앙크를 아래로 내린다. 라울은 앙크를 다시 올리려고 한다. 나는 그를 떼민다. 그는 뒤로 넘어지면서 다시 나를 겨누고 쏜다. 번갯불이 나를 스치고 지나간다.

뒤에서 비명이 터져 나온다. 누가 빗나간 번개에 맞은 것이다.

나는 몸을 돌린다. 생텍쥐페리다. 가슴 한복판에 번갯불을 맞았다. 맞은 자리의 살과 뼈가 흔적도 없이 사라졌다. 그는 털썩 쓰러진다. 가슴에 난 구멍으로 땅바닥이 보인다.

나는 즉시 『어린 왕자』의 작가에게 달려간다.

그는 내 토가 자락을 끌어당기며 귀엣말을 속삭인다.

「비행기구가 준비됐어……. 이제 네 거야.」

「우리가 너를 치료해 줄 거야.」

말은 그렇게 했지만 울림이 공허하다. 그는 내 말을 무시하고 덧붙인다.

「몽골피에와 아데르를 위해서 그 일을 해. 그리고 저 위에 올라가거든 그들과 나를 생각해 줘.」

벌써 켄타우로스들이 시신을 치우러 온다.

차감 재적: 73-1=72.

라울은 앙크로 내 얼굴을 겨누면서 내 쪽으로 걸어온다. 하지만 이번에는 후보생들이 우리 사이로 끼어든다. 일부는 나를 보호하기 위해서, 다른 일부는 라울을 보호하기 위해서 나선 것이다. 두 그룹은 각각 A력과 D력의 지지자들에 해당한다.

욕설이 협박으로 변한다.

N력의 지지자들은 뒤로 물러나 있다. 갑자기 D그룹의 후보생들이 우리에게 덤벼든다. 정면충돌이다. 우리 백성들의 군대가 서로 공격하는 것과 비슷하다. 다만 이번에는 신들과 신들의 대결이다.

나는 매족의 신 브뤼노의 공격을 받고, 라울은 돼지족의 신 라블레의 공격을 받는다.

마타 하리도 싸움판에 뛰어들어 나를 구출하러 온다. 하지만 사라 베르나르트가 그녀에게 덤벼들어 머리채를 낚아챈다. 마타 하리는 몸을 빼내어 대련 자세를 취한다. 내 애인은 프랑스의 격투기와 비슷한 무술을 한다. 그녀는 배우 출신 사라 베르나르트를 손쉽게 제압한 뒤에 반대 진영의 여러 후보생을 절절매게 만든다.

토가가 찢겨 나가자 우리는 튜닉 바람으로 싸운다. 스승 신들과 보조 강사들은 여전히 구경만 하고 있다. 괴물들도 멀찌감치 물러서서 지켜본다.

이리저리 주먹을 날리면서 힐끗 바라보니 아테나 신은 꼼짝 않고 앉아 있다. 일체의 폭력을 금한다고 했으면서도 우리의 난투에는 아랑곳하지 않는 기색이다. 그저 디오니소스와 나란히 앉아서 관전평을 나누고 있다. 아마도 스승 신들은 이 싸움을 기분 풀이나 오늘 축제의 연장으로 여기는 모양이다.

후보생들은 스승 신들의 그런 태도를 저마다 타고난 공격성을 마음껏 발휘해도 된다는 뜻으로 받아들인다. 싸움은 갈수록 치열해진다.

나는 마침내 군중 속에서 라울을 다시 찾아낸다. 우리는 다시 육박전을 벌인다. 한순간 그가 무릎으로 나의 두 팔꿈치를 눌러 팔을 움직일 수 없게 해놓고 두 주먹을 높이 들어 내 얼굴을 후려치려고 한다. 그러더니 갑자기 무엇엔가 놀라 입을 벌리면서 뒤로 쓰러진다.

누가 나를 구해 줬는가 하고 바라보니 라퐁텐이다.

「고마워.」

라퐁텐이 대답한다.

「기습하는 자의 주장이 강자의 주장보다 훨씬 낫지.」

자기 우화 「늑대와 어린 양」의 교훈 〈강자의 주장이 언제나 옳다〉라는 말을 그렇게 바꾼 것이다.

나는 정신을 추스르고 쓰러진 라울의 상태를 확인한다. 숨을 쉬고 있다. 그냥 죽지 않을 만큼 맞은 듯하다.

여기저기에서 후보생들이 땅바닥으로 나뒹굴고 서로 물어뜯고 악다구니를 쓰면서 서로 때린다.

마타 하리는 수도(手刀)로 어떤 적의 목을 정확히 가격해서 쓰러뜨린다. 그때 브뤼노가 그녀에게 덤벼든다. 매족의 신은 독수리족의 신과 한패인 것이다.

「미카엘 팽송! 저놈을 잡아라! 저놈이 부정행위를 저질렀어. 내 지하실에 숨어들었다고.」

아틀라스다. 그를 까맣게 잊고 있었다.

나는 혼전을 벌이는 후보생들 사이로 들어가 몸을 숨긴다. 하지만 그는 이내 나를 알아보고 돌진해 온다.

「저놈을 잡아라!」

이제껏 구경만 하고 있던 켄타우로스들이 내 쪽으로 돌아선다. 나는 또다시 쫓기는 몸이 되었다.

후보생들이 아직 싸움을 벌이는 중이라서 나를 뒤쫓는 자들은 쉽게 돌아다닐 수가 없다. 몇몇 후보생은 일부러 그들의 길을 막기도 한다.

나는 가까이 있는 켄타우로스들을 여러 차례 따돌린다. 요리조리 피해서 달아나기도 하고 낮게 기면서 몸을 숨기기도 한다. 다시 분노가 치밀면서 힘이 불끈 솟고 반사 신경이 더욱 예민해진다.

나는 군중 속에 섞여 있다가 추격자들의 손길을 피해 식탁 위로 뛰어오른다.

아틀라스와 켄타우로스들이 성큼성큼 나를 쫓아온다.

마타 하리는 사태를 짐작하고 한 무리의 후보생들과 함께 살아 있는 장벽을 만들어서 켄타우로스들의 추격을 늦춘다. 그 정도로도 내가 멀리 달아나기에는 충분하다.

나는 발씨가 익기 시작한 남부 구역의 골목길로 내닫는다. 미로가 다시 추격을 늦춰 줄 것이다. 나는 〈희망의 길〉로 들어선다. 다행히 그들은 비밀 통로의 입구를 발견하지도 못했고 막아 놓지도 않았다. 나는 나무 상자를 움직여 비밀 통로로 들어간다. 그런 다음 성벽 밖으로 나가 숲속을 달린다. 그러다가 파란 고사리 덤불 속에 숨는다.

추격에 나선 켄타우로스들이 지나간다. 아틀라스가 그들의 선두에 있다. 그들은 나를 지나쳐 멀리 사라진다.

나는 생텍쥐페리의 마지막 부탁을 받아들이기로 한다. 이제 날아오르자.

89. 백과사전 : 레밍

나그네쥐라고도 불리는 레밍에게는 집단 자살을 하는 기이한 습성이 있다. 과학자들은 오랫동안 그 이유를 궁금하게 여겼다. 그 작은 동물들이 길게 줄을 지어 해안 절벽 꼭대기에서 스스로 몸을 던지는 장면은 누가 보기에도 자연의 수수께끼가 아닐 수 없다.

처음에 생물학자들은 그것이 개체 수를 스스로 조절하기 위한 행동일 거라고 생각했다. 아주 빠르게 번식하는 동물인 레밍들이 저희의 수가 너무 많다고 느낄 때 집단적으로 자살하는 게 아닐까 하고 생각한 것이다.

그런데 그런 가정들의 폭을 넓혀 주는 새로운 이론이 나타났다.

이 이론에 따르면 레밍들은 원래 개체 수가 지나치게 많아지면 다른 서식지를 찾아 이동하는 습성이 있었다. 그런데 지각 변동으로 대륙이 갈라지고 예전에 하나로 붙어 있던 지역들 사이에 절벽이 생겨났다. 그러고 나서 몇 세기가 흐른 뒤에도 레밍들의 유전자 속에는 이동 경로를 알려 주던 옛날의 지도가 그대로 남아 있었다. 그래서 레밍들은 절벽이 있는 것을 아랑곳하지 않고 저희가 가던 길을 계속 가려고 한다는 것이다.

에드몽 웰스, 『상대적이며 절대적인 지식의 백과사전』 제5권

90. 비행기구

나는 몽골피에의 아지트 앞에 다다른다.

비행기구가 준비되어 있다. 버너에 불을 붙이고 띄우기만 하면 된다.

그때 나는 누가 나보다 먼저 와 있음을 알아차린다.

살신자.

그 위협적인 존재는 여전히 그리스 비극의 가면을 쓰고 있

다. 한쪽 어깨 언저리가 불편해 보인다.

그러니까 프루동은 살신자가 아니었다는 얘기다.

내 의심을 묻어 두고 프루동을 위해서 나서지 않은 것이 원망스럽다. 나는 분명 도망자의 왼쪽 어깨가 아니라 오른쪽 어깨를 맞혔다.

살신자가 앙크를 꺼낸다. 놀랍도록 초연한 기분이 든다.

「날 죽일 거죠?」

그는 두 팔을 들어 올리라는 신호를 보내고 나에게 다가들더니 앙크를 계속 겨누면서 몸수색을 벌인다.

「백과사전을 찾는 모양인데 나는 그것을 항상 지니고 다니지는 않아요. 지금은 안전한 곳에 보관되어 있죠.」

가면 뒤에서 숨소리가 들려온다. 남자의 숨소리인 듯하다.

그는 내 어깨를 눌러 무릎을 꿇린다. 목덜미에 앙크가 와 닿는다. 나를 곧 죽일 모양이다.

그때 또 다른 존재가 나타난다. 더러운 토가 차림에 가면을 쓰고 있어서 살신자와 꽤 비슷해 보인다. 다만 슬픈 표정의 가면이 아니라 명랑한 표정의 가면을 쓰고 있다는 점이 다르다.

새로 온 자는 살신자에게 앙크를 겨눈다. 살신자는 그를 향해 돌아선다.

라울과 내가 조금 전에 그랬던 것처럼 둘은 앙크를 손에 쥔 채 마주 선다.

살신자가 두 명일 수도 있을까? 아니, 그럴 리가 없다. 살신자는 슬픈 표정의 가면을 쓴 자다. 그렇다면 명랑한 표정의 가면을 쓴 자는? 그건 알 수 없다.

그들은 몇 초간 서로 노려본다. 그러다가 비극 가면을 쓴

자가 먼저 앙크를 내리고 체념한 듯이 가버린다.

희극 가면을 쓴 자는 나에게 우호적인 손짓을 가볍게 보내고 반대쪽으로 멀어져 간다.

이게 무슨 일인지 도무지 알 길이 없다. 그러니까 살신자도 있고 반(反)살신자도 있다는 얘기일까…….

이제 나는 무슨 일을 당해도 놀라지 않는다.

서둘러야 한다. 아틀라스와 켄타우로스들은 아마도 전에 프루동을 찾을 때처럼 대대적인 수색 작전을 벌이고 있을 것이다. 그래도 프루동처럼 재판을 받고 18호 지구에 떨어지는 일은 없을 것이다. 내 백성들과 직접 부대끼며 수난을 함께 겪지도 않을 것이고, 그들을 도와줄 수 없는 존재로 전락하여 영원히 살아가지도 않을 것이다.

어쨌거나 이제 다른 길은 없다. 어떻게든 이 페달 달린 열기구를 공중에 띄워야 한다.

나는 생텍쥐페리가 보여 준 대로 불을 붙이고 연기를 기낭 쪽으로 보낸다. 기낭이 부풀어 오르기 시작한다. 나는 추진 기관 구실을 하게 될 페달 장치를 확인한다.

그때 또 다른 실루엣이 나타난다.

무엇보다 향기가 먼저 그녀라는 것을 알려 준다.

「안녕, 미카엘.」

내가 그녀를 마지막으로 보았을 때, 그녀는 마타 하리와 함께 있는 나에게 책망하는 눈길을 보냈다. 그러니 내가 여기에 있다는 것을 추적자들에게 알리지 않을까?

기낭이 천천히 부풀어 오른다.

「설마 이걸 타고 날겠다는 건 아니겠지?」

아프로디테가 빙긋 웃는다.

「이제 선택의 여지가 없어요. 떠나야 해요.」

「설령 떠난다고 해도 수수께끼를 풀지 않고는 아무것도 할 수가 없어. 신보다 우월하고 악마보다 나쁜 게 뭐지?」

「나는 끝내 답을 찾아내지 못할 거예요.」

「정말 그럴까?」

나는 마타 하리를 생각하려고 애쓴다.

「네가 수수께끼의 답을 찾아내면 우리는 사랑을 나누게 될 거야. 그게 얼마나 대단한 것인지 넌 상상조차 할 수 없어.」

아프로디테는 경망스러운 표정을 지으며 덧붙인다.

「인간이든 신이든 어떤 여자도 그런 쾌감을 너에게 안겨 주지 못할걸.」

그러더니 아프로디테는 내 허리를 잡고 바싹 끌어안더니 뜨겁게 입을 맞춘다. 그 시간이 아주 길게 느껴진다. 버찌 맛이 난다. 나는 모든 것을 온전히 느끼기 위해 눈을 감는다.

그녀가 포옹을 풀면서 말한다.

「너는 나에게 중요해. 우리 사이에는 뭔가 특별한 것이 있어. 영혼과 영혼이 만나는 것과 같은 관계라고나 할까? 그건 어떤 관계하고도 달라. 그건 부정하려고 해도 부정할 수 없는 사실이야.」

신은 이제 내 배를 어루만진다.

「나랑 잠자리를 한다는 것이 어떤 것인지 너는 짐작도 못 할 거야.」

「나는…….」

「영벌을 받아도 좋으니 그 순간의 반만이라도 경험하게 해달라는 남자들이 얼마나 많은 줄 알아?」

신은 다시 나를 바싹 끌어안고 내 심장 부위를 더듬는다.
「이 안에 내 동맹군이 있어.」
나는 눈을 감고 이를 앙다문다. 속아 넘어가지 말자.
「나만이 너를 이해할 수 있어. 나는 네 안에 상처받은 아이가 들어 있는 것을 느껴. 우린 둘 다 상처받은 아이들이었어.」
뭉클한 감동이 목젖까지 치밀어 오른다.
신은 토가 호주머니에서 손거울을 꺼낸다.
「너 자신을 봐, 미카엘. 너는 아름다운 존재야. 우리는 영혼 대 영혼으로 서로를 이해하고 있어. 그것이 참된 사랑이야. 어떤 여자도 너를 나처럼 이해할 수 없어. 어떤 여자도 나처럼 너를 볼 수 없어. 너조차 너를 제대로 본 적이 없어. 너는 영혼이 아주 강하지만 크고 넓게 생각할 줄 몰라. 너는 우리가 이끌고 있는 인간들하고 비슷해. 그들은 자기들 안에 신성(神性)이 있다는 것을 모르지.」
말소리의 울림이 달라지고 있다. 문득 그녀의 몸에서 신령스러운 기운이 발산되고 있다는 느낌이 든다. 황금빛 광채가 도는 발그스름하고 다사로운 기운이다.
열기구의 기낭이 계속 부풀어 오른다. 하지만 나는 그것에 관심이 없다. 아프로디테는 다시 나를 실패로 이끌 것이다. 나는 그것을 느끼지만 저항할 수가 없다. 불꽃에 이끌리는 나방처럼, 자동차의 전조등 불빛에 현혹되어 치여 죽고 마는 토끼처럼, 뱀에게 홀린 생쥐처럼, 주사기를 마주하고 있는 마약 중독자처럼.
「너와 나, 우리 둘이서 우주를 변화시킬 수 있어. 네가 나를 진정으로 신뢰하면 되는 일이야. 너는 나를 무서워해. 남들이 나를 두고 한 애기를 믿기 때문이야. 내 아들 헤르마프로디토스마저 너에게 추잡한 얘기들을 했어. 그 얘기들이 다 거짓인 것은 아냐. 거의 진실에 가깝다고 볼 수도 있어. 하지만 네 영혼의 소리에 귀를 기울여. 네 영혼이 나를 두고 뭐라고 말하는지 들어 보라고. 나는 내가 너에게 해를 끼쳤다는 것을 알아. 하지만 그게 다 너를 위한 것이었다는 것을 모르겠어?」

나는 눈도 깜짝하지 않는다.

「그건 말 앞에 놓인 장애물 같은 거야. 울타리가 높으면 높을수록 말은 자기가 더 높이 뛸 수 있다는 것을 알게 돼. 그 울타리를 설치한 사람이 말에게 해를 끼치는 거야? 말에게 위험이 따르지 않는다는 얘기는 아냐. 울타리를 넘지 못하면 다리가 부러질 수도 있어.」

나는 굳게 다문 입을 열지 않는다.

「이제 너는 너 자신을 더 잘 알게 되었어. 그건 내 덕분이고 네가 마주쳤던 시련들 덕분이야. 너는 더 강해졌어. 네가 라울과 당당히 맞선 것은 내 덕이야. 네가 〈신의 가르침을 받은 자〉를 만들어 낸 것 역시 내 덕이야. 그거 알아?」

열기구의 기낭은 이제 비밀 작업장의 천장을 온통 가리고 있다.

「난 떠나야 해요.」

그녀는 쓸쓸한 미소를 짓는다.

「이걸 타고 간다 이거지?」

말끝에서 조롱기가 묻어난다.

아프로디테는 마치 비행기구의 기계 장치들을 점검하기라도 할 것처럼 앙크를 꺼내 들더니…… 기낭에 대고 사격을 가한다. 기낭이 푸시시 무너져 내린다. 이어서 그녀는 자전거에 대고 다시 앙크를 쏜다. 몽골피에와 아데르와 생텍쥐페리가 끈기를 가지고 발명해 낸 기계 장치가 한순간에 연기가 모락거리는 폐품 더미로 변했다.

그녀는 나의 유일한 탈출 수단을 파괴해 버렸다. 나는 하도 어처구니가 없어서 화도 내지 못한다.

「너를 위해서 이러는 거야. 도망치는 것은 조금 전까지로 족해. 이제 네 운명과 당당하게 맞서야 해.」

그러면서 그녀는 나를 끌어안고 오래도록 입을 맞춘다.

「나한테 고맙다고 해.」

나는 그녀를 죽일까 말까 망설인다.

후보생이 스승을 죽여도 될까? 사랑의 신을 죽여도 될까?

나는 망설임 끝에 그녀에게 입맞춤을 돌려준다.

나는 바보다.

나는 자신의 어리석음에 대한 연민에 사로잡힌 것처럼 내 안에서 무슨 일이 벌어지고 있는지 이해하려고 애쓴다. 나는 무엇에 홀린 듯이 자꾸 멸망의 길로 나아가는 인류와 똑같은 것을 경험하고 있는 것이 아닐까? 몰락을 막을 수 없기 때문에 결국 그것을 받아들이고 사랑하기까지 하는 것이 아닐까?

아프로디테는 다정한 눈길로 나를 바라본다. 아마도 그녀는 나처럼 이렇게 참패를 당한 남자들을 이미 숱하게 보았을 것이다. 나는 나 자신을 추한 괴물로 느낀다. 그러면서도 나를 이런 괴물로 만들어 준 것에 대해서 고마움을 느끼지 않을 수 없다.

영혼의 여정에는 숱한 위험이 도사리고 있다. 누군가를 사랑하다가 그 사랑이 걸레 조각처럼 너절해져서 헤어지고 나면, 다른 사랑이 찾아왔다가 훨씬 더 너절한 걸레 조각으로 변하고, 거기에서 벗어나면 또 다른 사랑이 찾아온다. 영혼이 진화하자면 고통스러운 경험이 필요하다.

나는 폐품 더미로 변한 비행기구를 망연히 바라본다.

아프로디테가 내 턱을 어루만진다. 그 손을 피가 나도록 물어뜯고 싶다.

「잊지 마. 네가 수수께끼를 풀면 우리는 하룻밤 내내 섹스를 하게 될 거야. 네가 한 번도 해본 적이 없는 특별한 섹스를 말이야. 나는 너를 위해 나 자신을 완전히 내줄 거야. 어떤 인간, 어떤 신에게도 그렇게 해본 적이 없어.」

멀리에서 아틀라스의 목소리가 울린다.

「이쪽은 수색을 안 했어.」

아프로디테는 뒷걸음질을 치며 멀어져 간다.

「곧 다시 봐, 내 사랑.」

아프로디테는 입맞춤을 내 쪽으로 훅 불어 보내는 시늉을 하고 어딘가로 사라진다. 나는 마치 잠든 것처럼 꼼짝달싹하지 않는다. 추격자들의 외침이 들려온다.

나는 눈을 감고 내 안에서 작은 불꽃이 이는 것을 느낀다. 이 불꽃은 내 마음속 깊은 곳에 감춰져 있는 진정한 나다. 나를 엄습해 오는 어둠에 맞서 싸우기 위해서는 이 불꽃으로 내 몸에 길을 내야 한다. 불꽃이 내 심장을 환히 비춘다. 그러자 심장은 빛을 발하는 피를 만들어 낸다. 이 피는 빨간색에서 주황색으로, 다시 노란색과 흰색을 거쳐 은빛으로 변한다.

달콤한 꿈을 꾸다가 깨어난 기분이 든다. 그런데 꿈에서 현실로 돌아오기가 쉽지 않다. 나는 작업장을 나선다. 수십 개의 횃불이 보인다. 켄타우로스들이 내 쪽으로 몰려오고 있다.

은빛 피가 손가락과 발가락에 도달했다. 정수리에 닿은 은빛 피는 나의 제7차크라에 구멍을 낸다. 그러자 레이저 같은 것이 정수리에서 뻗어 나가 나를 하늘과 연결시킨다.

나는 보잘것없는 존재가 아니다. 나는 어쩌면 〈모두가 기다리는 이〉일지도 모른다. 나 자신의 불운을 불쌍히 여기면 안 된다. 아프로디테의 마법을 이겨 내야 한다. 마타 하리의 말을 기억하자. 「너는 아마 네가 스스로 생각하는 것보다 훨씬 대단한 존재일 거야.」

나는 미카엘 팽송이다. 영계 탐사의 개척자이자 한 인간의 영혼을 구원하는 데 성공한 천사이며 돌고래족을 책임지고 있는 신 후보생이다. 나는 신이다! 아직 풋내기이긴 하지만 어쨌든 신이다. 나는 맥없이 포기하지 않을 것이다. 지금은 포기할 때가 아니다.

아틀라스가 소리친다.

「찾았다, 저기 보인다! 저기 있어. 놓치지 마.」

횃불들이 내 쪽으로 더욱 빠르게 몰려온다.

나는 반대쪽으로 돌진한다. 계속 달아나야 한다. 나는 달리면서 되뇐다. 〈네가 신이라는 것을 잊지 마.〉

나를 불안하게 하는 것은 내 안에 남아 있는 인간의 요소다. 은빛 피의 도움으로 두려움과 욕망의 찌꺼기를 모두 배출해야 한다. 만약 내가 나 자신을 구하지 못한다면 나는 어떤 민족도 구원할 수 없을 것이다. 만약 내가 나 자신을 사랑할 수 없다면 나는 18호 지구에 눈곱만큼의 사랑도 퍼뜨릴 수 없을 것이다. 아프로디테에게 두 번 다시 현혹되지 않기 위해서는 나 자신을 사랑해야 한다. 나 자신을 믿어야 한다.

나는 갈수록 빠르고 힘차게 달린다. 그러면서 문득 깨닫는다. 나 자신을 사랑하기 위해서는 나에게 해를 끼치는 여자를 증오해야 한다. 분노에 이어서 증오를 배워야 할 때가 된 것이다. 만약 내가 그 여자를 미워하지 못한다면 나는 나 자신을 사랑할 수 없을 것이다. 정말 지독한 역설이다.

나는 나 자신에게 용기를 불어넣기 위해 혼잣말을 한다.

「아프로디테, 난 당신을 증오해. 아프로디테, 난 두 번 다시 당신에게 속지 않아. 아프로디테, 나는 당신을 있는 그대로 보고 있어. 당신은 남자들을 파괴하는 기계야. 당신은 그저 싸구려 요부일 뿐이야. 나는 당신보다 강해. 나는 자유로운 존재야. 나 미카엘 팽송은 누구도 예상하지 못한 신이야. 게임의 규칙을 변화시킬 특별한 신이라고. 젠장! 나를 우습게 보지 말라고. 내가 만든 〈신의 가르침을 받은 자〉는 굉장했어. 나는 그런 인물을 수십 명 더 만들어 낼 거야. 그게 바로 내 재능이거든. 아프로디테 당신은 그런 재능이 어떤 것인지 전혀 몰라.」

심장이 쿵쾅거린다. 나는 아주 빠르게 달리고 있다. 조금만 더 가면 추격자들의 소리가 들려오지 않을 것이다.

어디로 가지?

태풍이 불 때 가장 안전한 곳은 태풍의 눈이다. 올림피아로 돌아가자.

나는 어둠의 보호를 받으며 나무들 사이로 요리조리 나아간다.

시문(市門)은 아직 열려 있다. 나는 시문을 통과하자마자 어떤 직감에 이끌려 원형 극장 쪽으로 달려간다.

페가수스가 무대에 올랐을 때의 차림새 그대로 풀을 뜯고 있다.

나는 벨레로폰테스의 이야기를 떠올린다.

페가수스, 바로 이것이 해결책이다. 이제 내가 잃을 것은 아무것도 없다.

몇몇 켄타우로스가 나를 알아보고 질주해 온다. 나는 날개 돋친 말에 올라타기로 결심한다. 옛날에 승마를 조금 해 본 적이 있지만 내가 타던 말들에게는 너비 3미터의 날개가 달려 있지 않았다.

페가수스는 내가 제 등에 올라타건 말건 그대로 서서 계속 풀을 뜯는다. 내가 발뒤꿈치로 옆구리를 툭툭 차도 아랑곳하지 않는다.

그때 켄타우로스 하나가 소리친다.

「저기 있다! 저기 있어! 저놈을 잡아라!」

근처로 지나가던 에코들이 되받는다.

「저기 있다! 저기 있어! 저놈을 잡아라!」

추격자들 무리가 다가온다.

나는 〈이랴〉 하면서 고삐를 잡아당긴다. 아무 반응이 없다. 산 넘어 산이다. 한 가지 시련을 이겨 내면 훨씬 극복하기 어려운 다른 시련이 곧바로 나타난다.

켄타우로스들이 나를 에워싼다. 모든 것을 포기하고 싶다. 그때 무슈론이 나타나서 페가수스의 귀에 내려앉는다. 그런데 이제껏 말을 못 하는 것으로 보였던 무슈론이 천마에게 무언가를 속삭인다. 나선 모양으로 된 자그마한 혀를 폈다 오므렸다 하는 것이 보인다.

페가수스가 히힝 하고 운다. 그러더니 놀랍게도 걸음을 떼어 놓고 천천히 달리다가 이내 빠르게 내닫는다. 모두가 우리를 쫓아 달린다. 천마는 날개를 펴더니 갑자기 공중으로 붕 떠오른다.

나는 엉겁결에 천마의 갈기를 잡고 매달린다. 천마의 옆구리가 내 장딴지에 닿아 있는 것이 느껴진다. 천마가 숨을 들이마실 때마다 그의 흉곽이 넓어진다. 다행히 등자의 크기가 내 발에 거의 맞는 듯해서 나는 재빨리 두 발을 밀어 넣고 단단히 디딘다.

우리는 공중으로 올라간다.

페가수스는 내가 가고자 하는 방향으로 고삐를 당겨도 즉각 반응하지 않는다. 모는 방법을 잘 몰라서 허둥거리다 보니 어느새 광장 쪽으로 가고 있다. 광장에는 나를 뒤쫓던 자들이 모두 모여 있다.

페가수스는 나를 향해 종주먹을 들이대고 있는 그들의 머리 위로 초저공비행을 한다. 그들은 몸을 낮춘다. 천마의 발굽이 식탁들을 스치며 술 단지들을 엎어 버린다. 켄타우로스들은 천마의 꼬리를 잡으려고 후보생들을 마구 떼밀면서 양옆으로 내닫는다. 켄타우로스 하나가 막 꼬리를 잡으려고 하자 천마는 발굽으로 그를 차버린다.

아틀라스는 앙크를 빼어 들고 있지만 쏠 엄두를 내지 못한다. 다른 신들도 나를 겨누기만 할 뿐 쏘지는 않는다. 앙크가 페가수스에게 맞을까 봐 두려워하는 모양이다.

천마는 다시 식탁들 위로 낮게 날다가 광장 한복판의 나무를 아슬아슬하게 피한다. 나는 마침내 천마를 위쪽으로 모는 법을 터득하고 사정거리에서 벗어난다.

나는 비로소 내가 무슨 일을 벌이고 있는지 깨닫는다. 나는 아에덴에서 용서받을 수 없는 짓을 저질렀다. 다시는 돌아갈 수 없을 것이다.

페가수스는 커다란 새처럼 날개를 친다. 참으로 놀라운 기분이다.

헤르메스가 보인다. 샌들에 달린 작은 날개를 파닥이며 나를 쫓아온다. 하지만 그는 페가수스만큼 빠르지 않다. 그가 소리친다.

「돌아와, 팽송. 네가 무슨 짓을 하고 있는지 알기나 해?」

맞는 말이다. 나는 내가 무엇을 하고 있는지 모른다. 하지만 처음으로 무언가 정말 영웅적인 일을 혼자서 해내고 있다고 믿는다. 나는 이 이야기를 쓰고 있는 작가의 시나리오를 벗어나 있다. 나는 내 삶을 스스로 이끌어 간다. 나 자신이 다음 순간에 일어날 일을 자유롭게 결정하는 세계, 모든 것이 미리 정해져 있지 않은 세계, 나는 그런 세계에 들어와 있다.

나는 황홀한 기분을 느끼며 다시 올라간다.

헤르메스가 추격을 포기하고 나자 다른 비행체가 나를 뒤쫓아 온다. 아프로디테의 수레다! 안 돼! 다시는 만나고 싶지 않아.

수백 마리의 멧비둘기들이 끄는 분홍빛 수레에 그녀가 고삐들을 두 손에 모아 쥔 채 앉아 있다. 한 손에는 활, 또 한 손에는 화살을 든 에로스의 모습도 보인다. 그는 앞쪽에 따로 마련된 자리에 앉아 있다. 멧비둘기들은 수백 개의 날개를 동시에 치며 파닥파닥 소리를 낸다. 이 수레는 샌들의 날개로 날아다니는 헤르메스보다 빠르다. 그래도 페가수스만큼 빠르지는 않다.

사랑의 신이 다가온다.

내가 그녀를 피하고 싶어서 오른쪽으로 방향을 돌리자 그녀도 동시에 방향을 돌린다. 그러더니 수레를 능숙하게 몰아 천마와 나란히 나아간다.

「돌아와, 미카엘. 이러면 안 돼. 아테나가 대가를 톡톡히 치르게 할 거야.」

공포. 아프로디테는 공포라는 수단을 사용하고 있다. 나를 마치 인간처럼 다루는 것이다.

나는 계속 올라간다. 그녀는 수레가 천마 곁에서 멀어지지 않도록 멧비둘기들을 독려한다. 우리는 함께 올라간다.

「그들은 네가 올라가도록 그냥 내버려 두지 않을 거야.」

「두고 보면 알겠죠.」

「돌아와. 나에겐 네가 필요해!」

「난 이제 당신을 필요로 하지 않아요.」

아프로디테는 눈썹을 찡그린다.

「좋아. 정 가려거든 끝까지 가야 해. 그러지 않으면 그들이 너를 가만두지 않을 거야.」

나는 천마를 더욱 빠르게 몰아가며 아프로디테 쪽으로 몸을 돌려 소리친다.

「안녕 아프로디테. 당신을 사랑했어요.」

그러고는 입맞춤을 그녀 쪽으로 훅 불어 보내는 시늉을 한다.

아프로디테는 깜짝 놀란 기색이다. 에로스는 그녀의 지시를 기다리지 않고 나에게 화살을 쏜다. 하지만 나는 잽싸게 몸을 숙여 화살을 피한다. 멀리에서 그녀가 다시 소리친다.

「조심해!」

「뭘 말이죠?」

「저 위에 있는 키클롭스들 말이야. 그들의 보호를 받는……」

다음 말은 들리지 않는다. 우리는 이미 너무 멀리 떨어져 있다. 이제 나는 혼자서 올림피아 상공을 날고 있다.

페가수스는 규칙적인 리듬에 맞춰 거대한 앨버트로스의 날개를 퍼덕인다.

나는 날고 있다.

드디어 외부의 영향에서 완전히 벗어났다. 이제 라울도 에드몽도 아프로디테도 없다.

나는 고삐를 잡아당겨 천마를 올림포스산 쪽으로 몰아간다. 때마침 저녁 어스름 속에서 산꼭대기에 빛이 나타난다. 나를 부르는 것만 같다. 더 높이 올라가면서 바라보니 그 빛은 동그라미도 별 모양도 아닌 8자 모양으로 보인다.

91. 백과사전: 8헤르츠

우리의 뇌는 대체로 네 가지 활동 리듬을 보인다. 이 리듬들은 뇌파계로 측정할 수 있다. 각 리듬에 대응하는 뇌파의 유형은 다음과 같다.

• 베타파: 주파수는 13에서 30헤르츠. 깨어 있는 상태의 뇌파이다. 우리 뇌가 가장 활발하게 움직일 때 이 뇌파가 나타난다. 흥분이나 불안이나 긴장이 고조되면 주파수가 더 올라간다.

• 알파파: 주파수는 8에서 13헤르츠. 베타파 상태보다 더 안정되어 있으면서도 의식이 또렷한 상태이다. 눈을 감고 편한 자세로 앉아 있거나 몸을 쭉 뻗고 침대에 누워 있으면 뇌의 활동이 느려지면서 알파파 상태로 들어가게 된다.

• 세타파: 주파수는 4에서 8헤르츠. 얕은 수면 상태에서 나타나는 뇌파이다. 잠깐 졸 때나 최면에 빠져 있을 때도 나타난다.

• 델타파: 주파수는 4헤르츠 미만. 깊이 잠들어 있을 때 나타나는 뇌파이다. 잠이 깊어지면서 뇌파가 느려지고 몸에 힘이 빠진다. 이 단계에서 몸은 휴식을 취하고 다시 활동하는 데 필요한 에너지를 축적한다. 이 단계가 지나면 신체 근육의 힘이 완전히 빠진 상태에서 뇌파가 깨어 있을 때와 유사해지고 빠른 안구 운동이 나타나는 렘수면, 또는 역설수면의 단계가 나타난다. 바로 이 단계에서 우리는 꿈을 꾼다.

이상과 같은 뇌파와 관련해서 우리가 주목할 것은 뇌가 8헤르츠, 즉 알파파 상태로 안정되어 있을 때 뇌의 두 반구가 서로 조화를 이루며 기능한다는 사실이다. 베타파 상태에서는 분석적인 좌뇌든 직관적인 우뇌든 어느 한쪽의 활동이 우위를 보인다.

베타파 상태에서 우리 뇌가 매우 왕성하게 활동할 때면, 마치 방열기가 과열을 막기 위해 자동으로 일시 정지 상태로 들어가듯이 뇌도 이따금 알파파를 내며 휴식을 취한다. 뇌 생리학자들의 연구에 따르면 대략 10초에 한 번 꼴로 뇌파가 몇 마이크로초 동안 알파파로 옮겨 간다고 한다.

우리는 의식적으로 알파파 상태에 이를 수 있다. 그러면 마음이 차분하게 가라앉고 외부의 자극을 덜 민감하게 받아들이는 대신 우리의 직관에 귀를 기울이게 된다. 뇌파의 주파수가 8헤르츠일 때 우리는 깨어 있으면서도 마음이 고요한 평형 상태에 도달한다.

에드몽 웰스, 『상대적이며 절대적인 지식의 백과사전』 제5권

92. 비행

나는 날고 있다.

내 아래로 올림피아가 멀리멀리 사라져 간다.

나는 스스로 강하다고 느낀다. 내 힘은 분노에서, 그리고 내 운명을 내 손에 쥐고 있다는 느낌에서 나온다. 드디어 무

언가를 내 마음대로 하고 있다는 느낌이 든다. 분노란 얼마나 좋은 것인가. 진작 화를 낼 걸 그랬다. 달리는 기차의 유리창을 깨고 뛰어내린 기분이다.

이제 내가 잃을 것은 아무것도 없다. 나는 모두를 등졌다. 스승 신들, 후보생들, 괴물들. 나의 돌고래족은 더 말할 것도 없다. 그들이 이 사실을 알면 자기들을 버렸다고 날 원망할 것이다. 1호 지구의 어떤 친구가 했던 말이 생각난다. 〈무언가를 처음으로 하는 사람은 누구나 세 종류의 적을 만나게 되어 있어. 첫째는 똑같은 프로젝트를 만들어서 그와 경쟁하려는 자들이고, 둘째는 반대되는 프로젝트를 실현시키려는 자들이며, 셋째는 아무것도 하지 않는 자들이야. 그런데 이 세 번째 부류가 대개는 가장 신랄한 비판자들이지.〉

나는 날고 있다.

나는 이 모든 일이 어딘가에 씌어 있는 거라고 생각하지 않는다. 시나리오는 없다. 나는 소설의 등장인물이 아니다. 나는 나 자신의 삶을 스스로 써나가는 자다. 나는 지금 여기에서 그것을 쓰고 있다. 1호 지구에 살던 때에도 나는 점성술을 믿지 않았다. 손금, 영매, 주역, 타로 점, 커피 찌꺼기 점 따위도 믿지 않았다.

설령 어쩌다 맞는 경우가 있다 할지라도, 그런 것들은 그저 사람을 시나리오 속에 머물게 하는 수단들이 아니겠는가?

이제 나는 시나리오를 벗어나 있다. 나는 확신한다. 페가수스를 타고 산꼭대기로 날아가는 이 장면은 어디에도 씌어 있지 않다. 나의 다음 모험이 어디에서 어떻게 펼쳐질지는 아무도 모른다. 나는 매 순간 내 삶을 쓰고 있고 그 누구도 다음 페이지의 내용을 알 수 없다. 만약 그래야 한다면 나는 당장 죽을 것이고 그러면 이야기는 끝나는 것이다. 자유롭다는 것은 위험하지만 황홀하다. 나는 신보다 우월하다. 나는 자유로운 존재다.

나는 바닥을 딛고서야 나를 되찾을 힘을 얻었다. 이제 나는 혼자이고 전능하다. 나는 신보다 강하고 악마보다 나쁘다. 만약 누가 나를 잡아먹으면 그는 죽는다.

아래로 세모꼴의 아에덴섬이 보인다. 이 섬에는 내가 가 보지 않은 구역들이 있다. 섬의 생김새는 사람의 머리와 비슷하다. 올림피아 주위에 있는 두 개의 작은 산은 눈에 해당한다. 네모난 도성은 코이고 해변은 턱이다. 높다란 산은 이마에 해당한다. 산 너머로 툭 불거져 나온 두 군데의 땅이 어렴풋하게 보인다. 앞머리가 두 가닥으로 흘러내린 듯한 모습이다.

바다에는 금빛과 갈색의 광채가 아롱거린다. 〈에드몽 웰스, 당신은 물속에 있고 나는 공중에 있군요.〉

땅거미가 진다. 태양이 분홍빛으로 물든 채 뉘엿거린다. 나는 계속 올라간다.

알고 보니 페가수스는 정말 힘이 세다. 날갯짓 한 번으로 몇 미터를 쑥쑥 나아간다.

나는 여전히 안개에 싸여 있는 산꼭대기를 향해 천마를 빠르게 몰아간다.

파란 숲과 파란 강을 지나 검은 숲 상공을 날고 적색 평원을 통과한다. 거기에서 더 올라가자 주황색 지대로 올라가는 비탈길이 내려다보인다.

하늘이 점점 어두워진다. 밤이라서 그런가 했더니 그게 아니라 먹장구름이 하늘을 덮은 것이다. 느닷없이 번개가 구름을 가른다. 페가수스가 천둥을 무서워하는 것이 느껴진다. 나는 갈기를 꽉 부여잡는다. 번개가 구름에 대리석 무늬를 만들더니 곧바로 천둥이 우르릉거린다. 내 흉곽 속에서 저음의 노래가 울리는 듯하다. 빗방울이 손에 떨어진다.

비가 억수같이 내린다.

몸이 젖으니까 춥다. 나는 페가수스의 옆구리에 두 다리를 바싹 붙인다.

「자, 페가수스. 나를 산꼭대기로 데려다 줘. 내가 바라는 건 그것뿐이야.」

우리는 주황색 지대 위를 날고 있다.

나는 천마의 갈기털을 꽉 움켜쥔다. 천마의 젖은 날개가 갈수록 무거워져서 날갯짓이 힘겨워 보인다.

페가수스는 갑자기 고도를 낮추어 땅에 내려앉는다. 여느 새들이 그러듯이 비를 피하는 게 좋겠다고 스스로 판단한 것이다. 내가 발뒤축으로 아무리 옆구리를 내질러도 움직일 생각을 하지 않는다. 나는 하는 수 없이 땅바닥에 내려선다. 그러자 페가수스는 다시 붕 떠올라 올림피아 쪽으로 날아간다.

나는 아직 주황색 지대에 있다. 땅바닥에서 빛이 난다. 분화구들과 작은 화산들이 보인다. 땅바닥 여기저기가 길게 갈라져 있다. 그 틈새로 용암이 보인다. 노란 세정맥 같다. 나는 이 화산들 때문에 산에 늘 구름이 낀다는 사실을 깨닫는다.

나는 조각상들이 모여 있는 지역으로 걸어간다. 메두사의 저택에서 조금 떨어져 있는 곳이다. 모든 조각상이 힐난하는 눈길로 나를 바라보는 듯하다. 나는 카미유 클로델이 변한 석상을 알아본다. 다시금 공포의 전율이 스치고 지나간다. 지금은 돌덩이로 변할 때가 아니다.

나는 빗속을 달려 석상들의 숲을 지나간다. 그리하여 마침내 움직이지 않는 군중에게서 벗어난다.

메두사는 내가 온 것을 알아차리지 못했다. 그녀 역시 비를 피해 저택에 머물러 있을 것이다. 소나기가 나를 지켜 주고 있는 셈이다.

나는 거의 수직으로 솟은 암벽 아래에 다다른다. 손과 발만을 사용해서 기어 올라가야 한다고 생각하니 암담하다. 하지만 이제 와서 포기할 수는 없다. 어쨌거나 다른 길이 없지 않은가. 바위는 미끄럽고 토가는 비에 젖어 천근만근이 되었지만, 나는 발 디딜 자리를 하나둘 찾아내면서 암벽을 타고 오른다. 주르르 미끄러져 내리기를 몇 차례 한 끝에 암벽 위로 올라서니, 전나무 숲으로 덮인 넓은 고원이 나온다. 나는 지칠 대로 지쳐 있다. 빗줄기가 더욱 세차지는가 싶더니 어느새 우박으로 변한다. 더 나아갈 수가 없다.

구새 먹은 전나무 한 그루가 눈에 띈다. 그 구멍은 산꼭대기 쪽으로 나 있다. 나는 뿌리들 사이로 들어가 몸을 웅송그린다. 이 아름다운 나무가 나를 보호해 줄 것이다. 나는 고사리들을 꺾어다가 입구를 가리는 보호 벽을 세운다.

그러고는 고사리들 너머로 여전히 안개에 싸여 있는 산꼭대기를 바라본다.

추워서 몸이 바들바들 떨린다. 이 모든 일이 어떻게 끝날지 알 수 없다. 하지만 한 가지는 분명하다. 나는 절대로 뒤돌아가지 않을 것이다.

93. 백과사전: 말에게 속삭이는 사람

잘 알려지지 않은 직업 가운데 영어로 호스 위스퍼러, 즉 〈말에게 속삭이는 사람〉이라 불리는 조마사가 있다. 이들은 말 사육장에 고용되어 심리적으로 불안정한 말들, 특히 경주마들을 안심시키는 역할을 한다. 말도 사람과 마찬가지로 외부 세계에 대해 호기심을 보인다. 그런 자연스러운 호기심을 갖지 못하게 하면 종종 심리 발달에 이상이 생긴다. 말을 무엇보다 성가시게 하는 것은 곁눈 가리개이다. 말이 옆쪽을 보지 못하도록 눈가에 붙이는 가죽 조각 말이다. 똑똑한 말일수록 자기 나름대로 외부 세계를 발견하고자 하는 욕구가 강하기 때문에 그런 속박을 잘 견디지 못한다.

호스 위스퍼러는 말에게 귓속말을 하면서 그저 말을 착취하는 것과는 다른 특별한 관계를 만들어 낸다. 말은 인간과 소통하는 그 새로운 방식을 좋게 받아들인다. 그래서 제 눈으로 외부 세계를 온전히 발견할 수 없도록 방해한 인간을 그런대로 눈감아 줄 수 있게 된다.

에드몽 웰스, 『상대적이며 절대적인 지식의 백과사전』 제5권

94. 초가집

우박이 떨어지는 소리가 차츰차츰 잦아든다. 제2의 태양이 떠오른다.

에드몽 웰스의 말이 생각난다. 〈불행도 결국 지치게 마련이라서 같은 사람을 한없이 물고 늘어지지는 않는다.〉 나는 다시 길을 나서기로 한다.

땅바닥이 젖어 있기는 하지만 발이 빠질 정도는 아니다.

나는 빛살이 환하게 새어 드는 숲속으로 나아간다. 잎에 물방울이 잔뜩 맺혀 있는 고사리에서 부식토 냄새가 솔솔 풍겨 나고, 발밑에서 우박 알갱이들이 바드득거린다.

땅이 완만한 비탈을 이루고 있다. 태양이 불그스름한 빛을 띠면서 산꼭대기에 걸린 잿빛 구름을 자줏빛으로 물들

인다.

나는 계속 걸어간다. 허기가 느껴지기 시작한다.

나는 마타 하리를 생각한다. 그녀는 메두사로부터 날 구해 주었다. 그녀는 내 운명을 내 손에 쥐고자 하는 욕구를 내게 불어넣었다. 그녀는 구원자이자 조력자일 뿐만 아니라 나 자신을 해방시키는 일의 촉매였다.

아프로디테는 정말로 나에게 해를 끼쳤다. 막판에는 내 비행기구를 파괴하기까지 했다. 하지만 그녀가 열기구를 파괴했기 때문에 나는 페가수스를 타고 날아오를 용기를 얻었다. 때로는 악에서 선이 나오는 것이다.

그 괴물 같은 여자는 더 생각하지 말자.

〈우리를 죽이지 않는 것은 우리를 더 강하게 만든다〉라는 잠언은 어리석기 짝이 없는 말이다. 내가 의사였던 시절에 겪은 일이 생각난다. 한때 교통사고로 큰 부상을 입은 환자들의 병동에서 근무한 적이 있다. 사고는 그들을 죽이지 않았지만 그들을 강하게 만들지도 않았다. 온전히 회복되는 사람도 더러 있었지만, 평생 장애를 갖고 사는 사람들이 얼마나 많았는가? 시련 가운데는 당한 사람을 다시 일어설 수 없게 만드는 시련도 분명 있다. 그것을 백과사전에 적어 두어야 할 것이다.

나는 결연히 나아간다.

비탈이 가팔라지고, 주위로 커다란 바윗덩어리들이 솟아난다.

그런데 나는 알고 있다. 〈신의 가르침을 받은 자〉는 예수가 아니다. 나는 그저 예수의 몇몇 요소를 차용했을 뿐이다. 일례로 〈신의 가르침을 받은 자〉는 십자가형이 아니라 꼬챙이에 꿰어 죽이는 형벌을 당하지 않았는가. 라울이 만들어 낸 〈후계자〉는 사도 바울이 아니다. 라울은 다른 요소들을 모방한 것에 지나지 않는다.

고래족의 항구는 카르타고가 아니다.

내가 만들어 낸 젊고 대담한 장군은 한니발이 아니다.

쇠똥구리족의 혁신적인 왕은 이집트의 파라오 이크나톤이 아니다.

그리고 〈고요한 섬〉은 아틀란티스가 아니다.

그것들은 그저 복제품일 뿐이다. 그게 아니라면…… 조르주 멜리에스가 말했듯이, 〈우리는 선택한다고 생각하지만 사실은 이미 깔려 있는 레일을 따라가고 있을 뿐〉이다.

1호 지구의 역사를 재현하는 게 우리에게 무슨 도움이 될까? 그렇게 비슷한 일들이 다시 벌어지는 것은 분명 우리의 상상력이 빈곤한 탓이다. 우주에 있는 모든 행성의 모든 문명은 일정한 속도로 진보한다. 우리 역시 그 속도대로 나아간다. 3보 전진, 2보 후퇴가 바로 그것이다.

우리는 그보다 빨리 나아갈 수 없다.

만약 내가 다시 Y 게임에 참가해서 내 민족을 만나게 된다면, 나는 그들이 1호 지구의 역사를 그대로 답습하지 않고 몇 단계를 뛰어넘게 해볼 것이다. 하다못해 과학 기술의 수준에서라도 말이다. 예를 들면 그들이 1호 지구의 11세기에 해당하는 발전 단계에서 전기를 발견하게 하고 화약과 내연 기관을 발명하게 할 것이다. 나는 중세의 내 백성들이 방패로 둘러싸인 자동차를 타고 창 시합을 벌이는 장면을 한번 상상해 본다.

산꼭대기에서 섬광이 번쩍인다.

나는 다시 힘을 내어 갈수록 가팔라지는 비탈길을 올라간다. 문득 멀리 눈을 돌려보니 한 줄기 연기가 보인다. 화산 연기가 아니다. 굴뚝 하나가 나무 갓 위로 솟아 있다. 집인가? 나는 걸음을 재촉한다.

깎아지른 암벽을 등지고 초가집 한 채가 서 있다. 동화에 나오는 집들을 닮았다. 지붕에는 두꺼운 이엉을 얹었고 하얀 벽에는 나무 골조가 드러나 있다. 창턱에는 금잔화 화분들이 가지런히 매달려 있다. 정면 벽에는 송악이 얼키설키하고 라일락도 몇 그루 보인다.

집 앞에는 채소밭을 가꾸어 놓았다. 호박처럼 생긴 주황색 채소들이 눈에 띈다. 굴뚝에서 아주 기분 좋은 냄새가 풍겨 난다. 양파를 익힐 때 나는 냄새다.

배가 고프다.

나무로 된 문을 밀어 보니 잠겨 있지 않다. 커다란 방이 나를 맞아 준다. 좋은 냄새가 난다. 수프 냄새와 밀랍을 칠한 목재 냄새가 섞여 있다. 다진 흙으로 된 맨바닥의 한복판에 식탁과 의자들이 놓여 있다. 왼쪽의 커다란 벽난로에서는 불꽃이 일렁거리고 그 위에 올려놓은 솥에서 끓는 소리가 난다.

오른쪽에서 여자의 목소리가 울린다.

「어서 와, 미카엘, 기다리고 있었어.」

95. 백과사전: 헤라

헤라는 크로노스와 레아의 딸이며 결혼과 출산 등을 관장하면서 삶의 중요한 고비 때마다 여자들을 지켜 주는 신이다.

헤라와 제우스의 결혼에 관해서는 여러 가지 이야기가 전해 내려온다. 한 전설에 따르면, 헤라가 크레타섬의 토르낙스산(일명 〈뻐꾸기산〉)에서 산보를 하고 있을 때 남동생인 제우스가 비에 젖은 뻐꾸기로 변신하여 헤라를 유혹했다고 한다. 헤라는 뻐꾸기를 측은히 여겨 젖가슴에 보듬고 포근히 감싸 주었다. 제우스는 그 틈을 놓치지 않고 헤라를 겁탈했다. 헤라는 그 치욕스러운 일을 감추기 위해 제우스의 아내가 되는 길을 선택했다. 가이아는 그들의 결혼을 기념하기 위해 황금 사과가 열리는 나무를 선물했다. 그들의 신혼 초야는 3백 년 동안 지속되었다. 헤라는 카나토스 샘에서 목욕을 하며 정기적으로 처녀성을 되찾았다.
제우스와 헤라는 청춘의 신 헤베와 출산의 신 에일레이티이아와 전쟁의 신 아레스를 낳았다. 제우스가 혼자서 아테나를 낳자, 그것에 샘이 난 헤라는 자기도 제우스와 동침하지 않고 혼자 수태할 수 있다는 것을 보여 주기 위해 헤파이스토스를 낳았다.
헤라는 제우스의 잇단 간통에 모욕감을 느껴 제우스의 애인들뿐만 아니라 그녀들이 낳은 자식들에게도 앙갚음을 했다. 예를 들어 헤라는 제우스와 알크메네 사이에서 태어난 헤라클레스를 죽이기 위해 거대한 뱀 두 마리를 보냈다. 제우스의 사랑을 받은 처녀 이오도 헤라의 분노를 샀다. 제우스는 이오를 보호하기 위해 암소로 변하게 했다. 하지만 이 암소는 헤라가 보낸 등에 떼에 물려 미쳐 버렸다.
어느 날 헤라는 제우스의 난봉에 격분해서 자식들의 도움을 얻어 이 바람둥이 신을 벌하기로 했다. 그들은 제우스가 지상의 여자들을 유혹하지 못하도록 잠들어 있던 그를 가죽끈으로 묶었다. 그러나 바다의 신 테티스가 백 개의 팔이 달린 거인을 보내어 그를 풀어 주었다. 제우스는 헤라를 벌하기 위해 그녀의 몸을 황금 사슬로 묶고 양쪽 발목에 모루를 하나씩 걸어 놓은 채로 올림포스산에 매달았다. 헤라는 순종하겠다고 약속하고 나서야 속박에서 풀려났다.
헤라는 적법한 혼인을 수호하는 신이므로 남편이 아무리 바람을 피워도 자신은 연인을 두지 않았다. 하지만 아름다운 헤라에게 흑심을 품은 자들이 없을 리가 없었다. 기간테스 가운데 하나인 포르피리온은 그녀에게 욕정을 느끼고 옷을 벗기려 하다가 제우스가 내린 벼락에 맞아 죽었다. 테살리아의 왕 익시온은 헤라를 범하려 하다가 제우스가 구름으로 만들어 낸 헤라의 형상과 결합했고(이 결합에서 최초의 켄타우로스들이 생겨났다), 신을 모독한 이 행위로 말미암아 영벌을 받았다.

로마인들은 그리스의 신 헤라를 자기네 신 유노와 동일시했다.

에드몽 웰스, 『상대적이며 절대적인 지식의 백과사전』 제5권

96. 헤라의 강의

목소리의 주인공은 거구의 여자다. 나는 그녀를 미처 보지 못했다. 여자는 등을 돌린 채 무언가를 썰고 있다.

여자가 몸을 돌린다.

은실로 묶은 구불구불한 적갈색 머리. 풍만한 가슴. 양쪽 볼에 파인 보조개. 상아처럼 하얀 피부.

「내 이름은 헤라야. 최고의 여신이자 모신(母神)이지.」

신은 나에게 앉으라고 권하면서 빙긋이 웃는다. 학교에서 돌아온 아이에게 어머니가 지어 보이는 그런 미소다.

「미카엘, 사랑하지?」

무슨 말인지 모르겠다. 머릿속에서 두 얼굴이 겹쳐지며 하나의 여성상을 이루어 낸다. 아프로디테 같은 요부이면서 마타 하리처럼 관대한 여자.

「네, 그렇게 믿고 있습니다.」

헤라는 나를 바라본다. 내 대답이 시원치 않다는 뜻일까?

「사랑한다고 믿는 것만 해도 좋은 일이지. 하지만 내 말은 진정으로 사랑하느냐는 거야. 너의 온 영혼으로, 온 마음으로 사랑하느냐고.」

곤혹스러운 질문이다.

「그런 것 같습니다.」

「지금 이 순간에도 그녀를 사랑해?」

「네.」

「좋은 일이야. 그 여자를 믿어야 하고, 그 여자에게 정성을 쏟아야 해. 그리고 가정을 이뤄야지.」

헤라는 만족스러운 표정을 지으며 호박을 도마에 올려놓고 커다란 칼을 집어 들더니 숭숭 썰기 시작한다. 썰어 놓은 조각들이 일매지다.

「나는 너희를 지켜봤어. 너와 마타 하리 말이야. 이제 너희는 둘이 함께 살 만한 더 큰 빌라를 요구해야 해. 공식적인 부부는 그럴 권리가 있어.」

신은 선반 쪽으로 가서 빈 접시들을 집어 오더니 내 앞에 놓아 준다. 그러고는 숟가락과 포크, 유리잔, 나이프도 가져다준다.

배가 고프다.

「둘이서 짝을 이루어 사이좋게 지내는 것, 그것이 유토피아의 시작일 수도 있어. 그것 자체도 쉬운 일은 아니지.」

신은 내게 다가와 얼굴을 만진다.

「신보다 우월하고 악마보다 나쁜 게 무엇인지 알아?」

그렇게 물어 오니 문득 한 가지 답이 떠오른다.

「부부인가요?」

「아냐. 그렇게 쉬운 거라면 누군들 답을 못 찾겠어?」

신은 하던 일로 돌아가서 당근의 껍질을 벗기기 시작한다. 나에게는 더 관심을 두지 않는다.

「당신은 제우스의 부인입니다. 그의 부인이자 누님이시

지요.」

신은 당근에서 눈길을 떼지 않는다.

「나는 어렸을 때 야채수프를 좋아하지 않았어. 그런데 이제는 이게 우리의 마음을 달래 주는 가족적인 음식이라고 생각해.」

「왜 여기에서 혼자 사시죠?」

「이 초가집은 내 안식처야. 너도 알다시피 부부란 서로 끌어당기기도 하고 밀어내기도 하는 자석들과 같아.」

신은 쓴웃음을 지으며 덧붙인다.

「1호 지구에 이런 속담이 있지. 〈부부란 석 달 동안 서로 사랑하고 3년 동안 서로 싸우고 30년 동안 서로 참고 견디는 사이다.〉 나는 이렇게 덧붙이고 싶어. 3백 년 동안 훨씬 더 심하게 싸우고 3천 년 동안 진정으로 체념하고 서로를 받아들이는 사이라고 말이야.」

「3천 년 넘게 제우스랑 부부를 이루고 살아오신 건가요?」

「부부가 침대를 따로 쓰거나 각방을 쓰고 있다면, 아직은 서로 참아 줄 만한 단계에 있는 거야. 우리는 집을 따로 쓰는 것으로도 모자라서 서로 다른 영토에 살고 있거든.」

그녀의 얼굴에 체념의 빛이 어린다.

「어쨌거나 자기를 우주의 지배자로 여기는 남자랑 사는 것을 누가 감당할 수 있겠어?」

신은 제우스를 화제에 올린다.

「이제 와서야 그는 약속했어. 다시는 인간 여자들과 잠자리를 하지 않겠다고……. 그는 영혼의 수준이 그렇게 높은데도 품위 없이 젊은 여자들 꽁무니를 쫓아다녔어. 여드름 자국도 채 가시지 않은 사춘기 소녀들까지 말이야. 정말 어처구니가 없는 일 아냐? 1호 지구에서 쓰는 말 중에 〈정오의 마(魔)〉라는 게 있어. 멀쩡하게 잘 살아가던 남자가 인생의 중턱에 다다라서 갑자기 무슨 마가 낀 것처럼 자기 딸 정도밖에 안 되는 젊은 여자들과 놀아나고 싶은 욕구를 느낄 때 하는 말이지. 그런데 그에게는 〈자정의 마〉가 끼었어. 3천 살이 되어서도 17세 소녀들을 유혹하고 싶어 하니 말이야…….」

헤라는 당근을 박박 긁어 댄다.

「요리, 수프…… 가정의 온기, 그런 것들이 따로따로 갈라선 요소들을 다시 합쳐 주지. 그는 수프 냄새를 맡으면 나를 생각할 거야. 그것을 무척 좋아했거든. 호박과 당근을 넣은 수프는 냄새가 아주 좋지. 나는 내 남자와 냄새로 대화해. 곤충들이 페로몬을 가지고 대화하듯이.」

신은 작은 주머니에서 월계수잎과 정향을 꺼내어 한쪽에 놓는다.

「내가 알기로 네 친구 에드몽 웰스는 커플의 성공을 〈1+1=3〉이라는 공식으로 요약했어. 재능과 재능의 합은 단순한 덧셈을 초월하지.」

신은 나를 상냥한 눈길로 바라본다.

「너와 나도 지금 여기에서 하나의 커플을 이루고 있어. 우리가 말하는 것, 우리가 행하는 것이 상호 간섭을 통해 새로운 요소를 만들어 낼 거야.」

신은 당근을 찬물에 씻는다.

「너는 왜 올라왔지?」

「알고 싶습니다. 인간, 천사, 신 후보생, 스승 신들 다음에 무엇이 있습니까?」

「먼저 3이라는 숫자의 힘을 깨달아야 해. 이 행성에는 세 개의 달이 있어. 3의 의미를 아는 게 도움이 될 거야.」

신은 바구니에서 양파들을 골라내어 잘게 다지기 시작한다.

「인간들은 이분법적으로 사고하는 경향이 있어. 선과 악, 흑과 백을 대립시키지. 하지만 세계의 본질은 2가 아니라 3에 있어.」

신은 앞치마에 손을 문지르고 양파 때문에 솟은 눈물을 훔친다. 그러고는 코를 훌쩍거리면서 덧붙인다.

「남과 함께, 남과 맞서서, 남과 무관하게. 모든 역사가 이 세 가지 개념으로 설명될 수 있어.」

신은 눈을 크게 뜬다.

「우주가 창조될 때부터 그랬어. 처음엔 소립자들이 무질서하게 뒤섞여 있는 수프가 있었어. 모두가 〈남과 무관하게〉 살고 있었지. 그러다가 일부 소립자가 서로 부딪치고 서로 파괴했어. 〈남과 맞서서〉라는 개념이 생겨난 거야. 그리고 다른 소립자들은 그에 반발하여 서로 결합해서 원자를 이루었어. 그게 〈남과 함께〉라는 개념의 힘이야. 빅뱅 이래로 만물이 그렇게 발전해 왔어.」

신은 화덕 위로 몸을 숙이더니 풀무를 들고 불기운을 돋운다. 불잉걸의 빨간 불꽃이 노란색으로 변한다.

「물질에서 생명이 생겨날 수 있어. 먼저 식물이 나타나. D, N, A라는 세 가지 힘은 식물의 세계에서도 계속 작용하지.」

신은 향미료로 쓰는 풀들을 집어 든다. 향기로 짐작건대, 샐비어, 세이보리, 로즈메리, 백리향이다. 신은 호박, 다진 양파, 파, 당근 등 모든 채소를 솥에 넣는다.

「동물의 역사도 D, N, A의 역사야.」

신은 달걀 하나를 깨서 노른자위를 수프에 살짝 넣는다. 노른자는 잠시 떠 있다가 녹은 빙산처럼 가라앉는다.

「그다음은 인간이야. D, N, A의 원리는 변함없이 작용하지.」

신은 후추를 뿌린다.

「신들의 세계인 여기 아에덴에서도 마찬가지야.」

신은 딱딱한 빵 조각들을 수프에 던져 넣는다. 그러고는 가로 60센티미터에 세로가 1미터는 족히 될 법한 책 한 권을 가져온다. 표지에 〈18호 지구〉라는 제목이 적혀 있다.

「이게 뭐죠?」

「가족사진을 모아 놓은 앨범 같은 거야. 과거에 사랑했던 얼굴들을 잊지 않기 위한 것이지.」

배가 고프다. 하지만 신의 강의를 중단시킬 수는 없는 노릇이다.

신이 책을 펼친다. 동굴 속에서 살던 첫 인류의 사진들이 나타난다. 베아트리스가 이끌던 거북족의 모습인 듯하다. 베아트리스는 백성들이 혈거 생활을 하도록 이끈 최초의 후보생이었다.

「개인, 부부, 가족, 그리고 마을, 도시, 왕국, 제국. 이 모든 것은 세 가지 힘의 집합체일 뿐이야.」

신이 페이지를 넘긴다. 쥐족의 초기 모습을 담은 사진들이 나온다. 처음으로 전쟁을 벌이고 공포를 사회적 단결의 도구로 이용하던 때의 모습이다. 에드몽 웰스가 이끌던 개미족의 일상생활을 담은 사진들도 있다. 이어서 말벌족, 쇠똥구리족, 사자족 등 모든 민족의 모습이 여러 페이지에 걸쳐서 펼쳐진다.

헤라는 잠시 책을 내려놓고 기다란 나무 숟가락으로 수프를 젓기 시작한다. 수프가 연한 주황색을 띠면서 달착지근한 냄새가 집 안에 퍼져 나간다.

나는 앨범을 계속 뒤적인다. 내 백성들의 사진도 보인다. 쥐족의 공격을 가까스로 피해 일엽편주에 마지막 희망을 걸고 필사적으로 탈출하는 광경, 〈고요한 섬〉, 쇠똥구리족의 나라에 있던 학교, 고래족과 협력하는 모습, 코끼리들을 이끌고 산을 넘어가는 〈구원자〉, 갈수록 많아지는 군중 앞에서 설교하다가 꼬챙이에 꿰이는 것으로 생을 마감한 〈신의 가르침을 받은 자〉.

「나는 너와 네 백성들의 모험을 죽 지켜보았어. 우리 스승 신들은 가슴을 두근거리며 후보생들의 문명을 관찰하지. 솔직히 말하자면 네가 선택한 방식을 놓고 우리 모두가 똑같은 생각을 하는 건 아냐. 몇몇 스승 신은 네 편이고 다수는 너의 방식에 반대해. 하지만…… (신은 빙그레 웃는다) 찬반을 떠나서 모두가 너에게 흥미를 느끼지. 사실 우리가 보기에 너는 아주…… (신은 적당한 말을 고른다) 재미있어.」

다행이다. 내가 재미있는 신이라니.

「여기에서는 재미라는 게 아주 중요한 문제야. 1호 지구의 21세기 철학자 가운데 하나인 우디 앨런이라는 사람이 이렇게 말했지. 〈불멸이란 지루한 것이다. 뒤로 갈수록 더 지루하다.〉 우리 처지에 딱 들어맞는 말이야.」

신은 입술 위로 흘러내린 머리카락을 쓸어 올린다.

「처음 몇 세기 동안은 인간으로 살았던 전생의 여세를 몰아가지. 우리는 책을 읽고 음악을 듣고 게임을 하고 서로 사랑하면서 시간을 보내. 그러다 보면 모든 것이 너무나 뻔해져. 소설의 첫 쪽만 펼치면 결말을 알 수 있고, 악곡의 첫 소절만 들으면 전곡을 연주할 수 있어. 누구를 만나든 키스만 한번 하고 나면 이별의 시나리오가 뻔히 보여. 뜻밖의 것이나 깜짝 놀랄 만한 일은 더 이상 없어. 모든 게 재탕, 재탕의 또 재탕일 뿐이야.」

내 귀와 눈이 따로 논다. 나는 신의 말에 귀를 기울이면서도 사진들에서 눈을 떼지 못한다. 〈신의 가르침을 받은 자〉가 꼬챙이에 꿰여 있는 모습을 담은 사진. 그리고 그 옆에 있는 어떤 남자의 사진. 남자는 물고기 모양의 상징을 지우고 있다. 아마 그것을 〈신의 가르침을 받은 자〉의 수난을 나타내는 상징으로 바꾸려는 것이리라.

헤라는 18호 지구의 앨범을 탁 덮는다.

「이 모든 것을 이미 어디에서 봤다는 느낌이 들지 않았어? 예컨대 1호 지구의 역사에서 말이야.」

신은 자리에서 일어나 또 다른 책을 가져온다. 모든 점에서 앞의 것과 비슷한 책이다. 다만 손때가 훨씬 많이 올라 있는 듯하고 채색 장식이 들어간 글자로 〈1호 지구〉라는 제목이 붙어 있다. 신은 처음 몇 페이지를 설렁설렁 넘기다가 손을 멈춘다. 일련의 사진들이 알록달록한 집들을 보여 준다. 복잡한 머리 모양을 하고 젖가슴을 드러낸 여자들도 보인다. 그리스인들의 침략을 받기 전의 크레타섬 사람들이 아닌가 싶다.

신은 다시 수프를 보러 가더니 큰 숟가락으로 살짝 퍼서 맛을 본다. 그러고는 내가 군침을 삼키는 것을 보고 한 국자 가득 퍼서 내게 내민다.

「너무 짜지 않아?」

신은 그렇게 물었지만 맛이 기가 막히다. 어쩌면 배가 고파서 채소와 향미료로 이루어진 그 툭툭한 액체의 풍미를 온전히 느끼는 것인지도 모른다. 먼저 호박의 맛이 주로 느껴지고 파와 양파의 맛이 뒤를 잇는다. 끝으로 백리향과 월계수와 샐비어와 후추의 맛과 향기가 더해진다. 그야말로 혀의 맛봉오리들과 콧구멍들을 위한 한바탕의 축제다.

「아주 맛있어요.」

나는 접시를 내민다.

「이따가. 은근한 불에 조금 더 끓여야 하거든.」

신은 1호 지구의 앨범 쪽으로 돌아온다.

「1호 지구에서도 세 가지 힘이 경쟁을 벌이고 있어. D력을 신봉하는 자들은 진군하고 죽이고 약탈하고 겁탈하고 강제로 개종을 시키고 지배하지. A력의 옹호자들도 있어. 그들은 항구를 건설하고 상관을 설치하고 교역로를 개척하고 협력을 모색해.」

「그럼 N력은요?」

「그건 무정견이야. N력의 지지자들은 그저 조용히 지내기를 바라지. 그들은 폭력을 두려워해. 지식을 좋아하긴 하지만 그보다 폭력에 대한 공포가 더 크지. 그래서 대개는 D력의 신봉자들에게 굴복하지. 당연한 거야.」

신은 어떤 그리스 신전의 사진을 보여 준다.

「네가 돌고래를 토템으로 선택한 건 아주 잘한 일이야. 델포이 신전의 사제 피티아가 신탁을 전할 때 돌고래의 울음소리를 모방한 날카로운 소리를 냈다는 거 알고 있어? 처음엔 진짜 돌고래가 신전의 수조에 있었어.」

그건 돌고래파 사람들이 수조 안에 돌고래를 모셔 두고 있었던 것과 비슷하다.

헤라는 페이지를 거꾸로 넘겨 다시 앞으로 돌아간다.

「이집트 신화에 나오는 호루스 신의 눈을 봐. 돌고래의 모습이 느껴지지 않아? 인간의 눈도 돌고래의 눈과 형태가 비슷해. 돌고래는 초기 기독교인들의 상징이었어. 나중에 물고기 모양으로 바뀌기는 했지만 말이야. 그런데 그보다 훨씬 앞서서 돌고래는 초기 히브리족의 상징이었어. 그들은 노예 제도에 맞서 싸웠어. 그게 돌고래 기질이야. 그 기질은 독재자들에게 대항하여 인간 해방을 구현하려는 운동으로 현대에 이르기까지 면면히 이어졌어.」

내가 알기로 돌고래를 뜻하는 프랑스어의 〈도팽〉은 라틴어 〈델피누스〉에서 왔고, 이 말은 또 그리스어 〈델피스〉에서 왔다. 문득 아돌프라는 이름이 떠오른다. 빌어먹을, 반(反)돌고래 운동의 절정은 〈아-돌프〉였다. 아돌프 히틀러, 돌고래에 반대했던 자.

신은 앨범 속의 사진 한 장을 가리킨다. 강제 수용소의 모습을 담은 사진이다. 뼈가 앙상하게 드러난 사람들이 철조망 너머로 카메라 렌즈를 응시하고 있다.

신은 제2차 세계 대전 중에 한 개신교 목사가 한 말이라면서 이렇게 암송한다.

「그들이 유대인들을 잡으러 왔을 때, 나는 유대인이 아니라서 아무 말도 하지 않았다.

그들이 프리메이슨 단원들을 잡으러 왔을 때, 나는 프리메이슨 단원이 아니라서 아무 말도 하지 않았다.

그들이 민주주의자들을 잡으러 왔을 때, 나는 정치를 하는 사람이 아니라서 아무 말도 하지 않았다.

이제 그들이 아래에 와 있다. 나를 잡으러 온 것이다. 나는 너무 늦었다는 사실을 비로소 깨닫는다.」

신은 피로의 기색을 보이며 흘러내린 머리카락을 다시 쓸어 올린다. 머리카락이 젖어 있는 듯하다. 땀 아니면 수프의 김 때문일 것이다.

「그들은 왜 문제가 닥쳐오리라는 것을 알지 못하는 것일까?」

「남이 말하는 것을 스스로 생각하지 않고 믿기 때문이죠.」

「그뿐이 아냐. 공포 때문이기도 해. 그들은 두렵기 때문에 남들이 말하는 것을 믿는 거야. 공포를 무시하면 안 돼. 사람들은 자기를 도와준 사람에게 감사하는 것과 신체적인 위협을 가하는 사람에게 복종하는 것 중에서 어느 하나를 선택해야 한다면 거의 망설이지 않고 후자를 선택해. 생각해 봐. 학교에서 네 간식을 어떤 아이에게 더 쉽게 내어 주었지? 시험 볼 때 너에게 답안지를 보여 준 친구들한테야, 아니면 주머니칼로 너를 위협하는 녀석들한테야? 지금 당장 편안한 것을 원하는 건 인지상정이야.」

「단지 그 때문인가요?」

「아니. 더 기이한 것들이 있지. 나 자신도 설명할 수 없는 것들이야. 히틀러 정권의 선전 책임자였던 괴벨스가 이런 말을 했어. 〈우리가 어떤 나라에 쳐들어가면 그 나라 국민은 자동적으로 세 부류로 나뉜다. 한쪽에는 레지스탕스들, 다른 쪽에는 협력자들이 있고, 그 사이에는 머뭇거리는 다중이 있다. 그 나라 국민들로 하여금 자기들의 온갖 부가 약탈되는 것을 참고 견디게 하려면 머뭇거리는 다중을 레지스탕스들 무리에 가담하지 않고 협력자들 편에 서도록 설득해야 한다.

그것을 위한 간단한 기술이 있다. 희생양을 지목해서 모든 것이 그의 잘못이라고 말하면 된다. 그것은 매번 통한다〉 하고 말이야.」

신은 마침내 화덕에서 솥을 들어내어 나에게 수프를 퍼 준다. 나는 잇달아 몇 숟가락을 떠서 맛을 본다. 그러고는 신이 내밀어 준 빵을 한입 가득 베어 문다. 수프는 따끈하고 짭짤하면서도 달큰하다. 혀끝에 감칠맛이 돈다. 내가 빵 하나를 먹어 치우자 신은 하나를 더 가져다준다.

「맛있게 먹어. 네가 힘을 내서 A력의 가치들을 지켜 줬으면 좋겠어. 그 가치들은 무너지기가 쉬워. 늘 여기저기에서 공격을 당하거든. 그것들을 수호해야 돼. 네 행동은 네가 생각하는 것보다 훨씬 중요해.」

의무의 중압감이 다시 나를 눌러 온다. 이런 느낌이 싫다. 나는 어쩌면 그냥 포기해 버릴지도 모른다. 결국 그들은 나 없이도 잘해 나갈 것이다.

「어쨌거나 저는 이제 게임을 하러 내려갈 수가 없습니다.」

신은 못 들은 척하고 말을 잇는다.

「너는 역사가 D력의 신봉자들에게 유리한 쪽으로만 진행되는 게 아니라는 것을 보여 줄 수 있어.」

신은 앙크를 리모컨으로 사용해서 텔레비전을 켠다. 1호 지구의 뉴스가 나온다.

신은 소리를 죽인다. 침묵이 감도는 가운데 사람들이 화면에 나타난다. 버스 안에서 자살 테러가 벌어진 뒤에 사람들이 갈기갈기 찢긴 여자들과 아이들과 남자들의 시신을 거두고 있다. 피와 살의 파편들이 사방에 낭자하다.

화면이 바뀌자 군중이 나타난다. 그들은 주먹과 빨간색

페인트를 칠한 도끼를 치켜든 채 박자에 맞춰 구호를 외치고 있다. 자살 특공대원의 사진을 들고 있는 자들도 보인다.

「나는 왜 인간들이 저런 식으로 행동하는지 오랫동안 궁금하게 여겼어. 아름다움을 창조하는 사람들, 그림과 영화와 음악을 만들어 내는 사람들이 어떻게 자식들을 세뇌시켜 자살 테러를 하게 만들 수 있단 말인가? 왜 나라들은 그런 현상을 놓고 구차한 변명을 늘어놓는가? 어떻게 잔인한 가해자들의 행위를 피해자들의 탓으로 돌릴 수 있단 말인가?」

나는 텔레비전을 계속 바라본다. 이제 국제 연합에서 벌어진 토론에 관한 보도가 나오고 있다.

「저는 대답할 말이 없습니다. 다만 조금 전에 말씀하신 대로 공포 때문이 아닌가 하는 생각이 들기는 합니다.」

「죽음에 대한 공포? 아냐. 영혼들은 자기들이 환생하리라는 것을 알고 있어. 그래서 죽음을 두려워하지 않아. 그보다 복잡해. 생각해 봐.」

「모르겠습니다.」

「나는 오랫동안 곰곰 생각했어. 그래서 이제 조금 알겠다 싶어. 영혼들은 자기들의 임무를 완수하지 못할까 봐 두려워해. 그래서 다른 영혼들이 자기네 임무를 실현하지 못하도록 방해하는 거야. 그러면 자기들이 실패를 하더라도 덜 외로울 거라고 느끼는 거야.」

나는 그런 생각을 해본 적이 없다.

「1호 지구의 인간들은 모든 것을 망쳐 가는 중이야. 그들은 현재 전환기를 살고 있어. 〈3보 전진, 2보 후퇴〉가 아니라 그냥 3보 후퇴를 하게 될지도 몰라. 벌써 멈춰 서기 시작했고 곧 후퇴하게 될 거야. 우리의 의식 탐지기가 분명하게 보여 주고 있어. 인류의 전체적인 의식 수준은 올라가기를 중단했어. 행성의 많은 지점에서는 오히려 내려가고 있어. 야만의 상태로, 졸렬한 우두머리들의 지배로, 생명과 연대와 개방이라는 가치를 포기하는 쪽으로 돌아가는 거야. 어느새 전제 군주들이 다시 나타나기 시작했어. 그들의 외양은 예전의 폭군들과 달라. 그들은 역설을 구사해. 반(反)인종주의의 기치를 내걸면서 인종주의적인 정책을 펴고, 세계 평화라는 이상을 내세워 폭력을 사용하고, 하느님의 사랑을 내세워 사람들을 죽여. 그들은 단순하고 저희끼리 똘똘 뭉쳐 있어. 반면에 그에 맞서야 할 자유 세력은 복잡하게 분열되어 있고 허약해. 결국 그 전제 군주들이 승리할 수도 있어. 그러면 인류의 미래는 폭력이 난무하는 야만 상태가 될 거야. 네가 17호 지구에서 보았던 것처럼 말이야. 모든 게 아주 쉽게 부패할 수 있어.」

2222년의 17호 지구 모습이 눈에 선하다. 몇몇 깡패 두목이 장악하고 있는 사회에서 저마다 살아남기 위해 싸워야 하는 영화 「매드 맥스」식의 세계. 정의도 과학도 농업도 없고, 그저 동물처럼 행동하는 인간 무리들 간의 폭력만이 횡행하는 세계.

「그런데 왜 개입을 안 하시죠? 앙크를 사용해서 모든 인간을 보실 수 있다면, 제가 제 백성들을 이끌듯이 그들에게 영향을 미치실 수 있지 않나요?」

「네 친구 프레디의 우스갯소리 생각나? 유사의 늪에 빠진 어떤 남자가 구조대원들의 도움을 거절하면서 〈괜찮아요. 나는 신앙심이 깊은 사람이라서 하느님이 구해 주실 거예요〉라고 했다는 얘기 말이야.」

헤라는 웃음을 지을 듯 말 듯 하다가 폭소를 터뜨리며 되뇐다.

「하느님이 구해 주실 거예요…….」

그러고는 웃음을 거두며 말을 잇는다.

「왜 우리가 개입하지 않느냐고? 미카엘, 그건 네가 몰라서 하는 소리야. 우리는 계속 관여했어. 모세, 예수, 폭풍이 몰아쳤음에도 가까스로 성공한 노르망디 상륙 작전, 그리고…….」

「그럼 저런 맹목적인 테러들은 뭐죠?」

「우리는 무수한 테러를 막았어. 눈에 보이는 게 전부가 아냐. 도중에 좌절되어서 사람들이 모르고 넘어가는 테러들이 훨씬 더 많아. 폭탄이 그것을 만든 자들의 머리에 떨어져 폭발한 경우도 있고, 자살 테러를 하려는 자가 슈퍼마켓이나 나이트클럽이나 유치원에 들어가지 못해서 불발로 끝난 경우도 많아. 정말이지 우리가 그냥 손을 놓고 있었다면 상황이 훨씬 고약했을 거야. 1970년대에 프랑스 사람들이 이라크에 원자로를 제공했다는 얘기 들어봤어? 오시라크[17] 원자로 말이야. 이라크는 산유국이라서 핵에너지를 필요로 하지 않았어. 만약 오시라크가 파괴되지 않았더라면 1호 지구의 제3차 세계 대전이 훨씬 앞당겨졌을지도 몰라.」

문득 내가 신들의 은혜를 망각하고 있었구나 하는 생각이 든다. 신들은 최악의 사태를 무수히 막아 냈다. 그러지 않았다면 1호 지구는 끔찍한 상태로 전락했을 게 분명하다. 히틀

17 이 이름은 이집트 신화에 나오는 오시리스 신과 이라크를 합쳐서 만든 것인데, 공교롭게도 이라크에 핵 기술을 제공하기로 결정한 사람이 당시의 프랑스 총리였던 자크 시라크라서 이스라엘 사람들과 일부 프랑스 언론은 이 원자로를 〈오! 시라크〉라는 조롱 섞인 별명으로 불렀다. 이 원자로는 1981년 6월 이스라엘군의 공습으로 파괴되었다.

러 같은 자가 성공했을지도 모르는 것이다.

신은 다시 내 접시에 수프를 담아 준다.

「하지만 우리는 자유 의지를 존중해야 한다는 으뜸가는 규칙을 위반할 수가 없어. 인간은 스스로 결정해서 좋은 길을 선택한 경우에만 성공에 따르는 보상을 받게 되는 거야.」

「인간을 더 많이 도와줄 수는 없나요?」

「우리가 무엇을 더 할 수 있겠어? 예언자를 보내서 이렇게 말하라고 할까? 〈이제부터 신의 사랑을 가지고 장난치지 마. 너희들 서로 사랑할래, 아니면 한 대 맞을래?〉」

나는 기계적으로 숟가락을 놀린다.

「게다가 우리 신들은 암묵적으로 하나의 규칙을 정했어. 기적과 예언자를 되도록 적게 사용하기로 말이야. 인간들은 스스로 깨닫고 찾아내야 해. 그게 인류 진화의 열쇠야.」

나는 신의 손에서 리모컨을 집어 든다.

「뭐 좀 봐도 될까요? 특별히 저하고 관계된 것인데…….」

97. 백과사전 : 택일신교

인간이 신을 믿는 형태에는 어떤 종류가 있을까? 대개는 오직 하나의 신을 인정하고 신앙하는 일신교와 많은 신의 존재를 인정하고 믿는 다신교만을 염두에 두기가 십상이다.

그런데 잘 알려져 있지는 않지만 또 다른 신앙 형태가 있을 수 있다. 19세기 독일의 문헌학자이자 비교 신학자인 막스 뮐러가 〈헤노테이스무스〉라고 명명했던 택일신교가 바로 그것이다. 택일신교는 다수의 신들이 존재한다는 것을 부정하지 않으면서도 그 신들 가운데 오직 하나를 주신으로 숭배할 것을 제안한다. 이 신앙 형태에는 하나뿐인 주신이 다른 신들보다 우월하다는 관념이 존재하지 않는다. 대신 많은 신 가운데 하나를 신도들이 선택한다는 생각이 자리하고 있다. 택일신교는 각 민족이 자기네 신을 선택한다는 사실을 암묵적으로 인정한다. 민족마다 서로 다른 신을 숭배할 수 있고, 어떤 민족의 신도 다른 신들보다 우월하지 않다는 사실을 받아들이는 것이다.

에드몽 웰스, 『상대적이며 절대적인 지식의 백과사전』 제5권

98. 인간, 24세

은비는 애니메이션 회사를 떠나 이제 그녀의 친구 코리안 폭스가 설립한 회사 〈제5세계〉의 일본 지사에서 일하고 있다. 이상하게도 은비는 여전히 그를 만나지 못했다. 그들은 컴퓨터를 매개로 관계를 이어 간다.

은비는 스물네 살이고 아직 다른 남자를 사귀어 본 적이 없다.

은비는 돌고래에 관한 소설을 1백 번째로 다시 쓰다가 결국 글쓰기를 완전히 포기하고 자기의 첫 예술인 그림으로 돌아간다. 그리하여 〈제5세계〉의 가상 환경을 꾸미는 일을 하지 않을 때면 집에서 유화를 그린다.

헤라가 묻는다.

「제5세계가 뭐야?」

나는 즐거운 마음으로 설명한다.

「제1세계는 현실, 제2세계는 꿈, 제3세계는 소설, 제4세계는 영화, 제5세계는 컴퓨터 속의 가상 세계입니다.」

헤라가 관심을 보인다.

「그럼 돌고래에 관한 소설은 뭐야?」

「은비는 그것을 끝내지 못할 거예요. 그건 다나이데스의 통[18]이에요. 그녀가 아무리 채우려 해도 통은 끝내 채워지지

않아요. 은비는 전생에서 소설을 주요한 표현 수단으로 삼았어요. 그녀의 전신인 자크 넴로드는 쥐들을 주인공으로 한 일대 모험담을 썼죠. 하지만 이제는 글쓰기가 그녀의 우선적인 표현 방식이 아니에요. 회화가 그것을 대신하고 있으니까요.」

나는 채널을 바꾼다.

테오팀은 관광객을 위한 스포츠 클럽을 열었다. 그는 클럽 안에 명상실을 마련해 놓고 근육 단련 강습을 하는 틈틈이 명상 수련을 계속하려고 애쓴다. 클럽을 찾아오는 손님들은 이 수련을 무척 좋아한다. 한편으로 테오팀은 병적으로 여자를 밝히는 유혹자의 시기를 보낸다. 그는 거의 일주일에 한 번꼴로 여자를 바꾼다. 하지만 그 여자들 가운데 하나가 그에게 잠재되어 있던 또 다른 성향을 일깨워 준다. 현대 무용에 대한 호감이 바로 그것이다. 그는 복싱에 이어 요가에서 찾던 것을 마침내 현대 무용에서 발견한다. 그것은 몸으로 자신을 표현하는 새로운 방식이다.

한편 쿠아시 쿠아시는 젊은 파리 여자와 동거에 들어갔다. 거리에서 핸드백을 날치기당했을 때 그가 도와주었던 바로 그 여자다. 문화의 충격이 만만치 않다. 여자의 가족은 아프리카에서 온 젊은이를 쉽게 받아들이지 않는다. 그래도 아직까지 둘은 잘 버티고 있다. 역경이 그들을 더욱 강하게 만들어 주고 있는 것이다.

18 다나이데스는 아르고스의 왕 다나오스의 쉰 명이나 되는 딸들이다. 그리스 신화에 따르면 그녀들은 다나오스와 형제간인 아이깁토스의 아들들 쉰 명과 결혼했는데 첫날밤에 남편들을 죽였고, 그 때문에 밑 빠진 통에 계속 물을 부어야 하는 영벌을 받았다. 이 신화에서 나온 관용구 〈다나이데스의 통〉은 해도 해도 끝이 없는 일을 가리킨다.

쿠아시 쿠아시는 금요일 저녁마다 여자 친구가 소개해 준 재즈 그룹과 어울려 타악기를 연주한다. 재즈를 발견한 것은 그에게 크나큰 행운이다. 그는 대학에서 일과를 마치고 나면 음반 가게들을 전전하면서 재즈 음악을 듣는다.

헤라는 약간 흥미가 동하는 기색이다.

「저들에게 말을 걸고 싶어요.」

내가 그렇게 말하자 헤라는 나를 보며 웃음을 터뜨린다.

「1호 지구의 인간들에게 말이야? 뭐라고 할 건데?」

어떤 신이 그들을 살피면서 도와주고 있다고, 그 신이 바로 나라고 말할까? 아니다. 나는 신이면서도 나 자신을 별로 믿지 않는다. 즉시 다른 생각이 떠오른다. 나는 그들에게 이렇게 말하고 싶다. 〈만약 너희가 신이라면 어떻게 하겠느냐?〉 사실 태초부터 인간들은 요구하고 기도하고 원망하기 위해서 신들에게 말을 걸었다. 처지가 뒤바뀌어서 그들이 신이 된다면 그들은 어떻게 할까?

〈너희는 스스로 아주 영리하다고 생각하는 모양인데, 그럼 너희가 한번 신 노릇을 해봐라. 너희가 신이라면 어떻게 하겠느냐?〉 내가 인간에게 묻고 싶은 것은 바로 이것이다. 그들의 질문에 대답하는 대신 그렇게 묻고 싶다. 내친김에 이런 말도 하고 싶다. 〈신 노릇 하기가 쉬워 보이냐?〉 그들의 시간 척도로 5천 년 넘도록 한 민족을 보살펴 온 내가 보기에 그건 아주 고단한 일이다.

신이 스스로에게 던지는 진짜 질문은 이런 것이다. 〈어떻게 한 민족을 창조해서 역사의 지하 감옥 속으로 너무 빨리 사라지지 않게 할 것인가?〉 신의 고민은 바로 거기에 있는 것이다.

헤라는 재미있다는 표정으로 나를 빤히 바라본다.

「저는 먼저 공포에서 벗어나라고 말하겠습니다. 그들은 늘 공포 속에서 살고 있습니다. 그래서 그토록 쉽게 조종당하는 것입니다.」

「만약 네가 그들에게 말을 걸면, 그들이 네 말에 귀를 기울일 거라고 생각해?」

「네.」

「길에서 은비를 만난다면 뭐라고 할 거야? 〈안녕, 난 미카엘 팽송이고 신이야〉라고 말할 거야? 은비는 신을 믿지도 않는데?」

「은비는 저를 그냥 과대망상에 빠진 미치광이로 여기겠군요.」

「그러지는 않을걸……. 은비는 재미있는 얘기를 좋아하는 것 같아. 그래서 네 말에 귀를 기울이고 〈와, 아주 참신한 이야기다〉 하고 생각할 거야.」

아닌 게 아니라 은비는 선입견에 빠지지 않는 장점을 지니고 있다. 그녀는 내 이야기에 귀를 기울일 것이고, 믿지는 않더라도 아마 그것을 적어 두고 싶어 할 것이다.

그녀의 전신인 자크 넴로드라면 틀림없이 그렇게 할 것이다.

재미있는 생각이다. 만약 은비에게 진실을 말해 주면, 그녀는 그것이 하나의 이야기, 소설의 소재가 될 수 있는 하나의 아이디어일 뿐이라고 생각할 것이다.

「너는 그들에게 영감을 줄 수 있지만 진실을 밝힐 수는 없어……. 어찌 보면 그들은 자기들이 창조하고 있는 것에 대한 믿음도 가지고 있지 않을 거야. 쿠아시 쿠아시는 타악기를 연주하는데 그가 자기의 음악을 믿을까? 은비는 글을 쓰고 그림을 그려. 그녀가 자기 회화를 믿을까? 테오팀은 현대 무용을 해. 그가 자신의 예술을 믿을까? 아냐, 그들이 예술 작품을 만들어 내는 것은 그냥 그게 즐겁기 때문이야. 그들은 자기들의 창조적인 능력을 알아차리지 못하고 있어. 아마 그 편이 나을 거야. 상상해 봐. 만약 그들이 1호 지구의 실체를 깨닫는다면 무슨 일이 벌어질지 말이야.」

「그건 저도 궁금한데요. 1호 지구의 실체가 뭐죠?」

「원형(原型)……. 다음 인류들의 표준으로 삼기 위한 첫 실험의 장이지. 다시 말해서 아직 아무것도 결정되지 않았기 때문에 모든 것을 실험해 볼 수 있는 장소라는 거지.」

나는 텔레비전으로 눈길을 돌린다. 헤라가 텔레비전을 통해 1호 지구와 그곳의 실험 대상들을 볼 수 있다면, 올림피아와 그곳의 거주자들도 볼 수 있을 것이다. 나는 채널을 돌린다. 아닌 게 아니라 마치 올림피아 시내에 수백 대의 감시 카메라가 숨겨져 있기라도 한 것처럼 도시의 구석구석이 화면에 나타난다. 집들의 내부까지 보인다. 숲과 강도 보이고 자기 집에서 뱀으로 된 머리를 빗고 있는 메두사도 보인다.

「제가 오리라는 것을 알고 계셨죠?」

신은 대답하지 않는다.

「저를 아테나에게 넘기실 건가요?」

나는 수프 접시를 들고 마지막 한 방울까지 핥아먹는다. 그러자 신은 바구니에서 삶은 달걀 하나를 꺼내어 둘로 나눈 다음 작은 접시에 담아 약간의 마요네즈와 함께 내온다.

「최초의 범죄는 숨기고 잊어버려야 해.」

「카인과 아벨 이야기인가요?」

「아니, 그건 민중을 위한 이야기야. 게다가 카인의 살인은 더 면밀하게 검토할 필요가 있어……. 내가 말하는 최초의 범죄는 잘 알려지지 않은 거야. 숨겨진 원죄라고나 할까. 무녀리를 잡아먹은 어미의 이야기지. 아마 에드몽 웰스에게 들었을 거야. 개미 세계에서는 하나의 문명이 시작될 때 굶주린 여왕개미 혼자서 알을 낳아. 처음 낳은 알들은 한 태에서 여러 마리의 새끼를 낳는 동물의 무녀리가 대개 그렇듯이 허약하고 보잘것없어.」

헤라는 1호 지구의 앨범을 덮어 커다란 선반 위에 올려놓는다. 그러고는 삶은 계란 몇 개를 더 가져다준다.

「여왕개미는 생존하기 위해서 움직여야 하는데 처음엔 그럴 수가 없어. 그래서 자기 가까이에 있는 것을 먹어. 다시 말해서 자기가 처음으로 낳은 알들을 먹는다는 거야.」

무슨 얘기를 하려는 것일까?

「그렇게 제 자식을 잡아먹고 힘을 얻은 뒤에는 단백질이 더 많은 알들을 낳을 수 있어. 자식들의 결함이 점점 적어지는 셈이지.」

헤라의 목소리는 담담하다. 마치 그런 비극이 불가피하다는 듯한 말투다.

「그게 바로 모신들에 관한 신화의 또 다른 측면이야. 모신들은 결함이 있는 세계들을 낳지 않기 위해서 처음으로 낳은 자식들을 잡아먹어야만 했어. 그것은 원초적인 신화들 가운데 하나야. 18호 지구에서조차 그런 신화를 중요하게 생각했어. 돌고래족의 문명 이전에 개미족의 문명이 있었다는 것을 잊지 마. 네 친구 에드몽 웰스는 그 원죄의 의미를 알고 있었어. 개미족의 모든 샤먼도 마찬가지였어. 피라미드, 변신의 의미, 텔레파시 능력을 지닌 여왕, 미라, 태양 숭배, 그 모든 것은 돌고래족이 아니라 개미족에게서 나온 것들이야. 개미족의 유전자에는 그 무시무시한 비밀이 새겨져 있었어. 하나의 범죄, 어미가 제 자식을 잡아먹는 가장 나쁜 죄악에서 모든 것이 비롯되었다는 것을 그들은 알고 있었지.」

에드몽 웰스가 들려준 기이한 우주 창생 신화가 생각난다. 헤라의 이야기와 비슷한 내용을 담은 신화다. 그는 이렇게 말했다. 〈나는 이런 꿈을 꾸었어. 창조주가 우주의 습작을 만들어 냈어. 자기가 창조하고 싶은 우주의 시험 버전을 만든 거야. 창조주는 첫 작품을 테스트했어. 그럼으로써 그것의 모든 결함을 알아낼 수 있었지. 이어서 창조주는 동생 우주를 창조했어. 첫 작품의 결함을 보완한 완전한 우주가 만들어진 것을 확인하자 창조주가 말했어. 《이제 이 습작을 없애 버려도 되겠다.》 그런데 동생 우주가 형 우주를 보존하자고 부탁했어. 창조주는 습작 우주를 없애 버리지 않는 대신 그것에 더 이상 신경을 쓰지 않기로 결심했지. 그리하여 실패작인 형 우주는 성공작인 동생 우주의 보호를 받게 되었어. 그때부터 동생 우주는 형 우주의 결함을 뜯어고치려고 애썼어. 이따금 깨달은 영혼들을 보내어 형 우주가 망해 가는 것을 지연시키기도 하지. 창조주는 지금도 망쳐 버린 습작에 직접 관여하지 않아. 동생 우주가 열심히 그것을 유지시키고 있을 뿐이야.〉

에드몽 웰스는 천사들의 나라에서 나를 지도하던 시절에 그 이야기를 들려주었다. 그가 어디에서 읽은 것인지 스스로 지어낸 것인지는 알 수 없었다. 나는 그것이 기존 관념을 뒤흔드는 이야기라고 생각했다. 특히 그의 마지막 말이 그러했

다. 〈우리는 그 망쳐 버린 우주 속에 있어.〉

이제 그 이야기는 헤라가 알려 준 원죄의 새로운 개념과 결합하여 전혀 다른 차원으로 나아간다. 아무 결함 없이 태어난 동생이 결함투성이 형들을 구하려고 했다. 그는 무녀리들을 다 없애 버리려는 어미의 손아귀에서 형들을 빼냈다.

인간 시절에 한 여자 친구가 이런 얘기를 들려주었다. 그녀에게는 장애인 동생이 있었다. 동생은 태어날 때 의사의 실수로 뇌에 손상을 입었다. 의사가 겸자로 아기의 머리통을 너무 세게 누른 탓이었다. 사람들은 아기가 몇 주일밖에 살지 못할 거라고 생각했다. 그러나 아이는 살아남았다. 다만 발육이 부진했다. 식구들은 아이를 차마 보호 시설로 보낼 수가 없어서 모두가 아이의 리듬에 맞춰 살았다. 내 여자 친구는 간호사 노릇을 했다. 그녀는 먹고 입고 외출하는 것과 같은 기본적인 활동도 혼자 할 수 없는 동생을 돌보면서 시간을 보냈다.

헤라의 목소리가 나를 현재로 돌아오게 한다.

「1호 지구의 원초적인 신앙은 곤충 숭배야. 최초의 인류들은 꿀벌을 숭배했어. 사실 그 사회적 곤충들은 인류보다 1억 년 앞서 문명을 건설했지.」

「그 문명의 출발점이 어미의 범죄로군요.」

신은 나를 마주하고 앉는다.

「그건 오랜 비밀이야. 그런데 비밀 뒤에는 또 다른 비밀이 있어. 18호 지구를 생각해 봐. 꼬챙이 뒤에는 물고기가 있고, 물고기 뒤에는 돌고래가 있어. 그리고 돌고래 뒤에는 개미가 있지.」

「개미 뒤에는 아에덴이 있고, 아에덴 뒤에는…….」

「우주가 있지. 우주가 진정 어떻게 생겨났는지는 아무도 몰라. 우리가 왜 여기에 있는지, 세계가 왜 이러한지 아는 자는 우주 어디에도 없어. 왜 우주가 무(無)의 상태로 되어 있지 않고 생명이 존재하는지, 우리는 그것조차 몰라.」

나는 서쪽 창문 너머를 바라본다. 구름에 덮인 산꼭대기의 위용이 다시 눈에 들어온다. 바람이 구름을 내 쪽으로 밀어내고 있다. 마치 산꼭대기에서 누군가가 입바람을 불고 있기라도 한 것처럼. 신들의 숨결일까?

「산꼭대기로 올라가고 싶습니다.」

신은 난처한 표정을 짓는다.

「너의 진정한 동기는 뭐지?」

「모르겠습니다. 아마 호기심일 겁니다.」

「으음, 네가 마음에 들어, 미카엘 팽송. 하지만 올라가고 싶다면 방법은 아주 간단해. Y 게임에서 우승하면 되는 거야. 올림피아로 내려가. 네가 다시 게임에 참여할 수 있도록 내가 주선해 줄 테니까.」

「계속 올라가고 싶습니다. 그 모든 일을 겪고 여기까지 왔는데 그냥 돌아갈 수는 없습니다.」

「이카로스의 신화를 기억해. 태양에 너무 가까이 올라가면 날개가 타버릴 수도 있어.」

그 말을 하면서 신은 불을 켜놓은 초 하나를 집어 든다. 그러고는 내 손을 잡아 촛불 가까이로 가져간다. 나는 되도록 오래 버티려고 이를 악문다. 하지만 고통이 너무 심해서 비명을 지르며 손을 빼내고 만다.

「자아, 이렇게 살을 태워 가며 생생하게 경험했는데도 여전히 올라가고 싶어?」

나는 얼굴을 찡그린 채 손을 호호 분다.

「그게 제 영혼이 나아가야 할 길이 아닌가 싶습니다. 연어들은 저희가 왜 태어났는지를 알기 위해 강물을 거슬러 모천으로 돌아갑니다.」

「그런가 하면 나방은 빛을 향해 날아가서 죽음을 맞지.」

「그래도 나방은 빛이 무엇인지 알게 되죠.」

신은 소매를 팔꿈치 위로 걷어 올린다.

「용기와 마조히즘을 혼동하지 마.」

「위험을 무릅쓰지 않는 자는 아무것도 얻지 못하는 법입니다.」

헤라는 빈 접시를 들고 가서 개수통에 내려놓는다. 그러더니 무언가 개수대에 달라붙어 있는 것을 떼어 내려는 듯 솔로 박박 문지르기 시작한다. 아까 당근의 껍질을 벗길 때만큼이나 손놀림이 야무지다. 가사 노동을 통해서 마음의 앙금을 배출하는 것일까?

「으음…… 커피 마시겠어?」

「네, 좋죠.」

「설탕 넣을까?」

「네, 고맙습니다.」

「몇 개나?」

「세 개요.」

신은 나를 측은한 눈길로 바라본다. 나는 거북함을 느끼며 묻는다.

「왜 그러시죠?」

「너 설탕 좋아하지? 네 안에는 아직 인간의 요소가 많이 남아 있어.」

나는 눈살을 찌푸린다. 〈인간〉이라는 말에 〈유치하다〉는 뜻이 담긴 듯하다. 단것을 좋아하는 걸 보니 내가 아직 아이라는 뜻일까? 하지만 신의 눈빛은 상냥해 보인다.

신은 향기로운 커피를 따라 준다. 그런 다음 화덕 쪽으로 가서 하트 모양의 틀에 담긴 갈색 케이크를 꺼낸다. 초콜릿 케이크 같다. 신은 한 조각을 커다랗게 잘라 내어 사기 접시에 담은 다음 내 앞에 놓는다.

「너는 잘못 생각할 권리가 있어. 다른 여자를 사랑할 권리도 있고.」

신은 이상한 표정을 짓는다.

「아프로디테 말이야.」

신은 그녀의 유령이 아직 내 마음에 있다는 것을 알고 있다.

나는 케이크를 먹는다.

「정말 맛있어요.」

「맛있어? 다행이네. 어쨌거나 확실한 즐거움이지. 안 그래?」

신은 자애로운 표정으로 나를 바라본다. 처음 보았을 때 나를 놀라게 했던 바로 그 표정이다.

「식사가 마음에 들었어? 네가 우리 만남을 좋은 추억으로 간직했으면 좋겠어. 그래야 너도 초가집이며 아내, 수프, 빵, 초콜릿 케이크, 커피를 원하게 되지 않겠어? 자 이제 내려가.」

「올라가고 싶습니다. 도와주세요.」

신은 잠시 침묵하며 생각에 잠긴다.

「이런 답답이 같으니. 좋아, 도와줄게. 하지만 조건이 있어. 시험을 통과해야 해. 그건 이곳의 전통이야. 너는 체스를 두어서 나를 이겨야만 등반을 계속할 수 있을 거야. 어릴 때 많이 두었을 테니 잘할 거라고 믿어. 반드시 이겨야 해. 비기거나 스테일메이트가 되면 안 돼, 알았지?」

그러고 나서 신은 체스판을 가져온다. 그런데 체스판의 말들이 기이하다. 흑백의 말들 대신 작은 인형들이 놓여 있다. 한쪽은 남자 인형들이고 한쪽은 여자 인형들이다. 여자 쪽 말들은 아프로디테처럼 분홍색 토가를 입고 있다. 말들 가운데 하나는 생김새도 약간 아프로디테와 비슷하다. 머리에 쓰고 있는 관의 생김새로 미루어 그 말이 킹이라는 것을 알 수 있다. 그 옆에 있는 말은 조금 더 작은 관을 쓰고 있다. 그것이 퀸이다. 비숍 자리에는 여자 비숍이, 나이트 자리에는 여자 나이트가 있고, 룩의 자리에는 젖병처럼 생긴 말이 놓여 있다. 한편 남자 쪽 말들은 검은 토가를 입고 있다. 퀸의 자리에 남자 총리를 나타내는 인형이 놓여 있고 비숍이 조금 여자처럼 보인다는 것 말고는 보통 체스판의 말들과 비슷하다.

나는 여느 때처럼 킹 앞의 폰을 전진시킨다. 신은 맞은편의 여자 폰을 밀어 올리는 것으로 맞선다. 그런데…… 이 여자 폰이 내 폰 앞에서 허리를 낭창낭창 흔들더니 나에게 윙크를 보낸다.

나는 흠칫 놀라며 뒤로 물러선다.

「아니 이거 살아 있잖아요!」

「마음에 들어? 헤르마프로디토스가 만들어 줬어. 그는 생명 공학 분야의 천재야. 헤파이스토스가 기계 공학 분야의 천재인 것처럼 말이야. 생명의 길과 기계의 길, 어느 분야에서나 길이 그렇게 두 갈래로 갈리는 법이지.」

세상에, 그렇다면 이 말들은 잡종 괴물들이 아닌가! 초소형 인간과 체스판 말을 결합한 괴물이라니! 나는 몸을 숙여 내 말들을 찬찬히 바라본다. 킹이 수염을 쓰다듬고 있다. 어서 게임을 하자고 안달하는 기색이다. 총리는 수첩을 보면서 무언가를 헤아리고 있다. 여자 쪽의 말들도 가관이다. 아프로디테를 닮은 킹은 줄로 손톱을 다듬는 중이고, 여자 비숍은 담배를 꺼내어 불을 붙이고 있다.

말들의 팔과 손은 플라스틱으로 보이는 균일한 빛깔의 물질로 되어 있다. 눈동자는 갈색이거나 파란색이다. 그들의 작은 눈꺼풀이 이따금 위아래로 움직인다. 말 하나를 만져 보니 살처럼 말랑말랑하고 온기가 있다.

신이 설명을 덧붙인다.

「이 말들은 살아 있어. 하지만 자유 의지가 없기 때문에 우리가 하라는 대로 하지.」

우리는 게임을 이어 간다. 알고 보니 헤라는 만만치 않은 상대다. 내가 공격을 할 때마다 능란하게 방어를 해낸다. 판세의 균형이 좀처럼 깨지지 않는다.

결국 다른 말들은 모두 죽고 양쪽의 킹만 남았다. 이렇게 되면 보통은 비긴 것이지만, 이상하게도 경기가 아직 끝나지 않은 기분이 든다. 나는 어떤 영감에 사로잡혀 눈을 딱 감고 내 킹을 신의 킹 앞으로 밀어 올린 다음 정신을 집중한다. 이 경기에 얼마나 중요한 것이 걸려 있는가. 살아 있는 존재들은 서로 소통할 수 있다는 사실을 기억하자. 나는 눈을 뜨고 내 킹에게 속삭인다.

「자, 어서.」

그러자 내 킹은 몸을 앞으로 숙이더니 상대를 끌어안고 입을 맞춘다. 상대는 잠시 머뭇거리다가 입맞춤을 받아들인다.

헤라의 얼굴에 희색이 가득하다.

내 킹이 상대의 옷을 벗기기 시작한다. 상대의 작고 발그레한 젖가슴이 드러난다.

헤라가 박수를 치며 말한다.

「너는 어쩌면 내가 생각했던 것보다 훨씬 강할지도 몰라.」

두 말들의 몸짓이 점점 야해진다.

「사랑은 전쟁을 이긴다! 이들의 결합에서 〈아기 체스 말들〉이 생겨나지 않을까?」

신은 손가락으로 말들을 어루만진다. 헤라의 손가락이 말들보다 훨씬 크다.

「어쨌거나 저는 신들이 도와주면 사랑이 승리할 수 있다고 봅니다. 그건 그렇고 약속을 지키셔야 합니다.」

「정말 어리석은 일인 줄 알지만 약속을 지키겠어. 그다음에는…… 불평도 원망도 통하지 않는다는 사실을 명심해.」

신은 나를 뚫어지게 바라본다.

「도중에 중대한 시련을 만나게 될 거야. 스핑크스라는 살아 있는 자물쇠가 기다리고 있어. 수수께끼를 풀지 못하면 아무도 통과할 수 없어. 그건 나도 마찬가지야. 그 수수께끼 알지?」

「네. 신보다 우월하고 악마보다 나쁘며…….」

신은 내 팔을 잡고 일으켜 세운 다음 방 안쪽에 있는 문으로 데려간다. 그런 다음 문의 손잡이를 돌린다.

바위에 뚫린 굴이 나타난다. 굴의 내벽은 반투명 물질로 되어 있다. 플라스틱이나 유리인가 했더니 호박(琥珀)이다.

조금 나아가니 계단이 나온다. 주황색 바위에 뚫린 나선형 계단이다.

「너의 자유 의지로 선택한 일이니까…….」

「만약 제가 죽거든 마타 하리에게 제 소원을 전해 주시겠습니까? 저의 돌고래족을 맡아 달라고 말입니다.」

신은 고개를 끄덕인다.

「잘 가게, 미카엘 팽송.」

99. 백과사전: 스핑크스

사자의 몸에 사람의 머리가 달린 상상 속의 괴물은 이집트, 메소포타미아, 그리스, 동남아시아 등 여러 문명에서 찾아볼 수 있다. 고대 그리스인들은 그런 괴물을 〈목 졸라 죽이는 자〉라는 뜻의 스핑크스라고 불렀다.

고대 이집트에서 스핑크스는 신전이나 왕릉의 입구를 지키는 신성한 존재였다. 사자의 몸에 붙은 사람의 머리는 대개 파라오의 모습을 하고 있었다. 백수의 왕인 사자와 신격화한 파라오를 합쳐 왕이나 신을 수호하는 상징물로 만든 것이다. 이집트 스핑크스의 얼굴에는 대개 붉은색이 칠해져 있었다. 그것들 가운데 가장 널리 알려진 기자의 대스핑크스는 떠오르는 태양을 바라볼 수 있도록 정동방을 향해 앉아 있다. 이집트인들은 스핑크스가 우주의 비밀을 알고 있다고 여겼으며 스핑크스가 지키는 문턱을 넘어서면 일체의 금기와 제약으로부터 벗어난다고 생각했다.

고대 그리스에서 스핑크스는 사악한 여성 괴물이었다. 상반신은 여자이고 하반신은 독수리 날개가 돋친 사자의 형상이다. 날개는 너무 작아서 날아다니는 데 쓰일 수 없을 듯하고 가슴은 자못 풍만해 보인다. 전설에 따르면, 자연을 거스르는 욕정 때문에 미소년을 범했던 테베왕 라이오스를 벌하기 위해 헤라가 이 괴물을 보냈다. 스핑크스는 테베의 들판을 황폐하게 만들고 주민들을 공포로 몰아넣었다. 특히 테베로 들어가는 길목에 자리를 잡고 행인들에게 수수께끼를 내어 풀지 못하는 사람은 모두 잡아먹었다.

스핑크스가 낸 수수께끼 가운데 가장 널리 알려진 것은 이러하다. 〈아침에는 네 다리로, 한낮에는 두 다리로, 저녁에는 세 다리로 걷는 것은 무엇인가?〉 이 수수께끼를 푼 사람은 오이디푸스밖에 없었다. 그가 찾아낸 답은 인간이었다. 아기일 때에는 팔다리를 놀려 기어다니고 자라서는 두 다리로 걸어 다니며 늙어서는 지팡이를 짚고 다니기 때문이라는 것이었다.

스핑크스는 그런 수수께끼를 냄으로써 인간에게 지력의 한계를 일깨웠다. 그것을 깨닫지 못하는 자에게 내려진 벌은 죽음이었다.

에드몽 웰스, 『상대적이며 절대적인 지식의 백과사전』 제5권

100. 나선 계단

나는 나선 계단을 올라간다.

내 발은 같은 동작을 끝없이 되풀이하고 있다. 수프 냄새가 나를 따라오며 위안을 준다. 처음엔 온통 캄캄하더니 위쪽에 한 줄기 빛이 나타난다.

나는 수수께끼에 정신을 집중한다.

〈신보다 우월하고 악마보다 나쁘다.〉

나는 사랑 또는 아프로디테라고 생각한 적이 있다.

아프로디테는 엄청난 힘으로 나를 끌어당겼지만 그 힘이 극한에 다다를 만큼 강하지는 않았다.

나는 희망, 인류, 행복을 떠올리기도 했다. 하지만 어느 것도 모든 조건을 충족하지는 못했다.

〈가난한 사람들에게는 이것이 있고, 부자들에게는 이것이 부족하다.〉

그런 게 뭐가 있을까? 소박함, 시간, 질병?

〈만약 사람이 이것을 먹으면 죽는다.〉

독약, 불?

황갈색 바위를 뚫고 들어오는 빛이 갈수록 강렬해진다. 수프 냄새는 사라지고 이제 흙내가 나기 시작한다.

혹시 나 자신은 아닐까? 내가 신보다 우월하고 악마보다 나쁜가?

아니면 나의 교만이나 야망일까?

나는 빛을 향해 계단을 올라간다. 이윽고 황량한 고원이 나타난다. 식물은 전혀 보이지 않는다. 그저 싯누런 바윗덩어리들이 커다란 송곳니처럼 뾰족뾰족 솟아 있을 뿐이다. 태양이 점점 높이 솟아오른다. 그 강한 빛살이 홀연 두 개의 황갈색 바윗덩어리 사이로 난 좁다란 통로를 비춘다. 산꼭대기로 올라가는 유일한 통로인 듯하다.

나는 그쪽으로 발걸음을 옮긴다.

누가 통로의 입구를 지키고 앉아 있다. 위압적인 사자 몸뚱이에 여자의 상반신이 붙어 있는 괴물이다. 동그란 얼굴에는 화장품을 두껍게 칠해 놓았다. 두툼한 입술에는 반짝거리는 루주를 발랐고 눈두덩에는 검은 아이섀도를 칠했다. 푸짐한 젖가슴은 어깨끈이 없는 검은 비단 브래지어로 가리고 있다.

이 괴물은 헤라와 대립하는 존재다. 한쪽에는 어머니가, 다른 쪽에는 매춘부가 있다.

괴물이 두툼한 입술을 움직인다. 놀랍게도 소녀의 목소리가 흘러나온다. 콧소리가 섞인 고음의 목소리다.

「안녕, 곧 죽을 몸이라도 인사를 받을 자격은 있지.」

나는 몸을 숙여 답례한다. 마치 예의 바른 사람들끼리 인사를 주고받는 것 같다. 나는 당당하게 맞설 준비가 되어 있다.

「만약 내 수수께끼에 대답하지 못하면, 너를 죽일 거야. 미안해, 자기.」

다른 건 몰라도 말을 빙빙 돌리지 않는 것은 마음에 든다.

「나는 신이야. 나를 죽일 수는 없어.」

스핑크스는 빙그레 웃으며 대답한다.

「신들은 죽지 않지. 하지만 무언가로 환생할 수는 있어. 나는 신들을 〈그것〉으로 환생시켜.」

스핑크스가 앞발을 들어 길고 날카로운 발톱을 드러낸다. 그러자 거룹 하나가 날아와 발톱 위에 내려앉는다. 나비의 몸뚱이에 남자의 얼굴을 한 거룹이다. 그러니까 스핑크스는 수수께끼에 대답하지 못하는 자들을 거룹으로 바꾸어 버린다는 얘기다.

분명 내가 처음으로 여기에 다다른 것은 아니다. 수천 년에 걸쳐 무수한 후보생이 아에덴섬에 살았고, 그들 가운데 수십, 아니 수백 명이 나처럼 헤라를 만나고 나선 계단을 올라와 스핑크스와 마주쳤을 것이다.

나를 여러 번이나 구해 주었던 무슈론이 생각난다. 그 거룹 역시 신 후보생이었고, 올림포스산을 탐사하다가 나비 여자가 되었다. 그렇다면 그는 담력이 크고 용감한 후보생이었던 게 분명하다. 나는 무슈론이 자그마하고 나비와 비슷하게 생겼다는 이유로 과소평가했다. 나의 어리석음과 불찰을 다시 한번 확인하지 않을 수 없다. 나는 내가 만나는 존재들에게 제대로 관심을 기울이지 않은 채 그저 겉모습만 보고 그들을 평가하는 것이다.

스핑크스는 입바람을 불어 발톱에 올라앉은 거룹을 멀리 쫓아 버린다.

「거룹도 따지고 보면 그리 나쁘지는 않지. 팔랑팔랑 날아다닐 수 있으니까. 문제는 거룹이 되면 말을 못 한다는 거야. 자기 생각을 마음대로 표현할 수 있다는 건 참 좋은 일이야, 안 그래?」

멀어져 가던 거룹은 스핑크스에게 대답하기라도 하듯 뾰족한 혀를 내민다.

「자, 이제 말해 봐. 대답을 못 하면 다시는 말을 하지 못하게 돼. 수수께끼를 다시 말해 주지.

〈이것은 신보다 우월하고 악마보다 나쁘다.

가난한 사람들에게는 이것이 있고

부자들에게는 이것이 부족하다.

만약 사람이 이것을 먹으면 죽는다.〉」

그러고 나서 스핑크스는 기다림에 지친 사람처럼 긴 한숨을 내쉰다.

「자기야 어서 말해 봐, 답이 뭐지?」

나는 눈을 감는다. 나는 조금 전까지 섬광이 번쩍하면서 계시가 내리기를 기대했다. 스핑크스를 마주하는 순간 문득 답이 떠오르기를 바랐던 것이다. 하지만 아무 일도 일어나지 않는다. 정말 아무것도 떠오르는 게 없다.

나는 곰곰 생각한다. 목표를 코앞에 두고 실패할 수는 없다.

사실 나는 어디선가 〈누가〉 결정적인 순간에 나를 도와주리라고 생각하면서 인간처럼 굴었다.

순전한 미신에 사로잡혀 있는 것이다. 그런 미신은 불행을 가져온다.

인간은 천사의 도움을 받을 수 있고, 천사는 신의 도움을 받을 수 있다. 하지만 신을 누가 도와줄 수 있단 말인가?

나는 산마루를 올려다본다. 이제는 거기에서는 아무 빛도 나오지 않는다. 어떤 후보생이 말한 대로 산꼭대기에는 정말 아무것도 없는 게 아닐까?

돌아가고 싶다. 할 수만 있다면 헤라의 집으로 돌아가서 당신 생각이 옳았다고 말하고 싶다. 그런 다음 조용히 산비탈을 내려가서 나의 실수에 대해 용서를 구할 것이다. 그러면 모든 것이 정상으로 되돌아갈 것이다. 아프로디테에게는 스핑크스를 만났으나 수수께끼에 대답하지 못했다고 말할 것이고, 마타 하리에게는 사랑한다고 말할 것이며, 나의 돌고래족 백성들에게는 〈그대들의 신이 돌아왔다〉라고 말할 것이다.

하지만 나는 이제 돌아갈 수가 없다.

스핑크스가 말한다.

「내가 좀 도와줄까?」

「힌트를 주겠다는 거야?」

「아니. 그보다 나은 거야. 답을 찾아내는 방법을 일러 주겠어.」

스핑크스는 앉은 자세를 바꾸고 두 팔을 가슴에 포갠다.

「먼저 책상다리를 하고 앉아서 마음을 차분하게 가라앉혀. 그런 다음 답을 찾아서 네 내면으로 떠나는 거야. 마음을 비워.」

나는 머뭇거린다. 내 본능이 스핑크스가 시키는 대로 하는 게 좋겠다고 속삭인다. 나는 편안한 자세로 앉아서 눈을 감는다.

「네가 누구인지를 잊어버려. 네 몸을 빠져나와 외부에서 너 자신을 봐.」

나는 시키는 대로 나 자신을 본다.

스핑크스 앞에 앉은 미카엘 팽송. 이 경솔한 후보생은 곧 죽을 것이다.

「이제 필름을 거꾸로 돌려. 시간을 거슬러 올라가는 거야. 20초 전에 뭘 했지?」

여기에 오기 위해 걷고 있던 내가 뒷걸음치는 모습으로 나타난다.

「필름을 계속 거꾸로 돌려.」

나는 뒷걸음질로 나선 계단을 도로 내려간다.

「더, 더 뒤로 돌아가.」

나는 헤라의 초가집으로 돌아간다. 내가 뒷걸음질로 다다르자 헤라는 〈잘 가게〉라고 말하고, 내가 집을 나서는 순간에는 〈어서 와〉라고 말한다.

그 전에 나는 페가수스의 등에 탄 채 날고 있었다. 뒤로 날아가는 내 모습이 보인다. 나는 산을 내려가 땅에 닿는다.

나는 라울과 싸운다.

필름은 더욱 빠른 속도로 되감긴다.

마타 하리. 생텍쥐페리. 조르주 멜리에스. 시시포스. 프로메테우스. 아프로디테. 아테나. 프레디 메예르.

켄타우로스. 무슈론. 쥘 베른.

섬을 마주하고 있는 내가 보인다.

나는 헤엄을 치며 섬에서 멀어져 가다가 물속에 잠겨 밑바닥으로 내려간다.

그런 다음 아주 빠르게 다시 올라가서 물 위로 솟구친다.

나는 대기권을 벗어나 투명하고 순수한 영혼으로 돌아간다.

그 영혼은 분홍색 빛 쪽으로 나아가서 천사들의 나라로 돌아간다.

과거의 이미지들이 훨씬 더 빠르게 스쳐 간다.

다른 천사들에게 둘러싸여 있는 내 모습이 보인다. 나는 구체를 들여다보며 내가 맡은 세 인간을 보살피고 있다.

나는 천사들의 제국 입구 쪽으로 후퇴한다.

내가 심판을 받는 광경이 다시 나타난다. 에밀 졸라가 세 대천사와 맞서 나를 변호하고 있다.

나는 다시 뒤로 돌아가서 영계의 각 영역을 통과한다.

영혼들이 심판을 받기 위해 긴 행렬을 지어 나아가고 있는 백색 천계.

완벽한 아름다움을 발견할 수 있는 녹색 천계.

절대지의 영역인 황색 천계.

시간에 맞서 기나긴 싸움을 벌여야 하는 주황색 천계.

욕망과 쾌락의 영역인 적색 천계.

공포와 싸워야 하는 흑색 천계.

영계의 첫 관문인 청색 천계.

내 영혼을 이끄는 빛이 보인다.

내 영혼은 그 빛에서 멀어지다가 미카엘 팽송의 육신으로 돌아간다.

보잉 747기가 내 아파트를 박살 내는 장면이 다시 나타난다. 유리 파편들이 다시 모여 온전한 창문을 이루고 여객기는 뒤로 빠져나가 하늘 멀리로 사라진다.

나는 더욱 빠르게 시간을 거슬러 올라간다.

타나토드롬에서 친구들과 함께 영계 탐사 실험을 벌이고 있는 내 모습이 다시 나타난다. 문득 한 가지 생각이 뇌리를 스친다. 〈나는 하나의 전설이 되었을지도 모른다.〉 그게 아니라면 적어도 언젠가는 나에 관한 전설이 만들어질 것이다. 마치 프로메테우스나 시시포스에 관한 전설이 만들어진 것처럼.

나는 순전한 오만에서 비롯된 그 생각을 얼른 쫓아 버리고 시간을 거스르는 여행을 계속한다.

어린 시절의 나와 갓난아기 적의 내가 다시 보인다. 내 탯줄이 다시 붙더니 마치 밧줄처럼 나를 어머니 쪽으로 끌어당긴다.

내가 어머니 뱃속으로 돌아가자 배가 불룩해진다. 그러더니 곧 배가 홀쭉해지고 내 영혼은 영계로 되돌아간다. 다시 심판 장면이 나타난다. 나는 일곱 천계를 거쳐 다시 지구로 돌아온 다음 또 다른 육신 속으로 들어간다.

상트페테르부르크에 살던 의사. 결핵에 걸려 죽은 그가 가족과 친지들에게 둘러싸여 있다.

스핑크스가 일러 준 대로 내 영혼은 계속 시간을 거슬러 여행한다.

나는 다시 갓난아기가 되고 어떤 어머니의 뱃속으로 돌아갔다가 영혼으로 빠져나와 저승을 거쳐 지구로 돌아온다. 내 영혼은 프렌치 캉캉을 추는 무희의 육신에 깃든다. 와우, 나는 여자였을 때 아름다웠다. 나는 다시 소녀가 되고 갓난아기가 된다.

나의 다른 전생들이 빠르게 스쳐 간다. 일본의 사무라이, 영국의 병사, 브르타뉴의 드루이드 신관, 이집트의 궁녀, 아틀란티스의 의사.

여행의 속도가 어마어마하게 빨라진다.

나는 내 영혼이 깃들었던 모든 존재를 다시 만난다.

초기 농경 시대의 농부. 신석기 시대의 사냥꾼. 추위에 약한 혈거인. 그날그날 먹을 것을 찾아내지 못할까 봐 전전긍긍하는 오스트랄로피테쿠스.

도마뱀을 두려워하는 뾰족뒤쥐. 커다란 파충류를 두려워하는 도마뱀. 큰 물고기. 작은 물고기. 짚신벌레. 바닷말. 광물.

행성의 먼지. 빛줄기.

빛으로 돌아간 나는 빅뱅 쪽으로 이끌려 간다.

내가 빠져나왔던 우주 알의 소립자가 보인다.

우주 알이 작아지더니 홀연 사라진다. 이제 아무것도 없다.

아무것도 없다고?

영혼이 나아온 길을 끝까지 거슬러 올라가면 〈무(無)〉에 이른다.

우주는 무에서 시작하여 무로 돌아간다.

아무것도 없다고?

〈태초에 무가 있었다.〉

세상에, 이건 『상대적이며 절대적인 지식의 백과사전』 제5권의 첫 문장이다. 처음부터 눈앞에 답이 있었는데 그것을 보지 못한 것이다.

나는 눈을 뜨고 스핑크스를 똑바로 보며 말한다.

「없음.」

스핑크스는 눈을 휘둥그렇게 뜨고 반색을 하며 온몸을 바르르 떤다.

「오 내 사랑, 〈모두가 기다리는 이〉가 정말 너인지는 모르겠지만, 내가 기다리던 이가 바로 너인 것은 분명해. 자, 왜 그게 답인지 설명해 볼까?」

일단 깨닫고 나니 모든 것이 분명해진다.

「신보다 우월한 것? 없음. 그 무엇도 신보다 우월하지 않으니까.」

스핑크스는 고개를 끄덕인다. 나는 설명을 이어 간다.

「악마보다 나쁜 것? 없음. 그 무엇도 악마보다 나쁘지 않으니까. 가난한 사람들에게 있는 것? 없음. 그들은 아무것도 가진 게 없어. 부자들에게 부족한 것? 없음. 부자들은 모든 것을 다 가지고 있으니까. 그리고 만약 사람이 이것을 먹으면 죽는다? 그것 역시 없음이야. 아무것도 먹지 않으면 죽으니까.」

스핑크스는 잠시 머뭇하다가 소리친다.

「훌륭해, 내 사랑. 모두가 실패했는데 너는 해냈어.」

갑자기 스핑크스가 괴물이 아니라 행운을 가져다주는 존재, 내 삶과 내 영혼의 진화를 촉진시켜 주는 존재로 보인다.

숱한 위협, 숱한 고통, 숱한 공포를 딛고 나는 마침내 깨달았다. 처음으로 분노를 폭발시키고 처음으로 반사회적 행동을 한 뒤에 비로소 용감하고 슬기롭게 첫 번째 과업을 수행한 기분이 든다. 나는 스핑크스와 맞섰고 생각의 힘으로 그를 이겼다.

스핑크스는 옆으로 비켜서며 노란 바윗덩어리들 사이로 난 길을 열어 준다.

그러고 나서 덧붙인다.

「가던 길을 계속 가도 돼. 그리고 조심해. 키클롭스들이 제우스의 궁전을 지키고 있으니까.」

나는 멀어져 가다가 스핑크스에게 돌아간다.

「전설에는 사람이 답을 찾아내면 스핑크스는 화가 나서 자살하는 것으로 되어 있던데, 아닌가?」

스핑크스는 머리를 가로젓는다.

「남이 말하는 것을 곧이곧대로 믿으면 안 돼. 책에 쓰여 있는 얘기라 해도 마찬가지야. 특히 전설은 믿을 게 못 되지. 그저 인간들을 더 잘 조종하기 위해서 있는 것이거든. 자, 내 사랑, 내 마음이 변하기 전에 어서 가.」

나는 스핑크스를 바라본다. 그 살아 있는 자물쇠에게 갑자기 호감이 간다. 어쨌거나 최선을 다했기에 나는 답을 찾아낼 수 있었다.

그러니까 그게 답이었다.

없음.

101. 백과사전: 무(無)의 힘

인간은 오랫동안 진공을 두려워했다. 〈호로르 바쿠이(진공에 대한 공포)〉라는 라틴어 표현이 시사하듯, 진공은 고대의 학자들에게 순전한 공포를 불러일으키는 관념이었다.

진공의 존재를 가장 먼저 언급한 학자들 가운데 하나인 데모크리토스는 기원전 5세기에 우리가 물질이라고 여기는 것은 텅 빈 공간에 떠 있는 원자들로 이루어져 있다고 설파했다. 아리스토텔레스는 그런 견해에 맞서 〈자연은 진공을 싫어한다〉라는 명제를 내세웠고, 한발 더 나아가 진공이 존재하지 않는다고 주장하기까지 했다. 아리스토텔레스의 명제는 1643년 갈릴레이의 제자였던 에반젤리스타 토리첼리가 간단한 실험을 통해 진공의 존재를 증명할 때까지 무려 2천 년 가까이 유지되었다.

토리첼리는 길이 약 122센티미터의 유리관을 수은으로 채운 다음 수은이 담긴 그릇 안에 거꾸로 세웠다. 그러자 유리관 속의 수은이 내려가면서 위쪽에 텅 빈 공간이 생겨났다. 수은 때문에 공기가 유리관 속으로 들어갈 수 없었으므로 이 공간은 진공일 수밖에 없다. 이로써 토리첼리는 최초로 지속적인 진공을 만들어 낸 과학자가 되었다. 그는 같은 실험을 되풀이하다가 수은 기둥의 높이가 매일 변화하는 것을 보고 그것이 대기압의 변화에 의한 것이라고 결론을 내렸다. 이 실험은 수은 기압계의 발명으로 이어졌다.

그로부터 몇 해 뒤에 독일의 물리학자 오토 폰 게리케는 최초의 진공 펌프를 만들었다. 그는 대기압과 진공에 관한 유명한 실험[19]을 벌이기도 했다. 구리로 만든 두 반구를 꼭 맞추어 밀착시키고 한쪽 반구에 달린 밸브를 통해 내부의 공기를 빼내고 나자 열여섯 마리의 말을 양쪽으로 나누어 끌어당겨도 두 반구를 서로 떼어 낼 수 없었다. 이로써 게리케는 진공을 이용해서 두 개의 커다란 물체를 단단하게 결합할 수 있다는 것을 보여 주었다.

텅 비어 있음은 동양 사상의 중요한 개념이기도 하다. 힌두교와 불교에서는 모든 중생의 미혹한 생각을 벗어난 상태를 일컬어 진공이라 한다. 노자 역시 〈바큇살 서른 개가 한데 모여 바퀴통을 이루는데 그 한복판

19 오토 폰 게리케가 당시 마그데부르크의 시장이었기 때문에 나중에 〈마그데부르크의 반구 실험〉이라 불리게 되었다.

이 비어 있음으로 해서 수레가 쓸모를 지니게 된다〉[20]라고 하면서 무의 효용을 역설했다.

현대의 물리학자들은 우주의 총 에너지 가운데 70퍼센트는 진공 속에 있고 30퍼센트만이 물질 속에 있다고 추산해 냈다.

아인슈타인은 일찍이 우주의 진공에 주목했고 진공 에너지의 존재를 언급했다. 물리학자 플랑크와 하이젠베르크 역시 진공에 관심을 갖고 연구했다. 1948년 네덜란드의 물리학자 헨드릭 카시미르는 진공 속에 두 개의 금속판을 서로 마주 보도록 가까이 놓으면 대단히 미세하게나마 금속판들이 서로 끌어당길 것이라고 주장했다. 진공 상태에서 〈카시미르 힘〉이 생겨난다는 사실을 알아낸 것이다. 1990년대에 미국 항공 우주국은 카시미르 힘을 이용한 우주선이 태양계를 벗어날 수 있는 최초의 우주선이 될 수 있다고 보고 그것을 제작하기 위한 계획을 세웠다.

2000년대에 들어와서 천문학자들은 허블 우주 망원경을 이용하여 우주 물질의 대부분을 이루는 암흑 물질의 존재를 입증할 만한 증거를 찾아냈다.

오늘날 진공 에너지는 천체 물리학의 첨단 연구 분야 가운데 하나로 간주된다. 한 이론에 따르면 진공이 물질을 만들고 따라서 빅뱅이 바로 〈무〉에서 비롯되었을 수도 있다고 한다.

에드몽 웰스, 『상대적이며 절대적인 지식의 백과사전』 제5권

102. 재회

내 마음이 비워진 느낌이 든다.

스핑크스의 수수께끼는 우주의 바닥에 닿아 허무로 통하는 구멍을 발견한 기분을 내게 안겨 주었다.

20 三十輻共一轂 當其無 有車之用(『노자』 도경 11장).

나는 누르스름한 바위산에 뚫린 좁다란 길을 따라 나아간다. 길 양쪽의 암벽이 너무 높아서 태양을 볼 수가 없다. 두 암벽이 금방이라도 살아 움직이면서 나를 가루로 만들어 버릴 것만 같다. 나는 갑자기 걸음을 멈추고 토악질을 한다. 헤라가 그토록 푸짐하게 차려 준 음식들이 모두 되올라온다. 마음에 이어 몸도 비워지고 있는 것이다.

여기에서 그만두면 어떨까? 결국 나는 목표에 99퍼센트까지 도달할 수 있다는 것을 보여 주었고 아무도 가지 않은 곳을 갈 수 있다는 사실을 입증했다. 내가 여기에서 포기하는 것은 운명에 대한 크나큰 조롱이 될 것이다. 나는 해냈다. 나는 수수께끼를 풀었다. 이제 더 나아갈 필요가 없다. 승리할 수 있다는 것을 보여 주었을 때 떠나는 것, 그것이 바로 기개다.

〈이게 다 무슨 소용이야〉 증후군이 도진 것이다.

〈이게 다 무슨 소용이야〉 증후군은 내가 옛날에 걸렸던 질병이다. 이 병의 주된 증상은 무엇을 대하든 〈이게 다 무슨 소용이야〉라고 자문하는 것이다.

내가 그 발작을 처음으로 경험한 것은 스물다섯 살 때 인도의 바라나시에서였다. 당시의 약혼녀와 함께 갠지스강에서 보트를 타고 있을 때 가이드가 내 직업이 무어냐고 물었다. 내가 의사라고 대답하자, 그는 왜 의사 일을 하느냐고 다시 물었다. 사람들을 치료하기 위해서. 그럼 왜 사람들을 치료하지? 돈을 벌기 위해서. 그럼 왜 돈을 벌지? 먹기 위해서. 그럼 왜 먹지? 살기 위해서. 그럼 왜 살지? 그는 얘기가 어디로 갈지 뻔히 알면서 그런 질문들을 던진 것이었다. 내가 왜 사느냐고? 그냥, 습관적으로. 그는 마리화나 한 대에 불을 붙여 내게 내밀더니 이렇게 속삭였다. 「네가 마음에 들어서 하는 말인데, 성스러운 도시 바라나시에 온 김에 스스로 목숨을 끊어. 그러면 다시 환생하게 될 거야. 프랑스에서 너는 아무것도 아니야. 인도에서 자살하면 처음엔 파리아로 태어날 거야. 하지만 몇 차례의 삶을 더 살고 나면 나처럼 브라만이 될 수 있어.」

그의 말은 나에게 깊은 흔적을 남겼다.

아침에 일어날 때마다 〈이게 다 무슨 소용이야?〉, 일을 하다가도 〈이게 다 무슨 소용이야?〉라고 묻는 증상이 나타났다. 모든 것을 포기할까 하는 생각도 들었지만 그건 결코 쉬운 일이 아니었다. 내 발작은 심각했다. 잃을 것이 많은 사람이라서 더욱 그러했다.

그 뒤로도 나는 규칙적으로 발작을 겪었다. 거의 해마다, 대개는 내 생일이 있는 9월에 병이 도졌다.

나는 다시 걸음을 옮긴다. 오솔길은 바위 사이로 끝없이 구불거리며 올라간다.

더 나아간들 무슨 소용이 있을까? 신들의 신을 만나는 게 무슨 소용이 있지? 모든 것이 무에서 나와 무로 돌아가는데 이런 생각은 해서 무엇하나? 이 짓거리를 중단하는 게 낫겠다. 어쩌면 메두사의 말이 옳았을지도 모른다. 석상으로 변하는 것이야말로 영원히 요가 자세로 사는 길이었는지도 모른다.

내 발들이 저절로 움직인다. 나는 좁다란 고갯길을 빠져나와 산비탈로 올라선다.

내 아래로 협곡이 보인다. 나는 몸을 숙여 아래를 내려다본다. 스핑크스가 보이고, 그 아래에 있는 헤라의 집, 그리고 더 아래에 있는 메두사의 석상들과 작은 화산들이 보인다. 맨 아래에 하얀 점처럼 보이는 것이 바로 올림피아다.

만약 여기에서 뛰어내리면 바닥에 떨어지기까지 시간이 꽤 걸릴 것이다.

나는 마음을 다잡고 다시 올라간다.

산비탈이 갈수록 가팔라진다. 나는 바위틈에서 손으로 짚을 만한 자리와 발 디딜 자리를 찾아가며 계속 올라간다. 춥다. 한 걸음 한 걸음 떼어 놓기가 점점 힘겨워진다. 손가락이 자꾸 바위에 긁힌다.

한쪽 발로 돌덩이를 디디는데 단단하다 싶던 돌덩이가 푹 내려앉는다. 나는 균형을 잃고 굴러떨어지다가 나무줄기 하나를 잡고 매달린다. 발아래는 깎아지른 듯한 낭떠러지다. 추락하면 적어도 1백 미터는 날아갈 것이다.

실패할 때 하더라도 이런 식으로 끝나는 건 곤란하다.

나는 매달린 채로 계속 버틴다. 팔에 피로가 오고 근육에 경련이 인다. 나는 시계추처럼 몸을 움직여 보려고 한다. 하지만 팔에 힘이 빠져서 몸을 흔드는 순간 떨어질 것만 같다.

나는 곧 손을 놓아 버릴 것이다.

만약 어떤 작가가 지금 내 모험담을 쓰고 있는 거라면, 나를 그만 좀 괴롭히라고 부탁하련다. 소설에서 내 이야기를 읽고 있는 독자가 있다면, 그만 읽으라고 말하련다. 나는 더 나아가고 싶지 않다. 나아가면 나아갈수록 더 많은 역경이 나를 기다리고 있을 것이다. 자, 나는 이 터무니없는 짓을 그만두겠다. 소설은 내가 빠진 채로 계속될 것이다.

나는 손을 놓는다.

그때 건장한 팔 하나가 나를 붙잡는다.

「내가 저 위에 가지 말라고 했잖아.」

나는 누구인가 하면서 고개를 든다. 내 눈을 믿을 수가 없다. 그건…….

그는 나를 꽉 잡고 낭떠러지 위로 돌출한 바위로 끌어 올린다.

쥘 베른이다.

그는 찢어진 토가를 입고 있다. 우리가 처음 만났을 때 보았던 불탄 자국이 토가에 그대로 남아 있다. 눈빛이 맑고 온화하다. 눈가의 잔주름에 웃음기가 어려 있다.

「저는…… 돌아가신 줄 알았어요.」

「그렇다고 내 말을 안 들으면 쓰나.」

「해안 절벽 위에 쓰러져 계실 때 몸에 구멍이 나 있는 것을 보았어요. 그리고 곧바로 낭떠러지 아래로 떨어지셨잖아요.」

「그래. 인간이었다면 그런 상황에서 살아날 수 없었겠지. 하지만 우리는 죽어도 죽는 게 아닐세. 알다시피, 우리가 죽으면 켄타우로스들이 와서 우리를 헤르마프로디토스에게 데려가네. 그는 우리를 괴물로 바꿔 버리지. 하지만 만약 우리를 그에게 데려가지 않으면…….」

문득 내가 입은 상처에 금세 새살이 돋았던 일이 생각난다. 내 발목은 벌써 완전히 나았다.

「명색이 신인데 인간하고 다른 점은 있어야 하지 않겠어? 우리 살은 놀라운 재생력을 지니고 있다네.」

「그렇다면 켄타우로스의 발굽 자국은요? 켄타우로스가 선생님을 데려가지 않았나요?」

그가 빙그레 웃는다.

「물론 데려갔지. 하지만 켄타우로스라고 해서 다 똑같은 건 아냐.」

그는 장난기 어린 표정을 짓는다.

「괴물마다 영혼이 깃들어 있네. 켄타우로스든 거룹이든 그리핀이든 그들의 눈을 잘 들여다보게. 그들도 한때는 우리처럼 확신을 가진 존재들이었어.」

아닌 게 아니라 무슈론은 나를 여러 번 구해 주었다. 그러니까 무슈론처럼 스승 신들을 거역하는 괴물들이 있다는 얘기다.

「해변에 쓰러져 있던 나를 데리러 온 켄타우로스는 사실 에드거 앨런 포였어. 그는 우리보다 먼저 아에덴에 온 미국 출신 후보생들 가운데 하나였네. 비록 켄타우로스로 변했다 해도 그의 몸에는 작가 에드거 앨런 포의 영혼이 깃들어 있지. 그는 같은 작가인 나에게 연대감을 느꼈네. 그래서 남쪽 구역에 있는 헤르마프로디토스의 실험실로 나를 데려가지 않고 상처가 아물 때까지 숨겨 주고 치료도 해주었지.」

「여기에서 치료도 할 수 있나요?」

「물론이지. 파란 숲의 반딧불이들을 가지고 치료한다네. 그 반딧불이들이 상처에 빛을 비춰 주면 새살이 빨리 돋아.」

그는 토가를 들어 올려 말짱해진 배를 보여 준다.

「빛이 만병통치약일세.」

「빛이요?」

「그럼. 인간들은 늘 사랑을 향해서 가야 한다고 생각하지. 하지만 아냐. 빛을 향해서 가야 해. 사랑은 주관적이야. 뒤집힐 수도 있고, 증오와 몰이해와 질투와 쇼비니즘을 야기할 수도 있어. 하지만 빛은 훌륭한 지표이자…….」

「여기는 어떻게 오셨어요?」

「내가 다 나은 다음에 에드거 앨런 포와 나는 등산 장비를 마련해서 북쪽 사면을 타고 등반하기로 결정했네. 하지만 그는 켄타우로스라서 멀리 가지 못했어. 그리핀들에게 발각되어 잡히고 말았지. 북쪽 사면은 그들의 감시 구역이야. 나는 산속에 몸을 숨길 수 있었어. 그 뒤로 밤마다 등반을 계속해 왔네. 나무 열매와 꽃을 먹으면서 말이야. 나는 『신비한 섬』의 작가가 아닌가. 무인도에서 생존하는 법을 연구한 덕에 식용 식물을 잘 구별할 수 있었지. 하지만 나의 비결은 느리게 움직인다는 것일세. 모두가 빨리 올라가고 싶어서 안달을 하지. 나는 천천히, 그러나 확실하게 올라가네.」

「하지만 여기로 올라오는 길은 하나밖에 없어요. 스핑크스 앞을 어떻게 통과하셨죠?」

그는 껄껄 웃는다.

「설마 자네만 수수께끼를 풀었을 거라고 자만하는 건 아니겠지? 스핑크스는 자네가 처음이라고 말했겠지만, 남의 말을 곧이곧대로 믿으면 안 돼. 마법과 환각의 왕국인 여기 아에덴에서는 더더욱 그래.」

「선생님도 〈없음〉이라고 대답하셨어요?」

「사실 나는 수수께끼를 듣자마자 풀었네. 옛날에 학교에서 선생님들이 내던 수수께끼거든.」

내 자존심이 타격을 입는다.

「그나저나 이렇게 한담을 나눌 때가 아냐. 더 중요한 일이 있어. 이왕 여기까지 올라오는 어리석은 짓을 벌였으니 그 덕을 봐야 하지 않겠어?」

그는 내 등을 탁 친다.

세상에, 내가 쥘 베른과 함께 신들의 신에게 다가가는 날이 올 줄 누가 알았으랴!

우리는 가파른 산을 함께 올라간다. 피켈과 자일이 있어서 올라가기가 한결 수월하다.

「아까부터 말씀드리고 싶었는데, 저는 선생님 책을 모두 읽었습니다.」

「고맙네. 감격스럽구먼. 이렇게 별난 상황에서 애독자를 만나다니.」

주위에 바위들이 삐죽삐죽 솟아 있다. 안개에 싸인 산꼭대기가 우리를 내려다보고 있기에 망정이지 그마저 없다면 길을 잃기가 십상이다.

「생애 말년에 나는 과학이 우리를 구원하지 못하리라는 것을 깨달았어. 그래서 종교 쪽으로 방향을 돌렸지만 그건 때늦은 결정이었지. 만약 다시 작가가 된다면 나는 오로지 그 주제에 관해서 글을 쓸 거야.」

「종교나 신비주의에 관한 글을 쓰시겠다는 건가요?」

「그보다는 신에 관해서 쓸 거야. 생명이 출현한 첫날부터 저 위에서 우리를 가지고 장난치는 존재에 관해서 말이야.」

우리는 말없이 나아간다.

이윽고 우리는 안개가 자욱한 지대에 다다른다. 앞장을 선 쥘 베른이 안개에 가려 보이지 않는다. 다행히 우리는 밧줄로 서로 연결되어 있다.

그가 묻는다.

「아래에서 따라오기 괜찮아?」

「네. 밧줄로 연결되어 있어서 괜찮아요.」

우리는 안개 속을 나아간다. 비탈이 덜 가파르다 싶더니 완전히 평탄한 지대가 나온다.

「뭐가 보여요?」

「아니, 아무것도 안 보여. 내 발도 안 보이는걸.」

「우리 서로 손을 잡고 걸을까요?」

「아니. 그러다가 위험이 닥치면 둘이 동시에 당할 염려가 있어. 최대한 떨어져서 가는 편이 나아. 내가 앞장설게.」

우리는 여전히 밧줄 하나로 서로 연결된 채 다시 걸음을 옮긴다.

이제 내 다리조차 보이지 않지만 땅바닥이 질척거린다는 것은 느낄 수 있다. 풀 냄새가 감돈다. 땅바닥이 갈수록 물러진다 싶더니 찬물이 다리를 덮쳐 온다. 늪에 들어온 모양이다.

갑자기 밧줄에서 진동이 느껴진다.

「저기요, 괜찮으세요?」

대답이 없다.

앞쪽에서 단속적으로 밧줄을 당긴다. 밧줄이 점점 팽팽해지다가 갑자기 축 늘어진다. 밧줄을 잡아당겨 보니 끄트머리가 잘려 나갔다.

「저기요! 쥘 베른! 쥘! 쥘!」

대답이 없다.

나는 다시 그를 부른다. 그러다가 희망을 버리고 그가 사라졌다는 사실을 받아들인다. 공포가 밀려온다. 나의 두려움이 괜한 것이 아님을 알리기라도 하듯 외마디 소리가 울린다.

「빨리 도망가!」

『지구 속 여행』을 쓴 작가의 목소리다.

이어서 마치 익수룡에게 잡혀가기라도 하는 것처럼 처절하게 울부짖는 소리가 한 차례 더 울린다.

「아아아악!」

나는 얼어붙은 듯이 서 있다가 천천히 늪을 건너가기 시작한다. 나는 철버덕철버덕 나아간다. 이제는 어디가 북쪽이고 어디가 남쪽인지 가늠할 수가 없다. 나무에 부딪히는 것을 피하기 위해 두 팔을 앞으로 내민 채 걷는다. 그리고 구멍에 빠지는 것을 피하기 위해 한 발로 바닥을 살살 쓸면서 천천히 걸음을 옮긴다. 고원 지대라서 이제 가파른 비탈은 보이지 않는다. 나는 쥘 베른의 토가 자락을 발견하고 나서야 내가 같은 자리에서 빙빙 돌고 있음을 알아차린다.

산중 고원의 안개 속에서 길을 잃은 것이다. 나는 막막한 기분으로 멈춰 선다.

그때 나는 내 무릎에 깃털이 닿는 것을 느낀다.

몸을 숙여 보니 눈이 빨간 백조 한 마리가 나를 바라보고 있다. 백조는 전혀 놀란 기색을 보이지 않고 마치 무언가를 기다리는 듯 내 곁에 머문다. 나는 백조를 쓰다듬는다. 백조가 어딘가로 나아간다. 나는 백조를 따라간다. 백조는 늪의 수면 위로 미끄러져 가더니 마른 흙으로 덮인 기슭에 다다른다.

나는 백조를 따라 늪을 벗어난다. 백조는 안개가 덜 낀 지역으로 나를 데려간다. 또 비탈이 나온다. 비탈을 올라가자 안개가 흩어지고 산마루가 모습을 드러낸다.

103. 백과사전: 키클롭스

그리스어 키클롭스는 동그라미를 뜻하는 〈키클로스〉와 눈을 뜻하는

〈옵스〉를 합친 것으로 말 그대로 〈고리눈〉이라는 뜻이다. 키클롭스는 이마 한복판에 외눈이 달려 있는 거구의 존재들이다. 그리스 신화에는 출신과 성격이 서로 다른 세 종류의 키클롭스들이 나온다.

첫째는 우라노스와 가이아 사이에서 태어난 키클롭스 3형제이다. 그들의 이름은 모두 제우스의 권능과 연관되어 있다(스테로페스는 번개, 브론테스는 천둥, 아르게스는 빛을 가리킨다). 그들은 타르타로스에 갇혀 있다가 제우스 덕분에 풀려난 뒤로 그것에 감사하기 위해 제우스와 포세이돈과 하데스에게 마법의 무기들을 만들어 주었고, 그것들로 무장한 올림포스 신들은 티탄족을 상대로 한 전쟁에서 승리를 거두었다. 이 키클롭스들에 관한 전설은 청동기 시대의 대장장이들에게서 비롯된 것으로 보인다. 실제로 고대 그리스의 대장장이들은 뜨거운 불똥 때문에 눈이 멀까 봐 한쪽 눈을 가린 채 대장일을 했다. 또한 그들은 화덕의 간접적인 에너지원인 태양을 경배하는 뜻으로 이마에 동그라미 모양의 문신을 새겼다고 한다.

둘째는 호메로스의 『오디세이아』에 나오는 키클롭스들이다. 이들은 포세이돈의 아들들이고 사람을 잡아먹는 외눈 거인들이다. 신도 인간도 두려워하지 않으며, 포도를 재배할 줄도 집을 지을 줄도 모르기 때문에 양 떼를 기르면서 동굴 속에서 살아간다. 앞의 대장장이 키클롭스들이 신이라면 이들은 그저 괴물일 뿐이다.

셋째는 티린스의 왕 프로이토스를 위해 성벽을 지었던 키클롭스들이다(이 성벽은 오늘날까지 남아 있으며 〈키클롭스들의 성벽〉이라 불린다). 페르세우스를 위해 아르고스 성을 짓기도 했던 이들은 우라노스의 자식들과는 전혀 다른 종족이다.

에드몽 웰스, 『상대적이며 절대적인 지식의 백과사전』 제5권

104. 키클롭스들과 맞서

눈앞에 넓고 평평한 땅이 펼쳐져 있다. 그 한복판에서는 호수가 빛나고 호수 한가운데에는 섬이 있다.

주위에 여전히 안개가 서려 있어서 분명히 보이지는 않지만 이제 더 위쪽으로는 아무것도 없는 듯하다. 그렇다면 나는 올림포스산의 정상에 다다른 것이다.

나는 해냈다.

잘 믿기지 않는다. 이 쾌거를 너무 쉽게 이룬 것만 같다. 나는 살을 꼬집어 본다. 아프다. 이건 꿈이 아니다.

드디어 산꼭대기에 올라왔다. 길잡이 노릇을 했던 백조는 어느새 날아가 버렸다.

섬에는 거대한 궁전이 있다. 온통 대리석으로 지어진 원형 건물이다. 마치 초록색 접시 위에 놓인 커다란 생크림케이크 같다. 궁전은 여러 층으로 되어 있고 꼭대기 층에는 네모진 작은 망루가 곁달려 있다.

바로 이 궁전에서 번쩍거리는 빛의 신호를 보냈을 것이다.

날씨가 갑자기 변한다. 구름이 천장처럼 하늘을 가린다.

호수에서는 백조들이 한가로이 헤엄을 치고 있다.

나를 여기로 이끌어 준 빨간 눈의 백조도 함께 어울려 놀고 있을 것이다. 하지만 내가 그 백조를 알아볼 수 있을까?

전체적으로 보면 낭만적인 정취가 깃든 풍광이지만 어딘가 나를 불안하게 하는 구석도 없지 않다.

이제 천마도 없고 내 장딴지에 날개가 달린 것도 아니므로, 섬에 도달하자면 헤엄을 치는 수밖에 없다.

나는 더러워지고 찢어진 토가를 갈대밭에 벗어 놓고 튜닉 차림으로 호수에 내려선다.

물이 매우 차갑다.

나는 목덜미에 배에 물을 끼얹으면서 물속으로 나아간다. 그런 다음 천천히 팔을 저어 하얀 궁전 쪽으로 헤엄을 친다. 나는 수련이며 좀개구리밥 같은 수초들과 개구리, 올챙이 따위를 밀어낸다. 수면 위로 연꽃 향기가 감돈다.

몇몇 백조가 나에게 다가온다. 자기네 호수에 와서 헤엄치는 이상한 동물을 살피러 온 것이다.

궁전에 다가가면서 보니 건물이 생각했던 것보다 훨씬 높다. 호기심이 유난히 많은 백조들이 내 곁을 스쳐 간다. 손을 내밀면 닿을 수 있을 듯하다. 백조들은 나를 살피다가 졸졸 따라온다.

나는 섬으로 다가간다. 기슭에 거대한 실루엣이 나타난다.

키클롭스다. 대장장이 복장과 이마 한복판에 달린 외눈을 보면 알 수 있다. 그는 스승 신들보다 크다.

그는 나를 보더니 앙크를 꺼내 들고 겨눈다. 이것저것 생각할 시간이 없다. 나는 물속으로 들어간다. 그의 번개가 물속을 환히 비추며 내 넓적다리에 닿는다. 격통이 느껴진다. 그래도 물이 번개의 강도를 누그러뜨려서 다행이다.

에드몽의 백과사전에서 읽은 바로는 키클롭스가 사람을 잡아먹는다고 한다. 만약 그들이 나를 붙잡으면 어떻게 할까? 나를 꼬치에 꿰어 구워 먹을까? 그러면 나는 영혼의 도정을 거릅이나 켄타우로스 정도로도 마감하지 못할 것이다. 키클롭스의 똥으로 변하여 또다시 비천한 단계를 거쳐야 할 테니까 말이다.

나는 물속에서 헤엄을 친다.

다행히도 나는 마지막 전생에서 무호흡 수영을 잘했다.

나는 물 밖으로 머리를 내민다. 키클롭스는 호수 기슭의 테라스에 버티고 있다. 나는 그를 피하기 위해 섬의 주위를 돌기 시작한다.

대나무와 갈대가 무성한 곳에 이르자 그의 뒷모습이 보인다. 그는 나를 찾다가 거대한 종루로 가서 종을 친다.

키클롭스 두 명이 더 나타난다.

나는 갈대 하나를 부러뜨려 물속에서 숨을 쉬는 데 쓸 대롱을 만든다. 그들은 내가 익사한 것으로 생각할 것이다.

나는 30분을 족히 물속에서 기다린다. 넓적다리가 욱신거린다. 이윽고 나는 물 밖으로 나가 수풀 사이에 있는 모래톱으로 나아간 다음 작은 담장을 넘어 하얀 대리석으로 된 테라스로 올라선다.

나는 절뚝거리면서 궁전 안으로 숨어든다.

포기하지 말자. 지금은 포기할 때가 아니다.

육중한 발소리가 들려온다. 나는 얼른 기둥 뒤로 몸을 숨긴다.

이번엔 키클롭스가 아니라 두 명의 헤카톤케이레스, 즉 1백 개의 팔과 쉰 개의 머리가 달린 거인들이다. 도대체 앞으로 괴물이 얼마나 더 튀어나올까? 내가 기억하기로 키클롭스와 헤카톤케이레스는 제우스가 티탄족과 전쟁을 벌일 때 제우스 편에 서서 혁혁한 전공을 세웠다.

나는 그들의 발소리가 멀어지기를 기다렸다가 다시 살금살금 움직인다.

제우스의 궁전은 어마어마하게 크다. 어림으로 보아 천장의 높이가 20미터도 넘을 듯하다. 고양이 소굴에 숨어든 생쥐가 된 기분이다.

현관홀에는 올림포스의 열두 신을 나타낸 조각상들이 늘어서 있다. 모든 조각상의 얼굴에 힐난하는 듯한 표정이 어려 있다. 디오니소스와 아프로디테의 조각상조차 예외가 아니다. 벽을 장식하고 있는 파스텔 색조의 프레스코는 올림포스 신들이 티탄족과 벌인 전쟁의 다양한 에피소드들을 보여준다. 신들의 얼굴에 분노와 결의가 담겨 있다.

내가 발걸음을 옮길 때마다 대리석 바닥이 울리고 내 몸에서 뚝뚝 떨어진 물이 자취를 남긴다.

커다란 문 하나를 지나자 복도가 나온다. 이 복도는 계속 다른 복도로 이어진다. 원목으로 된 문들은 금박을 입힌 청동으로 장식되어 있다.

엄청나게 큰 계단이 내 앞을 막아선다. 나는 한쪽 다리를 끌며 조심조심 계단을 올라간다. 텅 빈 복도들과 호화로운 방들을 지나고 다시 무수한 복도를 통과하자 나무들이 가득 들어찬 실내 정원이 나온다. 나무들은 커다란 은색 대리석 화분에 심겨 있다. 나무들을 가만히 살펴보니 열매들이 지름 1미터의 유리 구체들이다. 유리 안에는 18호 지구와 같은 행성들이 들어 있다.

내 정면에 있는 나무의 밑동에는 〈손대지 말 것〉이라고 써 놓은 팻말이 붙어 있다.

그 팻말을 보니 에드몽 웰스가 성경의 한 대목을 두고 했던 말이 생각난다. 〈하느님은 아담과 이브에게 동산에 있는 모든 나무에서 열매를 따 먹어도 되지만 선과 악을 알게 하는 나무에서는 따 먹으면 안 된다고 말씀하셨지. 그건 아이에게 이렇게 말하는 거나 다름없어. 《너는 모든 장난감을 가지고 놀아도 되지만 바로 네 눈앞에 있는 저것만은 가지고

놀면 안 된다.》

나는 호기심을 느끼며 앙크를 꺼내 한 구체의 표면을 살핀다. 놀랍게도 거기에 담긴 세계는 아주 아름답고 조화로워 보인다.

그 보석을 더 가까이에서 살펴보기 위해 몸을 자꾸 숙이다 보니 나도 모르게 턱이 표면을 스친다. 그렇게 살짝 닿기만 했는데도 구체가 나무에서 분리되더니 바닥에 떨어져 와장창 부서진다. 내 눈에는 그 일이 마치 느린 동작 화면을 보고 있는 것처럼 진행되었다.

처음엔 아무 소리도 들리지 않는다 싶었는데, 곧 요란한 소리가 귓속을 파고든다. 유리가 부서지는 소리에 이은 엄청난 폭발음이 거대한 실내 정원에 울려 퍼지고 있다.

아틀라스의 저택에 있는 구체들 속에는 공기밖에 들어 있지 않았는데, 이 투명한 유리 구체에는 놀랍게도 단단한 공이 들어 있었던 것이다.

혹시 저 단단한 공이 진짜 행성은 아닐까?

볼링공이 굴러갈 때와 같은 굉굉한 소리가 실내를 진동시킨다. 공이 굴러가면서 그 안에 있는 산과 도시와 인간들이 으스러진다. 그들에게 무슨 일이 벌어지고 있는지 상상할 엄두가 나지 않는다. 중력에서 벗어난 바닷물이 흘러내리면서 행성 뒤로 흥건한 물줄기가 생겨난다. 마치 달팽이가 점액의 자취를 남기며 이동하는 것 같다. 행성을 빠져나온 대기는 파란 연기로 변하여 사방으로 천천히 퍼져 나간다.

마침내 행성이 안쪽 벽에 부딪쳐 멈추자, 나는 다가가서 표면을 살핀다. 도처에 폐허가 널려 있다. 인간들은 개미처럼 으스러졌다. 자동차와 함께 납작해진 사람들, 집 안에 갇히거나 건물 사이에 끼인 채 압살된 사람들이 보인다.

나는 사고를 저지른 아이처럼 아무도 나를 보지 않았다는 사실에 안도하면서 행성과 유리 파편들을 나무 뒤로 밀어 놓는다.

맞은편에 문이 하나 보인다. 나는 그 문으로 재빨리 달아난다. 다시 몇 개의 문을 지나자 파란 방이 나온다. 그 한복판에 좁다란 나선 계단이 있다.

나는 한참 동안 계단을 올라간다. 궁전 꼭대기로 올라가는 계단인 모양이다.

계단을 다 올라가서 커다란 흰색 문을 열자 네모진 방이 나온다. 천장의 높이가 적어도 30미터는 될 법하다. 방 한복판에 높이가 15미터쯤 되는 옥좌가 놓여 있다. 내 눈에는 등받이의 뒤쪽밖에 보이지 않는다. 누가 창문을 마주하고 앉아 있다. 겉창이 닫혀 있고 무거운 자주색 커튼이 창문을 반쯤 가리고 있다.

갑자기 회전축에 고정되어 있는 옥좌가 돌아가기 시작한다. 의자에 앉아 있는 존재가 서서히 모습을 드러낸다.

고개를 들 엄두가 나지 않는다. 심장이 쿵쾅거리고 가슴이 터질 듯하다.

〈그〉의 형상이 차츰차츰 눈에 들어온다.

거대한 발톱. 황금 샌들을 신은 발. 무릎. 금실로 짠 두꺼운 옷감에 싸인 상반신.

그리고 마침내 〈그〉의 거대한 얼굴.

〈그〉가 나를 바라보고 있다.

105. 백과사전 : 제우스

그의 이름은 〈빛나는 하늘〉을 뜻한다.

제우스는 티탄 크로노스와 레아의 셋째 아들이다. 크로노스는 자식에게 권력을 빼앗길까 저어하며 자식들이 태어나는 족족 삼켜 버렸다. 레아는 막내 제우스를 구하기 위해 꾀를 썼다. 갓 태어난 제우스 대신 커다란 돌을 강보에 싸서 남편에게 주었던 것이다.

그런 뒤에 레아는 제우스를 크레타섬에 숨겼다. 거기에서 어린 제우스는 암염소 아말테이아의 젖을 먹고 요정들의 보살핌을 받으면서 자랐다.

제우스는 성년이 되자 책략이 비상한 신 메티스의 도움을 받아 아버지가 삼킨 형제들을 되살려 냈다. 크로노스는 자식들을 도로 토해 내면서 제우스 대신 삼켰던 돌도 함께 토해 냈다. 제우스는 자신의 쾌거를 기념하기 위해 그 돌을 세계의 중심에 있는 델포이 신전에 갖다 놓았다. 그러고 나서 형제들과 힘을 합쳐 크로노스와 티탄들을 공격했다. 싸움은 10년 동안 계속되었다. 일설에 따르면 이 기간은 고대에 지진이 그리스를 강타했던 10년에 해당한다.

제우스는 전쟁을 승리로 이끌고 세계의 지배자가 되었다.

레아는 제우스가 결혼하는 것을 허락하지 않았다. 화가 난 제우스는 레아를 겁탈하겠다고 위협했다. 레아는 능욕을 모면하기 위해 뱀으로 변신했다. 하지만…… 제우스는 자기도 뱀으로 변신하여 기어이 레아를 범했다.

그 뒤로 천하의 유혹자이자 강간범인 제우스의 화려한 애정 편력이 시작된다. 제우스가 어떤 여신이나 님프나 인간을 자기 것으로 만들었던 〈신화적인 정복〉은 그리스가 이웃 나라 영토를 침략했던 사건들과 연관되어 있음에 유의할 필요가 있다.

제우스가 첫 번째 아내로 삼은 신은 메티스이다. 크로노스가 삼킨 자식들을 도로 토하게 하는 약을 만들어서 제우스를 도와준 바로 그 신이다. 제우스는 자기에게서 벗어나려는 신을 억지로 굴복시켜 딸을 잉태하게 했다. 하지만 메티스가 딸을 낳으면 그다음에는 아버지의 왕위를 빼앗을 아들을 낳으리라는 가이아의 경고를 두려워한 나머지 임신한 메티스를 삼켜 버렸다. 출산이 다가오면서 제우스는 지독한 두통에 시달렸다. 프로메테우스가 그의 고통을 덜어 주기 위해 도끼로 머리를 찍자 거기에서 완전 무장을 한 아테나가 나왔다.

제우스는 어떤 형상으로든 변할 수 있는 능력을 이용해서 숱한 여자들을 유혹하거나 능욕했다. 에우로페를 유혹할 때는 황소로 변신했고, 레다에게 접근할 때는 백조로, 다나에를 꼬일 때는 황금 빗물로 변신했다. 그런가 하면 칼리스토에게 다가가기 위해 아폴론의 모습을 취하기도 했고, 절개가 곧기로 유명한 알크메네와 동침하기 위해 그녀의 남편 암피트리온의 형상을 빌리기도 했다.

제우스는 무수한 여자와 애정 행각을 벌였지만 그것으로 만족하지 않고 남자에게도 욕정을 품었다. 그는 지상에서 가장 잘생긴 남자로 여겨지던 트로이아의 왕손 가니메데스를 보고 첫눈에 반했다. 그래서 독수리로 변신하여 미소년을 납치했다.

천상천하의 지배자 제우스에게도 이루지 못한 사랑은 있었다. 아킬레우스의 어머니 테티스는 헤라와 맺은 우정을 저버리지 않기 위해서 제우스의 구애를 받아들이지 않았다. 티탄 코이오스와 포이베의 딸이자 레토의 자매인 아스테리아는 제우스의 구애를 피하기 위해 메추라기로 변신해서 바다에 몸을 던졌다. 아스테리아의 유해는 오르티기아섬(메추라기섬)으로 변했고, 이 섬은 훗날 델로스라 불리게 되었다.

에드몽 웰스, 『상대적이며 절대적인 지식의 백과사전』 제5권

106. 신들의 왕

드디어 나는 올림포스의 왕을 마주하고 있다.

무엇보다 나를 놀라게 한 것은 그의 모습이…… 내가 상상한 것과 정확히 일치한다는 사실이다.

기분이 묘하다. 무언가를 간절히 원하다가도 정작 그것을 손에 넣고 나면 별것 아닌 것처럼 보일 때가 있다. 바로 그럴 때의 기분과 비슷하다. 오스카 와일드가 그랬던가. 〈인생에는 두 가지 비극이 있다. 첫째는 우리가 바라는 것을 갖지 못하는 것이다. 둘째는 우리가 바라는 것을 얻는 것이다. 그런데 둘 가운데 더 고약한 것은 후자이다. 원하던 것을 손에 넣고 나면 대개는 실망하기 때문이다.〉

그가 나를 살피고 있다.

키가 10미터는 될 법한 거구의 신이 황금 옥좌에 앉아 있다. 희고 구불구불한 수염이 왕을 상징하는 백합 문양을 연상시킨다. 수염만큼이나 새하얀 머리가 사자 갈기처럼 어깨 위로 치렁치렁 늘어져 있다. 넓고 조금 튀어나온 이마에는 자그마한 청색 다이아몬드를 박은 금빛 띠를 두르고 있다. 눈썹은 숱이 많고 깊은 눈에서는 빨간 눈동자가 형형한 빛을 낸다. 살갗은 아주 희다. 아주 크고 근육이 울근불근한 손에는 시퍼런 정맥이 드러나 있다.

오른손에는 왕의 권위를 상징하는 지팡이를 쥐고 있는데 마치 전기가 통하기라도 하는 것처럼 거기에서 이따금 불꽃이 번쩍인다. 왼손에는 구체를 들고 있고 그 위에 독수리 한 마리가 앉아 있다. 금실로 지은 토가는 복잡한 주름을 이루며 어깨에서 흘러내려 무릎을 감싸고 있다. 발목과 아랫다리에는 황금 샌들의 가죽끈이 칭칭 감겨 있는데, 이 끈에도 작은 청색 다이아몬드들이 박혀 있다.

그는 자기 정강이에 닿을까 말까 하는 나를 계속 뚫어지게 바라본다. 내가 못마땅하다는 듯 눈썹을 찡그리고 있다. 마치 햄스터를 기르는 사람이 햄스터가 먹이를 달라고 성화를 낼 때 짓는 표정 같다.

「나가.」

경외감을 불러일으키는 장중한 목소리다.

나는 꼼짝하지 않는다.

「나가라고 하잖아!」

세상에, 〈그〉가 나를 바라보았고 나에게 말을 걸지 않았는가.

그는 토가 자락으로 바람 소리를 내며 손을 움직인다.

내 마음이 크게 출렁인다. 놀라움이나 경이감 때문이 아니라 모든 영혼의 정점에 있는 존재를 마주하고 있다는 생각 때문이다.

그 절대 군주가 나에게 직접 말을 건네지 않았는가.

그의 목소리가 누그러진다.

「말귀를 못 알아들은 거야? 나가라고 했잖아. 네가 여기에서 할 일은 아무것도 없어. 돌아가서 네 친구들과 게임이나 계속해.」

나는 그의 말을 해독한다. 〈그〉가 나에게 건네는 말을 듣는 기쁨이 앞서서 말뜻을 잘 헤아릴 수가 없다.

그는 나 때문에 일에 방해를 받고 있다. 그에겐 당연히 더 중요한 일이 많을 것이다. 인간 시절에 평생 나를 따라다녔던 질문이 다시 떠오른다. 〈도대체 내가 여기서 뭘 하는 거지?〉 그와 동시에 내가 모험을 벌이던 중에 들었던 다른 말들이 머릿속에서 맴돈다. 〈너는 어쩌면 《모두가 기다리는 이》일지도 몰라.〉, 〈사랑을 검으로, 유머를 방패로.〉 그런 말들이 제우스에게도 통할까?

숱한 고생을 겪어 가며 여기까지 왔는데 그냥 돌아갈 수는 없다. 나는 아무것도 아닌 존재이므로 잃을 것이 아무것도 없다.

다리가 후들거린다. 하지만 나는 발길을 돌리지 않는다.

그의 눈빛에는 짜증 난 기색이 역력하다.

「나가라니까! 무슨 말인지 모르겠어? 나는 혼자 있고 싶어.」

나는 움직이지 않는다. 하기야 움직이고 싶어도 몸에 기운이 다 빠져서 움직일 수가 없다.

아프로디테는 수수께끼를 풀고 제우스를 만나고 싶다고 했다. 헤라는 오래전부터 남편에게서 소식을 듣지 못했다고 고백했다. 그렇다면 그는 누구도 만나고 싶어 하지 않는 것이 분명하다.

에드몽 웰스라면 이럴 때 어떻게 할까? 그건 모른다. 하지만 그가 무엇을 하지 않으리라는 것은 안다. 그라면 〈방해해서 죄송합니다. 돌아가겠습니다. 문은 제가 닫고 갈 테니 그냥 앉아 계십시오〉라고 말하면서 꽁무니를 빼지는 않을 것이다.

제우스는 위압적인 태도로 바라보다가 몸을 앞으로 기울인다. 옛날에 내가 손가락에 기어오르려는 개미를 자세히 보기 위해 몸을 기울이던 일이 생각난다. 나는 커다란 손가락에 겁을 먹었던 개미처럼 거구의 제우스에게 주눅이 든다. 그는 손톱을 튕겨서 나를 으스러뜨릴지도 모른다. 무슨 말인가를 하고 싶은데 말이 나오지 않는다.

그는 다시 눈살을 찌푸린다. 그의 목소리가 천둥소리로 변한다.

「난 이제 아무도 만나고 싶지 않아.」

그러더니 조금 누그러진 목소리로 말을 잇는다.

「쯧쯧…… 스승 신이나 신 후보생이라는 자들은 너 나 할 것 없이 자만심에 젖어 있어. 행동하는 걸 보면 다들 인간이나 다름없어. 인간 중에서도 아이들 같아. 신이라는 이름을 얻고 나면 분수를 몰라. 다들 자아도취에 빠져서 나에게 다가오려고 하지. 자, 이제 돌아가. 보고 싶어 하던 나를 봤으니 그만 가라고.」

이젠 정말 무언가 대답할 말을 찾아내야 한다. 그러지 않으면 돌아갈 수밖에 없다.

그는 나를 아래위로 훑어본다.

「하긴 나도 옛날에 나의 아버지 크로노스가 보고 싶었어. 그 시절에는 아버지가 어마어마하게 큰 존재로 보였지. 그런데 너도 크로노스를 봤으니 알겠지만 이젠 그저 보잘것없는 존재야. 누구나 잘 모를 땐 남에 대해서 터무니없는 생각을 하게 마련이지.」

그는 말을 멈추고 다시 내 쪽으로 몸을 기울인다.

「헤라가 너를 여기로 보낸 거야? 헤라는 늘 나를 의심해. 내가 가니메데스와 자고 난 뒤로는 감당할 수 없는 여자로 변했어. 아마 여자의 자존심 때문일 거야. 내가 젊은 여자애들하고 놀아나는 것은 그런 대로 견뎌 냈지만, 남자랑 같이 있는 것을 보고서는 여성으로서의 자부심에 상처를 입은 것 같아.」

그는 수염을 쓰다듬는다.

「하지만 정말 그렇다면 그건 헤라가 잘못 생각한 거야. 세상에, 내가 여자하고만 잘 거라고 생각했단 말이야? 나는 신들의 왕이고 양성애자야. 우리끼리 하는 얘기지만, 나는 모든 예술가가 그렇듯이 새로운 느낌을 원하는 것이 당연하다고 생각해.」

그는 자기 말에 스스로 만족한 듯 우렁우렁한 웃음을 터뜨린다.

「자, 위대한 제우스의 궁전에 들어와서 그를 만나고 그의 얘기도 들었으니, 네 친구들 앞에 가서 뻐길 수 있을 거야. 이젠 돌아가.」

너무나 고대하고 너무나 많은 고생을 겪었기에 단념하고 돌아갈 수가 없다.

「돌아가기 싫다면 너를 재로 만들어 버리겠어.」

그는 지팡이를 들어 올려 번개로 나를 치려고 한다.

나는 눈을 감고 기다린다. 아무 일도 일어나지 않는다.

「혹시 아프로디테가 널 보낸 거야? 아, 아프로디테! 그 여자하고 잠자리를 하지 않은 신이 누가 있겠어? 헤파이스토스, 헤르메스, 포세이돈, 아레스, 디오니소스 등 나 말고는 모두가 그 여자랑 잤어. 그래서 나에게 성적인 도발을 했고, 지금도 양아버지인 나랑 잠자리를 하고 싶어 하는 거야. 정말 고약한 여자지. 헤르메스랑 결합해서 헤르마프로디토스를 낳은 것도 내가 양성애자라는 것을 알고 아부를 하기 위한 것이 아니었던가 싶어. 그런데 그 애가 이제는 〈제자들〉을 보내기로 했나 보지? 그것도 여느 제자가 아니라 스핑크스의 수수께끼를 풀 줄 아는 꾀바른 녀석을 말이야.」

그는 편안한 자세로 고쳐 앉는다.

나는 속으로 되뇐다. 〈나는 아무것도 아닌 존재이므로 잃을 것이 아무것도 없다.〉

그의 목소리가 다시 천둥처럼 울린다.

「아무것도 아닌 존재이므로 아무것도 잃을 게 없다고?」

제우스는 내 생각을 읽고 있지 않은가!

「그래, 아무것도 아닌 녀석아, 나는 네 생각을 읽고 있다. 나는 제우스거든.」

동요하면 안 된다.

「내가 신들의 왕치고는 너무 평범하게 말하고 있다고 생각하지? 하지만 햄스터를 생각해 봐. 예컨대 너의 테오팀이 키우던 햄스터들 말이야. 햄스터들의 눈에 뭐가 보이겠어? 저희에게 먹이를 주고 저희를 옮기고 가끔은 죽이기까지 하는 거인이 보이지 않겠어? 녀석들은 저희를 보살피는 테오팀을 신으로 생각할 거야. 그런데 그 햄스터들 가운데 하나가 소년에게 말을 걸 수 있다고 생각해 봐. 소년은 거창한 말로 대답할 이유가 없어. 그저 아이답고 순진한 말로 말하겠지. 내가 평범하게 말하듯이 말이야. 그건 그렇고 너는…….」

내가 뭘 어쨌다는 것일까?

「네가 뭘 어쨌느냐고? 네가 여기까지 온 건 좋아. 하지만…… 너는 네 재능을 어떻게 썼지?」

나는 침을 꿀꺽 삼킨다.

「재능이 많은 자는 요구받는 것도 많은 법이다. 너는 많은 재능을 지니고 있어. 그거 알아, 미카엘 팽송?」

그의 눈길이 내 마음속을 뒤지고 있는 듯한 기분이 든다. 아무 생각도 하지 말아야 한다.

아무 생각도 안 하려면 어떻게 해야 하지? 온전히 현재에 머물러야 한다. 제우스의 입에서 나오는 말이 내 머릿속에서 돌아다니는 유일한 정보가 되게 해야 한다. 나는 비어 있는 그릇이다. 나는 제우스의 말로 나를 채운다.

「너는 네 재능을 발휘해서 여기에 왔어. 그건 좋아. 문제를 해결할 줄 안다는 뜻이니까. 하지만 너는 네 잠재력의 10퍼센트밖에 사용하지 않았어.」

나는 정상적으로 숨을 쉬려고 애쓴다.

「재능이 많으면 책임도 그만큼 큰 거야. 너에게 재능이 없다면 네가 평범하게 살든 말든 아무도 너를 탓하지 않았을 거야. 하지만 너는 어디에도 쓰여 있지 않은 몇 가지 진리를 어렴풋하게나마 깨달았어. 그저 네 직관으로 말이야. 안 그래? 네가 여기까지 올 수 있었던 것도 그 덕분이지. 그건 좋아. 하지만 그것으로는 충분치 않아.」

내 심장이 두방망이질한다.

「너는 보잘것없는 존재가 아냐, 미카엘 팽송. 너에겐 네가 모르는 비밀이 있어. 네 이름이 무슨 뜻인지 알기나 해?」

내 이름?

「미카엘이라는 이름은 히브리어에서 온 거야. 〈미〉는 무엇이냐고 묻는 말이고, 〈카〉는 무엇무엇과 같다는 뜻이며, 엘은 신이라는 뜻이야. 그러니까 미카엘이라는 이름은 〈무엇이 신과 같은가?〉라는 뜻이지. 말하자면 너는 의문을 품고 있는 존재야. 그래서 네가 여기에 있는 거야. 무엇이 신과 같은가를 알기 위해서 말이야.」

도무지 이해할 수가 없다.

「너는 많은 재능을 타고났어. 그렇게 생각할 만한 이유가 있어. 사실 오래전부터 일부 신들은 〈모두가 기다리는 이〉가 바로 너일지도 모른다고 생각했지. 일부가 그랬어. 나는 아냐. 너는 나를 실망시켰어. 내가 보기에 너는 네 재능을 너무 적게 사용했어.」

내가 뭘 잘못했지?

「뭘 잘못했느냐고? 잘못한 건 없지. 다만 너는 해야 할 일을 하지 않았어. 네 잠재력에 비해서 이룬 것이 별로 없어. 너는 왜 네 민족을 구원하지 않았지? 왜 마타 하리를 더 사랑하지 않았지? 왜 아프로디테의 영향력에서 벗어나지 못했지? 왜 살신자와 관련된 의혹을 친구들에게 알리지 않았지?」

제우스는 나에 관해서 모든 것을 알고 있다.

「왜 너는 여기에 더 일찍 오지 않았지?」

아니 이건 또 무슨 말이지? 왜 올림포스산 꼭대기에 더 일찍 오지 않았느냐고?

「너는 나에게서 나왔어. 너 또한 〈내 아들〉이야, 미카엘. 그거 알고 있어?」

나는 이렇게 거대한 아버지를 상상해 본 적이 없다.

그는 옥좌 뒤쪽으로 물러나 앉는다.

「너는 수수께끼를 풀었어. 그건 겸허를 가르치는 수수께끼야. 〈없음〉이라는 답을 떠올리기 위해서는 무라는 것에 대해서 생각해 본 적이 있어야 해. 대다수는 그 수수께끼를 풀지 못해. 〈신보다 우월하고〉라는 말을 듣자마자 현기증을 느끼거든. 〈악마보다 나쁘다〉라는 말을 들으면 훨씬 더 혼란에 빠지지.」

그는 자기 손을 바라본다.

「너는 무에 대해서 생각해 본 적 있지? 무라는 것을 놓고 생각하다 보면 한 가지 질문에 봉착하게 되지. 〈무엇의 부재를 어떻게 정의할 수 있는가?〉 하는 문제야. 만약 누가 너에게 〈여기엔 유리가 없어〉 하고 말한다면, 너는 그 부재를 정의하기 위해서 유리를 생각하지 않을 수 없어.」

그는 빙그레 웃는다.

「무신론자들을 생각해 봐. 그들은 신이라는 개념을 가지고 스스로를 규정해. 그러니까 결국 그들의 생각 속에는 신이 존재하는 거지. 아나키스트들도 그와 비슷해. 그들은 군주제나 자본주의와 관련해서 스스로를 규정해. 그건 이미 함정에 빠진 거야. 아, 무의 힘이란 정말 대단한 거야. 너는 불가지론자라서 답을 찾아냈어. 너는 너의 무지를 인정해. 그래서 확신이나 신념 따위에 얽매이지 않아. 확신은 정신의 죽음이야. 네 친구 에드몽이 그랬던가. 현자는 진리를 구하는 사람이고 바보는 이미 진리를 찾은 사람이라고 말이야.」

그는 몸을 앞으로 조금 숙인다.

「없음, 비어 있음, 고요함. 이건 정말 강한 거야. 1호 지구의 어떤 작가가 생각나. 이제는 이름도 생각나지 않는 무명 작가야. 그는 출판사에 원고를 보내면서 이런 말이 적힌 쪽지를 첨부했어. 〈제가 이 책을 썼지만 제 책에서 가장 중요한 것은 쓰여 있지 않은 것입니다.〉」

나는 그 문장을 제대로 이해하기 위해 속으로 되뇐다.

「그는 아마 가장 중요한 것은 행간에 담겨 있다고 말하고자 했을 거야. 활자들 사이의 빈 공간에 진짜 보물이 들어 있다는 뜻이었겠지.」

그는 앉음새를 바꾼다.

「그 작가의 책은 출간되지 않았어. 하지만 그는 모든 것을 깨달았던 거야. 그의 깨달음을 동시대인들은 이해하지 못했어. 그런데 미카엘, 너는 아무 생각도 하지 않는 경지에 도달해 본 적 있어?」

아무 생각도 하지 않으려고 하기는 했다.

「그건 어려운 일이야, 안 그래? 그런 경지에 도달하면 아주 상쾌한 기분을 느끼게 돼. 마치 공기가 탁한 방의 창문을 열 때처럼 말이야. 우리의 상념이란 방 안에 너저분하게 흩어져서 통행을 방해하는 옷가지들과 같아. 정돈을 해도 자꾸 흐트러지지. 여기를 봐. 가구도 없고 조각상도 없어. 오로지 옥좌랑 나만 있지. 나도 너와 마찬가지로 이미지와 욕망과 감정의 끊임없는 소용돌이에서 벗어나지 못하는 노예야.」

그는 옥좌에서 일어나 자주색 커튼으로 가려진 창문 쪽으로 간다. 그러더니 커튼을 살펴보다가 티끌을 발견한 듯 손등으로 털어 낸다.

「미카엘, 알고 싶어? 더 나아가고 싶어? 그럼 한 가지 시련을 거쳐야 해. 그것을 통과하면 너에게 비밀을 더 알려 주겠어.」

제우스의 키가 조금씩 줄어들기 시작한다. 10미터에서 5미터로, 다시 3미터로, 다시 2미터 50으로 작아진다. 이제는 나보다 머리 두 개 정도밖에 더 크지 않다. 그렇게 작아지니까 위압적인 느낌이 한결 덜하다. 다른 스승 신들과 별반 달라 보이지 않는다.

「나를 따라와.」

그는 앞장서서 옥좌로 통하는 계단을 올라간다.

옥좌를 지나 우리는 파란 방에 다다른다. 두 개의 문이 마주 보고 있다. 그는 오른쪽 문 앞으로 간다.

「내가 말한 거 잘 들었지? 한 마디 한 마디를 명심해야 해.」

그는 자기 역시 아버지를 만나고 싶어 했노라고 했다. 또 내 이름 미카엘이 〈무엇이 신과 같은가?〉라는 뜻이라 했고, 내가 재능을 제대로 사용하지 않았다고 했다.

그는 문의 손잡이에 손을 얹는다.

「역경에 맞서지 않으면 더 올라갈 수 없어. 알기 위해서 싸울 준비가 됐어?」

그는 손잡이를 돌린다.

「높이 올라갈수록 어려움도 커지는 법이야. 너는 이제 너의 가장 나쁜 적을 만나게 될 거야. 준비됐어?」

그는 문을 열더니 나에게 들어가라고 이른다.

방 한복판에 우리가 하나 있고 그 안에 누가 들어 있는 것이 보인다.

나는 그를 보는 순간 아연실색하여 뒤로 물러선다.

내 뒤에서 제우스가 속삭인다.

「이건 예상하지 못했지?」

107. 백과사전: 음악

만약 고대인들이 되살아나 모차르트의 음악을 듣는다면 귀에 거슬린다고 생각할 것이다. 그들의 귀는 모차르트의 아름다운 화음에 익숙해져 있지 않기 때문이다. 사실 인류가 처음으로 사용한 선율 악기는 활이었고, 인간이 알고 있던 음악 소리는 활을 튕길 때 나는 소리뿐이었다. 고대인들이 유쾌하게 여기는 화음이 있었다면 근음과 한 옥타브 높거나 낮은 음이 함께 어울려 내는 소리가 고작이었다. 근음과 4도 음, 근음과 5도 음, 근음과 3도 음이 어울려 내는 소리들을 듣기 좋은 것으로 여기게 된 것은 나중의 일이다.

그런 화음들은 중세까지 음악을 지배했다. 중세의 종교 음악에서는 3전음, 즉 C와 F# 사이의 음정과 같은 증4도 또는 감5도를 사용하는 것이 금지되어 있었다. 중세인들은 이 음정을 〈디아볼리스 인 무시카〉, 즉 〈음악 속의 악마〉라고 불렀다.

중세가 지나고 르네상스 시대를 거치면서 〈도-미-솔〉과 같은 3화음이 조화로운 소리로 받아들여졌고, 18세기에는 7화음도 널리 사용되기에 이르렀다. 오늘날의 음악에서는 11화음과 13화음까지 사용되고 있다. 특히 재즈에서는 〈부조화〉가 가장 심하다는 화음들까지 허용된다.

우리는 몸으로도 음악을 느낄 수 있다. 우리의 몸은 귀로 습득된 문화와 뇌의 해석에 영향을 받지 않고 스스로 유쾌하게 느낀 것을 표현할 수 있다. 베토벤은 귀가 먹어서 소리를 듣지 못하던 말년에 피아노의 가장자리에 자를 올려놓고 그 끄트머리를 입에 문 채 작곡을 했다고 한다. 그럼으로써 그는 몸으로 음을 느꼈던 것이다.

에드몽 웰스, 『상대적이며 절대적인 지식의 백과사전』 제5권

108. 나의 가장 나쁜 적

우리 안에 있는 상대는 더러운 토가를 입은 남자다. 나는 우리 안으로 들어간다. 그는 등을 돌린 채 책을 읽고 있다. 그의 손에 들린 책은 여느 책이 아니라 바로 『상대적이며 절대적인 지식의 백과사전』이다.

그가 몸을 돌린다. 나는 그의 얼굴을 금세 알아본다. 바로 내 얼굴이기 때문이다.

제우스가 손으로, 아니 그저 엄지손가락 하나로 나를 우리 안으로 밀어 넣는다. 등 뒤에서 찰칵하고 자물쇠 채우는 소리가 들린다.

내가 묻는다.

「당신은 누구요?」

「그러는 당신은 누구요?」

상대의 목소리는 내 목소리와 비슷하지만 아주 똑같지는 않다. 아마 평소에 내 안에서 들려오던 소리를 밖에서 듣고 있기 때문일 것이다.

내가 대답한다.

「미카엘 팽송이오.」

그가 일어선다.

「아뇨, 그럴 리가 없소. 미카엘 팽송은 바로 나이니까요.」

내가 진짜 미카엘 팽송이라는 것을 굳이 상대에게 증명해 보일 필요는 없을 것이다. 제우스가 재미있다는 듯한 어조로 말한다.

「자, 이제 소개가 끝났으니 서로 잘해 봐. 열쇠를 두고 갈 테니 나올 때 사용해.」

제우스는 열쇠를 쇠창살의 위쪽 가로대 위에 아슬아슬하게 올려놓는다.

「승자는 다시 나를 만나서 궁전을 계속 구경하게 될 거야.」

그는 방을 나서면서 문을 쾅 닫는다.

내가 먼저 말문을 연다.

「당신이 어떻게 여기에 왔는지 모르지만, 나는 혼자서 하나밖에 없는 길을 걸어왔소.」

「그건 나도 마찬가지요.」

「제우스가 이끄는 대로 들어와 보니 당신이 먼저 와 있었소.」

「제우스가 누군가를 소개해 줄 테니 여기서 기다리라고

했소.」

「내 영혼은 하나뿐이오. 둘로 나뉠 수 없소.」

하지만 그가 단순한 흉내쟁이나 변장한 후보생이 아니라는 것은 분명하게 느낄 수 있다.

그는 바로 나다. 아닌 게 아니라 그는 나와 똑같은 순간에 똑같은 생각을 하고 있다.

「그렇다면 제우스는 우리가…….」

「……서로 싸우기를 바라는 거요.」

내가 그렇게 뒷말을 잇자 상대가 다시 말한다.

「이게 서로 똑같다는 것의 장점이오. 우리는 상대가 무슨 생각을 하는지…….」

「……즉시 알아차리죠, 안 그렇소? 그래서 누가 진짜인지…….」

「……판정하기가 어려울 수도 있죠.」

상대가 생각에 잠긴다. 그가 생각하는 것이 즉각 소리로 바뀌어 내 귀에 들리는 것만 같다.

「제우스가 우리에게 이런 시련을 안긴 것은 결국…….」

「……우리 둘 가운데 하나만 남아야 하기 때문이오.」

잠시 긴가민가하다가 이제 상대가 정말 나라는 것을 알게 되니, 심한 불안감이 밀려온다.

「당연하죠. 우리 둘 가운데 어느 쪽도 승자가 될 수 없을 거요. 서로 힘과 지능도 똑같고 몸놀림의 빠르기도 똑같으니까요.」

「게다가 우리는 상대의 의표를 찌를 수가 없소.」

「상대의 허를 찌르는 방법이 있다면 딱 하나…….」

「……자기 자신에게 기습을 가하는 거죠.」

나는 그렇게 말하면서 상대에게 덤벼들어 목을 조르기 시작한다. 상대는 내 두 손을 떼어 내고 내 배에 발길질을 하면서 빠져나간다. 그건 나의 전형적인 수비 방식이다.

그가 겁먹고 있는 것이 느껴진다. 나와 똑같은 정도로 두려워하고 있다. 내가 그러하듯 그는 싸우는 방법을 모른다. 그럼에도 임기응변으로 무언가를 해보려고 나에게 다가든다.

그가 소리친다.

「잘했소. 기습이 거의 통할 뻔했네요.」

내 말이 그 말이다.

우리는 동시에 앙크를 빼어 들고 상대를 겨눈다. 그가 말한다.

「우리는 둘 다 알고 있소. 우리는 똑같은 순간에 서로를 쏠 것이고, 따라서 어느 한쪽이 사격을 하면 십중팔구는 둘 다 죽을 거요.」

맞는 말이다.

「일부러 생명에 지장이 없는 부위를 겨냥하면 되지 않겠소?」

「팔다리를 다치게 하자는 거요? 그것도 끔찍한 일이긴 마찬가지요.」

우리는 계속 서로를 겨눈다.

「가짜 미카엘 팽송과 진짜 미카엘 팽송이 있는 게 아니라 둘 다 진짜라는 것을 받아들여야 하지 않겠소?」

「그럼 뭐가 달라지죠?」

「그건 우리 가운데 하나가 죽더라도 진짜 미카엘 팽송이 계속 우주의 비밀을 발견해 나가리라는 것을 의미하는 거요.」

「맞는 말이오.」

「그럼 우리 가운데 하나가 스스로를 희생하면 되겠군요.」

내가 말한다.

「문제는 저마다 자기가 살아남아야 한다고 생각한다는 데에 있죠.」

「우리의 의식은 둘이로군요. 아무리 똑같다 해도 둘은 둘이죠.」

나는 피식 웃는다. 그러고는 고개를 낮추고 상대의 가슴으로 돌진한다. 하지만 상대는 공격을 감지하고 얼른 피한다. 나는 그를 지나쳐서 멈춘 다음 몸을 홱 돌려 그의 등 뒤에서 들이칠 채비를 한다. 내 위치가 그런 공격을 하기에 딱 좋다. 나는 몸을 낮추고 그의 한쪽 다리를 낚아채어 그를 넘어뜨린다. 그러고는 다시 그의 목을 조른다. 상대도 두 손을 내밀어 내 목을 조른다. 우리는 동시에 혀를 내민다. 둘 다 얼굴이 빨개진다.

「그만.」

우리는 동시에 그렇게 소리치며 손을 놓는다. 내가 제안한다.

「함께 생각해 봅시다.」

「나도 그 말을 하려던 참이오.」

「먼저 서로 말을 놓는 게 어때?」

그는 반색을 하며 씩 웃는다.

「맞붙어 싸우는 것으로는 아무것도 해결할 수 없을 거야.」

「그래 우리는 어쩔 수 없이 하나가 되어야 해. 우리는 그렇게 할 수 있잖아, 안 그래? 우리는 이미 그것을 입증했어.」

「문제는 제우스가 단 하나의 승자만을 인정하리라는 거야. 우리는 영원히 합쳐져 있을 수가 없어.」

「합쳐져 있는 것이 영혼에게 그다지 만족스러운 일은 아니지. 우리는 진정한 우리가 되지 못하는 채로 늘 남에게 이용당하고 있다는 생각을 하게 될 거야.」

「우리 앉아서 얘기하자.」

나는 책상다리를 하고 그와 마주 앉는다. 그는 즉시 내가 가장 좋아하는 자세를 취한다.

「너는 거울에 비친 내 그림자와 같아. 육화한 그림자이기는 하지만 말이야.」

「그건 거울의 어느 쪽에 있느냐에 따라 달라지는 거야. 네가 그림자일 수도 있지.」

간단히 끝날 일이 아니다.

「어쨌거나 무언가를 해내려면 동맹을 맺어야 해. 하지만 너도 에드몽의 백과사전에서 읽었다시피 〈죄수의 딜레마〉라는 것이 있어.」

「그래. 공범들끼리 서로 신뢰하지 못하는 상황을 보여 주는 유명한 딜레마야. 그들은 저마다 상대가 마지막 순간에 자기를 배신하리라고 생각하지.」

「다만 우리의 경우에는 그 상대가 바로 우리 자신이야. 그래서 〈나는 나 자신을 신뢰할 수 있는가?〉 하고 다른 방식으로 질문을 해야 해.」

그가 빙그레 웃는다. 나는 처음으로 그에게서 호감이 가는 구석을 찾아낸다. 문득 내가 나 자신을 어떻게 생각해 왔는가에 생각이 미친다. 나는 나 자신을 미남이나 호남이라고 생각해 본 적이 없다. 내가 내 모습을 대하는 시간은 아침에 거울 앞에서 면도를 할 때였다. 그런데 때로는 살갗이 누렇게 뜨고 눈빛이 차분하지 않은 내 모습이 매력적이라기보다 혐오스럽게 보였다. 세상에 어떤 여자가 나 같은 남자를 멋있다고 하겠는가 하는 생각이 들 정도였다. 그러고 보면 내가 나 자신의 모습을 혐오스럽게 여기면서도 누군가의 사랑을 받을 수 있으리라고 생각하게 된 것은 바로 여자들 덕이었다. 정말이지 여자들의 시선은 나 자신의 시선보다 한결 관대한 거울이었다. 먼저 내 어머니의 시선이 그러했고, 그다음에는 누나와 내 애인들, 그리고 마지막으로 내 아내 로즈의 시선이 그러했다. 여기 아에덴에 와서는 아프로디테와 마타 하리의 시선이 바로 그런 거울이었다.

내가 묻는다.

「너는 나를 어떻게 생각해?」

「별로 멋있다고 생각하지 않아. 너는 나를 어떻게 생각하는데?」

「그와 비슷해.」

우리는 동시에 피식 웃는다.

「그러니까 우리는 스스로를 대단하게 여기지 않는 셈이군.」

타나토노트 시절에 저승에서 보았던 것이 생각난다. 대천사들은 영혼에 대한 심판의 일환으로 영혼들로 하여금 자기들의 전생을 스스로 심판하도록 이끈다. 그런데 영혼들은 자기들의 과거에 대해서 공식적인 심판관들보다 덜 관대했다. 다수가 전생에 지은 죄를 씻기 위해 다음 생애에서 고통을 겪겠다고 했다. 우리는 한 생애를 마감하고 자기가 어떤 선업과 악업을 쌓았는지 알게 되면 스스로에 대해 매우 가혹해진다. 하지만 나는 인간으로 살아 있을 때도 나 자신을 높이 평가하지 않았던 듯하다. 천사 시절에도 그랬고 신 후보생이 되어서도 그랬다. 나는 언제나 나 자신이 혐오스럽다는 생각을 가지고 살았다.

상대는 나를 꼬나본다. 눈빛에 경멸이 어려 있다. 내가 라울의 얼굴을 주먹으로 때리기 전에 그에 대해서 느꼈던 감정을 생각나게 하는 바가 없지 않다.

내가 말한다.

「아마 그게 문제의 열쇠일 거야. 우리 자신을 사랑하는 거 말이야.」

「좋아. 그래서 하는 말인데 너에게 고백할 게 있어. 나는 나 자신을 사랑한 적이 없어.」

「알아. 그건 나도 마찬가지야.」

「나는 내가 잘생겼다고 생각해 본 적도 없고 똑똑하다고 생각해 본 적도 없어. 내가 초중등 학교를 무사히 졸업하고 대학 시험에 합격한 것은 운이 좋았기 때문이 아닌가 싶어.」

「나는 그보다 더한 얘기를 할게. 나는 언제나 내가 주위 사람들을 속여 먹는 사기꾼이라고 생각했어.」

「그거 나 들으라고 하는 소리 아냐?」

「말이 나온 김에 너한테 따질 게 있어.」

「얼마든지. 지금 아니면 언제 하겠어?」

「너는 과거에 전혀 내 마음에 들지 않는 짓들을 한 적이 있어. 한번은 어떤 남자가 너에게 욕을 했는데 너는 아무 말도 하지 않았어. 기억날 거야.」

「그래서?」

「너는 스스로를 지켰어야 해. 너한테 무례하게 구는 자를 모른 척하면 안 돼.」

「네가 어떤 상황을 염두에 두고 하는 얘긴지 잘 알아. 하지만 그건 일곱 살 때의 일이었어.」

「세 살 적 버릇이 여든까지 가는 거야. 너는 그런 비굴한 행동을 종종 되풀이했어. 네가 자신감을 갖지 못하고 그런 식으로 비겁하게 구는 게 나는 싫었어.」

「너는 어떻고? 너는 여덟 살 때 모두에게 〈뚱땡이〉라고 놀림받던 아이를 때렸어. 생각나? 용기를 내서 했다는 일이 고작 천덕꾸러기를 때리는 것이었다고.」

「뚱땡이? 쉬는 시간에 모두가 그 애를 때리는데 나 혼자만 가만히 있기를 바랐던 거야? 그 애는 우스꽝스럽고 바보 같았어. 게다가 남한테 맞는 것을 좋아했다고. 맞으면서도 히히대며 웃었잖아.」

「너, 그 애가 어떻게 되었는지 알아?」

「몰라……. 과자를 좋아했으니까 과자 만드는 사람이 되었나?」

「그는 평생 불행하게 살고 핍박을 받았을 거야.」

「하지만 나만 그런 게 아니잖아. 우리 반 애들 모두에게 책임이 있었어. 서른 명 모두에게 말이야. 심지어는 여자애들도 장난삼아 그 애를 때렸다고.」

「그러니까 너는 그의 고통에 대해서 30분의 1의 책임이 있어. 너는 집단 따돌림에 가담했어. 함께 사냥감을 몰고 사냥한 고기를 나눠 갖는 짓거리에 동참한 거라고.」

「비유가 너무 심한데.」

「내가 너에 대해서 불만스럽게 생각했던 것은 그 일 말고도 많아. 너는 왜 더 일찍 섹스를 하지 않았지? 너는 스무 살에 시작했어. 그건 조금 늦은 거야.」

「나는 첫 경험을 아주 예쁜 여자랑 하고 싶었어.」

「너에게 호감을 가진 착한 여자들이 있었는데 너는 다 싫다고 했어.」

「나는 첫 경험에 대해서 낭만적인 환상을 품고 있었다니까.」

「그걸 변명이라고 하는 거야? 너는 너 좋다고 하는 여자들은 거들떠보지도 않고 성질머리 고약한 여자들만 사랑했어. 그때부터 벌써 아프로디테 같은 여자들한테 끌렸던 거라고.」

「나는 성깔 있는 여자들이 좋아.」

「마조히스트 기질이 있는 거야. 너는 너를 때리는 손에 입을 맞추고 너를 쓰다듬는 손을 물어뜯어.」

「그렇지 않아. 그런 여자들을 사귀다가 문제가 있다는 것을 알고 그만뒀어.」

「하지만 너는 처음부터 줏대 있게 굴지 못하고 질질 끌려다니면서 문제를 키웠어.」

「따지더라도 좀 봐줘 가면서 따지면 안 되겠니?」

「직장에 다닐 때 너는 네가 일하는 부서에서 제대로 인정받은 적이 없어.」

「내 동료들이 어떤 사람들이었는지 기억하잖아? 윗사람들에게 잘 보이려고 서로 피 튀기게 싸우는 자들이었다고. 나는 그런 싸움판에 끼어들고 싶지 않았어.」

「그래서 모든 사람들의 밥이 된 거야? 너는 네 영역이 매일 줄어드는 것을 그냥 맥없이 지켜보기만 했어.」

「그래. 나는 싸움꾼이 아니었어. 나를 지키기 위해서 싸우지도 않았고, 여자를 차지하거나 이웃 사람들의 영역을 빼앗기 위해서 싸우지도 않았어. 그래서 네가 나를 좋아하지 않는다는 거야?」

「싸우지 않은 것도 문제지만 그보다 더 나쁜 게 있어. 너는 착한 척을 많이 했어. 나약해서 못 싸우는 주제에 착해서 안 싸우는 것처럼 굴었단 말이야. 제발, 내 앞에서는 그러지 마. 난 너를 너무 잘 알아. 너는 비겁자였어. 착한 것하고는 거리가 멀었다고.」

「그래서 나를 단죄하겠다는 거야 뭐야? 날 죽이겠다는 거야? 서로 싸워 봤자 너와 나 어느 쪽에도 이득이 안 된다는 것을 잘 알잖아.」

느닷없이 그가 내 따귀를 갈긴다. 나는 즉시 주먹으로 응수하며 묻는다.

「왜 때려?」

「너의 비겁함에 대한 벌이야. 자, 더 때려 봐. 너도 맞고 나도 맞아야 해. 이기기 위해서가 아니라, 우리가 살아오면서 진 빚을 갚기 위해서 말이야.」

그는 다시 나를 들이받으려고 달려든다. 하지만 나는 가까스로 공격을 피한다.

「비열한 자식.」

「비열하긴 너도 마찬가지야.」

그가 내 명치를 강타한다. 숨이 턱 막힌다. 나는 받은 대로 돌려준다. 그러자 그는 내 턱에 주먹을 날려 입술을 찢어 놓는다. 나는 그의 눈두덩을 때린다. 우리는 한데 뒤엉켜서 바닥에 나뒹군다. 우리의 주먹질은 갈수록 드세어진다.

문득 라울과 싸울 때도 이렇게 그악스럽게 굴지는 않았다는 생각이 든다. 마침내 나는 그를 깔고 앉아 그의 머리통을 박살 낼 기세로 주먹을 높이 치켜든다. 그때 문득 한 가지 회의가 고개를 든다. 복싱 경기 도중에 테오팀을 엄습했고, 내 〈구원자〉가 독수리족의 수도를 포위하고 있을 때 경험했던 바로 그 회의의 순간이 찾아온 것이다. 나는 그를 증오하지 않는다. 나는 나를 파괴할 만큼 나를 미워하지 않는다.

우리는 서로 떨어져서 계속 대치한다.

「봤지? 나는 이제 스스로를 지킬 줄 알아. 가만히 앉아서 모욕을 당하지는 않는다고.」

나는 찢어진 입술을 살살 문지르면서 묻는다.

「내가 그토록 원망스러워?」

「얼마나 원망스러운지 넌 모를 거야.」

「어쨌거나 솔직한 건 마음에 들어. 이참에 속에 담고 있는 거 다 털어놔. 이젠 싸우고 싶지 않아.」

「네가 완벽하기를 바라는 건 아냐. 그냥 너 자신에게 솔직하면 되는 거야.」

나는 그에게 손을 내민다. 그는 내 손을 바라보며 머뭇거린다. 그러면서 내 눈을 빤히 바라본다. 내 친구가 되기에는 아직 준비가 덜 되어 있구나 싶다. 그래도 나는 한참이 지나도록 내민 손을 거두지 않는다. 이윽고 그가 손을 천천히 내밀어 내 손을 잡는다.

그가 악수를 풀면서 말한다.

「좋아. 이제 어떻게 하지?」

나는 우리의 감옥을 살펴본다.

「여기서 함께 나가야 해. 우리는 하나가 될 수밖에 없어.」

그가 말한다.

「기분이 아주 묘해. 이제 비로소 나 자신을 신뢰하게 된 것 같아.」

「우리, — 나는 우리라는 말이 더 좋아 — 우리는 여기까지 오기 위해 굉장한 모험을 벌였어. 우리가 처음이야. 우리는 페가수스를 타고 올라왔고 키클롭스들을 따돌렸어. 그런 일을 해낸 것은 우리뿐이야.」

「맞아.」

「그러고 보면 우리는 그런대로 훌륭해. 다들 라울을 칭찬했지만 그는 해내지 못했어.」

「에드몽 웰스와 쥘 베른조차 실패했는데 우리는 성공했어.」

「아프로디테와 헤라마저 포기했는데, 우리는 해냈어! 우리는 해낸 거야!」

그는 나를 새삼스럽게 여겨본다.

「내가 너의 어떤 점을 가장 좋아하는 줄 알아?」

그가 갑자기 〈우리〉라는 말을 버리자 허를 찔린 기분이 든다. 내가 먼저 허를 찔렀어야 하는 건데 한발 늦었다.

「몰라. 어서 말해 봐.」

「너의 겸허함. 제우스는 그 점을 알아봤어. 너는 스스로를 무로 돌리는 능력이 있었기에 수수께끼의 답을 찾아낸 거야.」

「그럼 나는 너의 어떤 점을 가장 좋아하는 줄 알아?」

「받은 것을 돌려줘야 한다고 생각하지 마.」

「모든 것을 분석하고 따지는 너의 능력. 네 덕분에 우리는 정면충돌에서 금방 벗어나 해결책들을 찾기 시작했어.」

「좋아. 우리는 지금 감옥에 있고, 제우스가 우리 가운데 하나만을 원한다고 할지라도 함께 나갈 거야. 맞지?」

「너와 내가 함께 바보들과 맞서자. 이 말 생각나?」

타나토노트 시절의 그 구호가 마치 옛날에 나에게 행운을 가져다준 깃발처럼 내 머릿속에서 펄럭인다.

나는 우리의 다른 구호를 덧붙인다.

「사랑을 검으로, 유머를 방패로.」

나는 고개를 들어 위쪽에 있는 열쇠를 바라본다. 이제 말을 하지 않아도 또 다른 나와 텔레파시로 대화를 할 수 있을 듯하다.

내가 등을 내밀자 그는 나를 타고 올라간다. 동작이 어설프다. 내가 했어도 그랬을 것이다. 다행히 그는 별로 무겁지 않다. 나는 과로로 인한 근육통에 아랑곳하지 않고 그를 천장 쪽으로 밀어 올린다.

그는 더듬더듬 손을 내밀어 위쪽 쇠창살에 원숭이처럼 매달린다. 그러더니 용케 열쇠를 아래로 떨어뜨린다.

우리는 자물쇠에 열쇠를 쑤셔 넣고 딸깍 소리가 날 때까지 돌린다.

우리는 자물쇠를 풀고 감옥을 나선다.

「함께 나가자. 그다음 일은 그때 가서 생각해.」

우리는 함께 제우스 앞으로 간다. 제우스는 놀란 눈으로 우리를 살펴본다.

「둘 가운데 하나만 남아야 한다고 내가 말했잖아.」

「이제 우리는 한 몸입니다.」

내가 그렇게 말하자 제우스는 재미있다는 듯 몸을 숙인다.

「허 요것 봐라, 네가 무슨 권리로 올림포스의 규칙을 무시하는 거지?」

내 동행이 대답한다.

「저는 이 친구를 사랑합니다. 제가 당신을 사랑하는 것보다 더 사랑합니다.」

「유감이야. 너희가 그렇게 나오니 나로서는 어쩔 수 없이…….」

제우스는 지팡이를 들어 올리더니, 내가 어떻게 해볼 새도 없이 번개를 내린다. 또 다른 나는 연기가 모락거리는 먼지로 변한다. 어쩌면 그가 아니라 내가 그렇게 변한 것인지도 모른다.

「잘했다. 시험을 통과했으니 이제 내 궁전의 나머지 부분을 구경시켜 주마.」

그가 파란 방의 왼쪽 문을 열면서 덧붙인다.

「이해를 돕기 위해서 미리 얘기하는데, 우주의 첫 번째 기능은 신들을 즐겁게 하기 위한 공연장이라는 것을 명심해라.」

109. 백과사전: 검투사

〈민중이 원하는 것은 단 두 가지, 빵과 원형 경기장의 구경거리뿐이다.〉[21] 이 유명한 말은 로마 시대에 원형 경기장에서 벌어지던 검투사 경기의 인기가 얼마나 대단했는지를 짐작하게 한다.

로마 제정기에 검투사 경기를 보여 주기 위한 원형 경기장들이 여러 도시에 건설되었다. 그 가운데 가장 규모가 크고 시설을 가장 잘 갖춘 원

21 서기 1세기 말엽에서 2세기 초엽에 걸쳐 살았던 로마의 풍자시인 유베날리스가 『풍자시집』 10편에서 한 말. 로마 민중이 권력자가 무상으로 제공하는 빵과 오락panem et circenses 때문에 정치적 맹목에 빠져 있는 상황을 풍자한 것.

형 경기장은 로마의 콜로세움이었다. 이 경기장의 낙성을 기념하기 위해 무려 1백 일 동안 경기가 벌어졌다. 그 기간 동안 아틀라스산맥에서 잡아 온 맹수들이 수천 마리나 살해당했고 경기자들도 무수히 죽어 나갔다. 콜로세움 한복판의 투기장은 나무 바닥에 모래를 깔아 놓은 구조로 되어 있었고, 그 밑의 지하 공간에는 검투사 대기실이며 맹수 우리며 경기용 장비나 소품들을 넣어 두는 창고가 마련되어 있었다. 또 맹수들이나 물건들을 투기장으로 곧장 올려 보낼 수 있는 승강기도 갖춰져 있었다.

검투사들의 경기는 대개 민중에게서 인기를 얻고 싶어 하는 정치가들의 후원을 받았다.

경기는 오전과 오후로 나누어서 진행되었고, 검투사들 간의 대결뿐만 아니라 맹수 사냥이나 맹수들끼리의 싸움도 일정에 포함되어 있었다. 이른 아침에 검투사들은 커다란 방에 모여서 식사를 했다. 관객들은 그 방으로 와서 검투사들을 볼 수 있었고 그들의 근육을 만져 볼 수도 있었다. 그럼으로써 관객들은 호기심도 채우고 내기에서 이기기 위한 정보도 얻었다. 검투사들은 대개 근육이 발달했다기보다 뚱뚱한 편이었다. 몸에 지방이 많으면 상처를 입더라도 더 오래 버틸 수가 있었다. 경기의 프로그램을 짜는 전문 흥행사들은 가장 작고 날랜 검투사들이 가장 덩치가 크고 둔한 자들과 맞붙게 한다든가 탁월한 재능을 지닌 검투사 한 명을 상대로 여러 명이 싸우게 하는 식으로 경기의 흥미를 높였다. 역사가들의 추산에 따르면 검투사들 가운데 5퍼센트 정도가 살아남았다고 한다. 살아남은 검투사들은 인기와 부를 얻고 노예 신분에서 벗어났다. 정오부터 2시 사이에는 중천의 태양이 이글거리는 가운데 또 다른 공연이 펼쳐졌다. 바로 사형수들의 공개 처형이다. 이때도 흥행사들은 충격적인 구경거리를 원하는 관중의 구미에 맞춰 죄수들을 되도록 끔찍하게 죽이려고 애썼다. 행상들은 이 〈막간 공연〉 동안 계단식 좌석 사이를 돌아다니며 음식을 팔았다.

로마 콜로세움의 인기가 날로 높아 가자 이탈리아의 다른 도시들도 앞다투어 원형 경기장을 건설했다. 재원이 부족해서 아틀라스의 사자들을 들여올 수 없는 도시들은 알프스산맥에서 곰을 잡아 왔고, 그보다 더 돈이 없는 도시들은 황소를 사용하는 것으로 만족했다. 그런데 사자 대신 곰이나 황소를 사용하면 결투 시간이 훨씬 길어진다는 문제가 있었다. 곰이나 황소는 사람을 잡아먹는 동물이 아니라서 검투사들을 죽이지 않고 그저 다치게만 하기 때문에 싸우는 시간이 길어질 수밖에 없었다.

이상하게도 초기 기독교인들은 원형 경기장에서 벌어지는 잔인한 경기들을 단죄하지 않았고, 검투사들의 삶에 대해서 연민을 표시하지도 않았다. 검투사 경기를 논한 몇몇 문헌은 그것을 단지 〈쓸데없는 오락〉이라고 비판했을 뿐이다. 그에 반해서 연극은 불경건한 행위로 명백하게 공격을 당했다. 배우들은 남자든 여자든 매춘을 하는 자들로 간주되어 병자 성사를 받을 수도 없었고 기독교인들의 묘지에 묻힐 수도 없었다.

에드몽 웰스, 『상대적이며 절대적인 지식의 백과사전』 제5권

110. 왕궁

나는 제우스를 따라 어떤 방으로 들어간다. 방 한복판에는 지름 1미터의 구체 하나가 황금 받침대 위에 놓여 있다.

「잘 살펴봐라.」

나는 앙크를 꺼내 들고 유리 구체로 다가간다.

「어디에서든 쉽게 볼 수 있는 구경거리가 아냐.」

세계를 품고 있는 구체인 듯한데, 내부에 행성이 들어 있지 않다. 그저 〈검은 기체〉가 들어 있는 게 아닌가 싶다. 나는

구체를 만져 본다. 아주 차갑다.

「아름답지 않니?」

「이게 뭐죠?」

「진정한 〈무〉. 빛도 소리도 없고, 열기도 물질도 에너지도 없다. 아주 희귀하고 소중한 거야. 아무것도 없는 것처럼 보이는 곳에도 무언가가 조금은 남아 있게 마련이다. 약간의 기체나 빛, 소리, 꿈, 생각 등이 말이다. 하지만 여기에는 절대적인 고요, 완전한 암흑이 깃들어 있어. 인간의 어리석음과 신들의 오만이 스며들지 않은 곳, 관념이나 상상조차 떠돌지 못하는 공간, 나조차 영향력을 행사하지 못하는 장소, 모든 공연이 시작될 수 있는 무대지. 무의 잠재력을 상상할 수 있겠어? 순수의 정점에서 무엇이 비롯되는지 알아?」

제우스는 구체가 거대한 루비라도 되는 양 어루만진다.

「이거야말로 역설의 극치야. 모든 것을 가지면 무를 원하지.」

나는 미동도 하지 않는다.

「이런 〈무〉의 구체를 무엇에 쓸까 궁금하지? 대답해 줄게. 새로운 우주를 창조하는 데 쓰는 거야.」

비로소 이해가 간다.

「우주는 오로지 무에서만 생겨날 수 있거든.」

나는 검은 구체를 가만히 바라본다.

에드몽의 백과사전에서 읽은 구절이 생각한다. 〈만약 신이 전지전능하다면, 자기가 아무것도 할 수 없는 곳, 자기가 존재하지 않는 곳도 만들어 낼 수 있지 않을까?〉

전율이 스치고 지나간다.

제우스의 빨간 눈동자에서 더욱 형형한 빛이 난다.

「먼저 우주의 질서에 관해서 네가 무얼 알고 있는지, 네가 무엇을 감지하고 있는지 알고 싶어. 숫자의 상징체계를 알고 있지?」

나는 몇 차례 침을 삼키고 나서 오래전부터 익히 알고 있던 것을 간단히 요약한다.

「0은 우주 알, 1은 광물, 2는 식물, 3은 동물, 4는 인간, 5는 깨달은 인간, 6은 천사입니다.」

「그다음은?」

「이건 저 나름대로 생각한 것입니다만, 신 후보생은 7.1, 아에덴의 괴물은 7.3, 보조 강사들은 7.5, 스승 신들은 7.7, 그리고 제우스님은 8에 해당하는 존재가 아닌가요?」

그는 고개를 끄덕인다.

「그래 8이야. 8이라는 숫자를 옆으로 누이면 무한대 기호가 되지.」

제우스는 구체를 토닥인다.

「태초에는 아무것도 없었어. 그러다가 하나의 생각이 나타났지.」

그는 왼쪽 벽에 나 있는 문을 열고 긴 복도로 나를 이끈다. 복도는 흑백의 체크무늬가 들어간 대리석으로 되어 있다.

「이 생각은 욕망으로 변했고, 욕망은 관념으로, 관념은 말로, 말은 행위로, 행위는 물질로 변했어.」

그는 문 하나를 연다. 박물관이 나타난다. 그는 투명한 수지로 된 조각상 하나를 가리킨다. 아메바를 확대해 놓은 조각상이다.

「생명을 창조하던 때가 생각나. 아미노산들을 아주 복잡한 방식으로 배합해야 하는 미묘한 작업이었어. 무엇보다 기억에 남는 건…….」

제우스는 피식 웃더니 다른 조각상들을 보여 준다. 물고기, 도마뱀, 여우원숭이, 영장류.

「양성 생식을 생각해 냈을 때야. 지금이야 그런 생식법이 당연해 보이지만 그때는 새로운 발상이었지. 나는 내 피조물들에게 깜짝 놀랄 만한 선물을 주고 싶었어. 그래서 그들이 스스로 유전자를 섞게 하는 방법을 고안한 거야.」

벽에는 종들의 진화 과정을 보여 주는 계통수들이 잔뜩 붙어 있다.

「처음에는 암컷들과 수컷들이 서로를 잘 유인하지 못했어. 그래서 쾌락이라는 동기를 통해 짝짓기를 부추기는 방법을 고안하고, 신경 중추와 감각기를 보완했지. 그들이 생식 세포들을 섞는 순간에 무언가를 느낄 수 있도록 말이야.」

그는 회상에 젖는다.

「아, 생식! 정말 쉽지 않았어. 나는 다양한 방식을 모색했어. 몇몇 다족류의 발과 같은 생식 기관도 시도해 봤어. 갈고리처럼 생긴 생식기를 박아 넣는 방법 말이야. 그러던 어느 날 해면체가 부풀어 오름으로써 커지고 딱딱해지는 음경이라는 기관을 생각해 냈지. 그것의 살갗은 매우 탄력적이면서도 압력을 견딜 수 있을 만큼 단단하게 만들어야 했어. 그다음에는 음경이 삽입되는 기관을 생각해야 했어. 아, 그건 그야말로 엔지니어와 화학자와 건축가의 재능을 필요로 하는 도전이었어. 윤활 작용이 필요한 마찰 부위를 정교하게 분석해야 했지. 고환은 외부에 두는 게 좋겠다고 생각했어. 정자들을 시원한 곳에 보존하기 위함이었지. 만약 지금 그 기관들을 다시 만들어야 한다면 그런 식으로 만들지는 않을 거야. 어쨌거나 그건 조금 복잡한 일이야.」

그는 내 쪽으로 몸을 돌린다.

「한때는 교미라는 방식을 포기할까도 생각했어. 대신 일부 곤충을 상대로 새로운 방식을 시도했지. 말하자면 이런 방식이야. 수컷이 땅속에 바늘처럼 생긴 생식기를 박아. 이 생식기의 꼭대기에는 정자가 든 주머니가 달려 있어. 수컷이 가고 나면 암컷이 그 위에 앉아. 그러면 주머니가 암컷의 생식기로 들어가서 터지는 거야. 이 방식을 어류와 양서류에게도 적용해 봤더니 아주 잘 통하더라고. 하지만 심각한 문제가 한 가지 있었어. 수컷이 땅속에 박아 놓은 바늘을 아무 동물이나 와서 먹어 치우지 뭐야.」

그는 박물관 안쪽에 있는 다른 문을 연다. 생물학 실험실과 비슷한 방이 나온다. 벽을 따라 설치된 선반에는 표본 병들이 가지런히 놓여 있다. 표본 병들의 내부를 들여다보니 포르말린 용액 속에 동물의 시체나 인체의 기관이 잠겨 있다.

「헤르마프로디토스의 실험실이 생각나지? 알아. 그 팔푼이가 내 흉내를 낸다는 거. 녀석은 이 궁전에서 어떤 정보가 새어 나가기만 하면 즉시 나를 모방하지. 바로 여기 이 실험실에서 나는 성감대라는 것을 생각해 냈어. 특히 여자들을 위해서 개발한 거야. 남자의 경우는 음경 주위에 성감대를 집중시키는 것으로 그쳤어. 그러지 않고 몸의 구석구석을 민감하게 만들었다면 문제가 많았을 거야. 예컨대 남자들이 전쟁을 벌이는 경우를 생각해 봐. 싸움이 제대로 되겠어? 반면에 여자들에게는 공을 많이 들였지. 나는 여자들에게 아주 강렬한 오르가슴을 선물하기로 했어. 성행위가 끝난 뒤에 곧바로 일어나고 싶은 마음이 들지 않게 할 필요가 있었지. 곧

바로 일어나면 정자들이 힘겨운 등반을 할 수밖에 없잖아?」

그는 흉상 하나를 쓰다듬는다. 흉상의 얼굴이 제우스의 얼굴과 상당히 비슷하다.

「사실 인간에 대해서는 어느 부위 하나 공들여 만들지 않은 것이 없어. 눈만 해도 그래. 잘 봐. 속눈썹은 먼지를 막기 위한 것이고, 눈썹은 비가 올 때 물이 눈으로 흘러드는 것을 막기 위한 거야. 눈구멍이 오목한 것은 눈두덩의 그늘이 지게 함으로써 햇빛으로부터 눈을 보호하기 위한 것이지. 그뿐만 아니라 홍채는 빛의 강도에 따라 동공을 축소하거나 확대하게 되어 있고, 눈물샘은 늘 조금씩 눈물을 분비함으로써 각막을 적시고 이물질을 씻어 낼 수 있게 되어 있어.」

그는 손의 조각상을 잡는다.

「아! 인간의 손. 이건 전체를 마무리 짓는 걸작이야. 나는 손가락을 몇 개로 할까를 놓고 망설였어. 처음엔 한 손에 일곱 개씩 달까 했지. 하지만 주먹을 쥐면 야무지게 오므리기가 어렵겠더라고. 손톱은 〈메이드 인 올림포스〉라는 상표로 생각하고 박아 넣은 간단한 마감 터치야. 아주 단단해서 무엇을 긁거나 할퀴기에 적합하고 끊임없이 재생되지. 발은 또 어떻고? 바닥에 닿는 면적은 얼마 되지 않지만 끊임없이 최선의 균형을 찾아 나감으로써 뜀박질을 할 때조차 쓰러지지 않게 해주지. 인간들이 대개는 모르고 있지만, 발바닥은 성능이 아주 뛰어난 감지 장치와도 같아. 인간들이 알아차리지 못하는 사이에 자세를 바로잡음으로써 무게 중심이 언제나 제자리에 있게 해주지.」

한 가지 의문이 머릿속에서 맴돈다. 만약 제우스가 모든 것을 창조했다면 어떻게 그 자신은 인간의 형상을 하고 있는 것일까?

「그게 이해가 안 간다 이거지? 인간을 다 만들어 놓고 보니까 아주 훌륭해 보이더라고. 그래서 나도 인간의 형상을 취하기로 한 거야.」

「그럼 처음에는 어떤 모습이셨죠?」

「아무 형상도 없었지.」

그는 자신의 대답에 만족해하며 빙그레 웃는다. 정말이지 그를 둘러싼 불가사의는 끝이 없다.

「그래, 신이 자기의 피조물을 모방한 거야. 의상 디자이너가 옷을 만들어 놓고 자기가 직접 입어 보고 싶어 하는 것과 비슷한 거지. 성경에는 하느님께서는 〈당신의 모습대로 사람을 지어내셨다〉라고 되어 있지. 아냐, 그 반대야. 신이 인간의 모습으로 자기 자신을 재창조한 거야. 나는 인간의 형상을 취했어. 내가 심혈을 기울여서 개발한 손과 얼굴과 성기를 나도 갖고 싶었어.」

나는 그 이야기를 곱씹는다. 많은 의미가 함축되어 있는 듯하다.

「그 뒤에 나는 인간이 스스로 창조하는 것을 지켜보다가 내 피조물의 창조물을 모방했지. 나는 인간의 의상을 모방했어. 토가 말이야. 그건 내가 발명한 게 아냐. 하지만 보다시피 이렇게 기쁜 마음으로 입고 다니잖아. 나는 인간의 집들도 모방했어. 이 궁전은 그리스와 로마의 궁전 건축을 본뜬 거야. 인간의 여러 가지 감정과 성향, 예컨대 호기심, 우울, 질투, 야심, 퇴폐, 순진함, 앙심, 교만 따위도 내가 만든 게 아냐. 내가 제공한 도구들을 가지고 그들이 만들었어.」

나는 그를 따라 계속 나아간다. 여러 시대의 종교적인 주제를 표현한 그림들과 조각 작품들이 나타난다.

「신화를 지어낸 것도 인간이야. 그들은 전혀 모르고 있겠지만, 나는 그들의 이야기에 맞춰 내 차림새를 바꿨어. 인간이 오시리스를 만들어 냈을 때 나는 오시리스였어. 그들이 길가메시를 만들어 냈을 때 나는 길가메시였어. 그들이 바알을 지어냈을 때 나는 바알이었어. 그들이 제우스를 지어냈을 때 난 제우스가 되었어. 정말 재미있지 않아? 인간은 자기들의 모습을 신들에게 빌려 주었고 상상력을 발휘해서 신들을 만들어 냈어. 결국 인간이 자기들의 모습으로 신을 창조한 셈이야.」

그는 웃다가 멈추고 그러다가 또 웃는다. 스스로 생각하기에도 자기 이야기가 한편으로는 놀랍고 다른 한편으로는 재미있는 모양이다.

「그럼…… 신화에서 제우스 신을 두고 하는 얘기들도 다 인간이 지어낸 건가요?」

「나는 마치 그것이 사실인 것처럼 그대로 살아 보려고 노력했어. 다행히 나는 모든 형상을 취할 수 있고 어떤 인물로도 변신할 수 있어. 그들이 나를 번개의 지배자로 생각하면 나는 번개의 지배자가 되었어. 그들이 나를 바람둥이로 여기면 나는 바람둥이가 되었어. 그들이 나를 올림포스 신들의 왕으로 여기면 나는 다른 신들을 창조했어. 그들이 나를 크로노스의 아들로 생각하면 나는 크로노스를 만들었어.」

「그럼 올림포스는요?」

「나는 옛날에 1호 지구에 올림포스를 만들었어. 그러다가 그들의 연대 계산 방식으로 서기 666년에 1호 지구를 떠나 우주 한구석의 이 매력적인 섬에 자리를 잡았지.」

「왜 1호 지구를 떠나셨죠?」

「인류에게 싫증이 났어. 그들은 너무 어리석어. 666이 짐승의 숫자라고 하는데, 내가 보기에 짐승은 바로 그들이야.」

나는 흥미를 느끼며 그를 찬찬히 바라본다.

「나는 여기 아에덴에 1호 지구의 올림포스를 닮은 공간을 만들었어. 사실은 많은 점을 개선했지. 산은 더 높게, 궁전들은 더 크게 만들었고, 괴물들은 더 재미있게, 신들은 더 희화적으로 창조했어. 한마디로 더욱 즐거운 구경거리를 만든 셈이야. 앞서 말했듯이 그 모든 것은 나에게 즐거움을 주기 위해서 존재하는 것이거든.」

나는 아프로디테를 생각한다. 그렇다면 아프로디테도 제우스가 만들어 낸 무대의 한 구성 요소일 뿐이라는 것일까?

「그럼…… 다른 신들은 자기들이 인간이 지어낸 신화에 근거해서 창조되었다는 것을 알고 있나요?」

「아니, 몰라. 다만 자기들의 삶에 어떤 불가사의가 있다고 느끼기는 하지. 그들은 내가 마지막 비밀을 쥐고 있는 유일한 존재라는 것을 알고 있어. 그래서 너처럼 여기에 오려고 애쓰는 거야. 그들은 자기들이 진정 누구인지, 왜 자기들이 그토록 오래전부터 존재하고 있는지 알고 싶어 해.」

「그래서 스핑크스를 시켜 길목을 막으신 건가요?」

그는 고개를 끄덕인다.

「나는 아무도 그 수수께끼를 못 풀 거라고 생각했어. 신들과 신 후보생들은 자아가 강해. 자아가 그들을 잔뜩 부풀리기 때문에 좁은 문을 통과할 수 없어. 그들을 규정하는 〈신〉이라는 말만 들어도 그들은 오만해져.」

그는 궁전을 계속 둘러보자고 권한다.

「하지만 너는 성공했어. 그건 너에게 마음의 병이 있기 때문이야. 너는 특별한 신경증에 걸렸어.」

나는 설명을 기다린다.

「너는 스스로를 과소평가해. 그 정도가 너무 심하지. 너는 너 자신에 대해서 매우 부정적인 이미지를 가지고 있어. 사실 너는 언제나 스스로를 〈없느니만 못한 존재〉로 여겼어.」

그 진부한 표현이 갑자기 의미심장하게 다가온다.

「없느니만 못한 존재는 조금만 자기를 높이면…… 없는 존재, 즉 무가 돼.」

제우스는 자기 말에 스스로 흡족해하는 기색이다.

「바로 그런 방식으로 너는 스핑크스를 이기고 내 마음을 움직인 거야. 훌륭해. 하지만 나는 네가 너 자신의 이미지에 관한 문제를 해결하기를 바랐어.」

「그래서 우리 속에 들어가 시련을 겪게 하신 건가요?」

그는 한쪽 눈을 찡긋해 보인다.

「살아남은 쪽이 진짜 미카엘이라고 확신해?」

「진짜 미카엘은 제 영혼이 깃들어 있는 쪽입니다.」

「진짜 미카엘은 네가 사랑할 수 있는 쪽이야. 어때, 이제는 아까 산꼭대기에 도착했을 때보다 너 자신을 조금 더 사랑하지?」

「사실은 저에게 무슨 일이 일어나고 있는지 아직 깨닫지 못했습니다.」

「없느니만 못한 존재들에게는 바로 그런 문제가 있어. 상을 주어도 스스로 상을 받을 자격이 없다고 생각하기 때문에 고마워할 줄 모른다니까.」

그는 나를 마주하고 서서 온화한 표정을 짓는다.

「너는 내 모습이 이러할 거라고 상상했니? 네가 상상한 신화 속의 제우스가 바로 이러했어? 나를 처음 보았을 때 내가 아주 거대하다고 생각했겠지? 그전에는 내가 어떤 모습일 거라고 생각했어?」

갑자기 내 눈앞에서 아주 놀라운 광경이 펼쳐진다. 제우스가 작아지더니 하얀 곱슬머리에 눈동자가 빨간 하얀 피그미로 변한다.

「나를 이런 모습으로 상상했니?」

이번엔 그가 눈이 빨간 흰 황소로 변한다.

「아니면 이렇게? 나는 바로 이런 모습으로 1호 지구의 몇몇 여자에게 나타났어.」

그는 다시 백조로 변한다.

안개 속에서 길을 잃었을 때 나를 이끌어 주었던 바로 그 백조다.

그는 날개를 파닥거리며 내 주위로 날아다닌다.

나는 눈을 비빈다.

「아니면 이런 모습?」

그는 다시 흰토끼로 변한다.

나를 구멍 속에서 꺼내 주고 폭포에 가려진 길을 가르쳐 준 바로 그 흰토끼다.

「이렇게 변하니까 내가 덜 무섭지? 내가 조금만 모습을 바꾸면 다들 믿으려고 하지 않아. 관습에 젖어 있기 때문이지. 모두가 나에게 똑같은 이미지를 요구해. 수염을 기른 거구의 아버지, 권위적이고 신비로운 아버지를 원하지. 오로지 그런 이미지만 통해. 쯧쯧…….」

토끼는 나를 빤히 바라보다가 한쪽 귀를 쫑긋하고 눈을 깜박이면서 말한다.

「이 정도로는 부족한가 보지? 충격을 받은 기색이 아닌걸.」

토끼의 눈빛이 파란색으로 변한다. 그러더니 눈이 점점 커지면서 머리를 벗어난다. 한쪽 눈은 줄어드는데 다른 쪽 눈은 계속 커진다. 이내 길이가 3미터나 되는 단 하나의 눈이 내 눈앞의 공중에 떠오른다. 눈알의 반들반들한 표면에서 반짝반짝 빛이 난다. 동공이 확대된다. 투명한 각막 뒤에 심연이 있는 것만 같다. 나는 뒤로 물러선다. 눈은 더욱 커진다. 나는 뒷걸음질을 치다가 비틀거리며 넘어져 엉금엉금 기어간다. 다시 고개를 들어 보니 눈은 이제 내 머리 위에 있다.

하늘에 떠 있던 거대한 눈은 바로 제우스였다.

눈꺼풀이 커튼처럼 내려온다. 눈이 다시 아래로 내려오면서 작아진다. 제우스는 차츰차츰 올림포스 신의 모습을 되찾는다. 그의 눈동자가 다시 빨간색으로 변한다.

나는 미처 충격에서 벗어나지 못한 채 더듬거린다.

「처음부터…… 저를 살피고 계셨군요.」

그는 대답 대신 나를 어떤 복도 쪽으로 이끈다. 복도는 어떤 문으로 이어지고, 이 문은 계단으로 통한다. 계단을 내려가자 둘레에 문이 스물네 개 나 있는 광장이 나타난다. 그는 문 하나를 연다. 내부는 뮤즈 탈리아의 집에서 본 것과 비슷한 극장이다. 벽마다 빨간 벨벳이 드리워져 있고, 배우들이 분장을 할 때 사용하는 화장대 하나에 불이 밝혀져 있다. 무대는 파리의 공원에서 볼 수 있는 인형극 극장의 무대처럼 작다.

제우스는 꼭두각시 하나를 골라 여러 가닥의 실로 조종

한다.

「인간이 태어나면 이렇게 움직이지.」

그는 꼭두각시를 일으켜 무대 위로 옮긴다. 그런 다음 실들을 이리저리 잡아당긴다. 꼭두각시가 일어선다. 서 있는 자세며 몸놀림이 놀랍도록 생기에 차 있다. 마치 놀라움을 표시하듯 머리를 흔들기까지 한다.

「인간이 죽으면 이렇게 되지.」

제우스가 실들을 놓아 버리자 꼭두각시는 스르르 무너져 내린다. 제우스는 꼭두각시를 다시 일으킨다.

「태어나서 죽을 때까지 인간은 분주하게 움직여. 실을 잡고 있는 다른 존재가 위에 있다는 사실을 몰라. 우리 신들에게는 그들이 실을 보지 못하게 하는 것이 중요해. 그들이 스스로를 자유로운 존재로 여기게 해야 하는 거야.」

「그럼 저희 신 후보생들도 실에 매여 있습니까?」

제우스는 수수께끼 같은 미소를 지으며 꼭두각시를 받침대에 도로 올려놓는다.

「네 유토피아에 관한 글을 쓴 적 있지?」

「네, 그것을 늘 잊지 않고 있습니다.」

「그게 중요해. 더 나은 미래를 상상하다 보면 언젠가는 그런 미래가 존재할 가능성이 보일 거야. 내가 한 가지 물어볼까? 너는 네 백성들을 사랑해? 아니면 네 백성들을 관찰하는 것을 그저 동물을 보살피는 것과 같은 하나의 취미로 생각해?」

「저는 그들에 대해서 상당한 애정을 느꼈습니다.」

「이곳에서는 자신을 자기 백성들과 동일시하는 태도를 일컬어 감정 전이의 병이라고 한다. 신들에게 전형적으로 나타나는 신경증이지. 너는 그런 병에 걸린 거니?」

나는 되도록 정직하게 대답한다.

「감정 전이의 병에 걸린 것 같지는 않습니다.」

제우스는 석연치 않다는 듯한 표정을 짓는다. 신들은 누구나 어느 순간이 되면 자기가 맡고 있는 민족과 자신을 동일시한다는 사실을 알고 있는 게 분명하다.

「두고 보면 알겠지.」

제우스는 내 팔을 잡는다. 우리는 극장을 나와 똑같은 문들로 둘러싸인 원형 광장으로 돌아온다.

그는 잠시 머뭇거리다가 뒤쪽에 있는 문을 연다.

「너는 너 자신과 맞서 싸웠다. 또 다른 시련이 너를 기다리고 있다. 이번에 네가 대적할 상대는…… 네 백성들이다.」

111. 백과사전 : 고양이의 역사

요르단강(江) 서안의 예리코와 키프로스섬의 신석기 시대 유적에서 인간의 유골과 함께 고양이 뼈가 발굴되었다. 인간의 주거지에서 나온 고양이 뼈로는 현재까지 알려진 것 가운데 가장 오래된 것들이다. 이것은 신석기 시대에 농경이 널리 행해지면서 고양이가 인간과 함께 살기 시작했다는 것을 시사한다. 곡물을 보관하면서 쥐들이 늘어나고 그에 따라 고양이들이 차츰차츰 인간의 주거지로 들어왔으리라는 것이다.

그 뒤에 인간은 본격적으로 고양이를 길들여 사육하기 시작했다. 고대 이집트인들은 적어도 기원전 2000년경부터 아프리카 야생 고양이(일명 리비아 고양이, 또는 사막 고양이. 학명은 Felis silvestris lybica)를 길들였던 것으로 보인다. 이집트인들은 고양이를 다산과 치유와 삶의 쾌락을 관장하는 바스테트 신의 화신으로 여기며 숭배했다. 고양이가 죽으면 시신을 미라로 만들어 고양이 묘지에 묻었고, 고양이를 죽이는 사람은 사형에 처했다.

이 고양이들을 세계 곳곳으로 퍼뜨린 것은 이집트와 페니키아와 히브리의 뱃사람들이었다. 그들은 쥐가 식량과 화물을 갉아 먹지 못하도록 배에 고양이들을 싣고 다니다가 이 항구 저 항구의 교역 상대자들에게 주었다. 유럽에 고양이가 들어온 것은 기원전 900년 무렵이었다. 중국의 경우에는 최고의 시집 『시경』에 고양이를 나타내는 글자가 나오는 것으로 미루어 이미 주나라 때부터 고양이가 존재했던 것으로 보인다. 한국에 고양이가 들어온 것은 중국에서 불교가 전래될 때의 일이다. 경전을 쥐로부터 보호하기 위해 고양이를 함께 들여왔다고 한다. 일본에는 헤이안 시대에 고려인들을 통해서 고양이가 전해졌다.

그런데 같은 조상에게서 나온 고양이들이 세계 도처로 퍼져 나간 뒤에 새로운 품종들이 생겨났다. 어느 지역에서나 고양이의 수가 적다 보니 근친 교배가 불가피했고, 그에 따라 털의 색깔이나 길이, 눈빛, 꼬리나 귀나 코의 생김새 등이 서로 달라지는 유전적인 변이가 일어났다. 여기에 인간들의 선별이 더해져 페르시아고양이, 앙고라고양이, 샴고양이 같은 지역 품종이 만들어진 것이다.

중세 유럽인들은 고양이를 마법이나 주술과 관련된 동물로 여기면서 학살을 일삼았다. 그들이 보기에 개는 인간에게 순종하는 충직한 동물이었지만 고양이는 독립적이고 사악한 동물이었다.

14세기 중엽 페스트가 유럽을 휩쓸었을 때 유대인 공동체는 주위의 다른 지역들에 비해 피해를 훨씬 적게 입었다. 유대인들은 그 때문에 미움을 사서 페스트가 사라지고 난 뒤에 온갖 박해와 대학살을 당했다. 이제 우리는 알고 있다. 유대인 구역이 페스트의 피해를 덜 입었던 것은 쥐들을 몰아내는 고양이를 키웠기 때문이라는 것을.

1665년 런던에 또다시 페스트가 돌았다. 시내에서 돌아다니던 고양이들을 대대적으로 학살하고 난 뒤의 일이었다.

1790년대 무렵에는 고양이를 악마와 연결 짓는 미신이 완전히 사라졌다. 그 뒤로 유럽에서는 페스트가 창궐하지 않았다.

에드몽 웰스, 『상대적이며 절대적인 지식의 백과사전』 제5권

112. 내 백성들의 적이 되어

문은 실내 정원으로 통한다. 열매 대신 행성을 달고 있는 나무들이 있는 바로 그 정원이다. 아틀라스의 지하실은 이 정원을 모방한 것이고, 뮤즈의 극장은 조금 전에 본 극장을 복제한 것이며, 헤르마프로디토스의 실험실은 제우스 궁전의 박물관을 본뜬 것이다. 산 아래의 모든 존재가 지금 내가 보고 있는 것을 모방했다. 그 반대가 아니라면 말이다.

제우스는 내가 부서진 구체를 감춰 놓은 장소 쪽으로 간다.

「너는 세계 하나를 파괴했어, 그렇지?」

「그건 사고였습니다.」

내 변명에 그는 눈살을 찌푸린다.

「괜찮아. 세계들은 많아. 다만 한 가지 문제가 있다면 네가 부순 세계가 조금 특별한 세계라는 거야. 내가 거기에서 일종의 교배 실험을 하고 있었거든……. 하기야 세계들에 집착하면 안 되지, 안 그래?」

그는 손뼉을 딱 친다. 즉시 키클롭스 하나가 나타나더니 나를 보고 깜짝 놀란다. 하지만 제우스가 나를 쫓아내지 않으니까 나를 잡으려 들지는 않는다.

제우스는 턱짓으로 유리 파편들을 가리킨다. 키클롭스는 무릎을 꿇고 흐느끼기 시작한다. 그는 행성을 들어 올려 가슴에 꼭 끌어안는다.

「저건 내가 저 녀석에게 선물로 준 세계였어. 저 녀석은 정성을 다해 보살폈지. 감정 전이의 병이 조금 심한 경우야.」

키클롭스는 부서진 구체의 유리 조각들을 망연히 내려다보며 쓰다듬는다.

「저 키클롭스는 신도 아니고 신 후보생도 아니야. 하지만 세계를 보살피는 것을 취미로 삼았어. 마치 꽃을 키우듯이 세계를 보살폈지. 사실 저 세계는 정말 특별했어.」

「어떤 점에서 특별했나요?」

제우스는 수염을 쓰다듬는다.

「나는 그 세계에서 비대칭의 실험을 했어. 네 몸을 봐. 정수리에서 발에 이르는 수직선을 중심으로 양편에 거의 동일한 두 개의 반쪽이 있어. 눈이 오른쪽에 하나, 왼쪽에 하나가 있지. 팔, 콧구멍, 발가락, 발, 다리도 마찬가지야. 네가 파괴한 행성의 생물들은 그런 대칭의 원리에서 벗어나 있었어. 기관이 중심에 놓였거나 어느 한쪽에만 있었거든. 물론 외눈박이 키클롭스는 그런 실험에 당연히 관심을 가졌지. 꽤나 감상적인 친구야.」

화제를 바꾸는 게 좋을 듯싶다.

「여기에 있는 세계들은 진짜 세계들인가요?」

「여기에 있는 세계들은 아틀라스의 지하실에 있는 것들, 그러니까 너희가 강의 시간에 본 것들하고는 달라. 너희는 그저 이 세계들의 영상만을 놓고 작업하는 거야. 이 세계들은 특별해. 〈물질화한 영상〉이라고나 할까? 여기에서 물리적으로 일어나는 일이 실제의 행성에서도 그대로 일어나. 네가 조금 전에 너 자신과 대적한 것도 같은 방식으로 이루어진 일이야. 그 정도까지만 얘기하자. 나의 모든 비밀을 너무 자세히 알려고 하지 않는 편이 나아. 네가 알아야 할 것은 그저…….」

그는 나무 열매처럼 달려 있는 구체 하나를 떼어 내어 내게 내민다.

「이것이 진짜 18호 지구야. 만약 네가 이것을 떨어뜨리면, 이 행성에는 아무것도 남아 있지 않게 돼.」

그것에 손을 댈 엄두가 나지 않는다.

제우스가 위압적인 목소리로 이른다.

「받아.」

나는 지름 1미터의 구체를 두 팔로 받아 든다.

「우리 둘이서 게임을 좀 할 거야.」

그는 따라오라면서 검게 칠해 놓은 방으로 들어간다. 모든 벽에 수십 개의 영화 스크린이 걸려 있고, 한복판의 작은 탁자 위에는 구체 받침대가 놓여 있다. 그는 구체를 그 위에 올려놓으라고 이른다. 나는 조심조심 지시에 따른다.

「체스를 이런 식으로 둬 본 적 있어? 처음엔 백을 잡고 두다가 게임 도중에 흑백의 진영을 바꿔서 두는 거 말이야.」

무슨 얘기를 하려는 것일까?

「말하자면 이런 거야. 네가 백을 잡고 검은색 말들을 잡아. 네 쪽에서 보면 흰색 말들은 좋은 편이고 검은색 말들은 나쁜 편이지. 그러다가 진영을 바꿔서 네가 흑을 잡아. 그때부터는 나쁜 편의 말들을 가지고 원래 네 편이었던 말들과 싸우는 거야. 해보겠어?」

「제가 거부할 수도 있나요?」

「너에겐 선택의 여지가 없어. 너는 인간이 아냐. 인간은 자유 의지를 가지고 있고 신들의 영향을 받아. 너의 경우는 그 반대지. 자유 의지가 없고 인간의 영향을 받게 될 거야.」

그는 우렁우렁한 웃음을 터뜨리더니 이내 멈추고 나를 응시한다.

「이건 네 영혼을 고양하기 위한 시험이야. 반드시 응해야 해.」

그는 한 손을 내 쪽으로 내민다. 갑자기 엄청난 두통이 밀려온다. 머리가 빠개질 듯하다. 너무나 고통스럽다. 이 고통에서 벗어나기 위해서라면 무엇이든 할 수 있을 것 같다.

「이 시련은 네가 이미 거쳐 온 시련들에 비하면 아무것도 아냐. 다만 네가 〈감정 전이의 병〉에 걸려 있다면 고통을 겪게 될 거야. 너 자신을 놓아 버리는 경험을 해봤으니 이제 네 백성들에 대한 집착을 끊는 것에도 성공해야해.」

나는 고개를 끄덕인다. 두통이 멎는다.

「규칙은 무엇입니까?」

「너는 흑을 잡아. 18호 지구에서는 흑이 네 친구 라울의 독수리족이야. 나는 백을 잡을 거야. 내가 돌고래족을 맡겠다는 뜻이야.」

나는 제우스의 의중을 떠본다.

「당연히 저보다 잘 두실 테니, 제 백성들을 걱정할 필요는 없겠군요.」

「그렇게 생각해? 길고 짧은 건 대봐야 알지.」

그가 손가락 하나를 들어 올리자 모든 스크린이 동시에 환해진다.

「게임이 어디까지 진행되었는지 좀 볼까……. 아 그래, 돌고래족 요새가 기나긴 농성전 끝에 함락되었지. 좋아, 그럼 나는 이제부터 돌고래족의 신이야. 게임은 스크린들을 보면서 하는 거야. 여기에서는 앙크가 필요 없어. 앙크를 사용하지 않아도 앙크 여러 개를 동시에 사용하는 것처럼 관찰할 수 있어.」

아닌 게 아니라 여덟 개의 스크린에 각기 다른 각도에서 본 돌고래족의 영토가 나타난다. 수도. 거리. 시장. 독수리족이 앉혀 놓은 꼭두각시 왕의 궁전. 몇 군데의 병영.

「준비됐지? 나는 제우스야. 그러니까 네가 흑을 잡았지만 먼저 시작하게 해줄게. 네 손을 행성 위에 놓고 네가 하고자 하는 것을 생각하면 그대로 이루어지는 거야. 조심해. 속임수를 쓰면 안 돼. 기적도 안 되고 메시아도 안 돼. 알았지?」

나는 동의한다. 독수리족은 돌고래족의 영토를 점령하고 있다. 내가 보기에 최선의 길은 돌고래족 영토에서 공공사업을 벌임으로써 민심을 얻는 것이다. 마침 독수리족은 그 분야에서 상당히 뛰어난 능력을 보이고 있다. 나는 운하, 원형극장, 도로, 관개 수로망을 건설하기로 한다. 관개 시설 덕분에 농업이 발전하면 모두에게 도움이 될 것이다.

모든 화면에 도로와 다리와 관개 시설이 나타난다. 돌고래족 나라는 부유해지고 백성들의 삶은 안락해진다. 그에 따라 독수리족의 조세 수입도 증가한다. 돌고래족 백성들 가운데 다수가 독수리족 백성들과 협정을 맺고 자기네 토목 기술을 가르쳐 준다. 돌고래족의 독립운동은 점점 대중의 지지를 잃어 간다.

제우스가 말한다.

「아! 여전히 〈착한〉 방식이로군. 이제 내가 둘 차례야.」

제우스는 자기 손을 구체 위에 올린다. 나를 둘러싸고 있는 여덟 개의 스크린에 다른 장면들이 나타난다. 돌고래족 백성들이 모여서 회의를 한다. 얼마쯤 지나자 그들은 무기를 들고 결집하여 독수리족의 수송대를 공격한다. 결과는 성공이다. 그들은 독수리족 병사들뿐만 아니라 점령군에 빌붙은 부역자들까지 죽인다. 그런 다음 돌고래족의 군대를 결성하여 수도 쪽으로 진군하기 시작한다.

나는 내 손을 구체 위에 올리고 경찰 기동대를 보내어 그들을 저지하려고 한다. 하지만 경찰 병력은 적대적인 구호를 외치는 격렬한 군중과 마주친다. 군중은 〈자유〉, 〈정의〉, 〈압제 반대〉, 〈전제 정치 반대〉를 외친다. 마치 수모의 시대는 가고 학살에 종지부를 찍을 때가 되었다고 믿는 듯하다. 나는 내 백성들을 안다. 그들은 오랫동안 이를 악물고 참았다. 그들은 내 영향을 받아 불평 없이 많은 것을 참아 냈고, 적들을 용서했다. 하지만 압박이 너무 강한 것이다. 이제 그들의 〈신〉은 억눌린 감정을 터뜨릴 수 있도록 길을 열어 주고 있다. 그 효과는 당연히 즉시 나타난다.

나는 다시 경찰들을 보내고, 어쩔 수 없이 군대를 출동시킨다. 하지만 그들에게는 돌고래족의 영웅 〈구원자〉의 피가 흐르고 있다. 그들은 지략이 뛰어나다. 한 지도자가 출현하여 독수리족 군단에 대한 공격을 이끌어 간다.

독수리족 진영에서 적지 않은 사망자가 생겨나기 시작한다.

제우스가 말한다.

「아니, 경기하다 말고 자는 거야?」

그들을 저지해야 한다. 하는 수 없다. 나는 주동자들을 체포하고 신속한 재판을 거쳐 그들을 감옥에 가둔다. 하지만 돌고래족 군중은 그들을 석방하라며 시위를 벌인다.

나는 경기를 멈추고 제우스를 바라본다.

「왜 저에게 이런 시련을 안기시는 거죠?」

「재미있잖아. 너는 재미없어?」

「네. 더 하고 싶지 않아요.」

「하고 싶지 않은 게 아니라 못 하는 거겠지.」

나는 결연한 뜻을 표시하기 위해 팔짱을 낀다. 제우스는 재미있다는 듯 나를 바라본다.

「이러면 재미없는데. 열의를 갖도록 만들어 줘야지 안 되겠는걸.」

그는 생각에 잠긴다.

「좋아. 당근을 하나 주지. 만약 네가 경기를 잘하면, 다시 말해서 독수리족 진영을 제대로 방어하면, 올림피아에 다시 내려가서 게임에 참여할 수 있게 해줄게. 아틀라스나 페가수스나 아테나와 관련된 일은 모두 없었던 것으로 해주겠어.」

모든 것을 걸고 대범하게 응수하는 게 상책일 듯싶다.

「그건 이미 헤라가 저에게 제안했던 것입니다.」

제우스는 놀라는 기색을 보인다.

「그럼 한 가지 선물을 더 주지. 만약 네가 독수리족의 신이 되어 돌고래족과 맞서서 제대로 싸우면, 이렇게 해줄게. 설령 네가 Y 게임에서 탈락하거나 어쩌다 아에덴에서 살해당하더라도 내가 너 대신 18호 지구의 게임에 관여하여 네 백성들이 언제나 적어도 1만 명 정도는 살아남게 해주겠어. 그럼 너에게 무슨 일이 생기더라도 돌고래족의 문화와 가치들은 계속 보존될 거야.」

「1만 명으로는 부족해요. 돌고래족 백성 1백만 명이 언제나 살아남을 수 있도록 해주십시오.」

「5만 명.」

「50만 명요.」

「지금 올림포스의 왕을 상대로 협상을 하자는 거야? 좋아, 그거 마음에 드네. 그러면 내가 타당한 선을 제시하지. 14만 4천 명. 네가 Y 게임에서 처음 시작할 때의 수보다 천 배나 많아. 그 정도면 하나의 도시를 다시 건설할 수 있어. 어쩌면 아주 작은 영토에 국가를 하나 세울 수 있을지도 몰라. 예를 들어 어떤 섬 같은 곳에 말이야.」

〈섬〉이라는 말을 들으니 문득 〈고요한 섬〉이 생각난다. 적대적인 문명들의 광란과 폭력으로부터 멀리 떨어져 있었던 나의 성소.

「받아들이겠습니다.」

그런 다음 나는 눈을 감고 손을 구체 위에 올린다. 나는 돌고래족에 대한 대대적인 탄압을 계획한다. 그러면서 내 백성들을 향해 속으로 이렇게 말한다. 〈미안해. 이게 나중에 너희에게 도움이 될 것이기 때문에 하는 거야.〉 나는 독수리족의 전통에 따라 광장에서 주동자들을 커다란 꼬챙이에 꿰어 죽인다.

제우스가 기뻐한다.

「아! 드디어 약발이 나타나는군. 이제 한판 붙어 볼 만하겠는걸.」

제우스는 손을 구체 위에 올린다. 돌고래족의 반란자들은 산속에 숨어 유격대를 조직한다. 돌고래족 과학자들은 새로운 무기를 개발하기 위해 모든 지식을 동원한다. 그 결과 그들의 주된 무기였던 활이 강력한 쇠뇌로 바뀐다. 이제 그들은 독수리족의 화살을 피해 멀리에서 사격을 가할 수 있다.

나는 독수리족 수도로부터 새로운 정예 부대를 파견한다. 이 부대는 최고의 검투사들로 이루어져 있고, 그들은 유격전에 대비한 훈련을 받았다. 나는 그들을 산속에 풀어놓는다. 그들은 반란자들을 추격하는 것으로 만족하지 않고 경작지에 불을 지르고 반란자들을 도와준 마을 사람들을 교수형에 처한다. 반란의 규모가 커졌으므로 폭력으로 반란을 진압할 수밖에 없다. 신속한 진압이 끝없는 반격을 피하는 길이다.

제우스는 내가 공격을 할 때마다 돌고래족의 특성을 최대한 활용하면서 노련하고 영리하게 대응한다. 돌고래족 백성들은 적당한 동기가 부여되자 놀라운 재능을 발휘해 낸다. 돌고래족 화학자들은 비밀리에 새로운 기술을 발전시킨다. 그것은 그들이 머나먼 동쪽 나라를 여행할 때 배운 것으로 초석과 숯과 황의 가루를 담은 주머니에 심지를 달고 거기에 불을 붙여 폭발시키는 것이다.

나는 공격의 강도를 높인다.

제우스는 양쪽 진영의 대립이 격렬해질수록 더욱 즐거워하는 듯하다. 그는 어느새 반란군을 재결집하여 독수리족의 수도로 쳐들어간다. 수도가 반란군의 수중으로 넘어가자 엄청난 반향이 일어난다. 독수리족 제국 안에 있는 돌고래족의 모든 공동체가 반란에 동조한다. 마침내 해방의 날이 왔다고 생각하는 것이다. 돌고래족의 혁명 정신이 요원의 불길처럼 번져 간다. 반란군은 독수리족의 대도시에서 노예들을 해방시키기 시작한다.

돌고래족은 피억압 민족의 해방을 역설하고, 돌고래족 고유의 가치를 회복하자고 주장한다. 노예 제도 철폐 투쟁이 승리를 거두어 감에 따라 수많은 노예들이 주인을 떠난다.

어떤 노예들은 복수를 하기도 한다. 온 독수리족 제국이 산산조각 나고 있다는 느낌이 든다.

나는 잠시 상황을 점검한 다음, 도처에서 대대적인 진압 작전을 벌인다. 독수리족 민병대는 돌고래족 구역들을 약탈하고 주민들을 공포에 떨게 한다. 하지만 돌고래족 백성들의 저항은 끈질기다. 그들의 저항에 앙심을 품은 독수리족 군대는 돌고래족 백성들을 외딴곳으로 몰고 가서 남녀노소 구별 없이 학살하기도 한다.

나는 대학살을 견디고 살아남은 자들을 잡아들인다. 건장한 돌고래족 백성들은 갤리선이나 광산이나 염전으로 보낸다. 그들은 중노동에 시달리다 이내 죽음을 맞는다. 가장 건장한 사내들은 검투사 경기에 이용된다. 싸우고 싶어 하는 자들이니까 실컷 싸우게 하자는 것이다. 여자들은 노예로 팔려 가고 아이들은 부모와 헤어져 독수리족의 방식으로 교육을 받는다. 그런 다음 저희 민족과 맞서 싸우기 위해 군대에 들어간다.

제우스는 나의 폭력에 지략과 과학으로 대응한다. 예전에 내가 돌고래족의 신으로서 사용하던 방식으로 대응하는 것이다. 나의 탄압에도 불구하고 반란은 독수리족 제국 전역으로 자꾸 번져 간다. 나는 나 자신이 반란을 진압하는 데서 기쁨을 얻는 것을 보고 스스로 놀란다. 처형당하는 자들은 갈수록 많아진다. 나는 감옥과 원형 경기장을 추가로 건설하게 한다. 또 돌고래족 백성들을 사막 지역으로 이주시켜 운하와 도로를 건설하기 위한 노동력으로 활용한다. 나는 매우 과단성 있는 독수리족 장군 하나를 돌고래족 나라에 파견하여 조세 수입을 더욱 증대시킨다. 나는 그들의 가장 큰 신전 한복판에 독수리족 황제의 동상을 세우게 한다. 돌고래족에게 이보다 더한 모욕은 없다.

우리를 둘러싸고 있는 스크린에서는 폭력 장면들이 이어진다. 나는 문득 내가 부들부들 떨면서 침을 흘리고 있음을 알아차린다.

제우스가 소리친다.

「그만!」

그가 투광기에 손을 대자 모든 스크린에 불이 꺼진다. 그가 농담하듯이 말한다.

「그만, 안 그러면 14만 4천 명의 약속을 지킬 수 없어.」

나는 잔뜩 긴장되어 있다. 나는 앙크를 들고 돌고래족 나라를 살핀다. 내 민족의 나라를 이렇게까지 파괴한 자가 바로 나란 말인가? 한편으로는 이런 생각도 든다. 〈그들이 잘못한 점도 있어. 왜 즉시 굴복하지 않았단 말인가? 그들은 자기들에게 희망이 없다는 것도 내가 더 강하다는 것도 알고 있었다. 그런데 왜 그토록 오랫동안 저항했을까?〉 그런 다음 즉시 스스로 대답한다. 〈내가 자유와 돌고래족의 가치들을 위해 죽음을 불사하고 싸우도록 그들에게 가르치지 않았는가.〉

나는 심호흡을 한다. 독수리족 제국은 평화를 되찾는다. 돌고래족의 반란은 모두 진압되었다. 이제 남은 것은 산속에 있는 은신처뿐이다. 그들의 마지막 지도자는 수도 한복판에서 꼬챙이에 꿰이는 형벌을 당했다.

「제가 제 백성들을 며…… 몇 명이나 죽였을까요?」

「네가 〈감정 전이〉의 병에 걸리지 않았다는 것을 충분히 입증할 만큼 죽였어.」

「몇 명이나요?」

「그게 수천 명이든 수백만 명이든 뭐가 달라지지? 아무튼 내가 네 백성들을 충분히 다시 일어설 수 있을 만큼 살려 주겠다고 약속했고, 이구아나족과 늑대족 나라에도 여전히 돌고래족의 작은 공동체들이 있으니까 너무 걱정하지 마.」

그는 탁자 아래에서 꿀술 한 병을 꺼내 황금 잔에 따라 준다.

「수고했으니 마시고 힘내.」

나는 제우스를 바라본다. 에드몽의 백과사전에서 읽은 그에 관한 글이 생각난다. 살해자, 겁탈자, 거짓말쟁이. 제우스에 관한 신화는 그를 그런 식으로 묘사했다. 나는 왜 그에게 이토록 많은 존경을 바치는 것일까? 아마 올림포스의 왕이라는 그의 칭호 때문일 것이다.

「왜 저로 하여금 그런 끔찍한 짓을 저지르게 하셨습니까?」

「네가 너 자신을 진정으로 알게 하기 위해서야. 너는 스스로를 착한 신이라고 생각해. 그런데 네가 보았다시피 내가 그다지 세게 긁지도 않았는데 착한 신의 표층이 벗겨지고 야만적인 신이 나타나잖아.」

「상황이 그러해서 어쩔 수 없었습니다.」

그는 다시 스크린에 불을 켠다.

「정말 그럴까? 너는 게임에 몰입했어. 정말 네 백성들을 위해서 그랬다고 주장할 수 있을까?」

「너무 잔인하십니다.」

「아마 그럴 거야. 하지만 적어도 나는 내가 착하지 않다는 것을 받아들여. 앞서 말했듯이 나는 심심풀이로 이런 것을 해. 그리고 약간의 광기가 없으면 우리는 상투성에 젖어

버려.」

「한 신으로 하여금 자기 백성들을 죽이도록 강요하는 것, 그건 오락이 아닙니다. 사디즘입니다.」

「너를 가르치기 위한 거야. 이제 너는 너에게도 그런 면이 있다는 것을 알았으니 게임을 더 잘하게 될 거야. 언젠가는 나에게 고맙다고 할걸. 그리고 설령 네 민족이 이 사실을 안다 해도, 그들 역시 나에게 감사할 거야. 내가 이 〈막간극〉을 통해 동족의 야만 행위에 면역이 되도록 해주었거든. 그들에게 일어날 수 있는 일들 중에서 그보다 더 나쁜 게 뭐가 있겠어?」

「만약 언젠가 제 백성들이 자기네 신이 자기들에게 무슨 짓을 했는지 알게 되면, 그들은 저를 영원히 용서하지 않을 겁니다. 그렇지 않습니까?」

「네가 잘못 생각하는 거야. 너는 그들에게 용서의 힘을 가르쳐 주었어. 그들은 그것을 기념하는 축제도 벌여. 너는 그것을 1호 지구에서 모방했어. 어쨌거나 그 가르침이 너에게 직접적으로 도움이 될 거야. 네 백성들은 신이 자기들을 버린 것뿐만 아니라 가장 나쁜 적의 편을 들었던 것까지도 용서할 수 있는 능력을 지니고 있어. 그러니 너도 나를 용서할 수 있겠지?」

나는 침을 삼킨다. 내 안에 있던 무언가 중요한 것이 파괴되었다는 느낌이 든다. 하지만 막연하게나마 그런 일이 필요했다는 느낌도 든다. 나는 나의 순수성을 잃었다. 나는 이제 아이가 아니다. 남들처럼 나를 더럽혔고, 남들처럼 나의 가장 저열한 본능을 드러냈다.

나는 천천히 고개를 끄덕인다.

「좋아. 그럼 이제 내 궁전을 계속 구경하도록 하자. 아직 보여 줄 게 많아.」

113. 백과사전 : 교류 분석

1950년대 말에 미국의 정신 분석학자 에릭 번은 교류 분석이라는 개념을 창안했다. 대표적인 저서『심리 게임』(1964)과『당신은 안녕이라고 말한 뒤에 뭐라고 합니까?』(1975)를 통해 소개된 그의 이론에 따르면, 개인과 개인의 관계에서는 본능적인 역할 분담이 이루어지고 이 역할들은 부모, 어른, 자식, 다시 말해서 윗사람, 대등한 사람, 아랫사람의 세 범주로 구분된다고 한다. 한 개인이 다른 개인을 만나 말을 건네는 순간부터 그는 부모 노릇을 하거나 어른 구실을 하거나 자식처럼 군다는 것이다.

개인과 개인이 만나 부모 자식 관계를 형성하면 부모와 자식의 역할이 다시 하위 범주로 나뉜다. 부모의 범주에는 양육하는 부모(모성적인 부모)와 가르치는 부모(부성적인 부모)가 있고, 자식의 범주에는 반항하는 자식과 순종하는 자식과 자유로운 자식이 있다.

일단 역할이 정해지면 부모 노릇을 하는 개인들과 자식 노릇을 하는 개인들은 지배를 강화하거나 지배에서 벗어나기 위해 심리 게임을 벌인다. 이 게임은 박해자, 피해자, 구원자라는 세 가지 역할로 요약된다. 인간관계에서 나타나는 갈등은 대개 이 역할 분담과 심리 게임으로 귀결된다. 〈너는 이렇게 해야 돼〉, 〈네가 알아야 할 것이 있어〉, 〈너는 이렇게 했어야 해〉 하는 식으로 말하는 것은 스스로를 부모 자리에 놓는 것이다. 반면에 〈그렇게 하지 못해서 죄송해요〉라든가 〈실례합니다만……〉 하는 식으로 말하는 것은 스스로를 자식 자리에 놓는 것이다. 상대를 〈꼬마〉라고 부르거나 애칭으로 부르는 것 역시 따지고 보면 상대를 아이의 자리에 놓는 것이라고 볼 수 있다.

심리적 갈등을 일으키지 않는 건전한 인간관계를 맺기 위해서는 상대방과 어른 대 어른으로 이야기해야 하고, 존칭이나 애칭을 쓰는 대신 그냥 상대방의 이름을 불러야 한다. 상대방에게 아첨하지도 말고 죄책감을 불어넣지도 말아야 하며, 무책임한 아이처럼 굴지도 말고 훈계하는 부모 행세도 하지 말아야 한다. 하지만 그게 말처럼 쉬운 일은 아니다. 우리 부모들은 대개 우리에게 모범을 보여 주지 않았기 때문이다.

에드몽 웰스, 『상대적이며 절대적인 지식의 백과사전』 제5권

114. 박물관 관람

제우스는 나를 나선 계단으로 데려간다. 우리는 계단을 내려간 다음, 다시 문과 복도를 지나간다. 지하로 내려온 게 분명하다. 창문도 없고 햇빛도 들지 않기 때문이다. 우리는 커다란 문과 긴 복도와 끝없는 계단과 육교를 거쳐 궁전의 맨 아래층에 다다른 것이다.

나는 방향 감각을 잃어버렸다. 처음 들어갔던 방으로 돌아가는 길을 다시 찾아낼 수 없을 것이다. 에스허르의 어떤 그림 속에 들어와 있는 기분이다. 계단들이 거꾸로 되어 있고 원근법과 현실의 법칙에 도전하는 장소가 표현되어 있는 판화 말이다.

제우스는 내가 옆에 있는 것을 갈수록 즐거워하는 기색이다. 그는 내가 여기를 떠나 18호 지구에서 지은 죄를 바로잡는 것을 지연시키고 있다. 하지만 제우스는 마치 우리가 오랜 친구이기라도 한 것처럼 내 어깨에 손을 얹는다.

「나는 인간들이 만들어 내는 것에 경탄하는 편이야. 앞서 이야기했듯이, 나는 인간을 창조했지만 그들이 내가 부여한 재능을 어떻게 활용하는지 잘 몰라. 때로는 그들이 나를 깜

짝 놀라게 해. 그들은 내가 생각지도 않았던 것들을 만들어 내기도 하지.」

그는 나를 〈음악 박물관〉이라는 팻말이 붙은 방으로 데려 간다.

「이건 내 전용 박물관이야. 나는 여기에다 인간의 가장 아름다운 작품들을 모아. 내 피조물들이 내가 선물한 자유 의지를 가지고 만들어 낸 창조물들을 말이야.」

그가 스위치를 켜자 크리스털 천장 등에 불이 들어온다.

「이 첫 번째 방은 음악에 할애되어 있어. 뮤즈들이 나의 이 〈무세이온〉을 관리해 주지.」

작곡가들의 사진 액자가 벽에 줄느런히 걸려 있다. 제우스가 손가락을 사진에 살짝 갖다 대면 그 작곡가의 음악이 흘러나와 공간을 가득 채운다.

제우스가 가장 먼저 손을 댄 사진에는 혈거 생활을 하던 원시인의 모습이 담겨 있다. 현의 진동음이 울린다. 선율이 단순하고 리듬이 강하다.

「이 사람은 사냥이나 전쟁에 쓰이는 활을 이용하여 음악을 만들겠다고 생각한 최초의 인간이야. 그야말로 하나의 상징이지.」

이어서 고대의 머리 모양을 한 자들의 얼굴이 나타난다. 모두 모르는 얼굴들이다.

「그래, 사람들은 그저 초상이나 기록이 남아 있는 작곡가들만 알고 있지. 하지만 다른 작곡가들도 허다해. 남들의 눈에 띄지 않는 곳에서 홀로 경이로운 교향곡들을 작곡한 사람들도 많아. 그들의 작품은 우리 신들에게만 즐거움을 주었지.」

그는 비발디의 초상화를 가리킨다. 즉시 「사계」 가운데 「봄」이 흘러나온다.

「가엾은 비발디. 그는 특이한 경우야. 그의 작품들 가운데 하나가 너무 〈미디어를 많이 타는 바람에〉 다른 작품들이 가려졌지. 내가 알기로 1호 지구의 음반 가게에 가면 그의 작품은 〈사계〉밖에 안 팔아. 하지만 그의 〈레퀴엠〉도 아주 훌륭하고 〈피콜로 협주곡 C장조〉도 경이로운 작품이야. 비발디 같은 경우를 두고 1호 지구에서는 〈나무가 숲을 가린다〉고 하지. 작품 하나가 나머지 작품 전체를 가릴 수도 있는 거야.」

그는 다른 사진 쪽으로 나아간다.

「모차르트야. 모차르트는 비발디 영혼의 환생이야. 비발디는 모차르트로 환생함으로써 자기 재능의 다른 측면들을 더 잘 보여 줄 수 있었지.」

제우스는 비발디의 작품과 모차르트의 작품을 잇달아 들려줌으로써 둘의 공통점을 깨닫게 해준다.

그는 베토벤 쪽으로 간다.

「바흐, 모차르트, 베토벤, 모두 미디어를 많이 타는 작곡가들이지. 그들은 훌륭해. 하지만 그들은 전생과 후생에서도 다른 이름으로 뛰어난 재능을 발휘했어. 다만 그들의 이름이 알려지지 않았을 뿐이야.」

그는 내가 모르는 얼굴 쪽으로 다가간다. 감미로운 음악이 실내에 퍼진다.

「새뮤얼 바버의 〈현을 위한 아다지오〉야. 바버 역시 특이한 경우지. 그는 천재적인 작품을 딱 한 곡 남겼어. 나머지는 평범해. 신의 은총을 한 번밖에 입지 못한 모양이야.」

가만히 듣다 보니 영화 「플래툰」과 「엘리펀트 맨」의 오리지널 사운드트랙에 수록된 곡이다. 결국 평범한 작곡가의 생애가 그에게 가져다주지 못한 영광을 영화가 안겨 준 셈이다.

통로를 따라 수천 점의 사진이 배열되어 있다.

제우스는 벌써 다른 곳으로 나를 이끈다.

「나는 1호 지구의 예술을 좋아해. 우리가 1호 지구의 1호 올림포스에 있을 때 여기 이 작품들을 모으기 시작했지.」

〈조각 미술관〉이라는 팻말이 입구 위쪽에 붙어 있다.

크레타, 에트루리아, 바빌로니아, 그리스, 비잔틴, 카르타고의 조각 작품들이 보인다. 나는 크레타의 프레스코 앞에서 걸음을 멈춘다. 돌고래들과 젖가슴이 봉긋한 여자들을 나타낸 프레스코다.

「아! 돌고래……. 그러고 보면 너는 강력한 토템을 선택한 거야. 돌고래들은 언제나 자기들의 무의식에 도달할 수 있다는 거 알고 있어?」

「몰랐습니다.」

「돌고래는 뛰어난 지능을 가진 수생 동물을 만들고자 했던 내 야심만만한 프로젝트의 원형이야.」

나는 돌고래들의 모습을 살피다가 내가 아에덴섬 앞바다에서 그랬던 것처럼 사람들이 몇몇 돌고래의 등에 올라탄 것을 확인한다.

「돌고래들은 자기들의 몸에 비해서 뇌의 용적이 아주 커. 사람보다 더 크지. 나는 한때 돌고래들이 행성을 지배하게 할까도 생각했어. 하지만 뭍에서 살 수 없다는 점이 너무 많은 문제를 야기하겠더라고.」

그의 눈길이 어딘가 먼 곳으로 향한다. 구체들이 모여 있는 그의 정원 어딘가에 완전히 물로 덮여 있는 행성이 있지 않을까 싶다. 돌고래들이 도시를 건설하고 과학 기술을 발전시킨 행성 말이다.

후대의 조각 작품들이 눈에 띈다. 사모트라케의 승리의 여신 니케, 밀로의 비너스, 미켈란젤로의 모세.

「아! 인간들이란……. 그들의 재능, 그들의 창조력은 정말 대단해. 그런가 하면 그들의 자기 파괴 충동도 엄청나지. 나는 그 두 가지가 불가분의 관계에 있는 게 아닌가 생각했어. 유머는 절망의 결과로 나타나. 이런 아름다운 작품들은 어쩌면 그들의 죽음을 향한 충동과 연결되어 있을지도 몰라. 꽃들이 부식토에서 자라듯이 말이야.」

「이 모든 걸작을 어떻게 모으셨어요?」

「지상의 작품을 정확하게 재현하는 기술을 사용하지. 원작들은 루브르나 대영 박물관, 뉴욕 현대 미술관…… 그리고 아에덴에 있어.」

나는 조각 작품들 사이로 돌아다닌다. 카미유 클로델의 작품들은 그녀가 정신병 발작을 일으켰을 때 일부를 파괴했음에도 모든 작품이 온전하게 보존되어 있다.

「그것 역시 이 미술관의 장점이야. 파괴된 작품들도 보존하고 있지.」

새로운 문, 새로운 박물관. 이번에는 간결하게 〈도서관〉이라는 이름만 붙어 있다. 아스라이 이어진 선반들에는 모든 시대의 책들이 빽빽하게 꽂혀 있다. 양피지나 가죽이나 파피루스로 된 책들이 있는가 하면 비단 종이로 된 책들도 보인다.

제우스는 셰익스피어와 도스토옙스키의 원고들을 보여

준다. 전혀 알려져 있지 않은 원고들이란다.

「1호 지구에서 진짜 재능 있는 사람들이 당대에 인정을 받지 못하는 것을 보면 늘 가슴이 아파. 진정한 혁신자들은 인정을 받지 못하는 경우가 너무 많아. 네 친구 조르주 멜리에스만 해도 그래. 그는 환상 영화를 발명했지만 돈 때문에 어쩔 수 없이 자기 극장을 팔아야 했고 절망에 빠져서 자기 필름들을 불태워 버렸어. 결국 제대로 인정을 받지 못한 채 가난 속에서 죽었지.」

제우스는 실망의 뜻이 담긴 몸짓을 보이며 말을 잇는다.

「모차르트의 작품은 늘 살리에리의 작품에 밀렸어. 살리에리는 알다시피 요제프 2세의 궁정 악장으로 당시의 유행을 주도했지. 진정으로 무언가를 혁신하는 사람들은 당대인들의 눈에 띄기가 쉽지 않아. 대개는 모방자들이 원래의 발상을 왜소하게 만들어서 그들 대신 영광을 차지하지.」

「그래도 당대에 인정을 받는 천재들이 더러 있잖아요. 레오나르도 다빈치처럼.」

「그는 가까스로 궁지에서 벗어났어. 하마터면 열아홉 살에 사형 선고를 받고 산 채로 불에 타 죽을 뻔했다고. 동성애자라는 이유로 말이야.」

「소크라테스는요?」

「사람들이 그에 대해서 아는 거라곤 플라톤이 이야기한 것밖에 없어. 그런데 플라톤은 자기 스승을 제대로 이해하지 못했어. 그는 때로 스승의 뜻과 반대되는 사상을 주장하기도 했지.」

놀라운 정보다.

「조너선 스위프트가 말했지. 〈어떤 진정한 천재가 이 세상에 나타났음은 바보들이 단결해서 그와 맞서는 걸 보면 알 수 있다〉라고.」

제우스는 쥘 베른의 책들이 나란히 꽂혀 있는 구역으로 간다.

「쥘 베른 잘 알지?」

즉시 아에덴에서 만난 쥘 베른의 이미지들이 머릿속에 떠오른다.

「쥘 베른은 자기 이야기들을 신문을 통해 연재소설의 형태로 발표했어. 그것들은 나중에 책으로 묶였지. 그런데 당시에는 아무도 그의 소설들을 진정한 작품으로 여기지 않았어. 젊은이들을 위해 과학을 대중화한 책 정도로 생각했지. 그가 죽고 나서 70년이 지나서야 어떤 기자가 그의 작품들을 재발견하고 그를 위대한 소설가로 소개했어.」

「쥘 베른은 곤궁한 삶을 살지 않았어요.」

「맞아. 하지만 그의 아내는 돈을 넉넉하게 벌어 오지 않는다고 그를 달달 볶았어. 한때는 그가 아내의 권고에 따라 글쓰기를 중단한 적도 있어. 증권 중개인으로 일하기 위해서 말이야. 그의 출판인 에첼이 먹고 살 수 있도록 인세를 주겠다고 약속한 뒤에야 아내를 설득해서 작가의 길을 다시 걸어갈 수 있었어. 그가 어떻게 죽었는지 알아?」

〈아에덴의 낭떠러지에서 떨어져 죽었거나 늪에서 어떤 괴물에게 잡혀갔죠〉 하고 나는 생각한다.

「그의 조카는 도박꾼에다 알코올 의존증 환자였는데 그에게 종종 돈을 요구했어. 어느 날, 쥘 베른은 그의 요구를 거절했지. 그러자 조카는 권총을 빼어 그의 다리에 한 방을 쏘았어. 그 상처에 세균이 감염되었고, 그는 심한 고통에 시달리다가 죽었어.」

그는 책 한 권을 내밀면서 말을 잇는다.

「출간된 적이 없는 책들 가운데도 아주 훌륭한 것들이 있어. 이것은 당시에 너무나 혁신적이었기 때문에 마법의 교재로 간주되어 불태워졌지.」

그는 다른 책 한 권을 내밀고 또 다른 책을 내민다. 그의 모든 이야기가 내 마음을 불편하게 만든다.

제우스는 〈영화 박물관〉의 문을 민다.

16:9형의 평면 스크린들이 보인다.

「이것은 최근에 만든 박물관이야. 네 친구 매릴린 먼로가 영화를 구해 주고 있어. 벌써 2만 5천 편을 올려 보냈지.」

각 스크린마다 유명한 영화에서 발췌한 스틸 사진이 나타난다. 스크린에 살짝 손을 대기만 하면 영화가 상영되기 시작한다.

「현재로서는 3천 편밖에 못 봤어. 내 능력을 최대한 발휘해서 빨리 보았는데도 그래. 내가 가장 좋아하는 영화들을 차례대로 말하자면 스탠리 큐브릭의 〈2001, 스페이스 오디세이〉, 리들리 스콧의 〈블레이드 러너〉, 테리 길리엄의 〈브라질〉이야.」

나는 놀라서 묻는다.

「SF 영화들뿐이네요?」

「그 장르가 창의성이 가장 돋보이거든. 1호 지구나 18호 지구에서 늘 일어나는 일과 똑같은 것을 구경하자고 영화를 볼 수는 없잖아?」

듣고 보니 맞는 말이다.

「영화감독들과 시나리오 작가들은 어쩌면 내가 하는 일과 가장 비슷한 일을 하는 사람들일 거야. 그들은 한 팀을 이끌어 가면서 배우들을 통해 이야기를 들려주지. 사실 나는 그들에게 종종 속아. 대부분 영화의 결말을 짐작하지 못하거든. 인간의 상상력이 아주 복잡하더라고.」

한 스크린에서 토가를 입은 사람들이 어떤 무대로 움직인다. 그 무대가 눈에 익은 느낌이 든다.

「로런스 올리비에가 제우스 역으로 나오는 〈타이탄족의 멸망〉이야. 이 영화를 보면 올림포스 신들이 구름 위에 모여 있는 장면이 나와. 재미있지 않아? 때로는 내가 발견한 인간의 영화들을 바탕으로 아에덴의 환경 요소들을 변화시키기도 해.」

시카고 마피아의 진짜 갱들이 프랜시스 코폴라 감독의 「대부」를 본 뒤에 그 영화에 나오는 인물들을 닮기 위해 노력했다는 이야기가 생각난다. 누가 누구를 모방하는 거지?

제우스는 나를 다른 방으로 데려간다. 〈유머 박물관〉이다. 여기에는 액자 안에 넣어 유리를 끼운 종이들에 타자로 친 짤막한 글들이 담겨 있다.

「이것도 최근에 생긴 거야. 이건 프레디 메예르가 올려 보낸 거지. 영화와는 달리 유머들은 천천히 음미해야 해. 하루에 하나씩, 그 이상은 절대 금물이지.」

그는 유머 하나를 골라 큰 소리로 읽는다.

「새끼 키클롭스가 자기 아버지에게 말했다. 〈저기요 아빠, 왜 우리는 눈이 하나밖에 없어요?〉 아버지는 못 들은 척하며 읽고 있던 신문에서 눈을 떼지 않는다. 하지만 꼬마 키클롭스는 같은 질문을 되풀이한다. 〈저기요 아빠, 왜 우리는 눈이 하나밖에 없어요? 학교에 가보니까 모두가 눈이 두 개인데 나만 하나더라고요.〉 그러자 아버지가 화를 내며 말했다. 〈아유, 정말, 귀찮게 하네. 네가 못 봐서 그렇지 다른 애들은 불알도 두 쪽이야, 흉측하게시리.〉」

제우스는 옆방으로 가자고 권한다. 〈여성 박물관〉이라는 팻말이 붙어 있는 방이다. 여기에는 고혹적인 차림새의 여자들이나 숫제 벌거벗고 있는 여자들의 사진들이 있다.

「나는 언제나 여자들이 완전한 예술 작품이라고 생각해 왔어. 어떤 여자들은 잘 알려져 있지만 어떤 여자들은 덜 알려져 있지.」

제우스는 몇몇 여자의 사진을 가리킨다. 클레오파트라, 세미라미스, 카히나왕, 디도왕, 시바왕, 알리에노르 다키텐 왕비, 러시아의 황제 예카테리나 2세. 이어서 토가나 튜닉이나 수도복 차림의 미녀들을 가리킨다.

「보아하니 불을 지키는 여자들의 매력에 마음이 끌리는가 보지? 이 여자들은 이시스 신의 사제들, 아테나를 섬기는 처녀들, 베스타 신을 섬기는 여자들이야. 그리고 여기 이 여자들은 중국 진시황제의 후궁들이지. 그는 미인을 찾아내는 제도를 만들어 냈지. 하지만 당시에는 미의 기준이 달랐어. 발이 작고 머리가 길고 눈이 크고 광대뼈가 불거지고 피부가 하얀 여자가 미인이었지.」

우리는 계속 나아간다.

「서양에서도 미의 기준이 변했어. 예를 들어 풍만한 가슴을 좋아하는 것은 비교적 옛날의 기준이고, 바싹 올라붙은 작은 가슴을 좋아하는 것은 근자의 기준이지.」

그는 모든 시대 여자들의 사진을 보여 준다.

「햇볕에 그을린 피부에 대해서도 마찬가지야. 옛날에 그것은 농민에 속해 있다는 표시의 하나였어. 최근 들어서야 1호 지구에서 검게 그을린 피부가 상층 계급에 속해 있다는 표시가 되었지. 하지만 가장 아름다운 여자들은 알려지지 않은 채로 남았어. 때로는 평생 수도원에서 숨어 살았지.」

그가 액자 하나에 손을 대자 사진이 살아 움직인다. 마치 사진 속의 젊은 여자들을 몰래 촬영하고 있는 듯한 기분이 든다.

「우리는 공통점이 있어, 미카엘. 우린 둘 다 못된 여자들에게 멸시를 당해.」

「저는 못된 여자에게 멸시당한 적이 없습니다.」

「그래, 알아. 아프로디테지. 아! 아프로디테. 나는 헤르마프로디토스가 그녀의 삶에 관한 진실을 너에게 들려주었다는 것을 알아.」

그는 아프로디테의 사진에 살짝 손을 댄다. 사랑의 신이 살아 움직이며 입맞춤을 훅 불어 보내는 시늉을 한다.

「저는 아프로디테가 아름답다고 생각합니다.」

나는 그녀를 옹호하려는 듯 그렇게 말했다.

「적색 마법을 쓰는 여자야. 요사스럽지. 나는 그런 여자를 몇 명 경험해 봤어. 진짜 마약이야. 위대한 제우스인 나조차 여자들에 의해 꼭두각시로 변한 적이 있어.」

그는 웃음을 터뜨린다.

「그러다가 신다운 여자를 발견했지.」

「헤라 말씀인가요?」

「그래. 헤라는 나를 꼼짝 못 하게 한 여자였어. 당연하지. 나의 아내이기 이전에 나의 누나였거든. 나와 성격이 같아. 어떤 남자에게도 휘둘리지 않을 거야. 남자를 가차 없이 죽일 수 있는 여자지. 게다가 그 여자는 가정의 안주인이 되었어. 일상이 모든 것을 상하게 해. 그래서 그녀는 요리를 하고 나에 관해서 이야기해. 그녀는 너에게 돌고래 상징의 전통에 관한 이야기를 했을 거야. 그녀는 초가집에서 많은 것을 생각하지. 나는 그녀가 내 자리를 원하고 있다고 생각해.」

그는 눈썹을 치켜올린다.

「그녀는 호박 수프 냄새로 나를 되찾을 거라고 생각하지, 원 세상에……. 너는 아프로디테하고 어떻게 되어 가?」

「저는 마타 하리를 사랑합니다.」

「그래, 알아. 나는 마타 하리 얘기를 하는 게 아니라 아프로디테 얘기를 하는 거야. 그녀가 너를 차츰차츰 몰락시키려고 하더니 어떻게 됐어?」

「그 일에 대해서는 이제 생각하지 않습니다.」

「거짓말.」

「어쨌거나 거기에서는 아무것도 나올 게 없을 겁니다. 그녀는 저를 절대로 사랑하지 않을 테니까요.」

「넌 여자를 잘 모르는 것 같아. 여자가 네 앞에 자꾸 장애물을 놓는 건, 그만큼 너에게 관심이 있다는 뜻이야.」

「그녀는 그 누구도 사랑할 수 없습니까?」

나는 대답을 기다린다.

「그 여자는 아무도 사랑할 수 없을 뿐만 아니라 어떤 남자와도 육체적인 쾌락을 느낄 수 없어. 그녀가 남자들을 쉽게 조종하는 것은 자기 자신이 아무것도 느끼지 못하기 때문이지.」

나는 마치 도전하듯이 말한다.

「만약 제가 아프로디테와 사랑을 나눈다면, 오르가슴을

경험할 거예요. 그건 욕구의 문제예요. 제가 그녀 마음에 욕구가 생기게 할 거예요.」

그가 장난기 어린 표정으로 웃는다.

「너는 마타 하리를 사랑한다며?」

우리는 10여 개의 복도와 계단을 지나 가장 환한 구역에 다다른다.

팻말에는 〈컴퓨터 박물관〉이라고 쓰여 있다. 커다란 가구 같은 가장 오래된 컴퓨터부터 가장 작은 휴대용 컴퓨터에 이르기까지 온갖 종류의 컴퓨터들이 가득 들어 있는 방이다. 탁자 위에 컴퓨터들이 죽 놓여 있는 것을 보니 공룡에서 원숭이에 이르는 생물학적 진화의 과정이 생각난다.

「이 기계들은 기억이야. 놀라운 역설이지! 인간은 자기 기억을 잃고 그것을 컴퓨터에게 넘겨주고 있어. 컴퓨터들이 기억의 새로운 보관자들이야.」

「인간이 기억을 잃고 있나요?」

「매일 정치가들은 과거를 재창조하고 있어. 과거를 자기들의 현재에 맞추기 위해서 말이야. 처음에는 어떤 사건들을 조명하고 다른 사건들을 그늘에 남겨 두는 것으로 만족했어. 그러더니 점차 도시들의 이름을 바꾸고 역사와 전설을 혼동해. 심지어는 사실을 부정하기도 하지. 자기들의 선전에 과거를 두드려 맞추기 위해 고고학 유적지를 다이너마이트로 폭파하기까지 해. 수정주의는 점점 세를 넓혀 가고 있어.」

「로마인들이 카르타고 사람들이 인간을 제물로 바치는 야만적인 일을 벌였다고 거짓말을 하고, 그리스인들이 크레타에 여자들을 잡아먹는 괴물이 있다고 거짓말을 했던 것과 비슷하군요.」

제우스는 최신 컴퓨터 앞에 앉으라고 하더니 켜보라고 권한다.

「1호 지구의 인간들은 과거에 관한 거짓들로 가득 찬 세계에 살게 되면 큰 대가를 치르게 된다는 것을 알아차리지 못하고 있어.」

그는 수염을 쓰다듬더니 은근한 눈길로 나를 바라본다.

「그래서 나는 퀘벡 사람들의 좌우명 〈나는 기억한다〉를 무척 좋아해. 모든 인간이 이 말을 어딘가에 붙여 놓고 좌우명으로 삼아야 할 거야. 나는 내가 어디에서 왔는지 기억한다. 나는 내가 누구인지 기억한다. 나는 나를 이 삶까지 데려다준 조상들의 역사를 기억한다. 나는 오늘날의 인류가 있게 한 모든 고통을 기억한다.」

컴퓨터 화면에 비밀번호를 입력하라는 말이 뜬다. 제우스는 비밀번호가 잘 생각이 안 나기라도 하는 양 잠시 머뭇거리더니 여러 개의 글자를 친다.

나는 그의 어깨 너머로 그것을 읽는다. 가-니-메-데-스.

「그런데 만약 현실을 믿을 수 없게 되면, 뭐가 남지? 가상현실이야.」

그가 말을 잇는다.

「나는 컴퓨터와 프로그램이 새로 나오는 족족 모두 올려 보내라고 명령을 내렸어. 앞으로 그 일은 새로운 뮤즈가 맡게 될 거야. 컴퓨터의 뮤즈 말이야.」

그가 프로그램 하나를 클릭한다. 체스 게임이 화면에 나타난다.

「처음에 컴퓨터를 상대로 체스를 둘 때는 내가 항상 이겼어. 그러다가 어느 날 내가 졌어. 새로운 프로그램들은 이제까지 두어진 경기들을 모두 기억하고 있기 때문이야.」

그는 한숨을 내쉰다.

「신은 인간을 창조하고, 인간은 컴퓨터를 발명했어. 벌써 일부 영역에서는 컴퓨터들이 나를 앞지르고 있어.」

그는 몇 개의 프로그램을 가동시킨다.

「특별한 컴퓨터 프로젝트를 추진하고 있는 사람들을 발견했어. 그 프로젝트 이름은 〈제5세계〉야.」

제5세계……. 바로 은비가 관여하고 있는 프로그램이다.

「그들은 컴퓨터를 이용해서 인간에게 영생을 주려고 해.」

나는 은비의 친구 코리안 폭스의 아이디어를 기억하고 있다.

「아직은 SF 수준이지만 많은 것을 생각하게 해. 그들은 한 개인의 모든 특성을 가상 세계의 인물에게 그대로 부여하지.」

제우스는 그 아이디어에 깊은 관심을 가지고 있는 듯하다.

「어떤 사람이 죽으면, 그들은 그 사람을 가상 공간의 인물로 계속 살게 해. 그 프로젝트에 담긴 의미를 알겠지? 만약 인간들이 그것을 더 일찍 발명했다면, 아인슈타인의 분신을 만들어서 물리학 연구를 계속하게 했을 것이고, 레오나르도 다빈치의 분신을 만들어서 그림을 계속 그리게 했을 거야. 또 바흐의 분신을 만들어서 음악을 계속 창작하게 했을 수도 있고, 베토벤의 분신을 만들어서 10번, 11번 교향곡을 작곡하게 했을 수도 있지. 살아 있을 때의 창조력을 가지고 말이야. 그건 클론이 아냐. 클론은 그렇게 할 수가 없어. 〈제5세계〉는 평행 인류를 만들어 가고 있어. 그 프로젝트가 성공하면 인류는 특별한 재능을 영원히 보존할 수 있어.」

「하지만 죽은 사람들의 영혼은 천국으로 올라오지 않습니까?」

「그건 전혀 문제가 되지 않아. 그들의 〈컴퓨터 아바타〉는 지구에 계속 남게 돼. 모든 컴퓨터를 일시에 꺼버리지 않는 한 영원히 살게 되는 것이지. 인간들이 컴퓨터를 이용해서 불멸의 길을 스스로 찾아낸 셈이야.」

「그러면 그들도 우리처럼 신이 되겠군요.」

제우스는 나를 빤히 바라본다.

「그래. 1호 지구의 인간들은 벌써 불멸의 존재가 되었고 신이 되었어. 다만 한 가지 우리의 명맥을 유지해 주는 요소가 있다면, 그들이 아직 그 사실을 의식하지 못하고 있다는 것이지.」

그는 손가락들을 빠르게 놀려 수염을 비비 꼰다.

「〈제5세계〉는 인간들이 창조한 세계이고 인간들이 만든 법칙의 지배를 받는 세계야. 말하자면 그들은 우리의 직접적인 영향에서 벗어나 있는 새로운 공간을 만들어 낸 거야.」

「인간은 여전히 신들의 영향을 받고 있지만, 신들의 손길이 미치지 않는 인공 지대를 만들어 냈다는 뜻인가요?」

「그래. 그건 마치 동물원의 원숭이들이 동물원 내부에 작은 우리들을 지어 놓고 거기로 여우원숭이들을 끌어들여 땅콩을 주면서 사육하는 것과 비슷해. 또는 관찰용 개미집 속의 개미들이 작은 공간에 진드기들을 모아 놓고 개미의 조건을 이해하기 위해 진드기들을 관찰하고 있는 상황에 비유할 수 있을까?」

알고 보니 내가 좋아하는 한국 여성 은비가 우주의 모든 법칙을 변화시키고 있는 것이다.

우리는 내가 처음으로 제우스를 만났던 방으로 다시 올라온다.

「이제 네가 알 것은 다 알았다. 보다시피 안다고 해서 달라지는 것은 아무것도 없다.」

그때 갑자기 무언가가 내 눈길을 끈다. 거대한 옥좌가 커튼에 가려진 창문 쪽으로 돌려져 있다.

제우스의 얼굴에서 웃음기가 싹 가신다.

나는 나 자신도 놀랄 만큼 확신에 찬 목소리로 말한다.

「저 창문 뒤에 무엇이 있는지 알고 싶습니다.」

제우스는 들은 척도 하지 않는다.

「저 창문 뒤에 무엇이 있는지 알고 싶습니다.」

나는 궁전을 둘러보는 동안 몇 개의 창문을 보았다. 발코니며 테라스는 모두 서쪽으로 나 있었다. 동쪽으로 난 창문은 어디에도 없었다. 이 궁전에 있는 모든 창문은 아래쪽의 올림피아를 굽어보기 위해 만들어진 것이다. 그런데 만약 우리가 산꼭대기에 있는 거라면 틀림없이 반대쪽 사면도 있을 것이다.

제우스의 반응을 보니 내가 정곡을 찔렀다는 확신이 더욱 굳어진다. 문득 묵시록이라는 말의 어원인 그리스어 〈아포칼륍시스〉의 의미가 생각난다. 그것은 〈세상의 종말〉이라는 뜻이 아니라, 〈감춰진 것을 드러내기〉라는 뜻이다. 진실을 볼 수 없게 하는 환각의 장막을 걷어 내야 한다. 설령 그 진실이 너무나 놀라워서 감당할 수 없을지라도 장막을 걷어야 한다.

「저 창문 뒤에 무엇이 있는지 알고 싶습니다.」

제우스는 여전히 묵묵부답이다.

나는 창문 쪽으로 달려가서 자주색 커튼을 당긴다. 그런 다음 창문을 열고 덧창을 밀어젖힌다.

115. 백과사전: 판도라

판도라라는 이름은 그리스어로 〈모든 선물을 받은 여자〉라는 뜻이다.

제우스는 프로메테우스가 자기 뜻을 거역하고 인간들에게 불을 훔쳐다 주자 그 대가로 인간들에게 재앙을 내리기로 했다. 그는 헤파이스토스에게 흙과 물을 섞어 여신처럼 아름다운 여자를 만들라고 명령했다. 헤파이스토스가 여자를 빚어내자 다른 신들은 제우스의 명령에 따라 저마다 여자에게 선물을 주거나 자기가 지닌 재능을 불어넣었다. 헤르메스는 여자의 마음속에 거짓과 속임수와 교활한 심성까지 담아 주었다. 그리하여 아름다움과 성적인 매력과 손재주와 언변 등을 고루 갖춘 여자 판도라가 세상에 나왔다. 제우스는 그녀를 프로메테우스의 동생 에피메테우스에게 보냈다. 프로메테우스는 단박에 판도라를 의심했다. 겉으로 보기엔 너무나 훌륭하지만 마음속에 거짓을 품고 있음을 알아차렸기 때문이다. 하지만 에피메테우스는 그녀의 아름다움에 홀딱 반하여 그녀를 아내로 맞았다.

제우스는 그들 부부에게 결혼 선물로 상자[22] 하나를 주었다. 그러면서 〈이 상자를 받아서 안전한 곳에 고이 간직하거라. 하지만 미리 일러두

22 베르베르는 헤시오도스의 서사시 『일과 나날』(60~105행)에 근거하여 이 이야기를 전개하고 있다. 다만 〈판도라의 상자〉에 관해서는 헤시오도스의 원문이 아니라 에라스무스의 라틴어 번역 이후로 확립된 서구인의 상식을 따르고 있다. 헤시오도스의 그리스어 원문에는 상자라는 말이 나오지 않는다. 대신 단지나 항아리를 뜻하는 〈피토스〉라는 말이 나와 있다. 이것이 상자로 바뀐 것은 르네상스 시대의 위대한 인문학자 에라스뮈스의 영향이라고 한다. 그는 헤시오도스의 판도라 이야기를 라틴어로 번역하면서 〈피토스〉라는 단어를 〈픽시스(상자)〉로 옮겼다. 유럽 언어들에서 공통으로 나타나는 〈판도라의 상자〉라는 관용구는 결국 빛나는 오역(?)의 산물인 셈이다.

건대, 어떠한 일이 있어도 이것을 열어 보면 안 된다〉 하고 말했다.

에피메테우스는 사랑에 흠뻑 빠진 나머지 제우스가 주는 선물을 받지 말라는 프로메테우스의 경고를 잊고 상자를 받아 자기 집 한구석에 숨겨 두었다.

판도라는 남편과 함께 행복한 나날을 보냈다. 세상은 경이로웠다. 아픈 사람도 없고 늙는 사람도 없었으며 모두가 선량했다.

그러던 어느 날 판도라에게 궁금증이 생겼다. 신비한 상자 안에 무엇이 들어 있는지 알고 싶었다. 그래서 판도라는 요염한 자태를 한껏 드러내며, 상자의 뚜껑을 열고 잠깐 들여다보기만 하자고 남편을 졸랐다. 에피메테우스는 제우스가 열지 말라고 했다면서 아내의 청을 들어주지 않았다.

판도라는 상자를 열어 보자고 매일같이 성화를 부렸지만 에피메테우스는 들은 척도 하지 않았다. 어느 날 아침 판도라는 남편이 집에 없는 틈을 타서 상자를 감춰 둔 방으로 들어갔다. 그런 다음 자물쇠를 부수고 묵직한 뚜껑을 들어 올렸다.

판도라가 미처 상자 내부를 들여다보기도 전에 상자에서 무시무시한 울부짖음과 고통에 겨운 흐느낌이 새어 나왔다. 판도라는 겁에 질린 채 흠칫 물러섰다. 그때 상자에서 증오, 질투, 잔인성, 분노, 굶주림, 가난, 고통, 질병, 노화 등 장차 인간이 겪게 될 온갖 재앙이 쏟아져 나왔다.

판도라는 뚜껑을 도로 닫았다. 그러나 이미 온갖 불행이 인간들 사이로 퍼져 나간 뒤였다. 다만 상자 밑바닥에 무언가 자그마한 것이 잔뜩 웅크린 채로 남아 있었다. 그것은 희망이었다. 그 뒤로 인간들은 갖가지 불행에 시달리면서도 희망만은 고이고이 간직하게 되었다.

에드몽 웰스, 『상대적이며 절대적인 지식의 백과사전』 제5권

116. 묵시록

이런 것을 보게 될 줄은 정말 몰랐다. 나는 아연실색하여 뒤로 물러선다. 〈하느님 맙소사!〉 하는 말이 절로 새어 나온다.

제우스는 겸연쩍은 표정을 짓고 있다.

「그렇게 알고 싶어 하더니 이제 알게 됐군.」

제우스는 내게 다가와서 어깨에 손을 얹는다. 그의 키가 방금 전보다 약간 작아진 것처럼 보인다.

「미안해.」

조금 열어진 안개 사이로 그것이 보인다. 산이다. 꼭대기는 구름에 가려 보이지 않는다. 산꼭대기에 올라와 있는 줄 알았더니 겨우 산 중턱에 다다른 것이다.

「사정이 이러하기 때문에 다른 신들이나 후보생들이 여기까지 올라오지 못하게 하는 거야」

그러니까 나는 아에덴섬에서 가장 높은 곳에 올라와 있는 것이 아니고 제우스는 〈궁극의 신〉이 아니라는 얘기다.

제우스는 내 시선을 좇는다.

「나 역시 밤마다 저 꼭대기를 올려다봐. 그러면서 혼자 묻지. 저 위에는 무엇이 있을까 하고 말이야.」

나는 놀란 눈으로 그냥 멀뚱하니 서 있을 뿐이다. 갑자기 구름 사이로 빛이 새어 나오더니 우리를 놀리기라도 하듯 세 차례 깜박인다.

「내가 거짓말을 했어. 나는 우주를 창조하지도 않았고 동물이나 인간을 만들지도 않았어. 그 모든 것은 그저 내 상상 속에서 벌어진 일이야. 내 실험실이라는 것도 내가 창조주라는 믿음을 스스로에게 불어넣을 수 있지 않을까 해서 만들어 놓은 무대 장치일 뿐이야. 난…… 아냐. 창조주가 아니라고.

나는 올림포스 신들의 왕 제우스일 뿐이야. 〈8〉에 해당하는 무한한 존재이긴 하나 내 위에는 〈9〉에 해당하는 어떤 존재가 있어.」

〈9〉라고 말할 때 그의 표정에는 경외심이 가득했다. 가슴에 어떤 감정이 벅차오르는지 목소리가 조금 갈라지기까지 했다.

그는 서쪽으로 나 있는 다른 창문을 향해 돌아선다.

「나는 저기 산 아래에 있는 모든 것을 지배해. 천사와 인간을 지배하는 다른 신들과 연습용 행성의 민족들을 이끄는 후보생들도 내 지배를 받고 있지. 하지만 내 위에는 나를 초월하는 다른 존재가 있어. 나는 그 존재가 정확히 어떤 것인지 몰라. 그저 짐작하려고 애쓸 뿐이지.」

제우스의 키가 다시 줄어든다.

나는 에드몽 웰스가 가르친 숫자의 상징체계를 더 이어 가보려고 한다.

「〈9〉는…… 천사를 나타내는 〈6〉과 마찬가지로 사랑의 나선입니다. 그런데 〈6〉이 하늘에서 출발하여 땅에 고리를 만들어 낸다면, 창조주인 〈9〉는 땅에서 출발하여 하늘에 사랑의 고리를 만들죠.」

제우스는 고개를 끄덕인다.

「또한 〈9〉는 잉태를 나타내는 숫자입니다.」

「나는 창조주인 〈9〉가 인간과 신들을 자기 모습대로 창조했으리라 믿어. 그래서 〈9〉가 어떤 존재인지 이해하기 위해서 온갖 것을 다 경험해 보았지. 남녀를 가리지 않고 숱한 신과 인간을 사랑한 것도 그 때문이야. 신들과 인간의 실상을 겪으면서 내가 누구인지 내가 어디에서 왔는지 알고 싶었어.

그 점에서 우리는 모두 마찬가지야.」

제우스는 더 작아져서 이제 나와 키가 비슷하다.

「어느 날 문득 이런 생각이 들었어. 〈만약 저 위에 아무것도 없다면 어쩌지?〉 나는 어떤 존재가 있기를 바랐어. 정말 간절히 바랐어. 듣고 보니 고약하지? 나 제우스가 〈신을 믿는〉 신이라니 말이야.」

「백조로 변신해서 저 꼭대기로 날아 올라갈 수 있지 않나요?」

「어떤 역장(力場)이 가로막고 있어. 어느 누구도 그것을 통과할 수 없어.」

문득 제우스가 가엾다는 생각이 든다. 그는 자신의 결함을 누구보다 크게 느낄 것이다. 다른 신들은 그를 믿고 있는데 그는 자기가 정점에 있지 않다는 사실을 알고 있다. 알면 알수록 자신의 무지를 더 잘 가늠할 수 있는 법이다.

제우스는 올림피아가 내려다보이는 다른 창가로 나를 데려간다. 산꼭대기 쪽을 그만 보라는 뜻이 아닌가 싶다.

「나는 일부러 다른 신들과 거리를 두었어. 나 자신을 신비스럽게 만들어서 진짜 창조주 행세를 하고 싶었던 거야. 나는 그들 앞에 되도록 나타나지 않았고 누구든 이곳에 올라오려는 자들을 겨냥해서 갖가지 시련을 마련해 두었어. 나를 둘러싸고 있는 신비의 장벽이 높아질수록 그들은 나를 더욱 경외하고 더욱 숭배했어. 어쩌면 저 위에 있는 〈9〉의 존재도 그런 식으로 자신의 신비를 더해 왔을 거야. 그렇다면 그는 성공한 셈이지. 내가 여기에 온 뒤로 저 산꼭대기를 하염없이 바라보면서 시간을 보내고 있으니 말이야.」

제우스는 자기를 정면으로 바라보도록 내 얼굴을 끌어당

긴다.

「나는 〈그〉의 존재를 믿어. 내 위에 신이 있다는 것을 믿지.」

「그럼 Y 게임은 뭐죠?」

「그게 바로 역설 중의 역설이야. 게임에서 승리하는 후보생은 처음이자 마지막으로 역장을 통과하게 될지도 몰라.」

「한낱 후보생이 제우스조차 할 수 없는 일을 할 수 있다는 건가요?」

제우스는 눈길을 낮춘다.

「어느 날 저 위에서 무언가가 떨어졌어. 어떤 메시지가 들어 있는 병이었지. 내 키클롭스들 가운데 하나가 병을 주워서 내게 가져왔어. 메시지에는 가장 훌륭한 신을 선발하기 위한 게임을 주최하라는 지시가 담겨 있었어. 천사들 중에서 후보생들을 발탁하여 아에덴섬에 모으고 지구와 비슷한 행성을 경기장으로 삼아 문명을 이끄는 재능을 겨루게 하라는 것이었지. 17기까지 연습 삼아 운영하고 나면 18기 우승자가 역장을 통과할 수 있으리라는 말도 있었어.」

그러니까 이전의 다른 기들은 우리 18기의 본 게임에 앞서서 그저 오픈 게임을 벌인 셈이다.

「때때로 나는 너 같은 후보생들이 부러워. 게임에서 탈락하지 않는 한 너에게는 〈우리 모두가 기다리는 이〉가 될 수 있다는 희망이 있어. 네가 바로 천지창조 이래 처음으로 〈저 위에 올라갈 사람〉이 될 수도 있다는 거지.」

그의 키가 다시 줄어든다. 이젠 나보다 몇 센티미터 작을 법하다.

그가 다시 동쪽 창문을 향해 돌아서며 말을 잇는다.

「우승한 후보생은 저기에 올라갈 거야. 다른 스승 신들은 물론이고 나 제우스조차 갈 수 없는 곳을 우승자는 갈 수 있단 말이야.」

그의 몸짓이 어딘가 허전해 보인다.

「너만 좋다면 여기에서 나와 함께 지내도 돼.」

그러면서 신들의 왕은 이마에 송골송골 맺힌 땀을 훔친다.

「왜 그런 제안을 하시는 거죠?」

「내가 따분해서 그래. 이젠 모든 게 지겨워. 나는 늙고 지친 신이야. 내가 알 수 있는 것은 이미 다 알았고, 그 이상의 것은 알 길이 없어. 온갖 형상을 취하여 모든 행성의 인류들 속에 들어가 봤어. 거대한 눈이나 흰토끼나 백조뿐만 아니라 후보생이나 스승 신의 모습을 취한 적도 있어. 모든 것을 해봤고 남녀를 떠나서 신, 인간, 후보생 등 모든 존재를 겪어 봤어. 그들은 이제 나를 즐겁게 하지 않아. 그래서 스핑크스에게 길목을 지키라고 명령했지. 수수께끼를 풀 줄 아는 순수한 영혼들만 나한테 오도록 말이야.」

그는 방 안을 이리저리 거닌다.

「그랬더니 아무도 오지 않았어. 수수께끼가 너무 어려웠던가 봐. 아무도 여기에 오지 않아서 영원히 혼자 지내는 게 아닐까 두려웠지. 그렇다고 수수께끼를 취소하고 싶지는 않았어.」

그는 방바닥에 앉는다.

「내 박물관이며 거기에 모아 놓은 예술 작품이나 여자들이나 컴퓨터들도 자꾸 보니까 싫증이 나. 뭔가 경이로운 것을 찾아보려고 하지만 도무지 흥미가 동하지 않아. 불멸이란 참으로 지루한 거야.」

그는 다시 일어나 내 쪽으로 다가온다.

「우주는 그리 크지 않고, 함께 이야기를 나눌 수 있는 자들도 많지 않아. 그저 속이 빤히 들여다보이는 자들밖에 없어. 그런데 너는 말이야…… 이유는 잘 모르겠는데…… 무척 재미있어.」

「저는 다시 내려가고 싶습니다.」

그는 나를 마주하고 멈춰 선다.

「네가 있으면 내가 무척 기쁠 거야. 너도 나처럼 〈8〉에 해당하는 존재가 되어 여기에서 나와 함께 신들과 인간들을 살펴보면 어떨까?」

「저는 다시 내려가고 싶습니다.」

그는 나를 빤히 바라본다. 내 영혼을 꿰뚫어 보고 있으리라.

「그건 네 자유 의지에 달린 일이야. 나는 너의 선택을 존중할 거야.」

내 머릿속에서 무수한 생각이 착종한다.

「돌아가고 싶다면 너에게 약속한 대로 해주겠어. 타고 내려갈 것을 마련해 주지. 돌아가면 모두가 마치 아무 일도 없었던 것처럼 너를 대해 줄 거야.」

그의 말에서 아쉬움이 묻어난다.

제우스는 다시 10미터의 거구로 돌아가 옥좌에 앉는다.

「다시 내려가기로 마음을 굳혔다 이거지?」

「제 영혼의 도정을 다섯 단계로 나누자면 마지막 단계가 아직 남아 있습니다.」

첫 번째 단계는 타나토노트 시절에 도달한 저승이다.

두 번째 단계는 윤회에서 벗어나 도달한 천사들의 나라다.

세 번째 단계는 신 후보생이 되어 도달한 아에덴이다.

네 번째 단계는 조금 전에 도달한 제우스의 궁전이다.

다섯 번째 단계는 이제부터 내가 가야 할 길이다. 아에덴에서 가장 높은 곳에 도달함으로써 제우스보다 나은 존재가 되어야 한다. 내가 이 섬에 첫발을 디뎠을 때부터 나를 부르는 듯했던 그 빛을 찾아 산꼭대기에 올라가야 한다.

「네 마음을 이해해. 내가 너라도 그렇게 했을 거야. 어찌 보면 신 후보생들이 스승 신들보다 더 많은 가능성을 지니고 있는 거야. 나는 마지막 신비를 끝내 알지 못할 거야. 너는 올림피아에 내려가서 게임을 계속하도록 해. 너에게 마지막으로 해주고 싶은 말은 네가 진정으로 누구인지 잊지 말라는 거야.」

그러고 나서 제우스는 약간 구부정한 자세로 덧창을 닫고 자주색 커튼을 친다. 그를 초월하는 존재, 내가 이제부터 〈9〉라고 부를 존재, 창조주가 있는 산꼭대기가 가려진다.

제우스는 작별 인사 대신 다시 거대한 눈으로 변한다. 처음 보았을 때는 그토록 나를 놀라게 했던 눈이 이제는 그저 범상한 형체로 느껴진다.

「나는 네가 부러워, 정말이야…… 미카엘 팽송.」

내 마음은 벌써 딴 곳에 가 있다.

나에겐 새로운 꿈, 새로운 목표가 있다.

제3권으로 이어집니다.

옮긴이 **이세욱** 1962년에 태어나 서울대학교 불어교육과를 졸업하였으며, 현재 전문 번역가로 활동하고 있다. 옮긴 책으로 베르나르 베르베르의 『제3인류』(공역), 『웃음』, 『신』(공역), 『인간』, 『나무』, 『상대적이며 절대적인 지식의 백과사전』(공역), 『뇌』, 『타나토노트』, 『아버지들의 아버지』, 『천사들의 제국』, 『여행의 책』, 움베르토 에코의 『프라하의 묘지』, 『로아나 여왕의 신비한 불꽃』, 『세상의 바보들에게 웃으면서 화내는 방법』, 『세상 사람들에게 보내는 편지』(카를로 마리아 마르티니 공저), 장클로드 카리에르의 『바야돌리드 논쟁』, 미셸 우엘벡의 『소립자』, 미셸 투르니에의 『황금 구슬』, 카롤린 봉그랑의 『밑줄 긋는 남자』, 브램 스토커의 『드라큘라』, 파트리크 모디아노의 『우리 아빠는 엉뚱해』, 장자크 상페의 『속 깊은 이성 친구』, 에리크 오르세나의 『오래오래』, 『두 해 여름』, 마르셀 에메의 『벽으로 드나드는 남자』, 장크리스토프 그랑제의 『늑대의 제국』, 『검은 선』, 『미세레레』, 드니 게즈의 『머리털자리』 등이 있다.

신 제2부 신들의 숨결

발행일				
발행일	2009년 3월 30일	초판(제3권)	1쇄
	2011년 1월 30일	초판(제3권)	36쇄
	2009년 4월 25일	초판(제4권)	1쇄
	2011년 1월 30일	초판(제4권)	35쇄
	2011년 7월 25일	신판	1쇄
	2021년 12월 30일	신판	18쇄
	2023년 6월 15일	특별판	1쇄
	2024년 1월 30일	신판 2판	1쇄

지은이 베르나르 베르베르
옮긴이 이세욱
발행인 홍예빈·홍유진
발행처 주식회사 열린책들

경기도 파주시 문발로 253 파주출판도시
전화 031-955-4000 팩스 031-955-4004
www.openbooks.co.kr

ISBN 978-89-329-2406-9 04860
ISBN 978-89-329-2404-5 (세트)